读客文化

怪得和我一样的怪人

沈大成　著

文汇出版社

图书在版编目（CIP）数据

怪得和我一样的怪人 / 沈大成著. -- 上海：文汇
出版社，2023.3

ISBN 978-7-5496-3794-2

Ⅰ. ①怪… Ⅱ. ①沈… Ⅲ. ①短篇小说－小说集－中
国－当代 Ⅳ. ①I247.7

中国版本图书馆CIP数据核字(2022)第103987号

怪得和我一样的怪人

作　　者 / 沈大成

责任编辑 / 徐曙蕾
特约编辑 / 李晓宇
封面设计 / 刘小梅

出版发行 / 文汇出版社
　　　　　 上海市威海路 755 号
　　　　　（邮政编码 200041）
经　　销 / 全国新华书店
印刷装订 / 河北中科印刷科技发展有限公司
版　　次 / 2023 年 3 月第 1 版
印　　次 / 2023 年 3 月第 1 次印刷
开　　本 / 890mm × 1270mm　　1/32
字　　数 / 147 千字
印　　张 / 6.75

ISBN 978-7-5496-3794-2
定　　价 / 49.90 元

侵权必究
装订质量问题，请致电010-87681002（免费更换，邮寄到付）

目　录

我们需要各式各样的地方，

以便容纳不同的人。

阁楼小说家

　　早在黄昏到来前，编辑们一个两个地下班了，手头的稿纸摞起来，"啪嗒"一声关掉绿色灯罩下的橘色灯光。办公室相继暗下去。连接办公室的走廊逐条撤空。保安在固定钟点出现，这里唯有文化，无惊无险，等他以散漫的态度巡过楼，一层留好一盏灯，天便全黑了。出版社所在的小建筑物里静静的。小说家这时从他的房间里走出来。

　　他出了阁楼往下走，走完一节黑色大理石楼梯，一转折，走另一节，来到下一层。他走过无人的走廊，走在装饰着细腻雕花的天花板以及古典吊灯下。数间紧闭房门的办公室，他经过了。到了走廊尽头，他停住。十四扇窄窗连成大半面墙，从这里，看到小马路上栽成行的梧桐树。春天到秋天，绿意渐浓又渐淡；冬天，只有枯枝干。绿叶成荫时，每逢刮大风，在窗里持续观看树叶摇动，容易头晕，仿佛身在一艘大船上，正行驶过梧桐树叶的海浪。此刻是冬天夜晚，风平浪静，他看了一会儿几乎和窗齐平的光光的树顶。他接着下楼梯，把每一层楼游荡游荡，在每道走廊尽头，他都停步看风景。梧桐树的树顶。梧桐树的高枝。梧桐树的低枝。梧桐树低处的粗树干。小说家到了一楼，值班保安，就是刚刚巡楼的那一个，坐在胡桃木色的台子后面，他要在无聊的自由中枯坐到八九点，其间看看报纸，饮饮茶，最后做一次巡视，就窝到休息室里不出来了。

保安早就听着出版社里仅剩的脚步声，橐橐，橐橐，从头顶开始，回声响彻整栋楼。几十年前，保安还年轻，刚来工作，他必须从小说家的谈话中才能得知对方今天写了几行字，过几年他可以从小说家的脸色上猜出来，现在他经验已丰，只要一听脚步声，一切便都了然于胸。他写得多时，因为满足而走路慢，他写得少时，因为背负的苦恼重而走路慢，总之他走得慢，但保安懂得差别。"今天他写得很不少。"保安先是依据声音做判断，见到小说家迈下最末一级台阶时，他补充想，"最近一直写得多，写得很顺利。"保安是除老社长外最了解小说家的人，这个事实，他们三个人从始至终不知道。

两人简略地问好。小说家站在门里紧一紧旧大衣的领口，随后推门出去，走到出版社外面那条颇有吸引力的小马路上。他路过刚从高中低不同视角看过的梧桐树，又以行人视角再次看了看树，反正小说家该从各种角度看待同一事物，并永远不应当生厌。他出门是要去吃晚饭。吃过饭，他将做一次长散步，然后回到出版社，回到阁楼上。

小说家定居在出版社。

很多很多年之前，小说家向出版社要下一间办公室。在拥有办公室之前，他曾经在这里出版过处女作，一本畅销书。在出版这本书之前，谁都不看好这本书，谁也都不看好他这个人。负责他的编辑不咸不淡地对付他，因为像他这种作者多的是，没理由对他特别期许。

但是这本书的命运好。它不温不火地销售了半年多，突然契合上一个社会话题而走红，库存一销而光，马上加印了又加印。小说家受邀上过几回访谈节目，给人谈不上好坏的极其飘忽的印象，不过这不重要。紧跟着，他的小说卖出电影版权，在三流电影导演的口中，他的才华要比他本人承认得多。电影拍得平平，可又确实带动新一波销量，将小说家推上畅销书作者的榜单上游。小说家趁着余勇，出版第二本书，销量为畅销书的七分之一，不够好，但也说得过去。他就是在写第三本书时，请求签下他的社长暂时提供他一小块写作的地方。社长不是拘泥条规的人，爱交朋友。小说家在那时具备当朋友的资格了，他们讨论过，在新书完成后，三本书要做成会引起关注、赢得奖项并卖得动的三部曲套装出售，尽管它们之间没有必然联系，但一个恰当的命名会掩饰问题。小说家创新地建议，房租可以和新书预订金相互抵销，社长同意了。

"在出版社写作，一定是很好的。"社长举出上一代八个名作家的名字，"……像他们。以前的作家都是出版社的好朋友，双方超越了金钱往来的关系，作家常和要好的编辑走动、交流，得到好的建议，写出好书。"

"是啊。"小说家说。他不太想讲人际关系，主要诉说他的租房初衷，"早晨九点来，晚上五点走，每天不受打扰，有规律地写作。我想试一试这样的生活。"

社长赞同："那一定是很好的。写书没有别的法子，写一百个一百字才有一万字，写二十个一万字才有二十万字，如此才成为一本书。与其说作家掏出了二十万字的天赋，不如说进行了二十万字有效的工作。作家需要好好工作。"

小说家说："是这样。"

社长带他走了几层楼。楼梯栏杆每隔一段装饰着弯弯曲曲的铜制的艺术化线条，抵到他们脚边。他们的皮鞋以四个步点轮流敲击黑色大理石，像两双手弹奏钢琴的黑键。他们走了一节楼梯，又走一节，再走几节，最后来到顶楼。"这里不错。"阁楼上的房间小，有个倾斜的顶，高处人能好好走路，最低的地方假如摆张书桌，人走近那儿离开那儿都要弯腰，坐在书桌跟前会坐得牢，能好好写。他由衷感谢："是工作的好地方。"

当初梧桐树还不够高，要从阁楼连下两层楼，从那层楼的走廊窗前恰好可平视树顶。从树顶再走下一层楼，就到了观赏梧桐树高枝的最佳楼层，这层走廊最靠里是茶歇室，他以乔迁新居报答房东的心情，赠送出版社一台中档咖啡机，就摆在那里，用它替换掉了可怕的速溶咖啡。不同品质的咖啡豆，他也曾提供过很长一阵。每天下午，当写出点什么后，他下楼做一杯咖啡喝，物物交换似的吃茶歇室常备的小饼干。因为咖啡需求量大，出版社后来自购豆子，那不合他口味，他便不来喝咖啡，但仍来吃小饼干，还有彩色软糖。在楼梯上，在饼干和软糖附近，编辑们和他闲聊，双方都清楚一些话题不要谈：今天写了多少字？已经写了多少字？哪一天会写完？编辑们的共识：随便他，急也没有用，谈了会尴尬。他们不太诚恳但求客气，聊聊今天天气和文坛气象，便去各忙各的。

小说家一开始的工作时间的确和编辑同步，上午九点至下午五点。编辑们在梧桐小道上，时常见到他若有所思的背影，他背着公文包，穿戴整齐，像他们一样上班下班。一段时间后，他的工作时间被调成上午八点至下午六点，朝与夕，只有勤奋的编辑才会在梧桐小道上见着他。又过一段时间，他将时间再往两头延长，成为上午七点至下午七点，这时编辑们既看不到他来，也看不到他走，他给人每天腾空出现在小楼里的印象。周末他也照常出现。节日他也照常出现。一次偶然的通宵，为后面更多次的通宵开了头，他越来越长时间地待在出版社，蜷缩在阁楼一张长沙发上睡觉，也买了简易衣柜放他不多的衣服。最后他昼夜都在。编辑们，特别是在他之后加入出版社的年轻编辑，抹不去一种错觉：小说家并非客人，他和这栋房子合二为一，是这里的主人，地位高于社长。

三部曲的第三部，迟迟未能完成。

社长口头将租约延期两次："你再住住，再写一写。为了写出好作品，那不要紧。"之后索性闭口不提，任由他一直住下去。原因之一是，小说家住在闲置房间，出版社没有产生成本。二是为了成就一种美谈。只要机会合宜，社长就主动向记者提到，某某小说家常住我社一心写作，自己作为出版人从来全力支持。他相信此种美谈经过时间会酝酿得更美，日后小说一旦完成并且大卖，人人都会高兴谈论它。

如果说前两点反映了一个生意人必不可少的算计心，那么第三个理由是单纯的、高尚的——社长欣赏小说家。不出几年，他们结为真正的挚友。在社长心里，兑现文学梦的正是小说家这种人，他认识数不胜数的大小作家，写作的道德没人及他十分之一。小说家刻苦创作，达到了舍弃人生其余一切的地步，达到了物质上只要求一小格空间栖身的地步，达到了意志不为时间动摇的地步，这叫社长产生敬意。

小说家在出版社上下走动，即使这么多年都没有交出作品，也并不显露愧色，保持着自在与潇洒的形象。而一躲进社长办公室，两人关起门，他的痛苦就从面具背后源源不绝地落出来，掉在衣服上、膝盖上、地板上，烟灰一般散落得到处都是。他的心扉，唯有向社长，向在创作道路上常年与自己结伴同行的朋友敞开。

"那个人……"小说家无力地倒在椅子上。进社时他高大壮实，与通常瘦弱的编辑们像两个物种，坐下时能把椅子填满，此后身体渐薄渐小，屁股周围渐渐留出一大圈蓝色椅垫。他讲小说里主人公的困境："他要进房间，那件会触发他命运的关键事情在等他，但是我不知道该怎样叫他走进去，他已经从上周五开始在走廊上待了四天。"

过了几天，小说家又倒在同一个地方，人更薄、更小了，蓝色椅垫像上升的海面，把屁股岛多吞掉了一点。这回主人公与小说家面临新的困境，"昨天他终于走进房间，我暂时又不知该拿他怎么办。该怎么办呢，我这样问自己，连问几遍，就把自己的忧虑转嫁到他身上，用一个缓兵之计，写道：'他在房间里自问，该怎么办？'写完这句，我真恨自己。因为作者头脑简单，而使主人公显出蠢相。想想看，我在这世上做不了别的，只向虚构作品中传递了真实的愚蠢。这不可原谅。"

然而，小说"正要"如何进行，是麻烦中最小的一撮，他可以叫主人公在走廊上等自己几天，在这几天中细细思索，终会找到解决办法。小说"已完成"部分才最可怕。

随着岁月流逝，小说家不再是写下第一行文字时的他。他对事物的看法日复一日地改变，思想和最初相比可以说已经面目全非，他很难赞同自己前一个月写的东西，厌恶前一年至前十年写的东西，至于十年以前的，他不能相信竟胆敢写出来。在这种情况下，自我交战导致几败俱伤。他每时每刻都忙于揪住过去某个时刻的自己，和他说那么写是很坏的，要推翻重来。过去的自己那么写却明明是有理由的，那个自己抗辩，声称那样完全站得住脚，是写得好的，作为后来人你的使命是把过去和未来联结起来，而不是否定一切。过去的自己还振振有词地说，彻底否定过去，便会彻底否定现在，也会彻底否定未来，忙于否定，便没空建设。一方面他们交战，一方面他们又争做裁判，不知该判定哪个自己赢得胜利。未等分出胜负，新的思想让新的自己诞生了，新自己加入战斗圈，新自己也站上裁判席，这进一步扩大了混战规模，增加了裁判难度。

"所有好的作家都是这样，谁能不对自己起疑心呢？有疑心对写作一定是很好的。"社长亲切地安慰朋友，"但是，我担心你。照我看，你要适当地摆脱拘束去写，超脱出来，有时候不应该再顾忌以前的自己。真正一人独处，振笔疾书，那一定是很好很畅快的。"

小说家默默无语。

社长问他，最近除了写"我们的三部曲"还做什么。小说家讲起他在外部世界的行踪，如同讲起着陆地球前在外太空的生活，他渐渐觉得那是不真实的。

住进阁楼之初，他还和文艺界朋友来往，但说分开就迅速分开了。有几次他走进大家都在的酒吧和咖啡馆，自己样貌的改变是次要原因，久未在公开场合活动是主要原因，他发现人们已经认不出他来。他坐到他们附近，成心偷听到的谈话内容是那样陌生，涉及他不认识的作家、不认识的文学评论家和闻所未闻的书籍营销方式，他听了一会儿就兴趣全无。此后，就减少了去那些地方的次数，去了也成心不听他们谈话。

家庭方面，他和妻子分居已久。"她想离婚时会来找我，"他对社长解释，"出版社这地方很好找。"有天晚饭后，他长时间地从一条马路漫步到另一条马路，在僻静处看到一个红色电话亭，他走进去摸出零钱给妻子打了电话。听到那头妻子的声音，他说是我，妻子问他写得如何，他不知该怎么回答，只好停顿下来。妻子转而询问近况，他告诉妻子不费什么力气就戒了烟，改喝滴滤咖啡，喜欢上了软糖并且每天吃很多，稿纸旁边放一把有朝气的小糖让他感觉好些。后来妻子叫了声他的名字，忽然轻快地笑道，你可能在别的世界了，我像在和死去的丈夫通电话。到了当天深夜，他果真在别的世界。他在阁楼上躺着，月光透过小窗洒进来，白白地盖在他脸上，他回忆起妻子的声音、妻子的脸，以及以前每当妻子读他新写的章节时他那等着被判决的心情，结果他爬起来，给小说里的人物加上了几行心理描写。

人物在做什么、写作的困境——两类话题，小说家和社长总是谈。但到最后，关于自己的生活，他无法对社长讲出更多了。他毫无生活。文艺界旧友各有发展，先后离开了熟馆子。妻子的电话他没有再打过，妻子也没有麻烦他去离婚。他一直写作。

社长看着梧桐树长高，心中感慨。他从不催促小说家，但时光催促他，事情超过某个时间节点便脱离了他的掌控，他好像双手被捆，眼看着面包正从餐桌边沿掉下去。他的担忧是入世的。

到了值班保安光凭脚步声就能猜出小说家的日产量时，小说家已经中年，样貌更接近老年，社长到了年纪，卸任了。

在小说家看不到的地方，老社长做了可做的一切，他在交班时，特地与新社长谈了话。新社长欣赏着社长办公室顶天立地的两面大书架，书架上每一本书都是该出版社的骄傲，一些得了国内或国际上的文学奖，一些长销不衰。它们整齐地码放着，这么看去，像是一片书形状的小墓碑竖插在墙壁上，从而使两面墙成为一座文化陵园。其中就有小说家的第一本书。老社长顺势提起小说家，他说道："我们已经习惯了出版社里住着一个小说家，我本人和所有编辑同人已经习惯了。最初感觉有点怪，一个人在这里吃吃睡睡，一直没交稿，你一味付出，他不但没有回报，还从来不取悦你，你似乎吃了亏，因为这里，在这个房子里毕竟是要做生意的。但后来感觉是很好的。我们和小说家之间，像是建立了一种古典的关系，这种关系不要求双方马上完成交易，货款两讫，它脱离了现代人立刻就要见到好处的趣味，从而使我看到自己的灵魂某些地方还光洁发亮，自己的心胸又宽又广。我做别的事情时也笃定一些，把某些欺世盗名的书送上印刷机时，出版某些不应该搭上树木生命的书时，一想到小说家，我就可以说我还是一个堂堂正正的出版人，毕生都在促成好作品，我是合格的，没有愧对我的职业。"

"这很感人，这很感人！我也想以后回顾职业生涯时，能坦荡地说出这种话——那要等上好多年。在那些话可以说出来前，还要完成好多实际的工作，不过没关系，我看没什么能冲淡它今天留给我的印象，但愿我以后能说得出及您十分之一好的话。"新社长用浮于表面的钦慕口吻说。他又问："但您究竟觉得他写得好吗？"

千锤百炼的老社长没有立刻说话，他留出点给提问者反省是否提了一个错误问题的空当后，才做出并非正面的回答："可惜我们不能扮演一切角色，幸亏也不必扮演。我们做出版。评论，可以留给世人。"

老社长坐着小轿车走了，树叶的阴影先投在挡风玻璃上，再投在他脸部，造成忽明忽暗的效果。暗下来时，他几次想回头看一看阁楼——从树顶之上，那是容易看到的。他按捺住了。没有什么再可以为你做的了，我已功成身退。

小说家失去庇护，接二连三收到驱逐令。新社长的话实际上很礼貌，不难听，但千真万确是在请求他离开。新社长是这样想的，没有一件事比这件事更方便表明其立场：假如留下小说家，说明自己是继承前人思想和做法的保守派；假如请走小说家，那无疑向所有下属传递了改革决心。两者皆可。鉴于他相对来说很年轻，改革的面貌更有利于登上新座位，所以他没有选择另一条路线。

从这时起，举社上下感受到新风吹进小楼，规章制度变了，会议时长变了，人们说话音量变了。但是变化中的人们目睹小说家发生了剧变，犹如慢跑者看到别人以五倍速从身边跑过，从而怀疑自己站在原地没有跑。小说家的形象每天都在变化，他忽胖忽瘦，年纪看起来忽大忽小，在一天之中，他也如此颠三倒四地变化着。编辑们在楼梯上、在茶歇室遇见他，他忽而表现出与人交谈的热望，忽而像死掉的蛤蜊般闭紧嘴巴。有时，有人在二楼见到小说家，但又有编辑声称同一时间小说家其实出现在另一层楼，自己还同他说了话。他们还听见阁楼上总有动静。他们从同理心出发，这样想：小说家和我一样受到新社长折磨，使得他模样大变，写作的状态也变激烈了。人们还注意到一件事，但当时谁也没把它和小说家联系起来——茶歇室里的饼干和软糖，特别是软糖，消耗速度惊人，仿佛有人在吞噬软糖，只要一摆出来就被吃个精光。由于当时是乱局，人们无心关注更多，许多异象没人深察。

冬日的一天，编辑们准点下班，小说家在天黑后也离开了出版社。这天他出门的时间远较平常晚，他没有比较直接地走下来。值班保安听见了远比脚步声丰富多元的声音。它们开始于小楼最高处的阁楼，保安此前从未听过，他事后回想起来，那好像是往一个袋子里装满鸡蛋，将袋子拎起敲击硬物，一些蛋壳"咔嚓"破了，蛋黄蛋白轻轻流出来漫过其他鸡蛋——整个过程中全部声音相加之和。随后，保安又听见小说家从房里走出来，在每一层楼盘桓良久，其间他反常地折返阁楼数次，但保安如常以为出版社绝对安全，麻痹大意了。终于，小说家走到一楼。这天他异常消瘦、神情冷峻，令保安不敢搭话。保安这才想起，小说家已经连续数日没有外出吃饭，不知是怎样熬过来的。而保安之所以迟迟未想起，是因为他最近多少也在为自己低技术含量的岗位担心，没有那么耳聪目明。小说家走近保安，突然将手里捆扎好的一团东西往他台子上"砰"地一扔，什么也不说，扬长而去。

那是他完成的书稿。

一个星期后，按出版社的慢节奏，书稿还未进入审稿流程，小说家也仍然未归。行政奉命打开阁楼的门，马上发出和出版社历来的安静氛围不匹配的大声呼喊，大批编辑连忙奔上来，小楼一时地动山摇。稍后，有人把编辑们挤在门边从不同角度看见的画面汇总起来，报告给新社长。几天后，消息传到了老社长耳边。倾斜屋顶下的小房间遍布尸体，从房间最矮至最高处，尸体依次趴伏在书桌上，坐在椅子上，横陈在长沙发上，竖立在敞开门的简易衣柜里。并且从那头到这头的地板上，还有许多尸体一弯一弯的像超市里冰冻好的虾一样按顺序躺着，每条脖子都被拗断了。每张脸都是小说家，严谨来说，是从年轻到中年的各个时期的小说家。每具尸体的右手都抬离身躯，作写字状。

在小说快要完成前，小说家新旧时期的自己竭力涌现，争夺小说主导权，小说家杀死了所有过去的自己，终于完成书稿。

两个星期后，有编辑在茶歇室使用新买的咖啡机，她打开柜子下面的一扇小门取纸杯时，又有一具小说家尸体从里跌出来。一个月后，发行科在库房深处移开一堆滞销书，也发现若干具小说家尸体。它们全抬起右手作写字状，嘴巴张开似在相互辩论。那一晚，小说家因房间已堆满，把多出的尸体拖到各处藏匿时，保安听见事实但未猜到真相。

时至今日，小说家没有再度现身，小说家的小说等待被世人评判，小说家的许多具尸体仍然隐藏在梧桐树浪掩映的出版社的角角落落，每一具都献身于写作。

二

义耳

　　塞尔先生在傍晚回到家，他放下公文包，掏干净口袋里的车钥匙和票据，脱掉外套，解下领带和手表，将东西分门别类放置好。他是一个井井有条的人，进门后一贯要执行一套整理程序，这才找回自在感。

　　塞尔先生接着进入程序中核心部分：整理他本人。

　　他洗手。手漫不经心地伸在水流下，他的注意力集中在面前的镜子上。他忍不住把头稍微地左右偏转，带点好奇地观察自己，不至于像看陌生人，他像在注视一位堂兄弟，一位长得和自己似是而非的人。他从水流下抽回手，关了龙头，擦一擦，这之后，把耳朵摘了下来。

　　先是左耳，再是右耳。塞尔先生自小做惯了，摘耳动作行云流水：用拇指按着耳垂，另四指扶住耳廓上的软骨，稍微用力地顺时针转，义耳便像花滑选手在冰上原地打转那样在脸侧一圈一圈地转动起来——耳朵歪了，上下颠倒了，耳朵正了，又歪了，再次上下颠倒了。义耳底部装着螺丝，他很快便从耳朵眼里拧出来半节指头长的螺丝，既用于伪装外貌，也当作助听器使用的义耳便整只离开脸部,被他拿在手上。

塞尔先生继续盯着镜子,一拿掉义耳,他从镜子中看到了自己。自眉头、脸颊到嘴角,他的脸像遮沙发的布被拿下来一抖,松弛自然了。他回到了安静的世界。虽然仍有一些狡猾的声音找到拧出螺丝后对外开放的两个小洞,偷偷跑进来,不过那些音量微弱,叫他无所谓,不足以使他感到烦躁了。

塞尔先生把义耳泡进小容器中,又在水中滴入几滴义耳专用清洁剂,清爽的味道在浴室中弥散开。他俯视容器,见这对假耳朵似双胞胎婴儿,蜷着身体,相互依靠,半沉半浮地躺在水中睡着了。他看了一会儿,检查它们的外观是否完好后,就把它们收进镜子后面的壁柜中去了,和剃须刀、牙刷、牙线、阿司匹林、鼻毛修剪器、止汗喷雾,以及几副未拆封的备用义耳放在一起。

他关上壁柜。

塞尔先生是一个无耳人。

无耳人,是一个懒得多听世间声音的避世族群。

曾经,他们长着和我们一模一样的双耳,然而他们缺乏我们忍受嘈杂世界的能力。流行音乐越来越难听,政治意见引发大规模争吵,邻居全都粗鲁无礼,马路上的工程太频密,电视中的综艺节目音效又假又刺耳,商场里的促销广播很烦人……他们生来如此敏感,为听到的声音烦恼,也为还没听到的声音担惊受怕,而一旦担上心事,似乎就更容易听见什么,饱受听觉之苦。

假如不想看,就闭上眼睛。假如不想闻,就屏住呼吸。假如不想触碰,就收回手。不想听见的他们修改了基因,舍弃耳朵,成为无耳人。

你可能认为无耳人怯懦，你的想法有合理性。他们为逃避不爱听的声音，追寻所谓的宁静，不惜丢掉祖传下来的器官，这么做像是一遇到敌人就抛弃尾巴的壁虎或抛弃触手的章鱼，只顾仓皇逃窜。但在动物学上叫作"自切"的行为，是脑子很小的动物才会做的，作为高等生物的人类，似乎应该坚强，要有搞明白为什么害怕和苦恼的能力，还要有和讨厌的事物正面作战的勇气。假如对无耳人提出以上批评，没有用，无耳人不听。

另有些善良的人则认为，遇事躲还来不及的他们至少是无害的，可能在这个时代无害便是有功，不宜苛责他们。对此意见，无耳人也不回应。

无耳人聚族而居的地方在世界边缘，一个很少有外人进入的角落。

这里并非全无声音，只是很安静。脑袋两侧空空的人们做和外部世界差不多的事情：上班，上学，吃三餐饭，修剪院子里的草坪，看报纸，擦皮鞋，打篮球。只是他们做任何事都放轻手脚。连他们的机器发出的噪声也很小。连他们的猫狗叫得也不太响。连那里的风也特别小，雷也特别轻。如果你偶尔到了那里，可能会觉得一天的时间变长了，对空间的理解能力或许也会发生奇异的变化，那大概是因为填充在时空中的声波和别处不同，总之你肯定会有怪怪的感觉。

大多数无耳人随身携带一副义耳，用一根细绳穿着，挂在脖子上。当人们需要听与说时，比如街坊相遇，只要比个手势，两人都顺着脖子上的绳子摸到自己的义耳，旋进耳朵眼里就行了。交谈完毕，拿下义耳也不怕丢。有人略富心机，把义耳挂在衣服底下，或是藏在口袋里，有不怎么讨喜的人想和他对话时，他只要耸耸肩，装出遗憾的表情，表示"今天忘记带耳朵了"，便轻巧地躲开了交谈。

无论是在家庭、学校、公司还是社会其他地方，无耳人只讲并且只听最少量的话，厌烦交谈。不过人们仍然保留了一些听觉上的享受，最突出的是，非常喜欢音乐会。音乐，不是多余的声音，他们很肯定地说，但并不会展开解释。市中心的音乐厅每周好几个晚上敞开金色大门迎接市民，常驻演出的是水准高级因而广受喜爱的市立交响乐团。若干外地乐团也曾应文化部门邀请，在这里登台。访问演出结束后，外地乐手收获的当地见闻，跟随他们的事业和生活轨迹，流传到各地。他们普遍对观众印象深刻，甚至在自己年纪很大吹不动长笛，肩膀和下巴无力固定住小提琴，手也抖得弹不到钢琴黑键时，还会对朋友们津津乐道，其中必定包括演出开始前的一个场景：

当时他们在台上做完最后的调音，一切准备好了，只等指挥从侧幕上台，大家就能按照计划吹打弹拉。正在这时，观众席上发出了一种矛盾的骚动，它的规模很大然而叠加后总音量很小，汇成一大团能量袭上舞台，乐手们的注意力从乐器上移开，往台下看。池座和包厢里，红丝绒座椅上的所有观众正在做同一件事，他们撩起垂挂在胸口的一个东西，乐手们顿悟，那是一片耳朵，他们全都把头斜向一侧，把耳朵拧进耳朵眼里，头摆正，接着撩起另一片耳朵，头斜向另一侧，把耳朵拧进另一个耳朵眼里。他们的头又恢复到水平位置，来自头两侧的放大的声音刺激到了神经，令他们全体不安地在座椅上扭动脖子，再度制造出整齐的混乱。最后他们重新回到鸦雀无声状，齐刷刷地看向舞台，和震惊中的乐手们对望。

"一群人当着我们的面，集体把自己组装起来。你能想象吗？他们保险已经做了几千次。但我们不习惯，全体背后发凉，我们不得不打起精神来。指挥那天的动作很大，他也很紧张，听说他们对烂演出最大的羞辱不是离席，而是把耳朵摘下来静静地看你演奏。凡是还有自尊心的乐手，谁也受不了那样。"乐手们都承认，无耳人是此生遇见的最有威慑力的观众群体。

除了音乐厅，外来的乐手们通常还记得城中另一个地方。演出完成之后，有个常规的招待活动，他们会被带去参观城市。导游从头到尾不怎么说话，每到一个地方只是报报地标或建筑物的名字。后来他们的车开过很长很长的围墙，转弯之后是更长一段围墙，墙里透露出不寻常的气氛。在乐手们的想象中，那可能是一座无声的大学城，也许只有说话和听到他人的话很少的学生才有资格入学，说话和听到的话更少的人会读到研究生，说话和听到的话最少的人是校长。也可能是一座监狱，发出太多噪声的人被关在里面，直到他们保证安静才被放出来。这时，导游做了一次比较长的介绍，他说："各位音乐家，这里是我们的义耳工厂，进行和耳朵相关的科研、设计、生产和维修工作。"

首席小提琴手的眉头皱起来，眉心出现四根弦，像把琴架在了脸上，疑惑从弦上飘过：为什么，这不是荒谬的事吗？你们居然远比有耳朵的人花更多精力在耳朵问题上，你们和耳朵的关系实际比我们的还亲密。但他不想触怒导游，把话留在心里，看着仍然没有出现尽头的围墙，发出感叹："哦，没想到工厂这么大！"

"因为我们人多，消耗量很大。除了住在本地的市民，世界各地还有很多无耳人。"导游随意地披露一个事实：无耳人的总人数超出想象。

塞尔先生像千千万万个他的老乡那样，小心翼翼地生活在我们中间。

有很多现实原因导致他们从受保护的聚居地离开，四散各地。有的人和父母起冲突，其实双方怕吵，一共没说上几句激烈的话，然而他们年轻气盛，离家出走了。有的人是为了爱情，因为爱上一个有耳朵的人，决定远赴他乡。有的人不喜欢住在同一个地方。有的人从事的科研项目在外地才能获得丰富的资源。有的人单纯是为了吃到更多好吃的东西，或喜欢某种气候，或为做生意考虑……

他们来到我们的地盘，一般是谨慎行事，绝不希望被认出。我们很难在马路上看到一个无耳人堂而皇之地走来走去。他们知道，身份一暴露，从此再也摆脱不了异样眼神。至少会引起一些流言蜚语。比如社区里发生了偷内衣、私拆快递、破坏儿童乐园滑梯这样的事件，也许人们第一个就会想起他们，在背后指指点点：身体不健全，思想便会奇怪！还可以预见，他们会遭到用工歧视，雇主找一天会把他们请进挂着假惺惺的风景画的办公室里，说声很抱歉职位有调整，因此你不再合适了，意思是，他不愿意和五官不全的怪物共事。在所有应该担忧的事情中，他们最要警惕的是反无耳人组织。已经有极端分子多次公开指责他们，他们说："因为疾病、意外和战争，许多人忍受着身体残缺带来的痛苦，可无耳人出于可笑的理由，主动地、任性地处理了自己的器官。他们践踏人性尊严，不配活着。"塞尔先生相信，此类言论未来一定会导致可怕的结果。由于人们相互看不惯，一些人认为有资格惩罚另一些人，从丑化、诋毁、凌辱、施虐到谋杀，世界上每天都在重复发生相似的事。

塞尔先生不让身边的人了解他回家后的秘密。人们认为他是个偏内向、爱清静的人。要是采访他周围的人，大致会得到如下评论：

"虽然亲切，但说不清楚啊，这个人好像有点距离感。"

"不，我不了解我的邻居，看上去挺正经的，不过基本上听不到他在隔壁干什么。我没有故意偷听哦，我不是那样的人。可是人住着总要发出一点声音不是吗？看看电视，骂骂狗之类的。我经常搞不清楚他是在家还是在外面。他有可能从事不正派的职业，在家偷偷干点警察应该知道的事情，这不好说。"

"塞尔他不太参加集体活动，有时你跟他说：塞尔，晚上喝一杯吧！或者，周末一起去看球赛吧！他看着你，表情竟显得很痛苦，好像他听到的是，喂，塞尔，我们晚上去杀个人。就是那样的表情。然后他找个借口就开溜了。我想，也许他没有那么喜欢我们。"

"他是个好同事，做事很踏实，唯一的毛病是离开公司后不肯接电话。是有这种人，认为下班后不该受打扰，但这现实吗？在这样的社会中？不过，你总算还可以发邮件和他联络上。"

塞尔有次倒是接受了"晚上去酒吧喝一杯"的邀请。他搞砸了。他在吧台前坐下，旁边坐着朋友。朋友的肚腹很大，情绪饱满，不停地要酒，用大手掌拍打他的肩膀，嘴里喷射出很多笑话来，还几次将他介绍给刚好现身的酒友们。酒吧放着隆隆的音乐。塞尔先生喝了两杯威士忌，突然表示头痛，捂着头爬下座位。

朋友以为他去上厕所，可他一去不回头。塞尔先生拨开酒吧里的人群，走到马路上，跳上了最先看到的一辆出租车。他原准备不管如何，今晚要坚持下来，但义耳不幸在那时坏了。他不但承受着超负荷的环境声，还有额外的噪声不停灌进脑内，差点使他崩溃，他没有其他办法，只好夺路逃亡。

每半年，塞尔先生会收到一件匿名快递。他从物业处取来，郑重地捧在手里，一个包裹得异常严密的纸盒，又轻又小。里面装着他在网络上订购的义耳，从家乡的工厂寄出，通过畅行全球的物流系统送达，为不透露快递内容，还很贴心地隐去了寄件人名字。义耳消耗得太快，这恐怕是所有出门在外的无耳人最大的烦恼。义耳里接收声音的元部件、模仿触觉功能的传感器容易损坏，把耳朵调整到和体温一致的控温元件又会失灵，人越是住在声音嘈杂、温度变化大的地方，义耳越容易发生故障。而义耳的外形也会物理性地毁坏，会擦伤、裂开、折断，且不会像真耳朵一样自己长好。因此他们要不断补货。

塞尔先生的阳台上摆满盆栽，每用坏一副义耳，他就把它们埋进花盆里。它们仍然像对双胞胎婴儿，但令人遗憾地早夭了。他在盆里挖个坑，放下它们，在它们身上小心地盖上土。不出几个月，可降解的材料在泥土中化成肥料。吸收了旧耳朵后，塞尔先生种的花草长势惊人，野心勃勃地探出阳台，往四邻外墙上疯狂攀爬。人们站在楼下，一眼就能从许多沉闷的方格子中间识别出一个花花绿绿的单元，那就是塞尔先生的家。这件事有其讽刺性：义耳虽是秘密，却幻化成其他生命形态大张声势，并使塞尔先生成为社区里某种引人注目的住户，和他保持低调的意愿背道而驰。也许这正说明，世上没有绝对的秘密，秘密都是相对的，世上也没有完全凝固的秘密，秘密会变形。

除了快递，还有一样东西是赛尔先生经常收到的，那就是"无耳人同乡会"的聚会邀请。后者为了避人耳目，以不固定的形态出现。有时是一封投递在邮箱里的信，上面是只有他们自己人能懂的扼要信息。有时是一张小纸条，不知何时塞在他门口的地垫下。有时他走到公寓的停车场，看到车旁的地上有用粉笔留给他的几个代码。有时他来到阳台上，发现对面楼顶有人在等他，一见他出来，马上利用一面小镜子把阳光反射到他脸上，对他打密码。

塞尔先生知道一些人热衷于组建和运营同乡会，不定期地叫大家碰头。他不是很欣赏这种行为，一次也不参加。首先是有风险，每次聚会的筹划、组织、发送邀请，以及最后大家真实地聚到某个地方，每一个环节都可能被人发现。其次他有一个疑问，假如你那么渴望和同乡在一起，那为什么背井离乡？

就他个人而言，缺少热情和同乡们抱团取暖，相反，怀抱着秘密在大都会中和各有来历的人交往，他觉得更有趣。一个想法起先是模糊的，这些年变得清晰了：大都会中的每个人都藏着些秘密，自己的秘密是这种，第二个人有第二种秘密，第三个人有第三种秘密，以此类推，耳朵说不定仅是其中级别最低的秘密，搞不好别人的身世都比他们传奇。于是他一边心想，有秘密就是同乡吗，那么我和所有人都是同乡，一边用鞋底轻轻擦掉地上的粉笔字，或是礼貌地等待对面的人收起镜子，自己眨着眼，清除眼里暂留的光斑黑影，然后离开阳台。

虽然得到"这人偏内向"的评价，但是大都会中的赛尔先生实质上在尽最大努力和人交往。有耳朵的女朋友，他也有过。

有一阵子，感情激起他对于未来生活的种种设想。就和她结婚也行，他想，就结婚吧，每天晚上抚摩她，闭上眼睛，早上醒来睁开眼睛，看着她，她和她那对真的耳朵躺在旁边的枕头上，耳朵上有小绒毛，因为阳光而一根根地清晰可见。想象中的婚姻画面像耳朵上的小绒毛，越来越具体。他相信自己不会在夫妻生活中露马脚。毕竟义耳的工艺完美，拧上以后，和脸部结合得天衣无缝。处理用坏的耳朵他也有足够多的经验，他可以把阳台改装一番，从客厅到阳台的入口处做得曲折点，使妻子不能直接张望到他在花盆中做的事。结婚久了，有些地方可能需要忍耐，他对此也做了打算。他可以留下一副出故障的听不太见的义耳，视情况佩戴，就让妻子尽情地说她想说的吧，自己可以奉陪。

设想全落空了，他们没能走到最后。女友很蹊跷地提出分手。她不是年轻女孩了，平时做事都有讲得清的理由，不该莫名终止关系。他猜想她有隐衷。即使仍要分手，但那是什么呢，他很愿意听一下，不论是多可怕多可笑的秘密，他想他都可以理解，全部可以理解的，他已经承认人和人有差异，而且差异可能是惊人的，但隐藏差异去生活不就好了吗，大家不都是这样吗？他认为他可以帮助她。

直到最后，女友什么也没说。有一天回到家，他已经卸掉两只耳朵，他从安静中得到预感，又不怕麻烦地装上一只，他把电话贴到义耳上，再一次拨打她的号码，它已经成了空号。他放好电话，低下了不对称的头颅，像是向不可抗拒的力量说"我屈服了"。

塞尔先生目前单身，密友很少，每天最消磨时间的事是上下班，收入不错，生活闲适。失恋后有一段时期，他感到分外孤单，每天在拧下耳朵后，他像一条鱼一样聋，从卫生间游荡进客厅，如同鱼看着玻璃缸外面一样，他面向鲜花盛开的阳台，他知道阳台外是大街，大街外是一整个大都会，五颜六色的人来来往往。总在那一瞬间，孤单指数冲上顶点。他偶尔摇摆了，也许应该去参加同乡会，他们一直热情而偷偷摸摸地发出邀请。他吃不准自己如今在同乡中，算不算过得好。扩大范围，在人类中又算不算过得好。他自我评估：大概都在中游水平。如果能坐在同类中间畅快地聊一聊，公开彼此的生活，也许对自己有帮助，会感觉好点。但他暂时没有付诸行动。

以与我们不同的锐利目光，他时常能在人群中认出同乡，比如今天在下班路上，他就见到两个。一个年轻人，巨大的保暖耳罩半包围他的脑袋。塞尔先生仔细一看，差点上前提醒：朋友太大意了，偷懒不戴义耳，只用耳罩做掩饰，这样迟早出事情。另一个是长着一对招风耳的小学生，手揣口袋，从斑马线另一头逍遥地走来。塞尔先生向他送上属于知情人的斜斜的嘴角。在他自己的童年，每当被周围声音弄得心烦意乱，他就将耳朵向外一拉，使内部螺丝松脱，耳朵成为招风状，世界便被暂时关在外面了。

今天，塞尔先生在寂静的房间里想着这两个人，想他们此刻是不是和自己一样回到了另两间寂静的房间，他们今天收获了些什么，心情又是怎样？

三

擦玻璃的人

　　他踏上窗台，吸气，伸展身体，不用眼睛而用双手找到一根从头上方垂下的绳子。粗绳中绞进了灰尘、雨水和脏东西，已被用到颜色发污，显得更为可靠。他不看它，但抓牢它，当机立断一摆荡，脚离开窗台，人飞到空中。

　　风当胸吹来，青灰色的连体工装服抵住他蓄满能量的胸大肌、紧绷的腹部、饱满的肩膀，在后面又包覆住他宽阔的背和圆翘的臀部。他手臂用力，稍微屈起双膝，小腿交叉，稳定住身型，确保自己不会从高处摔下。别人握住绳子时，它还是绳子，他一握住绳子，它就变成手。他有把握，除非自己先放开，否则绳子会无条件抓紧他，带他在半空巡游。荡到高点，前方大厦迎面砸来，粗粝的棕色外墙在视野中急剧扩大，一声"嘭"就要响起，但在挨撞前他松手了。另一条绳子，一只更粗糙的手在等他。他拉着新出现的手，要求它接力摆荡，他们一起转向新的角度，安全地荡开了。而后，下一只手把他接过去。他又握住了另一栋高楼前伸出的另一只绳之手。然后是再一只手。短绳子，提供他短短一瞬的摆荡。更长的绳子，赠送他更长的行程。他渐渐从所住的西区，一个房屋低矮局促的地方，荡到了中央商圈，从两层楼的高度荡到了真正的半空中。林立的高楼大厦，在好天气里成为站立着的城市巨眼，用各自的玻璃幕墙看着天空和云，每当太阳被云遮住一会儿又跑出来，巨眼就仿佛集体眨了一眨。天和云，在巨眼们的相互反射中数量无限增加。巨眼们还看到，在天和云之间，他借助绳子波浪状地飞驰。

刚才是上班路上的情景，现在他来到了工作地点。他是一个擦玻璃的人。论地位，是擦玻璃人的头子。

一栋外形肥胖的高楼，玻璃幕墙的颜色介于灰色和深蓝之间，楼顶上，高处作业吊篮已经在清晨安装完毕，他的三个手下在吊篮里集合好了，等他来开晨会。他来到附近，松开绳子一跃，顺速度方向，落进吊篮一角，既没有引起悬吊平台的震荡，也没有碰撞到任何一个手下，像从大自然中飞来一只精神的大山雀，收好翅膀，稳稳站上枝头。

"早。"手下们中断闲聊对他说。其中一人在抽烟，烟灰弹进自带的盒子里。一人从保暖壶里倒出热咖啡，又把壶挂回腰上的安全锁扣里，慢慢从纸杯里饮用他喜欢的豆子烘焙得较浅的酸咖啡。第三人刚检查了一遍保险绳，半眯着眼靠在安全护栏上休息，这人最老练，很会均匀分配一天的体力，用坐在沙发上的态度靠坐在半空，不兴奋，不慌张，很舒适。

手掌粗率地整理过黑头发，把被风吹乱的发型大致拨弄到原状后，他不再浪费时间，拉开屁股后口袋的拉链，拿出纸和笔。他打开出发前整齐地叠了两次的纸，上面列着一些名字，这三人在纸上也和在吊篮中一样紧挨在一起，他在它们前面打了钩，在它们后面画了一个大括号，在括号尖头处写上这栋楼的名字：蓝鲸帝国大厦。就算记下他们准时到岗。"今天天气好，工作愉快！"他只这么说。他收起纸笔，放回裤子口袋，确认拉链锁好，以免发生高空坠物。

他十分自然地，就着第一人的手把他吸到很短的残烟猛抽一口。拍拍第二人的背，摸到像蝙蝠翅膀似的向两侧展开的背阔肌。对第三人，他最看得起的擦玻璃的人，没有说什么、做什么，只有视线短暂交织了。表面最少的交流，是因为底下积淀了最多的信任，他们是老板和老伙计，也是挚友关系。他又化身大山雀，离开暂栖的枝头，往天上敏捷地一飞。不知怎么做到的，他一探手，绳自空中来，他抓住它直到跃起身才吐出方才那口烟，下一秒身体穿透烟，荡到另一栋高楼去了。

黄金广场的底部四方、宽大，往上逐渐收窄，顶部成尖塔状，全身安装金色玻璃。它蹲在商圈边缘，像一块金纸裹住的大巧克力。他在那里安排了五个擦玻璃的人。

胜利金融中心，六十三层高，笔直冲向云霄，黑色金属框架，立面复杂，玻璃数量很多。七个擦玻璃的人分成三组工作。

第七宫天秤大厦，中间的主楼最高，通过两条空中桥梁一东一西各连接一栋略低的塔楼，三座楼合起来的外形如同一架巨型天平。十二人大队为擦拭它将工作两天。

他每到一处都再次从口袋里拿出纸和笔，这是个顺利的开头，没人缺勤，纸上的所有名字前逐渐都打上了钩，四个大括号把他们分成四支队伍，服务四座大厦。他在四座大厦上，对他的手下们发表了或长或短的鼓舞性的话，又做技术性指示，有时提醒他们注意高楼结构、回避午后骄阳直射，有时和队伍的小头目再确定一次人力配置。他特别强调擦玻璃人的团队工作原则："始终留心，时时呼叫[1]"。他相信，合作高于单打独斗，安全重于一切，要求他们只要离地一米就要彼此照应，还要对每段绳索、每个锁扣像对心爱女人的身体那样彻底了解。

第七宫天秤大厦上的十二人组成的"4-4-4"工作阵型，引起他的担忧。他向小头目点明两个不利因素："两条空中桥梁，擦它们的玻璃时，要反复移动和固定吊架，会很辛苦，也花时间。天气。我还担心明天稍晚天气会变得不好，或许有一次局部强降雨阻碍我们的工作。我想你需要支援，在雨到来前完成工作。蓝鲸那边的三个人，都有经验，我将要求他们今天傍晚前匀出时间，帮助你处理几层楼面，那时请做好重新编队的安排。"说完这些，他收起头子的派头，嗫嚅地提出一个请求，希望能留在天秤大厦擦一会儿玻璃。

小头目全身晒成棕色，裸露的头皮晒成深棕色，他在光头上扎一根彩色发带，尾部拖得很长，随风起舞。发带的作用不仅是装饰，以便在十二人中突出他的领导风采，更为了实用性，它能阻止汗水从头上滑到眼睛里，他也根据发带飘动的角度和劲道，时刻掌握风的变化。柔风是好友，疾风是擦玻璃人的劲敌，它增加钢丝绳的受力，只要其中一根断裂，吊架就可能发生大角度倾斜，他们会像一些球一样从吊架上滚下去，摔个稀烂。即使钢丝绳不断，大风也可能把吊架连同人一起吹起，猛力拍向建筑物，结果使人像另一些球一样被震得弹起来，挣断腰间的保险绳掉下去，同样摔个稀烂。彩色发带轻轻一动，小头目听到他想入伙，

---

1 赫尔曼·梅尔维尔的《白鲸》是擦玻璃人的头子最爱的小说之一，他将书中捕鲸者的守望纪律"始终留心，时时呼叫"用于自己的擦玻璃部队。

摇了一下头，他坚毅的脸上没有逢迎的表情，说道："十二个人很好，十五个人不错，十三个人不吉利。"拒绝了。他点点头，承认有道理。每个在地面以上工作的人，都有自己的规则，相信某些东西会带来好运，某些是不幸的征兆。对彼此的规则，他们给予充分尊重。

到此，当天的工作布置完，他本可以回家，在路上取出胸前拉链口袋里的对讲机，和手下们保持联络即可。他没有这么做，而是飞身返回蓝鲸帝国大厦，亲自向三人传递支援别队的消息。等看到三人都同意，他停了一停，把刚才做过的请求，一式一样地向那刚才倚靠在护栏上的沉稳的第三人，也即这一组的领头人提出了。那人完全清楚他不是袖手旁观型的老板，因为他多么喜欢在第一线参加劳动。按常理说，混在员工队伍里的老板使员工讨厌，但第三人不介意。每队领头人的风格不同，发带小头目希望独享指挥权，带一支人人听命于自己的队伍，向高难度发起挑战，具有空中海盗船长般的品性。第三人却实惠得多，身边有两三名亲信，尽善尽美地完成普通任务，在他看来就很好，同时，他把老板视作强援而非对手。他答应了，仅仅要求："请你去那边，不要老是在我们眼前晃来晃去。"

他把自己变成屁股口袋中的签到纸上的最后一名工人，干开了热爱的事业：擦玻璃。

其他人大多是站在用钢丝绳悬吊的平台上工作，身体被一圈护栏围住，上升与下降全交给电动提升机。只要做好安全检查，设备不出故障，无论是在三十楼，还是七十楼，理论上来说，都宛如站在自家院子里擦后窗玻璃一样平安。安全重于一切，他反复告诫他们。至于他自己，截然相反，他愿意做一个原始豪放的擦玻璃人，把自己的生命线，一条由多股细尼龙绳拧成的绳索结结实实地系在大厦顶上，另一端绑在腰间，便大无畏地从建筑物顶部往下降。脚下什么都踩不到，再往下降一些，依然踩不到，如果执着于脚心碰到东西才算安全，那么就不是他。要这么想，没有地面，但不是有绳子，还有风吗？绳子，它是你的路，你沿着它去。风，比地面伟大，能把全身包裹起来，它是真切的，有影响力的，力量大到足够软禁人类。你要拿捏好对风的态度，不能对它害怕，会被它折磨，也不能太满足，会掉以轻心，你要是相信它，就有了依靠，如果不信任它，一瞬间就会被它抛弃，掉进死亡的手掌心——它在几百米以下以一大块水泥地的形态摊开着。

他依靠绳子和风，十分自由地在蓝鲸帝国大厦表面移动。大厦圆滚滚的，呈流线型，顶部扩展出两块东西仿佛尾鳍，建筑物整体造型描摹的是一只蓝鲸去潜水，下半身连同尾巴甩出地面，非常大的头部则埋在地底下，可能在思考去哪里吃磷虾。建筑前方广场上，还有两眼紧紧相连的喷泉，每隔一会儿共同对天喷出壮观的水柱，无疑是模仿鲸的喷气孔在呼吸。他钟情这个半藏半露的设计，觉得它样子聪明，比一味追求现代感的建筑好。而且，玻璃反射出的色彩，视当天是阴天或晴天而定，时灰时蓝，不同的天气擦它有不同的趣味。

今天，哺乳大鱼的颜色澄澈美丽。同伴站在作业吊篮中，在鲸的腹部那面，从尾鳍逐层往下完成工作，他遵命避开他们独自在另一侧，鲸鱼的背部劳动。他双手齐发，左手持喷瓶，将配比好的玻璃清洁剂溶液不断喷洒到鲸鱼背上，右手持一把T字形玻璃清洁器，在它身上刮擦。他挥舞清洁器时，从不以一块玻璃、一个楼层为清洁单位，外墙的每一寸，他必然英姿挺拔地经过且骄傲地只经过一次，就一举扫除鸟粪、浮尘、雨水的痕迹，使玻璃闪闪发光。他驾驭腰间绳索，绳索带着他大幅度移动，而他带着喷瓶与玻璃清洁器大幅度移动，他们构成一个整体，优美地破开空气，在呼呼声中畅行无阻，有时轨迹是一道圆弧，有时轨迹毫无规则，难以预测。像谁在高空挥笔写草书，笔迹龙蛇飞动。

"呵。"擦洗鲸腹的第三人发出一记善良的笑声，第二人、第一人跟着他笑了。因为擦玻璃人的头子荡得过高，人飞出了大厦轮廓，跑到他们三人的视野中，他旋即荡回去，但不久再次趾高气扬地荡出来。何止他自己快活，他还让同伴们也沉浸在有意思的工作气氛中。他们都感受到，由于他敢于潇洒大胆地在鲸背上嬉戏，平时不怎么和人互动的建筑物也变得愉悦了，它那碰到知音的好心情流露到建筑物表面，微小的颤动通过T形玻璃清洁器、抹布和小铲刀传达给了正在使用它们擦玻璃的人。而这些，陆续走进蓝鲸帝国大厦，被装到玻璃幕墙里面上班的普通人，是无从知晓的。

他不是本地人。许多年前，他一文不名，以乡下小子的身份来到大城市，打听到哪间酒吧人气最高，就一头闯进去找老板。他并非随便就出来混社会，决定是慎重的。

离开家乡前，他把镇上全部房子的玻璃擦洗一新，他没有明说，但在心里把这当作道别礼物。那天，乡亲父老们站在镇口，眼前是他越缩越小的背影，身后是调高了亮度的小镇。"那个奇怪的年轻人走了，他想去擦世界。"他们说。他从小就显露出特殊癖好，对窗户着迷，曾经徒手爬到离地几十米高的教堂玻璃花窗上，擦拭彩色玻璃拼成的圣徒神迹。淳朴的乡亲仰头看他，不时惊呼，"小心！"但擦完的下午，阳光通过花窗挥洒进教堂，制造绚烂的效果，当夜，教堂灯光又从花窗透到外面，彩光照耀天空，乡亲们欣赏到了美，于是原谅了他的冒险，任由他到处擦玻璃，付他零用钱。然而小镇之小，困住了他的手脚，哪里有足够多的玻璃可以擦呢？只得离开。酒吧？不，酒吧不是目的地，是他通往大事业的第一站。

半年内，他在城中时髦酒吧里打工，不干其他，只专注于洗杯子、擦杯子，把杯子清洁到老板要求的程度，超越老板的要求，达到谁都无法追上的标准。酒吧生意太好，他一周七天通宵陷在阵仗惊人的杯子堆里，玻璃杯改变了空气折射率，他附近总是透亮的，同事经过时不清楚发生了什么事，但都感到氛围不同了。这让他无论如何低调，都仍然打眼。几个月后的一天，一位调酒师走近他，默默站着，观察他，认为他拿杯子很有感觉，问他愿不愿意到前面帮忙，自己可以带领他从后厨走向吧台，使他出人头地。吧台，在调酒师看来是酒吧里的T台，酒吧的荣耀集中在吧台，而吧台的明星是调酒师本人。调酒师此前以为他的观点是世人共识的，但在这一天遭到打击。

"不。"他回答，手里忙不停，干布在马天尼杯、白兰地杯、啤酒杯、果汁杯里打滚，在杯子外面轻拂，他双手沾满闪亮亮的光芒，"我只喜欢干这个。"

"喜欢……什么？"调酒师不解。

"玻璃，主要成分是二氧化硅，是以石英砂、纯碱、长石、石灰石为原料做成的。擦玻璃，我喜欢干这个。"他说。

调酒师嗤笑一声，挺直了斜靠在墙上的身体，从践踏自己美意的小杂工身后傲然走开。调酒师不能理解，对自己重要的吧台对他人无意义，小杂工非但不看一眼吧台，不久，连后厨的工作也抛下了。

他来酒吧工作，有着自己的打算。还在家乡时，野心绘就的蓝图就躺在他脑海里，他预备为实现它付出代价。他相信凡事都有代价，如果不知道怎么支付，也不必傻等别人告诉你，很可能别人永远不会告诉你，也可能告诉你错误的交易方式，为了尽快实现蓝图，你一开始就应该用自己的方式先支付了再说。在把一堆一堆杯子接连不断地供应给寻欢作乐的酒客时，他真正的作为却接近于把大捧钻石奉献给城市夜晚，他如此殷勤地伺候城市夜晚，奉承它，和它打好交道，获得它的许可，得到它的一份引荐。于是，他就有资格来到夜晚的反面，光明的白日，擦他真正想擦的那些玻璃。

但说起来搞事业还要解决钱的问题，酒吧没有留给他积蓄。他在出租房里翻报纸，读到一则招募特技演员的广告，找了过去。结果异常顺利，他在特技行业立稳脚跟只用了区区一场戏。动作导演发现有位新人吊威亚很在行，拜广告所赐，看来他们找到了一头从钢丝末梢长出来的空中怪物，脚一离地，就复活了。他被要求在很高的地方从这点移动到那点，手与脚分别做出怪动作，他利落地一次完成，动作导演当场对他比出平时十分珍惜的大拇指。他迅速成了穿梭在各剧组的忙人，每天换上不同戏服，被忽高忽低地吊着，在空中飞挪腾跃。他从不抱怨，也不出错，还能临场加戏，提起一些后来在影坛上很值得一提的动作场面，他功高如山。剧组全都喜欢他，对他慷慨，爽爽气气地给他结款。他在那时天天开工，存下不少钱。

有一天，在一部大制作影片的外景地，他和另一个特技演员被吊在高处等戏，他是男主角的替身，另一个人是大反派的替身，导演一喊开始，他们立刻就要复杂地扭打起来，一会儿他占上风，一会儿反过来，再过一会儿势均力敌，最后他赢了，杀死大反派，把他从高处推落。下面的工作人员还需一点时间做准备，所以他们在等待中聊起天。他经常在不同剧组见到大反派替身，有时同场演戏，对方可以说是除他以外，数一数二的特技演员，功夫好，性子也很好，被他抢去了不少风头，仍然是温和有风度的，并且看得出来不是故作姿态，而是真心不介怀。

"结束这里的工作后，跟我干吧。"他没有铺垫地就说。

"干什么？"大反派替身问。

"嗯，做一个擦玻璃的人。"

"擦哪里？"

风一吹，穿着武打戏袍的他们，像铃兰花轻轻摇摆。他示意大反派替身看远方。地面上，剧组工作人员在忙碌，每个部门发出的声音清晰可闻，但两个人在空中结成密闭的小团体，脱离了他们。他们的脸转向同一侧。远处是片高楼大厦，阳光在它们的玻璃外面做了层透明包装，每座大厦都显得很新很好，使人想伸手摸一摸。

"好的。"大反派替身看了一会儿，简略地回答。

他似乎预料到对方会满口答应，不过没再来得及说什么，交谈就结束了。因为摄影升降机这时已准备就绪，摄影师带着昂贵的器材坐在工作平台上，由一条回转臂升高到空中，停在了他们附近。

从片场谈话那天起，十年过去了。他没有一日不努力，终于拉扯起一支队伍，培养出几名骨干，做特技存下的钱发挥了作用，他用分期付款的方式盘下一套高处作业吊篮，日常再会视情况租借几套设备，就这样，城市中占压倒性数量的擦玻璃业务被他一手包揽了。有些人听不到命运的召唤，有些人当作没听到，他庆幸自己听到并响应了召唤，从不猜疑它。经过一条转折较多的路走到今天，如今他每擦亮一块玻璃，还能获得和最初擦教堂花窗同等的快乐，时常觉得比起命运不好，或是命运怪就与其闹别扭的人，自己真叫顺利。

这天接近中午，蓝鲸帝国大厦的工作告一段落，鲸背蒙上一层亮光，好像被大海用它所有的海水大方地清洗过一样。他这位擦玻璃人的头子，解开腰间系着的安全绳索，再次用手握住唯有他可以探手取得并永远抓牢的绳子，绕建筑半周，跃进鲸腹前的作业吊篮中。

他把工具还给手下，看它们被妥善整理好，收起来。他又厚脸皮地问手下讨咖啡喝，咖啡还热腾腾的，咖啡因进入胃里进一步温热了血液，让劳动的余韵变得美好。喝咖啡时，他的注意力从蓝鲸转移到了其他地方。吊篮现在更接近地面，没有一览无余的好视野了，但是周围大厦与大厦的间隔提供了宽窄不一的取景框，他从它们中间看出去，空气干净，能见度很高，在中央商圈以外，有更多的受他管辖的建筑物。稍近些是商场、学校礼堂、体育馆，远处有国际会议中心、电视塔，再远处是临港地区的建筑群，以及航海博物馆。每一片玻璃上，都映出过他的身影。通过擦洗它们，他知道一些城市上空的秘密：哪些楼顶能欣赏到好风景；哪些楼顶受到鸟的喜欢，一飞到那里就爱表演一个俯冲；另外，就像地面有某些不详的十字路口，他知道哪几座大厦外面最容易发生空中事故，一些同行在那里不可思议地坠亡。

第三人和他的脸朝着同一个方向，他们按一定节奏同步转头，从左到右把方便看到的地方看一个遍。他手中盛咖啡的纸杯很快露出了杯底。

在片场当大反派替身时，第三人还很年轻。这些年来，他被紫外线一层一层镀黑了，皱纹从皮肤表面刻入，偶尔笑起来的时候就钻进脸上更深的地方。其精健的身材倒是没变，即使初识，也能感到他身体里不可低估的力量。第三人在擦玻璃人的头子以下，握有不小的实权，意见常能左右头子的决定，这点业内人人知道。他们的好交情，也人人知道。有时第三人被看成一个牺牲自己成就他人的人，只有一次，听人提起那段爽快入行的佳话，第三人一本正经地解释："不是那样的，不是放弃了自己的特技演员之梦。当时在空中看了一看，头脑里一片空白，醒过来时已经答应了他。"他在别人的哄笑中继续说，"奇怪的是，从那一刻起，擦玻璃也成了我想做的事。我碰到的不只是朋友，也碰到了我的命运。"

已经数不清有多少次了，他们像这样相互陪伴着一起凭栏远望。汽车喇叭声、行人嘈杂声从地面上传来，风的声音也扎扎实实包围住吊篮，他们浮在空中，既包含在这个世界里，又好似游离在外。

他们一阵默默无语，突然讲起话来。"现在怎么样？"第三人没头没尾地问他。

"现在？还远远不够。"擦玻璃人的头子回答。他继续充满豪情并亲切地看向一座座高楼，从它们之间极目更远方，再远方。他心中认为，总有一天能把擦玻璃的业务做到那里去，要一直做到目光的尽头。

四

口袋人

　　我和一个女性朋友在日本北海道过春节，每天脚踩积雪，乘新干线，吃螃蟹。我们享受着未用语言挑明的关系，单独去了好些地方。其中有个城市是一部纯爱影片的拍摄地，电影里的男女主角同名，还在当中学生时，他喜欢她，捉弄她，在借书卡上画她的肖像，分头长大后，男方在登山事故中罹难，女方这才追忆起旧感情。影片想叫人觉得回忆中埋藏着好东西。但好东西，你不知道它们何时何地埋藏下去，也不知道何时何故又被挖掘出来，因此以我的年纪来看，此事既好也惊悚，不太想尝试。现实中，拍电影的城市里，风景不如电影美，商店卖的东西没意思，游客太多，令人疲倦。

　　幸好行程中还包含好几个动物园、植物园。在旭山动物园的一角，墙上醒目地画着一匹狼，背景是一团饱和度很高的蓝，蓝色前面，独狼的毛色是黑与灰。它有着人类的神情，瞳孔紧缩，聪明地看向某处。我认出是阿部弘士[1]画的一匹有名的卡通狼，叫"嘎布"，出自他的绘本《翡翠森林狼和羊》。书里狼与羊交上了朋友，它们的友情不被认可，二者决定逃向狼和羊可以共存的翡翠森林。我曾给儿子读过这本书，那是很久以前的事了，那时我和前妻还经营着模范父母的角色，枕边读书，周末全家同游，其乐融融。那确实是很久以前的事了。看到嘎布后我们猜想，动物园里的全部动物绘画都出自阿部弘士之手，接着我们每到一个动物馆，都专门去看指示牌，学上面的动物样子拍照片。她做出猩猩挠头、猫头鹰伸出一只翅膀指路的动作，中年人的正经面貌被抹掉，她比出发时可爱。

所以要我推荐的话，去旭山动物园，比逛知名影片拍摄地更开心。但总的来说，七天的北海道旅行，在哪里都过得很不坏，只在回国，回到我熟悉的生活前，遇到了小麻烦。

我们在机场想起来，廉价航空公司对行李有严格限制。不知道是不是超重了？于是我们在机场地上打开行李箱和背包，抱着游戏的心情重新整理起来，重点是把那些体积小、分量重的物品掏出来，装进衣服口袋里。

外套左边口袋：小相机、手机、充电器。

外套右边口袋：化妆袋、笔袋、折叠雨伞。

牛仔裤后袋：电源适配器。

装备完毕，顿时浑身一沉。特别是雪天中派了很大用处的折叠伞最讨嫌，它太长了，手柄从口袋里伸出来一截。从前方或

---

1 在日本北海道的旭山动物园里，阿部弘士自1972年起作为动物饲养员工作了25年，照顾过多种动物，其中也包括狼。他一边当饲养员，一边创作动物绘本，出版了《翡翠森林狼和羊》《刺猬布鲁布鲁》《猩猩日记》等，获得很多奖项。

是后面看起来，我想，也许我这位旅客此时像是某位身披铠甲将要凯旋的大将军。他并没有因胜利就松懈片刻，仍然身藏多种暗器，腰里还挎了一把宝刀。

她也做了差不多的事，富有创造性地，在全身上下塞满了零星物品。她来检视我的成果，笑着按了按我的胸口，她的手按到了放在外套内插袋里的钱包，奇异并久违的感觉经过钱包一路传递到了我身上。我们随后就这样排在换领登机牌的队伍里。乘坐廉价航班的人全像我们这样奇形怪状，口袋里都塞得鼓鼓囊囊，所有人缓缓地，顺着折返的隔离带往柜台迂回移动，好像做了坏事，要被移送去哪里。突然，好几天以来，我的心中第一次难受了起来。

我对她说："我们真像口袋人——你知道口袋人吗？"她说知道一点。

我出生在一个热心参与公共事务、对社会的号召响应过多的家庭，尤其我父亲，他笑起来牙齿闪亮，整个人的形象和心地好像光明得不留阴影，最好戴上墨镜回忆他。母亲的形象较为普通，但身上忠实地反射了父亲的光芒，因此也是光明的。由于父亲的坚持，在我很小的时候，我们收留了一个口袋人，名叫坡。

坡的到来一开始就受到街坊理所当然的反对。因为口袋人是有污点的人种，他们曾经到处偷东西，小案做尽，世上顶级的大案他们也常有份参与。

人们愿意相信存在过两个古老的偷盗氏族，口袋人是他们的后裔。民间传奇小说这样描绘口袋人的身世：很久以前，这两个氏族一个热衷跑去别人家闯空门，另一个整天在街头掏包，也就是说，是大盗和小偷。当然那时候的人们都穿着古代的衣服，梳着端庄的发髻，他们也一样，他们的衣袂翻飞在别人的屋檐上，或者拂过人家的包袱，把钱财据为己有。业务领域相邻又互不侵犯，两个氏族长期维持疏而不远的关系，直到一样东西攻破界限——婚姻。两支贼军联姻了。一个闯空门的配上一个偷皮夹子的，贼夫妇们的精神世界相通，又能在专业上互补长短，组成门当户对的好姻缘——即使是反面人物，传奇小说也写道，他们生活得很幸福。后代继承父母双方的事业，每个人都掌握了入室盗窃和街头掏包两项技能，处理的偷盗业务更广，赚头更多了。身体在这时发生了变化，多余的皮肤从胸口和腋下部位长出来。最初它们发育得很简陋，用胶带修修补补弄成口袋的样子后，可以放进一点东西。基因传了几代人，得到强化，口袋越来越好用。天赐神袋逐渐成为藏匿赃物的理想之地。他们干完一票，路遇警察拦截盘问也不怕，只要潇洒地抖一抖外衣，自证清白，殊不知赃物正藏在皮肤夹层里。

　　传奇暗藏的逻辑是：口袋人先具有罪性与恶根，再长出了口袋，偷窃是其天性，是改不了的。但是，事情也可能有另一种面貌，他们没有离奇身世，一族人因为意外长出口袋而开始靠此谋生，就像漂亮的人凭脸拍电影，高的人用长手打篮球，只是顺势而为。口袋本身没有罪，你可以叫有口袋的人不要偷，就像你可以制止别人打篮球。

　　无论口袋人是如何成为小偷的，无差别的是，小偷总是遭人痛恨。因为一切犯罪的起点就是偷窃，夺取性命、侵犯人权、通奸、窃国，凡此种种，假使遏制住偷窃行为，人类的品德可能升华一个档次。所以口袋人必须消亡。

几十年前一个关键时刻，社会正义人士决心和小偷种族进行正面的、坚决且彻底的大清算。从那个时代活过来的人一定记得，在庞大的财力和警力的双重支持下，搜捕运动大张旗鼓地展开了。巡警和暗哨遍布城市乡野，数不清的便衣混迹到人们身边，奖励举报人的奖金发出千千万万，新闻越写越长恨不得写到报纸外面。那时，人们但凡要把手放到胸口或是上臂内侧时，都会万分小心。结果是令当局满意的。捉小贼如同砍瓜切菜，名噪一时的神偷也相继落网。所有贼在警局被拍下标准制式的照片，然后印到报纸社会版上。只要一拿起报纸，还没定睛看，被捉拿归案的一排口袋人已经面无表情地先看着我们了。越是江湖地位高的犯罪分子，表情与眼神越是高深莫测，他们的脸上有某种吸引力，拉住你的视线，使你把报纸翻过去后还会翻回来再看两眼。现在想起来，他们都有点像阿部弘士画的那匹狼，你在和他们的对视中，感到被看穿了，输了。

　　大清算运动致使口袋人的偷盗集团或被剿灭，或被打击得四分五裂，再也无法恢复元气。没有案底只有嫌疑的口袋人，被登记到国家安全系统数据库，终其一生受到严密监管。警方相信，少部分口袋人狡猾至极，他们避开调查，谨慎着装以掩饰其口袋，隐藏在我们中间，仍不时伸出贼手。但即使把最后这点遗憾诚实地填写进政府工作报告，运动也总归大获全胜了。

　　坡就是在这样的背景下，在运动结束后、在运动的余波中来到了我家。坡的父母被警方羁押，他们的姓名，犯过什么案子，判处多少年徒刑，警方拒绝透露。也许是一对大人物呢，报纸上特地留出比较大的面积刊登照片，我曾和他们四目相接，被透纸而出的目光嘱托过什么——至今都觉得那是有可能的。像坡这类失去家长的口袋人儿童，大多数留在福利院，极少人被选中加入了政府在若干年后承认完败的实验项目。他们被交给普通家庭抚养，试试看能否走上和父母截然不同的栽满道德之树的新路。当然，首先这些孩子得通过全面测评，确定心理和行为上没有大问题，得到一个好分数。"是得高分的好孩子。"领坡到我家的长官如此冷冰冰地说，遂把他像小动物一样牵给了父亲。

我的父母充当监护人，坡从小孩子到少年时代的前半段，好几年里与我关系最亲密。

你当然知道有袋类动物，袋鼠有育儿袋，考拉也有一个。可能还知道海獭在腋下也生有皮囊。可爱的海獭会把几颗最爱的小石头藏在皮囊里，带它们到处游来游去，想吃东西时仰躺在水面上，用小手掏出随身携带的小石头，腹部是它的餐桌，它就在那上面敲破海胆硬壳，吃又腥又甜的海胆肉。口袋人外表看起来和我们一样，但像袋鼠、考拉和海獭，他们的皮肤皱褶形成好几个口袋，具体数量和形状不详，毕竟普通人几乎不可能合法地看到裸体口袋人，人权法保护他们的隐私。但有一点是清楚的，口袋里面放进些钟表、皮夹子之类的小东西不在话下，如果把据说是有弹性的皮肤皱褶撑开，还可以放进更大的物体。坡会把一本书放在口袋里，优哉游哉地走到树林里散会儿步，在喜欢的树下坐一坐，树荫蔽日，鸟也无忧无虑地叫起来，似在说明连我们在内的整个林间的心声。他就在这时把手探进怀中，摸出书来读，口渴的话，别的口袋里装着两个苹果，坡会分给我一个。

年轻的坡和我，以及道格，这样度过了一个又一个下午。我们不大理睬同龄人，反过来说，他们除了恶意招惹也不理睬我们。在坡到来后，昔日的伙伴像被身后系住的线一扯，从我身边迅速退远了，多段友谊终止于同一瞬间。我曾无法想象周围能那么空，那该是不好玩的，但当我们被截然分开后，他们登时一文不值。而我开始初尝一种无限接近爱情的感情，人如果有充分多的感情，就会从三岁恋爱到死为止，在男女之间，在能得到的和得不到的人之间来回喜欢，不是吗？我那时喜欢着坡。

坡一年四季穿风衣，冬天穿夹棉风衣，春秋穿厚风衣，夏天换上薄风衣，长度都到达膝盖。他身材瘦小，风衣勾勒出窄窄一具身体，他习惯双手插袋，肩膀还从两边往身体前面卷一点，这使他像不了挺起胸膛做人的好少年，也让他身体更窄了，如有必要，窄孩子能从稠密的人群中快速穿过而不碰到谁。即使夏天，他也要从领口直到下摆扣好全副纽扣，两扇衣襟紧闭。坡对纽扣位置有特殊要求，他腼腆地站在起居室，结结巴巴地问我妈讨要一套针线，妈妈立刻夸张地置办了十六色线、粗粗细细的针、插针的小布包、小剪子以及袖套。坡关起卧室门，秘密地缝过所有纽扣和纽洞，把间距改得很大——这是卷肩膀的根本原因，他要守护间距。每当要取东西，他避过人，稍许侧转身，揣在口袋里的一只手伸出来，抬起来，从两粒扣子之间一下子滑进风衣深处。我常常观察他此刻的表情，在他脸上出现一种琢磨的神情，配合手在衣服里的动作，眼珠一转一转，突然，你可以感觉到他大脑某部分神经元变得活跃了，他摸到了要找的东西，肘关节带动手，将那样东西通过两粒扣子之间，从口袋里拿到了外面。

父亲鼓励坡使用自己的口袋，他对一开始持反对意见但马上偃旗息鼓的妈妈陈述理由："这是他的'私人空间'，他有正当使用的权利。"坡很少背包，或者外出时尽管背着包，但包是空的。作业本、笔袋、折叠好的雨披、小望远镜、画了好多小鸟的素描本、春游时的便当盒、镇上商店里买的一磅牛奶、几包零食，他一律喜欢塞在身上。

"本子搞得这么皱。""……上面的字擦得也有点糊。""啧，起码吃的不要贴身放。牛奶不冰吗？小心便当盒子翻掉。"但没有一句是真心的抱怨。我感到他做什么都可爱，走路样子可爱，那样从风衣中找东西、取东西可爱，取东西时的表情可爱，我还没有一次可以忍住不吃他从两粒扣子之间拿出来的零食。在坡那里我了解到"从口袋，无论什么口袋里把东西拿出来吃，东西都会更好吃"。这是十分聪明的经验。

我们两个虽读同年级，但上了几年学后，坡改为隔三岔五才来一次学校。事情由几个高年级坏家伙搞出来。他们给坡发明了各种绰号，"夹层""袋鼠男""阿偷"等，最难听的当属"奶子哥"，指他胸前总有整齐的一排或两排扣子，这要视他是穿单排钮风衣还是双排钮风衣而定，穿双排钮风衣时，他们叫他"双奶子哥"。他们经常跟在我们身后，嘴里不三不四地说话，发出嘘声，要是回头瞪他们，他们得到回应就更开心了，连忙把一只手伸进自己的衣服甚至裤裆里，淫猥地在里面拱来拱去。你拿残酷的少年流氓没办法，无法阻止他们与生俱来的低级欲望在觉醒时的大爆发，就像一钻开油层，原油要自动喷上天。有一天，他们哄笑着大喊"奶子哥，奶子哥"，截住独自一人的坡，胁迫他到操场一侧通往篮球馆的近道上，他被他们合力撩翻在地，力量悬殊的双方滚在石子路上扭打起来，他们差一点就把风衣撕成碎片，但坡侥幸保住衣服，逃走了。我想象那时的情况，坡化身一只青蛙，大跳大跃了三四次，终于逃离刚才要剥它皮的实验台，保住小命一条。极端恶劣的侵扰事件发生的次日，坡留在家，父亲来学校商谈，他和老师们被关在校务处办公室长达两个小时，末了，乐观的父亲带着大事搞定的笑容，和沉着脸的教育家们边握手边走出来，他们商量出了让坡每周来校一两次取讲义、交作业的办法，他们说这是"权宜之计"，将执行到坡和大家的关系"重归融洽"为止。但是，既然从没有过所谓的融洽，重归融洽就是执行不了的荒谬任务。除了以保护的名义被推出校门的坡，没人得到惩罚。

在那之前我不清楚我具备某种报复才华。在那之后我的生活大为充实，我变得忙碌，我那绵长的耐力和灵活的技巧，初次发挥出来。我把道格的屎带去上学，塞进教员休息室中几双皮鞋的鞋头深处；剪掉校旗上校徽部分，使旗帜升上半空一招展，露出一个圆圆的破洞，引发哄然大笑；等时间久得当事人做了新的坏事忘了旧罪时，我再到邮购目录上精选几款成人用品，以学长的名字填好到付订单，寄给他们的父母；又经常在他们院子围墙外面往里扔垃圾。此后几年中，只要有机会，我就继续对师生双方面实施报复，促使他们缴付本人不知道存在的道歉分期付款。这是我可以为坡做的较为实际的事。

另一些事情发生在看不见的地方。在对坡的友爱和怜悯中，涌现出一股更有生气的全新波澜。坏事自有其魅力，高年级学生做的事激起我对坡身体的幻想。我做了一些梦，醒来就要去卫生间清洗内裤。但其中有一个梦较为纯洁，梦中坡面向我站立，他严肃沉着地解开风衣全部的扣子，接着两手抓住衣领下缘，嘭！他把风衣往两边张开。我被衣服扇出的风吹到，满怀兴趣地看去，但没有看到想看到的东西。风衣里面有一件一模一样的风衣，他脱去外面那件，开始解第二件风衣的扣子，嘭！又将第二件风衣衣襟张开，但里面还穿着第三件风衣，他无穷无尽地解扣子，脱衣服，总不能达到裸体状态，反而像剥笋一样把自己越剥越小，接近消失。这时我听见咯咯声，原来是自己在发笑，我笑着醒过来了。醒来感到空虚。

坡只向父亲叙述过一次校园事件发生的经过，从没有谈起感受。在退出学校开始半自习生活的几个月后，风波看似平息，一个气氛最最友好的时刻，我事先并无计划但脱口而出地请求坡："就让我看一看，只是看一下。"回答我的是不留余地的拒绝声，但能从他仍然温柔和善的态度，看出没有责备我的意思。而在他拒绝前停下来进行的略微一想中，我领会到存在一个高于他个人意愿的属于口袋人群体的原则，它是不可动摇的，或许和尊严之类的东西有关。接下去好多天，凡要掏口袋，坡都极其刻意地避开我。于是在关系修复之前，我就决心此事永不再提。

坡却主动满足了道格。

经常和我们去林中闲逛的道格，是我家的小狗，直到它去世为止，年纪都比我大，但一在生死线的两边分别，我的年纪迅速超过了它，回忆起它时它就总是一条小狗。据说在我刚出生那会儿，它常眼含热泪，把狗头搁在我婴儿床的边沿，间歇性地呜呜叫，数个小时不离开。那阵子，它每天去外面遛，也对其他狗格外唠叨地叫着，似想拉拉家常。它是那种特别多感触的狗，一个很黏家庭成员的小狗，一个不太知道自己是狗的狗，以及不像在普通吠叫而像吟诵叙事诗的小动物。"快看，一个人，特别小。像我，最像我。"兴许它当时在床边，用抑扬顿挫的汪汪汪的发音念了这首诗。究竟我和它谁先接受坡，是很难说清楚的。坡被领来的第一时间，它就绕在他身边打转，认出这个穿风衣的窄人是一个等人接纳他才好在社会上活下去的小朋友，一下子就爱惜起来，舔了舔他的风衣下摆，唾液滴在他穿的旧运动鞋上。

道格在一年秋末病重，话量和食量同时锐减，它比以往更常蜷在狗窝里，或是跑来人的脚边寻求安慰。只经过一个冬季，开春之后再去做检查，发现腹部的肿瘤已经长得很大。肿瘤压迫它后腿的神经，道格仍不屈不挠地拖着腿走路，痛得一直呜咽。可是它一向又那么爱跟我们一起散步，认定自己负有使命，必须沿路保护我们，同时它还要向周围一切可疑又可爱的小鸟、石头、树枝乃至一阵风，发出狗语问候，它跑东跑西，四处交谈，这是让它快活的时刻。"汪，"它大概又吟诗，"我从林外来，率领两个晚辈，在此玩一玩。"

食堂里有饭，商店里有衣服，水里有浮力，树林也自然而然地存在一种唯有树林才有的东西。一股怪力。发暗的光线、湿润的空气、地上的青苔、树、世代居住此地的一队小虫、鸟儿突然飞走激起的树枝震颤，它们缺一不可，交织成某种能量场，作用是擦除。一离开社区，走进树林，本质不同的事物就被去掉了差异，我和坡并没有不同，我们和道格在人和狗之间也不再两样，此地无人在乎我们的差别，差别就一点也不存在。因此，尽管不像道格表现得那样张牙舞爪，坡无疑也喜欢来这里，享受这里。我也喜欢这里。

一天下午，我放学回来，先到房间扔掉书包，又从楼上窜到厨房，摸走几块新烤的饼干，然后照例在房子前面转悠着等待与坡小别重逢，我们要出去玩耍。那天，久久才看到他走来，不知怎么回事，他和早晨在餐桌前分别时不同，身形明显臃肿了。等他慢慢走近，我看到了新颖的生命结合体，他如战线般死守的领口处，扣子松开着，一大团毛茸茸的东西堵在那里，正是道格喜悦的脑袋。坡拨弄狗的耳朵，狗冲我吐出舌头。

道格喜欢新的交通工具，不用自己费力气走，而且温暖，又显得自己神气。它坐在他肋下的口袋里，头温顺地靠在他肩头，这个高度让它拥有全新视角，它的好奇心一点不因生病减少，露在外面的狗头不时左右旋转，又对各样事物说起话来。我们两人一狗走在熟悉的林间，速度比往日慢。坡走得小心翼翼，我守护在像是胸前背着小孩的坡身边。他像是母亲，我像是父亲，我们有个病孩子，我们组成畸形的三口之家。

坡时常用双手托一把衣服里的狗屁股，看起来有些辛苦。"喔，"他表现出几分慌张，等那阵动静过去了，解释道，"尾巴在动。"

"老实点。"我像一个没有掌握教育方法的父亲凶狗，又像一个无用的丈夫问坡，"不重吗？"

"还好。"

"弄脏要紧吗，要是他放了一个屁……"我又问他。

"洗一洗就好了。"

我估摸着狗的大小，装进它需要一个很大的空间，好奇口袋有多大。"可以变通的。"坡对此含含糊糊地应付道。是有几个小袋子，但也能临时拼成大袋子的意思？我想象着口袋的结构到底是怎样的。

"那么，你们真的不是在妈妈袋子里长大的？我是说，刚生下来那会儿，你还那么小，顶多这么大，放得下。到一两岁，把你们从袋子里拿出来放到地上，你们自动就能跑和跳。"我眼前又出现了一幅画面，坡变得小狗般大小，他的小脑袋从一件飒爽的风衣领口钻出来，穿着它的是一名神秘女子，我一时无法想出立体的脸来，于是给她按上一张照片，就像大清算运动中常见的那种印在社会版上的标准化头像，在她平面的脸周围还留有手撕报纸形成的不规则的毛边，不论你从哪个角度看向她平面的脸，她的眼睛都正好对准你的视线，聪明地看着你。那就是坡妈妈和小小坡。

坡隔着衣服抚摩狗已变瘦的身体，没有说什么。

狗终究没能坚持下去。

珍贵的春日散步断断续续进行着，但道格渐渐地连坐在口袋里的力气都不够了。我们把它的窝从院子移到房子里，它整日都很痛苦，趴伏在垫子上呻吟，有时在镇痛药的作用下睡着了，胡言乱语说梦话，也许是和它曾在林中见过的小动物聊天，说些狗的体会和梦想。医生来家里看它，建议施行安乐死，父亲接受了。但父亲拒绝亲自送它去医院。他把我和坡叫到狗听不到的地方，低声交代我们把样子装得像一点。"你们去吧，别让它发觉。"他近乎哀求。这时他暴露出自己作为光明的人不易被发现的失色的一面：假如他相信还有希望，便有勇气带领坏事物走向好的方向，但他无法处理，或者直截了当地说吧，不想处理确定走向黑暗深处的事态，完全是一碰都不想碰。

我们最后一次把狗带出去。道格像往日一样，融入我朋友的身体，靠在他的胸口，在它晶晶亮的黑眼睛中，爸爸滑过去了，我们的门厅滑过去了，门滑过去了，房子和院子滑过去了，邻居的房子滑过去了，街道滑过去了，嫌恶地看着坡那副怪样子的街坊们滑过去了。这些最后一次经过了它的眼睛。我们只消看一看道格的脸，就明白完全没能瞒过它，狗心知肚明，出门后再也回不了家了。

坡将道格的小身体拎出来放在兽医的工作台上，他马上扣好领口。在我反应过来之前，他从胸前两粒扣子之间，接二连三地掏出狗的几件爱物：一根橡胶骨头，一只惨叫鸡，几个咬得破烂的毛绒玩具，它睡觉时盖的小毯子。他把它们一样一样地放在狗的身边。狗轮流舔一舔我们的手，我们顿时哭了。

我虽然是被狗看着长大的，但这一刻，坡可能比我伤心，因为狗曾住在他的身体里。

"喂，阿坡。"

"嗯。"

兽医在我们离开后将继续完成某些程序，承诺几天后交还一个代表道格的小盒子。由于刚才在医院大动了一番感情，我们在回家的路上精疲力竭，好长一段时间说不动话。但渐渐聊到了狗生前的一件事。

"我们隔壁街不是有条狗，叫魏斯曼嘛。一条嚣张的丑毛怪，嘴臭，脾气坏，比我们的老笨狗可要精明好多。现在是春天，天还挺冷的时候，魏斯曼来我们这里玩，两条狗发生了大斗殴，你还记得？"

"当然。"坡说。

魏斯曼来寻衅滋事时，我们的狗病情刚刚转重，它还有力气在院子里走走，每当痛得较轻时它错觉已经康复，因此心情愉悦，但往往过了半天又认清现实，变得颓废，如此被反复折磨得有点神经质。我们当时听到不同寻常的动静，院子里爆发了战争，等我们一口气跑出去，见到道格龇牙咧嘴正在怒吠，同时气得四脚连跳，而魏斯曼叼着一个东西戏弄它，最后坏狗昂扬着头从我们眼前跑开了。它叼走的东西是黄色的，狭长的，一只乳胶做的惨叫鸡。这只鸡在道格最喜欢的玩具中排名第一，从那天起，归在魏斯曼名下。直到刚刚，我又一次见到了惨叫鸡，它被咬得更烂了，但轻轻一捏，还像以前那样发出了戏谑的、不在乎世事的叫声，被坡摆在即将成为尸体的道格身边。

坡从魏斯曼的狗舍里取回了狗玩具。我想，那当然是善良的行为。我记得我一边走一边看看坡，看了两三次，他没有什么反应，我也没有说得更多。他很疲惫。他脖颈后最下面的短发，擦着米色的风衣领口。

道格是条神奇的狗，它离开时带走了我家的安宁和运气。一缕一缕不好的空气自那以后侵入了附近街区，周围人家接连挨了偷，警笛响了，警探敲开邻居的门询问一系列铺排好的问题，人们的描述、议论和揣测声不绝。没有抓住罪犯，但人们做出了审判。聪明的街坊做了漂亮的总结："那些入室盗窃案，单个来说并不奇特，不过要是按时间线排列，而且我们假定是由同一个人干的吧，那么你就说有个小偷在拿我们练手是很说得过去的。他每偷一家水平都更高了，一开始现场很粗糙，他现在越偷越好了不是吗？最近的现场很整洁呢，你不留心看都看不出丢了东西。"人们都说他说得对。人们是很有兴趣在几件事之间建立关联的，那可以显出聪明、科学，又讲道理。街坊有条不紊地继续总结了几点：小偷熟悉我们社区，小偷了解各家各户人员出入的情况，小偷能做到以上两点说明他很有空闲，他不上班，或者不上学。在社区议事中心，实际上用不着人们那么明显地频频回头丢眼光，最后一排的父亲自己也会把头越垂越低。

家里也在进行讨论。父亲坐在落地灯照耀着的沙发上，时而双手撑膝盖，时而双手抱着头，变幻动作不能消解他的沮丧和苦恼。我们从起居室经过时，听到从他和妈妈嘴里冒出一些词："他们的人""他们""他""我们"。我们因此站住了。父母察觉到我们，马上停止窃窃私语，强颜欢笑，一个说"晚安，坡！"另一个说"早上见，儿子们！"他们暂停不谈，妈妈低头缝缝补补，爸爸摊开晚报，但他真是后悔这么做，立刻想把报纸揉成碎片，也想把方圆三千米内的晚报一股脑揉成碎片。社会版上写道："口袋人儿童抚养计划执行至今，突然集中爆出多桩类似案件，多位被抚养人步父母后尘行窃……"可以推想，社区里起码正有十个一家之主像父亲那样坐在他们的沙发上，在他们的落地灯下，读这条新闻。而十个以外的其余的一家之主已经全部读过了。他们的家庭或早或晚将展开对我家的讨论，然后这些家庭的成员们将走出家门，交叉组合成各种谈话小组，对我家进行下一轮更大规模的讨论。

我的父母既挨了社会舆论的重击，也被心头的疑虑攫住了。父亲看坡的目光像在问："这小子身上的DNA有没有在教他做坏事呀？"妈妈截断父亲的目光，她用眼睛对他说："没有。"但紧接着她也信疑参半，并且信少疑多，她看坡的目光像在提出同一个问题。

坡完全不去学校了，总是拒绝我，常常独自去林中或者我不知道的地方徘徊。没有了狗，纽扣再也用不着为谁松开，领口锁死。他终日双手插袋，双肩往前卷到难以置信的地步。头发一段时间没有修剪后，长及肩膀，他把两边头发捋到耳后，严密地遮住脖颈。他似乎也叫睫毛变长了，永远垂落在眼睛上。总之，他虽然存在，但是他存在的可见部分缩小了。

我们在一天早晨发现失去了坡。说事发突然是虚伪的，事先谁都有大小不等的预感。当天坡没来吃早饭，早餐桌的四条边缺了一边，连日积累的紧张气氛已经膨胀得很大，那气氛发现有个出口，就从缺的一边流泻出去，于是，就连我也感到了一阵轻松。父亲手里的叉子不时戳到盘子，金属和瓷器摩擦出嗞嗞嗞的怪声音，这是对我家当时局面很恰当的配乐。我们父子先坐下吃简单的早饭，随后妈妈洗完煎蛋锅子也坐了下来，这样好几分钟过去了，那条边一直空着。"你怎么不去看看坡在干什么？"他们说。人有时能知道事情正在起变化，而且看到结果时不会太惊奇，你奇怪自己为什么不惊奇，那么告诉你，因为你比自己想象得精明，从对己有利，到对己有害，早就算计出了各种可能性，所以你看到什么都不惊奇。而假设你忠诚到只曾设想一个结局，付出一切达成它，当事与愿违时就有资格痛快地大吃一惊。我只走了一半楼梯，就想，坡走了，他肯定离开了。——我但愿自己没想到。

坡的房间像他的人那样，很少为别人敞开。刚来我家不久，有一次他把门打开一点，自己堵在缝隙中为难地看着我，父亲正好路过，他从门口一把捞走我："别烦他，给你朋友一点地方。"他说时，走出了十来步，把我放在地毯上，好像橄榄球比赛中的一次触地得分。后来我们有时在坡房间里打扑克、吃东西、翻漫画书，但你能看出来，时间稍长他便不安，他努力显得自在以免扫我的兴。晚上，我躺在自己床上时会猜想，坡独自在房间里是什么情形？他会把风衣脱了吗，会换上风衣式的睡衣吗，他几点钟会把身上的作业本、考试卷子、吃剩的零食清空，偶尔要不要维修一下袋子？

我打开门站在一间整洁的小屋子里，床铺收拾好了，巧克力色和浅卡其色拼贴的床罩像泥湖一般平静。爸爸花钱买给他的文具、书包、漫画书、电子表一五一十地摆在书桌上。柜子里留下几件冬天的夹棉风衣，空出了几副衣架。也许哪里有字条？但在我稍微寻找之前，心里就清楚，没有。这里是动物撤离巢穴后的模样，小动物走之前不会留言，就像道格死去前不会留下叙事诗，小动物都是安静离开的。天亮以前，坡必定是把少许行李放进口袋，他裹紧风衣，从睡着的我的房间外经过，走下楼梯，走出门，他可能走走停停，也可能一下子就走了，也许穿过树林，也许取道别处，现在已经走远了。我听到两双脚从楼下慌慌张张地上来。他们也想到了，就像我一样。

下次要记得，中年人不要乘坐廉价航班。我们身上四处戳出来一些东西，怪模怪样地坐在登机口附近等待延误的飞机，等它结束上一段航程，降落到这又下起大雪的机场。我们等得有点久。她问我是不是不舒服？不，我蛮舒服的，但是想到那时有点难过。我回答。

"我有时候喜欢回忆难过的事。你能理解吗？"

"好像能。"她体贴地说。

"人为什么喜欢这样？"

"可能，人喜欢解释自己为什么难过。"

"解释为什么高兴没意思？"

"对，那很普通。"她问，"那么，你再也没有见过你的小伙伴，是吗？"

"再也没有，我们都没见过。有一段时间，我父亲喜欢看报纸，他一向喜欢看报纸，那段时间特别爱。我认为，他从某种角度上说，受了报纸上社会版的戏弄，社会版告诉他有这件事有那件事，舆论风向如何，他想尽力符合社会的需要，也想让自己良心过得去，但社会有时候偏偏会让良心不好过。也许他不应该常常看报纸，尤其是社会版，他要是单靠自己想想，很多事就会容易些。我们都应该那样，少看点社会版，或者，你说呢，一周看一次？顶多看两次？等会儿上了飞机，我们也别看报纸。啊，对了，那段时间父亲特别爱看报纸，他看所有的新闻，是担心会看到其中出现一条新闻——他抚养过的儿子在某个地方被人捉住了。"

"看到了吗？"

"没看到。所以他继续看报纸。"

"你父亲是个好人。"

"他想把事情做好的。"

"是个好人。"她说，"有个问题能问问吗，小伙伴真的偷了东西？"

"不知道。"我说。

"不知道？"

"不知道。总有一个真相不是吗？如果问真相的话，不知道。"

"如果问别的呢？"

"比如，我相不相信他偷了东西？"

"就比如这个。"她明确地说。

"这个，我也不知道啊。"我心情一松，笑了出来。"以前我会说出别的答案来。不过现在，有些事情我不知道自己是相信还是不相信。说不相信他偷东西，会显得人比较善良对吗？你特别喜欢人善良吗？但我不愿意显得善良，我就愿意不知道。"

"好的，我愿意你这样。"她说。

我们在全是人的机场达成柔和的共识，我感到好多了。机场广播响了，我们竖耳听着，幸运地快要起飞的不是我们。附近一个登机口闻讯有节制地骚动起来，人们排起一排长队。她向那里看看，说道："说不定——"

"怎么？"

"大家还会见到的。他们那些人的确越来越少了，不过还生活在我们周围，藏得比较好，一个好用的秘书，一个全身披披挂挂的流浪汉，一个街头艺人，谁都可能是他们，我们不知道而已。真见到了，你就可以问问清楚，偷窃的事。你想见到吗？"

"不会的。"我说，"见不到。"

"肯定？"

"我说过我给儿子念书的事吗？"我指指她的背包带子，一枚狼徽章别在上面，那是我们在旭山动物园买的，嘎布的小徽章。"嘎布总使我想到他。它和小羊的故事，听过吗？《翡翠森林狼和羊》，我儿子曾经非常非常喜欢，要我们讲一百遍。在那书里，嘎布和一只小羊要好了，它们深夜约会，做秘密的朋友，但这是不被允许的……你问谁反对？狼族和羊族都反对，所以它们要逃到别的地方去。这时有了很大的困难，它们必须暂时分开，它们许下誓言，'一定要活着再见。'到这里，我儿子很喜欢……你也觉得感人？那么，猜猜阿部弘士最后让它们怎么样？"

"狼忘记它们是好朋友，一口吃了羊？"

"不。狼和羊恪守活着再见的约定，竟然真的再见了，在一个不错的夜晚，一起看星星和月亮。"

"知道了，你觉得假得受不了？"

"不会有那种事情的嘛，绝对不会有那种事情的。哪能有那么完美的结局。"我说，"我们不配。"

她仿佛同意了，又仿佛不同意但觉得不需要争辩，说着："啊，遗憾。"此后她静静地陪伴我，等待飞机从雪空降落。

五

理发师阿德

　　阿德剃完一颗头，站在店子前抽香烟。

　　有一条河，流经阿德所在的小镇，并未深入小镇，只漫不经心地在边缘绕了一小段，似乎河曾在远方听说过这里，因此闲逛过来看看，来之后发现不感兴趣，于是顿了一顿，接着一拐，流到别处去了。阿德的理发店正巧建在河附近，人们常常看到他在岸边解闷。人们经过时会和他打招呼，就像现在。

　　这时天差不多要黑了，一群赶着回家吃晚饭的学生从理发店前走过。此处路窄，阿德又占去一点宽度，学生们自动汇成一列通行，一个接一个走过去，逐个叫他：阿德，阿德，阿德。最后一个学生同他说：拜拜。阿德把烟从黏黏的嘴唇皮上拿开，夹在两指间举在身侧，不能在小孩面前吸烟，实际上不该在任何老乡面前吸烟，他不清不楚地"嗯"了几声作为回应，等他们全走过去，又叼上了。

　　他转头看那一行小孩的背影，或长或圆的头在暮色中活泼地沉浮，他稍微瞄一瞄，便能认出谁是谁。镇里的每个小孩，阿德都认识，他们从小婴儿起就被抱过来理头。趁无知的眼睛乱看，胖手臂挥舞，阿德准确地从他们软软的头皮上剪下头发，像树木的初芽，林中的新笋，或是一切刚刚以细微状态问世而被采摘的东西，婴儿的头发带着可惜的意味飘落到理发店地上。他们从此成为阿德的顾客，他们的父母也是他的顾客，他是多年来镇上唯一的理发师。相处够久就知道，阿德只能从头上认出人，看人体其他部位，不管认谁，都不行。人们谅解他：一个纯粹的理发师，只认头，不认脸。

好多年前，阿德刚来镇子，才开业不久，他去杂货店买肉、面包和酒，或是去事务所敲章，人们尚不习惯他的风格，像对待一般人那样，含笑与他面对面，然后切入话题。阿德面无表情，用眼神射出一个问号，伸出食指画个圈，意思是"转过去"。他直等那人三百六十度展现了发型，才想起这是谁，接上他的话。现在，大家都清楚他的要求，说话前，自动转圈展示整颗头，再转过来亲切地和他交谈。光凭这点，他就觉得镇子上的人不错，比他待过的很多地方有人情味。

太阳沉到河对面去了，天上有只大手把阿德的世界拢住了，到处都陷进了阴影里，河水泛黑，小孩的头消失不见了，不知哪里传来夜鸟降八度的啼鸣。阿德将手里的烟一弹，走回店里。在他身后，水面上的小漩涡迅速扩大，裂开一张嘴，吞掉烟屁股和周围垃圾，重新闭上时，一切像没发生过。

理发店门口的旋转灯箱稳当地转动，红、白、蓝三色光芒同时照在他身上，也映进眼睛的虹膜里。阿德在黑夜里，在无比熟悉的三种颜色的光芒下，透过玻璃门看到，小小的理发店来了一位访客。

不是一位普通顾客。

店里有两把理发椅，访客不垂青任何一把，他原本可以坐下来等，那样可以趁便照镜子，为发型再拿拿主意，也可以从手边的书报袋取一份地方小报，在乡野奇闻中消磨时间。访客不做这些，在参观阿德的店。他就站在阿德刚刚还站着为老乡剪头发的位置上，身体小幅度地一点一点转动，眼睛有目的地上下扫视，从带着污渍的墙纸，皮面裂口的理发椅，看到畚箕里的一点头发。他看了一圈，目光停在镜子下缘突出的置物台上，他将剪刀抄进手里，对准空气剪几下，停手，观察刀口，接着放回。放回时，先是把剪刀按自己的习惯与梳子平行放置，不过他想了想，用手指一推，使它仍按原先的角度摆着。阿德辨认出，他操纵剪刀的动作不掺杂质，受一种力量的指挥，那力量来自长期训练形成的肌肉记忆，与自己一样，他控制它就如控制第四段指节。阿德推门。访客听见声响，身体自然而然地完全迎向那个方向，投出一束准备好的目光。

阿德在门口一眼望去，既看到访客的正面，也看到访客映在镜子中的背影。他更多地看背影。从来没有见过这颗头，这人不是镇民，不认识。但这么一来，他反而完全确认了访客身份。

阿德并不是唯一的"纯粹的理发师"。他这种理发师，世上有一些，大家分散在各地，靠一个历史悠久的组织"理发师委员会"维持关系。要不是理发师委员会，大家早成孤魂野鬼，这一点，每个人都透彻地了解，因此谁都像服从于命运一样服从它。不久前，委员会管理人写来邮件，以公事公办的口吻通知阿德，一个成员要来和他交接，接手这间小店。阿德收到信后照常生活，他将平静一直很好地保持至上一刻，但当他把视线从访客的整体形象上收窄，具体地接住他的目光时，心里还是扭住了。

访客跨前一步，垂下肩膀，伸出刚才摆弄剪刀的那只手，口中自报姓名。两代理发师握住了手。

对名字，阿德不上心，他把他好好看了一遍，错杂的感受轮流出现："他喜欢主动。他个子真高，能够直接俯视人们头顶，不像我还要滑稽地叫人家转一圈！他样子年轻。瞧他的手多有力，拇指正钳住我的虎口，另四根手指则把我的小拇指和无名指捏得绞在一起，他既天生有力，又故意挑衅！"松开手前，阿德再一次专心凝视他的眼睛，认为自己从中看到了燃烧的胜负欲，"啊，这人多么急着想取代我，他想马上拿走我的一切。"

理发师都是快手，半小时后，阿德便招待他的接班人吃上了晚餐：墨鱼汁意大利面，海带汤，珍珠奶茶，红酒和咖啡。

一支分属不同食物体系的杂牌军，个个以假乱真。唯有红酒是真的红酒。

阿德的住处就在理发店二楼。小巧的卧室兼起居室，连着一间厨房兼餐厅，阿德单独住着很舒适。他在楼上生活，拉起楼梯口的遮板，就走下楼，给人剪头发。新理发师一来，一人份的住宅顿时显小了。新理发师毫不见外，在餐桌上舒展长手臂，香喷喷地吃晚饭。黑色的食物，配深红色的酒液，黑色的食物，再配深红色的酒液，他以同等的热情循环吃喝，其间发表了三五次感叹："很好吃。"等到阿德询问是不是要再添一点意面，他也接受了。他看起来没有那么强势了，而是充满活力又直率，阿德试图修正看法：也许是太少和同类相处，两个人一开始拿捏不好尺度，他过于热切，而自己过于保守，有疑心。

不应该搞砸难得的聚会，阿德带着部分释然部分歉疚的心情从椅子里站起身为客人服务。他再次打开冰箱。身为一个非常年长的单身汉，收纳做得非常好，房间里只有合用的东西，数量也是适当的。冰箱内部就如和大房间风格一致的小房间，食物用保鲜盒分装，符合某种规则地一层一层摞起，又并不摆得过密，保留了灵活调动盒子的空间。因此，冰箱门被打开的瞬间，立刻从内部传递出立体几何的美感，并且漫到房间里。新理发师从阿德身后看着，咽部收缩了。保鲜盒里分别存放着头发碎末、剪成不同长度的头发、打成小结子的头发、揉成团子的头发、细软的头发、粗硬的头发、弯曲的头发、年轻人的头发、老者的头发、很黑的头发、不太黑的头发……

　　阿德取出一个大号保鲜盒，一小股一小股的黑头发已经仔细梳理过，清洗过，剪成整齐的二十厘米长，每一股都用一段纸条拦腰裹好，静躺在盒子里。他拿出两股头发，撕掉纸，丢进开水锅，搅动几下。几分钟后，新理发师追点的意面伏在盘子里，乖顺听话的样子。随后，分量充足的酱汁热乎乎地浇在了上面。酱汁也是黑色的，一样是头发制品。新理发师举叉将它们一盘，分几次吸进口中，灌下红酒，又灌下红酒，终于他满足地往椅背上一靠。

　　烹饪和吃饭，往房间里掺上温暖的气味。"很早我就听人谈起过你，当我在另一块大陆的时候。"新理发师的手指在桌布上点一点，移到远处的桌布上又点一点，表示大陆之间离得有那么远，但也可能他想表示时间过去有那么久。他继续说："我碰到一个人，我们聊遍认识的同行。他也接受过你的招待，他从所有人中特别指明，说你能干。他说，你当时在穷山恶水中营业，店里秘密置办了一个豪华厨房，收工后关上门，独自过'有品质的生活'。他念念不忘你请的饭，'感到，'他说，'回到了文明社会。'"新理发师很有乐趣地，双眼执着地盯着阿德，"你恐怕比自己想的要有名一点，在这个圈子里。"他的手指又出动了，这回在桌布上画一个圈，把自己和对方都圈进去。

阿德不清楚他提到的是什么时候，在哪个穷山沟，叙述者是谁。每个交接夜他必定请接班人吃饭，这是他的规矩。他有点不好意思，含糊地说："我唯一的乐趣，就是烧烧饭。"

就阿德所知，有许多理发师在吃上面太马虎。每天晚上理发店打烊后，他们用扫帚扫地，不时弯腰在地上挑挑拣拣，找到比较好的头发，收在工作衣的口袋里，扫地完毕，把头发掏出来，在给顾客洗头的花洒底下随便一冲，而后扔进盘子，站在店里的某个角落，背对着门，囫囵吸食。如果哪天生意不好，没有足量的好头发，还得像狗一样去刨垃圾桶。更不幸的情况是，过去一两天只简单地修剪了一些男宾的头，那么只好吃点屑屑充饥了。

"我不是为了吃垃圾活的，这对健康不好。"阿德说。

他们心照不宣地笑起来，各饮真酒和假咖啡。真相是吃头发的理发师不会老，除非用极端方式，否则难以死亡，健康问题不用管理。

阿德向新理发师介绍他的厨房，四眼电磁炉，以品质而非花哨外观博取他欢心的炊具，冰箱，好几台料理机。他解说时，斟酌客人的神情，一时觉得他在满含感情地认真听，一时觉得他不过是披着认真的皮，但两种状态都不妨碍他让自己说下去。有时一个人对某事在长时间的闭口不言后，太想谈一谈，把珍藏的个别经验公之于众，甚至到了不挑听众的程度，他正是如此。

他说，假如你不喜欢长形意面，用这台料理机把头发切碎，用另一台料理机压出形状。螺旋意面、蝴蝶意面、车轮意面、贝壳意面，我想总有你喜欢的吧。虽然味道全一样，但是感觉不同了。你要是愿意，还可以每天换换盘子、餐垫什么的，蜡烛也收在这里，这两个抽屉专门负责吃饭的气氛。

他说，头发粉末是厨房必备。加在木薯粉里，揉成小丸子——你感觉今天的珍珠奶茶怎么样？我也常在头发粉末中掺上水，冻成黑冰块，喝酒的时候放几块。你乐意试试看吗，把粉末装在模具里，又能压成小饼干。

他说，我还有台刨冰机，专门在夏天做黑冰沙。

他说，你抽不抽烟？头发在烤箱里稍微烤一烤，卷成烟，很不错的，除了没办法拿出去发给老乡，你总是得躲起来自己一个人抽。

他说，咖啡粉的做法参考烟丝。

阿德可以做花样百出的头发餐，当然他也可以不做，和别人一样将就，但那样的话，取之不尽的时间更多了，该如何用光它呢。他说了很多，这句只是想，没有说。

每个像他那样的理发师出生时都很正常，或早或晚，有人在五岁，有人直到四十岁，天然的欲望像蛇经过冬眠苏醒了，在身体器官之间爬，从心脏出发，爬到下腹部，绕一圈又爬回胸口，蛇信始终伸出，不停抽动。头发，吃头发，想吃头发，欲望发出呼喊声。他们忍不住偷吃全家人留在梳子上的头发。对家务活上了心，偏爱清理床铺、地板和吸尘器集尘袋，捡到头发就贪婪地塞进嘴中。打动他们的女孩全都留着浓密长发，他们喜欢把手横过女孩的肩头，手指长时间地温柔地缠绕发丝，更喜欢把头伏在她们肩上，芬芳的头发使他们目眩神迷，他们假装在弄痒她们的颈窝增添恋爱情调，实际上在吃衣服上的落发，然后他们卖力地用亲吻声盖过那"嗦"的一记吸吮声。

每进食一次头发，就能支撑上一段时光，他们感到身体里的蛇又睡着了，而自己起死回生，又像个好人。不过不久后，旧事重演，他们又得舔梳子、清理吸尘器、吻女孩。蛇已经被喂养得既粗且长，爬行时摩擦肺腑，也搅动他们的神魂。再也无法哄睡它了，必须花更多工夫满足它。

不管当中干了什么，假装自己是扑腾在美女中的花花公子啦，去假发厂打工啦，躲进山里靠着吃动物毛发过活啦，最后他们都会发现，还是当理发师最实际，只要别把招牌搞砸，每天都有新鲜头发送上门。长长的辫子进来要求剪断，披散的长发进来要求剪短，大背头进来要求刨成光头。理发店是狩猎场，是餐厅，是食物乐园。可惜也是铜墙铁壁的监狱。他们从此失去了普通人的胃口，割断几乎一切人际关系，把自己圈禁在从大陆到小岛，从都市到乡野，从高山到平原的一间间理发店里，只作为理发师长久地活着，或者说，服无期徒刑。

他们不能向世人公开事实，没人能承担恐惧和偏见大爆发的后果，那不会把事情导向好的方面，只能使处境更艰难。今晚，两代理发师也谈到了这点。"委员会中有些人异想天开，"新理发师带来新消息，他露出嘲弄的眼神，"认为大概在百年内，可以把我们的苦衷告诉大众，在博取他们的同情，求得理解后，双方和平共处，我们从此过上什么幸福的生活。"

"这是不切实际的。"阿德说。

新理发师哼了一声。

"稍微和主流人群不一样的人，就很难活，任何时代的铁律都是如此。人们会把我们看成低版本的吸血鬼。虽然我们既不会飞，也不会用长牙齿咬他们，只不过是能够活上很久，吃人身上多余的角质蛋白的可怜虫。"阿德举起咖啡壶，摇晃它，使头发碎末均匀地散布在热水中，他邀请客人，"请把咖啡喝完。"

稍晚，他们又回到一楼，阿德重新打开理发店里的灯。日光灯变到最亮要花去点时间。在起初暗淡的照明下，这里和黄昏时看上去不太一样。由并列的两张理发椅、它们前面的两面镜子、一个小水池、移动式储物柜组成的画面透露出掩饰不住的凄凉。

他们相互理了发。先是阿德为新理发师理，接着反过来。

刚刚在楼上，新理发师看到了几张二十年前的旧照片。有一张，年轻的阿德站在店子前，光光的脸上没表情。下一张，可能是拍照人请他笑一笑，于是他露出勉为其难的笑容。照片装在杉木相框里，就摆在餐边柜上。有了参照物，新理发师在阿德头上和脸上动了一阵刀后，发表评论："你一点没变哪。"

阿德如今留了一把络腮胡，常年靠他自己剪的发型夸张地盖住额头，这样一来，整张脸上只在眼睛部分露出三指宽，上下全被毛发遮住，此外还有嘴巴埋在毛茸茸的胡须里，像爬满植物的山壁上暗藏一道门。新理发师首先帮他剪了头发。刮胡子时两人挨得过分近，新理发师专注的眼神在阿德脸上移动，阿德眯起眼睛，也注视他。一时他们连对方的呼吸都感受到了，脖子上动脉的震动衔接对方的心跳，剃刀在皮肤上刮擦的声音被放大，横在两人之间。刺啦。刺啦。刺啦。刀从脸上游走到下巴，在喉咙处逗留。突然，阿德不能看清新理发师了，因为对方紧靠过来，遮挡住自己的视线。但触觉更敏锐了，他感觉刀锋不愿意离开喉咙似的，超出时间需要地徘徊在喉结上下。有一秒钟，他有不好的预感。理发师被剃刀割喉就会死，搞不好自己在新理发师肮脏的小动作中，马上就会喷出一股热血，洒在墙纸上，因为血的喷出，他的头还要受反作用力戏剧化地后仰，沉重地磕在理发椅上，尽管他现在已经往后仰到一个极限了，不过死亡的力量谁又能估算得清楚呢，特别是一个那么久没有经历死亡的人，生命挣断时的动静也许是骇人的。然而下一秒，他安慰自己：那个人不是一个混蛋，是我太久没有刮胡子了啊，也许时间没有我想得那么久，或者，那么久是应当的。这个姿势保持了难以说清的时长后，新理发师举着剃刀，突兀地从椅子边退开了。

阿德的额头、脸颊和下巴重见天日。新理发师偏着头打量他。他们的脸都停留在各自彻底完成"转化"时的样子，新理发师二十多岁，阿德三十岁刚出头。他仿佛昨天才拍了那些腼腆的旧照片，只不过如今肤色不匀，中间三指宽的地方黑，其余部分白。像一块白夹黑三明治。他不习惯地摸摸脸，手掌在光滑的下巴处打了几个来回。

新理发师喃喃说了几声"很好，不错"，不知是表扬自己的手艺，还是称赞自己刚才及时刹住了某个念头——这种念头是常见的，每个人总会有一些时候想亲手制造极端事件。新理发师将剃刀在毛巾上仔细拭擦，有力的手，骨节泛白。刀锋被折叠起来，这一次他按照自己的规矩来，没有物归原位，而是把剃刀收进悬挂在墙上的布袋的最下一层，那无疑是他在自己理发店放惯的位置。

阿德看在眼里，明白他用动作宣告店已经归他所有。阿德再次对他做出评价："啊，一个性急的，经常冒出危险火花的家伙。'转化'时年纪太小了，这不妙，将永远有欠成熟。但愿他不要在这里闯祸才好。"

　　安排成员每过一段时间交换地方生活，这是理发师委员会的核心工作。在一处滞留得越久，越可能暴露身份，所以必须易地而居，甲接手乙的理发店，乙接手丙的理发店，丙接手丁的理发店，他们称之为"人才流动"。流动的圈子有时候绕得很小，涉及的人员很单纯，三到五人就够了。而有时候，一次兴师动众的"人才流动"可能翻山跨海，牵扯几块大陆。每个成员视情况不同，几年到几十年流动一次。也有这样的事情发生，一个理发师经过几次流动，回到他曾经工作过的村庄、小镇或城市，沧海桑田，当时他认识的所有人都已经去了另一个世界，唯有他回来了，为新一代人剪头发。

　　通过这套方案，委员会行之有效地降低了理发师暴露秘密的风险，保护个人乃至全体成员的人身安全。在新理发师到任的今晚，阿德就要离开，去委员会为他指定的新地方，和驻守在那里的旧理发师完成另一次交接，开始新一段人生，直至再次接到流动的通知。

　　新理发师放好剃刀，转回身，脚踩在两个人的落发上，他把围在阿德胸前的白布解开，一抖，阿德留在白布上的乱发和乱须也飘到地上。阿德还坐在那儿，面貌焕然一新，他觉得应该对接班人交代些什么。不久前经过理发店的孩子们的声音回到了耳边，他想，这个镇子的人不错，有教养又快活，人人都叫得出我名字，见面时还想和我聊天，把和我生命相比短如眨眼的事情当成要闻告诉我。而我这些年来也很好地履行了职责，服务他们，为每个人剪出合适的发型，使人人更好看，以此作为他们给我安定生活的报答。只因为人和人不一样，所以有了告别，这是没办法的事。

"你知道怎么做，要统统扫起来烧掉。在房子前面有铅桶。"他对接班人提出要求。人们误食理发师的头发，可能被"感染"，在若干年后"转化"身份。这点虽未得到充分证实，不过谁也冒不起险。新理发师答应了。

"这个镇子的人不错。"阿德没头没脑地说。

"我知道，好人的头发有点甜，这里的头发甜度算很高。"

"那么……"阿德说了半句。

新理发师即刻回答一种笑，一种服务行业中对不受欢迎的、多嘴多舌的顾客的笑。

他们一站一坐，通过镜子看着对方，吃饭时的和睦气氛很早就开始减弱，现在到了很稀薄的水平。阿德承认他的手艺可以说非常好，他使自己看上去是帅气的。一块英俊的陈年三明治。然而这也成为缺点，他做事喜欢出挑，喜欢引人注目。不需要"很不错""非常好"，只需要"刚刚好"，那才是细水长流地活下去的保障。他很想作为前辈这么教导他，但是对方的站姿、目光、自信的笑容全在阻止自己。多说无益了。另一方面，阿德明白，没有退路了，就要把亲手创造的不错的生活拱手送他，自己去投奔一片陌生之地，而那里很可能是糟糕的，那里的人很可能粗鲁、难伺候、善于猜忌，他们的头发很可能是发酸的，烹饪技术再高超也难以下咽。推进中碰到障碍的对话，加上对未来的忧虑，让他突然就对新理发师产生了恨意，懊悔教了那么多食谱，尤其还把料理机留给他。

他没法把心里的话合乎礼貌地一一说出来，决定还是趁有风度时赶快走，就猛地跳起来穿外套。"再见了，"他拿出全部热情鼓舞自己爽朗地道别，"天一亮，镇长会接到一封信，我说要离开，由同行帮忙看店。我只是一名理发师，用不了几天，他们会永远忘了我。现在，我把这里交给你。"

理发店门口的灯箱忠诚地旋转。红，白，蓝，红，白，蓝，红，白，蓝……照耀着阿德。阿德记起极漫长的岁月之前，理发师委员会的一位管理人曾经和自己有过一次会面，可以把它看成接纳新成员加入组织的面试。管理人仿佛闲聊般地问他：你知道这三种颜色对于我们这种人的意义吗？不等他回答，管理人温和地揭晓：红色代表友爱，白色代表不占有，蓝色代表忍耐。

阿德顺着河走，手提一只轻便行李袋，除了少量衣物，里面装着事先准备好的干粮，一些吃起来略有点甜的头发小点心，此地特产，很可能再也品尝不到了。

离别经验多不胜数的阿德，感到这次心情起伏得过了头，都有点看不起自己了，于是在夜色中自嘲地笑了。他和河水一起走向前方，想起忘了告诉新理发师小河的妙用：为装作正常人而买来的假装会吃掉的食物，可以方便地丢弃在河中，河水会帮他进行处理。不过他又想，他是个聪明人，马上就会对周围的一切善加利用，不需要我的指点。

刚才在小空间里滋生出来的对新理发师的怨恨，到了广阔天地中，得到了稀释。阿德祝福新理发师顺利，在此度过一段美好安乐的时光。

六

空房间

我的隔壁有问题。我们整栋楼都有问题。

不久前，空关好久的隔壁，一个单间，似乎被租出去了。我从第一天起便在琢磨新邻居。我认为他们是对老夫妻。从薄薄一层墙那边传来内容听不清的说话声，低沉、缓慢、尾音拖拉，话与话之间留出两人长期生活后形成的十分自然的空白。稍后我听见他们来到走廊上，一些对话，拖沓的脚步声，电梯井道嗡嗡作响。他们离开了。

老夫妻来的那天是休息日，我一整天在家。他们走后，隔壁悄无声息，我完全肯定，没有人。过了五六个小时，时间到了深夜，我在厕所例行做一种努力。我坐着，两条大腿往前伸，裤子褪到膝头，我的手肘撑在大腿上，小腹不时用力，同时三心二意地读一本没有价值的小说。几个星期来，日光灯濒临死亡，它又在我头顶发出咝咝的预警声，接着厕所沉入一片黑暗，但我假装仍在看书，目不转睛，态度简直更认真了。因为从一直以来所过的收支相抵的人生中，我学到许多窍门，其中相当值钱的一条是，在花钱修理看似坏了的东西前，应该先使用自己的意志力与之较量，当明白你需要它们的心有多诚挚，它们有时可以支撑下去，再熬上很长时间。我就那样在坐便器上仿佛灯没坏似的原样待着，就像我在生活中原地不动地待着那样，几秒钟后，我赢了日光灯，灯管一闪，老旧的厕所里再一次填满了白晃晃的光，它又照亮我的小说，我的与地砖接缝平行的两条腿，腿上的毛，以及膝盖上的裤子。在光明洒落的同时，还有一样东西注入我所在的空间：一阵流水声。在我背后，墙的另一面，和我坐的位置对称的地方，有条水柱花了蛮长时间投入某片水面，停了停，坐便器哗啦啦冲水，一个年轻女人此时加入冲水声哼唱起来，她好似唱着最近热门的某支广告歌的几小节，歌声清脆潦草。"那么说，邻居不是老夫妻，是个年轻女人咯？"我无法假装看书了，抬起头注视白墙。不一会儿，年轻女人踩着有跟的鞋子离开厕所，移动到大约是门厅的地方，再过一会儿，她砰一下甩上门，走掉了。

我上完厕所，带着困惑睡去。当你非常关心某样事物时，会生出独立的警觉心，你尽管去做别的事吧，这种警觉心并不需要占用太多知觉，也能看守住那件事物。因此，我虽然睡着了，可心里清楚，隔壁彻夜没睡过人。但是，整晚无人后，第四个人又从隔壁走出来，并且被我亲眼见到了。

时间是在第二天清晨，那天是工作日。我看着他，没想到第四个人那么小，是一个软乎乎的小朋友。他当时已经站在电梯门口了，我正想着说什么好，电梯门打开，他先一步，我后一步，我们走进去，我摁下去一楼的键，低头打量他。他专心致志地站在边上，身高在我皮带以下，整体是深蓝色、领口滚金边的校服把他打扮成小绅士，然而鲜黄色的书包一下子终结了他的一本正经，告诉我这还是一个幼稚的小孩。他的头发蓬起来，像可爱的圆盖子，主要作用是阻止我看他。在盖子中心，有一个小小的旋，很干净的水打着转流下洗脸池时，就是那样子。我不可避免地看了一会儿小旋，之后把头扭来扭去，用视线捉他的脸。他知道我试图来个对视，好方便开始闲聊，起先极力用下巴抵住前胸，无论如何要把脸藏在圆盖子底下，而当我假意转开头，他瞬间抬起清澈的双眼偷看我，我认真看向他，他又快速偏过脸，研究起电梯的不锈钢轿壁。视线战来回打了好几层楼。

"看来你是新邻居，昨天刚搬来。"后来我开口说。装作正在进行一场成年男子之间的对话，好比我们是球场上座位相邻的两个球迷，或是次日将发售新的电子产品而在前夜就露天排队的两个电子迷，又或者是在校门口等待接孩子的两个萍水相逢的家长，既然他是一个在交际方面颇有自尊心的孩子，希望这能比较合他的意。我继续搭讪道："要不要认识一下？"

小孩不吭声，我努力过了，自然就准备放弃了，这时，一个很轻的声音从电梯下半部分回答我："我是小学生。"他有板有眼地说，又不看我了，矜持地平视前方，脸颊上的肉鼓得高高的，眼睫毛则背离脸颊肉的曲线反向往上翘着。他正前后摇摆小而圆的身体，在消化他孩子气的不安。

"我是上班……"我还来不及说出"的人"两个字，我们就到了一楼，趁电梯门刚打到仅有一条成人无法通过的细缝，小孩脱身跑出去，边跑边又稍微大声地说了一次，好像声明身份对他而言是件很重要的事——"我是小学生啊！"他那柯基一样的小屁股左右扭动，黄书包敲打只有一点点大的背部，就这样颠着颠着地跑到大楼外面去了，等我也跟着走出去，看到书包和这小子在街角一闪，不见了。

老夫妻，年轻女人，小朋友，这四个人离开后，没有再回来。我当时不知道，这四个新邻居，是后来一大批新邻居的先发部队。

我住的这栋楼，旧得有些厉害。它建得比周围其他房子更早，也更马虎，当一圈外观又高级内部又舒适的新楼接连造好，带着骄傲的神情矗立在前后左右时，它立刻被贬低了，像大家族里最无能的一个儿子，窝在富有野心的兄弟之间。时间一长，两者气质上的差别越见分明，住在里面的人的差别也扩大了。出入新楼的是前途无量的人。旧楼则坦然地扮演它无能子弟的角色，显得更漫不经心和善于哂笑现实了，里面的住户都像我，处境和得意无关，只比潦倒略佳。一旦某个住户积蓄出一点财富，或哪天力争上游之心跳动了，他必定会搬走。楼里有了越来越多的空房间。

在这栋楼住了几年，我对它满意，我感到自己和它的灵魂是相配的，相配的事物司空见惯地相互怨怼，其实正确的做法是像我们这样相互忍耐和配合。在我看来，它没有很多不足，在那天，也就是有若干莫名其妙的新邻居走出来之前，仅仅有些噪声、清洁、安全和管理方面的问题。当然你可以说那差不多就是租房的全部问题，不过我不管，它是不错的。要说楼中怪事，从这天起，经我仔细回想，陆续想到越来越多。

某天黄昏，我绕过几栋新楼回家，眼前骤然暗了一层，心情却好了，因为正好到了我们楼下，它总是散发颓废的人开玩笑的气场，和我合拍。可能一天工作后累了，也可能是想着回去没事情要做，我不知不觉站住了，抬头去看金红色的暮云，它们相当有分量地在高处飘荡，背后衬着一分钟比一分钟深下去的蓝色天空，显出一天将尽时的威仪。再挑剔的人也很难说黄昏是难看的，我觉得很好看，呆站了十几秒，至多半分钟，欣赏那样的天。与此同时，我的眼睛扫到楼上，某个地方不太自然。那里有扇窗户大敞着，而据我所知，一年以来里面无人居住，我预感有事发生，转而用等待戏开场的心情直盯着它。才等了一会儿，突然空中发出一声类似纸袋装满气后被拍破的爆响，接着窗口剧烈地向外喷出一大团东西，那股力量之大非同一般，把很轻的东西喷吐得漫天都是。它们一飞到空中就大肆散开，每一片都以黄昏的天为背景，正面反面地旋转着，形成非常美，非常壮观，又非常快地消失的景象。窗口吐出的是纸片。纸片们翻飞到我目力以外，也许最终掉在谁的车顶上，哪条六车道马路的当中，某家商店门口，谁见到一张纸也不会追查它的来历。只有一张纸片存心想给我看看似的，缓缓荡到我面前的空气中，翻了几下，在地上躺好。我捡起来研究，是附近某家确有其名的超市打折活动的宣传页。我拿着它，再向上看时，那扇窗户已蹊跷地关上了。

事后，宣传页上的销售信息证明为虚假内容。为推销产品穿戴得怪模怪样的超市店员再三保证，他们没有印刷过这份东西，绝对不可能以纸上低廉的价格销售商品，否则他们会吃亏。喏，请收下这只印着我们店名的打火机，为给您带来麻烦，我们表示歉意。难道是竞争对手在陷害我们？他们撇下我，几颗头凑近宣传页做研究。

继空房间喷吐假宣传页后，楼里别的地方又出现了别的东西。每天都有一只猫或狗，今天是猫明天是狗后天又是猫，漫步在楼道里。小动物看到人来了轻轻一叫，靠近人脚边，和人一起等电梯，它最后一个上电梯，到了一楼，它第一个跑出去，走上了社会。第二天出现的那只斑点、颜色、个头全不相同，因此判定是新的小猫或小狗，它也等着人把自己送下楼。由于一点也不骚扰人，也不会随地排泄，相反，倒是会往地上一躺任由人摸它们肚子，做出种种讨喜的反应，邻居们，也就是像我这样感到万事基本合理从不大惊小怪的潇洒人，都持无所谓的态度。在它们连续出现了大约四十只之后，大楼不再出产猫和狗了。某一天，大家才迟钝地察觉好像缺少了什么，盲目地往各处看，最后看向地面，只见自己的破皮鞋踩在走廊久已无人清扫的水泥地上。

　　咦，我们的楼竟然是这样，它有一定的生产力。犹如发现头发凌乱的同伴是爱因斯坦，美术老师是米开朗琪罗，我有一些惊讶。细碎的回忆一件件浮现，接着我又想起来，在长期太平的岁月中，仅有一次警察来了。他们搜查某个房间。起因是对面新楼有人报了警，他从自己的卧室向这边眺望，然后叫来妻子一同眺望，他们看到有个阳台堆满女性内衣，怀疑住着恋物癖、盗窃狂或别的坏家伙，两栋楼相隔不远，要是他出来害到他们的家庭就不好了。警察联系了房东，赶来的房东一面声称无人居住，一面掏出钥匙打开门，他们站在门口一起倒抽一口冷气，随后警察艰难地辟了一条道路走进去。整间房里堆着一人高的内衣内裤——妖冶的、传统的、学生款的、妈妈型的、成套和单件的，全都是崭新的。一生也没见过这么多内衣的警察，像进入了两百年无人踏足的热带丛林，走在会吸吮鞋子的淤泥里，还要拨开植物稠密的叶子那般艰苦又有趣地前进，终于，他们跋涉到窗边，发现是内衣太多顶开了门而灌到了阳台上，假如晚来几天，阳台上堆得更高的内衣势必将今天一件明天两件地翻过栏杆跌下楼，给正从底下走过的人带来很大的难堪。警察查看过现场，随即调来大卡车，把五彩斑斓的赃物运回警局。听说为了整理、编号、拍照、存放等，警察花了不少力气，但是，一等力气活干好，调查便全面陷入胶着状态，既没有证据指出是谁把内衣藏进这里，也没有证据支持藏在这里的内衣和偷窃有关，简单来说，无法认定是犯罪。内衣仿佛来自房间本身，如果无人制止，房间原本会继续叫它们旺盛地生长出来，堆积成山，直到它们撑破四壁，溢出阳台，成为一道内衣瀑布直泻到街道上。警方没了头绪，只好放弃调查。警民都想让对方处理这一大堆小布头，房东异常坚决地不肯收下，最后他成功了。至于空房间，他把门重新一锁，由它去了。

当我把宣传页事件、小猫小狗事件、女性内衣事件连起来想了一遍，接下去就非常容易理解隔壁发生的新事件了——空房间正在生产人。

房间们必然带上房子自身的特征，虚张声势的房子里是做作的房间，窄房子里是拘谨的房间，摇摇欲坠的房子里是危险的房间。我们的空房间继承了这栋楼的戏谑精神，它们一方面是自得其乐的，另一方面是爱耍弄人的。它们又有各自的意志、不同的爱好，按自己的想法，生产了莫名其妙的东西。我随之又想起一些针头线脑的小事。像被磁石吸引来的铁屑，它们进一步佐证我的猜测。

某个空房间的玻璃窗上曾经闪烁五彩光芒，仔细一看，那是旋转中的迪斯科球投出的灯光。那间房向往夜生活，生产出一颗迪斯科球。

某个空房间里散发出酿酒厂发酵池才有的浓烈气味，并有细流通过门下面一个破洞不定时流出，你愿意的话，周末看球赛前可以拿杯子接来喝，不要钱。这是一个酗酒的房间。

某个空房间时常传出亨德尔的清唱剧。它最爱《弥赛亚》。每当唱到第二幕终曲《哈利路亚大合唱》，总在突然之间，在远离这间房的地方，从另一层楼另一间房里传出歌声与它齐唱："他要做主，直到永永远远。王之王，万主之主。哈利路亚！哈利路亚！哈利路亚！"声音穿墙破壁，壮丽奔涌在楼道里。它们，这两间房是知音，都喜欢亨德尔，喜欢赞美歌。

除此之外，必定还有些我虽注意到但没往心里去的事情，发生过了、正在发生。房间会那么做，原因也许是长期空关着感到无聊，希望有样东西陪伴自己；要么就是不欣赏现行的社会秩序，想扰乱它。不过，以往它们的坏心眼散乱而且有限，看似也没有拟定做大事业的策略，它们算是安分守己的、自娱自乐的、定居的恐怖分子，可以不理会。我对自己说，这回必须留神了，隔壁的情况在升级，戏法正在变大！房间们先学会生产颜色、声音、气味，后来学会制作衣服，又学会了创造哺乳动物。它们既能做出实实在在的东西，比方说一张纸，又擅长虚构，比方说在上面印出胡说八道的信息。它们已经什么都能干成了。而我的隔壁正在把各种能力做一个大融合，挑战远较以前复杂的产品。

隔壁是子宫，电梯是产道，把一个个人诞生到社会上去了，事情难道不是这样吗？和前面那些房间不同的还有，那些房间的工作作风是散漫的，隔壁却显然萌生了生产上的野心，它实验不同款式的人，尝试过了男和女、老和少，退休的和上学的，它像谨慎地写了三本书的中年作家那样正具备丰富的经验和旺盛的创作力。那么，它创造人时参考的模板是什么，是通过窗口自己成天向外看，把见过的人复制出来，还是一切全来自它的想象？它生产出来的人走出这栋楼时，自以为是谁，他们可曾对身世起疑？在他们的口袋里，也装着房间配套生产出来的身份证或学生证吗？他们的身体上、智力上有没有重大缺陷，会被我这样的原生人识破吗？他们去了哪里，能否在外面站稳脚跟？比起以上细枝末节，还有一些更为紧要的问题，涉及事态的根本。我不由得想：房间制造人的目的是什么？它计划的生产量是多少？它的终极目标，到底是要生产出什么样的人？

你怎么能很好地理解一间房间的思想？我不能。我的意愿从"不要有事"到"出点事看看"，在这个区间里动来动去，此外光是猜，什么也没做，度过了一天又一天。这期间，我在我的房间里听到过很多声响，有时一夜听到好几次，有时好几天一次。一支啦啦队高呼三声口号，活泼地奔到走廊上去了，又在走廊上连续喊了三声口号，乘上电梯走了。一个喜欢清嗓子的人，在房间里"嗯嗯啊啊"了五分钟，走出去了。一个愤怒地打电话吵架的人，走出去了。一对用无法识别的外语谈情说爱的情侣，他们也从隔壁走出去了。有时能在走廊上见到新邻居中的某几个，我以质量检验员的目光检视他们。非常好，栩栩如生。我心想。

本来可以一直这样相安无事，直到那天，门没关好。麻烦蠕动着满是吸盘的触手，伸过来碰了碰我。

"啊，对不起。"那天早晨，年轻人慌慌张张地说。他没一点道歉的诚意，来不及似的直奔到电梯里去，并不等我，就把电梯当成逃生舱驾驶它迅速离开。他是突然冲出来的，撞到我肩膀，我手里的垃圾袋啪一下掉到走廊地上。

我听着电梯在脚底板下面越离越远，一面用鞋子拨弄那坨垃圾，就像以前对待小猫小狗一样。一束早晨的阳光从走廊侧面的小窗外照进来，端正地落到上面，塑料袋晶莹剔透，包覆住杂物。真使我惊奇，阳光令已被榨光价值、将要丢弃的东西散发出美丽光泽。不捡了吧，我看着它懒洋洋地想。然而袋子掉在必经之路，只随便系过一次的口散开了，最上面的黏糊糊的脏东西快要跌出来。我勉为其难地弯下腰。

我就是因此注意到隔壁门没关好。此前从未发生过，每个新邻居都记得随手关门，这次它虚掩着。没看错的话，我一看它，它又再打开了一点，像女郎撩开裙摆，邀请我看秘密。我空着手站起来，全然忘记在捡东西，我的脚自动走过去了，我的手从阳光中移开了。我后来揣测阳光的用意，假如它有的话，射进楼道里不见得是专门为照亮一堆垃圾，它更像是要挽留我这个人，避免我被不同世界的东西吸引。但我辜负了它。

我过了一会儿才能适应房间里稍许暗淡的光线。我管不住自己的腿，走进了那扇门，走过了小而窄的兼作厨房用的门厅，我清楚这里的房型和我的房间完全对称，因此即便看不太清，也不妨碍我在其中移动，像是右手做惯的事交给左手做，不太顺利，但能做好。

这里温暖潮湿，气味不妙。

我一直走向卧室。

逆向走进一座子宫。

我的卧室形状接近正方形，这里也是。我的卧室面积是小的，这里也是。我的卧室四壁涂白，这里也是。我的卧室里有不值钱的家具，这里没有。我的卧室里通常只有我一个人，这里不是。墙皮在动。天花板、地板、四面墙，许多墙皮在鼓动。眼睛渐渐能看清任何东西了，我盯着离得最近的一块墙，上面有规律地突出一些半透明的圆形，正是圆形部分在各管各地鼓动。那东西的样子我熟悉，从前在电子产品的包装车间、在货运公司的物流部门时总打交道，它们像是用来减震防潮的气泡膜。不过我从未见过那么大张的气泡膜，它衬在整个房间内部，乳白色的泡泡密布。每颗气泡直径约为两只手掌的宽度。每颗凸起的气泡里有东西在动，每颗里有一个人。

隐约能看到这些人的局部，或穿衣服，或裸露；或臀，或腿，或者分不清是人体哪里，这要视他们当时正好把哪个部位朝向气泡。从一些恰好抵着气泡内壁的脸来看，他们集体处于意识不清醒的状态。我稍一转头，一颗气泡内有张喜滋滋的妇女的脸，它在离我十分十分近的地方，在派对上音乐很响而好朋友要说秘密话的距离内，她眼睛半睁，虽然褐色的眼珠对准我所在的方向，但不在看我，头脑沉浸于房间赋予她的精神世界中，半长的卷发在脸周围飘浮。她一直笑着，嘴巴时而咧到比较大的程度，时而缩小一些，忽然再次冲我哈哈大笑，幸亏气泡锁住了笑声，但她尽力露出粉色牙龈，并把热气喷到薄膜上。气泡在她笑得收敛时较平，笑得厉害时弹出，几乎贴到我脸上。由于这层东西隔开我们，而且从严格意义上说她还没出生，我无法知道她为什么那么开心。同样，我也无法知道脚边的某颗气泡里，为什么有张脸那么狰狞，他咬牙切齿，怒目朝天，仿佛正在酝酿复仇计划，一出生就要把它付诸行动。

房间之子们在气泡膜后面的动静打了个折扣传到我这边，仿佛千头困兽在黑夜里一起低声说胡话的声音，从耳朵眼直灌进我喉咙里，再跑到胃里面，我感到后背僵住了，牙床发酸，每根脚趾抽筋。我在心里低声下气地对房间说：好了，我看到了，我已经应你的邀请进来过，你叫我看什么我都看过了，听过了，这就要走，不会再来，将永远保守秘密。

房间没有同意。它突然发出疼痛的震颤，从地板到天花板整张膜绷紧了，不同方向的力量拉扯着它。到处都在微微晃动，我站立不稳，万般不情愿也必须伸出手，我不想碰妇女的头，连忙扶住她旁边的气泡，那东西不平整，发烫，黏糊糊的，在它里面有一只被高级西装料子裹住的手肘，我仿佛是靠这位还没出世的绅士搀扶才勉强站住。震颤传到我手中，在疼痛中有一股喜悦之情，它的喜悦、欣慰和扬扬自得加起来甚至大过于疼痛，使它能熬得住折磨。天哪，我想，有人要出生了。

在房间那头的天花板上，有颗涨得圆滚滚的气泡，它比谁都饱满。有个人在里头翻来覆去，搞得它狂暴地弹动。那就是疼痛之源。房间忽然静止片刻，而后它凝聚所有力气发动剧烈的一颤，成熟的气泡迸裂。

"帮帮忙。"气泡后的人将头和一条手臂伸出来，从半空悬垂下来，再想动作时，却卡住了。"拉我一把！"一半在外面一半在里面的人，用理所当然的口气吩咐我，天然地把我当成他的助产士。我马上怯懦地照办。我小心地在地上的气泡之间移动双脚，走到他那颗倒吊的头底下，我握住他的手，将他向下拉，当把他的身体拔出一段后，用另一只手体贴地托住他的背，两只手一起控制力道，使他脱离洞穴。最终，他笨拙地一个翻身，在地上，在伦理上的弟弟妹妹之间站住。我们的头顶上，生产他的气泡的裂口正在愈合，里面再次模模糊糊地出现了新的什么。房间的疼痛已缓解，它示意我：参观到此为止，你出去吧。

电梯载着我们，生产人的空房间，生产小动物的空房间，散发虚假广告宣传页的空房间，唱《弥赛亚》的空房间，制作女性内衣的空房间，酗酒的空房间，安装迪斯科球的空房间，我们从上到下经过这些房间，电梯把我们两个人娩出大楼。

新邻居穿格子衬衫，戴眼镜，束落伍的宽皮带，斜挎一只实实在在的电脑包。他傻里傻气，不用别人帮忙——实际上我有些脱力也帮不上他的忙——受完全新鲜的知觉支配，他自己就可以把自己撩拨到兴奋状态。"啊！"当听到我问他是个什么人，那家伙诧异地叫起来，不过他很快就把房间为他做好的设定激活了，愉快地回答："按照我的理解，我是一个程序员。"确实，他是程序员的标准样子。你有地方去吗？我问他。"啊？"他又赶快读取了脑部数据，"有的有的，我去一家电脑公司上班。按照我的理解，社会上有的是电脑公司不是吗？我随便走进一间，走到那种可以随意挑座位的非固定办公区域坐下来，想想办法，获得一套进系统的用户名和密码，接着就开始干活。按照我的理解，我就成为一个员工，过几天得到报酬，就这样生活。"

我想这说不定是可行的，这个社会，它不在乎哪里多出了一些人，它既容得下我这样的人，也容得下他这样的人，个人的来历与命运，对它而言无关紧要。新邻居像那天背黄书包的小孩，他也确认了自己的身份，他那张平凡得我不屑于多看的脸上因此漾起充分的满足感。"你呢？"他倒过来问我。"我嘛，我差不多啊，我也正要去干活，到哪里找个位子坐下来。"我禁不住苦笑。

我们在早晨的阳光底下道别。他以程序员的方式缺乏魅力地走开，他一走到足够远的地方，就和路上的行人浑然一体了。我的手指感到凉意，刚刚捡起来的垃圾袋，里面的脏东西毕竟是沾到了手上。我走到近处扔掉袋子。那包垃圾，是我与他不同，昨天也活着的证据。不过到了明天，也许再没有东西可以证明，我与他之间有任何区别。

七

折叠国

　　由于拥有终身会员卡，我总是来这家健身中心上课，跟过很多位教练，有时把他们所有人融为一个人来回想。耳鼻嘴眼捏合出一个中间形状，身形取平均值，把多种性格打鸡蛋一样搅散再从中随便舀出两勺，将以上所有材料混合，组成一个教练。他们这个人和那个人，对我来说没有明显差别。但宋不同。她从健身中心离职的几年后，我往教室的落地镜子前一站，时常又可以看到她的影像，她正把身体弯过来折过去，同时向寥寥几个学生喊着口令。

　　只要跟宋上过一堂课，你就能发现，她和健身中心另一些瑜伽教练不一样。所有教练都能做高难度动作，将身体极限弯折，或是从前面或是从后面，把双脚不可思议地抬到头上去。但别人这么做，是在调整身体各部分的相对位置，还将手脚看成手脚，肩背看成肩背；宋的态度不像是对待血肉之躯，她物化了身体各部分，更像是主妇在瑜伽垫上折一件晒好的衣服，袖子贴后背，领口和下摆对齐，最后胸背腹叠到一起去。也像清洁工折一块半破的抹布，办公室职员将无聊的文件随便折折。她公事公办，既无痛苦也无不便，随意地就把身体某几处不相干的地方合并起来，然后像是主妇、清洁工、办公室职员觉得手里的东西折得不好，决心重折，她把身体打开，马上又在下一个动作中把自己折出新花样。一节课中，她这样反反复复，折折叠叠。

她的瑜伽水平的确很高，可她的课程最为滞销，和我一样属意她的学生老实说没几个。我选择她的原因是，她不会打扰我，我正好趴在地上休息休息。而这恰是许多人尝试一次后，再也不选她课的理由。"宋？这位老师不太好理解啊！她喜欢自己玩自己的，假如出钱看表演，那是不错，要向她学点东西就指望不上了。我认为，健身中心请外籍教练还应该慎重，我们自己不是就有许多亲切的好老师吗？"我几次听到叛变的学员在更衣室里议论她，蛮多人附和的。

宋是外国人。一个折叠国公民。最近我去她的祖国走了一趟，一些旧事涌上心头。

在机关重重的折叠国的第一晚，我刚用钥匙打开旅馆房间门，又把它关上了，拖着行李去找老板交涉。来之前做了心理建设，听说在折叠国，这个发明了折叠伞、扇子和伸缩鱼竿的国度中，万事万物都很小，得将就才行，但是房间之狭窄，还是让我难以接受，我不相信在床、椅子、书桌、床边柜之间的几道缝缝里，一个疲惫的游客能把自己安顿好。

旅馆老板坐在超不过电话亭大的小房间里亲自值夜班。他正在看电视，松弛地陷在一张好似飞机经济舱的座位里，他的小腿和大腿略成钝角，脚趾假如再往前伸一点就要抵住墙，一张小屏幕挂在他正前方的墙面上，一层小桌板覆盖在他的肚子上，上面摆着小零食和半满的啤酒杯。小是小，从实用性和舒适度上考虑，暂时也难说有什么令人产生巨大不满的地方。老板把啤酒一饮而尽，利用墙上的长钉子挂起啤酒杯把手，白色泡沫沿倾斜的杯壁缓缓向杯底聚拢时，他把薯片和小饼干塞进固定在墙上的布口袋，最后把小桌板收进椅子扶手中。他这才获得空间，站了起来，带着我，我带着行李，我们重新爬上楼。他打开另一间客房，问我愿不愿意换这间。

"也不大。"我眼珠转了二十度，就看光了房间里面，诚实地抱怨。

"不，很大。"老板坚称。他两脚跨进去，人几乎把房间填满了，我在他身后，屁股还冒在门外。"客人，你看……"在狭小的空间里，老板用手拉住床架，使了一个巧劲，不知安装在什么地方的铰链爆发出一串嗒嗒嗒的密集声响，床连同被子和枕头拦腰一折，接着一扭，然后又一折，一扭，它们先前的床与被子的形态消失了，扭在一起叠成了立方体。一个高密度的小方块，身上连一根针扎进去的缝隙都没有，它啪嗒一声掉在刚才放床的地板上。

"哎？"我听见自己说。

老板面对我这外来客得意扬扬，不多说话，相继又摆弄了椅子、书桌、床边柜。椅子经他之手，折成了一把凳子。书桌的长度骤然减少了三分之二，只够铺开一本小学生作业簿。床边柜像一种住在深海里，威吓别人时肚子能鼓足气的鱼，现在瘪掉了，成了薄片。老板将片状的床头柜轻轻依靠在正方体的床旁边，它们已经面目全非，但又回到了最初的位置关系。家具全都折叠起来，缩小了，真得承认，房间变得很大了。

"哇！"房间有了余裕，我完全走进去，转着圈打量四面，走近旅馆老板时，他灵敏地向我伸出手来，说道："客人，家具使用说明书给你看。"随即，一小叠纸落在了我抬起迎接的手上。"啊？"慌乱中我的手一抖，用最精细的方法折叠好的说明书散架了，在我手里不听指挥，越展越大，瞬间就铺出一平方米大小，变为一张大纸。纸上印着各种图画和简单文字，我匆匆一瞥，在床那部分，做了醒目标记，一个黑色骷髅头上打了大红叉，警告人不要擅动床架某处，特别是躺在床上的时候，文字标明："危险！小心被床夹住。"

"这个……等等，等一等。"我挥舞着旗帜般的大纸，风把衣角都掀动，头发都吹乱了，但老板已经自顾自关上门走开了。他要回他的经济舱看电视。

次日早晨，折纸戏法逆向上演了一遍。地点在餐馆。

八点多钟，经过半晚把小方块打开成床的辛苦工作，半晚提心吊胆的睡眠，我勉勉强强地醒了。拖鞋长时间失去双脚踩踏的压力，后跟部分向上弯起来，仿佛害羞似的藏到了鞋头里面，鞋子整体变小了，我一边嘟囔着"这又为什么要折，到底占了多少地方啦"，一边把后跟拔出来抚平，穿上了脚。梳洗过后，我再次跑下楼，老板指点我去一条街以外的国家大餐厅吃早饭。"很大，很大啊！"他张开手比画，说明店的规模。

我穿过马路。一些工人身着反光马甲在工作，他们抬着梯子沿马路移动，走一段就停下来架好梯子，爬到半空，把路灯的灯杆像盲人的手杖那样一节一节往下折，一直折成粗粗的一捆，矮矮地蹲在绿化树与绿化树之间，白日的天空便不会被路灯遮挡了。到了傍晚，他们又会回来，在路的尽头，按下一个总管整条马路的开关，于是这一排路灯就在一瞬间伸直，统一地直刺夜空，顶上的灯泡照耀路人。

我继续走，穿过马路。几辆公交车停在斑马线两侧，它们身后的小车子很识相，纷纷远离五六米，公交车司机们从驾驶座溜到地面，麻利地绕到各自车后，像演奏手风琴时拉动风箱，他们用双手抓住车尾，"呵"了一声，接着身体往后倒，手臂肌肉在司机制服下绷紧了，他们倒退着，把折叠的车厢尾部拉出来一大截，车厢容量立刻扩充了。斑马线那头的绿灯闪动，我不能再驻足观看司机演奏公交车了，赶快向着对面跑，司机们也小跑着回去，跃进高高的驾驶座，只等绿灯亮起，他们就要将各路变大的公交车一起驶进早高峰。

我跑进了国家大餐厅。它远没有我几分钟前听说的那么大。

比起我们国家的普通餐厅，号称是折叠国豪华营业场所的国家大餐厅，实在是太局促了。它的门一不留神就要错过，侧身走进去，仅有两间半我们的街头小吃店的面积，却坐下了不止四倍的客人。小餐桌分隔出蜂巢一般紧密有序的空间，每一个客人都把自己当成一只蛹，太太平平地塞在一小格里。我好不容易也在自己那一格里坐定点餐。

菜单是硕大无朋的一张纸，我用完后，把它交还服务生。服务生接过去，手法快如闪电，将其折来折去，不久菜单被折出了厚度，他还不时把它朝这个方向或那个方向转动一次，好像作为一名选手正在魔方大赛上竞技，而且态度相当从容，流露必胜的自信。这时我想起来，家具使用说明书还塞在旅馆客房的家具缝缝里，昨晚我企图按照折痕把它变回原样，试了又试，终于放弃。服务生不费多少时间就把菜单折得又小又厚，插进胸前口袋，在他原本就饱胀的胸大肌上鼓出一个正方体，使他和一个乐高玩具拼出来的人有相似的风格。

我的服务生离开，又回来，这一次，他动手布置餐桌。此前，我没有见过谁会在瓷盘子底下装铰链，但他夹着这样的两只半圆形盘子，再次挤过桌子之间极细的通道来到我面前，他已经知道我是一个外国人，他像一只蚌，卖弄宝物一般地用双手徐徐展开一只盘子，然后又是一只，摆在我的鼻子底下。

"哎？"我又听见自己的声音不经过我允许自动说道。

但这一餐其他方面还好，品质没有打折。盘子做工不错，我几次不安地将盘子端起，查看桌布，到底也没从折缝处渗出一丁点汤汁来，我放心地使用折叠刀具，吃了来这个国家的第一餐。与此同时，我观察周围。

我发现，骨瘦如柴的人不用说，即使是很胖的人，也能顺利地跟上领位员，通过小通道来到被指定的桌前，落座在自己那格蜂巢里，看上去还蛮舒适的。而领位员另具有一种本领。已经填进客人的地方没有足够的腾挪空间，必须从空的通道行走，他的脑中因而一定开着一个导航系统，使他在处处是阻碍的蜂巢中路路通，他带领客人保持很快的速度曲折穿行，这便散发一种有智慧地走路的美感。负责点单、上菜的服务生也有同等本领，况且他在一张桌子边耽搁一会儿的工夫，很可能新的客人在附近落座了，他退出去就要找一条新路。

我又看客人。一个商务人士用粗大的手，拎着孩童办家家酒似的小公文包而来，不知他怎么做到的，从包里取出一台体积大于包本身的笔记本电脑，摆在桌上，粗手指对住键盘连击，边等吐司、炒鸡蛋和早餐火腿上桌，边紧张地干活。另一张桌子上，有人用完餐在付账，这位客人也带了一只小包，看起来是真皮名牌货，他从中掏出档次相仿的迷你皮夹，又取出邮票大小的一张卡，连续打开两次，变成正常大的信用卡，他将其递给服务生。结完账，他且摆架子地坐着整理整理物品，这之后，他举手示意领位员快来，一个伶俐的人走了过去，把他流畅地带出蜂巢。

确实和传说中的一样啊。

传说，由于国土面积狭小，资源有限，人口却持续增长，这个国家在初创时代想出很多解决方案，关键时刻，国家领导人说了两个字，成为此后数十年的建设方针。

"折叠。"领导人说。展开来理解就是：不用的收起来，要用的打开来，样样东西摆摆好。

方针既定，举国上下参与的脑力激荡开始了。工程师们争论不休，敲着图纸相互嘶喊："能折叠吗？能折得比我的方案更小吗？"谁能叠得小，谁的气焰就高涨。主妇一有空就环视家里，琢磨点子，在社区定期举办的聚会中，她们提出过一些构思，其中有一个公认是不错的：抽水马桶平时往下压扁，用的时候拉上来，厕所就又整洁又宽敞。这个方案后来投入量产，直到今天仍在家庭和旅馆中使用。文化部门不甘落后，专门成立了一个缩写组，以保留语言风格和重要情节为前提，以最大化精练文字为原则，组员们对国内外经典文学进行缩写，五本装的《战争与和平》缩成了一本，十卷的《莎士比亚全集》缩成了两本，其中篇幅最短的《错中错》经过缩写，只占用两行。书薄了，书店、图书馆、印刷厂、出版社等相关单位都大幅调整，省下空间装别的东西，省下人力开发别的折叠产业。环环相扣的社会，不久就腾出了更多的地方，医院收治更多病人，学校容纳了更多的孩子，公寓里搬进了更多的家庭，餐厅，就像国家大餐厅，能服务更多的客人。

随着社会进步，人体自身也变化了。每天都出现这样的场景：已经满员的车厢或电梯，只要门口有人站着，为难地看着大家，门里的人们就会集体性地蠕动，宝贵的空间一点点腾出来，新来的人将身体往里塞，一只手，一条腿，一块肚子，分别找到了安放的地方。于是小空间里又成功地装下了一个人。与其说是肌肉和骨骼变得柔韧了，不如认为人们首先培养出了一种能屈能伸的品格，靠品格引导身体适应有限的生存空间。

到此为止，社会危机其实解除了，不需要进一步折，一切也过得去了。但是，劲吹的折叠风从那时到现在，并未休止。折叠既是每个公民的义务，也是爱好，是使命，更是趣味。为了爱好和趣味，哪怕无须反复折叠的东西，他们也愿意花时间精力尝试叠得比别人小，折的次数比别人多。

电视台也喜欢播放折叠类的综艺节目，收视率一般居于前列。有档久负盛名的国宝级节目《超级房屋改造王》，每期都会邀约一位知名设计师，负责改造一栋小房子。经他妙手回春，家中的衣橱、书柜、餐桌、冰箱、洗手台等，或是能相互组合，或是能单独折叠，使家里焕然一新。房屋改造完毕，镜头中必定会出现屋主，他回家来了，一踏进空空荡荡的房子，屋主的脸上就现出惊喜，这一幕总能感染屏幕另一侧的观众，观众似乎也跟着他实现了心里的一个梦，感到非常舒心。旅馆老板当时看的电视节目，我猜多数就是它。

我听说折叠国的人不但善长折具体的东西，也善长折抽象的事物。他们有个词叫"折一折"，意思类似于我们的"等一等""停一停""放一放"。

　　假如当前有难以解决的问题、无法判断的事情，需要暂时搁置，他们便会说：要不然我把这个问题"折一折"，我把度假计划"折一折"，把这段我们之间存疑的感情"折一折"吧。这么说着，那件事就一折两半，"啪"一声合上了，从此它存放在心头的体积缩小了，人可以轻易做到无视它，掠过它，久而久之忘却了它，当它不曾存在过。不存在的事情，也就不必处理了，"折一折"不失为人间智慧。

　　"真羡慕啊。"我为此心动。我心头也有不少想折起来不理会的事，假如能熟练掌握折叠国人的技能，人生肯定清爽很多。在折叠国吃着饭这样想着，宋的样子浮现了出来，似乎她在已逝的岁月中投了一张反对票现在送到了我面前。

　　大脑中重新播放的画面，比事情发生时更清晰。

　　我想起了好几年前某一节瑜伽课，起先宋用她一贯的风格上课，但到下半节课口令越来越少，有时说了上句，遗忘了下句，最后她一言不发，忘了在教学。我们被摒除在她的世界以外，她只顾把自己折起，打开，换一种方式再折起，再打开。像自认为开得不好，所以重复开放的花。像上面钱的数字有误，所以被一次次打开反复确认的存折。像要对付的纸张太硬，所以艰难开合的一柄剪刀。宋把背往后折，上半身由鼻尖领导转半个圈，最后从分开的两脚间穿过。她又趴在地上，脚从背后架过肩膀，双臂环抱小腿。她再把四肢和躯干打成一个大包袱，裹起全身，仅有头露在外面。这一幕静止了片刻，密不透风的包袱松开了些，她那颗秀气的头猛地一缩，包袱重新合上，收得更小。宋变成了一团包袱状的不明物体。

首先有一个学员迷惑不解地站起身，其余人跟着离开瑜伽垫，大家默契地退远，俯视地上的宋。已经远远脱离了教学范畴，不可能有学员复制出她的动作。宋不再变化身形，有一会儿我怀疑她再也不想打开了，谁得上前去提供帮助，蹲下来，剥橘子一样剥开那样物体，然后就可以直视她的眼睛，问她到底在干什么、想什么。

学员相互传递不知所措的眼神，眼神最终落在谁那里又传不出去，看来那人就得去帮忙。包袱终于自己松懈了，一个结接一个结地解开，头出现了，手和脚回归原位，宋又把自己展开到一个人类的形状，众目睽睽下躺到地上。她直到这时才察觉失态，手一撑地，盘腿坐起，尴尬地不看大家。她忘记要使用大家都懂的较冗长的世界通用语，而是操着折叠国口音宣布："今上这。"[1]

这就是宋离开健身中心前，教最后一堂课的情形。

我当时只当它是一件怪事看待，随着时间过去，怪中又带上些恐怖而美妙的印象。然而在折叠国，宋的祖国和故乡，我感觉更贴近了她的心灵，因而可以做出新的猜测。

宋那时显得多么烦恼，是在人生某时曾犯下了什么巨大的错误，想用身体动作引导着解开心里那个结吗？那说不定是一个极其陈年的、连环并且是迷宫式的大错，她曾不管三七二十一将

---

1 今天的课上到这里。

它折了一折，又折了一折，花费心思折到一个非常小的地步，小到足以忽视它。然而又有什么原因，令她那时想要打开它，解决它，时间毕竟过去很久，她忘了怎么倒过来做，错误的一个局部粘连另一个局部，层次关系十分复杂，从哪里入手，往哪里打开呢，她试了又试，试了再试，一直没有成功。

我坐在折叠国的国家大餐厅，不负责任地想象着。

八

大角星

　　早晨九点三刻前，准备工作以合乎规范的方式做好了，各部门工作人员在岗位上接受主管最后一遍检查。在更早的时候，大家开过晨会，分配好工作，明确当天的热门商品、时段促销品和减价处理品。一切准备就绪。超市大门于十点钟准时打开，第一批顾客进来了，通过门口后，马上分道扬镳，走到由陈列台、货架、冰柜区隔出来的大道与小径上。

　　她在超市当小时工第二年了，轮流在各部门工作，最常被派到的活儿是促销，一整天站在必经要道旁，以试吃品招徕顾客。她在生鲜部给顾客炸鲑鱼和猪排。在调味料部把酱油、蒜泥酱、花生酱倒进碟子里，还提供蘸取用的小食品。在烘焙部把蛋糕、面包切成小块，漂亮地陈列出来。在蔬果部摆弄五颜六色的瓜果蔬菜。他们自称"试吃员"的这份工作，要求勤快、很有精神地对人笑，还要有感染力地念出促销信息。

　　最近她当的是零食部的试吃员。她直到开门前两分钟才把橙色头套戴好，那是一个用制作玩偶的材料做的中空的头套，长长弯弯的，形状像弦月，她把圆鼓鼓的脸埋进头套，几秒钟后，脸从中间偏下部位的一个圆洞中重新露出来，头套上半部分俏皮地伸得有点高，人们从超市远处也能看到她。她的围裙上也别了两枚这种形状的胸针。身边小桌子上的四个小盒子里，则分别浅浅放了一把这种形状的零食，有四种颜色：像头套那样的橙色、黄色、有绿色杂点的橙色和较浅的黄色。她负责推销的商品是柿种，一种因为样子像柿子的种子而得名的米制小点心。

"古田社出品，好吃的柿种。原味、蛋黄酱、芥末和奶酪味。四种口味礼盒装。"一有人走到小桌子附近，她就用愉快的声音做推销。

早上的零食部冷冷清清，进来采买的顾客基本是全职主妇，她们主要冲着生鲜食品，其次是乳制品和杂货而来。但到了下午三点以后至晚上，零食部就吃香了。必定有放学的孩子，还有不怎么做饭专门喜欢买快餐食品和零嘴的年轻人，他们经过小桌子，顺手拈起几颗吃一吃，无论添上多少回，试吃盒子都会被扫空。一些人的头速度很快地凑近来，从盒子里掳走零食，又迅疾地离开小桌子，使她觉得自己像是招呼滑溜溜的海豹来吃食的驯兽员。

上午即便没什么人，她也如常卖力地吆喝。她叫自己不要那么卖力，但总是控制不住。她想正因为自己干这个干得很有劲头，所以人家老是叫自己干这个。不过柿种，她不讨厌，可以热情地为它叫喊。中午轮到她休息的时候，她把头套摘下来暂时交给零食部主管，中年主管有点害羞地戴好，他的身高使他变成一个柿种巨人，代替她，庄严而亲切地看守试吃桌。她和要好的同事在休息室吃午饭时，从发际线到两边脸颊上还留着一圈圆圆的头套印子。

同事也是小时工，她们几乎同时进入这间超市，这两年由于经济不好，工作岗位数量锐减，她们没办法转为更有保障的正式员工，就把小时工一直干了下来。这周，同事是曲奇试吃员，上班时要戏剧化地戴一串曲奇大项链。一根染成金色的粗绳，上面挂着超大的香草圈、小甜心、加仑子脆饼等几种曲奇模型。吃饭时她摘掉了项链，露出朴素的制服前胸。

　　"那个人今天又来了？"曲奇试吃员问她。

　　她把下巴抵到锁骨之间再抬起来，幅度极限大地点了头。

　　"没有错吗？"

　　"绝对。"她说。

　　那个人，在柿种试吃的第一天早晨就来了。他出现在她正前方，在三十米外过道另一头卖拖把的地方，他们中间横亘一片暂时萧条的销售区域，他安静地站着，样子是在直视柿种试吃桌。他身上是件比身材大一号的连帽运动衫，帽子搭在背后不用，另戴一顶白色棒球帽，拗得过弯的帽檐给额头增添了神秘感。她刚注意到他，突然，他长腿一动，向这里走来，几步就缩短了距离。走路姿势像她以前十分了解的一种人，由于某种原因别人常替他拿东西，他习惯于空手矫捷地行动。而略低着的头和耸起的肩，说明他想避免引起他人注意。可能是细节，譬如垂在胸前的两条帽绳，它们随着身体激烈地左右摇摆，但更可能是整体，是他的全身上下一起迷惑了她，叫她移不开眼睛。终于她想起要推销，刚说了半句"古田社出品，好吃……"那个人已从遥远的地方扑到小桌子前，把手悬在四格试吃盒上犹豫不决。她马上点着盒子巴结地介绍，听到自己的声音在颤抖："原味、蛋黄酱味、芥末味、奶酪味。"

"嗯。"那个人回应，用黑是黑、白是白的眼睛看了她一眼。顿时，如树影拂过树下睡着的少女并唤醒了她，叫她不知所措了。

到他站在身边时，她才发现，因为瘦，从远处看他就像变高了似的，实际只是高个子中的普通高。光光的、透亮的耳朵贴紧帽子下边伸出来。帽子底下，他皮肤好，脸色却不好，眼睛下有稍许眼袋，显得很困很累。一颗柿种被他投入嘴里，咔嚓咔嚓地嚼，他那瘦到只有薄薄一层的脸颊清楚地表现出柿种从完整到不见的过程。随后，他把其余三种口味各取一两颗捏在手里，似点头非点头地动了一下脑袋，像对她的服务表示感谢，便虚握着装了零食的拳头迈动长腿走开了。去时选择了另一条人烟稀少的过道，快步消失在洋酒展示架尽头，只把浓重的烟味留下了片刻。

这以后，那个人每天都来吃柿种，有时一天来一次，有时一天来两次，不是在没人的时候来，就是完全相反地在大批嗷嗷待哺的海豹顾客涌过来的时候来，两种情况都掩护了他。他每次都在不同的过道上出现，又快又警觉，走过来吃上几颗，再拿走几颗，就从另一条过道神不知鬼不觉且又从容地离开了。

"那个人喜欢哪种口味？"曲奇试吃员问。

"原味和芥末味，芥末第一。"但她否定了谈话方向，"这不是重点。"

"重点——"曲奇试吃员说，"柿种爱好者，只是一个非常非常像'他'的人。"

"真是他呀。"她说。

"A.组合的队长？"

"Arcturus[1]的队长。"她精确地说。

"嗤，"曲奇试吃员笑说，"这不可能。"

"喏，队长的鼻子和嘴巴的线条是这样的。"她使手中的勺子离开便当，在空中比画起来。十几年前，作为Arcturus组合的忠实粉丝，她重复看过他们千千万万的照片视频、很多现场演出，每晚睡前还要在心里把他们的样子过一遍，把自己编到和他们谈恋爱的浪漫故事里去，所以绝对不会有错。"队长眼睛的形状是这样，垂下眼时睫毛翘成这个角度。皮肤晒得很黑，不怎么化妆，出来一会儿胡子立刻长出来两毫米，弄得嘴唇上面和下巴老是青青的。那个人就长这样子。"

对方踏实地吃着午饭。

曲奇试吃员的午饭是以员工价向超市购买的厚切猪排饭便当，她吃咖喱鸡肉便当。今天她不能好好吃饭了，往事奔袭十几年的距离来到嘴边，使她说话比吃饭多。

"不只脸，那个人全身上下也完完全全就是队长。"她说，"我们队长平时总是这么穿，T恤，连帽运动衫，大运动裤，戴棒球帽。他有几种配色方案，灰色运动衫戴白帽子，红色运动衫戴蓝帽子，蓝色运动衫戴灰帽子，一直这样的，从出道时的小少年到最后没变过。还抽很多烟，被拍到的次数太多了，一些节目讨论他，说对青少年做了不好的示范。但可能他那种随便的派头，一看就不是精心设计出来的，就算是随便，也好像是有整体感

---

1 有支挪威黑金属乐队也叫Arcturus，成立于1991年，最近一次出新专辑是在2015年5月，专辑叫*Arcturian*。不过柿种试吃员不听北欧乐队或者黑金属，她迷的是本地另外一支唱流行歌曲的同名组合。

的、没有漏洞的那种随便，是最高等级的随便，粉涂太厚同时想装潇洒的别的偶像比不了，结果抽烟也被大家奇怪地容忍了。他人气也是组合里最高，迷他的孩子们像早晨我们货架上的鸡蛋一样密密麻麻。唉，这样一想，换成现在我也会最喜欢他。"

"但你迷的是其他人？"

"我喜欢主唱。"

"队长不是主唱？"

"队长负责rap。是个很好的rapper。因为人气高，和成员在台上一起表演一首歌时，会有奇怪的画面。别人都在唱歌，他先是在那儿晃来晃去，似乎是无所事事，到了他的部分，他嘴巴很快地念了什么，下面的孩子立刻就'啊啊啊队长！'地大叫，把他声音盖住。他念完这段rap又晃来晃去，再度显得无所事事。直到整首歌快唱完前，又到了他的部分，他再念了什么，同时比一比手势，但下面又是'啊啊啊队长！'地大叫。接着，台上所有成员一起摆姿势，歌就结束了，这让他从头到尾好像没发出过声音，只在舞台上比了两下手势，有点莫名其妙，但又是合情合理的。"她屈起另一只手的中指和无名指，模仿了几个动作。

"你也不会少叫的，'啊啊啊啊'，叫的是主唱的名字。"曲奇试吃员说。

"对，我们都那样。少女穷，但是嗓子响力气大，也讲义气，绝对不能让喜欢的人得到的呼喊声小于别人。"

"可是以前傻，没发现那么爱队长，现在爱觉醒了。"

"嗯，小时候真的没有特别注意他，眼里只看着我的主唱大人，把他们的海报贴在床旁边，每天看主唱三百次。没想到，其实当时也清楚地看到了旁边的队长，还把队长留在了心里。"她用比过手势的那只手戳戳心，继续说，"不单是长得帅，队长也是很不错的人。这点是现在，也就是刚刚，才明白过来的。"

"什么方面？"

"他做其他事也是，像在舞台上演出那样。一群人一起接受采访，一起拍照片，不是总有人喜欢说最多话，或是卡住最好的位置吗，我们促销商品不放在好地方就不会被注意到，两种情况是一样的。但他都自愿站在边上，看起来在闲晃，不爱说话，不抢风头的，可要是一说话就能说得很好。可能在闲晃中更有空看清事实，说得到位，还很激励人。现在没有这种人。现在的明星都不行。"她问，"你呢，那时候真没一个偶像吗？"

"我那时候被看得很紧。"曲奇试吃员说。

"好孩子。那么疯狂少女的幸福，你不知道。"她说。

"好孩子，一直听话地读书做功课，最后在这里叫卖东西。"

"和我一样。"

"和你一样。"

"但愿那时候能带上你玩，你既玩到了，现在也能卖曲奇。"

"是啊。"曲奇试吃员无可奈何地同意，又说，"不过，虽然一个劲地念书，队长这个人我多少有印象，接了很多广告代言不是吗？电视上，报纸上，高楼大厦的楼顶上。我每周去补习中心三次，经过一个广场，队长在最醒目的地方，一张很大很大的画面上，手里拿着某种吃的，叫所有少男少女必须看到他，看了第一眼还会看第二眼，下次经过又再看他第三眼第四眼。搞不好我当时也挺喜欢他的。"

"就是柿种呀。"

"哦？"

"他手里拿的，'咔嚓咔嚓'，你不记得吗？还拍了一支电视广告，前面他一声不响，直到最后才拿着柿种用异常严肃的态度说'咔嚓咔嚓'，然后，天哪！哪怕看了一万遍心跳还是快停了，因为他露出牙齿帅气一笑。那个牌子立刻狂销了。"

"啊，有的，'咔嚓咔嚓'。"曲奇试吃员也想起来了。

"以前，柿种是下酒菜，男人们喝一杯时嚼一嚼，队长一代言，从此也成为年轻人随便什么时候都吃的小零食。现在的年轻人不知道队长，不过他们也吃柿种，同时说着以前明星土。反正，广告真是太红了，队长接受采访时不免被问到，他做了一个有名的回答。只要有可能，他就不会撇开集体谈个人。他说：因为我们Arcturus，请大家永远记得意思是大角星，是一颗比太阳更明亮的橙色巨星，所以接了包装也是橙色的产品广告，理由只有这个。这句话第一次强调了橙色和Arcturus的关系，它后来被视为划分前A时代与后A时代的分割线，前A时代还有不少同级别的竞争对手，到了大规模使用橙色的后A时代，Arcturus扫清全部对手，站上巅峰——怎么啦，不要笑我，至少在当时我们自己觉得，喜欢的人是天下第一！队长说了这句话后，以前是普通颜色的橙色不得了了，柿种也变成有特殊意义的零食，我们经常做橙色海报，送橙色礼物给他们，送去的吃的东西里一定包括了柿种。当时最最有气氛的事，到现在也觉得很不错，但再怎么也不会重新经历的事，应该就是我们的现场应援从此开始统一使用橙色，只要看到台下一大片橙色，那就是我们，里面就有我啊！"

"就是演唱会上举牌子，打着灯，晃来晃去地狂喊狂叫的疯子们？"

"是的！所以现在做试吃员才那么厉害。只要一让我戴上什么头套，或是手里举块牌子，就控制不住地热情起来，多么害羞的话也能喊得很大声。"

"多亏了Arcturus。"

"可不是。"

"嗤，"曲奇试吃员又一次笑说，"但这是不可能的。"

"什么不可能？"

"长得像，衣服风格一样，吃橙色的柿种，那也不是他。"

"你的想法太世俗了。"她说。

"队长不是在交通事故中死了吗？有多久，十年前？"

"对的。"

"……"

"十年前的夏天，先从电台听到消息，接着电视新闻里也播了，再接着消息不断更新，相互矛盾，一会儿说很糟，一会儿说情况还可以，大家应该乐观地等，等到第二天中午，经纪公司正式确认了死亡。啊，晴天霹雳！车在高速公路上被一辆大车碾成另一种形状，其实队长立刻就不行了，倒没有吃太久的苦，经纪公司在盘算商业利益而没有马上公布情况。就要说到心碎的地方了……"

"这时还没心碎？"曲奇试吃员问。

"没有。这时大家还是一个人一个人分开着，正被晴天霹雳弄得很惊奇。要碰了面一起心碎。粉丝如果不在一起，做什么事都没意思。好，大家聚在一起了，那天是队长的出殡日，场面是轰动性的。你在电视上见过？有点印象？一清早，我们等在殡仪馆外面，不断有人加入，后来据新闻报道，到中午时两三万人占据了几条主要街道。我们站在路两边，面向中间的车道，警方开始封锁道路，因此有很长时间一部车也没有开过去，很像嘉年华花车通行前的样子，正想着说不定就是大型玩笑，说不定Arcturus全团成员将从空荡荡的路上走来，由队长领头，向我们招手挥吻，突然，一辆警车开过去了。人群马上骚动起来，大家挨得很紧，人浪把我推来推去，我感到快死了。"

"而且心碎了？"曲奇试吃员问。

"不，还差一点。我感到快被挤死了。很快，第二辆车跟着警车开过来了，人浪正把我往隔离栏前一推，我几乎被挤到最前面，这样就看到了队长，他坐在灵车的副驾驶座上，不是的，是他的遗像坐在那儿，但和本人坐着感觉没有差别。队长那次罕见地穿了西装，打了领带，相当正式地出席自己的大场面，而脸上还是穿运动衫时候的熟悉的表情，有点好笑又蛮感激地看着我们，好像以前举行粉丝见面会时感谢我们来了那样。由于我正看着他，所以他也专门看着我。我们刚相互看着，还想看下去时，人浪又把我一推，我跌回到人群里，灵车开过去了。粉丝好像是一体的，前面的人看到经过的是队长的灵车，后面的人即使除了前面人的头什么都没看到，也顿时明白那是什么。车真的开过去了，突然大家都哭了。心碎就在这时候，三万人一起。"

"在电视上你们真有点夸张。但要是我在里面也一定哭，这种场面受不了。"

"铁石心肠也受不了。我们喜欢过Arcturus的人，或者说模模糊糊地意识到什么事情结束了的人，都东倒西歪，一个扶着另一个狂哭了。越是有模模糊糊想法的人，哭得越是厉害。又有几辆送殡的车，分别坐着队长亲友和组合成员，它们也紧跟着灵车开过去。这以后，就没东西可看了，马路又恢复了交通秩序，大家便从路上分散，回到自己家里又足足哭了一个星期，许多人学也没办法上。"

"模模糊糊地想什么？"

"就是一个很纯洁又傻气的时代从自己身上跨过去了，它结束了，我也部分死亡了——呵，大概是这样。果然，失去队长的Arcturus挣扎着再活动了一年，第二年宣布解散，成员各自发展。而我可能是以前拿出来的热情太多，亏空了，对后面冒出来的新的偶像团体，再也掏不出很多感情，以后起码没有为那些人哭过。"

曲奇试吃员早就把饭吃好了，觉得到这里应该差不多，就说："好吧，整件事情是，你过去喜欢A.组合，十年前组合的队长出了车祸，你在三万人里亲眼看到了灵车开走了，还哭了。但是相信他现在又来逛超市？"

"这说不通？"

"你自己说。"

"我也觉得说不通。不过，你想想看，世界上的事总有各种各样的可能性。实际上，最近我随便看看电视，意外看到了Arcturus主唱上了一个搞笑综艺节目，他已经走形得不好意思让人盯着他一直看了，喜欢过的人，现在不但样子不行，神态上尤其不行，他配合着别人，看主要嘉宾的眼色说话和做搞笑动作。我转了台，顺手又上网搜了组合中的其他成员，都完全变成了普通人，老的老、胖的胖，叫我不能相信从前个个是万人迷。谁能不变呢？只有死去的人。只有队长还维持了原样，一直是去世时候的年龄，没有变老，没有变丑，没有发胖，意志也没有消沉，他穿着标志性的连帽运动衫，低调地来我们超市吃他代言过的小零食，一边怀念过去。你觉得这有一点合理吧？"

"唉，我要去戴大项链了。"曲奇试吃员听到这里懒洋洋地站起来，动手收拾休息室的桌子。她追问着"一点点的合理呢？"也跟着站起来丢便当盒子。她们把椅子推入桌子下面，通过曲折的走廊走回卖场，再一次投入了廉价劳动力的工作中。

正当同事在超市的隔壁过道戴上曲奇模型大项链时，她也再一次戴上柿种头套，供脸露出的那个洞再一次正正好好卡在了她从额头到双颊的那圈圆印子上，好像是对"情况步入正轨"几个字的具体写照。她站到老地方，仍像上午那样富有活力地对顾客说着那几句话："古田社出品，好吃的柿种。原味、蛋黄酱、芥末和奶酪味。四种口味礼盒装。"并不时往试吃盒子里添上一点柿种。

顾客明显多了，她的视线在各条过道上扫来扫去。那个人下午也会出现吧，她想。

尽管受到取笑，自己也仿佛屈服于别人从普通逻辑出发完全站得住脚的取笑，但是，单纯从人的模样上判断，她要说，自己这个始祖级别的老粉丝绝对没有认错。脸、神态以及动作，千真万确是队长本人。还有眼神，上一次，有三万人在场，它从灵车副驾驶座上放射出来，这一次来自试吃的小桌子边，两者也是一模一样的。要不是存在"普通逻辑"，根本就没有理由怀疑那个人不是队长。正像摆在身边的道理，如果一颗柿种是原味，它就不是芥末味，反过来如果是芥末味，它就不是原味。你只能相信一种事实，而不能通吃两界。曲奇试吃员认为事实是原味，但她逐渐地，更相信是芥末味。

是芥末味的。她思考，难道不能是这样吗？把橙色变成Arcturus代表色的我们富有远见的队长，改变柿种消费趋势的时尚的队长，对于自己付出过全部青春的偶像团体轻易崩塌这一事实，即使死去也抱憾的多情的队长，一种力量叫他以十年前的面貌回来了。

那力量是什么呢？她想起来了，那个把自己卷在里面推来推去的人浪是有色彩的，它呈现大角星的颜色。Arcturus，大角星，牧夫座 α 星，北半球夜空第一亮的恒星，全夜空第三亮的恒星，距离地球三十六光年，直径为太阳的二十一倍，是一颗 K2 Ⅲ 型橙色巨星。——她还能默背出以前牢记的知识。

那一天，在殡仪馆外面的街道上，晴空之下，许多人带来橙色鲜花，点起橙色蜡烛，摇动橙色的应援手环，举着橙色手幅——上面写着同一句告别语"再见队长"。这片橙海忽而较为平静，微波缓摇，忽而激烈涌动并发出悲伤呐喊，像是三万个少年巫师一起举行某种巫术仪式，呼唤神话降临。浪潮訇然大响时，橙海中破开一条道路，队长坐着灵车穿海而过。这样的少年和队长，或许共同创造了奇迹。于是隔了很多年，队长归来，但这时他已经失去亲密的团员，失去生存的舞台，不再有音乐家希望被他挑中新歌，不再有产品想被他代言，也不再有粉丝围绕身边，一切都面目全非，他来到超市，寂寞地吃吃柿种。现在她觉得，这完全是说得通的。

她的目光停止移动了，那个人再一次出现，向自己走来。由于上午刚来过，现在又来，频率密集地追逐不值钱的东西，并显然被人注意到了，使他有些不好意思地笑了。他没有完全笑起来，嘴巴轻轻抿着，这样更好看。摇动空空的双手，撑着宽肩膀，他超过学生、主妇、小青年，在她看来人群中最为显眼地走过来。不可思议，她现在的年纪竟然和他接近了，这些年来她经历了很多事情，对于偶像不再那么如饥似渴，和与自己一样平凡的人相爱，并在共同建设生活，因此她回应他的笑容不再像当年。像再次看到曾经很喜欢的情人，像老友重逢，也有点像是妈妈注视着放学归来的小孩，她那样迎接他。

　　这天之后的一天，队长也来了。再之后的一天，也来了。一直到柿种试吃活动结束。之后，没人再看到过Arcturus队长逛超市。

九

待避

　　两年前的年末，我要回家乡，坐上火车，车往冷的方向开，我目睹车窗外的风景从软变到硬，颜色一丝一丝抽光，不断接近僵死状态。太阳在田野的远端落下去，我最后看见的树、大湖、山丘和小房子，全是黑白色。它们在冷风中冻住了，一副万事已经告终的样子，仿佛当我们的列车开走后，即使明天太阳重新升起，即使暖风再次吹送，它们也不会恢复生命力了。

　　天彻底黑了，我在硬邦邦的座位上哄自己入睡，我靠回想家的模样摆脱现实，但我离家已久，不能诚实地描画它的细节，被排斥在只能遥望它的地方。另一方面，铁轨在身下震动，人们在过道上来回走，粗鲁地碰撞我的头和肩膀，没人停下来说声对不起，我也不在乎，在那种时间和地点要求道德，是不明智的。于是可想而知，很难睡着，我把帽子往下压了又压，帽檐投下更大幅的阴影。

　　就在那天早晨，我还没有十分确定要出门，过了中午，我拎起一个旅行袋匆匆离开。"去火车站。"对出租车司机发出指令后，我在路上用手机查询车次。之后的事也干得老练，在火车站，我拨开犹犹豫豫的人、聊着天的人、携带大包小包的人，直线穿过候车大厅，经过检票口，跑上站台，刚把自己安顿在列车的餐车上，车就大喘一口气，缓缓驶离车站。一位列车员当时正站在我面前，我当然就向他提出补票，但一等我把他上下看清，立即后悔了。

列车员穿戴得很不整齐，蓝制服看来有三五年没有脱下过，因而永远脱不下来，已经被身体粘住了，成为最外层的皮肤。他表情呆滞，停在一个神秘莫测的微笑上，笑容由嘴角扬起的弧度牢牢挂住，任他怎么动也掉不下来。和不变的表情相反，身体其余部分在抽搐，从制服上抖下灰尘。他既脏又混乱，周身散发腐烂中的不祥气味，你可以说他受过迫害，曾经被什么人提住脚，倒悬着探进地狱的一汪脓液里蘸了一蘸，差一点溶解在那里，但行刑的人又想起他在人间还有用，因此把他拿出来放到我面前。我在快速奔跑后看到他、闻到他，快吐了。

他听到我的话，把头的角度连调好几次，让转不动的眼珠对准我，一字一顿循环发问："什么？你去哪里？哪一站？啊，什么？补票？"简单的工作也让他心力交瘁，但最终他明白了我的意思，把手揣进制服口袋，又呆了片刻，等脑中指示该干什么的程序走完，摸出一张车票来。我看着他的短指头，指甲粗糙，里面嵌满深黑色污垢，手指头在惊恐地颤抖。破车票也好不到哪里去，肮脏极了，四只角像死去动物的耳朵打着不可复原的弯。我以为是被人用过又丢掉的作废票子，凑近看清楚了，车票没问题，正正好好是我的目的地。还能怎样呢，我赶快付了钱，往前方车厢走去。走了两步忍不住回过头，我看到，列车员在行动时分明更可怕了。他弄出很大的动静，身体不协调地来回撞击两边座位，每撞一次，头往相反方向弹跳，人则前进一步，就那样与我路线相反地往后方车厢缓缓挪动。他曾在哪里被谁修理成这样，我不知道，不过，我清楚另一件事，最好放过旅途中的怪客，追究底细是危险的。我转过头，一直向我的车厢走，找到了座位。

　　我们的车开得不顺利。你肯定认识一种人，他们即使对着你的背影也坚持把话说完，就像那样的情形，一个固执的讯息顺着蛛网似的铁轨追上各路列车，它告诉列车以及上面的旅客，全国铁路网正满负荷运转，延误不可避免。收到讯息后，我们的车很快把时刻表抛下了，一路走走停停。铁轨上有条规则：在同一条铁轨上，当等级更高、速度更快的列车从后方驶近，前面慢速行驶的列车要停站，或半路进入待避线，让快车行驶到前面去，自己再发车。我失算了，坐上了老牛破车，我们停在一些鬼地方，无所事事中一等就是十几分钟，有时超过半小时，直到另一列火车像射偏的子弹，呼啸着撵上我们又扑向前方，我们才重新出发。半梦半醒中，我有些焦灼，原定将在第二天中午到站，是绝无可能了。

　　身体忽然大幅度摇晃了一下，接着我撞到了什么，稍微清醒过来，发现自己歪着脖子，把头枕在了邻座人的肩上。我马上收回头，摆正上半身。原来在某一刻我睡过去了。

　　下半夜的整节车厢静得出奇，前后车厢也是如此，我们的过道上不再有旅客走动，一会儿推来一会儿又推走的售卖叫人作呕的小食品推车也不见了。没人说话，没人移动，乘客全歪倒在各自座位上，大部分姿势古怪，少部分人丑陋，仿佛在一瞬间每个人的意识被从肉体中抽光，倒下去时身体还来不及摆出合理的样子。列车本身也安静着，我们又一次停在铁轨上一动不动。

我用力看向窗外。黄昏时，在夕阳斜照下，尽管当时的风景已经丧失活力，至少还有实感，列举得出是哪些元素构成窗外了无生气的画面。而此时，我们大概正在某个荒郊野岭待避，车窗外一无所有，只有一大团超越常规的浓黑，它的势力范围成谜，阴险地藏起了好大一片具体的世界，替换上了一种抽象的静寂。阴暗。死气沉沉。

我毕竟从浓黑中看到了什么。我自己。车内亮着灯，玻璃上映出我浮肿的下半张脸，在它上面，一双眼睛悬挂在棒球帽制造的黑影中，惊疑不定地闪烁，那眼神属于亡命之徒。那真的是我现在的样子吗？像应激反应让手碰到火马上缩回来那样，我立刻让视线移开，于是第一次看到了邻座的人。比起夜幕、一片昏睡的旅客和我自己的模样，更叫我吃惊的是这个人。下午当我坐下来时，身边靠窗的座位空着，硬座的间距狭窄，我睡着时腿紧贴住前排椅背。他是谁？他从哪里冒出来的？

"晚上好。"他说。

他这人看起来精神很好，尤其在这个时候，在这样的氛围中。他穿一件便于行动的有军人风格的短外套，金属扣子闪着三两点微光。和我遮起半张脸相反，他最引人注目的是额头，头发全部向后梳理，额头完全露出来，较大规模地反射车厢里昏暗的灯光，再加上纽扣上的微光，这使我们相连的两个座位如同黑暗中被聚光灯照亮的一小块舞台。他凭这副咄咄逼人，又游刃有余地驾驭气势的样子，去到哪里，那里的人就该把皮绷紧，小心对付。我们实际上挨得很近，他靠近我的一只手撑在座椅扶手上，另一只搁在腿上，手腕露在袖子外，手背上浮凸几条曲折的青色静脉，两只手都有随时做点什么的打算。他早就这样向我拧转了身体，耐心地等我注意到他。

"你听到了吗，这里真安静。你在早上怎么能想到路上会发生什么，人都是一出门就身不由己。"他又说。

他的声音不大，但也像他的外表一样集中，他不怕说了什么别人却不注意听。我打心眼里不想和他说话。我又看了一眼窗外，如一条活鱼被斩去了头尾，我们的来程和去路在这里被切掉了，我们被困在这里了。这提醒我，不能不应付当下专门针对我发生的事。

"你是谁，你想说什么？"我不耐烦地问。

"你最好下车。"

"什么？"

"你上错车了。"他说。

"你是谁？"我又问。我想他最有可能是乘警，最好仅仅是这样，一个没穿制服的乘警，半夜来找可疑的人麻烦，也许敲点竹杠。我说："我有车票。"

"车票？不，不是这个意思。"他亮明身份，"我是这趟车的清理员。"

"清理什么？"

"也可以算，扳道工。"他换了一个词。

"扳道工？"

"或者说筛选员。"

"清理或筛选什么？"

"这样说，我是一个在列车上做平衡的人。"他兜了一圈，找到了最喜欢的称呼。

平衡什么，我又想问。但他掌心继续撑在座椅扶手上，抬起几根主要的手指阻止我，并办到了。"做平衡的意思是，一列车要是有它适当的乘客，就不会出差错。乘上车的人，必须整体是适当的，这就是平衡，平衡的列车有正常的命运，大家会平平稳稳地到达目的地。"

"列车不平衡会怎么样，你是说，车翻掉，大家死？"我发现自己的提问嵌在他故意留出的空格中，因为他马上说，"也许。"

"一些车会发生事故，就像你说的。也有比死更不好的情况，车安全地到达目的地，但坐过这列车的每个人从今以后都会倒霉。"他又说。

"他们死，或倒霉。就因为车上多了些人？"

"不适当的人。"

这像笑话，我发笑了，干枯的笑声从胸腔里挤出来，刺得喉咙发疼。

他用沉静的态度等我虚张声势地笑完，提议道："你应该问问我，什么人是不适当的乘客。"

我拒绝问。

他料想到了，自动说："按一般的分类标准来说，一列火车上，有好人，有坏人。有聪慧机敏的人，有愚蠢乏味的人。有心地善良的人，有卑鄙残忍的人。一些人是人，一些人半人半鬼。看起来人都长得差不多，但就是有这种人有那种人，人们全被火车装起来，开来开去。火车很像是人类的混合器，不觉得吗？我还要告诉你，火车上总有某些人。你肯定听说过，火车或飞机上必定有医生，广播一呼唤，'这里需要一位医生。'他们就会从某个座位冒出来，说，'我就是！'你想没想过呢，火车上面也必定有杀人犯，每一列火车上都有，只是杀人犯不会像医生站起来宣布'我就是'。"

"行了。"我打断他。

"啊，放松点。"他继续连绵不绝地说，"我们再来分分类。杀人犯和杀人犯不同。有的很久以前就杀过人，已经付出代价，服完了刑。有的人正准备成为凶手，他心里不住盘算'我该如何引他上当''该用哪把刀子，戳进他身上的哪里''血会不会弄脏我的衣服'？一边乘着列车越来越靠近被害者住的地方。最后还有一种人，他是在逃犯！他刚刚杀了人，头脑中印象还很深，眼睛一闭就能重回现场，觉睡得不好……"

"行了。"我又说。

"好人中混入坏人，清白的人中混入杀人犯，这就是我要讲的，列车是人类混合器，车上什么人都有，什么人都该有，但混合在一起必须是适当的。别动！"他出手如闪电，突然紧扣住我的手腕，"让我们把规律讲清楚，免得你没有意思地争起来，说你是好人还是坏人。不，我们不以好坏为标准。平衡不以这个为标准。有时候，车上临时多一个好人也不行，多一个恶人也不行，都打破了平衡。不平衡的因素就该被剔除，明白吗？"

"我听不懂。"我在可悲的对待中戏剧化地叫嚷，同时拼命地抽回手，手腕被他折磨了一会儿，感觉在燃烧。纠缠得够久了，我向过道那边低下头，把上半身贴近大腿，从座位底下拉出旅行袋，"你的职业是疯子。想坐在这里搞平衡？搞吧！"

我刚把旅行袋抓牢，听见身后的过道上传来声音，我还弯着腰，顺势看去，全身不由得僵硬了，维持那个姿势动弹不得。我首先看到一团挪动的灰尘，之中有一截跳舞的蓝裤子，视线往上移一点，它穿在帮我补票的列车员的身上，这套制服比下午我看见时更不像话了，人也是。列车员迈开疯魔的步伐，一晃三摇，身体一次次来回撞击两边座位，靠那股反作用力获得前进的动力，每撞一下，他的头还是往相反方向弹跳，脸上凝固着木偶式的呆笑。他不时碰到旅客伸出座椅的手脚和头颅，把它们撞得飞起来再跌落，蹊跷的是没有一个人醒来，或至少在昏睡中做出反应。这怪汉正穿越悄无声息的旅客，向我靠近。

趁我出神，做平衡的人从侧面发起袭击，他的力气大到惊人，我感到在火车里遭遇了一场车祸，被一辆大汽车又快又猛地撞出座位，马上又被对面座位和地面连抢两下，做平衡的人一刻不松懈，跟着跳到我身上，再度多次暴击我的头、肋骨和腹部，一道疼痛波浪在我全身来回滚动。"还有别人？"在他停手观察我是否还应该再挨几下的空当，我气喘吁吁地问，嘴里黏糊糊的，每个字被吐出时都受到了阻力。

他一下就听懂了意思，可以说颇为怜悯地回答我："对，还有别的杀人犯，在这车上。不过他们是适当的人，应该顺利到站。"

"而我是不适当的？你要……剔除我？"

"不是因为你做的事，而是为了平衡……现在你舒服一点了吗？"他的问题可能指向我的身体，也可能指向我的心情。是啊，好像都好点了。

过了好一会儿，我提着旅行袋在过道里勉强站直了，挨过揍的地方同时在发肿，我的体积一定变大了，整个人很不灵活。我被堵在那两个人之间，听他们的命令行事。我们开始列队前进。

做平衡的人走在我前面，列车员走在我身后。他们押解我，往最后一节车厢走去。

"还有多久？"半路上做平衡的人发问，问题经过我，跑到列车员那里。

"十，分，钟。"摇摆行进中的列车员回答，他说的第一个字在我耳朵左后侧响起，隔了一会儿第二个字在右后侧响起，第三个字又回到了左后侧。

"他杂（怎）么了？"我的嘴巴很痛，说话含混不清。

"他的车上曾出现了一个不适当的乘客。"做平衡的人说。

"他当时是列车员？"

"那时他是全世界最亲切的列车员。"

"有这个评选？"

"假如有这个评选的话。"

"胡（后）来？"我问。

"现在他是我的助手。"中间显然发生了重大事故，但被做平衡的人略去了。

"他倒了你说的辣（那）种霉？"我问。

"差……"列车员先说。

"还有那列车上的其他人，后来也都很不幸。"做平衡的人说。

"不……多。"列车员继续把话说完。

不久，我们站在了车尾。做平衡的人和我先停下。列车员也用复杂的方式停住了，他的头还偏向一边，在停步后头一格格转动，最终竖立起来。随后他突然伶俐地从制服口袋里掏出一截金属，光芒闪进我肿胀的眼睛里，是那种火车上使用的内孔为六角形或三角形的钥匙。他握着钥匙一次就成功地塞进锁孔，接着一扭。以他周身抖动的程度来说，这套动作完成得过于流畅，叫我相信他前半生确实重复做过无数次，这动作已成为他身体的一部分，即使变成行尸走肉也能精确地再次办到。然而等他退开一步，又回到了鬼样子，一个迟钝的、不完整的但好像拥有纯真喜悦的生物，用仅剩的命奔驰在铁道线上。

做平衡的人接替列车员的位置，他身体稍向后仰，用攻击过我的手轻松地打开车门。顿时，从车厢外涌进来海上惊涛怒浪，或者是大草原虎啸狮吼般的巨响，宣告那是一个非人世界，将会搅碎任何走进它的人，不论那人是自动走进去，还是被遗弃到其中。做平衡的人在这骇人的声浪中，保持了舞台剧主演清晰的发音："我们还要待避几分钟，到此为止，请下车，朋友。"

我踌躇地站着，搞不清是车里还是车外更可怕。

"请下车，前面没有你要去的地方。"

"外面……我要去哪里？"

做平衡的人不答，有礼貌地又示意了一下车外，似乎在说，你下去走走自己就会明白。就在我将动未动时，列车员突然看到了什么，他滑稽而可怖地转向他的乘客们，于是，做平衡的人精神很好的脸、我被打破的脸都跟着他转过去，顺着他的视线往车厢里看。乘客们一个两个地蠕动着，伸展四肢扭动脖子，正从无意识状态中集体苏醒过来。

一盒软绵绵的蚕。我这样想着，跨出了列车。

一开始，既然是逃跑，我本能地顺着铁轨往后跑。从车厢里看起来外面是一团浓黑，走进去才发现其中白光点点，原来下起了在车里看不见的大雪。狂风把雪花绞成碎浪，往我身上猛烈拍打，我晃得像一艘破船。风粗鲁地摸遍我全身，辨认我。它很不喜欢或者说太喜欢我的耳朵，吹得双耳快从头的两边起飞，它还钻进我的头发，贴着头皮从我的发根之间吹过去，让我的整颗头如同浸在冰水里。棒球帽？它大概掉在我挨揍的地方，在我挣扎时滚到某个座位底下，浑身沾满了秽物，代替我偷渡到远方。只有旅行袋还紧紧拎在手中，里面装着几十捆硬邦邦的现钞，我每跑一步，风就把它们抓起一次，戏谑地掂掂分量，再恶意地松手使它们摔在我的小腿上，激起一阵疼痛。这是我从我来自的世界中唯一带走的东西了，我当时毫不知情，在我要去的地方，它们没有用处。我又想到帽子，帽子毕竟掉了，我这个对于列车据说是不适当的人的随身物品留在那儿，此事是适当的吗？它会导致微小的失衡，给上面的乘客带来一点点不幸吗？

　　冷风，雪，湿滑的铁轨，变着花样戏弄我，我的双脚带着头脑混乱不堪地跑了一会儿。忽听背后有喊声。我对自己说不要看，却情不自禁地回身一望。只见做平衡的人半站在车厢外，在浓黑中唯独他的身体被白光勾勒出一圈轮廓，他一只手拉着门边的扶手，另一只手笔直伸展，像一只风信鸡指向某处。我立刻深信不疑，转了九十度，沿着他指示的方向，与铁轨垂直地又跑起来。几分钟后，等待中的快车来了，它轰隆隆的声音像一颗子弹从左到右贯穿我身后的雪夜，再过几分钟，抛下我的慢车也从待避线出发了，呼哧呼哧地喘息着，往它的前方驶去。

　　做平衡的人是对的，在逃犯应该垂直于铁轨逃跑。铁轨将许多有活力的城镇串联起来，消息和警力能在它们之间方便地移动。顺铁轨逃跑容易被抓。而离开它们越远，越有机会到达无名之地，把自己藏好。雪地渐渐厚了，我先是跑，接着只能深一脚浅一脚地走。先来的大雪把我的两行脚印留下，后来的大雪填埋住它们。虽然路上只有我移动的痕迹，但我不是一个人，每次眨眼时，躺在鲜血中的尸体就会出现，睁开眼，大风裹着大雪在四野乱舞，接着闭上眼睛，尸体再度出现。我的每一次眨眼，都带去一些古埃及人的防腐香料，为那具尸体保鲜，死尸最终在我的记忆中复活并变得比死前更自由了。是他的意志，或是我自己的意志，使我们密不可分，他可以随我到处行动了，用鲜血恫吓我，发出咯咯的笑声，嘲笑我虽然胜利了，但不是赢家。

我的确杀了一个人。在长时间被他步步紧逼后，积累的怒气让我非常突然地动手了。等我找回控制力，他已经躺在地上，眼睛直瞪着我，喉头发出最后几声"咕咕咕"，他身体里的鲜血转移到外面，颜色那么浓烈，流淌得那么热情，像他以生命为代价创作了一幅闻起来很腥的画，随着画的完成，他死了。我扔掉刀子，草草地翻找房间，我们用不法手段共同搞来的钱，仍藏在老地方，我带上它们离开。

这之后，我辗转了几个住处，常因一点点不好的预感就滑脚开溜，最后搬到市郊一间廉价出租房里，在那里住了最长的一段日子。我找到了爱好。我整天待在房里，房间的地板上遍布方便食品的包装袋、烟蒂、用过的纸巾、啤酒罐，一天中的大部分时间我盘腿坐在垃圾中，认真观看电视上的新闻频道。由于数周来不放过大小新闻，我变得比谁都清楚各处正在发生的事。"说点重要的事。还有什么？这条不是昨天说过了吗？没了吗？就这样？"从第一条新闻开播，直到最后一条新闻结束，我经常在心里对主播说话，有几次真的说出了声。一开始我很难说明这种心情，我看起来像在期待案情败露。

那天，午间新闻进入后半段，终于播出了关于我的案件，是尸体的气味招来邻居，他敲了一阵门后迟疑地报了警，主播用平静的语气描述了尸体的状况。通过一段时间密集地看电视，我发现杀人案是和天气预报差不多普通的内容，每天都能看到，因此我能理解新闻完全不把凶手可能也在看电视当回事，他们知无不言地公布了警方对凶手的推测，内容相当准确。当主播台的灯光暗下来，我呼出了一口气，脚踩食物残渣，从电视机前站起身。那一刻我审视自己，我不是个好人，可也绝对不是一个典型的狂徒，只是重来一次，也得杀了那个人。因此我说服自己向一种公平的法则臣服：假如认定自己对别人做的事是出于无可奈何，那么对于加诸在自己身上的随便什么命运，也只好接受。随之，我就明白了，我看电视并不是在期待案情败露，而是作为渺小的人，期待命运不要把我搁置起来，我急于向强大的力量曲下双膝，再任凭它摆布。我拿上一直放在墙角的旅行袋，就这样走出了门。

我远离铁轨，在雪地跋涉一夜，天亮前，来到一个偏僻村庄，居住者是一小群被世界遗弃的静悄悄的人，当我走进去时，无人向我表示欢迎或拒绝，我选了一间空屋，和我的尸体同伴躺到床上，做着噩梦却也睡熟了。我刚来时，以为稍微躲藏几天就将离开，但到今天为止，已经忍耐地度过了两年。村庄及其周围终年被冰雪冻住，任何东西你去碰一碰它，它才会稍有动静，但一丝生气立刻就会消散。向村庄的外边远眺，四面八方也都被白色覆盖，除了狂飞乱舞的雪花，没有移动的事物，只有从我来的方向，偶尔传来仿佛在召唤我去的火车微弱的鸣笛声。但我不能离开这里，一旦走出这条待避线，恐怕下一站就会是我人生的终点站。

这里的太阳隔很久才会升起落下，日照好的时候，我和静悄悄的人们一个接一个从各自的屋子里钻出来，站在一大片虚无的空地上，彼此远离，绝不说话，共同看遥远处的颜色泛白的太阳。太阳在我们身后照出很长的影子，拖在雪地上。每个人拥有的影子数量不一。我有两条，我的，和我杀过的人。有的人有三条、四条、五条。白太阳把每个人背负的罪恶照得清清楚楚。

一〇

赏金猎人

那个人，一贯是要睡到中午的。当地雨水少，晴天多，每天在他醒来前的几个小时，太阳已经大放光明，把城市和郊野照得发亮，在树叶表面裹上一层塑料光泽，叫咖啡馆外撑起遮阳棚。阳光还像远处有排弓箭手射出的密箭，箭镞平行地掉在行人头顶、肩膀和皮鞋上，行人感到身上和眼睛里暖融融的，中箭后更健康了。太阳一视同仁，射中那个人的房子。未起床的人，他的窗帘颜色在棕色到黄色之间，严密地遮住房子四面的窗，然而阳光用尽全力射穿它们，把屋里的空气染成金色，做成一块大琥珀，他睡在其中，像一只被封住的不能动的小虫。

他，那个人，起先在很长时间里，配合这团阳光一动不动，好像真的死掉了，尸体凝固已久，化为标本。但到特定时间，他自动醒来，手臂和腿移动着，身体翻几翻，搞得被子无规则地波动，后来他掀开被子，脸露茫然地坐着，似在回想昨夜的余味，而使场面又静止了。他坐着，等到精神和身体全面苏醒，两者可以同步工作，终于摸着头下床，打开窗帘。于是琥珀的封印解除，他被释放了。

他喝水，吃东西，做咖啡，喝咖啡，抚摩狗，喂狗，在各间屋子里走来走去。他来到起居室，在一张大桌子前把自己安顿好。他开始工作时，比大多数人晚了半天。不过他收工也晚。他不像那些懒骨头，他是问心无愧的劳动者。

今天，他刚点击了菜单上的"收件"键，好像一个人连吞了五口口水，邮箱里霎时涌进来五封新的信。他浏览标题，其中三封不用管：广告、另一个广告和行业联盟快讯。第四封信，发件人陌生，他首先点开这一封快速阅读。

"尊敬的捉睡不着工作室。"此人用比普通字体大两号的字体慨然写道。他当即凭经验判断：一个自大的客户。在心里对他打了第一个叉。

发件人写过称呼，下面内容以大字另起一行："从上月起，我和我太太睡不着了。我们试着白天也睡一睡，也不行。各种原因都排查过了。比方说，我们早就住在这里，睡不着和房子本身无关。我们为人爽快，是头一批从开发商手里买下房子的好业主，你大概能了解，在新建的社区入住有多少烦恼。刚搬来时，周围冷冷清清，晚上听着吵得不得了的青蛙和野猫的叫声入睡，早晨醒来后又听到邻居陆续开动装修工程，但那些从来没有妨碍我们，我们健康，从不失眠。另外的情况是……"以下，发件人继续啰里啰嗦地写了一长篇，表明自己处理生活是如何妥当，挑不出差错。他对他打了第二个叉。

读过这段后，他的眼睛不再去捕捉每个字，而是富有经验地掠过一些，用目光在字上做了数次三级跳，矫健地跃到末尾，停在他希望有价值的地方。在那里，发件人提出一连串问题，咨询收费标准，有没有折扣，或特别条件下的服务套餐。他重重打了好几个大叉，彻底否决该客户，关掉了邮件。

在捉睡不着工作室的网页上，收费标准以绝对清楚的方式列明了，在它旁边就是邮箱地址，你没可能只看到一个看不到另一个，除非是用吝啬抠门的秉性故意遮住另一个。他从心底讨厌这类坏顾客。"感慨和抒情很多，意见更多。他敢于对专业人士讨价还价，因为他不相信专业值得花钱，他更欣赏自己靠这不值钱的蛮力去对抗处理不了的局面，还认为是在努力生活，因此很自豪呢。坏顾客最擅长的恐怕只有消灭专业人士。"他打定主意，不理睬发件人。"除非，"他退一步又想，"实在没生意了才去和他周旋。"

只剩最后一封邮件。打开来，是一封好信。在昨天，他已经和发件人有过一来一往的一轮交流，现在，这位发件人，一个好顾客，同意报价，并简单写道："来吧，带好工具，希望就在今晚捉到它！"

他是一个捉睡不着的赏金猎人。他父亲也是。

父亲在中年以后兼职干这行。当时享乐时代已近尾声，人们依照惯性，还在夜夜笙歌，纵情玩乐。睡不着正进入最后一个繁殖高峰期，因为总在侵略式地到处移动，数量难以估算。它们亲近人类，擅自跑进私人住宅，把阁楼、屋顶和后院仓库据为己有。它们抢占酒店，利用通风管道，以某个角落为起点，每天向更大范围探索，很快跑遍厨房、空中酒廊、健身中心、行政办公室和每间客房。它们也在室外出没。喝醉的人转进夜间深巷，弯下身大呕大吐之际，它们就从暗中现身，在人类踉跄的脚边蹦跳，对醉汉表示出一定程度的蔑视。

睡不着的两腮长着外分泌腺，分泌一种能使别的物种精神振奋的物质，它们跑到哪里便慷慨地把分泌物涂在哪里，这么做既是身不由己，又很有些故意戏弄人家的意思。因为，人或其他动物嗅到它们的分泌物，中枢神经当即受到刺激，从这晚开始直到刺激反应衰退前是睡不着的，其影响力可持续几天、十几天，看个人运气了。

在那个年代，捕捉睡不着的业务量非常大，酒店、私宅，乃至政府部门都来委托。虽然同行贪多求快忙个不停，父亲却干得很节制，他的办法是，周一至周五仍旧好好干正职，在车行当好他的汽车销售员，只在休息日接受委托，案子挑选得少而精，聪明地经营，极少失手。父亲那种稳重作风和高命中率的抓捕成绩，令其赢得业界美名。因此他可算作"捉睡不着赏金猎人"的名门二代。

不过，现在的人们很少以"赏金猎人"称呼他们。一个时代有一个时代的价值观，有人们集体推崇的事物，也有以眼皮耷拉下来的方式看待的人群。这些年来，和他的成长刚好相反，经济持续下滑，能掏出钱来享受夜生活的人越来越少，人们更愿意早早上床睡觉，好有精神去找第二天的面包，睡不着变得格外讨厌，因为没人喜欢醒着苦恼。人们大举剿灭它们。掉以轻心的、天真烂漫的睡不着第一批落网，接下去是智力水平普通的、运气不佳的睡不着被捉住。那是赏金猎人的终极狂欢，业务铺天盖地，赚入最后一大叠钞票。这以后，睡不着数量骤减，鸟尽弓藏，赏金猎人随之式微。仍有一些最为机灵、狡猾和嚣张的睡不着生活在民间，为他们提供零星的工作机会。然而赏金猎人的地位已经丧失，再也无法得到足够的尊敬，他猜想，如今人们不得已来找他捉它们的时候，心里是把他和一个穿工装裤做灭白蚁工作的，一个带着长夹子抓老鼠的，或是一个专门从人家院子的树上端走马蜂窝的人归为一类的。

这不要紧，他认为，这不会贬低自己，也不妨碍自己和灭鼠捉虫的人一样，过得很踏实。从大学的经济管理专业毕业后，他几乎没有机会从事相关工作，因为此时社会上没什么像样的经济需要管理。他接手父亲的副业，当成正职来干，继承的还有父亲的经验，童年时他常在父亲车上度过周末，见惯他如何工作，等到自己上手一做，就什么都做得来。和父亲不同的是，他成立了工作室，尽管里面只有自己没有第二个人，但叫起来好听，容易赢取信任；还管理一个简朴又实际的网站，在上面发布工作室的信息。他也使用老法子，通过老客户之口招徕新生意。捉睡不着的赏金刚够花销，不过他和父亲一样聪明，还有一些其他路子，帮他再弄点进账。这样在经济大萧条的时代，与他的大学同学相比，可以过得不错了。

处理完五封邮件，下午，他开着二手车向西郊去。一越过某条马路，车窗外边立即褪掉城市风景，多变的街道和建筑物不见了，五颜六色的路人不见了，只看得见大块的田，又连着大块的田，接着再是大块的田。假如经济没变坏，这里本来也会被开发商看中，造起连绵的住宅，吸引人气。但现在它们成为一个缓冲带、一个逗号、一场茶歇，隔在城区和远郊之间。

车开了不长不短的时间，车窗外几乎没完没了的田野风景中断了，打断它们的是横生田间的一片住宅区。一些小房子错落分布着，样式从同一个模板变幻出来，两层楼或者三层楼，各带小花园。这就是他今天要实地工作的地方。

两边的绿化烘托着住宅区的主干道，把他的车子从大马路上迎入。他顺势驶进住宅区深处。他左右打方向盘，在小路上曲折移动，不需多费力气，找到了好顾客的房子。他继续开，绕着顾客的房子缓慢行驶，一圈又一圈，有时紧紧围绕房子开一个小圈，有时把邻居的房子包括在内绕一个很大的圈。磨咖啡一般，把情况磨细，记在心里，接着他停下来。他下车，以一个略有心事的人的步速，在周围走来走去，不时蹲下来看看草皮和栅栏，摸一摸它们，嗅一嗅手指沾到的气味，又时常抬头观察附近的大树，在阳光下眯起眼睛查看好顾客的屋顶。

他像降落前的蜜蜂，用别人不懂的规则绕来绕去。有一次他转到房子正面时，见纱门上映出屋里一个男人的剪影。那男人体格很大，威严无声，正隔着纱门端详他，而且很可能已经站了好一会儿。双方都没有突破门接近对方的意思。他站在原地，举起一只手向剪影打个招呼，似乎一次性在说"你好""是我""在工作"。剪影动了一下，回敬一个动作，如在回答"知道了"，随后郑重地退回屋内，隐入黑暗中。"像从旧时代活过来的人。"他判断那男人。"尽管世道变烂了，仍钟情老派的行事风格，知道该说什么不该说什么，什么时候出现什么时候走开，尊重别人。"他对好顾客的好感加深了，决心把活干好。

整个勘察工作到此为止。他心里已经有底，再不耽搁，立即驾车离开。进入市区后，他停下两次，一次在杂货店买了猫罐头和混合坚果，另一次在家附近常光顾的餐馆吃了简餐，灌下一天中第二杯咖啡。他回到家里休息，同时做着必要的准备。在此后的一两个小时中，耐心等待必然将至的夜晚。

"好朋友，记得我以前给你念过的书吗？有一次我们连续等了好几个晚上，捉一只很难捉的睡不着，为了我也醒着，你也醒着，为了让我们都醒着，我带去《战争与和平》，托尔斯泰的书。嗯，想起来了？"在车里，他轻声问自己的猎犬。和下午孤身勘察不同，天黑后他开车返回好顾客的房子时，带来了狗。

车停在房子右侧的树下，一个他下午选好的地方。关掉引擎，熄了灯。附近有盏路灯，和月亮一起洒下光辉，把周围照着，它们相加的光芒比白天的阳光要冷静客观和严厉。他们已经守候了挺久。他总是这样，以和狗聊天排遣时间。他的狗，身体小，神情机灵，又见识过场面，沉得住气。狗十分赏脸，坐在副驾驶座上凝视他，舌头伸出，似在品尝人所讲的话。他带着狗回想曾经相伴良宵的世界名著。

"劳斯托夫一家打猎的那段，你当时特别喜欢是吗？在一个，呃……名字怪长的森林中，劳斯托夫家族去打猎，有老劳斯托夫，他的儿子也叫劳斯托夫，还有一些他们的亲戚。由于是贵族，干什么都得有样子，想想看，他们竟然带了一百三十条狗，还有很多仆人跟着！狗包括猎狗和狼狗，任务不同。猎狗速度快，负责发现猎物，驱赶它们。接着，轮到狼狗，狼狗的战斗力强，它们扑上去，死咬住猎物咽喉。它们猎到了什么呢？劳斯托夫家的狗们先猎了一只老狼，书里写，有灰色的背、淡红色的大肚子；然后是一只短腿红狐狸；最后是一只聪明的兔子。那些狗很厉害，请向它们学习！"

他揉了几把狗头，接受鼓励的狗把舌头拖得更长了。"以前我们从不缺人，有大案，甚至还搞联合行动，北方手段狠辣的猎人，南方风格细腻的猎人，一起来了，夜晚在旷野燃起篝火，轮番讲述既像真的又像假的狩猎故事，越说越像假的，最后为战胜别人的故事，说出不可思议的话，没人相信，但没人听了不高兴。这是联欢，可以有超越现实的气氛。第二天真正行动起来，或许比不上俄国贵族劳斯托夫一家，但我们的规模也相当大了，有人当智囊，有人做指挥，有人参与实战，横跨好几个村庄，部署下天罗地网，离开时小货车后面堆满铁丝笼……我和你，可惜没有赶上那时候。现在我们这种人，挺过来的不多了，我的狗，也只有你一条。所以我要做各种事情，而你既要当猎狗，也要当狼狗。你得对自己要求更高一点，速度要有，战斗力也要加强，听到了吗！"他给狗打了气，又向它许诺，"海明威，你认识吗？大作家海明威也写打猎，下次我们念他的书。打猎，捕鱼，斗牛，他样样写，你喜欢什么我们念什么。"

人和狗聊天的这一幕他很熟悉。在一些随父亲出任务的周末夜晚，父亲坐在驾驶座，他还是小孩子，坐在如今狗坐的位子上，脚够不到地。父亲一般带两条狗，一条资深一条年轻，前者是后者的带教师傅，人不下达指令它们绝不乱动，乖乖待在后座。在漫长的等待中，父亲对他和两条狗讲起小说中的打猎段落，说故事的水平远逊于干活能力，是拙劣的，并且严禁他提问。"保持安静儿子。"只要他脖颈一晃嘴巴一动，父亲就低声警告，然后继续支离破碎地复述书中段落，时常跳到前面，对前情修修补补，回到后面时讲出和刚才有差别的内容。长大后他逐篇翻阅小说，惊诧地发现书中所写满不是父亲说的那回事，父亲在那些夜晚，狡黠地往别人的作品中增添了许多自己创作出来的英雄色彩。当他开始独立执业，在等待时因为无聊，第一次开口对狗讲起故事，刚讲了一段，突然感到自己同时身处两个时空，自己既是父亲又是自己，既是自己又是小狗，既在说又在听。父亲的一部分在他身上活了下来，他觉得他也坐在车里，因此车里有两个赏金猎人，任务是绝不可能失手的。就是在那一刻，他获得足够的职业自信，并保持至今。

他说故事比较严谨，不想欺骗小狗，小狗没法通过读书重新了解某部小说。在他和狗做出聊天的样子，谈着托尔斯泰和海明威时，其实都匀出精神留意车子外面。人用眼睛巡视四下，狗转动耳朵听。

被田地包围的这片住宅区，大多数房子里的人，像被收割的庄稼那样休息了。他们听着剩在夜里的两种声音。近处，好顾客的家里传出神秘响声，一种自得其乐的嬉戏声。另外，天色越晚，遍布住宅区的野猫骚动越是明显，这里一声，那里一声，猫们隔空呼唤，使用密语公然交谈。他在晚上一回到这儿，头桩事情就是拿出几个高品质猫罐头，打开它们，布置在路边事先计划好的几处地方。他透过前挡风玻璃始终留意猫罐头，相信美餐已经一连数小时向野猫群发出香喷喷的邀请信。猫们显然收到了，否则没理由在夜色中说过多的话。然而它们生性多疑，作为团体成员又尊重纪律，也许它们还讲义气地在等候白天外出游荡的亲友归来，总之它们一直没有露面。

他有的是耐心，狗也是。

月亮惊人地亮，从东面的天空往西面移动，一个大光晕，沿途照亮满天的云——就像神的餐桌在另一边，神端着一颗发光的煎蛋走到那边去。神的煎蛋升到中天的一刻，仿佛触到开关，忽然之间，路边一大片高羊茅中唯有两丛颤动了，它们簌簌发抖了几下，就一左一右向两边倾倒，让出一条路来，野猫从草中鱼贯步出。野猫列了一个队，队员有的毛色光鲜，有的脏兮兮的，有的胖，有的带着不久前在打斗中负的伤，风貌不同，可能来自混迹不同地盘的小部队，专为今夜合编成大队。但它们的表情俱是严肃，军姿也是统一的，动作全都简约而有效，由两侧肩胛交替耸动，带领身体前行，向猫罐头径直靠近。可一挨到食物边上那么一点点，全体士兵气势突变，它们变软弱了，变得可爱和甜美了，欢欣地喵喵叫，因此队形涣散了，纪律瓦解了，猫们眼睛里只有猫罐头了。一只精瘦的身量很长的黄猫，无疑是所有小部队一致认可的大首领，唯有它，并不立即被食物击败，仍向四周警戒，它对人和狗坐的车盯视两秒，炯炯的眼神刺进车里，几乎和人的目光相接，它低下头若有所思，但并不流露什么思绪，之后它一甩尾巴，摆出"罢了"的态度，偕同两名亲信独占一个猫罐头，也吃起来。

人和狗在猫的胡须刚从草中露出时，就已绝对噤声，也不移动身体，均用意志力旋紧神经两头，静观其变。整夜期待的最理想的场面，正没有偏差地徐徐展现。人把一半的心放在看猫上，祈求他用食物笼络来的为今夜搭台唱戏的小朋友们吃得高兴，吃得慢点。他用另一半的心照顾四周，继续看向好顾客的房子、院落，看向影影绰绰的树下，哪里都是藏身空间。"看这多么美好，一切都照你喜欢的样子来，可以出来了，我们该见面了。"他往夜色中无声说道。

呼唤奏效了。一个可以媲美江户时代一流忍者的黑影，说不好已埋伏了多久，要不是突然在好顾客的屋顶上加速移动，谁也无法把它和夜色切割开来，如同波浪起伏前无法把一朵浪从海中摘出来。他那受过专业训练的眼睛捕捉到异动，屏住呼吸，眼睑轻合，集中目力锁定其行踪。黑影的行动，比他中午用眼神掠过邮件更自如，它轻捷地从高屋顶跃到地面上，仿佛只是跨下一级台阶。既已征服了高度，黑影随即横扫了平面上的距离，几个起跳，跑过好顾客的草坪，跑过好顾客的太太栽种的朱顶红、金丝桃和月季。黑影的目标是猫群。人刚来得及想，是我下午发现的那根栅栏吗，黑影就把一团身体从小缝隙中挤出来，在栅栏外的小径上，在路灯和月光的双重照耀下，站定了，使人和狗看个清楚。

它长着小狗的样子，一条像是黑夜怀孕产下的、漆黑的、个头很小的小狗。它四脚踏地，摇头摆尾，吐吐粉红色的小舌头，随后发出一声叫："喵。"

狗形，猫声。一只睡不着。

他注视它的身形动作，估计它六至七岁，雄性。"你还是一个少年呢，天真得很，玩性大得很。看起来身体很好，没有损伤，说不定一直逍遥法外，住进人家的屋子快活，从来没被追捕过，没在这险恶世界吃过苦头，"他满怀把握地想，"直到遇见我。"

睡不着与猫群只相距十几米，它好似忍者下班了，收起凌厉作风，缓步踱过小路，向树影下进餐中的猫们走去。它一路走一路柔美地叫："喵，喵喵，喵。"

它又叫："喵。"它有技巧地、和缓地唤起野猫群的注意力。有几只擅交际的猫从食物上抬起头，也对它叫道："喵。"睡不着走得更近了，它懂江湖规矩，必须先和野猫首领交换眼神，它停在猫群外围，谄媚地寻找大黄猫的深绿眼睛，同时分外客气地叫："喵。"对方沉静地回看它，既无示好，也没有流露恶意。这就够了，睡不着理解为这是一个容许加入的批文。它完全走到了猫群里，身材和它们几乎一样大，它用两腮蹭蹭离得最近的一只猫，和它行交颈礼，后者只感到从头到尾地一酥，欢悦地在地上打了个滚。

眼前是睡不着最最欢喜的一幕，它喜欢晚上，喜欢小猫，尤其喜欢参加小猫在晚上举办的聚会，它愿意冒了一切的风险，到它们之间去，像怪形怪状的孤儿接近堂兄妹，期许一丁点友情。它看看月亮，看看猫，心潮澎湃了，啊，这样的夜，这样的朋友！睡不着不由得围绕着猫们团团转，数次想把自己的头插进它们彼此紧靠的身体之间，数次被正在吃东西的猫不耐烦地挤出去。它不生气，不气馁。它想，姑且等它们吃吧，我先玩。它生怕被嫌，识趣地独个在近旁溜达，一边计划着待会儿可以邀朋友们一起玩的游戏项目。

这一来，一样好得在常情之下应该引起怀疑的东西出现在它的亮眼睛中。就在猫罐头不远处，垒着一小堆坚果，并且是坚果中它最喜欢的腰果、杏仁和核桃！睡不着忍不住狂摇尾巴，它以为是野猫带来的礼物，连忙感激地叫了几声，扑上前用前爪拿起来放进粉色的嘴里，一颗腰果，一颗杏仁，两个核桃仁，它照此吃下去。好一个派对，称心如意啊！睡不着沉醉了，全然忘记了自己的身份，忘记了父母曾经教它——强敌的阴影永远悬在头顶。

"啪嗒"，紧闭了好几个小时的车门终于打开一线，狗像特种兵一样出现了。猫一听见并非属于猫自身的声音，瞬间停止了进食。惯于逃跑的它们，先是老道地把身体往后顿，做好转身就跑的预备，再花一秒钟判断状况：来者是另一个睡不着，还是别的什么？"是条真的狗！"它们定睛一看那疾奔过来的身影，依据本能做出正确判断。猫首领似乎早有预料，它没有二话，也不犹疑，只从容地往密草中闪去，两名亲信紧随其后，其余猫部下依次跟上，一下跑个精光。高羊茅重新合上了，遮住了野猫队伍的踪影。

只有睡不着，满口是坚果，它还不敢相信，这么的快活，就要散场。另一方面，先见过了猫，接着外形和自己一致的狗出现在眼前，使它头脑出现了混淆。"我是谁，我是刚才那些猫中的一员，或者我是这样的一条狗？啊，我到底是谁？"它想着。于是在出其不意的袭击中，空有一副好身手却愣在原地。猫首领在撤退中，曾经嘴角带着冷笑，轻蔑地往后瞥去一眼，正见到一条狗强悍地扑过来，睡不着被它掀翻，被狠狠地按在地上，嘴里一半的坚果滚了出来。

"喵。"睡不着在猫包里叫，猫包摆在汽车后座上，成为它暂时的牢笼。车已开上回程，开在赏金猎人的胜利大道上，黑色的田向后退去，他驶向光明前景。"喵，喵。"睡不着仍在可怜地叫。

"嘘。"他对狗形的睡不着说。他再次用目光把自己的猎狗爱抚着，并沉浸在得手的猎人才配拥有的幸福中。他夸奖它："一击而中，干得好啊朋友！"狗发出低低的回应。狗刚才和睡不着纠缠住打滚，身上满是它的分泌物，此时目光如炬，呼吸和心跳加速，它怀着不能言语的激动心情把头伸在窗外，让夜风吹拂狗毛。

人握着方向盘，在计划几件事。要先把睡不着交到政府设立的睡不着收容所，这能让自己再获得一个官方的捕捉记录。回家后，要用从黑市买来的特制药粉给狗洗澡，自己也要洗，洗掉讨厌的分泌物。要洗车。他要在邮件里简洁有力地向好顾客报告，"由于计划周详，干得顺利，请查政府记录某某某号，确认任务已完成"，再督促好顾客在周末前支付酬金。忙完这些，天也将亮了，他将在阳光遍洒的早上爬到床上睡着，再一次做琥珀中的一只小虫。

还有一件事。车门上放杂物的地方，一个密封袋子装着他的手帕。他用一只有力的手把睡不着从狗身体下正式捉住时，用另一只手拿手帕给它囫囵擦了脸，令它尝到莫大的羞辱，气得要命。手帕上如今沾满了分泌物，用他的话说，是睡不着的一个"签名"。他要像一贯做的那样，到黑市出售"签名"，顾客是彻夜赌博的人、彻夜写论文的人和通宵达旦工作的人，他们愿付高价，而他喜欢赚外快。

"嘘，不要叫了。"他把计划在脑内过了一遍，又对猫包里的囚犯说，"别对我生气，也别生自己的气。把你的零食吃掉。我们听会儿歌吧，也许你能感觉好一点。"

他打开电台，DJ在放一首二十世纪的老歌，一首在赏金猎人全盛时代整天飘荡的金曲[1]，粗嗓正唱道：

> 我们都是时代中消失的野兽
> 爪子折断了，尾巴老了
> 头也低下了，背怎么也弓起来了
> 于是我们鞠了一个躬
> 接着，我们消失了

---

[1] 艾伦·金斯堡的诗《美国的改变》中描写了五美分镍币，镍币一面有美国野牛：头抵着弧线形的永恒，倾斜的前额在下，长毛的肩部肌肉叠起／底下的肌肉，先知的头颅，深深鞠躬／时代中消失的野兽，灰白色身子已磨平的褶皱。在赏金猎人全盛时代，一位二流的民谣歌手把诗改编成歌。

—一

脱逃者

脖子后面长出旋钮，这是从什么时候开始的，谁都不记得了。和口袋里的钱一样，器官少了不方便，多了却很快适应了，人们心安理得地每天用。

关于人体旋钮的式样和作用，请想象任何一个装有旋转式开关的东西，燃气炉、咖啡机、音响。再比如说，淋浴器。调节淋浴器上的水温开关，往一边旋转，龙头里流出冷水，往另一边旋转，龙头里流出热水。转动脖子后面的旋钮，和淋浴器出水情况相似，左边出理智，右边出情感，当中部分在理智与情感之间。人们靠着随时调节旋钮，设定个人状态。

旋钮长在颈部发际线往下一点点，大约在人体七节颈椎的第三节的位置，圆圆的，手感软中有硬，它蒙在皮肤下面，略微突出身体，反手一摸就找到了，大小接近以前流通过的最小面值的硬币，适合用两到三根手指精细操作。左右一转，它反馈给手指一点阻力，因为它里面相连一根粗大神经，"咔咔咔"，神经像转轴似的运动，还发出隐约声响，信息经过这根粗大神经传入中枢神经系统，即刻被处理，理智和情感的状态就调整好了。

做财务和审计工作，在流水线上打工，搞科研，下围棋，从有明确规则的系统中搜集信息。旋钮调向左边：理智。

搞艺术创作，摇滚乐团嘶吼，坠入爱河，声援球队，参加偶像见面会，开展一切以争取人心为目的的活动。旋钮调向右边：情感。

左右极端位置很少用到，一般情况下，要把旋钮转到两极之间的某处。这需要点水平。人们转的时候，看不到背后状况，像正在接受挠背那样，在心里面自言自语："这里不对，退回左边试试""我看还要往右，多来点情感""对了对了，就是这里"。手随心意，把旋钮调到正好的地方。

什么情况下该调到哪里？每个人一生下来是不知道的，进行系统化学习才能掌握分寸。父母是第一任老师。

看到孩子乱扔玩具瞎胡闹，爸爸对他发出指示："不要发脾气。理智！"

春游踏青时，对无视周围风景的孩子，妈妈温情引导："宝宝，路边的花花是不是很美？情感！"

听到了这些话，小孩学着大人的动作，把胖手绕到脖子后面，手还不是那么灵巧，笨拙地扭了扭突起物，但是失手了，起码多转出二三十度。父母急忙把小孩塞进自己的两条大腿之间夹紧，抓住他那小小的可爱的旋钮，帮他调了一点回来。于是突然之间，他乖了，把玩具尽力收拾起来，放进储物盒；他的眼睛亮了，用颠三倒四的话对春天发出赞美。他尽管来到世界上不久，却和其他听话的孩子，和周围的赏花人士保持和谐，倒像是个处世高手。父母满意了。父母完成启蒙教育，这之后，兄弟姐妹、朋友、同事、社会风向，都是教导人们该将旋钮调到哪儿的好老师。

必须澄清一件事，从来没有过所谓的官方版《人体旋钮使用指南》，强迫人们按照指南办事。事实是，童年之后，人们在一切场合把旋钮调到某个公认的最佳位置是出于自觉自愿的。这些最佳位置由在场人的利益、道德、价值观、社会习俗以及当时的气氛共同决定。在这些位置上，他们感到彼此是同类，是安全的。为保障这份感觉，他们对旋钮从这个位置上偏离太多的异类采取排斥态度，没什么人能单独扛住集体性施压，大多数人默默调了调旋钮，投奔他们。这些人背离个人意志的做法，进一步加固了最佳位置。因此，可以说，的确存在一本谁也看不见的但是约束能力最高的《人体旋钮使用指南》，照此使用，人生就犯不了大错。

　　可惜，是器官就会得病，旋钮用久了也会坏。有两种常见旋钮病：接触不良和跳挡。前者的症状是旋钮不灵光，本人以为调对了，结果不是情绪就是理性总是不能到位，人变成一把射不准靶心的废枪，被挫败感缠身。跳挡病就更加折磨人了，它往往急性发作，明明设在左边，却自动跳到右边，当中没有过渡，情绪随跳动大起大落。跳一次还好，要是在两极之间顽皮地来回跳跃，旋钮很快就会发烫，转轴也即大神经抽搐，病人欲仙欲死。得哪个病都很不好受。

　　一眼就能看出谁在旋钮病中煎熬，他们经常把手按在脖子后面，扭动肩膀，唉声叹气。再观察他们的工作和生活，也全乱套了。家里玻璃柜子中摆了三层最佳表演奖奖杯的女明星生病了，她无法调动情绪演感情戏，在片场无效地挤眉弄眼，就是哭不出来，这样一来耽搁了拍戏进度。生病的小职员深陷在"人生到底有什么意义"的问题中，尤其在上班的八小时内无法自拔，他不能用理性面对工作了。生病的丈夫，麻木地看着妻子，心中在算一本账，觉得这场婚姻赔掉了青春和金钱，很不值得，现在就想止损。

一个社会，假如人人能按标准控制好自己，那么是安定的；假如暴发了大规模的旋钮病，那么到处都崩塌了，不利于长治久安。为了个人幸福和社会安定，应该积极参加年度体检，平时旋钮有病也要及时治疗。

旋钮科是每家医院的重点科室，设在普外科的下面。大医院的旋钮科规模很大，设备精良，有许多德高望重的老医生坐镇。老医生们各有各的本领，有的擅长治疗旋钮左侧的毛病，有的业务专长在右侧；有的专长旋钮移植、再造；有的专长神经损伤。他们各展所长，在医学界争奇斗艳。

每当一次重要的会诊即将开始，医院好似部队，气氛使人想起军队开拔。看啊，老医生们从一条条走廊上走来，他们不是独自出征，以他们为首，身后还各跟着一支很大的部队。紧跟着老医生的，首先是副主任医师，后面是主治医师，再后面是住院医师，队伍末端出现了大批年轻的实习医生。队伍的特征是，从头到尾，人员构成逐渐低龄化，体型逐渐缩小，地位逐渐降低。宛如由总司令、传令官、骑兵、步兵、勤务兵等组建起来的医疗队伍，气势堂堂地走着，白色长袍在路上卷起医者之风，吹拂到走廊两侧的护工、病人和病人家属身上。后者远远见到他们，察觉自己碍了事，早就自愿分站两排，夹道迎接他们，并行注目礼。当医生们从眼前走过，人们的头跟随转动，看到一颗颗旋钮露在医生们的发际线和白领子之间，老医生的旋钮已被多条皱纹纵贯着，干缩并皱巴巴的，年轻医生的旋钮颗粒饱满，形状清晰，在外形上，这些旋钮和普通人的一样，是职业使其散发独特的气息，叫病人们挪不开眼睛。

旋钮科医生社会地位很高，总是受到舆论歌颂，为普通人所仰慕，很少有病人敢于忤逆医生。但是职业威严偶尔被病人挑战了，稀奇的事情陆续在各间医院里发生。

先是个别医院注意到，一些人没有参加年度体检。调阅医疗档案后发现，不体检的人还为数不少，其中相当一部分人竟然连续两年以上缺席检查。另一个相关问题也因调阅档案，像退潮后沙滩上的蟹洞一般露了出来，那就是一些人虽然正常体检，得了旋钮病后也来就诊，却没有遵医嘱完成整套治疗，只接受了最初的应急处理就匆匆离开，要是住院了还会要求提早出院，其后没来复诊。不论是不体检，还是消极治疗，两种人似乎都对医院抱着不可想象的反感态度。

交情好的医院之间通了气，马上，一项院际调查被动员起来。调查人员从数十间医院获得近几年的数据，制成图表，再进行研究。这样一来，问题进一步暴露了，调查显示：现有的不体检和消极治疗的总人数，不仅多到了一个令人咋舌的地步，而且，假如顺着图表上曲线的趋势预测未来，不久后的情况将是骇人听闻的。

院长们艰难地抽出时间开了若干次碰头会，经过一通讨论、迟疑和决议，问题最终从医院层面被反映到政府部门，抵达卫生部部长的办公室。卫生部部长自就任以来没有遭受过挫折，一直稳坐官场，听完报告他将身体往椅背中深靠，仿佛在向多年的工作成绩寻求支撑，他沉思片刻，提出一个相当合理的疑问，这是他的直觉反应："这些案例，是不是只发生在低收入和低教育阶层中？"假如回答是，解决方案就呼之欲出了：让政府拨出点经费，发放给弱势人群，令他们接受旋钮病的医疗援助，从而改善这个叫自己难堪的数据。他期待下面的人说是。

经社会保障部门调查，结论并非如此。人们既不是出于经济原因，也不是由于教育程度不够而忽视旋钮病的。简直是莫名其妙，他们就是不想治病了！调查人员们抚着脖子，把旋钮拨弄来拨弄去，不断从新的角度思考，一会儿从偏重人情世故出发，一会儿从偏重数据出发，想厘清思路，但仍然做不出合理解释。在调向情感那端时，他们唯有庆幸，好在整个社会还没出现异常。

之后，正当各医院接到卫生部通知，准备对那些有问题的病人进行回访，以采集具体信息时，一个极端事件发生了。此事从上到下震惊了卫生部部长、社会保障部门领导、各医院院长和调查人员。

一个旋钮病重症患者，在医院，在治疗过程中，在众目睽睽下逃跑了。

事发当时，那位旋钮病重症患者按道理来说应该待在病房里，等待医生来查房，之前他可能躺着，如果他足够体贴的话，甚至应该已经翻过身趴好，把脸埋在枕头中，给医生留出观察颈部生病器官的最大视野。因为他的病非常典型，老医生来查房时，必然还会有一群小医生跟进来，围绕在病床边聆听老医生讲解。他们初期做了些保守治疗，接下来可能给他开一刀。

然而他是个病人，失去了理智管束，做不到常人能做到的事。他死气沉沉地摊开四肢，颈子折断似的往一边歪着，望向天花板的眼中是两个空洞。但突然，没有征兆地，一个大彻大悟的念头窜遍他全身，念头从躯干中部发生，向头部和四肢放射状流动，头因而在枕头上左右摇摆，手和脚在床单上抽搐了若干下。他的脸实际上是被渗出的汗水打湿的，但效果像是被一盆显影液泼中，使他向上瞪视的双眼中也有了内容，他看见了关于自己的许多画面。从记事起，他就全按规矩办事，一开始把旋钮调到左边或是右边，是被师长要求的，后来这一动作出于自觉，做任何事之前，总是把自己设定在某个精确值，按照的却并不是自己的意愿，而是大家的标准。

　　原来自己是一个被模式限定了的人啊！这么简单的事实，他奇怪，怎么刚刚才看清楚。那么，他不禁问自己，在模式约束下，所谓的理智是真的理智吗，情感又是真的情感吗？特别是对情感部分，他顿时起了很大的疑心。假如是别人叫你启动欣赏模式专门去捕捉，而非你受到刺激自发性地去接收，是否感受到的美全无意义，快乐全是虚伪，动情全是诡诈？他猛地察觉一生是场骗局。

　　这个念头来到大脑后，再度跑遍全身，并变得更有力量了，这次激得他从病床上整个跳起来。他感到身体被念头涤荡过后非常轻快，可以跑一万里，奔向新世界，但手被谁拉住了。一看，是输液软管通过留置在手背上的静脉针牵住了自己，一些镇静剂和消炎药通过它们日夜不停地流淌进身体里，现在它们正劝告他："不要激动，生病使你颠倒黑白，快躺好接受治疗。"他像拍掉乞讨者的手那样，把针扯掉了，输液软管在床边垂落。排除这

144

股微小的力道后，现在他确认自己已经势不可当了。

旋钮病重症患者冲出病房，刚一跑到走廊上，就见到查房的老医生，以及他身后那支很大的出巡队伍。一方是孤军，一方是老将率领的仁义之师，双方都出于吃惊凝固在原地。患者首先清醒过来，他没时间拟定战略，决定发动正面强攻，身体向后一窝，紧接着就往前弹射，扎到医生队伍里。德高望重的老医生头一个迎战，被患者猛推一把，滴溜溜转了大半个圈，幸好被身旁追随他的副主任医师及时扶住，不叫这块医学瑰宝倒在地上摔碎。主治医生在这场战事中不走运，既被身前的老医生和副主任医生联手推挤，又被身后的人堵住，浑浑噩噩地吃了好几个拐子，但求自保地左躲右挡，不理会其他。患者逃窜到住院医师身旁，后者表现不错，伸出手想拉他住，却只摸了一把软绵绵的病员服，又被他逃了。患者经过了一个医生又一个医生，宛如老鼠钻入麻袋里，他想这条由医生做成的麻袋怎么那么长，另一头的破口在哪里？接着他被一大批年轻力壮的实习医生围住了，这一次好几只手扭住了他，他们七嘴八舌地说："快，调一下。"有手横空伸来，往他脖子后面摸，想让他恢复理智，但是那没用，他的旋钮松松的，和里面的转轴彻底脱离了关系，转起来毫无手感，那只手于是纳闷了。"怎么样，调好了？"扭住他的人问，同时放松了力量。趁此机会，患者奋力一挣，摆脱了众多捉拿他的手，又往前窜去。他窜啊窜啊，面前豁然开朗，原来他从医生队伍里钻出来了。

他继续跑在走廊上，跑下楼梯，跑过底楼的候诊大厅，最后跑到了医院外面。男护士和警卫追出去，不过他跑掉了。

这场人仰马翻的逃与捉的闹剧，由于目击者众多，消息光速般传到社会上，引发关注。电视节目找到重症患者的父母，采访他们。镜头前，两位老人并排坐，双手往中间伸，几乎全程紧握对方的手，显出彼此依靠的模样，他们的打扮是中上阶层的，神色严肃中带些悲伤，句子尾音略微颤抖或因悲伤而断断续续。他们经过精心调整的状态，没有可挑剔的地方。他们在采访中一共表达了三点内容：患者从小是优等生，一直很可靠；得了严重的旋钮病，很意外；肯定能很快找到他，恢复社会秩序。人们见到这对夫妇歉意地低下头，脸消失了，花白头发醒目地对准电视机屏幕，两颗老旋钮隐隐可见。

考虑到患者的旋钮完全损坏，情绪不稳定，理智急性丧失，警方唯恐他有暴力倾向，将他列入危险分子名单，事发当天就出动了部分警力在医院附近搜寻。没有找到。接下去很长一段时间，警方继续找他。没有找到。他抛下了社会身份，没有出现在公司也不回家，父母再也没有见过他，警方永远没有找到他。

但他的消息，时而在各间医院里流传。

卫生部要求各医院不惜代价挽回病人，命令被照办了。那些不体检和消极治疗的人，经过医务工作者上门耐心劝说，大部分回心转意。在医院，他们的旋钮被好好检查了，小毛小病得到治疗。调试过程中，在把旋钮往左转到一定程度，也即重回社会认同的理智频道时，他们当中有好几人向院方透露，自己结交过一些抗拒医疗态度比较坚决的朋友，此前不妥当的行为可能正是受其影响。他们还说，那些朋友曾经对自己提到一些事情，其中一件是见到过旋钮病重症患者。大家现在称他为"脱逃者"。

在他们口中，脱逃者离开医院后并没走到海角天涯，他马上受到一些人的庇护，一直在很近的地方逃亡。白天他蛰伏着，一到太阳下山，他就带着饥饿的肚子在小巷子里走，他的头发留长了，卷曲地披散在肩头，唇上和下巴上的胡须汇成一体，越来越长地拖在前胸，他毕竟消瘦了，宽松的衣服像古典画中的袍子一般在瘦身体上飘荡，形成很多典雅的皱褶。袍子下是露出脚面的平底鞋。那些人——他的庇护者们，总能了解他走动的路线，在他经过时，黑暗中经常有不同的人伸出手挽住他，他不像在医院走廊上那次死命挣扎，而是顺从手的牵引。别人的手和他的手臂粘在一起，像树枝分了叉，每天晚上他的手臂上都会分出新的叉。他跟着那些手的主人们走，去过好些地方，有时被带去非公开的地下酒吧，有时走进一栋公寓大门，最后来到某些人家的客厅。他口袋空空，不过他不需要钱，人家把他让到酒吧或客厅最中心的位子，请他吃东西，旁边给他预备好了干净衣服——本来就磨损得厉害，并在逃跑时撕得更破烂的病员服已经换下并被秘密地焚烧了。

　　那些地方有时只有主人，他吃过东西可以在安静的环境下休息，但更多时候在举办小型聚会，他一去，大家都把椅子后撤，留出一条通道，待他走到中间，再将包围圈合拢。他们饶有兴趣地打量他长什么样，请他把逃跑的故事再说一遍，听到高潮部分他们发出惊叹，相互交换目光。聚会自然地进行下去，其间，谁都没有摸一次脖子。他被邀请喝酒，大家一起发表议论，话题主要是：反对一种高级的控制，它假装让你有选择。

　　传闻中，脱逃者喝到兴起，便高声笑喊："哈哈哈！乌拉！万岁！"接着，却放下刚才竭力保持着的流亡者的气概，借着酒兴哭起来，难以分辨他是快活、委屈、辛酸还是不安。人们口中发出"嘘嘘"的安慰声，抚摩他的头，把他哄到长沙发上躺着，给他盖上一张毯子，不久，他在照拂下，沉沉地婴儿一样地睡着了。

分裂前

　　为了分裂，她提前半年做准备。

　　因为她早就注意到一个事实：相关事情的起止时间从来不能一致。事情做不到一起开始，再一起结束，为人们提供统一处理的便利。相反，有长有短的事情像手指头参差不齐，联合起来变成手，挽留一些人——拖延分裂的人。

　　那些人，在事物的时间差中找到无尽多的拖延借口。他们要是说"等我吃完这瓶综合维生素片再去分裂"，那么在装维生素片的瓶子见底之前，他们又会找到借口，说"但是六卷装的厕纸还剩两卷呢，用完再去分裂"。厕纸裹在纸芯上只剩薄薄一层，一次晨便就将用光，这次他们左右看看，忽然找到了新的救星，"可咖啡……糟糕，新买了半磅咖啡"。接下去的理由可能是两百页小说、半瓶洗发水、三张折扣券、十个果子、五根棉签。再接下去又翻出新花样，每次他们都假遗憾，真窃喜。

　　但她不是他们。她决定扫清前方一切形态的障碍，无论它们是化身维生素片的样子还是厕纸的样子。而且，假使它们的起止时间真的过于凌乱，她就一刀斩断它们，迫使它们整齐地结束。

她做了这些事情：

首先和房东结清房租，初冬一过合约到期，新租客将代替自己住进来。用不上的衣服全部清洗，洗衣机在好几个周末不停工作。衣服洗好烘干，不再收进衣橱，她将它们装进许多袋子，只要出门就带上几袋，路过遍布大街小巷的慈善连锁店，投进门口的收集箱——那上面用红色花体字写着："为了我们，为了新生人。"她又整理了厨房，先是昂贵的异域风情的骨瓷餐具，再是朴素的蓝边碗碟，最后轮到筷子刀叉和餐垫，按好朋友到普通朋友的先后顺序，她请他们来挑一挑，取走自用。沙发对面山也似的整套音响不见了。原本满当当的书架，随着书被搬空，像自然博物馆里的猛犸象裸露着一副骨架。抽屉里的账单和信件，草草一看，就扔进垃圾桶。半年中，家里的一切有条不紊地消失，再打开任何一扇橱门，拉开十分之九的抽屉，除了一团空气老僧入定般地端坐其中，没有别的东西。

分裂的日子临近了，她留下少量必需品——一只锅，两只碗，一点多功能清洁剂，几条毛巾。靠它们生活。她循环穿几件衣服，进入深秋，一天冷过一天时，就把它们组合后叠穿起来。夜晚无事可以消遣，音响变卖了，电视网切断了，书架已清空，她翻一会儿图书馆借来的书，然后爬到空空的床上睡。床垫、床单和枕头也全部捐进了慈善连锁店，她钻进铺在床上的一条睡袋里，像是露营，连续很多天在家里露营。每晚刚进入睡袋时，她习惯先呈一字形仰躺，睡意袭来时翻身蜷起，手摸一摸另一侧的臂膀，又去确定肚子和腿还好吗，有没有过分松弛。这时她就犹如钻在一只茧里面，从一个做样样事情十分坚决的中年人，变成一只任命运摆布的软虫子。

睡着前她经常想，自己将会分裂成谁。

她所在的分裂国，其他还好，唯一的问题出在染色体上，人们无法进行有性繁殖，也就是说，男人和女人创造不出小孩子。新生命不从妈妈子宫里娩出，而依靠老生命分裂完成。一个人可以变成两个人，两个人可以变成四个人，每次分裂，新生命均分老生命的年龄。举例来说，一个四十岁的人，可以分裂成两个二十岁的人，两个二十岁的人，可以分别分裂成两个十岁的人，以此类推。

"新生人"，他们对新生命这样称呼。贡献出，或者说抛弃了老生命的人，被叫作"分裂者"。分裂者创造新生人，新生人过几年成为分裂者，再创造新生人，他们用分裂繁殖的方式，让生命延续。

有人可能想到澳大利亚野兔泛滥事件，担心分裂国的人们过度分裂，人口几何级数增加，结果把资源消耗一空，导致亡国。这种担忧是多余的。在以下几个自然和社会因素共同干预下，人口总数很久没有过剧烈变化：

1. 低龄限制。十八岁以下的未成年人，严禁分裂。这是考虑到处于成长期的青少年思想尚不成熟，知识体系正待完善，人生观也在徐徐而摇摆地建立中，做出的很可能是一时冲动之下不明智的决定。禁止未成年人分裂，表面是种限制，实质上留给他们日后审慎做决定的机会，这是事物的一体两面。

2. 高龄限制。六十岁以上的人，不会被绝对禁止分裂，但申请人被规定走一套相当严格、几乎过不了审的审核程序。人们认为，高龄分裂者创造出的新生人年纪偏大，凭空失去了人生前半段好时光，享受少，辛苦多，这有违新生人与新生人之间的公平原则。

3. 懒散。十八岁至六十岁，总有人不分裂：一些是耽于吃喝玩乐，不舍得结束此生；另一些好像更无聊，不留恋享乐，也谈不上珍爱生命，他们只是软弱，被一开始提到的维生素片和厕纸绊住了脚。随后这些人就受限于上一条"高龄限制"，无法为国家贡献新人口。

4. 疾病和意外。人们会生病，也会遭遇车祸。死亡，强势消灭一定量的分裂者。

5. 分裂失败。分裂并非百分之百成功，在一些情况下新生人当场殒命。人口研究中心的人打开密封门，将发现赤身裸体的新生人双双倒在分裂箱里，身上全是临死前挣扎的痕迹。他们躯干紧贴，颈与颈缠绕，四肢像捆扎绳般牢牢缚在另一个人身上，力气之大，箍断了对方的数根骨头，看样子，似乎他们想通过暴力合二为一，逆行到从前，重新变回分裂者，那情形是很凄惨的。悲剧发生的原因不明，有人推测某些人身上产生了"分裂疲劳"，类似金属疲劳会造成金属部件断裂，不易发现的分裂疲劳让分裂者承受不住负荷，在新生人身上产生了不好的结局。这种案例虽存在，但是非常少见，可毕竟存在，为了保险，于是有了下一条限制条款。

6. 频繁分裂限制。新生人严禁在五年内分裂。

她二十六岁时，就定好了分裂时间。那是距今整整二十年前。当时，她的腰围比现在小三英寸，头发更丰厚，心肺功能更佳，办事硬朗的作风已成形。一个好天，她来到全国最为重要的一条马路，从车站走来的路上一次也没有犹豫地停住，直接走进国家人口研究中心进行分裂登记。分裂登记权，这是写在宪法里的公民基本权利。

"我想把时间定在四十六岁。"在男女青年之间排队等候了一段时间后，她被领进一个小房间，对坐在宽桌子对面的研究员说道。

接待她的研究员提出一些问题，又说明一些注意事项。问题和注意事项全具有亲切的外观，而内部构造严谨，撑起了该国伦理道德的大纲。小房间里总共有三人，在她和年轻的研究员的侧面，宽桌子的窄边上，坐着第三个人，一个年长的记录员，记录员面前庄重地摆一台电脑，他负责把她的回答录到系统里。她时而看着研究员的脸，或把视线放低，对着他那双经常做出理性化手势和传递安抚信号的手说话；时而把眼神从研究员那里转移过去，去看旁边的记录员。看起来后者接近退休年龄，经验丰富，面色平淡自若，即使没在打字，他也只盯着屏幕，手指滚动鼠标滚轮，眼珠随之上下左右转动，一次也没有看向她。给她造成的印象是，系统里藏着精彩之物，"他一定在看我的历史！"

如果有权限，可以从数据库里调出创造自己的分裂者的档案来，了解这个人的性别、体貌特征和智力水平，读到这个人十几年前像今天的自己一样坐在这里登记时说过的话，它们由当时的某位记录员输入，而后一直保存在系统里。她想，那东西其实像遗言，我今天来这里也很像是立遗嘱。显然，电脑系统里也应该保存着另一个新生人的情况。好多年前，自己和那个新生人在平静的昏睡中被人从分裂箱里移出来，立刻被分开了。她好奇，他或她长什么样子，这些年做了什么，目前是仍旧活着呢，还是已

153

经一分为二变成了两个人？她又想，如果有更高级别的权限，还能一鼓作气查看自己的上上代分裂者、上上上代分裂者，他们又是谁，当中有没有出过大人物？最后，要是拥有无尽的权限，顺着档案攀援而上，那么就能直抵探索之路的尽头，看到她的终极分裂者，也即创立这个国家的十二位祖先之一。后来的所有国民都由这十二人分裂形成。他们是祖先的碎片，经过时间线越长，越是粉碎得厉害的小碎片。

西门彼得、安得烈、雅各布、约翰、腓力……她不由开小差，默念祖先名字，这属于国民常识。同时回答研究员针对她个人的问题，"四十六岁，原因？"她说，"哦，我是在十四岁新生的，被指定一个监护人和放入社会之前，接受了植入手术，获得十四岁的平均智能，于是插班读八年级，几年后读了大学，然后到现在。虽然在读书方面没太辛苦，但我好像不怎么喜欢念书，监护人总是管我，她是善良的人，善良又正经，可我觉得厌烦。当未成年人，当一个学生，有很多规则要服从，也许这在别的国家合理，但我们为什么要假装拥有一生的样子。"她诚实地说，"我想让我的新生人一出现在世界上，刚好大学毕业，轻松地插入社会秩序中，工作赚钱，到处看看，谈恋爱，过得尽可能舒适。这是我送他们的礼物。"

记录员哗啦哗啦地敲打键盘，几乎在她停口的同时停下手指，他又开始滚鼠标滚轮了。研究员针对成年新生人可能遇到的问题，对她做了一段说明，她听了表示理解："是的，先生。那样我的新生人没有童年，也没有童年玩伴和各届校友，人际关系缺少一块。我不在乎。同学会、旧朋友、老照片，也许是不错。但是我觉得他们，我的两个新生人，可以这么做：对于没有的东西，就不要想。谁也不会有所有的东西。"

顺着她的话，研究员引导她思考社会义务，问她是否有意在分裂前将此生攒下的财产捐给国家？当然，自己的钱也可以扣除高额的税后，留给两个新生人。他提醒她，捐赠和税收不会挪为他用，会且仅会用于帮助全社会的新生人，让无父无母的每个人一来世上就拥有必要的财富，存款、住房、交通工具、医疗保险、校服和铅笔等，使这个国家的下一代人能够过得好。她干脆地拒绝捐赠："我想留下更多的钱给我的那两个人，想使他们比别人富有。"

研究员问，她是否充分明白新生人是独立的人？尽管保留了她的部分基因，但他们与她是截然不同的人，他们相互之间也绝对不一样。她尤其应该知道，分裂者和新生人两不相干，自己未竟的心愿不应该妄想由他们完成。她说："是的，我知道。"

研究员再问，她是否充分明白不应该为了逃避人生而选择分裂？这点不会影响你的申请结果，研究员解释，但是希望你以一种健康的、创造性的心态变成新生人。她明白这一句是哲学性的告知，不是问题，不用回答，也不会被记录，便没有回答。

她又侧转头，看了一看记录员，他脸上下垂的皮肤、粗硬的斑白头发，以及吝啬回应的态度，可以分辨得更清楚了。在她这时的猜测中，将他的年龄进一步调高了，她认为他已经超过分裂截止期，是少数将会进入老年的人，当他越老，认识过并死去的人就会越多，自年轻起就认识并还活着的人将越少。那么现在的他看待将会消失的人是什么感觉呢？她在心里认定，至少自己对他是无意义的。他仍然没有把握最后的机会抬起眼睛稍微望她一眼，那会使她好过一点，可能在他的认知中，自己并不是人，只是电脑档案三维化了坐在椅子上而已。

　　一些人自从第一次走进人口研究中心，之后每隔几个月、几年就再次走进去，不断地走进去，要求修改登记信息。分裂修改权，这也是写在宪法里的公民基本权利，随便每个人修改无限多次。每当人们活得有点吃力，告诉自己我累了，第二天就去把分裂时间提前。而每当他们沉浸于快活事，遗忘了痛苦，又把分裂时间延后。此后，要是大名与大利到手，不由得想永远据为己有，他们的司机就戴好白手套开着豪车，送他们去注销申请。过不了多久他们却担心，即便荣华富贵相随终究挨不了变老的苦，想想还是分裂好，又一次去了那里，重新登记。他们老是要改，患得患失，努力想让"当下的决定"和"最好的决定"像天与海，吻合成一线。

　　但和他们相反，她在二十年间一次也没有行使过修改权。她似乎刚迈出国家人口研究中心，下一步就跨进了现在。

　　今年的冬天一到，每天中午刚过太阳就开始西斜，冷风不断强调存在感，落叶乔木光秃秃了。她作为被告别的对象，接连参加了好几场告别派对。她家里一无所有不能招待什么人，活动全在别人那里举行。有时一伙人按顺序吃了汤、主菜和甜品，再碰下杯，派对就散场了。有时复杂些，好热闹的朋友们布置出一个场地，用彩色纸剪出她姓名的缩写，还有她的分裂日期，贴在墙上作为告别主题，人人戴上纸头做的尖帽子，对她又喊又拥抱，气氛逼近节日或生日聚会。散场时经常有一半人醉了，因为常参加告别派对，醒来容易忘了昨夜的主人公，但是手机里留下的照片能帮人回忆起来。这是墙上要贴彩纸姓名的原因。

派对的参加者有同事、朋友、零零散散的旧日同窗，有时他们带来自己监护的小新生人，小新生人兴奋地绕场奔跑。朋友中有几对夫妻和情侣，其中既有约定好未来同时分裂的，也有两人各做打算的，属于哪种情况和个人意愿有关，和亲密程度不太有关。派对的共同点是，规模都小小的，人数不多，因为在分裂国，人们随时会变成别人消失掉，你不可能拥有很多老朋友。她大方地向他们索要告别礼物，开列出清单，让大家在上面勾选好送她，清单上写着：纸巾、IC电话卡、茶包、咖啡、酒、某牌鱼罐头、一些水果、两双袜子等。全是不太费钱、她不打算买，又非得用到的小东西。一旦自己去商店认真采购，也许就会顺便买下多余的东西，沉溺于囤积它们，终将变得和那些拖泥带水的人没有两样。耶和华的使者叫人离开索玛多城时这样吩咐他们："不要往后看，也不要在平原任何地方站住。"她觉得要照办。她把大家很爽气地送来的小礼物集中在一个盒子里，放在家里的大桌子上，几乎不使它们分散到房间各处，她打算，等动身前往人口研究中心正式分裂时，就把盒子搬到玄关，剩余物品叫房东自行处理。

这天晚上举办的是场"复杂"款式的派对，午夜，她带着聚会余留下的热情，微微有酒意，身上暖融融的。后来在风里走了一段路，比之前清醒了，发现脸上一直挂着糊里糊涂的笑。今晚有个不太认识交情半熟的男子，和她半场派对都黏在一起。他长相中等，身材一般，但眼睛漂亮，很大两颗瞳仁里收着派对上的灯光，当看向她时，把灯光毫不吝啬地全部投出来，她似被细小颗粒击中，生理上产生感觉。与此同时，他的手指轻抚她不年轻的肩膀和背，摸得两人都很惬意，也都不觉得下流。他们做意义不明又滋味不错的谈话，"啊，是吗？这真的有趣……再等一会儿吧……"诸如此类。他这种趣味的人，最爱慕快要分裂的女人，喜欢剩下时间不多从而在各方面产生浓缩感的交欢对象。而她呢，想这时何必装腔作势，对他的试探均给出明确回应。他们先是半心半意地参加派对，后来早早撇下众人快活了半个晚上，末了他裸着半身下床，把名片塞进她的衣服口袋，又摸一摸她肩膀，表示还想见面。当时很不错，不过一等她离开他的住处，在路上发觉自己边走边笑，把这笑容收起，好像演员把戏演完了，这以后迅速感到今晚没什么意思了。只感到实在是冷。她的两只手插在薄夹克口袋里，手臂紧贴身体，像一个使用前的开瓶器。现在她知道，捐掉厚外套是不明智的。

她加快脚步往家走去。尾随者也加快了步伐。

手指在口袋里摩挲名片，一两个尖角渐渐被磨得钝了，她边走，边回头看了三五次，确认身后的人。尾随者不是才分开一会儿的半熟男子，是另一个男人。他穿得也少，同样冷得够呛，也双手插袋，似另一只开瓶器。两人相距十几米走在阒静的路上。一星期前或更早几天，尾随者出现了，跟她去上班、参加派对、闲晃，他的鞋底轻叩地面的响声能适当地听见，距离维持得很稳定，营造出"讲礼貌"的跟踪氛围。所以她判断，这并非一个恶徒，并立刻准确地猜出身份来。

她走到住处，推开公寓大门，把尾随者留在外面。狭小的公寓门厅，收拢了一些静止的空气，两盏壁灯温吞吞地照着它们，染黄它们，理论上应是增添了暖意，她感觉不到。一楼的几家住户悄无声息，一道螺旋状的楼梯在门厅尽头通往楼上，她暂停在最开始的几级楼梯上，客观地思考：在二楼，在她的房间里没有任何可以期待的事物。这里，她多年来住得很好，房子对她提供庇护，又方便又舒适，但今晚它和门外她刚度过的夜晚区别多么大。彩色纸拼出的缩写姓名，热烘烘的食物，友人起哄式的祝酒，半熟男子眼睛里的诱惑之光、手的爱抚以及她几乎认可的下次见面的约定……不久前，还和这些在一起，以为所剩不多的夜晚又被它们填满了一个。但现在夜晚再次打开一个很大的洞，先前热闹的东西已被它消化一空，里面只装着不尽兴、不满足、不情愿。大洞之口就张在楼梯上面，她不能独自走进去。

所以她掉头走下楼梯，两步就穿过铺着细密马赛克的小门厅，握住了黄铜门把手。她一转那和室外空气一样凉的把手，立刻把门向里拉开。尾随者站在门外，一步也没走开，鼻尖差不多碰到了门上的彩色玻璃，他被玻璃上突然放大的黑影吓了一跳，及时仰了一下头，随后就看到她出现在打开的门里。她的身形有点宽大，穿得不好，多层衣服的下摆长长短短地叠着，披头散发，脸上的神色是半醉后又醒过来的样子，脸上还散布两种不协调的装饰品：惯常拿主意的人有的威严感，和不常表现出软弱的人表现出软弱时的尴尬不安。嗓音倒是柔和的，她说："请你进来吧，外面很冷。"

她第二次上楼，他温顺地跟着。在门厅，他平复了惊慌后，第一时间向她出示了工作证。一张正正式式地插在折叠式硬封套里的证件，在比现在年轻十岁的照片上敲着凹凸钢印，使他那圈脸从纸上凸起，一直凸到现实中来，好像国家机关在用这种方式向大家申明：我们的人是真的。脸的旁边印着职务：客户专员。

研究员，记录员，客户专员。他是她接触到的国家人口研究中心的第三名工作人员。当一个人接近登记好的分裂时间，就快成为分裂者，国家人口研究中心会派出客户专员，提供一对一的服务。一个人离开原本的生活，即便只是远行国外三年，也有很多事情要处理，与平时不同的心情会滋长，性情可能大变，行为或许出现偏差，更何况是去分裂呢。客户专员的服务范围包括：协助分裂者整理资产，干预不良心理，也接受分裂者在最后关头临阵反悔。哪怕到最后一秒，人们仍能反悔，说"我想活下去"，客户专员便放他回到原本的生活，把暂时封存的财产还给他，当然，得扣除几个百分点的手续费。

这位资深的客户专员一走进她没什么东西的家，就像决定绝不给这个地方添乱似的，把帽子拿在手上轻轻转动，也不脱风衣。她想，假如他今晚先跟自己去了派对，又跟自己去了另一个地方，接着到了这里，而且又都在室外等着，那真是饱尝冷风，很辛苦，就引他到一张椅子上坐着。他把帽子搁在膝头，后来放在旁边茶几上。到了房间里，在更亮的灯光下，她晦暗的眼周部分糊着的眼线和睫毛膏，唇纹里嵌着的口红，都能看到了。而他是干净消瘦的、谨慎体面的，和他身上那件扣上一切钮子系紧腰带的风衣一样。

他和她差不了几岁，额头的皱纹醒目，额头往上是正在退远并变白的发际线。他带着所有的中年标示物，转动了一下头，较为克制地扫视房间，称赞道："你整理得很好。"她回答以确实如此的表情。

"我给你打了电话，然后询问了通信公司，这才知道你很早注销了座机和手机号码。我给你写了卡片，接着又写了一张，一共是两张，但是今天，就在楼下，透过门看到你们门厅里的信箱，我想你也不怎么收信了。卡片上写了一些官方的话……"他忽然笑了，一秒钟后她也是。他们都在脑中补出了官方的话的样子。他继续说："上面还写，最近我会在附近，有需要的话就找我，附上了手机号码。幸亏你没有看它但也没有当我是坏人。"

"我最近使用IC电话卡，那条路转弯进来一点的地方，有个公用电话亭。"她从屋里准确地指明了路上的一个位置，他觉得在女性中，这是难得的本事。

"卡片，啊抱歉，我还想说一句卡片。那旁边有一联可以撕下，一家很好的餐厅的免费就餐券，供两人使用。这是人口研究中心提供的福利，是最近才有的。你愿意的话，带上朋友去约会。"他避免使用"最后的晚餐"五个字，但没有谁听不懂。

"像别的国家的那种临终关怀服务，我看我们越做越好了。"

"是吗？"他宛如听不出讽刺，附和道，"但愿你觉得越做越好了。"这一次，他避免复述"临终关怀"四个字。

她走开了，到大桌子边上翻了翻盒子，找到从朋友那里索要来的橙子、柠檬和一点点肉桂棒，用唯一的锅子煮起了热红酒，加了糖。到好闻的香气冒出来了，房间里到处都是的空当因它减少了一些。

在她走动的时候，他坐在原处，对着她的方向做些必要的交代。他提醒她一些财产整理方面的细节。"你在听吗？""在的。"他又教她注意哪些文件上应该签字，哪些文件的备注栏最好也填一填。"在听？""嗯，在听。"

她关了火，端开锅子，把仅剩的两只碗取来，用塑料勺子舀满它们："只有这个招待你。至于我，本来不好再喝了，不过你试一下就知道，它们是糖水，伪装成酒的样子。"

又香又甜又烫的红酒入喉，身体暖和了，现在他又疲劳又舒适，窗外寒冷的夜晚在他再次走进去之前不关他什么事。他仍然在履行职责，谈起那天该如何安排，要不要派车子来接。"一般都是接的，省却麻烦。但不要紧张，坐上车不代表什么。从这里开到人口研究中心，大概要三十分钟，你随时说声'停'，我们便把车停在路边，让你走，然后车继续开向中心，不耽误什么，我们回去上班就是了。即使你到了那里，也要再确认一遍意愿，签几个字，才会进入下一步。"

"呵。"她拿一根湿漉漉的肉桂棒搅动酒，听到他诚恳地说到他们的人仍可以顺路去上班时感到可笑。她注意到，他由始至终不用"分裂"二字，引她猜想，不少人在最后关头是抗拒听到它的，或许一听就感到自己踏上了绝路。后来她说，"我不会那样做的。"表示她不会叫车停下。她将坐在车上长驱直入，进到他的工作单位，要签文件便立刻执笔签了它，然后就走进分裂箱把事情了结。

她的一干到底的精神多少有些打动他，使他半公事化半认真地建议道："不错，二十年内，登记信息零修改，是很罕见。不过，没必要硬把决定推进到底明白吗？假如你最后要改主意，是合理的，对我们也没什么不方便，我们每天接待很多人，各种各样的，稀奇古怪的，我们不会挑三拣四地对待任何人。"

但他的体贴没有得到报答，她马上说："都一样对吗，不管是省事的人还是麻烦鬼，在你们看来都一样。"

从过往和客户交手的经验中，他意识到这不是好话题，假如积极地展开它，就中计了，将承受一种指责。他挂着礼貌的笑，低下头研究碗，宽容地说道："谁不一样呢。"

她以前爱读情节曲折的长篇小说，最近放弃了，在图书馆，她不做研究地从书架上取走一些短篇小说集。一个加拿大人写的关于穷苦之家的故事[1]，是她刚读过的。穷妈妈每年春天养小鸡，冬天把长大的鸡拿去市场卖。春天到冬天，大儿子随她去喂鸡，对于半大鸡，他既不能喜欢，也不会真心讨厌，因为，他已知它们将要死，它们就都没有了意义，不值得付出感情。来年春天，他和妈妈又会去喂一棚新的小鸡。这部分只有短短几行，但令她想起好久以前的记录员，她奇怪自己还在耿耿于怀，相当介意记录员对自己如对短命小鸡的态度，看到这里，把书从睡袋里抛出来，任由它被怒火驾驭着飞过一段距离，跌在床边地板上。现在，她发现自己又挑了个头，想要刻薄眼前的客户专员，不由笑话起自己太小气。所以，两人都成功地避开了不好的话题，又变得和睦了。

"你有妻子吗？"她看看他的手指，问他。

"现在没有了，她五年前就不在了。但现在，我监护一个孩子，十一岁。"

"他好吗？"

"他比较好。"

"很多年前，我也递交过监护人申请书，想要一个年龄低一点的新生人，到'离开'前，我会陪他很长时间。没被批准。"

他表示惋惜："手续确实不容易办下来，有一个神秘的评分系统。可靠的人，承诺孩子成年前不离开的人，不一定能申请到。

---

1 她从图书馆借来的短篇小说集是《海风中失落的血色馈赠》。她读的是书里的第一篇：《秋》。

相反，不怎么好的人，经常推翻决定的人，倒是莫名其妙地得到一个好孩子。这说不准。系统可能模拟的是有性繁殖的状态，在那个世界中，谁能当父母和他人好不好没有必然关系。"

"是啊，我没意见，只是想起来有点可惜。"她不能对监护程序追究更多了。

"谁也不会有所有的东西。"他说。

"这说得不错。"她没有认出来，那是她在二十年前亲口说的话，但因为似曾相识，她停了一瞬，又说，"我要是有时候还想起来这事，可能不只是因为它本身，还把它当成一个标志，一种信号——你知道的，'从那以后怎么样'的那种信号。监护人申请失败，从那以后的一段时间，连续发生了一连串不好的事情。"

"不好的事情。"他重复她的话。

"嗯，不怎么好。"她没有把经历过的困难一一讲出来，它们毕竟过去了很久，不让她感到亲切并有叙述热情了。"我那时各方面不太好，一度认真想过要不要再去一次中心，改一下时间。'快点结束算了。'这么想着，接着有天晚上做了一个梦。我走在一条路上，目标是你去上班的地方，前方是严肃的大门，黑色栏杆，中间的地方有一排人物雕像，在雕像头顶上方很高的地方又有一排，刻着祷告中的小天使群像。我只去过一次，不知道有没有记错。没有？那么我梦对了地方。我向那扇大门走去，越来越接近它了，透过栏杆看到门里没什么东西，或者说门里是模糊不清的东西。我向身后看看，我走过来的地方，原来也是那样。我被弄糊涂了。就像以前去逛商店，逛了一圈走出来，忘了自己之前是从左边来的该往右边去，还是应该反过来——我方

164

向感很好，买东西买得高兴了却也那样。在梦里面，我被弄糊涂了，不知道自己是正打算进那道门，还是已经在门里面了要走出去。我感到没有什么差别了，可能两样都一样，就没有继续靠近大门，之后醒过来了。那种无差别的感觉，醒来后也非常逼真，所以没有真的去你们那里。你叫这什么？这是乐观，还是消极？"

"我想，"他慎重地说，"至少，你想过再来人口研究中心，这不是坏想法。"

"比什么好？"她问。

"在别的国家，人们不开心了可能去自杀，搞得事情和那地方都很肮脏。但是我们不必，有了自毁的念头，想着实在不行了可以去分裂，变成别人就好了。这不是坏想法。"

"这样一想，结果又度过了不好的一天。"她说。

"又度过了一天。"他改动了一点。

"竟然就活到今天，我们现在坐在这里……"她想了一想说，"那天在研究中心，你们的研究员还说了一句话，'希望你以一种健康的、创造性的心态变成新生人'。我一直很喜欢它。"

"我们一定对每个人说这句话。"

她再次为他舀满一小碗红酒，并和他确认："那么我有两张卡片，能带上同样或者不同的朋友去吃两次？"

"是的，两个人，两次。"

"很好的餐厅？"她问。

"很好的餐厅。"他向她保证。

一三

分段人

唰唰。唰唰。唰唰。

隐隐传出唰唰声。

唰唰声一次次划破空气。

唰唰声在每个人身后响起。

制造出唰唰声的人，长时间走来走去，在中央公园、火车站、菜场、花鸟市场、周末市集、海滨浴场、学校、医院、商场、电影院、健身房。他走街串巷，也深入建筑物内部，所到之处，唰唰，唰唰，唰唰。

制造出唰唰声的人容貌普通，没有记忆点，神色空白，读不出内容，最擅长利用人群打掩护，是大隐于市的那类人。可能昨天，他刚在你背后制造出唰唰声，在未来的一些时候还将在你背后制造唰唰声，在你的一生中，他为你如此做的次数算不过来。但不论过去现在未来，你一般听不到唰唰声。也许直到你很老了，知觉连锁性地损坏，耳朵当然也不灵了，那时反而能够察觉到身后异响，唰唰。你是动员了更隐秘的感官，你的蓄满人生经验的心灵，它取代了手脚耳鼻，既可以闻，又可以看，还可以摸，更可以听，结果你奇妙地听到了，唰唰。你知道，他来过了。

制造出唰唰声的人，个子不高不矮，大多数时候穿中等价位的西装，皮鞋八成新，领带颜色保守，呈现收入水平一般的职业人的风范，状态总像是走在上下班路上，要么就是正在出外勤。由于走路很多，身材不错，腿细肚平，但离时尚人士推崇的极瘦有段距离。当他走起路来，姿态也不拘谨，也不浮夸，也不焦躁，也不萎靡。总之，他以尽量不打眼为存在原则，天生是街道背景，不与任何东西起冲突地出现在路上。

唯有步速。

步速是他的特色，他能够精确调整它，百分之九十九的时间，他是步速的变色龙，和周围人走得一致。当那百分之一的机会到来，他奇峰突起，巧妙加速，脚在前面人的脚之间找到空隙，胯部跟上脚，肩膀和胯部意念相通，于是他整个人一下子就走到了前面一个人的前面，又走到了另一个人的前面，仿佛人不是障碍，是许多扇向自己敞开的门，想穿就能穿过去。

他畅行在路上，直到贴近目标，他正是为了追踪目标才到处走动。他永远从目标背后下手。

到能清晰看见目标脖子上几圈颈纹，也能看到衣服上沾的两根头发时，他从腰带里抽出两柄利器，左右手各握一柄，照着那人背脊，从右上方往左下方猛挥。唰唰，两声轻响同时开始同时收尾，平行地发生。他一击成功，就先把兵刃掖进西装下面，几个快步拐出人群。他走进另一群人中，又走出和周围人一样的步伐，与他们的相对速度为零，同时在不动声色间再把兵刃塞回腰带底下，而后手臂自然下垂，交替摆动。这时没什么人再能分辨出他，从而揪住他了。

但他做的事不是行凶杀人。受到攻击的人没有受伤，从衣服到皮肤都还完好。唰唰。被攻击的人不知道分段人刚刚出手，为自己画了一个分段符"//"，他从这里开始，身体虽完整，人生分为上下两截。

分段是常见而必需的。每当完成一件相对重要的事，"段"就划在这之后。假如你弄清楚哪些事对你而言是重要的，或可推断出分段人在什么时候什么地方曾经出现过。

平常的这些情景有助于你想起什么是"相对重要的事"。

你到国外留学，你鼓起勇气跟着新认识的朋友第一次参加聚会，外国友人或友善或冷淡地打量你，你有必要来段自我介绍。或者，你认识了一个心仪的女孩子，某个时刻，你要把过去的故事同她交代一下。又有可能，你在出租车上呆坐着，想了一想以前。这时，你会操起外语对外国友人结结巴巴地说，你会对女孩子用温柔的语气说，你会对自己不出声地说。由于各种情况下可供诉说的时间都不长，外国友人很快要把脖子扭向聚会上的亮点，你不太帅女孩子没有很多耐心，出租车就要到达目的地了，因此你只可以说为数不多的一些事。你经历过数量浩瀚的事，说哪几件好呢？不必多想，其中的一些自动地排山倒海而来，穿云裂石而来，灌进脑子，又从嘴里流淌出来。那些事，就是你人生中相对重要的事。

但是，分段人总是早于你本人知道。他悄悄尾随你，那件事刚刚瓜熟蒂落，唰唰，他马上出手，段划分好了。直到你因死亡再也划不出新段为止，他总是会来了又来的。

分段人当然不止一个，也不止十个。全世界每个人都有分段需要，一个人，或十个人，业务能力再强也忙不过来。不过既然他们像一把折扇上的扇骨，有高度的一致性，那么把他们合起来看成同一个人是可以的。

他们每个人都隶属于某个分段人小组，小组中一名为组长，其余是平级同事，组织结构扁平，便于集体工作。每年六月到七月，他们常常在一起。那时正值毕业季，每一次的工作差不多这样开始：

在约定时间，通常是上午，比学生平时上学的时间稍晚，分段人身穿黑西装，沿不同道路走来，到学校前门和后门处会合，然后分散到附近的树下、马路对面的便利店前、围墙边。他们或站或蹲，一起听校园内的动静。一场毕业典礼正在礼堂里举行。先听到主持典礼的老师用话筒"喂喂喂"地试音，一确定话筒是好的，他即要求学生们安静，接着请出校长致辞，接着教师代表致辞，接着学生代表演讲，接着校长向毕业生挨个颁发毕业证书，接着大家高唱校歌。分段人在整个过程中，在岗位上偶尔调整姿势，耐心等待。话筒又响了，最初"喂喂喂"的老师宣布毕业典礼结束。巨大的喧哗声就在此时爆发了。孩子们的心情通过吵吵闹闹表达出来，汇合成成年人小时候自己喜欢发出、后来反对的可怕声浪。它一开始体积小，爆发的位置在礼堂里面，随着礼堂门一开，訇然弹射到校园全部地方。分段人知道时候已到。

第一批走出校门的学生是被那声音投掷出来的，他们人数不多，搭住肩膀大声谈笑，给人感觉他们非常高兴能离开学校。他们意气风发，如此大意，要解决掉他们再容易不过。分段人跟上去，唰唰，唰唰，双手连挥，给予每人一击。十步以内，每个学生已经段落分明，成为更成熟的人类。分段人抚平西装，轻盈地折返，去处理第二批学生。第二批学生是密密麻麻的一大团，一个用手臂粘住另一个，另一个用闲聊粘住第三个，第三个用一包共享的零食粘住下一个，最终他们所有人都用孩子气的方式勾连成一体，挪出校门。分段人混进学生队伍，这次他们跟随得更远，经过刚才的热身下手更利落，在一个到一个半街区内，在这群叽叽喳喳的孩子就要解散队伍前，将所有段落划好。他们又一次掉头回去，在校门口做扫尾工作，这一次的目标是流连学校不想回家的孩子。好了，连这些稀稀拉拉的学生也搞定了。之后，分段人开始核定人数，难免有漏网之鱼，所以要立刻出发追捕。他们在路上越过十几个店铺，数十个学生，数百个非学生，一路以精明的眼神辨认，一些人在不久前刚由他们分过段，一些人很快将是他们的目标。不是他，不是他，不是他，是这个人。分段人在十字路口看到了要追捕的学生，他向他身后全力冲刺。唰唰。绿灯在下一秒亮起时，他也像他的同学们那样，过渡到了新的一段。

　　假如每划一次段落真有鲜血洒出，那么在这个中午之前，附近几条道路早被染成红地，滑腻得无法下脚。分段人这时感到累得抬不起手，紧握的兵刃经过连续砍伐微微发烫，他收起它们，它们的暖意传递到腹部，随后安慰了包含在身体中的心灵，他告诉自己这份工作是有价值的。他少见地脱下西装搭在手臂上，转身离开十字路口。跟随人流时快时慢，时快时慢地走着，谁也不知道刚才他与同事们干下了伟业。

分段人集体出动，也发生在大型灾难，比如地震、海啸、长达几年的战争之后，他们要去给所有幸存者划段落。那些工作环境艰苦，滋味不好，他们不喜欢。毕业季最称心。其次，他们共同喜欢跨国公司大裁员，巨额赔偿金加上失业，这种段落划得亦喜亦悲，比较有趣。

但相比集体出动，一人就能承担的任务更多，也是他们的工作常态。

夜晚，分段人可能去听一场演唱会。舞台上，屹立歌坛长达三十年的歌星穿庞大沉重的服装，前面的刘海蓬松地垂下，后面的头发高高蓬起，在七彩灯光的来回扫射下，他唱了很多逝去时代里的歌。演唱中，他想起，和他同一批崛起的歌手许多已经病故、被丑闻轰出演艺界、转行做生意人、隐身当幕后制作。而他打算永不退场，一直霸占住天王宝座，虽然如今他其实是空留英名，丧失了市场号召力，发出去厚厚一沓赠票后，今晚的观众席勉强坐到七成，但假如有一丝可能，他还希望再往高处爬一爬，只有站得更高，才能陨落得更慢。演唱会接近尾声，不少观众残忍地站起来回家了，分段人也离席。他仍然穿西装打领带，坐在场内时像是一下班就赶过来的忠诚歌迷，一走出观众席，就迈出一种"我是工作人员，不要拦我"的自信步伐，明目张胆地潜入后台，并且到处打转。歌星也回到后台，他体力衰减，喘得比年轻时凶很多，汗出如浆。化妆师堵在他面前，对被摧毁的妆进行修补，服装师带着助理也从他侧面和背后包抄过来，为他解下风格奇异的披风，预备换上下一套服装。歌星身边围绕那么多人，但有一秒钟，背后露出了空当。就在那时，唰唰。为撑起日益稀薄的头发，歌星头上夹了满满的发片，他看到眼前的刘海发片无故抖动了，他并不知道，从这一刻起，演艺之路已经改变，从此不顾他的意愿，他面前只有一条下坡路。

黄昏，分段人可能去散步。他跟随一对恋人从中央公园最北端走到最南端，三人环绕过公园内一大一小两座人工湖，经过溜冰场、迷你动物园和露天剧场，踏着落叶走进小森林，又从另一些树之间走出来。比走路更多的是说话，恋人嘴巴不停，每一步配两句话。因为他们到了一个至关紧要的时刻，必须对爱情中的原则性问题讲讲清楚，否则关系无以为继。气氛始终不好，辩论、指责、声明、吵嚷，夹杂一些为加强语气冲口而出的脏话。他们不时停下脚步，留在某个地方一些时候，在那里制造伤害彼此的小高潮，但当一人愤然转身走开，另一人就会跟上，继续无休止地讲话。他距离他们几步到一百步远，假如他们能分出精神向后看，会看到有个人被无形的弹簧系在自己身后，一会儿拉近，一会儿弹开，又拉近。拉近时，分段人的手几次按在腰带上，弹开时，他又垂下了手。他最终没有做什么，或者说他做了一件事，解开了弹簧，和往前走去的恋人离得越来越远。他稍后向右转，从中央公园的西小道走掉了。

早晨，分段人可能去逛菜场。午夜，分段人可能流连烧烤摊。正午，分段人可能走在市中心的空中天桥上。他不是为自己出现在那些地方。他走啊走，走啊走，给不同的人，分段，或不分段，分不同的段。

分段人不是每天出外勤，他还做以下事情，正因为做了以下事情，才保障任务顺利完成：

工作日志。每周他集中处理一次日志。他把上周执行过的任务，在一个格式固定的文档中填写好，发送给组长。他自己握有一定权限，可以临场判断，并非所有预料的段落都必须划上，但假如不划，像他在中央公园里对恋人做的那样，一份详细和有说服力的报告必不可少，填写它要花去更多时间。

接任务。填写好工作日志，他集中精力，预习组长发送来的下周任务。他盯着几张照片，记下目标的样子，尤其是背影；他阅读关于目标的简报，勾勒出他的生活状态；随后他打开地图，预习路线。一个资深分段人，每个外勤日追踪或伏击两个目标，是可行的。

健身。每个分段人都花大量时间锻炼和休息。锻炼包括有氧和无氧锻炼，举重、变速跑、游泳、单车、自由搏击等。有效的训练确保体能，让他能够随时追上目标。吃得也很健康，碳水、脂肪、蛋白质、纤维、维生素与矿物质、水，六种营养养护一副好身体。

读书、看电影。为的是尽量理解人性，因为他做的是一份人性化的工作。选择影视作品，他有自己的标准，一部作品即使在其他方面存在重大缺陷，只要它把人物波折变化的生存状态和精神世界细腻地进行描写，他就会认真观看。他有时候看韩剧，一旦入迷就很难放下，白天接着夜晚地看，还可能推荐给小组里别的分段人。他正直地判断，叫大部分男性鄙视的韩剧，其创作者们常有一种特殊才能：在荒谬的故事设定中，他们能够写实地处理人物关系，让人物的心在微妙处转了一个弯奔向别处，远看戏剧化，仔细一想是合理的。他觉得看看这些，有助于了解各式各样的目标的内心世界，搞好工作。

伪装。他有两种掩饰身份的选择：独来独往和隐身在普通人中。一些分段人毫不害羞，爱和普通人交朋友，不过他们不会泄露工作情况，那是违规的。在和外界交流时，给自己安一个伪装身份一点不难，毕竟他们每周都接几个任务，从别人的人生中摘出几个段落，拼贴在一起，假装是自己的——他们会这么干。也许你也认识某个人，他的故事说得通，但神秘感抹不掉，不妨大胆猜测，他干着超常规的工作，是一个间谍或是分段人。

有一天，一个分段人，步速的变色龙，双兵器的高手，伟业的执行者，他照常走在路上。他在脑子里正盘算一个分段计划，其中包含目标的模样、一条跟踪路线和一条撤离路线。他的西装很合身，皮鞋不磨脚，兵器安全地插在腰带上。他的身体状态很好，肌腱牢靠，肌肉有力，脑下垂体分泌出适量的内啡肽。他已经走了一段路，还能轻轻松松地走上很长一段路，在路上伺机而动，为当天的目标画上符号。

但事情渐渐不对劲了。

追踪是从目标工作的地方开始的，下午六点左右，西装男们提着公文包鱼贯走出，他瞄瞄背影，认出目标，他等着目标和自己之间塞进七八个人，才跟上。走过一条过街的地下通道、三个街区，乘了五站地铁。他们到一家中型超市转转，结账时，他拿一条面包排在目标身后，但一出门就把袋子放在乞讨艺人的脚下。今天目标也去买了足球彩票，并和彩票站的金链大汉聊天，他们谈到晚上A队应有何种表现才不辜负球迷的期望，但他们都说不看好A队。目标离开彩票站接着走。再有一会儿，他就要到家了，按照简报的分析，他将叫上外卖，一边大啖垃圾食品一边看电视上的联赛转播，这一天再也不会出门了。

一路上，分段人有许多机会，他懊悔在目标办公室附近没出手，当时有充分的把握，但还想再等等，不料路走得越久，把握越少，他第一次感到把握是有形和可以测量的，它们像沙漏上方的沙子一样随时间流逝，最后只剩一星半点。他今天做不到心无杂念，手心冒出了汗，呼吸节奏也不太稳。而且每走一步兵刃都硬邦邦地拍打腹部，这也叫他奇怪，以前它们从来是服帖的，今天在造反。

目标的上半身从眼前路人们摇动的肩膀之间时而露出，时而消失，他不顾一切，决定出手了。加快步伐，穿过路人，兵刃已经握在手里，手已经举起，但他看到目标的脖子缩了一缩，十分像被人吹气时的反应，是自己的呼吸惊扰到了他吗，但怎么可能？没时间多想，他挥动兵刃，目标猛然一个踉跄，头和肩膀向前偏离身体重心，像是……像是被自己推了一把。但那又怎么可能？可是目标的西装背后分明出现了两条平行的皱褶，照这程度来看，皮肤上准是被他打出了两道瘀血。目标重新站稳后，气呼呼地扭头寻找犯人。

分段人无法称自己的离开为"撤离"。"这是逃跑啊。"他心想，"他感觉到我了。段没有划好，我在逃跑。我失手了。"他的步速完全失控，撞到了路人，人们不开心地避开他。"失手了，"他不断地想，"我失手了。"

他流了一身汗，先浸湿了衬衫，接着西装似乎在几分钟内缩水了，箍在身上。他从热闹的街区，拐进小巷子，走回目标买彩票的地方，绕开超市，不停步，继续走。这里离他住的地方很远，但城市的地图看过一千遍，所有路都装在心里，他知道回去的路线。他没有搭乘交通工具，也没有走近道，故意绕了远路，挑僻静处走，然后钻进人群中，再次挑僻静处走。不过，他本能地知道这些花招没有用。他听过一些老前辈的故事：有一天，毫无征兆地，你的脚发软，手颤抖，意志松懈，很简单的分段你搞砸了，那就意味着你走到了职业生涯的终点，该退役了。

他的脸上露出隐约的苦笑，在路边站住了，这里接近一个三岔路口，可以往左右两个方向前进，也可以往后退回。在三条路上他都执行过任务，三岔口是分段人理想的动手地点。他靠回想往昔的业绩撑过几秒钟，接着，有股难以名状的力量穿透了他，从后背直达胸口，他的心一紧，感慨道：来了啊，终于！被画"//"原来是这样的味道！有个同行，一个凌驾在组长之上，职位很高的、专给分段人分段的分段人，给了他一击。同行没有马上走，怜悯地看着他僵住的背站了一会儿。行人绕开这两个在马路上暂时停顿的特殊职业者，走了过去。

这天，他卸下了分段人的身份，成为一个普通人。

一四

圆都

有好几年的周末，我常常搭乘动车去邻市看望姐姐。那不仅是亲戚间的常规走动，对我还是有效治疗。

姐姐居住的圆都，如果是陌生客人初次到访一定会受到冲击。当动车驶入圆都站，车停稳，车门向一边滑开，折叠脚踏放下，这时，从门里率先冒出来的不是别的，而是一批圆肚子，接着轮到胸、腿、手、脚和头。突然之间，站台上满是胖子，他们做几次深呼吸，一身脂肪随呼吸苏醒了，在全身上下起伏波动，每个人的体型比刚才束手束脚地塞在座位中时，猛然膨胀开来，他们更接近彼此了，他们也各自从压抑中恢复到舒适状态。你跟随这群精神面貌骤变的人走出车站，看到路上也全是和他们一样的圆溜溜的胖子，都穿鲜艳夺目的衣服，仿佛城中有座保龄球馆突遭变故，彩色大球滚到了街上，大球们愉快地到处滚，都带着击倒一切目标的"全中"般的胜利神情。

这画面不管目击多少次，下一次到达圆都，我还能得到完全新鲜的惊奇感，竟忘记自己也是其中一员。

我是胖子，我的姐姐也是胖子。我们成为胖子是因为受到赞肉和橘皮组织的攻击。

赘肉和橘皮组织，像不像一个恐怖组织？

确实是的。这是一个在全球范围内，按一定规则挑选受害人，对其身体和心灵双方面实施惨无人道的恐怖攻击的神秘组织，它不叫人死只叫人胖，但在舆论苛刻的社会，胖不好受，有时快叫人死去。我的家族，一半人生活在组织的阴影下，其中有外婆、妈妈、姐姐和我。外公、爸爸、弟弟则是安全的。我们全家半胖半瘦，也相亲相爱，如果家里只有家人，没有那个东西的话，或许我们会更相爱，我们相爱得会更容易点。

那东西非人非兽，它是阴暗的、具有弹性的、不符合物理原理的某种物质，一个来自组织的黑影。自多年前一走进门，那东西就迅速把身体变大，充满房间，同一时间既在厨房，又在卧室，也在客厅，监管家中全部女性。但它也是小的，可以挤进冰箱和墙壁间的窄缝里，躲在淋浴帘后面，趴在床底下，在那里继续细致地监管全部女性。它喜欢在家，也喜欢出门，总是活泼地抢先跑进车库，到我们的汽车后座上坐好，再次把自己团成一小块，跟着去上班和上学，与此同时，它的其他部分还待在家里，和没出门的人一步不离。它用不着睡觉或休息，从早到晚清醒着，夜里我去上厕所，能察觉鼻尖一厘米以外有它，它蹲在我对面，近乎纯真地观察我，而当早晨我一睁开眼，它也在那里，它和我共枕一个枕头，一整夜贴近我的脸凝视我。然而我们看不到它，我们也躲不开它，我们像一排无辜气球，被它接连吹胀。

第一个受害人是曾经苗条的外婆。在她以加大码的胖子形象去世后的几年，逐年累月发着胖的妈妈胖到了定型。妈妈那庞大的身体很难说是在行走，而是颇有点艺术感地滑动。她在过道，在楼梯口，在家具之间滑，脂肪起到润滑效果，叫她不被任何一处卡住，眼见前方是比身体略小的地方，稍微一挣，就顺利通过。她在家里自如地出没，来来回回做家务，可算是悠游快活的。唯有当滑到门口时，她却步了，她不情愿出门，自愿被关在脂肪的监狱里，禁足到临死前。

我更清晰地目睹了姐姐发胖的全程。

我和姐姐出生时体重都低于标准，当她是瘦儿童时，我是瘦婴儿，她是瘦少女时，我是瘦儿童。她是原版，我就是复刻版，她领先一步，我不断跟着走入她的年龄。姐姐总是很忙，每天醒来后就一跃而起，因她身体太轻，床纹丝不动，她翩然地扑到各个房间服务大家，随后就急着出门读书、赴约、游玩，或帮避世的胖妈妈跑腿买东西。很多时候我和姐姐同行，我们走在路上，是一大一小两张薄片，各自支着小肩膀，细弱的四肢看似很不牢固却是坚韧地连在躯干上，因此有种可敬可佩的生命力。人们看着那样的我们，更喜欢看其中的姐姐，因为人们识货，知道少女之美是珍贵的。她的步伐那么轻盈，不受赘物阻绊，脸上线条分明，没有一条画坏的笔触，尤其是两相对比，额头、颧骨和下巴好看地突起，到颧骨下面却微微一凹，留出空间，使脸颊中盛着广受欢迎的少女所携带的那股春风，她到的地方，春风一扫，谁都会觉得舒畅。那样子永远刻在我心里。

姐姐比妈妈发胖要早，她在二十岁开始受到连环攻击。

首先起变化的是肚腩和腰，小肚子隆起来，纤腰膨胀，接着薄背脊陡然变得辽阔，细颈和四肢成倍增粗。黑影在发动首轮攻击后，曾经停下观望了一阵，接着发动第二轮攻击，又观望了一阵，然后是第三轮和更多的攻击。小肚子、腰、背、脖子、四肢，短暂停顿；小肚子、腰、背、脖子、四肢，短暂停顿。按照这一节奏，几年之中，姐姐的体积一轮一轮增大，黑影用一个泵日日夜夜地把脂肪填进她身体里，使她变厚、变圆及变软。

我在清晨的盥洗室见到她，她比睡前浑圆。我在放学后再见到她，更多体重爬到了她身上，新出现的脂肪甚至还没填匀，在哪里鼓出一块，但一眨眼间，鼓出的地方平整了，脂肪已流向洼地。接着我们吃晚饭，弟弟两次挪动餐椅，慢慢远离桌子，为的是避开肉眼可以发现的姐姐正在变粗并抢占桌面的手臂，看不见的黑影那时就跪在她和弟弟的椅子之间，笑嘻嘻地压动脂肪之泵，在她吃半碗饭的时间里，令大量脂肪流入她身体里。

姐姐和妈妈不一样，她仍勇敢地出门，人们仍然爱看她，看了一眼，仿佛不忍心般地又看了看。她的脸颊凹陷处向外凸出来了，已经盛不住春风，人们为她可惜，但人们既喜欢看美的，更喜欢看可惜的事物。

五年后，同样的事情在我身上重演一遍。

请想象姐姐靠墙站，一支笔沿她身体在墙上画一圈虚线，然后让她走开，换我站在虚线中。起先留白很多，只在数年间，我的身体变大，变得更巨大，向她的轮廓线靠近。付出再多努力，节食，改变摄入的碳水化合物、脂肪、蛋白质的比例，运动，服用药物，精神疗法，全不奏效，任何东西不能将我带回瘦的样子。

当我填满虚线面积的三分之二时，家里再也不够地方容纳三个胖子。家中要道经常阻塞，比方妈妈从客厅走上楼，站在二楼的过道这头，而姐姐恰好从她的房间走出来，站在过道那头，她们只好面带歉疚地堵住两端，使过道成为死路，假如小块头的弟弟正好站在过道中间，路况就更加复杂，需要爸爸从旁指挥，让某一头的胖子走开，疏通过道。爸爸乐呵呵地说，这没什么。他等弟弟脱困，把他比喻成圆葱，"就像吃俄罗斯烤肉串，牛排和牛排当中夹了我们的小圆葱，拿走一块牛排，小圆葱不就出来了嘛。"可惜我们都笑不出来。

爸爸无时无刻不想振作大家的精神，他又对弟弟说："这很好哇，不要怕人说闲话。你有两个姐姐是没错，但从体积上来说，现在你等于有四个姐姐！"大家又都笑不出来。他带弟弟去定制加大尺寸的餐桌，结果我们全坐下了，手臂拥有宽裕的地方搁，然而放在中间的菜离每个人都太远，努力吃了几口，剩下的变凉了。餐桌定制好之后，他想改造房门，第一扇加宽的门安装好后，往房间里一推，就被里面的家具顶住了，根本开不到直角，反而缩小了通行面积，改门工程立刻宣告夭折。

爸爸苦心孤诣，努力付诸东流，家里仍在变小。姐姐决定搬去圆都，给大家腾出地方。

告别那天，妈妈滑到门口，她停住了，不打算送出门。她对外部世界的恐惧大于对女儿的依恋。姐姐和妈妈两人匆忙张开手，四只粗臂在空中协调了一会儿，找到空隙，放在对方身上，拥抱到彼此。姐姐没有哭，她笑着。妈妈眼中涌出大量热泪，从饱满的脸上流过，水分一路损失，最后也没能在下颌处滴落。姐姐又拥抱了爸爸。爸爸以往在任何事上不气馁，这时受到重重一击，好不容易控制住没有当场哭泣，因为按他的算法，一下失去了四个女儿中的两个，痛苦是很大的。从那天起，他放弃抵抗，不再搞气氛，我们失去了更多欢笑的可能性。姐姐拥抱了我。姐姐最热情地拥抱了小圆葱，为过去曾给他带来的不便表示抱歉，她或许连我和妈妈的份一并对弟弟抱歉，因为她也像我们的小妈妈，总是感到身负责任，想给予我们幸福快乐的家庭生活。小圆葱陷进她宽敞的胸口，离开时脸上有大片湿痕。

门打开了，室外明亮的光线描画出一个很大的世界，大到使人觉得不管存在多少个胖子，它理应全部容纳。姐姐走了进去。我和黑影并排站在门廊送别，我向姐姐挥手，感到黑影跟着我挥手，它的另一只手牢牢箍住我粗壮的腰背，迫使我待在它身边。

在那明亮的地方，有脂肪之城圆都。很久之前，它不叫这个名字，它的各方面也不出奇，自从几个特殊的胖子定居下来，这里的气象不断更新。

变化类似涟漪在水面一圈一圈扩展。这几个光华耀眼的胖子身材数倍于常人，他们一出门，隔几条街就会被人看到，一走路，地动山摇。和身躯相匹配的是他们的智慧、才华、审美、仁慈、慷慨，以及社会影响力。他们越受瞩目，身躯吸收了关注就越见庞大。他们是涟漪中心。也胖但胖度逊色于他们，智慧也弱于他们的胖子受到吸引，这些人来了，环绕中心形成一个小圈。随后，在其外围出现了更次要一些的胖子，绕着先来者围成一个中圈。之后有了大圈，又有了超大圈，胖子们大规模地聚集起来。在圈子中，人们不做其他事，成天只是讨论，从天色泛白直到夜晚。议题是"（胖的）我们该如何生活"，又把抽象的生活细化出交通、居住、零售、就业、教育、旅游观光、社会保障等具体问题。

那时尽管讨论得热火朝天，坦率说，都是空谈，他们在原地敲打问题，声势搞得很大，问题却没有实质性地往前移动半分。直到一些格格不入的胖子出现了，他们最后才来，就老老实实地待在涟漪最外圈。他们一律闭紧嘴巴，皱眉听人讲话，那副不积极的样子、似乎总在反对什么的姿态，很被其他人看不惯。讨论者在高谈阔论的间隙，常向他们投去厌烦的一瞥，似在质问："怎么？难道你们对美好生活的想法是苍白的？不能像我一样贡献杰出意见，还要皱起眉反对我？"但急于做批判的人们没有认出，恰是那些人比自己伟大。他们的重要性不亚于涟漪中心，他们不爱夸夸其谈，只喜欢实干，正是由他们伸出双手，迈出脚步，行动起来，得以将涟漪中心的智慧护送到岸边，在土地上把胖子理想中的世界筑成现实。

此后，城中的瘦子像小鱼，从大网上的洞眼里一条条游走，去外地生活了。留下来的居民主要是胖子，胖子在此安居乐业。姐姐在这里组建了小家庭。

在火车站的下一条街，我走进自行车行租一辆自行车，我对伙计说"六号"。数字代表坐垫大小，六号在圆都是常见尺寸，十号坐垫可就十分宽了，足以安稳地摆上任何大屁股。无论坐垫大坐垫小，自行车租金一个样。租车行伙计先冲我飞一个眼色，眼神游弋在友爱和谐媚之间，绝不招人讨厌。他对每个女顾客如此飞眼色，飞一百次也不偷工减料。之后他呼出一口气，不辞辛劳地在一辆六号自行车旁蹲下圆身体，肚子突到膝盖外一大块，他检查一遍车况，"嘿"了一声用力站起，就把车交到我手上。我把自己的臀部舒舒服服地放上坐垫，踩着加大码的脚蹬骑向姐姐家。

　　路上有时能见到一些熟面孔。比如有一个常在电视歌唱节目中出现，用高音轰炸观众的彪悍女歌手。一个主持脱口秀的著名胖文人。一些过气的美食家，和以大体型为卖点做身体搞笑节目的名演员。这些知名胖子和普通胖子一样，喜欢这里宽松的气氛。我一路轻盈地骑过他们身边。

　　姐夫把住宅一楼靠马路那边的一部分拦出来，开了一间点心铺，麦香、奶酪味、水果酸甜的气味飘到街道上，也从铺子向后面的屋子流动。每次试验了新品，或者经典款成功出炉，姐夫喊声"老婆"，便把小点心装在白瓷碟子里，通过一个小的推拉窗送进后面的起居室。我有好几次见到姐夫双手撑在墙壁上，头埋在推拉窗里，对着那边说话。他使人想起某种大型犬，喜欢从院子篱笆中间探出头看风景。所有可爱的男人在某个时刻都会像狗，狗是男人是否可爱的测试纸，这是我的见解。

　　"哟哟，你来了。"姐夫听到我叫他，忙把头从墙里拔出来，手又伸过去捞他掉在墙那边的西点师高帽。

　　他总是穿着挺括的白制服，除去憨厚地撅着臀部朝向推拉窗以外，一般是威武得意地在店堂里走动，他把新做好的点心放在架子上，清点材料，整理收银台，和客人说话。他薄薄的嘴唇嵌在松软的脸上，随便看到谁嘴角都向上勾起，他喜欢他的生意，但假使顾客发表一句赞美，他就抿嘴装正经，为的是表现出不被马屁动摇的专业性，实则很高兴，在收银台一定要加送那位顾客一点小饼干、小糖果，给蛋糕盒子多扎一条漂亮带子。

　　他请我赶快去和姐姐吃下午茶："路上顺不顺利，小姨子？我们已经等了你好一会儿，我每烤一炉面包都想到你，因为想到你，点心就做得特别好。你姐姐泡了一壶茶，刚刚好，你们要替我试下新产品。"

我带着解开结的心情，绕去隔壁见姐姐。那些年，她更胖更美了，她的美大半是建立在胖上的，你想肯定她的美，先要肯定她的胖。她似乎克服了地心引力，身体哪里都没有垂坠感，向空间各个方向公平地伸展，脖子、肩膀、两球胸、两瓣臀部，到处紧绷出好看的圆线条，其上覆盖的白皙皮肤散发瓷器色泽。假如姐姐是一块先天很好的发酵面团，那么来圆都后，完成了漂亮的二次发酵，膨胀得赏心悦目，也更有风味了。

我们拥抱，脸颊贴脸颊，手臂在对方身上摸一摸，暗暗做比较。没有人常胜，我们两人的胖度交替领先。姐夫正圆形的头又从推拉窗里钻进来，礼貌地嚷着："哟哟，好吃吗？"所以我们认真地吃起来，草莓卷、奶油馅面包，他又递进来巧克力布丁、四色的日式羊羹、无花果派、冰激凌华夫饼。我们有条不紊地吃了这个吃那个。这时，我好像比车站上的个子又变小了。但凡被男士认真对待，哪怕女巨人葛德[1]也会感到自己缩小了，是精致的娇小的，只有五英尺三英寸。吃完了，姐姐把碟子一只一只递还姐夫，他们你来我往地行动，不时从窗子里你看我一眼我看你一眼，甜蜜和扭捏的劲头，腻得旁人转开头。

我打量着一个很好看的房间。它并不太大，家具和家具之间留出的空间，说实在的也不太宽，爸爸从前为了家人舒适一味追求加大加宽的方案，在这里没有被彻底采用。要说这间屋子有什

---

1 北欧神话中的女巨人葛德（Gerd），长得非常美丽，灿烂的面容据说可以照亮北方冰冻的天和海。握有胜利之剑的弗雷献上金苹果也不能打动她的心，唯有威胁要诅咒她失去美貌时，娶到了她。他们生了一个儿子。

么特别之处，那就是到处有弧线，仿佛它是从鱼眼镜头里跑到现实中来的，墙壁不是垂直的，家具也不是。举例来说，五斗橱每一个抽屉都不一样大，一层和五层最大，二层、三层、四层抽屉以流线型向里凹陷，二层、三层凹得特别厉害，人站在它旁边，肚子恰好放进凹陷里，不会被顶住。人要是必须在两个家具之间行走，两个家具分别向内凹进去，给通道留出"（ ）"的形状，人最宽的肚子和臀部被放下了，走在这样的家庭小道里，行动自由，心情很好。餐桌则类似有五条腕的大海星，从起居室看去，它从餐厅里露出一点，两只腕正冲我张开着。就餐时，每个胖子坐在两条腕之间，手臂可以摆放在腕上，女士还可以把胸放在海星当中的体盘部位，大家围坐吃饭，人与人、人与菜都很亲近。

蜜里调油的传碟子游戏结束了，我们向姐夫道别，出门走动走动。姐姐穿起圆都最时髦的衣服，衣服哪怕有点咄咄逼人，但她穿上身就把那衣服驯服了，使它们一意恭维她，称颂她的美。

圆都人是讲体面的，你在纽约、伦敦、巴黎、米兰也无法一下子见到那么多体面人。这里，每个人身上的大码衣服都合身又美丽。相比而言，许多时尚之都的XXXXXL码衣服，是不像话的，是一种潦草的施舍、带着恶意的慈善，它们唯一的目的，不过是让你把身体最粗的部分装进去，逼你显得可笑罢了。眼前的人们，身上的衣服经过精心剪裁，设计师不但考虑到骨骼肌肉，更加仔细地研究了脂肪的体积、形态，以及人在行动时脂肪可能的流向。衣料恰当地包覆住身体，展露和衬托出身体，最胖的部位当然被稳妥装下，相对纤细的部分也被关照到了，衣服下的身体线条延绵着，时尚感随身流淌。

大家的发型也很好看。在别的城市，时尚杂志教人们根据脸型选择发型，这招对胖子的指导意义为零，胖的人脸型都差不多。在圆都，发型师主要根据体型剪头发，你是哪部分最胖，胖的特色是什么，据此创作。化妆也搭配着体型来。因此每个人从上到下都那么好看。再考虑到体积和身体表面积，派头很大，同时身上细节很多，一人是一台综合时尚秀。

我们走在路上，仿佛再次回到小时候的样子，只是我们成了两个厚片。我们到卖场买菜，送修一块表带像儿童皮带那么长的手表，看小规模的展览，做指甲，去逛街。在大路上并肩走，在窄路上一个跟在另一个后面走，不时观察路上到处安装的凸面镜，看身后是否有人想快些超过我们，看转弯口是否有人正向我们走过来，以避免交通阻塞。我们对另一些宽和有趣的胖子问好，身体姿势相互呼应，体会同类人交织出来的幸福。一个下午接着一个下午，就那样过去了。

第一年是两个人，第二年开始是三个人，我们把姐姐的女儿装在童车里，旁边塞几个胖芭比，推出门。她像我们小时候那样，还是个瘦婴儿，那么小一只，十分可爱，我们用宽厚的手抚摩，她适合逗弄。

不论我们是几个人，在做什么，姐姐和我随口就会谈到同一个话题，关于我如何获得圆都居住权。我的胖是减肥无效的家族性肥胖，我每周固定在圆都消费支援了当地税收，我的亲戚已是本地居民，在审核系统里理应被优先考虑。但事情仍然很难，排队的人太多。我想慢慢等待，顺势而为，即使还要等上十年，十年内每周的其余几天非常糟糕，但只要一想起周末能来这里，什么不幸也能忍受。胖子懂得一些瘦子不知道的事，其一就是必须忍受。空气、水、食物、忍耐，使胖子活下去的四个要素。

现在，我已经快要告别中年，当我频频回忆往昔时，还在忍受。

爸爸去世了。妈妈在得重病后，终于被几个大汉抬上救护车，她一接触外面的空气，不久变成了尸体。我经历了两次不幸的婚姻，最终孤独一人。

我如今的住处是一间逼仄的房间，小圆葱偶尔来看我，接济我，他身上继承了爸爸中年以后的特征，消瘦而松弛。但其他地方不像爸爸。每次门还没有完全打开，他就难掩痛苦的神色，想把钱物放进我手里一走了之，这使我了解，我的房间还有我自己，在他人眼里有多可怕。我身后有人发出声音，黑影越来越大胆，根本不尊重我，它看到这一幕，在地毯上肆无忌惮地翻滚，嘲笑我。它跟着我搬来这里，令我继续发胖，也许它再也不会离开我，未来必须结伴赴死。

独居后，肥肉全面垮塌，身体一个月比一个月难以指挥，每一步都使我气喘吁吁，像在泥沼里走路。要是出门，先得花很长时间收拾自己。

我打开衣橱，早年留下的数量惊人的好衣服射出光彩，它们一片一片地悬挂，仿佛高地鲜花在开得最好的时刻被采下制成标本，死去后保留了从前的美。我从中挑出一件勉强穿上，不再合身了，肉胡乱裹在里面，另一些肉更不雅观地冒在外面。我梳理头发，多年来，我保持固定发型，半长的头发从脸颊两边垂落，遮住腮帮，尽量叫露在中间的一条脸显得长一点、窄一点。这让我很多年来只能看到正前方，看不见两边发生的事，人们也不太看得见我的脸，这正合他们的意。起初我走进理发店，想和发型师谈谈，想把在圆都剪过的发型描述给他们，叫他们照办，但他们甩动剪子，眼睛看向没有任何东西的地方，不想听我讲，试过几次，我放弃了，理发这件事我靠自力更生。梳完帘子般的头发后，我照了一眼镜子，便不想化妆了，随它去吧。我忍不住对身后说，"我出去一趟。"即使房间里只有黑影，它是一个恐怖分子，一个恶伴，有它在，似乎也比家里空无一人好。然后我支起庞大的身体走到外面，外面是瘦子的世界，我没有一刻不感受到恶意。

我毕竟没有获得圆都的居住权，在那之前，脂肪之城就迅速衰败了。姐姐一家搬去了很远的城市，我们联络渐少，最终完全退出了彼此的生活。

衰败原因多种多样，临近城市的商业发展对它的经济造成致命冲击，有领导才能的胖子们因故离开，有实干精神的胖子们去别处创业，政府征地建房，高速铁路改道……它们同时发生，相互叠加影响力，匆匆忙忙地毁灭了辛辛苦苦建设起来的好城市。它又变为适合普通人居住的一般的地方。曾经欢聚一地的胖子们，不用多久就各寻出路了。彩色的保龄球滚到了沟里，理想池塘上的涟漪散去了，像一场梦，像烤棉花糖时离火焰太近，美丽的糖块被烧焦了，好年华已经全毁。如今，我假如在街头看到胖子，穿得不好，打扮粗糙，踽踽而行，像我一样，就总要从头发中间打量他们几眼，大家都是从同一个乌托邦的美梦中滑到了现实里吧。

多年前，在送别的那个周末，我再次去了圆都。在姐姐家门口，麦香、奶酪味、水果酸甜的气味永远消失了。行李已经打包装车，可怕地横在路中间。姐夫这天换下白制服穿着便服，他拥抱了我。姐姐从未显得如此焦虑，看似对未来不抱希望，脸上现出妈妈靠近门边时的样子，她强打精神穿一套华美的旅行装，也拥抱了我。我俯下身，让已经成为小少女的外甥女深深拥抱我，她纤细的身体淹没在我之中。三人坐进车里。姐夫正圆形的脸从车窗里钻出来，表情似笑又似哭，紧接着姐姐美丽的脸从另一扇窗里钻了出来。"再见！"他们向我久久挥手。

姐夫在拥抱我时，曾在我耳边说着："哟哟，小姨子，不，我的妹妹，亲爱的妹妹！我们在别的地方再相见吧，记住我的奶油馅面包，记住我的巧克力布丁！祝你幸福，祝你幸福！"

关于玩抓娃娃机的年轻男子

她对早晨九点十五分在路边玩抓娃娃机的年轻男子的身世进行了猜想。

当时她走在上班路上。状况像开战了，部队急行军，先要经过一座桥，接着走一段公路，然后翻越山岭，部队想最终准时到达定点打响战役，一切的前提是，要在预计的几点几分首先经过那座桥。她看到年轻男子玩抓娃娃机的地方，就相当于那座桥。九点十五分，几乎比预计时间晚。她在快速移动中转换视角观察年轻男子，他的全身侧影，他的半身侧影，而后是他的侧脸，他的后脑勺，最后她从非常接近他的地方走过去了，一直又走过几个路口，没有回头。

然而他的印象留下了，他是一个细线条的人。她这么想，不单是因为他瘦弱。而且……画画一开始不是先要打底稿吗，用简单的线条确定各处的位置关系，以后再在这基础上仔细地画，他相比其他已经完稿也许在完稿后还继续长出冗余物的人，似乎是一个定下底稿却由于什么原因迟迟未能完工的人，一个纯净稀松的人，因而留出了空间供她猜想。而她自己是这样一个人：务实的浪漫派。她对一切事物均以务实浪漫的方式看待。

在她看来，二十四小时中每一秒都合理，时间不会有错，讲道理的人可以责备自己，不会责备时间。在她看来，抓娃娃机的存在也合理，是正正当当的机器。人投进硬币，凭技巧和运气抓出奖品，即使没抓到，"按两下我就舒服了"，有个男性朋友告诉过她。但两个因素加在一起，在这个时间玩抓娃娃机，她以常规逻辑推断，认为不太对。尤其他还不显出一点慌张，一只手摇着控制方向的操作杆，另一只手按在控制落爪的按钮上，像觉得这件事没问题那样，非常自然地在玩。繁忙的一天刚开始，什么人会这样做呢？她想，是废柴咯，或者特殊职业者。她在两者间踌躇难决。

时间有限，她重点想象了后者。

年轻男子在夜市上班，每晚看守一个气球射击摊。别的老板都在气枪上动手脚，把准星调偏，赚黑心钱。他不像他们。他是老老实实对顾客的，不但常保养气枪，而且给气球充满气，塑料子弹一擦，气球就炸开。别的老板准备的奖品来自廉价批发市场，那些玩偶远看是好的，顾客拿到手开心将顿时少一半。他不像他们。他的奖品全由自己亲手从抓娃娃机里抓出来，做工好，样子也好。这导致成本高，她想，不过谁叫他愿意做事考究呢。而且，他也喜欢早上干的事和晚上有关联。早上把渔网拉起来，然后去卖鱼，晚饭吃卖鱼得来的钱买的土豆，他追求事情有一种类似的朴素的连贯性。

于是，在早晨，他的工作就是收集玩偶。他是玩抓娃娃机的高手，在玻璃柜子中看中哪个就能抓到它，并且每天早晨在各条马路上行走也使他了解什么样的玩偶在哪个抓娃娃机里，像老警察清楚疑犯在哪里。有一次，一位顾客射中大气球后，面对奖品遗憾地说，没有那个吗？胖乎乎的顾客形容样子：是这样的，那样的，最近某个大势女团中他心爱的成员摆在家里床上的。他们在手机上一起查了那东西的样子。他心里有数了，叫顾客第二晚再来。第二天早晨，他一点弯路也没走，直接到达了颇遥远的某个地方，他起先没有在抓娃娃机里看到那东西，但是转到侧面后看到了，它四仰八叉地倒在别的娃娃下面。他只投了一次硬币，就用机器手臂准确地钳住那东西露在外面仅有的一点，把它抓到空中。晚上他把大势女团成员抱过的同款玩偶送到顾客手中，顾客露出真正的笑颜，真挚地感谢了他。

之后，别的顾客也开始效仿沉迷于女团的男顾客。无论他们想要的是什么，只要抓娃娃机里有，他都在第二晚将它们带过来。少部分人甚至向他描述自己想象出来的玩偶，对此，他也在第二晚拿出实物满足了他们。就这样，他的气球射击摊设备好、奖品好，连服务也好，人们乐意去玩，哪怕他每颗枪子儿收费比别人高。年轻男子是她不熟悉的夜市中，因抓娃娃机和气球射击摊闻名的亮眼明星。

想到这里，她走进公司，按时打了卡。

实情与她的想象不符。

智力稍低又长相英俊的年轻男子喜欢玩抓娃娃机。

他在五岁时，智力问题表现得更明显了，反应慢，语言表达能力差，人际交往水平低。他经常长时间一个人坐着，不烦躁，不提任何要求，头不转动，目光直视某处，喊他名字到三声以上，他才抬起如梦初醒的眼睛，眼神往现实游去，却在较为接近现实但仍然是在梦境的地方停住了，如此看着大人。大人们曾想让自己相信，那是父母不在身边造成的小孩式抑郁，但那时不能假装再相信下去了，终于带他去医院做出鉴定。幸运的是，他从小到大都安静，不撒野，便于管理，并有一种温柔回应别人的天性。一旦他理解了别人的意思，他总是服从，说，好的。听到赞扬他会假装没听到，希望别人再说一遍，再听到一遍，他就不烦别人，走开去静静地高兴。在最初被教育养成好习惯后，他一直注意让个人和生活用品保持卫生。另外，他很少有智力水平较高的人饱尝的那种不请自来的烦恼，情绪基本稳定，便不会破坏周围气氛。总之，除了少数问题，他是好相处的家人，使抚养人舅舅一家不至于太抱怨。被善良和道德控制住的舅舅一家，等到男子成年以后，给他的爱和照顾仍然够用且有余。

男子晚于普通年龄入学，有好几个年级他读了多于一次，当读到中学二年级时，到顶了，再也读不上去了，转而进入特殊人士职业培训所，学习多项技能，之后在家里少许闲晃了一阵就到了二十岁，在那以后他通过残疾人保障机构的推荐找到工作。他常年在晚上工作——这部分和她想象的一样。他在一家工厂固定值夜班——与她想象的不一样。

他干小工厂里必要的低薪闲职，夜里太平无事，只要盯好几块监视屏，屏幕里是决定小工厂生死存亡的地方，要目不转睛地看守住，这件事，即便回到五岁他也干得来，也干得好。此外他的职责还包括填写表格，每隔几小时填一行表格，等到填好三四行，天便亮了。一夜下来，他到下班时也不累，回到舅舅家，吃了早饭后往往还想出一次门。工资全部归舅妈管理，但每周有几天，舅妈满足他，给他三十元玩抓娃娃机。这样定规矩，一是免得他挥霍钱，二是避免他出门太久，既会肚子饿，又有可能遇到中午放学的恶少年抢机器从而受欺负，这种事以前发生过。三十元，看来正合适。

年轻男子缓慢而谨慎地挑选地方花这三十元。花出第一元钱之前，或许已在街头走了半小时，最先看到的好多台机器被他放过去，然后他才在某处站定，喂某台机器吃一元或两元，走开，换一个地方，继续缓慢而谨慎地挑台机器再喂它一些钱。这样他的钱耐用。她在急行军中见到他时，他刚在第一台机器前花出了当天的第一元。等她一走开，他已经赢了一手，徐徐展开从裤子口袋里掏出的一个塑料袋，把到手的玩偶放进去。到她走出一点距离，他也提着塑料袋离开相遇的地方，去别的抓娃娃机前抓娃娃。他的袋子一旦拿出来，就停不下来地变满，直至钱花完游戏结束，他将会拎着满满一袋，里面大约装有二十五个玩偶，回到舅舅家。他的技术十分高超，这点也和她猜想的一样。

舅妈只给三十元，第三个原因是，家里已经有太多玩偶了。舅妈很发愁。

没人知道年轻男子选择抓娃娃机和玩偶的标准。

他对某些样子感兴趣。要是玩偶带一点他感兴趣的样子，他就会想办法把它从抓娃娃机里抓出来。

看中第一个玩偶是在好几年前，他当时刚上班不久，玩抓娃娃机的技巧为零。一天早晨他没有准时回到家，因为在下班途中，街头有东西召唤他，他四下看了看，注意力立刻被吸走了。那是一只熊，两眼离得过分近，鼻子扁平，全身有粗糙的毛。他臂上挽着舅妈给他的放置零碎物品的帆布袋，迈着小步子靠近抓娃娃机，一只手柔和地搭在玻璃上，看它看得入了迷。有些机器里玩偶各不相同，这台机器里全一样，在那只熊周围还簇拥着一大堆熊，它们全都眼间距小、鼻子塌、毛硬，可他独独受它吸引，认为它与众不同。他看了良久，惋惜地摸了摸操作台然后离开了——他不会玩。当天比较晚的时候，他睡过觉，吃过东西，又去了。这回正有人在玩，他站在那位玩家的旁边，两手伸到空中，一模一样地复制玩家的动作，这手拍按钮，那手摇操作杆。人家受他打扰，很快玩不下去了，把机器拱手让他。这下他会玩了，他把宝贵的零用钱投进去。失败，失败，又失败……成功！但不是那只熊。他带着不想要的玩偶回到家。

第二天，他去同一台机器上玩，第三天玩了更久。一连去了好多天。他在那只熊上花了过多的钱，仍然没能得到它，却得到不少别的熊。家里人骂了他，确切地说，是舅妈责怪了他。"你不需要这么多熊。"她说，"明天，你回家的路上不能再看马路这边了，你走路时要一直看着前面，看得累了，像这样把头扭过去看另一边。前面，或另一边，不能看这边。我们约定好了，你要一个人回家，别再带熊回来。"男子双眼不能同步而是略有先后地眨了几眨，每当他这样眨眼，代表内心在挣扎。他最后说："好的，舅妈。"

接下来好长一段时间，他履行诺言不去玩。夜里独自坐在工厂值班室，他仍然紧盯监视屏，可同时也在思考。他本来就习惯坐在那儿一动不动，样子很温柔，并有无法掩饰的无助感，思考却陡然令他脸上浮现一片庄严高贵的神色，它和简陋的工作场地、朴素的工作服，以及他低于普通人下限的智商是不相称的。假如此刻有工友看到，保险会满腹狐疑，他看上去好像具有一种

196

标准以外的、深不可测的智慧，竟显得非常聪明。

在年轻男子的头脑中，以前玩抓娃娃机的所有经历轮番出现，它们涌过来涌过去，涌到边缘时，拍打在他头骨的内壁上，再次流返大脑的中心部位后，卷起一些古老隐秘的思绪。有时，某次玩抓娃娃机的经历单独出现，更多时候，很多次的经历你来我往。他夜复一夜、不由自主地想着它们，除了低头填写表格和天亮下班，别的事不能打断他，他往往将手搁在腿上，随着玩抓娃娃机的经历在脑中翻涌，十根手指在裤腿上面轻微地颤动。

思考期持续了颇长时间，有一晚，年轻男子头脑中的浪潮平息了，他又恢复温柔无助的模样坐在工厂值班室里，坐了整整一晚。并且在紧接着的早晨，他背弃了诺言。这段时间以来，他遵守要求，走在回家路上坚持只看前面，要么扭头看马路另一边接着再看前面。但这天早晨，他往被禁止的方向大胆一看，清清楚楚地看了一眼那台抓娃娃机后，舅妈的封印自动解除了。他偏离了方向，曲线状地走近机器，玻璃上由小变大地映出他那好看的脸，脸上挂着欣慰的笑。他看到，尽管人们把一些旧熊领走了，机器里又被放进了新熊，但他看中的熊还在等他。他一摸操作台，游戏苦手的历史翻过去了，夜晚的思考帮助他掌握了玩抓娃娃机的精髓，他现在所向披靡了。机器手臂听命于他，把那只熊从群熊中坚决地提起来，之后手爪松开，熊掉进出口，离开玻璃柜，来到了年轻男子的世界，用怪眼睛与他对视。作为一只玩偶，眼神这么放浪不羁是少见的，另外，它摸起来也比他以为的更扎手。他们在一起时他的气势落于下风，这吓他一跳。

以熊为开端，年轻男子从此在抓娃娃机上大开杀戒。由于他只在早晨至中午的低峰时段玩，只玩散布在街道上的、地铁站里的机器，不去拥有成排成排抓娃娃机的游戏厅，并且也从不在同一处连续玩很久，所以他没有在玩家中建立声名。除了在她的想象中，没人猜想到该人是玩抓娃娃机高手。从兔子、老虎、猫、大象、动漫公司虚构出来的卡通形象，甚至无脸娃娃的身上，他都找到了某些感兴趣的样子，抓到它们，带它们回家。要是把家里所有的玩偶放在一起，它们适合分成几堆，每堆中的玩偶彼此间都有微妙的相似处。但他不具备归纳总结的能力，更重要的是，他也不知道需要归纳总结出什么事。是舅妈帮助了他。

舅妈这次无法阻止他了，她唯有立下三十元的规矩，规范他的行为。即使如此，她也发愁：每次带二十五个玩偶回家不是开玩笑，没有无穷无尽的空间给他放。她慢慢想出一个简便的好办法。每当他带新一批玩偶回家，她立刻便把上次带回的旧玩偶摊开到桌上，叫他找出最想留下的一只，其余全放弃，听她处置。"瞧，我们不能留下那么多。"她说，"我派给你一个任务。这里有二十五个，我假装给你一块钱，给，你假装再玩一次。你优先想选出谁？"年轻男子俯瞰玩偶们，他把下唇抿在上唇里面，用上排牙齿轻轻咬着，这个表情代表他在认真做决定。和在街头良久徘徊的风格不同，他不多犹豫，伸出手直接抓住其中一个，这就选好了。舅妈很满意。得到两遍夸奖的男子有一点害羞，把被子裹得紧紧的，睡觉去了。之后，当二十五选一也攒出很不少时，舅妈已经有了很成熟的应对方案，她把选拔程序升级，将胜出的玩偶分成十个一组，再叫他每组选一只。他说声"好的，舅妈"，就又顺从地挑选起来，脸上没有露出一丝不快活的反对抚养人的神情。因为，和舅妈猜想的不同，他抓它们并非出于喜欢，他只对某些样子感兴趣，他抓它们时对每只都感兴趣，可一经分组挑选出最感兴趣的，其余就沦为他不怎么感兴趣的普通娃娃，丢掉也不可惜。两人将以上选拔程序重复多次，年轻男子得以保持他的爱好，而舅妈控制住了玩偶总数，皆大欢喜。然而抛开表面，对于他们实质上在干什么，两人都不知情。

在那一天，她见到年轻男子并胡乱猜想过后，便忘记了他。而年轻男子玩好抓娃娃机，不久回到家。他把当天所得和存货一起摆弄了一会儿，从中精心挑选出几个，第一次把它们在家里柜子上摆开来。随后他躺到单人床上睡着了。

玩偶们构成不容易准确描述的一幕情景剧，它们既像纯真地在游戏，又像邪恶地联合起来做坏事。傍晚，舅舅回到家认出了其中一个，他冲着它看了又看说："有意思，这个非常像我妹妹，像她年轻的时候。"他对她老了一些的样子不清楚，他们已经许久不来往。

"别的几个呢？"舅妈好奇地也来观赏，"难道这个可爱的是我，那个难看的是你？"

在肖似妹妹的玩偶周围，还有另外四个玩偶，舅舅不认识。"什么呀。"他一边脱衬衣一边说，"不是的，不认识吧。"

这些原型，舅舅曾经都认识，然而时间毕竟过去得太久，他遗忘了。他们是当年常常和妹妹出入不良场所的四个年轻人，他反对他们凑在一起，但反对得既不认真也不彻底，他那时忙着自己的事，没有守护好妹妹。他不知道的事实是，有一天，这些人集体侵犯了妹妹，他们中有带头的，有先协助别人再轮到自己的，妹妹的态度介于半不情愿和不情愿之间。几个月后，妹妹既指认不出，也不想通过医学手段指认出谁是孩子的父亲，因为指认出来，就意味着要去解决新的棘手问题，那很难，还不如就这样糊里糊涂吧。她对家人编造了若干相互矛盾的怀孕版本，使他们无从追查真相。她本人不比那伙同伴好，她是一个身体健康，心灵上无所谓的人，生下孩子也不能改变她，很快就抛下应该担负的责任一走了之。一开始她往家里打过几次电话，此后完全消失了。

现在，在施暴者和受害人以外，另一个可以说当时也在场的人，用他天然的智力总结出二十多年前的犯罪事实，制造了一个小型模拟场景，并将其摆到了做舅舅的面前。

但事情总是这样，走远后的真相即使侥幸兜回来，人们也认不出来。舅舅看到了，不清楚那是什么，只感到莫名地心烦意乱，于是伸手把它们全部推倒，无意中解救了虚拟的妹妹。或许是想到了妹妹，或许是想到这些年来自己过得不算容易，随后他突兀地生气了，对舅妈说："快点收起来。我们几点吃晚饭？"他换好衣服后轻手轻脚走进房间。年轻男子面向墙壁躺着，当他一动不动时，尤其明显，他只占了世界上一小块角落，别的都不属于他。舅舅轻手轻脚退出去，决定再让他睡十分钟，然后叫他起来吃晚饭、去上班。

和她想象的一样，附近夜市有个气球射击摊，不一样的是生意普通，老板不碰游戏机，品格上也没有可取之处。那天早晨，她见到年轻男子并胡乱猜想；同一天傍晚，年轻男子的舅舅因玩偶心潮略有起伏；到了晚上，气球摊老板摆起了气球射击摊。

和往常一样，这晚的生意一般，无聊中，气球摊老板去隔壁摊子上吃了两串肥得流油的烤肉串，当然不付钱，他让烤肉串老板免费来打枪。烤肉串老板来了，快速开了二十枪，"砰砰砰"的响声蹿上城市夜空，每一枪他都没有仔细瞄准，他追求事情迅速发生甚于事情很好地完成。还因为气枪被气球摊老板动过手脚，结果他只射破一个气球。

　　但开完枪，烤肉串老板不以为耻，姿态宛如一口气杀灭了二十个敌人，并马上要用粗棍把尸块穿起来，再搬到自己摊子上炙烤一般。他把木质枪托从肩上移开，两只毛茸茸的大手在身前横握住枪杆，然后向气球摊老板的方向转过他那张值得陌生人警惕的脸。夜市刺目的灯光照着它。在那上面有双小眼睛，它们离得过近，使他又像有两只左眼，又像有两只右眼，他看人时因此具有某种有别于人类的动物性；一只扁鼻子被他用来呼吸，为了满足粗壮的身体需要，他吸得很用力，呼得很兴奋；硬要挑出冠军的话，五官中最好看的应当是嘴唇，然而他的双唇也是不协调的，它们一片薄一片厚，当人们目光看向薄的一片时，能从他脸上找出一丝坏蛋的柔情，那种气质能迷住一些人，焦点放在厚的那片上时，他整体粗野大胆的个性暴露无遗。他用这张脸看向奖品，一只熊。

　　"哈！"烤肉串老板笑起来，因为他立即看出来这只熊的特别之处。

　　"给你了。你哪怕一枪不中，我也预备大方地送给你。"气球摊老板说。

　　"这像我。"

　　"对，世界上还有和你这么配的东西，谁想得到呢！人们为什么不做点美的东西出来？反正，这是艺术品，或者人们怎么叫它，吉祥物？"

烤肉串老板一手持枪，一手抓住熊胡乱抖动它，手毛和熊浑身的毛融为一体，同时在混乱的夜市空气中颤动。他二度哈哈怪笑，因为他的小眼睛进一步看出来，除了外表，熊的神态也像自己，狡黠又无耻，他看它更感觉亲切了。他宣布："你说得对，是吉祥物，就像米其林轮胎人，大企业才有这种文化，才会做这种东西。现在我也有了，这下我的事业肯定能做大。"

他又问："你从哪里搞来的吉祥物？"

"住在附近的女人送我的，有一大袋子小娃娃，你的这个明显最有价值。"气球摊老板建议道，"何不摆到烤肉摊上，对你做生意有帮助的。"

两个肮脏的中年老板分开了。烤肉串老板潦草地用一段电线拴住熊的脖子，熊在炭火上，在烤得嗞嗞作响的碎肉上方，在空中摆来荡去。

令人恐惧的夜半孤魂
评《阁楼小说家》的小说家的小说

文/俞冰夏（作家、书评人）

　　好几年前就在个饭局上听说小说家A躲进了某出版社的阁楼里，常年大隐隐于这栋楼，用饭局上在这间出版社上班的朋友的话说，"像只鬼一样飘来飘去"。小说家A这个人，出于对读者公平的角度来说，我要承认，在他躲起来之前我也是见过的，甚至做过一次专访，印象并不能说好。这世界上大抵有三种作家，一种出于对自己的爱写作，这种人，除非长相或者吃相实在太难看，多少是会又红又紫的，名气大小先不论；一种出于强迫症写作，这种作家写作水平与技巧因为常年操练多少有一定的保证，好像写作界吃苦耐劳的运动员，当然"努力"两个字里除了"力"就只有"奴"了，所以这类作家当中成大器的比例并不像人们想象得那么高；第三种作家则是为一种崇高的幻想写作，这种作家写作是因为早已把自己的精神世界与绝大部分人孤立了起来，因此只能写作，别的事一件都干不成。我说这世界上大抵有三种作家当然是种刻薄且不科学的说法，因为大部分人都不是一种人格，而是几种人格，几十种人格的合体。作家A，在他第一本我个人并不那么喜欢的小说忽然红起来且一举跃为本城文化名人的时候，在各种采访（包括我作为记者的那次）、讲座、对谈、社交派对，甚至普通饭局上经常给人一种既热爱自己，又非常喜欢强调自己的努力，也精神清高的印象，也就是说，他既像"诗圣"又像"诗奴"，也像"诗仙"。我是一个根深蒂固的怀疑论者，我觉得这一形象是不可持续也不可信的，我无法从逻辑上找到此类形象的生产源头。

所以作家A躲到出版社阁楼里的事我听到的时候倒不觉得惊讶，因为任何一个迎面撞到突如其来成功的人内心往往都很脆弱，好像一下子不认识自己了一样，又好像一下子对自己有了必将成为失望的希望。我们写作的人，说到底，都知道自己不是什么好人，更糟糕的是也压根算不上什么坏人。躲到阁楼里，与其说是为了写作，也有可能是怕看到各种其他人眼里自己的形象，尤其是自己眼里其他人眼里自己的形象。看到这本书的时候他的故事早已传得沸沸扬扬了，这里也不用我多说，A做到了这件事，在我看来算是相当伟大的，因此我对这本"遗作"确实有所期待，我觉得有这种可能性，这本书会是我们这个好吃懒想的国家从未有过的《没有个性的人》或者几十年以后也不会有的《2666》。根据A的传奇故事，我认为我会看到某种深刻而魔幻的绝望，第一次不用我们这种油滑柔韧而不善真诚的语言表达，第一次以与柴米油盐和家长里短无关的方式表达。那么多年来，对我们这些早已失望透顶（有时候是字面意义上的绝顶）地做着文学春梦的五流文人来说，心里最想要的是一个人格上值得尊重的作家，一个可以真心当作榜样的与我们用同一种语言写作的活人，哪怕我们嘴上从不说这样的话。A蛰伏在阁楼里那么多年，像盲人图书馆馆长博尔赫斯的鬼魂一样飘来飘去，还据说喝超过正常量的咖啡，没有比他更适合这一位置的人。完全不可能有。

然而这本六百多页的小说与我的想象并不一致。这种不一致倒可以说是艺术性的。如果稍微不苛刻的话，这本小说与《尤利西斯》不是没有相像之处。呓语是两者最大的共同点。作为小说家的A似乎在开发一套自己的呓语系统，把对话简化或者抽象化，变成一个个不提供答案的谜语。我当然不知道A究竟有没有看过《尤利西斯》，是不是从乔伊斯和贝克特那里学的这种手法，或者这一切根本是个偶然。又或者他从某些美国作家，比如福克纳、加迪斯、华莱士那里学会了那种鸡同鸭讲的轰鸣对话写法。同样没有证据证明这一点。更可能（也比较符合我们本土价值观）的是这些声音是A自己脑中的各种不同声音，在进行某种激烈严肃又张皇失措的斗争，有点像二十世纪六七十年代的现实生活。小说第一个长达五十八页的对话虽然好像是主人公K与一系列不同人士的哲学对话，但很显然这一系列不同人士，外加K，都是作者本人在他人眼中的倒影。从某种意义上说，A躲到阁楼里不想面对那些形象，那些形象却像聊斋里的女鬼一样萦绕在他身边不拿到嫖资就不肯离去，各自哼着记忆深处被压抑已久的童年小曲，张着血淋淋刚咬完人的嘴，露出一种真实而狰狞的面目。我这么说肯定是夸张的，我们写作的人都知道，具体的危机出现的形式既具体又并非如此具有戏剧性。写不出是经常的事，被吓到必须写是另一回事。

A的小说有被吓到的气质。这五十八页的呓语与小说后半部分两段分别二十三页和七十四页的对话，就我的本能判断，很像是写不出的挣扎。写对话毕竟要快得多，A可能这么想，他没有考虑清楚后果。这些对话对小说用某种隐喻（通常略为粗糙的福楼拜

205

方法）叙述过去四十年一个普通上海海员情感历史的主干情节没有多大的帮助（我数了一下，有效信息不足一百行），然而正是在这些部分，这部小说的魔幻性从心理上早已被A关死的阁楼里找到了一道门缝，钻了出来，飘在上海的街头，从此是无色无味的夜半孤魂。

这么说，A的小说因为他无法摸清路数的恐惧而绷得太紧，必然会断弦，A比谁都更早知道这点，他甚至有可能花了好几年的时间什么也不做，试图把自己而不是他的小说彻底崩断，但他低估了人类的顽固。他低估了自己的坚韧。他不够爱自己，也不够有对文字的奴性，更是不够精神孤绝。他只能从生理上完成一部必然崩断的小说，从而崩断自己。

我不是他过去的朋友，我写不出有关小说家A的浪漫挽歌，我看到的是最真实的恐惧。我也不能说这是部值得赞颂的小说，但它令人恐惧的事实不可逆转。

跋：假到这种程度是我喜欢的

文／沈大成

　　当在报纸上得到一个写专栏的机会，我一下就知道，我喜欢写超现实小故事。自那以后，十二年过去了，股票亏了两轮，工作换了两种，没有什么名气的我还在写那种故事。我好像不喜欢写很真的小说，非要写也会加一个怪梦、一段想象，把现实扭曲一会儿，否则我不舒服。我只喜欢写超现实小故事，以后也会一直喜欢的。

　　过去有很长时间，我经常使用一套方法。首先设想一个地方，它和我的世界基本一致，我不用多做什么，只稍微调整某个数值，顿时就破坏了数学题，使社会的方程式错乱。那个地方出现漏洞了，紧张了，失衡了。为重新回到平衡，那个地方的人必须行动起来，制定新的社会公约，找到新的相处方式，新的事情自然而然地发生了，人们为此高兴和苦恼；而适应新状况的同时，一些经过千锤百炼的旧世界生存法则也得继续遵循，否则社会崩塌，人人受害。简单来说，设定一个地方，调整某个值，心中一半想着新秩序一半想着旧法则，就可以写出什么来了。这办法有效。假想一个地方每个表面都很滑；假想一个地方每当社会财富积累得够多，大家停止劳动坐吃山空，吃空后再度劳动；假想一个地方人人爱迟到；假想一个地方位于全世界最下游，人们靠从世界的大河中打捞顺流而下的废品生活……照此想下去，可以获得无穷无尽的故事。但这方法太有效，培养出了我的懒惰，还有一个我控制不了的不良作用，它让故事生长出相似的样子来，因此我现在减少使用了。

然而我喜欢重置某个数值的爱好没有变。因为我喜欢在稍稍离开常规的地方，试着创造出一个新的国家，一个似是而非的城市，再创造出一套适合它们的社会规则，最后是生活在其中的人。我想，要是我花一样多的时间去做别的事，有很多是公认艰巨的工作，有很多是对于别人简单但不适合我的工作，我是难以完成的，或者到完成时消耗比获得多。但想象是轻松的，它可以叫我在一块假的领域拥有权力，为了一再获得摆弄这种权力的乐趣，我也会再想想，再写写。只是从现在开始得找到更多方法，避免在一个枯燥乏味的假地方可怜地玩耍。

这里有十五个这样的小故事。除了它们，我还请我的朋友俞冰夏写了一篇假书评，评论对象是《阁楼小说家》里的小说家所写的小说。《阁楼小说家》写了一个遁世者，一个把物质生活全部舍弃，把过去的自己献上创作祭坛的极端的小说家。我没有交代他如此奋不顾身地写作，到底写得好不好，但既然需要假书评，应该给俞冰夏设立标准，使她清楚小说家的水平，好调整蜜糖有多稠或刀锋有多利。参考什么好呢，想起我还在报社收稿子的时代，她写的《地球上最后的夜晚》的书评，就说：小说家是蹩脚的波拉尼奥。这句话说完，还没等她开始写就已经很开心。

因为现实中的波拉尼奥是我比不了的人物，但是，我可以假想我写出来的人某种程度上是他，并找人批评他的蹩脚变体，于是又一次感受到权力带来的乐趣。

俞冰夏写来的假书评不能再好了。她补完了小说家本人以及小说家的小说。关于小说家本人，她让我知道，他原先在社交派对或讲座对谈中，"经常给人一种既热爱自己，又非常喜欢强调自己的努力，也精神清高的印象"，也就是说，平均呈现作家们最常见的三种主要的样貌；等他躲进阁楼疏离圈子，五流文人见不到他了，就向他致以最高级别的尊敬，虽然他们嘴上不说尊敬，就像不会公开谈论自知的油滑柔韧。关于小说家写的小说，她又让我知道以下几点：一、小说有六百多页；二、主干情节是一个普通海员的情感历史；三、人物的对话被简化或者抽象化，同时又体量惊人，有三处长对话，竟然分别占用了五十八页、二十三页和七十四页，可惜写得不令她满意。我所没有写出来的，俞冰夏假模假样地写出来了，评论了，同时借着评论不存在的小说家，用她一贯有的"根深蒂固的怀疑论者"的论调嘲笑了一些真作家。

在她交稿的当晚，我们又见面了，先在破破烂烂的地方吞嚼了烤羊排，后来又去一个奇特的朋友家。她瘫坐在那朋友的一件既像沙发又像床的红色家具上，从一次性纸杯里喝酒时说出了她影射的几个真作家的名字，但她不带坏的意思——这点我可以保证，我们作为人，总得采用各种方式不时地谈论人家，否则干什么好呢。我们也这样谈论自己。我感觉整件事有点好玩，就想到，为了更开心，有时候一个人干假事，不如大家一起干。朋友们偶尔应该一起做一些亦真亦幻的事情，我这个拘谨的人，对此领悟得太晚了，现在领悟了似乎又不够力气做什么。

也不是所有假的我都喜欢。我讨厌漫无目的的假、不真挚的假，对单单追寻假没有兴趣。无论如何，我也不会仅仅写奇观化的东西。我向往写出奇怪境况中的亲切的人。假城中的理想的肖像应该具有这些特征：人们需要谋生，一般而言有工作，分配收入时精打细算；有正常的情感，可能偏爱某个家庭成员，对于和不同的人建立起新关系，心里总有点紧张；有主见，不依据主见行事，因为妥协更方便；常在新时代独个怀旧；最后，在任何情况下，他们的观点是符合事实的，而事实是我捏造出来的。我尤其愿意让这些人保持某种为难的状态。他们的智力达到了既能够认清处境，也理解自己的程度，因此只要想，就想得出一些办法，但有办法也不能够彻底解决问题，所以谁也得不到完整的幸福。绝对不能太幸福，必须叫他们品尝遗憾，就像我们一样。遗憾的事会使人念念不忘，身上带有遗憾印章的人，是容易被屡次想起的人。

北京教育蓝皮书

BLUE BOOK OF EDUCATION IN BEIJING

北京教育发展研究报告（2022~2023）

RESEARCH REPORT ON EDUCATION DEVELOPMENT OF BEIJING (2022-2023)

"双减"背景下的教育改革

主　编／方中雄　　冯洪荣　　张　熙
副主编／郭秀晶　　高　兵　　周红霞

社会科学文献出版社
SOCIAL SCIENCES ACADEMIC PRESS (CHINA)

图书在版编目（CIP）数据

北京教育发展研究报告. 2022~2023："双减"背
景下的教育改革 / 方中雄，冯洪荣，张熙主编. -- 北京：
社会科学文献出版社，2023.1
（北京教育蓝皮书）
ISBN 978-7-5228-1133-8

Ⅰ.①北… Ⅱ.①方… ②冯… ③张… Ⅲ.①地方教
育-教育事业-研究报告-北京-2022 Ⅳ.①G527.1

中国版本图书馆 CIP 数据核字（2022）第 215688 号

北京教育蓝皮书
北京教育发展研究报告（2022~2023）
——"双减"背景下的教育改革

主　　编／方中雄　冯洪荣　张　熙
副 主 编／郭秀晶　高　兵　周红霞

出 版 人／王利民
组稿编辑／邓泳红
责任编辑／吴云苓
文稿编辑／王雅琪
责任印制／王京美

出　　版／社会科学文献出版社·皮书出版分社（010）59367127
　　　　　地址：北京市北三环中路甲 29 号院华龙大厦　邮编：100029
　　　　　网址：www.ssap.com.cn
发　　行／社会科学文献出版社（010）59367028
印　　装／天津千鹤文化传播有限公司

规　　格／开　本：787mm×1092mm　1/16
　　　　　印　张：18.25　字　数：273 千字
版　　次／2023 年 1 月第 1 版　2023 年 1 月第 1 次印刷
书　　号／ISBN 978-7-5228-1133-8
定　　价／158.00 元

读者服务电话：4008918866

北京教育蓝皮书编委会

摘　要

2021 年 5 月 21 日，中共中央总书记、国家主席、中央军委主席习近平主持召开中央全面深化改革委员会第十九次会议，审议通过了《关于进一步减轻义务教育阶段学生作业负担和校外培训负担的意见》（以下简称《意见》）。该会议指出，义务教育最突出的问题之一是中小学生负担太重，短视化、功利化问题没有根本解决。减轻学生负担，根本之策在于全面提高学校教学质量，做到应教尽教，强化学校教育主阵地作用。2021 年 7 月，中共中央办公厅、国务院办公厅印发了《意见》，党中央站在实现中华民族伟大复兴的战略高度，对"双减"工作作出了重要决策部署，要求从政治高度来认识和对待，从体制机制入手深化改革，全面贯彻党的教育方针，落实立德树人根本任务，促进学生全面发展和健康成长。

2022 年全国教育工作会议指出，2022 年是新时代新征程中具有特殊重要意义的一年，教育工作要围绕中心、服务大局，作出实质性贡献。教育部 2022 年工作要点指出，要深入推进"双减"，继续把"双减"工作摆在突出位置、重中之重，巩固成果、健全机制、扫除盲点、提升水平、维护稳定、强化督导。《北京教育发展研究报告（2022~2023）》以"双减"为主题，通过数据和实证，多角度、多层次呈现国家"双减"政策实施以来北京基础教育全面落实"双减"工作情况。本报告分为"总报告""分报告""借鉴篇" 3 部分共 15 篇，总结了北京基础教育全面落实"双减"政策采取的重要举措及取得的成效，分析了国内外相关政策与实践，提出了相应的政策建议。

自"双减"政策实施以来，北京市各区教育行政部门和学校按照国家和北京市统一部署，积极推动学校教学管理改革和校外培训治理，在各方面都取得了显著成绩：课后服务实现了义务教育学校全覆盖、学生全覆盖、周一至周五时间全覆盖，坚持"五育并举"，课后服务形成灵活多样，服务质量不断提升；积极探索减轻学生作业负担的措施，从作业的内容、形式入手，开发多样化、个性化作业，北京教育科学研究院基础教育教学研究中心面向全市发布了《中小学作业指导手册》和《中小学综合类学习活动指导手册》，有效引导中小学实现作业的减量增质；推进校长教师交流轮岗，让优质教育资源流动起来；社区教育通过创新工作范式，融合社会力量构建"家校社"协同育人机制和家庭共学机制；对校外培训机构全面规范，坚持严查严管严治，坚持治理帮扶并重，取得明显成效。

本报告通过梳理首都基础教育"减负提质"的各项探索创新及国内外政策举措，力求为持续打好"双减"攻坚落实战提供坚实的科研支持与实践指导，为构建首都高质量教育体系作出更多贡献。

关键词："双减"政策 教育改革 教育质量 北京教育

目 录 ⟨⟨

Ⅲ 借鉴篇

皮书数据库阅读 **使用指南**

总 报 告

General Reports

B.1

深入落实"双减"政策
稳步推进教育改革

郭秀晶　周红霞　高 兵*

摘　要： 2021 年 7 月，中共中央办公厅、国务院办公厅印发了《关于进
一步减轻义务教育阶段学生作业负担和校外培训负担的意见》
（以下简称《意见》）。该《意见》既是针对现实问题提出的举
措清晰的解决路径，亦是对我国教育全面系统改革所进行的顶层
设计，其深远的意义在于积极营造良好健康的教育生态，着力突
显公平公益的教育属性，全面加快建设高质量教育体系。北京市
深入落实"双减"政策，稳步推进教育改革，取得了积极成效。
全市中小学积极提升学校管理效能，提高教研质量，作业布置更
加科学合理，课后服务实现全覆盖。在校外方面，对校外培训机

---

* 郭秀晶，北京教育科学研究院教育发展研究中心主任、研究员，研究方向为教育法治与教育
管理；周红霞，北京教育科学研究院教育发展研究中心助理研究员，研究方向为国际比较教
育；高兵，北京教育科学研究院教育发展研究中心副主任、副研究员，研究方向为教育政策
和区域教育规划。

构全面规范，校外培训乱象基本消除。北京教育改革发展呈现崭新样态和可喜局面。

关键词： "双减"政策 教育改革 教育质量 北京教育

为深入贯彻党的十九大和十九届五中全会精神，切实提升学校育人水平，持续规范校外培训（包括线上培训和线下培训），有效减轻义务教育阶段学生过重作业负担和校外培训负担（以下简称"双减"），2021年7月，中共中央办公厅、国务院办公厅印发了《关于进一步减轻义务教育阶段学生作业负担和校外培训负担的意见》（以下简称《意见》）。① 党中央站在实现中华民族伟大复兴的战略高度，对"双减"工作做出了重要决策部署，要求从政治高度来认识和对待，从体制机制入手深化改革，全面贯彻党的教育方针，落实立德树人根本任务，促进学生全面发展和健康成长。②

《意见》指出，"双减"工作的总体思路是：坚持以习近平新时代中国特色社会主义思想为指导，着眼建设高质量教育体系，强化学校育人主体地位，深化校外培训机构治理，坚决制止侵害群众利益行为，有效缓解家长焦虑情绪，构建教育良好生态。一是源头治理。充分发挥学校主阵地作用，坚持应教尽教，着力提高教学质量、作业管理水平和课后服务水平，让学生学习更好回归校园，在校内学足、学好，减少参加校外培训需求。二是系统治理。不仅聚焦在作业和校外培训两个方面，在加强课后服务、减轻考试压力、完善质量评价、营造良好生态等方面同样做出部署，系统推进、全链条推进"双减"工作。三是综合治理。建立"双减"工作专门协调机制，加

① 《中共中央办公厅 国务院办公厅印发〈关于进一步减轻义务教育阶段学生作业负担和校外培训负担的意见〉》，教育部网站，2021年7月24日，http://www.moe.gov.cn/jyb_xxgk/moe_1777/moe_1778/202107/t20210724_546576.html。

② 《坚决贯彻中央决策部署 深入推进"双减"工作——教育部有关负责人就〈关于进一步减轻义务教育阶段学生作业负担和校外培训负担的意见〉答记者问》，教育部网站，2021年7月24日，http://www.moe.gov.cn/jyb_xwfb/s271/202107/t20210724_546567.html。

强部门间统筹，集中组织开展专项治理行动，形成有效工作合力，统筹学校、社会、家庭力量形成三位一体育人格局。四是依法治理。深入贯彻落实《中华人民共和国义务教育法》《中华人民共和国未成年人保护法》等法律精神，在法律的框架内明确各项政策，做到有法可依、依法治理。①

一年多来，在"双减"政策指导下，全国稳步推进教育全面系统改革，学校、家庭和社会各方面更加深刻地理解着"双减"政策的深远意义，协同推进政策实施。

一　深入理解"双减"政策的深远意义

"双减"政策是贯彻中央决策部署的重大教育改革，是落实教育法、义务教育法、未成年人保护法的实际举措，事关基础教育体系、教育生态和育人格局，对于全面贯彻党的教育方针、促进学生全面发展健康成长具有重要意义。②

（一）积极营造良好健康的教育生态

近年来，科学的义务教育质量评价观念尚未普遍建立，主要以升学率和分数评价学校和学生的倾向还没有得到根本扭转。③ 2021 年 3 月 6 日，习近平总书记看望参加全国政协会议的医药卫生界、教育界委员时表示："教育，无论学校教育还是家庭教育，都不能过于注重分数。分数是一时之得，

---

① 《坚决贯彻中央决策部署　深入推进"双减"工作——教育部有关负责人就〈关于进一步减轻义务教育阶段学生作业负担和校外培训负担的意见〉答记者问》，教育部网站，2021年 7 月 24 日，http：//www.moe.gov.cn/jyb_ xwfb/s271/202107/t20210724_ 546567. html。

② 《国务院关于有效减轻过重作业负担和校外培训负担，促进义务教育阶段学生全面健康发展情况的报告——2022 年 10 月 28 日在第十三届全国人民代表大会常务委员会第三十七次会议上　教育部部长怀进鹏》，中国人大网，2022 年 10 月 29 日，http：//www.npc.gov. cn/npc/c30834/202210/71d4c80e30824de1b157a26f3f1be50b. shtml。

③ 《建立科学评价体系 推动优质均衡发展——教育部基础教育司负责人就〈义务教育质量评价指南〉答记者问》，教育部网站，2021 年 3 月 18 日，http：//www.moe.gov.cn/jyb_ xwfb/s271/202103/t20210318_ 520554. html。

要从一生的成长目标来看。如果最后没有形成健康成熟的人格，那是不合格的。"①"双减"政策出台，明确要求减轻中小学生面临的作业负担与校外培训负担，引导学生科学作息，"德智体美劳"全面发展，促进学生身心健康、快乐成长，真正回归教育本质，同时帮助家长消除焦虑，合理设置对子女教育的成果预期，引导全社会树立科学的教育观念，遵循孩子成长规律和教育基本规律，通过全方位改革营造良好教育生态。

（二）着力突显公平公益的教育属性

"教育是国之大计、党之大计。"在2018年9月10日召开的全国教育大会上，习近平总书记以"两个大计"高度概括了教育在新时代的重要地位，强调坚持中国特色社会主义教育发展道路。教育是民族振兴、社会进步的重要基石，是功在当代、利在千秋的德政工程，因此必须坚持和强调教育的公平性和公益性。

近年来，校外培训机构数量激增，质量参差不齐，扰乱了学校正常的教育教学秩序，也破坏了教育公平。"双减"就是要全面进行教育改革，着力强化学校教育主阵地作用，通过提升教育教学质量，确保学生在校内学足学好，同时深化校外培训机构治理，让校外教育回归公益属性，家庭教育支出和家长相应精力负担有效减轻，实现教育改革发展成果惠及所有学生及其家庭。

（三）全面加快建设高质量教育体系

《意见》明确提出，坚持以习近平新时代中国特色社会主义思想为指导，全面贯彻党的教育方针，落实立德树人根本任务，着眼建设高质量教育体系，强化学校教育主阵地作用，深化校外培训机构治理，坚决防止侵害群众利益行为，构建教育良好生态，有效缓解家长焦虑情绪，促进学生全面发

---

① 《"我们来共同关心这些教育问题"》，"人民日报"百家号，2021年3月7日，https：// baijiahao. baidu. com/s? id=1693527179861771088&wfr=spider&for=pc。

展、健康成长。① 由此可见，"双减"的核心要义是建设高质量教育体系。

在"两个一百年"奋斗目标中，教育始终处在优先战略地位。《中国教育现代化 2035》部署的面向教育现代化的战略任务中明确提出，要发展中国特色世界先进水平的优质教育，要推动各级教育高水平高质量普及。② 习近平总书记在中国共产党第二十次全国代表大会上的报告中指出，加快建设高质量教育体系，发展素质教育，促进教育公平。③ 当今，在新时代新形势下，我国教育发展进入全面提高育人质量的新阶段。落实"双减"政策，就要站在为党育人、为国育才的高度，全面构建高质量教育体系，这是国家发展的战略需要，是建设教育强国的必然选择。

二　北京市以首善标准推进"双减"工作

为坚决贯彻落实中共中央办公厅、国务院办公厅《关于进一步减轻义务教育阶段学生作业负担和校外培训负担的意见》，持续规范校外培训（包括线上培训和线下培训），做好北京市减轻义务教育阶段学生作业负担和校外培训负担工作，中共北京市委办公厅、北京市人民政府办公厅印发了《北京市关于进一步减轻义务教育阶段学生作业负担和校外培训负担的措施》（以下简称《措施》）的通知。《措施》明确了北京市落实"双减"政策的指导思想：坚持以习近平新时代中国特色社会主义思想为指导，全面贯彻党的教育方针，落实立德树人根本任务，着眼建设首都高质量教育体系，坚持首善标准，按照"校外治理、校内保障、疏堵结合、标本兼治"的总

① 《中共中央办公厅　国务院办公厅印发〈关于进一步减轻义务教育阶段学生作业负担和校外培训负担的意见〉》，教育部网站，2021 年 7 月 24 日，http：//www.moe.gov.cn/jyb_xxgk/moe_1777/moe_1778/202107/t20210724_546576.html。
② 《中共中央、国务院印发〈中国教育现代化 2035〉》，中国政府网，2019 年 2 月 23 日，http：//www.gov.cn/xinwen/2019-02/23/content_5367987.htm。
③ 《习近平：高举中国特色社会主义伟大旗帜 为全面建设社会主义现代化国家而团结奋斗——在中国共产党第二十次全国代表大会上的报告》，中国政府网，2022 年 10 月 25 日，http：//www.gov.cn/xinwen/2022-10/25/content_5721685.htm。

体思路，推进基础教育综合改革，强化学校教育主阵地作用，深化校外培训机构治理，坚决防止侵害群众利益行为，积极构建教育良好生态，形成校内外协同育人的良好局面，有效缓解家长焦虑情绪，促进学生全面发展、健康成长。①

北京市深入学习贯彻习近平总书记关于教育的重要论述，坚决落实党中央、国务院关于"双减"工作的决策部署，按照首善标准，坚持"治乱、减负、防风险"和"改革、转型、促提升"并重，着力促进教育发展理念更新、教育治理创新和教育生态重塑，努力推动教育高质量发展。北京市始终坚持高位推动，始终坚持创新施治，始终坚持整治乱象，始终坚持精准施策，始终坚持稳妥落地，② 教育改革发展呈现崭新样态和可喜局面。

北京教育科学研究院对全市"双减"情况开展了全面调研，深入了解和梳理了教学管理、教师管理、作业管理、课后服务、社区教育、校外培训等具体方面的现状和成效，并提出了进一步推动"双减"工作的建议。

（一）教学管理

自"双减"政策实施以来，北京市各区教育行政部门和学校按照中央和北京市统一部署，积极推动学校教学管理改革，着力于课堂教学管理、作业管理、备课教研管理、考试评价管理和课后服务管理，以此推动学校教学管理的整体变革。

1.学校教学管理取得的主要进展与成效

（1）学校严格落实教学管理要求，履行课程教材使用规定，为学生在校内学足学好提供保障。全市中小学普遍重视学校教学管理制度建设，严格落实教学管理要求，履行课程教材使用规定，为学生在校内学足学好提供了

---

① 《中共北京市委办公厅 北京市人民政府办公厅印发〈北京市关于进一步减轻义务教育阶段学生作业负担和校外培训负担的措施〉的通知》，北京市教育委员会网站，2021 年 8 月 14 日，http://jw.beijing.gov.cn/jyzx/ztzl/bjjyxx/jyxxzcfg/sjwj/202207/t20220706_2764762.html。
② 《北京市以首善标准推进"双减"行动——2022 年全国教育工作会议经验交流之十二》，教育部网站，2022 年 4 月 8 日，http://www.moe.gov.cn/jyb_sjzl/s3165/202204/t20220408_614646.html。

基础保障。

（2）重视课堂教学主阵地，采用多种举措监督课堂教学质量，提升学校教学管理有效性。各中小学把提高课堂教学质量作为核心任务，健全课堂教学质量管理规程，采用多种举措监控课堂教学质量，提升学生在校学习效率。

（3）落实作业管理制度建设，实施作业统筹管理，教师对作业设计和布置更加重视。各中小学都能落实教育部要求，制定作业管理细则，建立作业公示制度，做到班级、年级作业公开，师生人人可见。

（4）加强学校考试评价管理，准确把握考试功能，减轻学生考试压力。各中小学校能够严格执行考试管理规定，落实教育部印发的《关于加强义务教育学校考试管理的通知》，并积极规范考试命题管理，准确把握考试功能，合理运用考试结果，进一步发挥考试在诊断学情、改进教学等方面的作用。

（5）将课后服务纳入学校整体安排，统筹规划课内课后时段安排，基本满足学生的学习需求。课后服务供给的重点，是把课后服务纳入学校教育教学整体规划，使其成为校内教育教学的有效延伸，增强对学生的吸引力。调查结果显示，中小学普遍能将课后服务纳入学校整体安排，并进行全面规划和设计。

2. 进一步优化和改进学校教学管理的主要建议

（1）以系统思维变革学校教学管理，推动学校教学管理各环节转型升级，整体优化教学生态，发挥学校教学管理指导功能。

（2）学校要为教师减负营造良好环境，统筹安排教师在校工作，保障教师备课教研时间和质量。

（3）教育部门打造智能研修平台，开展教师智能研修模式，推动学校教师研修结构重组和流程再造，实现数据驱动的教师专业发展。

（4）建立优质作业资源库，加强监督落实，赋能作业管理，提升作业效能。

（5）提升课后服务管理成效，多渠道增加课后服务资源供给，推动课后服务高质量、多样化发展。

（6）发挥学校课后服务育人功能，基于五育融合优化课程实施管理，探索推动课后服务"课程化"。

（7）发挥教育行政部门的保障与监督作用，在政策、资金、人员等方面提供支持与帮助，确保学校有效落实"双减"政策要求。

（二）教师管理

2021 年 8 月 25 日，北京教育"双减"政策下推出的优秀校长教师交流轮岗实施细则正式发布，秋季开学后，北京市大面积、大比例推进了教师轮岗。[①] 2022 年秋季开学后，全市所有区都开展了教师交流轮岗。[②] 推进校长教师交流轮岗，让优质教育资源流动起来，这是助力教育优质均衡发展的重要举措。

班主任是中小学落实立德树人根本任务的重要岗位，在落实"双减"政策中是承载着更多责任的重要教师群体之一。"双减"政策下，中小学班主任工作现状如何？北京教育科学研究院班主任研究中心成立"北京市中小学班主任工作现状调研项目组"，在北京市开展了较大规模的问卷调查，对调查数据进行了分析研究，总结了当前中小学班主任在落实"双减"政策的过程中面临的困难和问题，并提出了有关对策建议。

工作时间延长、安全责任压力更大、班级管理任务更重、事务性工作更多成为"双减"之后班主任面临的普遍问题。几乎所有班主任平均每日在校工作时长在 8 小时以上，回家后还要处理班级工作，主要是与家长沟通、解决个别学生问题、备课等，家校沟通、为家长提供家庭教育指导的频次相比"双减"前都大幅度增加。调查显示，80%以上的班主任在"双减"工作中负责协调各学科作业、给学生答疑解惑、提升学生的自主管理能力、看管学生自习和做作业；70%以上的班主任在"双减"工作中负责组织学生体育锻炼、提升学科教学质量、组织家长开展家庭教育、组织放学后的学生托管；90%以上的班主任参与课后服务。面对问题，90%以上的班主任表示

---

① 《中小学教师轮岗将带来哪些变化？市教委新闻发言人为您权威解答。》，北京市教育委员会网站，2021 年 8 月 26 日，http：//jw. beijing. gov. cn/jyzx/jyxw/202108/t20210827_ 24780 25. html。

② 施剑松：《北京 9 月起全面推开教师轮岗》，《中国教育报》2022 年 7 月 23 日。

"双减"后学校重视班主任工作，但在缓解班主任身心压力、保障班主任身心健康方面，一些学校做得还不是很到位，学校在努力探索保障班主任权益的途径。

为更加充分地保障班主任权益，减轻负担，调动班主任在"双减"工作中的积极性，项目组建议从多方面采取有效措施：①加强正面宣传，提高班主任的社会地位；②健全管理制度，提高班主任的专业地位和经济地位；③建立以班级为基础的全员育人体系，为班主任提供全员育人保障；④整合各方资源，为班主任提供时间保障；⑤加大对班主任的关爱力度，为班主任提供身心健康保障；⑥健全对班主任的激励机制，稳定班主任队伍；⑦强化班主任培养机制，开展系统性、有针对性的班主任培训。

（三）作业管理

作业是学生学习的重要组成部分，也是学校教育教学管理的重要环节，是课堂教学活动的必要补充。科学合理有效的作业，可以帮助学生巩固知识、提升能力、培养习惯，帮助教师检测教学效果、精准分析学情、改进教学方法。目前一些学校还存在作业数量过多、质量不高、功能异化等问题。①

为了有效引导教师优化作业设计，实现作业的减量增质，在保障与提升教学质量与育人水平的同时，切实减轻义务教育阶段学生作业负担，北京教育科学研究院基础教育教学研究中心针对调研中反映出的突出问题，从树立并落实新的作业质量观、依据学科特点设计适宜的作业类型、建立教师试做作业制度、进行典型作业的展示与研讨等维度，提出了《义务教育阶段教师优化作业的十条建议》，以明确改进方向与路径，实现理念上的正本清源。

---

① 《坚决贯彻中央决策部署　深入推进"双减"工作——教育部有关负责人就〈关于进一步减轻义务教育阶段学生作业负担和校外培训负担的意见〉答记者问》，教育部网站，2021年7月24日，http：//www.moe.gov.cn/jyb_ xwfb/s271/202107/t20210724_ 546567. html。

1. 树立并落实新的作业质量观

把作业设计作为教研组的重要工作内容,将作业与教学进行一体化设计,在教学设计中明确作业设计及内容。注重提高作业质量,消除低效作业,杜绝有负面影响的作业,丰富作业类型,提高学生学习效率,达成减负提质的目标。

2. 依据学科特点设计适宜的作业类型

各学科要注重提供多种学习方式和多种学习途径,促进学生多动手、多动脑,实现作业与教学的有机融合。

3. 建立教师试做作业制度

学校以学科组为单位,通过集体备课设计作业;给学生布置的所有作业都应是教师依据课程标准、教学目标、教学内容以及学生实际水平精心设计的。每日作业布置要与单元作业、周末作业综合考虑,统筹安排。教师要成为作业质量管理的第一负责人,对设计出的作业要先行试做,明确作业题目与教学内容和知识结构的关联性,明确作业中的难点、易错点,预测学生会采用的解法以及可能遇到的障碍,预估不同学习水平学生的不同表现。

4. 注重分层并精选作业

教师要充分考虑不同层次学生的知识、能力基础和学习压力情况,为不同层次的学生设计适合的作业内容与形式,让每个学生都能够在作业中获得成功体验与进步发展。

5. 加强作业批改

教师在批改作业时要"留多少,批多少"。对作业的批改既要判断正误,还要根据学生的不同能力水平分层分类批注错误点,提出具体的学习方法建议。

6. 加强作业讲评

教师要对作业中出现的问题进行分类,对普遍性问题要集中讲评并设计巩固性练习,对个性问题应加强面批讲解,对典型错误要分类更正,逐类解决。

7. 对学生作业完成情况进行阶段性评估

作业完成情况要与学生综合素质评价及年终学业成绩挂钩，教师要针对每一位学生的作业完成情况进行发展性记录，掌握学生学科学习情况与知识能力水平的全时段发展情况。

8. 进行典型作业的展示与研讨

学校层面：可定期对一个或多个学生的典型作业进行全面展示，或与学段展示相结合。教师要对展示作业的特点和改进策略进行点评；教研层面：通过市、区、校三级教研体系联动，征集优秀作业设计案例，通过典型示范、成果推广等方式，实现优质作业资源的共建共享；教师层面：要定期参加市、区、校组织的作业展示和交流活动，并积极参与有关作业设计优化的项目研究。

9. 阶段性检测题目要与作业保持一致性

教师要将阶段性检测试卷的命题与学校日常作业设计和质量提升结合起来，保持命题方向与作业改进方向的一致性，保证作业目标、作业内容与教学目标、教学内容、考试评价的一致性，通过教学评一体化设计，共同推进学科作业优化。

10. 利用"互联网+"采集学生作业大数据

有条件的区域、学校要探索建立学习作业自适应资源库。教师应充分利用适宜的信息技术手段，提高作业管理、设计、批改、分析和反馈的工作效率。依据大数据对学生进行精准分层，设计有针对性的作业题目，采取适合的作业类型，有效提升学生学习效率，提高学生学业质量。

（四）课后服务

课后服务是回应社会关切与期盼，促使学生学习更好回归校园、推动学校发挥教育主阵地作用的重要环节。为了解"双减"政策实施以来学校课后服务供给情况，北京教育科学研究院课程中心按典型抽样方式，在"双减"政策实施半学期后面向全市 6 个代表区（城区、近郊区和远郊区各 2 区）285 所学校（小学 192 所、初中 64 所、一贯制学校 29 所）的 9170 名教师和 51871 名学生开展了问卷调查。调查结果显示,学校课后服务供给相对平稳,师生参与率全国领先,课内、课后课程一体化发展目标清晰,共同指向"五育并举"。

调查结果显示:①总体上,100%的学校提供课后服务,师生参与率较高;②学段上,初中学生参与率明显高于小学生,教师参与比例各学段相当;③服务内容上,坚持"五育并举",满足学生发展需求,体育锻炼和社团活动较为突出;④服务方式上,以本校教师提供为主,多种方式补充。

课后服务保障条件方面:①教师积极性:接近半数的教师愿意承担课后服务;②经费保障:大部分学校课后服务经费有保障;③管理机制:半数左右的学校已完善课后服务相关管理制度;④评价方式:突出过程记录和过程性评价;⑤资源利用:利用线上免费资源和购买社会服务相对突出。

"双减"背景下的课后服务从一个侧面反映当前区域教育改革的实际进展,需进一步增强改革的系统性、整体性和协同性,推进教育领域综合改革持续深化。

1.统筹校内校外资源丰富供给

从供给侧角度出发,当前学校课后服务需统筹校内校外资源,不断增加供给数量、提升供给质量、优化供给结构。

2.衔接课内课后育人活动统筹安排

课内课程和课后服务是学生发展的密不可分的连续性支持载体,课后服务是课内课程的补充、拓展和延伸,需统筹进行安排。

3.切实减轻校内教师负担

"双减"背景下,教师面临着课内减负提质和课后服务增强吸引力的双重任务。一是减轻校内教师过重工作负担,保障其专业工作及研究时间,实现教育教学上的提质增效。二是提升管理的精准性。研制教师课后服务工作量认定、绩效考核、评优评先等细则,增强课后服务内容安排的适切性,加强课内课程与课后服务的关联和配合,减少低效和重复性工作。三是有序引入校外专业师资。完善校外教师管理制度,多途径补充专业师资力量。

4.突出区域及学校发展特色

课后服务应满足学生及家长需求，依托区域教育水平和资源保障，在发展过程中突出一定的区域特色。突出优质资源特色是课后服务实施的重要原则。

5."家校社"协同育人

课后服务既是教育领域理念、格局变革的重要内容，也是社会民生的重要内容，需要学校、家庭和社会协同，形成"家校社"协同育人格局。

6.加强动态监测和效果评价

课后服务涉及多个利益相关者和课内外、校内外等多个育人环节，亟需建立多部门协同的服务实施动态监测机制，并开展周期性效果评价，及时反馈评价结果。

（五）社区教育

社区教育秉承服务全民终身学习的理念，具备服务"双减"的功能和能力，发挥着连接学校、家庭、社会的枢纽作用，按照"双减"政策要求，积极服务中小学校落实"双减"政策，服务区域中小学课后教育，是社区学院发挥社区教育功能的应有之义。从社区教育的视角探索服务"双减"的策略，以中小学生校外教育、家庭教育、"家校社"协同等为突破口，探索社区教育服务"双减"的实践模式，也是社区教育机构发挥社区教育功能的重要体现。北京市依托社区教育服务体系，积极开展了服务"双减"的实践探索，在社会认知度低，经费短缺、场地紧张、人员储备不足的状况下，通过创新工作范式，融合社会力量构建"家校社"协同育人机制和家庭共学机制，实践效果显著。以朝阳社区教育服务"双减"为例：构建了基于"双减"需求的工作范式；设立了专业机构，成立青少年发展中心；融合了专业教育力量，践行"家校社"协同育人；试行了基于学共体的家庭共学机制等，多种举措取得了实效，发挥了很好的社区教育示范作用。

为了更好地推进社区教育服务"双减"工作，建议从以下几方面进一步完善。

1. 建立区县级政府统筹机制

区县政府成立联合工作组，落实各委办局的教育责任，保障"双减"工作落实，探索构建社区教育与中小学的长效合作机制和保障机制。

2. 用终身教育理念引导学校教育变革

终身教育理念作为改革我国学历社会长期积累的问题和应对未来社会发展的指导理论，不仅对学校教育变革具有指导意义，对构建服务全民终身学习的教育体系也有重要的指导意义和实践价值。

3. 高质量设计"家校社"教育项目，实现"家校社"协同育人功能

建立"家校社"协同机制，学校侧重提出"家校社"教育项目培养目标，家庭积极参与，社会提供便捷和专业的教育资源与服务。用设计科学，内容丰富的"家校社"教育项目充实中小学生的课后时间，对冲家长独立安排的学科类教育时间，从而实现高质量的"家校社"协同育人。

4. 注重家庭教育的发展与协同

社会支持家庭发展，需要发挥制度优势，资源优势，保障家长参与学校和社区的教育项目，增强家长的社会参与意识和志愿服务意识，从而助力中小学生健康成长。

5. 助推区域社区教育高质量发展

地方各级政府需要认识到社区教育不仅是教育体系的重要组成部分，还是社会建设的重要途径和社会治理的有效手段，地方各级政府需要全方位关注区域社区教育发展和终身教育服务体系建设，为区域社区教育发展提供必要的政策支持和基本保障。

（六）校外培训治理

《意见》明确提出，各地非学科类校外培训机构要区分体育、文化艺术、科技等类别，明确相应主管部门，分类制定标准、严格审批。《教育部2022年工作要点》也明确指出，指导各地对非学科类校外培训机构分类治理，实现常态化监管，防止出现新的野蛮生长。北京市作为首善之区，进一步完善非学科类校外培训机构的分类审批制度、价格监测与指导机制、质量

认证制度等，目前北京市非学科类校外培训供给充足、资本流入趋于理性、价格整体平稳、需求强劲。

北京市非学科类校外培训机构治理路径建议如下。

1. 明确"规范发展"的治理方向

《北京市人民政府关于鼓励社会力量兴办教育促进民办教育健康发展的实施意见》要求发展符合首都城市战略定位的民办教育，坚持"服务北京、优化结构，提高质量、规范发展"的工作思路。

2. 严格机构审批，分类制定标准

为有效落实"双减"政策，须严格规范审批流程：申请人自主向行业主管部门申请办理审批；行业主管部门按照准入规则，依法为符合条件的培训机构核发批准证书或出具批准意见；申请人到拟注册地址所在区的市场监管部门办理登记注册；市场监管部门结合经营范围规范化要求，为材料齐全、符合法定形式的培训机构办理登记注册，核发营业执照。

3. 聚焦重点问题，部门联合监管

非学科类校外培训机构监管工作涉及的部门众多，包括宣传网信部门、市场监管部门、应急管理部门、公安部门、金融监管部门、卫生防疫部门等，亟需进一步加强部门之间的联合与协作，由专项治理向常态治理转变，建立非学科类校外培训规范管理工作长效机制。

4. 引导行业自律，加强质量评估

非学科类校外培训机构治理问题复杂，单靠政府部门的力量很难解决所有问题，行业自律与行业自治发挥着非常重要的作用。《中华人民共和国民办教育促进法实施条例》明确鼓励行业自治。

B.2
北京市中小学校"双减"政策实施
及评价指标体系构建研究

尹玉玲　吕贵珍　李璐　赵佳音*

摘　要： 自国家出台"双减"政策之日起，北京市严格落实中央决策部署，全市中小学校从办学理念到教育教学、教师学生评价、学校管理等各个方面进行了改革，很多方面都发生了明显的变化。第一个时间节点过后，北京市圆满完成"双减"任务，成效初显。为了实现"双减"政策3年内成效显著、人民群众教育满意度明显提升的最终目标，在第二个时间节点过半的情况下，由第三方评估机构基于"双减"政策文件精神和第一阶段学校实施"双减"政策的情况构建一套比较科学实用的评价指标体系意义重大，它作为政府评价学校落实"双减"政策的重要依据，能够检验学校工作是否到位；作为指导学校实施"双减"政策的重要抓手，能够引领学校有的放矢地深化内部改革；作为教育政策评价指标体系的重要组成部分，能够使政策实施过程评价成为教育政策评价的重要环节，将为政府、学校、家庭和社会等不同教育主体更好地落实"双减"政策提供参考。

关键词： "双减"　评价指标体系　北京市

---

* 尹玉玲，博士，北京教育科学研究院教育发展研究中心副研究员，主要研究领域为教育政策、教育规划；吕贵珍，北京教育科学研究院教育发展研究中心副研究员，主要研究领域为教育政策、区域教育发展；李璐，博士，北京教育科学研究院教育发展研究中心助理研究员，主要研究领域为教育政策、教育经济与管理；赵佳音，博士，北京教育科学研究院教育发展研究中心助理研究员，主要研究领域为教育政策、教育财政。

从 2021 年 7 月国家提出"双减"政策后，全国各地中小学校围绕国家和地方的"双减"政策文件要求，从学校实际出发，在课堂教学、课后作业、课后服务、托管服务、教师队伍建设、学生评价体系等多个方面进行大胆改革、创新和探索，积累了很多有益的经验。为了更好地落实"双减"政策，使中小学校能将抽象的政策条文变成可以看得到的变化和学生可以感受到的实惠，建立一套科学的评价指标体系，对政府全方位检验中小学校"双减"政策实施是否到位很有必要。

一　北京市中小学校"双减"政策的实施情况

中央"双减"政策文件确立的工作目标要求"学生过重作业负担和校外培训负担、家庭教育支出和家长相应精力负担 1 年内有效减轻、3 年内成效显著，人民群众教育满意度明显提升"。北京市作为首都，在落实"双减"政策方面理应走在全国前列。从实施效果来看，第一个时间节点过后，北京市圆满完成"双减"任务，主要目标得到了实现，成效初显。

（一）作业方面

为落实"双减"政策，中小学校积极探索实践，减去过重的作业负担、过长的作业时间、过多的无效作业，从作业的内容、形式入手，开发多样化、个性化的作业，提升作业质量，促进学生全面发展和健康成长。

1. 统筹作业管理，控制作业总量

为落实"双减"政策，中小学校积极进行探索，制定作业管理制度，创新作业管理机制，如作业"双统筹"制度、"双公示"制度、"双评价"制度等，坚持作业全批全改、及时反馈，加强面批讲解；不布置机械重复、惩罚性作业；不给家长布置作业或要求家长检查、批改作业。统筹作业管理，控制作业总量。北京教育科学研究院基础教育教学研究中心对全市 16 区及燕山区、经开区近 600 名校长、3 万余名教师和 8 万余名学生进行问卷调查的结果显示，98.62% 的中小学校确保学生每天作业时间不超标，超

95%的学生表示自己能独立完成绝大部分作业。①

2.加强教育教学改革，提升教育教学质量

中小学校以落实"双减"政策为契机，积极加强教育教学改革，在减轻学生作业负担的基础上提升教育教学质量。例如，朝阳区各中小学校积极探索"合作对话"课堂，创设平等、尊重的师生合作和生生合作成长共同体；"合作对话"课堂激发了教师热情，改善了师生关系，构建了新型家校关系，唤醒了学生的求知欲，激活了学生的学习潜能，在减轻学生作业负担的同时实现师生共同成长。

3.加强作业设计和指导，减轻作业负担

"双减"政策出台后，中小学校积极探索落实具体措施，如统筹作业管理、控制作业总量、减少机械性作业、创新作业形式、提升作业效果等，尤其是在作业设计和指导方面，很多中小学校成立了年级作业设计组，积极探索作业设计和指导。比如，北京市海淀区中关村第二小学积极进行"高年级作业不回家"的探索尝试。为有效引导中小学校实现作业的减量增质，北京教育科学研究院基础教育教学研究中心面向全市发布了《中小学作业指导手册》和《中小学综合类学习活动指导手册》。

4.进行分层作业探索，满足学生个性化发展

北京市中小学校积极进行分层作业探索。各中小学校根据自身情况，设计基础题、提升题、拓展题，让学生完成与其能力相匹配的作业，获得更多成就感，激发学生的学习欲望；同时让学生有更多自由时间自主发展、个性化发展。例如，北京市海淀区五一小学五年级语文课"慈母情深"的作业单有三个层次：第一层次为课文朗读，包括字音字形、词语解释；第二层次为句段的读写结合；第三层次为对课文中人物形象和课文内容的理解。学生可根据自己的情况选择完成。②

---

① 《"双减"后作业布置如何优化？北京教科院基教研中心提出十条建议》，北青网，2021年4月21日，https://t.ynet.cn/baijia/31608512.html。

② 《北京"双减"百日，学校围绕作业做加减法，一张作业单减负不少》，网易网，2021年12月5日，https://www.163.com/dy/article/GQFJ2OBN0514AM4I.html。

5. 积极开展实践作业探索，促进学生发展

为落实"双减"政策，丰富学生生活，促进学生发展，中小学校积极进行实践作业探索。北京市海淀区双榆树中心小学举办"特色作业促成长，不负'双减'好时光——寒假特色作业展评活动"，该活动展示了各类特色作业，其中二年级组重实践、重探究、重发现，数学寒假作业设计了"小小理财家""低碳出行""玩转华容道""剪图形""身体上的秘密""家务劳动小能手"等实践活动；艺术组设计了 6 个主题的实践作业，一年级"饺子"，二年级"窗花"，三年级"花灯"，四年级"对联"，五年级"写'福'字"，六年级"生肖老虎"；科技组围绕冬奥会主题，基于实践探究进行游戏式作业设计，让学生边玩边探索，深挖冬奥会元素中的科技知识，提高学生的科学素养，让学生爱上科学。[①]

6. 引入信息技术，提升作业效率

各中小学校积极引入信息技术，提升信息化水平。北京市石景山区实验中学积极开展基于大数据精准分析的作业设计。该中学以初一年级为试点，辐射带动其他年级，并借助大数据因材施教，利用"大数据精准教学云平台"开展大数据分析，让每个学生都能实现个性化的精准练习。[②] 同时，北京市教委还出台了《北京市中学教师开放型在线辅导计划（试行）》，建设教师在线辅导云平台，为学生提供一对一实时在线辅导、一对多实时在线辅导（互动课堂）、问答中心以及微课学习 4 种在线辅导形式。

（二）课后服务方面

2018 年，北京市开始全面开展义务教育学校课后服务工作，制定并出台了《关于加强中小学生课后服务的指导意见（试行）》。义务教育学校每

---

① 《特色作业促成长 不负双减好时光——北京市海淀区双榆树中心小学》，搜狐网，2022 年 4 月 6 日，https://www.sohu.com/a/535619174_120443730。

② 《「双特谈质量」石景山区实验中学王英：智慧作业落实"双减"》，"首都教育"百家号，2022 年 1 月 19 日，https://baijiahao.baidu.com/s? id=1722349181233763003&wfr=spider&for=pc。

天完成规定课时后提供课后服务，课后服务以学校课外活动为基础，以托管服务为基本内容，取得明显成效。在2021年中央"双减"政策出台后，北京市持续优化校内课后服务工作，不断丰富课后服务内容，把课后服务与教育教学整体统筹、一体设计、共同推进。

1. 扩面提质，面向所有学生提供课后服务

北京市各义务教育学校进一步完善课后服务方案，做到各区各校"一校一案"，课后服务实现义务教育学校全覆盖、学生全覆盖、周一至周五时间全覆盖。

2. 坚持"五育并举"，课后服务内容灵活多样

根据不同学段和不同年级特点，系统设计课后服务内容，结合办学特色统筹开展课业辅导、体育锻炼、综合素质拓展等丰富多彩的课后服务活动。初中开设晚自习，使学生的学习活动回归校园。例如，西城区在课后服务活动中，提供德育实践、学业辅导、体育锻炼、美育实践、劳动教育、传统文化教育、实践创新能力培养等内容；朝阳区在课后服务活动中，突出校内课业辅导、体育锻炼、劳动教育等内容，让学生在校园内掌握1~2项运动技能，养成终身锻炼的习惯和良好的劳动品质。

3. 统筹校内校外教育资源，丰富课后服务内涵

针对家长关注的课业内容，做好答疑和辅导。课后服务的答疑和辅导打破班级、年级界限，充分发挥优秀教师的作用，帮助学生解决学科学习中存在的问题，也帮助学有余力的学生拓展学习空间。学区、集团层面，打破学段、校际壁垒，将学区内、集团内优秀教师资源按照学段向下兼容原则贯通辐射，让优秀教师资源惠及更多学生。除了校内教育资源，各义务教育学校还加强与校外教育资源的联动。例如，西城区整合区属2家少年宫、科技馆等校外教育资源，为区域内义务教育学校提供课后服务课程清单，满足学生个性化、多元化成长需求，并通过政府购买服务的方式，统筹高校及科研院所等校外教育资源；朝阳区利用文化艺术场馆、体育场馆、科技馆等，开展多样态的拓展活动和职业体验等社会实践活动。

4. 不断完善工作机制和措施，强化课后服务保障

完善参与课后服务的教师的补助政策，建立义务教育阶段中小学教师参与课后服务激励机制，市教委、人社局、财政局联合下发《北京市义务教育阶段中小学教师提供课后服务激励工作方案》，市级财政按照生均 380元/年的标准予以补助，充分调动校内教师参与积极性。[①] 推进干部教师轮岗交流。在东城区、密云区试点的基础上，在 2021 年底前，又启动了 6 个区的干部教师轮岗交流试点，促进优秀校长、骨干教师、特级教师在区域内的合理流动。开展"双师课堂"，推动社区家庭教育指导中心及服务站点建设。

（三）教育教学方面

1. 以制度建设和考试变革为抓手，规范教育教学秩序

一是各学校严格落实国家课程方案和课程标准，保证开齐开足开好国家规定课程，严格规范教材使用。小学一年级坚持零起点教学，其他年级按教学计划开展教学，做到应教尽教。

二是完善学校制度建设，规范教育教学秩序。怀柔区制定完善了《怀柔区中小学教育教学管理规范》《怀柔区关于进一步规范中小学教育教学秩序提高课堂教育教学质量的实施方案》[②]，强化教学管理，促进办学水平提升。怀柔三中制定和完善了学校各类管理方案，细化各项工作职责分工，加大常态化巡视检查力度，以"规范"促提质。

三是加强考试研判，以考促学。合理控制考试难度，严禁超课标、超教学进度命题。广渠门中学升级学校考试命题中心，将研究核心由原来的考什么、怎么考转变为如何降低考试压力、改进考试方法，以"开准化验单"为导向，精雕每一道题、每一个选项，确保学校考试指向教学的重要环节、学生的课堂表现，实现考试的高质量、高效能。

---

① 《北京市努力做好中小学生课后服务工作》，教育部网站，2019 年 1 月 4 日，http：//www. moe. gov. cn/jyb＿ xwfb/s6192/s222/moe＿ 1732/201901/t20190104＿ 365893. html。

② 李开发、张淑芳主编《北京"双减"进行时》，北京出版集团、北京出版社，2022。

2. 围绕教研—教学—资源—师资优化，提高教育教学质量

一是坚守课堂主阵地，加强课堂教学有效性研究。朝阳区实验小学用58节关键课打造高效课堂，系统梳理小学6年的教学内容，提取学科核心知识点，助力教师和学生建立整体的学科知识网络，形成学科系统认知，掌握思维方法，确保学生学会学足学好。广渠门中学教师在备课环节以学科逻辑和生活逻辑为出发点，备学情、备教材、备资源、备环境，统筹提升备课质量。

二是创新教育教学方式。朝阳区构建"合作对话"课堂，推进师生合作对话，形成师生合作和生生合作成长共同体，以及"七阶段"教学范式。北京市丰台二中、北京第五十中学、育英学校密云分校等以学生为中心改进教学方式，采用启发探究式教学方法，以项目式、任务群等方式组织同伴互助和小组研讨，提升学生课堂参与度。北京小学大兴分校打破学科教学壁垒，采用学科项目式学习融通新方式组织教学；打破固定教室学习方式，采用空间育人新方式，将数学课搬到操场、语文课置于花园，设置与自然紧密连接的博雅课程。

三是加强教学资料库建设，搭建线上线下融合的"双师课堂"。学校积极自主拓展教育教学资源。广渠门中学教育集团整合北京理工大学、故宫博物院等社会资源提供的课程及学术研究资源，建立"云资源库"，供教师备课、上课使用。北京市选取200所学校进行"双师课堂"试点，远郊区学校至少20%的课时采用"双师课堂"并排入课表。实施覆盖全市初中学生的中学教师开放型在线辅导。通过技术赋能教师"云交流"，通过"双师课堂"等形式，实现了东城区、房山区、大兴区三地师生同上一节课，共享优质教育资源，促进师生跨地域深度互动。

四是提升教师育人素养。引导教师准确把握学科特点、知识结构、思想方法，在教会学生陈述性知识的基础上，注重程序性和策略性知识的传授，促进学生多元化、个性化发展，培养创新性人才。东城区提出教育综合质量与队伍建设质量双提升战略，打造干部教师"四名工程"（名校长、名师、名教研员、名学科基地）。密云区第二小学建立"1+1+1+3+X"多重导师制,即由 1 名高校理论专家、1 名特级教师、1 名市级或区级调研员、3 名学科骨干教师、多名导师组成团队,系统规划校本培训内容,在暑假对全体任课教师进行课堂改革理论培训,教研组从实践层面以打磨优质课例的方式推进课堂实践,由点及面辐射教师共同体;同时,帮助不同阶段、不同层次的轮岗教师制定个人发展规划,从"教育发展与评价""思维品质与专业成长"方面提升教师专业能力。

3. 转变评价导向,实施高质量发展和综合能力评价

在学校层面打破唯分数评价,实施高质量发展综合能力评价。北京小学大兴分校探索采用学科素养全面评价模式,改变学科评价标准和机制,从多学科、多维度评价学生,为学生绘制学科素养评价图。通州区马驹桥镇中心小学建立了"八骏好少年"评价体系,多元评价促发展,不唯分数论长短。

(四)政策保障方面

1. 加强课后服务保障

严格执行中小学教师编制标准,配齐配足教师。完善学校课后服务经费保障办法,深化绩效导向,积极向参与课后服务的教师倾斜。进一步优化中小学教师绩效工资方案,对提供课后服务的校外人员,其课后服务补助可按劳务费管理。中小学教师参加课后服务的表现应作为职称评聘、表彰奖励和绩效工资分配的重要参考。朝阳区提出关爱教师,增强教师做好"双减"工作的动力;全区拟通过弹性上班、提升教师待遇等方式,让教师在"双减"工作中实现职业生涯的又一次升华。对于校外教育资源,海淀区教委摸索出一套独具特色的"分拣法则",其中一条是"择优进校",补充校内课后服务力量。

2. 完善"家校社"协同育人体系

北京市完善"家校社"协同育人体系,出台了中小学家访制度,明确每个学生每学期接受一次家访。在中小学试点建设家庭教育工作室,进一步加强网上家长学校和中小学家长课堂建设,发挥家长委员会作用。

东城区朝阳门街道市民活动中心依托"家校社协同中国青少年核心素养区域联盟",统筹协调各类教育资源,为辖区内青少年搭建社区活动成长平台,形成了助力青少年核心素养发展和"家校社"协同育人的强大教育磁场。①

二 评价指标体系的构建

在第二个时间节点过半的情况下,非常需要第三方评估机构基于"双减"政策文件精神和第一阶段学校实施"双减"政策的情况构建一套比较科学实用的评价指标体系,服务于政府检验"双减"政策实际成效,及时纠正问题,完善相关配套政策,引导学校紧扣"双减"政策目标,加强内部改革,更好地落实"双减"政策。

(一)评价指标体系构建的意义

第一,作为政府评价学校落实"双减"政策的重要依据,检验学校工作是否到位。从中央"双减"政策文件印发后,北京市全面启动了"'双减'大学习、大讨论、大调研"活动,逐步开展了市级专项调研,以检查区域对"双减"政策的落实情况。如果说前期的这些专项调研针对的是学校如何落实"双减"政策,那么在学校实施"双减"政策后,政府想要评价学校的举措是否合规、是否全面、是否到位,亟须有一套评价指标体系作为重要依据。

第二,作为指导学校实施"双减"政策的重要抓手,引领学校有的放矢地深化内部改革。在学校的"双减"工作逐渐步入正轨后,构建一套完整的评价指标体系,可以帮助学校稳定工作重心、明确办学目标、突出育人核心,有的放矢地进行学校内部管理体制改革和教育教学方法创新,避免走弯路和做无用功。

---

① 《"双减"来了,我的课后生活怎么过?朝阳门街道开启"开学第一课"》,人民网,2021年9月4日,http://bj.people.com.cn/BIG5/n2/2021/0904/c82841-34899099.html。

第三，作为教育政策评价指标体系的重要组成部分，使政策实施过程评价成为教育政策评价的重要环节。教育政策评价包括政策实施前评价、政策实施过程评价和政策实施结果评价，这是一个完整的评价闭环。但在实际操作中，人们在政策实施前评价和政策实施结果评价上往往给予了很大的关注，但忽略了政策实施过程评价，而政策实施不到位将直接影响政策的预期效果。因此，重视政策实施过程评价，构建政策实施过程评价指标体系，既是完善教育政策评价指标体系的必要内容，也是实时纠正政策实施过程中的偏差、提高政策实施水平的重要途径和可靠保障。

（二）评价指标体系构建的原则

评价指标体系构建的原则主要体现为"四个统一"。

1. 目标性与过程性相统一

对学校开展"双减"政策实施评价的目的在于监督和促进学校回归教育本质，将提质增效、教书育人作为开展各项教育教学活动的根本任务和目标，但为了完成根本任务、达到目标，需要学校在作业管理、课后服务和教育教学等各个环节综合施策。只有加强过程管理，发现实施过程中遇到的困难并采取有效措施，才能取得"双减"政策的预期效果。

2. 规定性与自主性相统一

"双减"政策文件对减什么、怎样减都有严格的规定，各学校在执行过程中必须严格落实规定。但"千校千面"，每所学校都有独特性，需要因校制宜，在合理有效利用学校现有资源的基础上突出学校管理的创新性和自主性，体现学校的办学特色。

3. 定量与定性相统一

政策实施过程评价既有主观评价和客观评价，也有定量评价和定性评价。有些可以直接采用具体百分比或数字来表示政策实施的程度或标准，但有些只能采用间接性的、描述性的语言来界定政策实施的情况。因而在构建"双减"政策实施的评价指标体系时，不能单纯追求用某一种方法来评估，而应采用定量与定性相统一的方法来完整体现政策实施的力度和效度。

4.近期性与长远性相统一

"双减"政策文件里提出的要求和举措，阶段性和终结性并存。有些是从眼前问题出发需要立马实施的，而有些是需要从长计议的。在解决眼前问题的基础上，完善相关政策和现实条件，是面向未来的学校改革创新之路。"双减"政策目前要解决的是"减轻作业负担"和"减轻校外培训负担"，但从长远来看，要解决的是如何培养德智体美劳全面发展的一代新人的问题；是如何让教育真正回归学校、回归教育人本质的问题；是如何让学校重新焕发教育活力，进一步增强学校教育吸引力的问题。

（三）评价指标体系的特点

第一，政策性。评价指标体系的设计要紧扣中央及地方的减负政策和具体部署，具有明显的政策性。

第二，实操性。评价指标体系的设计要体现学校的特点，实施举措要符合学校的实际情况，具有较强的实操性。

第三，教育性。"双减"政策的目的，是要转变学校一直过于关注学生考试分数和少数学科学业水平发展的重心，并使其真正回归"五育并举"、立德树人。因此，评价指标体系的设计要注重德智体美劳的全面发展；注重"家校社"的协同育人；注重教学评的紧密衔接；注重学生的个体差异，实施因材施教（如分层分类作业和课后服务）。

第四，系统性。"双减"是一项系统工程，并不是简单地把作业减少、把校外学科培训机构关停就能做好的，只有在做减法的同时相应做好加法，"双减"才可达到标本兼治的功效。因此，要兼顾学校、家庭、社会各方利益主体的需求和困难，做好对作业、课后服务、教育教学等的全过程管理，删繁就简，创新协同治理机制，构建育人共同体。

（四）评价指标体系的构建

国家和北京市颁布的"双减"政策文件，是北京市各中小学校贯彻执行"双减"工作的重要依据。无论是政府评价学校的政策实施情况及效果，还是学校自身对政策实施过程中遇到的重难点问题开展评估，都是基于"双减"政策文件的目标和任务要求，其目的就是提质增效，让学生、老师、家长在这场教育改革中有更多的实际获得感。为此，本研究尝试构建北京市中小学校"双减"政策实施评价指标体系，用以学术研讨、助力政策完善。

表 1　北京市中小学校"双减"政策实施评价指标体系

一级	二级	三级	四级	目标值
作业方面	作业管理	作业管理体制	1. 有无专门管理团队并分工明确	有
		作业管理制度	2. 各年级组、各学科组有无作业管理制度和措施	有
		作业公示制度	3. 有无作业公示制度及公示的场地和措施	有
	作业总量	小学一、二年级作业量	4. 是否布置家庭书面作业；是否在校内安排巩固练习	否；是
		小学三至六年级	5. 书面作业平均完成时间	<60 分钟
		初中书面作业	6. 书面作业平均完成时间	<90 分钟
	作业设计	将作业设计纳入教研体系	7. 学校、年级组、学科组是否有作业设计组织	是
		作业设计形式和内容	8. 是否设计分层作业、个性化作业、实践作业等	是
	作业反馈与指导	作业批改与反馈	9. 是否做到全批全改并及时反馈讲解	是
		作业指导与完成情况	10. 小学生是否能在校内基本完成书面作业；初中生是否能在校内完成大部分书面作业	是；是
		辅导答疑	11. 是否能及时对学生作业进行分析和辅导答疑	是
课后服务方面	课后服务整体规划	课后服务实施方案	12. 实施方案制定前是否进行需求调研	是
		整体规划、系统设计	13. 学生每天体育锻炼时间	1 小时
			14. 课业辅导和综合素质拓展类活动结束时间	原则上不早于17点30分(特殊情况除外)
			15. 是否提供延时托管服务	是
			16. 是否统筹安排教师实行"弹性上下班制"	是

续表

一级	二级	三级	四级	目标值
课后服务方面	课后服务内容	课后服务项目和要求	17. 课后服务是否全覆盖,且学生自愿参加	是
			18. 是否为学习有困难的学生进行课业答疑和辅导	是
			19. 是否为学有余力的学生拓展学习空间	是
			20. 是否开展丰富多彩的科普、文体、艺术、劳动、阅读、兴趣小组及社团活动等综合素质拓展类活动	是
			21. 是否利用课后服务时间讲新课	否
	课后服务渠道	课后服务参与教师	22. 本校教师是否全员参与课后服务	是
			23. 是否聘请退休教师、具备资质的社会专业人员或志愿者等优质师资	是
			24. 本校校级干部,特级教师,市、区级学科带头人以及骨干教师是否主动承担课后服务工作任务	是
			25. 是否安排优秀教师到本区域内资源不足或有需要的学校开展课后服务	是
		社会教育资源	26. 少年宫、青少年活动中心等校外活动场所是否在课后服务中发挥作用	是
			27. 是否引进非学科类校外培训机构参与课后服务	是
	免费线上服务	"双师课堂"	28. 是否免费向学生提供高质量专题教育资源	是
			29. 是否具有覆盖各年级、各学科的学习资源	是
			30. 是否组织优秀教师开展免费在线互动交流答疑活动	是

续表

一级	二级	三级	四级	目标值
教育教学方面	学校优质均衡发展	关键性资源配置	31. 每百名学生拥有体育、艺术(美术、音乐)专任教师数	小学、初中均为0.9人以上
			32. 生均体育运动场馆面积	小学、初中分别为7.5平方米以上、10.2平方米以上
			33. 每百名学生拥有网络多媒体教室数	小学、初中分别为2.3间以上、2.4间以上
			34. 小学、初中音乐、美术专用教室配备	小学、初中每12个班级配备音乐、美术专用教室1间以上;每间音乐专用教室面积不小于96平方米,每间美术专用教室面积不小于90平方米
		教育质量	35. 学校是否制定章程,实现学校管理与教学信息化	是
			36. 学校教师培训经费占学校年度公用经费预算总额的比重	≥5%
			37. 学校德育工作、校园文化建设水平	均达到良好以上
			38. 综合实践活动是否有效开展	是
			39. 国家义务教育质量监测标准下的相关科目学生学业水平	达到Ⅲ级以上
	教育教学秩序	课程组织和教材使用	40. 是否严格落实国家课程方案和课程标准	是
			41. 是否开齐开足开好国家规定课程	是
			42. 教材使用是否规范	是
		教学进度安排	43. 是否存在增减课时、提高难度、加快进度等行为	否
			44. 小学一年级是否零起点教学	是
			45. 是否做到应教尽教	是

续表

一级	二级	三级	四级	目标值
教育教学方面	教育教学秩序	考试管理	46. 是否存在提前结课备考、违规统考、考题超标、考试排名等行为	否
			47. 是否实行考试成绩等级制	是
		节假日课外补习	48. 是否组织义务教育阶段的未成年学生开展任何形式的集体补课	否
		分班管理	49. 是否组织任何形式的招生、分班考试	否
			50. 是否划分重点班、实验班	否
	课堂教学质量	"三基"达标	51. 是否落实课堂教学基本要求、基本规范和基本规程	是
		教学方式	52. 教师是否熟练运用信息化手段组织教学;设施设备利用率是否达到较高水平	是;是
		学科建设	53. 学科建设制度和规划是否规范合理	是
		教研管理	54. 教研管理制度和组织机制是否系统科学	是
		学段衔接	55. 幼小、小初衔接相关机制是否健全	是
		教师发展	56. 是否引导教师准确把握学科特点、知识结构、思想方法,遵循学生认知与成长规律	是
政策保障方面	支撑保障能力	课后服务保障	57. 课后服务教师是否配备充足、结构合理	是
			58. 是否有校内、校外教师经费补偿标准、绩效工资方案	是
			59. 是否把教师课后服务表现作为职称评聘、表彰奖励和绩效工资分配的重要参考	是
		"家校社"协同育人	60. 是否制定"家校社"协同育人责任制度	是
			61. 家校信息传达、沟通是否及时	是
			62. 是否推动社区家庭教育指导中心及服务站点建设	是
			63. 学校是否建立定期家访制度	是
			64. 学校是否建立家长培训体系	是

续表

一级	二级	三级	四级	目标值
政策保障方面	支撑保障能力	严禁教师有偿补课	65. 是否有对在职教师参与由校外培训机构或其他教师、家长组织的有偿补课的惩罚措施	是
			66. 是否有对在职教师为校外培训机构介绍学生或泄露学生信息的惩罚措施	是
			67. 学校及教师是否组织、推荐或引导学生参加有偿补课	否

三 评价指标体系带来的影响与建议

（一）评价指标体系对政府的影响与建议

作为政策工具，评价指标体系的设计为政府直接了解学校执行"双减"工作情况提供了第一手的信息。学校在政策实施过程中存在的困难与堵点，如教师数量不足，尤其是体育、音乐、美术和科技类教师结构性缺编；参与课后服务教师的经费补偿和绩效工资问题；学校达到优质均衡标准但关键性资源配置不足；社区家庭教育指导中心及服务站点建设不完善等，都对政府进一步完善"双减"政策提出了更高的要求。此外，学校公用经费的使用和安排、课程组织和教材使用、教学秩序管理、教师有偿补课现象等，也要求政府加强监管和督导。

1. 多渠道解决课后服务师资不足问题

在专任教师增幅远低于在校生增幅、未来义务教育阶段将面临较大在校生增幅状况的背景下，本校教师面临较大压力。为了保持课后服务政策的可持续性，应积极引进退休教师、高校优秀学生、体育教练、民间艺人、能工巧匠、非物质文化遗产传承人等具备资质的社会专业人员或志愿服务力量。

引导少年宫、青少年活动中心、街道文化中心等校外活动场所发挥其在课后服务中的作用。引进校外培训机构的优秀师资。针对有些学校自身无法开齐开足的课程或活动，可以通过设置条件和标准，采用政府购买服务的形式向校外培训机构进行师资引进，并加强督导检查，定期对校外培训机构教师所承担的课后服务工作进行评估考核，从而推进校内和校外相结合的教育供给侧结构性改革。

2. 完善专任与非专任教师的配置

一方面，摸清专任教师与非专任教师的底数，测算"双减"带来的教师供需缺口；另一方面，对所在学校教师进行高效率的调配。比如，城区内的学校，甚至传统的好学校，可能也会存在师资结构不均衡的现象，特别是在提供课后服务时，涉及各学科的分类辅导，如体育、美育、劳动教育等广泛的素质教育类课程供给，这也需要进行相应的人力资源调配：一种是在集团或学区内根据需要进行教师调配，另一种是将城区教师向农村地区和薄弱学校调配。这两种情况都属于教师交流轮岗。在"双减"背景下，还有另外一种情况，就是教育管理部门必须考虑合理配置学校专任教师与非专任教师的比例，并在非专任教师中明确职员、教辅人员与工勤人员的最低比例，从而基本满足"双减"政策实施对学校管理、教育教学、教辅及工勤的需求，切实减少教师过多的行政事务和工作摊派。

3. 完善经费保障机制

"定标准，设专项，宽使用。"定标准，如按照 60 元/课时对教师进行补助，按照 2020 年自然班数，在 2 小时全生参与、全年 40 个教学周的情况下，全市小学教育阶段需支出 6.98 亿元，初中教育阶段需支出 2.53 亿元。设专项，按照包干制和学位情况设立专项经费，并在经费拨付过程中考虑学校规模等相关因素，有些学校在校生规模较小，因此班级规模较小，需要根据自然班的情况进行经费拨付。宽使用，校长访谈表明，现阶段部分专项经费仅用于校内教师支出，校外人员支出及课后服务中所产生的费用仅能使用学校公用经费进行支付。可效仿深圳市扩大专项经费使用范围，使专项经费可以用于购买社会机构和个人服务、开发或购买项目、购置低值易耗品、支付校内职工参与课后服务的报酬及其他必要的交通费、保障费。

4. 改善学校办学条件

积极争取政府的财政支持，用于课后教学设施的改造和教学设备的采购，如建设学校课后服务活动必需的专业教室和运动场地，购置更多的声乐和体育健身器材，让更多的学生能享受到美育和体育的快乐。整合优化在线教育服务资源。在学校、集团之间以及区域之间，通过"双师课堂"、在线辅导、在线研修、智慧学伴等在线服务方式，将优秀的老师、学科课程和作业布置策略等资源向薄弱学校和地区输出，促进教育优质均衡发展。

（二）评价指标体系对学校的影响与建议

学校如何转变观念和职能、创新思路，将直接关系"双减"政策实施的效果。评价指标体系的设计，对学校"五育并举"、立德树人提出了更高和更具体的要求。以作业管理为例，减少学生作业总量，严禁布置机械重复式、惩罚式作业，优化作业内容和形式，对学生的身心健康具有重要意义，可以更好地促进学生心理健康和全面发展，使其成为彰显独特性与主体性的全面发展的人。在减轻学生作业负担、减少作业总量的同时，提升教育教学质量，需要学校不断进行教育教学改革和创新，健全教学管理规程，优化教学方式，强化教学管理，提升课堂教学质量，提升学生在校学习效率。

在作业管理及设计方面，提出以下建议。

1. 完善作业统筹管理机制

完善作业统筹管理机制，控制作业总量和作业难度，统筹好学校教师资源，协调好不同学科作业，将减轻学生作业负担落到实处，不断提高学校育人水平和教育服务质量。

2. 加强教师培训和教研指导

加强教师培训和教研指导，提升教师教育教学创新能力，打造高效率的课堂教学模式；进一步提升教师的作业设计和布置能力、作业评价和反馈能力，让作业的设计和布置、评价和反馈能更好地符合课程标准、符合学生身心发展特点。

3.加强作业设计研究和优化作业设计

教育行政部门要加强作业设计研究，丰富理论成果，为学校落实"双减"政策提供理论指导；学校要强化校本教研，加强年级组、学科组对作业设计的研究与统筹，创新作业的类型，积极开展作业设计比赛并组织优质作业设计的展示交流活动，不断优化作业设计，提升作业的效果。

在课后服务方面，提出以下建议。

1.鼓励家长参与课后服务的设计与活动

课后服务不是学校一家的事。学校应该征求家长意见，了解学生学情和家长需求，再结合学校实际情况有针对性地做好课后服务的安排，甚至可以鼓励有能力的家长参与课后服务的设计与活动。

2.学校课后服务实施分时分层分类管理

首先，根据校情、学情、家长需求，细化、优化"三段式"课后服务内容与安排，将放学后的近3小时划分为3个时段安排课后服务内容。其次，在学校课后服务的主推活动和项目中实行分层走班，以满足不同学习层级学生的需求。最后，分类实施课后服务。针对不同的学段，课后服务内容和形式应有所侧重，如有的学校在普遍开展体艺活动、课外阅读、团队活动、作业辅导等项目的基础上，小学一、二年级侧重手工操作、游戏活动等，三至六年级侧重兴趣小组、综合实践等；初中阶段侧重科技创新、答疑解惑等。

3.创新学校管理为教师减压

严格落实《北京市中小学教师减负清单》。通过实地调研，明确本地区不合理的教学事项及必要的教学要求，对涉及中小学校和教师的检查评比考核事项进行一次集中清理，严格控制总量和频次。统筹规范社会性事务进校园工作，对各委办局、乡镇或街道、社区分配的与教育教学无关的事务，中小学校要酌情考虑。建立柔性出勤考核机制，统筹安排教师实行"弹性上下班制"，如推出"时间银行卡""错峰编排""调休条"等举措。在学校管理中注重细节关怀，因地制宜地探索关爱教师的举措，减轻教师身心压力，提升教师职业幸福感。有条件的学校可设立教师午间休息室、休闲阅读吧、茶吧、健身训练室等。开设心理驿站,保障教师身心健康。

在教育教学改革方面,要加快4个方面的转型升级。

1. 加快人才培养模式转型升级

首先,变革学习方式,深化课程改革。探索实践基于情境、问题的互动式、启发式、探究式、体验式课堂教学;优化课题研究、项目设计、研究性学习等跨学科综合性教学,开展验证性和探究性实验教学。其次,加强学生发展指导,提高学生自主选择的能力。通过学科教学渗透、开设指导课程、举办专题讲座、开展职业体验等方式,将学生发展指导与社团活动、心理咨询、综合实践相结合。

2. 加快学生评价制度转型升级

把综合素质评价作为发展素质教育、转变育人方式的重要内容。从思想品德、学业水平、身心健康、艺术素养、社会实践等方面,客观准确地反映学生德智体美劳全面发展的情况,构建并完善学生学习效果跟踪和综合评价机制,将综合素质评价结果作为学校录取学生的重要参考。将结果性评价与过程性评价相结合,并纳入增值性评价。构建教育系统内部大中小幼阶段评价标准多元化的共性认同和制度统一机制。

3. 加快教师专业发展体系转型升级

一是提高教师综合素养。顺应学科发展趋势,提高教师知识融合、课程整合、课程设计的能力,加强校本培训和教学研究,适应自主选课、分层教学要求,提高教师教学能力和水平。二是鼓励教师探索将信息技术与教学相融合。三是强化教师育人功能。引导教师评价学生综合素质,指导学生选课和规划学习生涯,激发学生学习热情,启迪学生智慧,涵养学生健全人格,提高学生综合素质。

4. 加快学校治理体系转型升级

首先,创新学习制度,构建教学新常态。认真研究新课程、新教材的调整变化,研判新中高考的制度内涵和应对策略,在选课、分层教学、分组学习、走班教学等方面做出科学合理的制度安排。其次,改革教师考核制度,调整教学组织方式。优化教学质量评价标准和教师考核标准,创新学生管理和班主任工作机制。最后，改革教学管理体制，提高教学资源使用效率。加强走班教学班级管理，强化任课教师责任，发挥学生组织自主管理作用；加强信息化建设，优化课表编排，提高教室、实验室等教学资源的使用效率。

（三）评价指标体系对家庭的影响与建议

"双减"后，学生的作业负担和校外培训负担减轻，留出来的时间如何有效利用？如何培养孩子的学习自主性？家长如何提供高质量的陪伴，引导孩子个性化发展？这些问题对家长的教育素养和执行能力提出较高要求。

1. 转变家长的教育思想观念

家长要通过对"双减"政策文件精神的学习和领会，转变"唯分数""唯升学"的教育评价导向，形成科学健康的育儿观，引导孩子全面而有个性地发展，让孩子有更多时间和精力投入生活体验、体育文化活动，在情感互动和亲情沟通中促进孩子个性、人格、意志、观念、习惯的形成，让孩子拥有健康的身心素养，提高孩子生存、发展、自我实现和幸福生活的能力。

2. 提升家长的育人能力

一方面，强化家长的育人责任。通过家长委员会和家访制度，及时与家长进行学情、校情和家情的沟通。另一方面，引导家长积极参与学校和社区组织的家庭教育指导实践活动，提高家长的育人能力。《中华人民共和国家庭教育法》的出台为如何开展家庭教育提供了纲领性的指导，北京市许多学校也开设了特色的家校课程，作为家长要自觉接受指导培训，增长家庭教育知识，发挥家庭的育人功能。

（四）评价指标体系对社会的影响与建议

"双减"政策出台后，"家校社"协同育人从概念落地成为新常态。在教育事业上，学校、家庭和社会"三位一体"、缺一不可，尤其是学校、家庭和社会需要在对学校开展课后服务作用的认识上达成共识。在"双减"后学校工作量增加的前提下，应进一步鼓励社会机构（包括社区）进校协助工作，形成"家校社"协同育人的良性教育生态。

一是要在全社会树立先进的教育观和教育价值观,以学生为本、促进学生全面而有个性地发展。树立科学的人才观和质量观。树立现代的教学观和广义的学习观,引导学生向生活学习,在实践中学会自主学习、合作学习。

二是要加强资源和政策保障,积极挖掘社会教育资源参与课后服务,吸引更多的专业人士参与课后服务。比如,开展科学家,院士,体育教练,音乐、美术等专业人士进校园参加课后服务试点工作,免费或有偿向学校推送优质的体育、艺术和科技类课程。推动社区参与课后服务。依托"街乡吹哨、部门报到"机制,发挥社区在课后服务、假期托管等方面的作用。将"走出校园"与"走进校园"相结合。加强与首都高校、科研院所、体育场馆、博物馆等社会资源单位的联动,与这些社会资源单位签约建立校外实习基地,开展多样态的拓展活动、职业体验等社会实践活动,促进学生多渠道、深层次、高质量成长。

参考文献

周洪宇:《"双减"政策落地应回归立德树人初心》,《中国教育学刊》2021年第12期。

周序、付建霖:《"双减"背景下如何实现课堂教学的应教尽教》,《中国教育学刊》2021年第12期。

门保林:《紧扣立德树人 切实减负增效》,《中国教育学刊》2021年第12期。

朱益明:《"双减":认知更新、制度创新与改革行动》,《南京社会科学》2021年第11期。

马陆亭、郑雪文:《"双减":旨在重塑学生健康成长的教育生态》,《新疆师范大学学报》(哲学社会科学版)2022年第1期。

马开剑等:《"双减"政策下的教育理念与教育生态变革(笔谈)》,《天津师范大学学报》(社会科学版)2021年第6期。

刘复兴、董昕怡:《实施"双减"政策的关键问题与需要处理好的矛盾关系》,《新疆师范大学学报》(哲学社会科学版)2022年第1期。

桑锦龙、许晓革:《深化教考招一体化改革:落实"双减"的必由之路》,《中国教育学刊》2021年第11期。

杨兆山、陈煌：《"双减"引发的对基础教育的几点思考》，《四川师范大学学报》（社会科学版）2021 年第 6 期。

范涌峰：《"后减负时代"基础教育高质量发展的生态重构》，《四川师范大学学报》（社会科学版）2021 年第 6 期。

杨小敏、阳科峰、张艳荣：《"双减"政策有效落实的潜在困境与应对策略——兼论公共在线教育服务体系建设》，《四川师范大学学报》（社会科学版）2021 年第 6 期。

于川、杨丽乐：《"双减"政策背景下教师工作负担的风险分析及其化解》，《当代教育论坛》2022 年第 1 期。

王旭东：《落实"双减"新政：学校要建立考试管理机制》，《中国考试》2021 年第 11 期。

周洪宇、齐彦磊：《"双减"政策落地：焦点、难点与建议》，《新疆师范大学学报》（哲学社会科学版）2022 年第 1 期。

王娟涓、何毅梅：《"双减"背景下家校共育的问题及策略》，《教育科学论坛》2021 年第 34 期。

王善迈、赵婧：《教育经费投入体制的改革与展望——纪念改革开放 40 周年》，《教育研究》2018 年第 8 期。

分 报 告
Sub-Reports

B.3

"双减"背景下对家长"入学准备"
教育状况的调查研究

苏 婧　李一凡　常 宏*

摘　要： 本报告通过对北京市 11 个区的大班幼儿家长的调查，发现超
过半数的家长对孩子的入学准备存在担忧，其中"学习准备"
是家长认为最重要也是最担忧的方面；且家长仍然存在片面
夸大学习准备的功利性倾向。绝大多数家长选择让孩子进行
学科学习，"家长自己辅导"和"线上 App"成为主要途径。
调查还发现，家长的受教育水平以及家长对"双减"政策的
了解情况与家长的入学准备观念和入学准备教育行为存在显
著相关性；家长对入学准备教育资讯和服务、了解小学一年
级零起点教学情况和入学准备专业指导存在较大需求。为进
一步帮助家长形成科学的入学准备观念和入学准备教育行为，

* 苏婧，北京教育科学研究院副研究员，主要研究领域为学前教育政策与幼儿园课程；李一
凡，北京教育科学研究院副研究员，主要研究领域为发展心理学与家庭教育；常宏，北京教
育科学研究院助理研究员，主要研究领域为学前教育政策与幼儿园课程。

本报告从加强政策宣传引导，丰富专业内涵；幼儿园和小学加强科学衔接和双向联动，让家长看到"双减"效果；家庭教育培训指导应兼顾持续性和阶段性，照顾全体和个别；家庭入学准备应培养核心素养，直面早期读写难点痛点 4 个方面提出对策建议。

关键词： 入学准备 "双减" 核心素养 早期读写

一 问题的提出

"入学准备"是指学龄前儿童为了能够从即将开始的正规学校教育中受益所需要具备的各种关键特征或基础条件。依据人类生态系统发展模型对儿童入学准备过程的探讨，一是认为儿童的入学准备过程受到儿童本身、家庭、幼儿园、小学、社会环境多方面因素及因素之间相互作用的影响，作为微观系统中的重要因素，家长的观念和行为将对儿童的入学准备产生最直接的影响；二是认为儿童的入学准备不仅是儿童自身对学校的准备过程，儿童的教育环境也要相应做好入学准备。家长作为儿童早期教育的主要承担者，其自身的入学准备观念和入学准备教育行为，如对入学准备相关政策、信息的了解，对入学准备重要性和具体内容的认识以及入学准备教育的实施、为孩子入学准备提供的帮助和指导等，都将会对儿童的入学准备效果产生关键影响。

2021 年 4 月，教育部印发《关于大力推进幼儿园与小学科学衔接的指导意见》，并同时发布《幼儿园入学准备教育指导要点》（以下简称《指导要点》），对科学做好幼小衔接工作提出一系列具有针对性的举措。同年 7 月，中共中央办公厅、国务院办公厅印发《关于进一步减轻义务教育阶段学生作业负担和校外培训负担的意见》（以下简称"双减"意见），要求统筹做好面向学龄前儿童的校外培训治理工作，严禁以学前班、幼小衔接班等名义面向学龄前儿童开展线下学科类培训。相关报道显示，"双减"意见出台后，由入学焦虑引发的"学前班热"得到有效遏制，幼儿园出现"大班回园潮"。"双减"背景下家长的入学准备观念是否发生根本转变？家庭的入学准备教育行为如何？家长有哪些问题和需求？北京教育科学研究院"幼小衔接中关键问题及其解决方案的研究"（以下简称"研究"）攻坚行动项目组于2021年10月对北京市11个区的大班幼儿家长开展了有关入学准备观念、入学准备教育行为及问题的调查。

二　研究方法

研究采用自编"大班幼儿家长'入学准备'教育状况调查问卷"（以下简称"问卷"），从家长的入学准备观念、入学准备教育行为以及家长对入学准备的问题和需求三个维度展开调查。家长的入学准备观念和入学准备教育行为两个维度采用封闭式选择题；家长对入学准备的问题和需求维度采用两个开放式填空题。问卷编制完成后，请4名学前教育相关领域专家对问卷进行审查修订。问卷正式发放之前，将问卷发给10名家长进行试测，并根据家长试测结果对问卷进行完善，完善后家长的入学准备观念和入学准备教育行为两个维度的内部一致性系数分别为0.813、0.785，内部一致性效度较好。

研究采用"问卷星"对北京市11个区[①]的大班幼儿家长发放问卷，调查对象幼儿所在的幼儿园覆盖4种类型（教办园、其他性质公办园、普惠性民办园、非普惠性民办园），共回收问卷6332份，其中有效问卷6238份，有效率98.5%。幼儿家庭背景信息见表1。

---

① 11个区分别为东城区、朝阳区、海淀区、丰台区、石景山区、顺义区、通州区、大兴区、房山区、门头沟区、密云区。

表 1　幼儿家庭背景信息

单位：人，%

变量	选项	样本量	占比
幼儿年龄	5 岁至 5 岁 6 个月	1291	20.7
	5 岁 7 个月至 6 岁	4947	79.3
家庭所在区	首都功能核心区	714	11.4
	城市功能拓展区	2846	45.6
	城市发展新区	1823	29.2
	生态涵养发展区	855	13.7
家长最高学历	高中及以下	613	9.8
	大专或本科	3684	59.1
	硕士	1576	25.3
	博士及以上	365	5.9
家庭年收入	20 万元以下	2147	34.4
	20 万（含）~50 万元	2947	47.2
	50 万（含）~80 万元	772	12.4
	80 万元及以上	372	6.0
家庭孩子数量	1 个	3534	56.7
	2 个	2609	41.8
	3 个及以上	95	1.5

　　研究采用 SPSS 20.0 统计软件对家长的入学准备观念和入学准备教育行为进行统计，采用 NVivo 11 软件对家长对入学准备的问题和需求进行编码分析，具体结果如下。

三　研究结果

（一）家长的入学准备观念与入学准备教育行为

1. 家长的入学准备观念

　　结果显示，绝大多数家长（85.3%）认为孩子在上小学前需要进行入学准备，"适应小学的学习方式"、"适应小学的生活作息"和"为小学知识学习做好准备"是家长认为最需要做的3方面准备。

超过半数（56.0%）的家长对孩子的入学准备存在担忧，家长担忧的问题涉及学习准备、生活准备、社会准备、身心准备各方面，其中排在前3位的分别为："担心孩子注意力不集中""担心孩子学习习惯不够好""担心孩子学不会拼音"（见表2）。可见，"学习准备"是家长认为最重要的也是最担忧的方面。

表2 家长对孩子的入学准备存在担忧的方面（多选题）

单位：人，%

选 项	样本量	占比
担心孩子注意力不集中	2425	69.6
担心孩子学习习惯不够好	1987	57.0
担心孩子学不会拼音	1850	53.1
担心孩子识字量不够	1696	48.7
担心孩子没有做好书写准备	1580	45.3
担心孩子学习兴趣不足	1488	42.7
担心孩子情绪紧张敏感	1259	36.1
担心孩子的数学能力不够	1238	35.5
担心孩子生活自理能力不够	1133	32.5
担心孩子被别人欺负	959	27.5
担心孩子不讨老师喜欢	693	19.9
担心孩子交不到朋友	592	17.0
其他担忧	79	2.3
本题有效填写人次	3485	—

通过调查家长对幼儿园和小学幼小衔接工作的满意度和期望，也可以了解家长的入学准备观念。数据显示，家长对幼儿园的幼小衔接工作以"一般满意"（47.1%）和"非常满意"（45.5%）为主。家长最期待幼儿园能为孩子做的工作前3位分别为"培养孩子的学习习惯，如专注力、倾听能力等"（85.4%）、"培养孩子身体运动能力，如跳绳、跑步等"（53.1%）、"让孩子提前学习小学知识，如拼音、计算等"（48.4%）（见表3）。家长

对"小学对儿童入学时在知识、能力及习惯上的要求"的了解程度上，以"一般了解"（47.9%）和"不了解"（36.3%）为主。家长最期待小学能为孩子做的工作前2位分别为"严格执行零起点教学"（68.4%）、"让孩子快速掌握小学的学习生活方式"（66.3%）。

表3 家长最期待幼儿园能为孩子做的工作（多选题）

单位：人，%

选 项	样本量	占比
培养孩子的学习习惯,如专注力、倾听能力等	5329	85.4
培养孩子身体运动能力,如跳绳、跑步等	3311	53.1
让孩子提前学习小学知识,如拼音、计算等	3022	48.4
培养孩子的社会适应能力,如同伴交往,与老师沟通等	2939	47.1
培养孩子的生活习惯,如自理能力等	2711	43.5
其他	24	0.4
本题有效填写人次	6238	—

"双减"政策开展的针对以幼小衔接为名义的面向学龄前儿童的学科类校外培训的治理引发家长关注。调查发现，绝大多数（84.7%）家长主动了解过"双减"政策，其中有48.8%的家长认为"双减"政策对家庭为孩子选择学科类校外培训产生影响。在这部分家长中，60.1%的家长认为"双减"政策减弱了学科类校外培训的学习强度；56.9%的家长认为"双减"政策改变了学科类校外培训的学习渠道；只有37.2%的家长认为"双减"政策打消了其让孩子参加学科类校外培训的学习意愿。在评价"双减"政策对家庭的整体影响时，50.8%的家长认为"双减"政策对家庭产生的影响还不确定，需要观望政策执行情况；29.1%的家长认为"双减"政策有利于缓解孩子的入学压力。

2. 家长的入学准备教育行为

正如调查显示，绝大多数家长都认为孩子在上小学前需要进行入学准备，那么家长是如何帮助孩子进行入学准备的呢？调查了解到，绝大多数家长表示，仍然会让孩子进行汉字认读、汉语拼音、英语、逻辑思维、数学计算等专门的学科学习，"家长自己辅导"（70.9%）、"线上 App"（45.2%）和"线上培训机构"（35.7%）是最主要的 3 种学习途径。描述性结果同时显示，家长的学历越高，选择"家长自己辅导"以及"请家庭私教"2 种学习途径对孩子进行学科培训的家长比重越大。调查显示，43.2%的孩子每周参与学科培训的时长超过 3 小时，11.3%的幼儿每周参与学科培训的时长超过 6 小时。

3. 家长的入学准备观念与入学准备教育行为的相关因素

研究假设家长的入学准备观念和入学准备教育行为与孩子的年龄、家长的受教育水平、家庭收入、家里孩子的数量以及家长对入学准备政策的了解情况存在相关性，数据分析显示，只有家长的受教育水平以及家长对入学准备政策的了解情况 2 个因素与家长的入学准备观念和入学准备教育行为存在显著相关性。卡方检验结果显示，"家长的受教育水平"和"家长对'双减'政策的了解情况"与"家长对孩子的入学准备情况是否存在担忧"之间分别存在显著相关性（Pearson 值分别为 19.077 和 10.755，Sig<0.001）（见表 4、表 5），与"是否有让孩子上学前班的计划"之间也存在显著相关性（Pearson 值分别为 65.639 和 28.366，Sig<0.001）（见表 6、表 7）。低学历家长以及对"双减"政策了解较少的家长更容易对孩子的入学准备情况存在担忧，更倾向于通过让孩子上学前班来进行入学准备。

表 4　"家长的受教育水平"与"家长对孩子的入学准备情况是否存在担忧"之间的卡方检验结果

	卡方检验		
	值	自由度	渐进 Sig.（双侧）
Pearson 卡方	19.077[a]	4	0.001
似然比	19.168	4	0.001
线性和线性组合	17.446	1	0.000
有效案例中的 N	6238		

a. 0 单元格（0%）的期望计数少于 5；最小期望计数为 20.74。

表5 "家长对'双减'政策的了解情况"与"家长对孩子的入学
准备情况是否存在担忧"之间的卡方检验结果

卡方检验			
	值	自由度	渐进 Sig.（双侧）
Pearson 卡方	10.755[a]	1	0.001
似然比	10.524	1	0.001
线性和线性组合	10.753	1	0.000
有效案例中的 N	6238		

表6 "家长的受教育水平"与"是否有让孩子上学前班的计划"
之间的卡方检验结果

卡方检验			
	值	自由度	渐进 Sig.（双侧）
Pearson 卡方	65.639[a]	8	0.000
似然比	66.924	8	0.000
线性和线性组合	28.943	1	0.000
有效案例中的 N	6238		

a. 0 单元格（0%）的期望计数少于 5；最小期望计数为 14.05。

表7 "家长对'双减'政策的了解情况"与"是否有让孩子上学前班的计划"
之间的卡方检验结果

卡方检验			
	值	自由度	渐进 Sig.（双侧）
Pearson 卡方	28.366[a]	2	0.000
似然比	28.298	2	0.000
线性和线性组合	9.159	1	0.002
有效案例中的 N	6238		

a. 0 单元格（0%）的期望计数少于 5；最小期望计数为 286.12。

可见，家长对政策的了解具有重要意义。调查中家长表示，获得入学准备教育资讯和服务的首要渠道为幼儿园（61.4%），其次为网络渠道（51.4%）和其他家长（40%），小学仅占11.2%。值得注意的是，仍有少部分家长表示没有获得过任何入学准备教育资讯和服务。在获得的入学准备教育资讯和服务内容方面,"入学准备阶段儿童的学习内容"和"入学准备阶段儿童的发展特点"占比相对较高,分别为41.0%和38.1%;"入学准备政策解读"和"家庭教育如何开展"占比相对较低,均为28.9%。

(二)家长对入学准备的问题和需求

家长对入学准备存在哪些问题和需求?调查共收到4449条信息,总结出"幼儿各方面准备""小学教育教学""幼儿园教育教学""校外培训机构""家庭入学准备教育""社会支持"6个方面,NVivo 11数据编码分析情况如下。

1. 有关幼儿各方面准备的问题

家长在幼儿学习准备、生活准备、社会准备和心理准备4个方面均有不同问题,其中学习准备方面提及频次最高(655次),其他依次为生活准备(94次)、社会准备(57次)、心理准备(19次)。对学习准备下知识储备、学习行为和学习兴趣3个方面继续进行分析,发现在知识储备方面,家长对语文(拼音、识字、书写等)的提及频次最多(162次),几乎达到数学(计算、逻辑、奥数等)提及频次(37次)的4.4倍,问题包括"到底需不需要进行汉语拼音等知识的提前辅导""先学拼音还是先学认字""拼音、识字量要学到什么程度上一年级才不会吃力"等。在学习行为方面,家长在学习习惯和专注力方面的问题最多,分别提及172次和149次,问题包括"提前学一些知识孩子上学后真的就不专心听讲了吗""如何帮助孩子养成小学学习习惯"等。家长对学习兴趣的关注度并不高,只提及28次(见表8)。

表8　家长在学习准备方面的问题提及频次

单位:次

一级	二级	三级	提及频次
学习准备	知识储备	语文(拼音、识字、书写等)	162
		数学(计算、逻辑、奥数等)	37
		英语(口语、发音、书写、字母等)	7
		其他(不涉及具体学科)	76

续表

一级	二级	三级	提及频次
学习准备	学习行为	专注力	149
		倾听	6
		学习方法	1
		学习习惯	172
		自主学习能力	9
		自我驱动力	1
		自控力	7
	学习兴趣	—	28

2. 有关小学教育教学的问题

家长对小学教育教学的问题主要围绕 4 个方面，按照提及频次从多到少排列，分别是一年级教育教学起点（274 次）、学习进度（61 次）；小学对一年级新生的要求（86 次）；教学内容、模式（18 次）；教师态度（7 次）。不少家长对小学一年级是否真的能够零起点教学、是否能够公平对待每个学生存在置疑，从而担心孩子如果没有提前学习小学知识是不是会跟不上。家长对入学准备教育的问题和需求包括"小学是否会严格执行零起点教学，一些知识是否在教学时一带而过""不知道小学对一年级新生的要求""希望小学老师能够耐心，不要随意给零基础的孩子贴标签"等。

3. 有关幼儿园教育教学的问题

家长对幼儿园教育教学的问题主要集中在学习准备方面（88 次），如有的家长提出"幼儿园的幼小衔接教育有效吗""能保证孩子上小学后适应小学的学习吗"等。除此之外，不少家长表示出对幼儿园在学习准备方面更强烈的需求，如"幼儿园应适当以寓教于乐的形式，将小学知识、学习规范游戏化地教给孩子"等。也有一些家长提出其他方面的需求，如"多些户外团体运动和社交机会，锻炼孩子处理人际摩擦的能力，适应小学的环境变化"。

4. 有关校外培训机构的问题

家长有关校外培训机构的问题主要涉及 3 方面，分别是"要不要上幼小衔接班"（76 次）、"幼小衔接班是否带来不公平"（21 次）、"幼小衔接班对小学学习有没有影响"（5 次）。仍有大量家长表示"希望能恢复线下学前教育校外培训机构""希望能允许正规的学前教育校外培训机构运营"。还有家长建议幼儿园能借鉴一些好的学前教育校外培训机构的幼小衔接方法等。

5. 有关家庭入学准备教育的问题

家长对家庭入学准备教育最主要的问题在于"不知道该如何做"（194 次）和"不知道该不该让孩子提前学，学什么、学到什么程度"（137 次）（见表9）。这些问题使家长感到较大的责任和压力，有的家长直接指出："作为双职工家庭，家长对孩子入学准备的辅导、陪伴时间有限，对于小学一年级的知识掌握程度不太了解，生怕耽误了孩子，压力太大。"

表9　家长对家庭入学准备教育的问题提及频次

	维　度	提及频次
对家庭入学准备教育的问题	不知道该如何做	194
	不知道该不该让孩子提前学,学什么、学到什么程度	137
	太忙、没时间教且不会教	46
	负担重、责任重	13
	应该有什么心态	3

6. 有关社会支持的问题

对于当前的社会支持，数据显示家长存在两个问题。一是"缺乏了解幼小衔接相关信息的正规渠道"（86 次），不知从哪里得到准确信息，或者信息获取渠道虽然多元，但是难辨真伪，容易被误导，希望能够获得更权威的信息和咨询服务。二是"缺乏针对入学准备的系统、专业指导"（189次）。希望在孩子心理、生理、能力以及知识学习、学习习惯和社交能力等方面得到系统、科学的教育培训，针对孩子的特点得到个性化的沟通和指导等。

四 研究结论

（一）家长对"双减"政策持观望态度，对孩子的入学准备仍存在担忧

家长对入学准备的担忧较大程度上来自教育"内卷"下中小学学习压力的层层传递和过度看重知识储备带来的焦虑。"双减"政策从校内和校外两方面出发，旨在减轻中小学生过重的学业负担压力，改善目前教育系统中的短视化、功利化问题，重塑健康教育生态。调查开展于"双减"政策出台不到半年的时间，调查结果显示，一半以上的家长对"双减"政策及其后续执行情况和执行效果还持观望态度并存在不同程度的疑虑。相关分析显示，家长的受教育水平及家长对"双减"政策的了解情况与家长的入学准备观念和入学准备教育行为存在显著相关性。低学历家长以及对"双减"政策了解较少的家长更容易产生入学准备焦虑，更倾向于选择让孩子上学前班。可见，"双减"政策对家长的入学准备观念和入学准备教育行为的转变以及入学准备焦虑的缓解作用绝非立竿见影，政策的落实力度和执行情况是关键，家长入学准备焦虑的缓解有待整个教育生态的良性推动。

（二）家长在入学准备中的学习准备方面压力最大，学科培训从机构转向家庭

绝大多数家长认同幼儿入学前需要进行入学准备，在学习准备、生活准备、社会准备和心理准备4个方面均有不同问题，但其中仍以学习准备方面的问题最为突出，对知识储备和学习行为提出的问题最多，可见相当数量的家长过分看重入学准备中的学习准备。在线上线下学科类培训机构陆续关停的情况下，家长自己辅导和线上 App 已成为幼儿进行学科学习的主要途径，可见家长仍然存在片面夸大学习准备的功利性倾向，将家庭教育当作学校知识教育的简单延伸，把自身当作"家庭教师"，把家庭当作学科培训的新阵

地。在当前幼小衔接的政策下，家长对家庭教育应发挥的作用以及自身的角色、责任和任务等缺乏明确认识，更缺乏可操作的经验和方法。

（三）家长对幼儿园和小学的衔接教育缺乏全面了解，对权威信息和教育指导服务有较大需求

调查结果显示，家长在入学准备中对幼儿园和小学的衔接教育缺乏全面了解，对幼儿园的幼小衔接工作虽以满意为主，但仍存在不少疑问和期待，对小学教育更是充满困惑。再加上当前网络信息来源渠道虽多元化，但许多有关幼小衔接的信息呈现碎片化、片面化、主观化等特点，更有不少内容带有商业目的而"贩卖"焦虑，把小学教育"妖魔化"，加剧了家长的担忧，也为他们仍然对校外培训机构抱有一定的依赖心理提供了合理解释。家长迫切希望能够获得更多有关"双减"和幼小衔接政策实施的权威信息和有针对性的教育指导服务，更多了解到幼儿园和小学在幼小衔接方面的具体做法、真实情况；也希望幼儿园和小学能更公开、更透明、更明确地指出需要孩子和家长准备什么。

五　对策建议

（一）加强政策宣传引导，丰富专业内涵

针对家长表现出来的对"双减"政策的观望、置疑、不确定的态度，以及暴露的缺少了解幼小衔接相关信息的正确渠道等问题，当前政府、学校和幼儿园所进行的政策宣传引导在内容、方式、平台等方面可能要更贴近家长需求、更方便家长获取、更易让家长信服和接受。政府、学校和幼儿园要发挥好信息服务主渠道的价值，对"双减"政策、幼小衔接指导意见以及2022年4月教育部发布的《义务教育课程方案和课程标准（2022年版）》进行集中、系统地宣传介绍，使得家长能够及时获取客观真实、全面科学的资讯，包括政策解读、改革动向以及教育建议等，同时帮助家长提高信息辨

别能力。

值得深度思考的是，如今家长学历水平普遍较高，具有较强的信息获取能力和学习能力，宣传引导要避免从政策到政策的简单照搬或避重就轻，忽略实际问题、关键问题。建议在宣传引导中结合脑科学、心理学等研究成果的转化应用，丰富专业内涵以提高循证性、科学性和说服力，并引发家长关注和思考。幼儿阶段是大脑发育的黄金时期，重点任务在于调动感官与周围的客观世界进行真实的互动，在大量的环境刺激下进行信息整合，建立发达的神经网络。提供和创设丰富的教育环境不仅可以加大神经元之间的连接强度，而且可以增强神经网络（跨通道）层面的大脑可塑性，这样才能达到全面开发大脑的目的。如果只是把孩子的大脑当成容器，一味灌输知识，便是违背了儿童大脑发育和学习的规律。还有研究表明，大脑执行功能直接参与大脑信息处理和认知控制，将认知与行动联系起来，是学业成就的预测方式之一。关于学习品质的诸多国内外研究发现，学习品质与儿童的在园学习与入学准备显著相关，在儿童入学准备中起着统领作用，不仅能直接预测儿童未来不同阶段的学业成就，对儿童的同伴关系、社会能力的发展也具有显著影响，并能显著降低出现行为问题与学业困难的风险。近几年，也有实证研究发现"儿童是否提前学习拼音，以及提前学习的时长、频率、渠道与效果等都对后续拼音学习成绩没有显著影响"。应加大对此类实证研究的正向宣传力度，更加有理有据地引导家长对入学准备形成科学的认识和理性的分析，从而缓解焦虑。

（二）幼儿园和小学加强科学衔接和双向联动，让家长看到"双减"效果

当前，国际学前教育政策越来越关注幼儿园与小学的课程衔接问题，并突出"儿童视角"，使幼小衔接的课程设置和教学方式更贴近儿童的真实需求，不仅注重知识经验的衔接，而且注重儿童情感与社会性的衔接。《幼儿园入学准备教育指导要点》与《小学入学适应教育指导要点》（以下简称两个"指导要点"）均体现了对儿童身心健康、生活能力、认知学习和社会

适应等各方面全面发展的重视和要求，针对家长表现出来的对学习过度担忧，对生活、心理和交往等不够重视的问题，建议幼儿园和小学在加强科学衔接和双向联动的过程中遵循两个"指导要点"，促进儿童的整体性发展；在杜绝"小学化"倾向的前提下研究如何科学地进行学习准备，让家长看到孩子的成长，实质性解决让家长焦虑的关键问题。

针对家长因不了解小学教育而产生置疑和不安全感，而小学提供的专业信息和服务又不足的实际情况，可以在加强幼儿园和小学科学衔接和双向联动的基础上，面向大班家长进行小学落实"双减"政策和《义务教育课程方案和课程标准（2022 年版）》的教育宣传，如结合实际案例对当前小学一年级游戏化、生活化、综合化的课程教学改革以及作业评价改革等方面进行介绍，配以专家解读，满足家长的好奇心，同时增进家长的了解和认可。除此之外，幼儿园、小学以及社区还可以联合为幼儿及家长开展多种小学观摩体验活动，丰富幼儿的感知和认知，也让家长"看见"幼儿园与小学幼小衔接教育的开展情况。只有让家长真实感受到"双减"政策的执行效果，才能真正有效缓解其入学准备焦虑。

（三）家庭教育培训指导应兼顾持续性和阶段性，照顾全体和个别

2021 年 10 月 23 日发布的《中华人民共和国家庭教育促进法》规定，未成年人的父母应当树立正确的家庭教育理念，自觉学习家庭教育知识，在子女幼儿园、中小学等重要时段进行有针对性的学习，掌握科学的家庭教育方法，提高家庭教育的能力。随着孩子进入大班，家长逐渐开始产生入学准备焦虑，如果没有得到及时且正确的指导，其焦虑会迅速加重，出现盲目增加孩子学习负担的情况。经济合作与发展组织（OECD）成员国通过学校和幼儿园向家长提供各种指导性资源，帮助家长了解儿童如何为上学做准备，并为家长提供科学育儿的方法，取得良好效果。例如，奥地利联邦教育局和妇女事务部联合为家长制作《欢迎来到学校》手册，帮助父母了解儿童如何为上学做准备和父母在儿童上学后应该做的事、应该承担的责任以及陪伴儿童游戏的重要性。英国政府推出"准备学习"项目，向家长提供各种资

源，包括儿童游戏和学习方面的建议和提示等，帮助家长为他们的孩子做好入学准备。

建议以幼儿园和小学为依托，整合社会资源，加强对幼儿园和学校课程内涵建设的指导和监管，遵循各年龄阶段儿童身心发展规律，向家长提供家庭教育指导，既要满足儿童持续性发展需求，又要符合大班入学准备阶段性任务要求；既要满足普遍共性需求组织大型讲座、发放入学准备指导手册等资料，又要针对不同类型的家庭、不同发展需求和发展水平的儿童提供个性化的咨询指导和服务，尤其要加大对低学历、低收入家庭和学困儿童的支持力度，为他们提供具体、实际的帮助，减少不科学的入学准备教育行为。

（四）家庭入学准备应培养核心素养，直面早期读写难点痛点

两个"指导要点"强调入学准备应该是"身心健康、生活能力、认知学习和社会适应"等全方位的准备过程，针对调查中所反映的家长片面看重学习准备、知识储备这一现象，应帮助家长形成全面的入学准备观念和正确的学习观。在世界教育改革背景下，以学科知识结构为核心的传统标准体系正在逐步被以促进个人发展和终身学习为主的核心素养教育体系所取代，幼儿阶段是核心素养的萌芽时期，直接影响着基础教育阶段核心素养的形成与发展，家长应树立新时代的人才观，改变传统的以知识灌输为主的学习观，尊重儿童整体性发展规律，呵护儿童的好奇心和探究兴趣，让儿童在自然、生活和游戏中，通过感知、操作、体验进行学习、建构经验、发展思维；在艺术体验与社会交往中培养审美情趣、锻造人格品质；鼓励他们大胆想象、创造性解决问题，拥有面对挫折、克服困难的勇气。这些都将是他们在未来学业和终身学习中的重要财富，也是家庭入学准备过程中应有的价值追求。

针对家长在指导幼儿"拼音、认字、书写"等具体的学习准备过程中投入较大精力却感受挫败这一现实问题，要正面回应、科学引导，不能借"防止小学化"之名逃避问题，导致教育不足，错失儿童潜能发展的良机。学前阶段是个体早期读写能力发展迅速的敏感期，依据幼儿语言领域前阅读、前识字、前书写核心经验的发展规律，幼儿会在阅读和生活情境中自然

而然产生对图像、文字和符号的兴趣，建立口语和书面语言之间的关联，从而逐渐培养起阅读兴趣和阅读习惯，并萌发书写的兴趣和意识。这一阶段儿童习得的关于读写的知识、技巧和态度会对其正式入学后的学业表现产生影响，是其流畅阅读、理解与写作的基础，是学前儿童入学准备的重要内容。美国国家科学院曾发布《预防幼儿阅读问题》研究报告，指出大多数成年人的阅读问题都源自幼年，在学理上确认了早期幼儿阅读能力对其一生的重要性，该观点得到了美国联邦政府和教育部的支持。

幼儿园和小学要与家庭协同开展促进大班幼儿早期读写能力发展的实践研究，给家长提供有力支持；家长要避免以死记硬背、枯燥训练的方式让孩子学习，而是要创设良好的家庭读写环境，为孩子提供丰富的阅读材料和各种各样的纸笔，帮助孩子获得丰富的纸笔互动经验，并对孩子的作品进行积极的反馈和讨论。国内有研究发现，家庭阅读资源对小学一年级的汉字阅读和二年级的阅读理解有着明显的正向作用。

除此之外，要避免让孩子沉浸于电子屏幕中。研究发现，随着电子屏幕的普及化和低龄化，儿童使用电子屏幕的时间呈显著增长趋势，影响和改变着儿童的生活和学习方式，数字媒体也成为家长辅导儿童学习的常用工具。有研究者认为，虽然一些高质量的教育类数字媒体可以促进儿童语言能力发展，但长时间用数字媒体取代更有价值的纸质阅读，反而不利于早期读写能力的发展。也有研究者指出，过度使用数字媒体，容易造成"数字痴呆化"，引发儿童大脑和神经系统发育障碍，导致缺乏手脑结合、影响阅读，更难以培养独立思考的能力。家长需提高干预能力，有选择、有目的、有条件地允许儿童使用电子屏幕，才能更好地利用数字媒体的优势，使儿童从中获益。

参考文献

Gredler G. R., "Early Childhood Education Assessment and Intervention: What the Future Holds," *Psychology in the Schools* 37 (2000): 73-79.

张怀水：《教育部公布"双减"调查：机构压减超八成，超 97%家长对减负满意》，"每日经济新闻"百家号，2021 年 12 月 22 日，https：//baijiahao. baidu. com/s？id＝1719801717935144919 &wfr＝spider&for＝pc。

张裕：《双减政策下幼小衔接班关门 幼儿园迎来"回园潮"》，"极目新闻"百家号，2021 年 8 月 2 日，https：//baijiahao. baidu. com/s？id＝1709339196306899234&wfr＝spider&for＝pc。

王亚鹏、董奇：《脑的可塑性研究及其对教育的启示》，《教育研究》2005 年第 10 期。

索长清：《幼儿学习品质之概念辨析》，《学前教育研究》2019 年第 6 期。

彭杜宏：《儿童早期学习品质的本质内涵、因素结构及学习效应》，《学前教育研究》2020 年第 3 期。

聂娜、陈静：《"小学化"拼音学习的后续有效性及其影响因素》，《学前教育研究》2020 年第 9 期。

黄瑾、熊灿灿：《我国"有质量"的学前教育发展内涵与实现进路》，《华东师范大学学报》（教育科学版）2021 年第 3 期。

黄爽、祁继：《OECD 国家实施幼小衔接的经验与启示》，《人民教育》2019 年第 23 期。

李敏谊、王诗棋、张祎：《屏幕到底是敌是友——屏幕时间对学前儿童早期读写能力的影响以及教育类屏幕活动的调节作用》，《教育学报》2022 年第 1 期。

许桂菊：《英国、美国、新加坡儿童和青少年阅读推广活动及案例分析和启示》，《图书馆杂志》2015 年第 4 期。

李向飞、李甦：《为幼儿读写萌发技能发展创造良好环境》，《学前教育》2021 年第 19 期。

安超：《拉扯大的孩子：民间养育学的文化家谱》，社会科学文献出版社，2021。

高宏钰、崔雨芳、房阳洋：《家长媒介干预与儿童早期发展结果的关系研究》，《教育学报》2022 年第 1 期。

B.4
"双减"背景下中小学作业现状与优化策略

贾美华　李晓蕾*

摘　要： 北京教育科学研究院基础教育教学研究中心通过大规模调研发现，北京市在统筹作业管理方面已经取得了一些阶段性成就，但在作业设计研究、分层作业设计、专家指导与优质资源引领等方面仍存在较大发展空间。针对这一问题，该中心从"树立并落实新的作业质量观、依据学科特点设计适宜的作业类型、建立教师试做作业制度"等维度进行理念引领，多管齐下开展实践改进。分学科聚焦，细化作业中存在的典型问题；针对问题，提出作业设计策略并给出参考样例；遴选优秀作业案例及作业设计结集成册。在实现优质作业资源充分共建共享的同时，引导广大中小学教师在作业设计与实施研究中迈出了坚实的一步，在作业内容、呈现方式、完成形式、评价要求、布置过程等方面都产生了可喜的变化。

关键词： "双减"　作业优化　优化策略　中小学

作业是学生学习的重要组成部分，也是学校教育教学管理的重要环节。为了更好地贯彻落实中央和北京市"双减"工作的有关要求，了解当前学校在作业上的基本状况与存在问题，并据此提供优化策略，北京教育科学研

---

* 贾美华，北京教育科学研究院研究员，主要研究领域为基础教育课程与教学改革；李晓蕾，博士，北京教育科学研究院副研究员，主要研究领域为课程与教学论、基础教育课程与教学改革。

究院基础教育教学研究中心（以下简称"基教研中心"）于 2021 年 9 月启动了"系统提高义务教育学校作业管理水平的研究"，开展了实践探索。

一 北京市作业优化改进的发展基础

2021 年 9 月，基教研中心面向中小学校校长、教师、学生 3 类群体设计制作了调查问卷，并对全市 16 区及燕山区、经开区进行了问卷调查，共调研校长 581 人、教师 33821 人、学生 82295 人。调研显示，自"双减"工作启动以来，北京市在强化学校教育主阵地作用、统筹作业管理方面已经取得了一些阶段性成就，主要表现在以下几方面。

（一）学校作业管理机制建设趋于完善，制定作业管理方案的要求得到较好落实

把制度建设好，才能把作业管理好。"双减"政策提出，要健全作业管理机制，学校要完善作业管理办法，建立作业校内公示制度。

调查数据显示，96.04% 的学校制定了作业管理方案，2.93% 的学校正在制定中（见表 1）；92.77% 的学校建立了作业校内公示制度，5.51% 的学校正在建立中（见表 2）。从总体上看，绝大多数学校能够积极落实"双减"政策对作业管理机制建设和作业管理方案制定的要求，并能够加强对作业的统筹管理。

表 1 校长问卷：学校是否制定了作业管理方案

单位：人，%

选项	样本量	占比
①是	558	96.04
②正在制定中	17	2.93
③否	0	0
④不清楚	6	1.03
本题有效填写人次	581	100

表2　校长问卷：学校是否建立了作业校内公示制度

单位：人，%

选项	样本量	占比
①是	539	92.77
②正在建立中	32	5.51
③否	4	0.69
④不清楚	6	1.03
本题有效填写人次	581	100

（二）通过控制作业布置总量和书面作业时间，有效减轻了中小学生作业负担

控制作业布置总量和书面作业时间，是减轻学生过重作业负担、落实"双减"政策的重要内容之一。

在调查的学校中，98.62%的学校对作业布置进行了统筹规划，确保学生每天的作业时间不超标（见表3）；89.06%的学生认为学校教师布置的作业量不多、较少或很少（见表4）；超过96.00%的学生能够自己独立完成全部或大部分作业（见表5）。从总体上看，学校较好地落实了"双减"政策对小学三至六年级书面作业平均完成时间不超过60分钟、初中书面作业平均完成时间不超过90分钟的规定。并且，88.57%的学生在回家后有时间自主安排必要学习，57.50%的学生自主安排必要学习的时间超过30分钟（见表6）。

表3　校长问卷：学校是否对作业布置进行了统筹规划，
确保学生每天的作业时间不超标

单位：人，%

选项	样本量	占比
①是	573	98.62
②正在规划中	5	0.86
③否	0	0
④不清楚	3	0.52
本题有效填写人次	581	100

表4　学生问卷：你觉得学校教师布置的作业量如何

单位：人，%

选项	样本量	占比
①很少	12030	14.62
②较少	17824	21.66
③不多	43433	52.78
④较多	6613	8.04
⑤很多	2395	2.91
本题有效填写人次	82295	100

表5　学生问卷：你一般能自己独立完成学校的课后作业吗

单位：人，%

选项	样本量	占比
①能够全部独立完成	50050	60.82
②能够大部分独立完成	29768	36.17
③能够少部分独立完成	1749	2.13
④从不能独立完成	728	0.88
本题有效填写人次	82295	100

表6　学生问卷：回家后，你自主安排必要学习的时间大约有多长

单位：人，%

选项	样本量	占比
①无	9399	11.42
②30分钟以内	25568	31.07
③30分钟至1小时(含)	30486	37.04
④1~2小时(含)	11557	14.04
⑤2小时以上	5285	6.42
本题有效填写人次	82295	100

（三）作业设计质量监督与提升得到重视，学校课堂教学改革进一步深化

在减负的同时必须提质，"双减"政策要求教师把更多的目光投向自己

的教学，以作业设计为突破口推进课堂教学改革，而学校应助力教师进行课堂教学改革，促进作业设计质量的提升。

调查数据显示，97.76%的学校要求教师把作业设计作为教学设计的必备环节（见表7），95.01%的学校定期抽查每门学科作业设计的质量（见表8），98.80%的学校定期检查教师对作业的批改情况（见表9），通过采取有效举措监督和提升了作业设计质量，进一步深化了学校课堂教学改革。

表7　校长问卷：学校是否要求教师把作业设计作为教学设计的必备环节

单位：人，%

选项	样本量	占比
①是	568	97.76
②否	5	0.86
③不清楚	8	1.38
本题有效填写人次	581	100

表8　校长问卷：学校是否定期抽查每门学科作业设计的质量

单位：人，%

选项	样本量	占比
①是	552	95.01
②正在计划中	23	3.96
③否	1	0.17
④不清楚	5	0.86
本题有效填写人次	581	100

表9　校长问卷：学校是否定期检查教师对作业的批改情况

单位：人，%

选项	样本量	占比
①是	574	98.80
②正在计划中	3	0.52
③否	0	0
④不清楚	4	0.69
本题有效填写人次	581	100

（四）不得给家长布置作业的要求得到了充分重视

调查结果显示，95.01%的学校召开家长会或发放了家长信，提出了不给学生额外布置作业的要求（见表10）；99.66%的学校明确要求教师不能给家长布置作业（见表11）；85.65%的教师没有要求家长判作业或检查作业（见表12）；67.49%的教师不要求家长在作业本上签字（见表13）。

表 10　校长问卷：学校是否召开家长会或发放了家长信，提出了不给学生
额外布置作业的要求

单位：人，%

选项	样本量	占比
①是	552	95.01
②否	23	3.96
③不清楚	6	1.03
本题有效填写人次	581	100

表 11　校长问卷：学校是否明确要求教师不能给家长布置作业

单位：人，%

选项	样本量	占比
①是	579	99.66
②否	1	0.17
③不清楚	1	0.17
本题有效填写人次	581	100

表 12　学生问卷：教师会要求家长判作业或检查作业吗

单位：人，%

选项	样本量	占比
①经常	2280	2.77
②偶尔	9530	11.58
③没有	70485	85.65
本题有效填写人次	82295	100

表13 学生问卷：教师会要求家长在作业本上签字吗

单位：人，%

选项	样本量	占比
①全部作业都要求	1319	1.60
②大部分作业要求	3062	3.72
③少部分作业要求	22373	27.19
④不要求	55541	67.49
本题有效填写人次	82295	100

二 学校、教师在作业领域存在的主要问题与困难

（一）学校在作业设计研究方面还有较大发展空间

调查数据显示，79.86%的学校在每个年级组成立了作业设计研究小组（见表14）；76.25%的学校制定了鼓励教师开展创新作业研究的措施（见表15）；47.50%的学校为教师购买了关于如何设计作业的专业书籍（见表16）。此外，能够定期开展作业设计、讲评比赛或展示活动，以便有意识地通过示范引领、经验交流的方式引导教师提高作业设计能力的学校占78.31%（见表17）。当被问及"布置作业的主要来源"时，"直接使用教材习题"成为教师们的第一选择，该项平均综合得分远超位列第二的"学校教研组自主设计"（见表18）。可见在作业设计研究方面，不少学校仍有较大发展空间。

表14 校长问卷：学校是否在每个年级组成立了作业设计研究小组

单位：人，%

选项	样本量	占比
①是	464	79.86
②正在计划中	98	16.87
③否	12	2.07
④不清楚	7	1.20
本题有效填写人次	581	100

表 15 校长问卷：学校是否制定了鼓励教师开展创新作业研究的措施

单位：人，%

选项	样本量	占比
①是	443	76.25
②正在制定中	113	19.45
③否	15	2.58
④不清楚	10	1.72
本题有效填写人次	581	100

表 16 校长问卷：学校是否为教师购买了关于如何设计作业的专业书籍

单位：人，%

选项	样本量	占比
①是	276	47.50
②否	284	48.88
③不清楚	21	3.61
本题有效填写人次	581	100

表 17 校长问卷：学校是否定期开展作业设计、讲评比赛或展示活动

单位：人，%

选项	样本量	占比
①是	455	78.31
②正在计划中	109	18.76
③否	9	1.55
④不清楚	8	1.38
本题有效填写人次	581	100

表 18 教师问卷：您布置作业的主要来源（多选并排序）

选项	平均综合得分
①直接使用教材习题	3.01
④学校教研组自主设计	2.58
②直接使用配套练习册	2.21
⑤自己设计	1.42
③直接使用网上资源	0.64

（二）分层作业设计成为教师公认的难点，应用度较低

作业布置应充分考虑不同层次学生发展的不同需要和所能承受的不同学习压力，通过合理的分层作业体现差异、加强选择，增强作业的针对性与实效性。然而调查数据显示，33.29%的教师只是偶尔布置分层作业，还有5.07%的教师从不布置分层作业（见表19）。

表19 教师问卷：您布置分层作业的频次

单位：人，%

选项	样本量	占比
①总是	5510	16.29
②经常	15339	45.35
③偶尔	11258	33.29
④从不	1714	5.07
本题有效填写人次	33821	100

此外，在"对于作业设计能力的提升，您需要哪些培训内容"这一问题上，"分层作业的设计"以高达4.90的平均综合得分位列第一，成为教师们自认为亟须得到专家指导的培训内容，其平均综合得分远超分别位列第二、第三的"指向核心素养培养的作业设计"和"能切实提升学生学业成绩的作业设计"的平均综合得分（见表20）。

表20 教师问卷：对于作业设计能力的提升，您需要哪些培训内容
（可多选，最多3项，并排序）

选项	平均综合得分
②分层作业的设计	4.90
③指向核心素养培养的作业设计	4.32
①能切实提升学生学业成绩的作业设计	3.63
⑤多样化作业设计	2.81
⑥学习困难学生的作业设计与跟进	2.12
⑦创新性作业的设计	2.06

续表

选项	平均综合得分
④基于课程标准、教学标准的作业设计	1.92
⑧实践类、探究类作业的设计	1.70
⑨跨学科作业的设计	0.65
⑩基于信息技术平台的作业设计	0.37

（三）学校、教师急需专家指导与优质资源引领

调查数据显示，虽然60.07%的学校已经聘请专家进行提升作业设计质量的培训和指导，但当被问及学校在作业管理方面存在的困难时，"教师在设计跨学科作业，创新类、实践类作业方面急需专家的指导和帮助""教师在学习困难学生的作业设计与跟进指导方面急需专家的指导和帮助"分别以86.40%和68.50%的占比成为校长们最为集中的两项选择（见表21）。

表21 校长问卷：学校在作业管理方面存在的困难（多选）

单位：人，%

选项	样本量	占比
①教师工作量较重，没有时间研究作业设计	222	38.21
②教师在设计跨学科作业，创新类、实践类作业方面急需专家的指导和帮助	502	86.40
③教师在学习困难学生的作业设计与跟进指导方面急需专家的指导和帮助	398	68.50
④有的学生家长不配合，还会给学生布置一些额外的作业	265	45.61
⑤其他	15	2.58
本题有效填写人次	581	—

而在教师们看来，"优质作业资源共建共享"和"开展优秀作业评选与展示交流活动"这类更具"即拿即用"特征的优质资源，则是他们最急需的（见表22）。

表 22 教师问卷：对于作业设计能力的提升，您需要哪些培训和指导（多选）

单位：人，%

选项	样本量	占比
①专家进行作业设计的讲座	17681	52.28
②开展优秀作业评选与展示交流活动	18439	54.52
③教研员听课指导	9446	27.93
④优质作业资源共建共享	26742	79.07
⑤开展作业设计的课题研究	15837	46.83
本题有效填写人次	33821	—

三 理念引领，明确改进方向与路径

为了有效引导教师优化作业设计，实现作业的减量增质，在保障与提升教学质量与育人水平的同时，切实减轻义务教育阶段学生作业负担，基教研中心针对问卷调查中反映的突出问题，从树立并落实新的作业质量观、依据学科特点设计适宜的作业类型、建立教师试做作业制度、进行典型作业的展示与研讨等维度，面向北京市出台了《义务教育阶段教师优化作业的十条建议》，希望借此明确改进方向与路径，实现理念上的正本清源。

（一）树立并落实新的作业质量观

作业是中小学教育教学系统的重要组成部分，有其不可替代的基本功能与重要价值。基教研中心提出，教师应把作业放在提升教育教学质量的体系中优化设计。

把作业设计作为教研组的重要工作内容，将作业与教学进行一体化设计，在教学设计中明确作业设计及内容。注重提高作业质量，消除低效作业，杜绝有负面影响的作业，丰富作业类型，提高学生学习效率，达成减负提质的目标。

（二）依据学科特点设计适宜的作业类型

基教研中心提出，各学科要注重提供多种学习方式和多种学习途径，促进学生多动手、多动脑，实现作业与教学的有机融合。比如，语言类学科要对背诵、默写、作文等作业进行长周期安排，背诵类作业原则上在本单元学习完成前背会即可，抄写类作业要防止惩罚性布置。理科类学科要改变作业难度、数量，避免与教学脱节、应试倾向严重等突出问题，注重循序渐进，并在作业数量上坚持"最小化原则"。人文类学科要以培养学生正确价值观和人文情怀为目的设计作业，探索与此相适应的作业内容和形式，如小课题长作业等综合性作业，但应注意合理控制数量。综合类学科要积极探索实践类、体验类、探究性活动的设计。各学科教师应积极引导学生到社区、博物馆、纪念馆、科技馆等社会实践基地完成跨学科、主题式、项目式作业。

（三）建立教师试做作业制度

基教研中心提出，各校应以学科组为单位，通过集体备课设计作业；给学生布置的所有作业都应是教师依据课程标准、教学目标、教学内容以及学生实际水平精心设计的。每日作业布置要与单元作业、周末作业综合考虑、统筹安排。教师要成为作业质量管理的第一负责人，对设计出的作业要先行试做，明确作业题目与教学内容和知识结构的关联性，明确作业中的难点、易错点，预测学生会采用的解法以及可能遇到的障碍，预估不同学习水平学生的不同表现。设计作业时一共要准备3份同类题目，1份作为作业，1份留给作业出错的学生巩固使用，1份作为单元检测时的测试题目，从而保证作业与考试的一致性。

（四）注重分层并精选作业

教师要充分考虑不同层次学生的知识、能力基础和学习压力情况，为不同层次的学生设计适合的作业内容与形式，让每个学生都能够在作业中获得成功体验与进步发展。通过对教材课后习题的选择、分层、改编、拓展，加强作业的针对性和选择性，积极探索分层次的弹性化、个性化作业，充分发挥作业的发展性作用，满足不同学生的发展需求。

此外，教师在设计作业时，要按照教学内容特点和教学进度，规划学生学习进阶的路线图，将终结性目标分解为多个适宜的阶段性目标，有目的、有计划地精心设计与不同阶段教学目标、教学内容相适应的作业，严格杜绝超出教学目标和教学内容的作业。

（五）加强作业批改

基教研中心提出，教师在批改作业时要"留多少，批多少"，不能"管留不管批"。对作业的批改既要判断正误，还要根据学生的不同能力水平分层分类批注错误点，提出具体的学习方法建议。对优秀学生，指导学生在全对的基础上进一步寻找更优解法；对中等学生，批注错题数目让其自行寻找；对学习有困难的学生，直接指出错误点，为学生提供先前预备的题目，或是在题库中挑选同类型题目进行巩固。对需要面批的作业，教师应选择合适的时间，依据不同学生的情况当面批改或进行指导。

（六）加强作业讲评

教师要对作业中出现的问题进行分类，对普遍性问题要集中讲评并设计巩固性练习，对个性问题应加强面批讲解，对典型错误要分类更正、逐类解决。特别是要加强分层指导，强化个别辅导，帮助每一位有需要的学生查漏补缺，"杜绝管批不管改，严禁管改不管用"。

同时，教师要指导学生形成做作业的正确流程和行为习惯，如做作业前整理课堂笔记，完成作业后进行检查，把检查过程留在作业本上，以及建立专门的错题记录本等。

（七）对学生作业完成情况进行阶段性评估

作业完成情况要与学生综合素质评价及年终学业成绩挂钩，教师要针对每一位学生的作业完成情况进行发展性记录，掌握学生学科学习情况与知识能力水平的全时段发展情况，使作业成为洞悉学生成长进步的窗口。根据作业中反映的学情，教师要积极反思、主动调整，通过更加科学合理的教学设计，帮助每一位学生达成教学目标的要求，提升教学质量。

（八）进行典型作业的展示与研讨

学校层面，可定期对一个或多个学生的典型作业进行全面展示，或与学段展示相结合。典型作业既包括做得好的优秀作业，也包括用独特方法解决的作业以及改错改得好的作业等。教师要对展示作业的特点和改进策略进行点评，让作业展示成为一道最亮丽的风景线。

教研层面，要通过市、区、校三级教研体系联动，征集优秀作业设计案例，通过典型示范、成果推广等方式，实现优质作业资源的共建共享，帮助教师尽快提高作业设计能力。

教师层面，要定期参加市、区、校组织的作业展示和交流活动，并积极参与有关作业设计优化的项目研究。

（九）阶段性检测题目要与作业保持一致性

教师要有意识地将阶段性检测试卷的命题与学校日常作业设计和质量提升结合起来，"教什么，练什么，评什么"，保持命题方向与作业改进方向的一致性，保证作业目标、作业内容与教学目标、教学内容、考试评价的一致性，通过教学评一体化设计，共同推进学科作业优化。

（十）利用"互联网+"采集学生作业大数据

有条件的区域、学校要探索建立学习作业自适应资源库。教师应充分利用适宜的信息技术手段，提高作业管理、设计、批改、分析和反馈的工作效率。依据大数据对学生进行精准分层，设计有针对性的作业题目，采取适合的作业类型，有效提升学生学习效率，提高学生学业质量。

四　实践改进：多管齐下，优化作业设计

对于广大教师群体来说，理念引领固然重要，但实践中究竟应该如何改、如何做，更是他们迫切需要得到解答的疑难点。针对教师们的现实需求，基教研中心多管齐下、逐步深入，指导教师开展优化作业设计的探索与实践。

（一）分学科聚焦，细化作业中存在的典型问题

为了使作业优化策略具有现实性、针对性，基教研中心各学科教研室基于日常听课调研及作业访谈、观察，梳理细化了各学科作业设计和反馈中存在的常见问题。

以中小学语文学科为例，调研发现，当前小学语文作业的主要形式是抄写生字词、阅读练习等书面作业，作业的形式比较单一，无法激起学生的学习热情。其中，抄写生字词类的作业，往往是当天课堂上学习了什么，作业就要求反复抄写以巩固相应的内容，对学生学习中实际难点的针对性不强。阅读练习类的作业，也往往是教师直接从练习册中选用的题目，对不同学生学习实际的针对性不强。并且，这样的作业往往缺乏思维的深度，与生活的联系不够紧密，对学生的挑战性不够。学生在完成这些作业的过程中容易产生枯燥乏味之感，养成不愿思考的习惯。

中学阶段同样存在类似问题。语文教师布置的作业除了课后习题之外，往往还有必备的配套练习，以及抄写生字词、阅读练习等，同时会有每周都得完成的周记。虽然看上去作业类型很是丰富，但是大多属于机械式的、记忆性的作业，更注重基础知识和基本技能的训练，对过程与方法、情感态度与价值观的关注不够。并且，与小学阶段类似，这样的作业既缺乏思考力和思辨性，更没有任何挑战性。学生在完成这些作业的过程中既无法激起学习的热情，更容易觉得语文是一门枯燥乏味的学科。久而久之，学生就会产生厌倦感，出现应付了事甚至抄袭作业的现象。

再以中学物理学科为例，基教研中心物理教研室在对作业进行长期跟踪

研究后发现，教师随意布置作业的现象较为普遍，作业与教学目标、教学内容、学生知识能力水平不匹配的问题较为严重。并且，作业类型单一、结构失衡成为常见问题，表现为以纸笔类的机械性、重复性作业为主，完成作业的主要目的是促使学生熟练掌握各类试题的解法，缺少促进学生核心素养形成的实践类作业和探究类作业，从而导致学生在完成作业过程中只能对文字符号进行反复操练，获得的知识经验单一、贫乏，降低了学生的学习兴趣，加重了学生对作业的负担感。更严重的是，不少作业的本意是联系实际，结果却存在科学性问题，不符合生产生活实际，对学生的思维加工过程反而产生了干扰，阻碍了学生对科学概念、科学方法、科学规律的正确理解。甚至有教师将中考试题、模拟考试试题作为学生作业，扭曲了作业的基本功能，给学生带来难以预料的学习困难和障碍，难以发挥作业的巩固、诊断和建构作用，使作业的效果大打折扣。

（二）针对问题，提出作业设计策略并给出参考样例

针对作业中存在的典型问题，基教研中心于 2021 年 12 月编写发布了文科类、理科类、语言类《中小学作业指导手册》，不但对学科作业现状中的问题进行了详细分析，提出了解决问题的基本策略与操作化建议，还给出了作业设计的大量参考样例，供各学科教师参考、学习。其中文科类《中小学作业指导手册》涵盖了中小学道德与法治，中学历史、地理学科；理科类《中小学作业指导手册》包括中小学数学，中学物理、化学、生物，小学科学学科；语言类《中小学作业指导手册》则涉及中小学语文、英语学科。

仍以小学语文学科为例，针对作业形式单一、目标性与针对性不强的问题，语言类《中小学作业指导手册》依据该学科学习目标达成的需要，根据主要功能的不同将作业分为以下 4 种类型。

第 1 种是巩固积累类作业，主要针对教学目标中的知识目标。这类目标指向的内容往往与当天的教学内容紧密相关，有必要通过作业进行适当的巩固和强化。例如，字词的巩固抄写，优秀句子、诗文的积累记诵等。

第 2 种是实践运用类作业，主要针对教学目标中的方法、能力目标。这

类目标指向的内容往往难以通过一次学习完全掌握，需要通过作业引导学生在多种语言实践活动中迁移运用、逐步内化。例如，语段仿写、阅读练习等。

第3种是习惯养成类作业，主要针对习惯、方法类目标。这类目标指向的内容可能与当天教学内容的联系并不十分紧密，但对学生语文素养的养成具有重要价值，需要每日巩固。例如，观察、阅读的习惯等。

第4种是拓展延伸类作业，主要针对情感、态度类目标。这类目标指向的内容往往从当天的教学内容中来，指向学生的延伸性、拓展性、探究性学习。

教师在设计作业时，如果能够依据学习内容明确作业的类型，有的放矢地选择、设计作业，并通过调整作业的整体结构突出重点学习目标，自然能够对作业要练习什么内容、锻炼学生哪方面的能力、完成什么样的目标了然于胸，并能够实现对学生作业总量的有效控制。

为了便于教师理解，在语言类《中小学作业指导手册》中，还附上了小学语文学科"花钟"一课的作业设计样例。在这份作业设计样例中，针对3个重要的学习目标，教师分别设计了3份不同形式的作业，其中作业1指向学习生字词的目标，属于巩固积累类作业；作业2指向借鉴表达仿写句子，属于实践运用类作业；作业3指向借助关键语句概括一段话的大意，也属于实践运用类作业（见图1）。作业设计样例能够帮助教师学习、领会如何基于学习目标有目的、有计划地进行作业安排与设计。

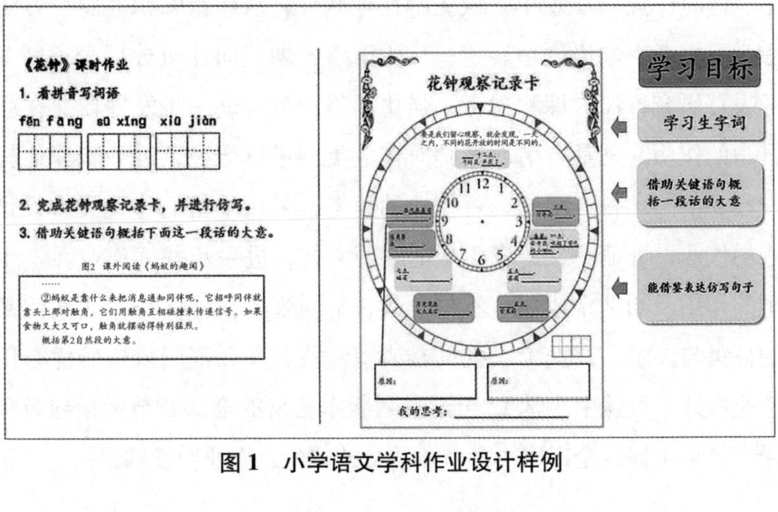

图1　小学语文学科作业设计样例

此外，狭义的作业往往只指向课后书面作业，广义的作业则有多重形式。减少课后书面作业，可以为学生留出更多时间进行休息和自主学习。各学科也可通过积极探索实践类、体验类、探究类活动的设计，为学生提供多种学习方式和学习途径，让学生多动手、多动脑，实现作业与教学的有机融合，如引导学生到社区、博物馆、纪念馆、科技馆等社会实践基地完成跨学科、主题式、项目式作业等。为此，基教研中心还专门配套编写了《中小学综合类学习活动指导手册》，指导相关学科开展综合类学习活动。

（三）开展北京市义务教育阶段优秀作业案例及作业设计征集与展示活动，遴选优秀作业案例及作业设计结集成册

为了引导教师边实践边探索，2022 年初，基教研中心面向北京市各区开展了"北京市义务教育阶段优秀作业案例及作业设计征集与展示活动"，全面覆盖了小学语文、数学、英语 3 个学科，以及初中语文、数学、英语、道德与法治、历史、地理、物理、化学、生物学 9 个学科。

开展该活动的目的有 4 个。一是要引导教师对作业功能进行反思，促进教师树立新的作业观，将作业纳入教学设计的重要环节，减少盲目性、单一性，强化针对性、实践性、选择性，进一步发挥作业在课程实施中的作用。二是要引导教师对作业内容进行研究与反思，督促教师在进行作业设计时从注重单一课时作业向注重单元或主题作业转变；从注重知识立意、方法再现向注重学习思考、领悟创新转变；从注重整齐划一向注重分层分类转变。通过作业设计研究，深入课程思考，强化课程理解，进一步发挥作业在教学质量提升中的作用。三是要引导教师对作业类型进行研究，进一步深化教师对不同学段、不同学科、不同内容作业的思考，采用丰富的作业类型设计，开展适当的作业设计研究，激发学生的学习兴趣，进一步发挥作业在学生健康成长中的作用。四是希望通过不同学科、不同版本教材优秀作业案例及作业设计的征集与展示，评选出一批具有典型示范意义和不同风格的优秀作业案例及作业设计，覆盖中小学 12 个学科各版本教材的全部章节，指导教师对作业的探索，真正促进全市中小学作业数量的减少、作业质量的提高。

其中，作业设计是指针对各版本教材中 2022 年春季学期（2022 年 3~6 月）的内容，进行单元或主题的整体设计，意在引导教师能够从注重单一课时作业向统筹单元或主题作业转变。作业案例是指对 2021 年秋季学期（2021 年 9 月至 2022 年 1 月）已经布置过的作业进行全过程呈现，涵盖了设计作业、留作业、做作业、批作业、评作业、改作业的完整环节。之所以在 2022 年初开展该活动，正是有意引导教师对"双减"以来布置过的作业进行回顾、反思，并利用寒假时间，在对 2022 年春季学期教学内容进行备课的同时，能够对作业进行整体设计与思考。通过征集程序的专门设计和市、区、校三级教研体系的充分联动，确保所征集到的作业案例及作业设计能够覆盖中小学 12 个学科不同版本教材的全部章节。

2022 年 4 月，在组织各区教研部门完成区级评审与推荐的基础上，基教研中心组织专家进行了市级评审与推优，并从中遴选出部分具有典型性、代表性的优秀作业案例及作业设计，按照 12 个学科分别结集成册，供各学科教师学习、研讨，从而真正实现优质作业资源的充分共建共享。

五　研究成效

从征集期间收到的大量优秀作业案例及作业设计中可以看出，广大中小学教师积极响应了《义务教育阶段教师优化作业的十条建议》，主动践行了《中小学各学科作业指导手册》中提出的具体建议，在作业设计与实施研究中迈出了坚实的一步，在作业内容、呈现方式、完成形式、评价要求、布置过程等方面都产生了可喜的变化。

首先，教师们开始能够立足单元学习，整体设计单元教学与作业。具体来说，很多教师能够从学生学习活动的角度出发，以单元为基本单位，对学生的单元学习路径进行整体规划、设计与统筹分配，并在单元整体框架设计的基础上，纳入作业的框架设计，以简洁、清晰的单元核心主题统领课时立意，有效提升单元作业、课时作业之间的整体性、关联性、衔接性、递进性。图 2 展示了小学语文学科单元学习路径整体规划；图 3 展示了小学英语

班级小书库 我们来建设

以小书库的建设实现单元一体化作业设计

- 以实现单元要素为目标
- 以子活动为任务驱动
- 以单元学习内容为实践作业的资源
- 以实践性作业为学习运用与延续

目标

找准、找全关键信息 → 整合、梳理关键信息 → 关联、活化运用信息

活动

- 活动一 分享阅读"好方法"
- 活动二 共享阅读"好书籍"
- 活动三 乐享阅读"好故事"

课时和主要教学内容

活动一：

《古人谈读书》（2课时）
1. 能联系上下文、理解大意
2. 能梳理古人读书的方法、态度
3. 能联系自己读书的看法发表自己的启发

《忆读书》（1课时）
1. 能梳理出作者的读书经历
2. 能了解作者的读书方法并能结合自己的看法发表自己的看法

活动二：

《忆读书》（2课时）
1. 能说出作者对"书"的看法
2. 能体会作者对读书的热爱及读书带来的快乐
3. 能结合自己的读书经历交流读书的快乐

《我的"长生果"》（1课时）
1. 能梳理出作者的读书经历
2. 能梳理、理解阅读与写作的关系，并感悟作者悟出的道理

习作（2课时）
1. 能梳理、整合阅读中获得的"好书"的标准
2. 能结合自己的阅读经验和自己的阅读经验推荐一本书，并表述理由

活动三：

口语交际（1课时）
1. 能梳理人物形象的信息，从不同方面把握内容要点
2. 能分条讲述，把介绍人物形象的理由说清楚
3. 所听者能抓住重点进行评价

语文园地（1课时）
1. 能用比喻的方法表达对书的理解
2. 能在进一步会阅读与写作的关系
3. 能理解《观书有感》中的读书方法

作业类型及内容

基础作业：
1. 给字词选本单元字词的积累及运用
2. 通过图画梳理古人的读书方法、态度
3. 我有"读书小妙招" 结合《古人谈读书》《忆读书》中学习到的读书方法和自己的阅读体验，为班级小书库提供"读书小妙招"，择优展示

能力作业：
1. 朗读并体会作者对读书的热爱
2. 用表格梳理作者认为的好书
3. "好书我来荐（献）" 结合在《古人谈读书》《我的"长生果"》中了解到的好书的标准和自己阅读过的书籍，向班级小书库"荐书""献书"

（中间）
1. 说出对结尾段的理解
2. 用结构图梳理阅读与写作的关系

1. 修改提纲，完成习作
2. 自评、互评习作，并进行修改

实践作业：
1. 选择自己最喜欢的人物形象
2. 分条梳理出推荐人物形象的理由
3. 讲述"我的读书故事" 结合本单元学习和别人分享的读书故事，采用不同形式写入班级小书库"我的读书故事"，并修改在班级小书库"我的读书故事"专栏中

1. 背诵《观书有感》
2. 结合阅读经验说说对阅读与写作的关系的理解

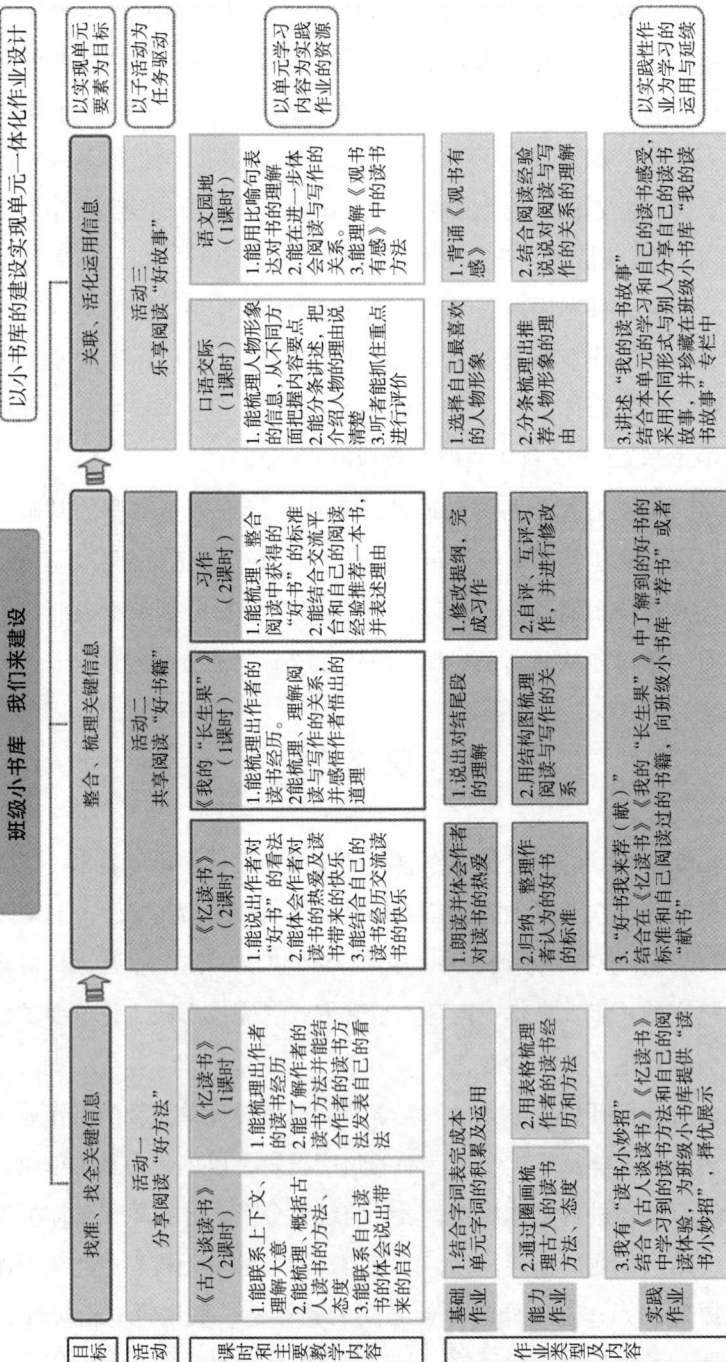

图2 小学语文学科单元学习路径整体规划

Healthy Living

理解健康生活的重要性，主动调整和改变自己不健康的饮食生活与生活习惯，主动并乐于推广健康的生活方式

反思自我，拓展知识，提出科学、合理的建议

追求健康，乐于传播健康的生活方式

了解健康与不健康的生活常识

乐于传播 ← 意识增强 ← 内化于心 ← 学习理解

预学调研
了解学生对健康生活的认识，并借助小组调查帮助学生梳理自己的生活习惯

Period 1 词句学习
Know About Healthy Habits
pp.2~3 Get ready. +Lesson 1
学习个有关健康的词组，对健康的做法予以区分，树立健康意识

作业：1.听写：课本P3~A
2.圈划提取：健康与不健康的生活习惯
3.填空："同学调研1"为自己的图片与写出相应的短语
4.匹配：根据图片中与的情境，将文字与其匹配

Period 2 情景对话
Our Health Problems
pp.4~5 Lesson 2
能够使用功能句与他人沟通身体问题并回答，对自己的健康问题能提出简单建议

作业：1.仿写：借助情境图示，仿照A项对图片描述
2.造句：根据预学调研中自检的真实情况，为自己提出健康建议

Period 3 "巩固+阅读"
Healthy Me
pp.10~11 Let's Check+补充绘本
通过听说读看与等语言活动复习巩固前两期所学的健康知识与话题；读绘本学习如何调整自身的各个方面

作业：1.朗读：绘本
2.借助教师提供的框架，用思维导图梳理绘本内容，自由绘制
备选区作业：2~4人小组作业：设计主题和提纲，准备角落课程

Period 4 "语音+拓展"
Healthy Diet
pp.8~9 Let's Spell+Fun Time
学习ea组合在单词中的发音，引出健康话的小语，读懂健康金字塔；学习如何合理调整自身习惯

作业：
1.朗读分类：朗读含有ea组合的拼读绘本
2.填空：填写每日所需各类食物的量并；3.自由写作：完成健康餐食的设计
备选区作业：小组合作准备课程讲义和课程宣传海报

Period 5 读写结合
Advice for Healthy Living
pp.6~7 Lesson 3+补充阅读
读懂语篇，针对健康问题为Mary提出合理健康建议；初读补充阅读的文段，简略出合理阅读的金字塔提出；简读如何合理化健康建议

作业：
1.匹配：根据短篇与连线
2.写作：给身边有健康问题的Fat Ted写一封信，提出建议
备选课程小组指导教师：教师指导学完善建议

Period 6 故事学习
Best Wishes for Healthy Living
pp.12~13 Story Time
读懂故事，在教师的引导下梳理故事脉络，4人合作借助故事图会试复述或表演故事

作业：
1.复述：根据故事图复述故事
2.开放作业：书写愿望际，书写愿望
3.自由写作：写出如何实现愿望
角落课程小组进行讲述和演练

Corner Class for Healthy Living
角落课程
通过学生自主发起的健康课程为团队合作中推广健康意识，帮助更多学生深入理解健康生活的意义，提出对未来生活的健康建议

单元长作业

自主定题—合作学习与探究—教师指导—招募听众—主动宣传众—组织课程

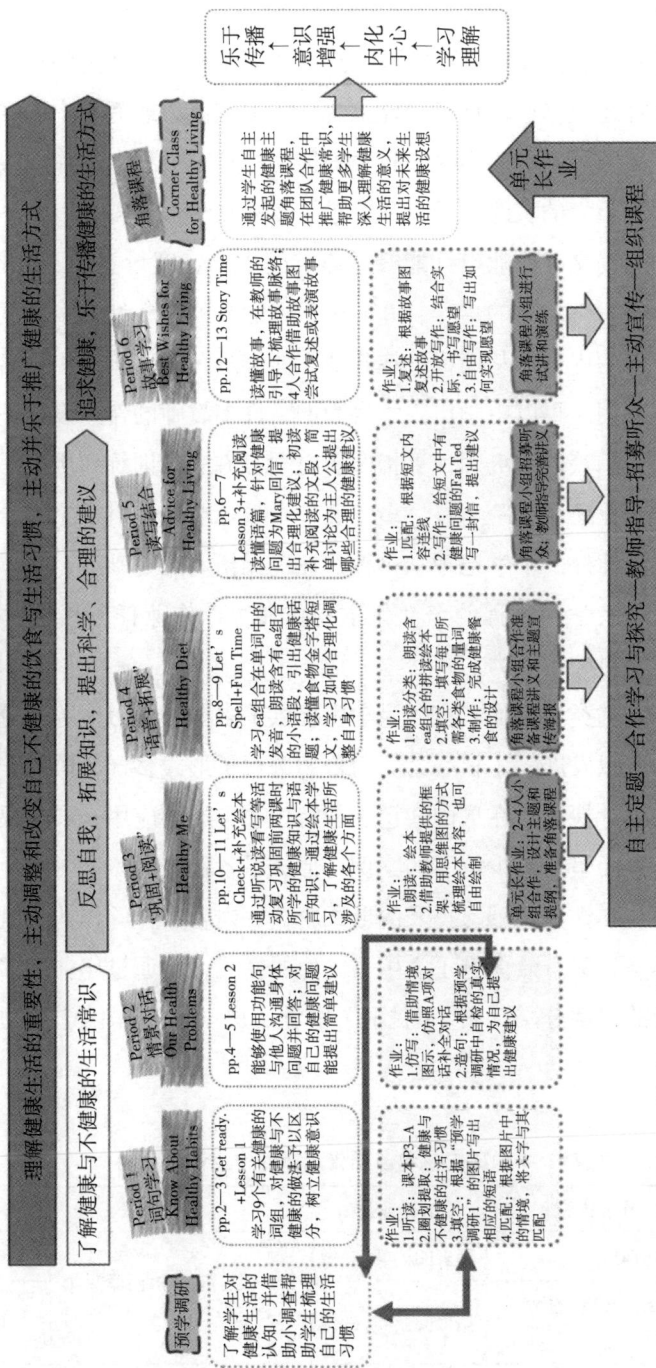

图3 小学英语学科单元教学与作业整体设计

077

学科单元教学与作业整体设计。

其次，教师们在作业设计中能够重点关注对学科关键能力的培养。无论是单元教学设计还是作业设计，均能围绕学科关键能力或教材中的学科关键要素展开，在教学过程中突出对学科关键能力的培养过程，在作业设计中则突出对学科关键能力的实践运用过程，进一步内化学习所得。以小学数学学科为例，教师们提交的作业设计能够聚焦空间观念、度量意识、数据意识、问题解决等学科关键能力的培养，并积极探索运算的一致性、量感的形成等新课程标准提倡的内容，从而保证在作业中能够进一步促进学生理解核心内容、实现巩固应用。再以中学历史学科为例，许多教师的作业设计不仅关注学生对历史知识的获取和巩固，更指向历史学习方法的训练和历史思维习惯的养成，部分作业还注重跨学科、多角度开发教育功能，对学生综合素养的提升大有裨益。此外，中学地理学科教师在单元拓展的基础上，布置融合不同学科学习内容及学习过程的个性化主题作业，以作业任务培养学生多角度、多层级的学科关键能力。

再次，作业的类型更加丰富，为学生提供了多样的学习体验和分层选择的空间。教师们以发展学生核心素养为目的进行了形式多样、内容丰富、途径多元的作业设计探索，在巩固知识、理解概念、迁移应用、联系反思、实践体验类作业方面呈现不少鲜活的案例，形成了各种兼顾短期与长期、显性与隐性、规定与弹性、基础与提升的形式新颖、内容多样的作业，既丰富了学生的学习体验，又有效促进了学生多方面的发展，更通过作业的多样化选择实现了作业的隐性分层。表23展示了中学历史学科多样化选择的作业设计案例。

表23 中学历史学科多样化选择的作业设计案例

对应课时	作业内容	作业类型	布置时段	作业用时
第1课 鸦片战争	图说历史	图表阅读类【必做】	课后巩固作业:学完第1课后	10分钟
	《中国近代史》章节选读	拓展阅读类【选做】		10分钟

续表

对应课时	作业内容	作业类型	布置时段	作业用时
第2课 第二次 鸦片战争	两次鸦片战争形势示意图比较	图表阅读类【必做】	课后巩固作业:学完第1课后	10分钟
	圆明园导览	实践考察类【选做】	较长周期作业:学习第2课后	2周
第3课 太平天国运动	绘制太平天国运动形势示意图	图绘类【必做】	课后巩固作业:学完第3课后	15分钟
	太平天国运动形势示意图分析	识图类【必做】		
第一单元 单元作业	单元学习反馈检测	纸笔类【必做】	单元反馈作业:第一单元学完后	15分钟
	绘制单元知识结构图	图绘类【必做】		10分钟
	影片赏析	观影类【选做】	课前预习作业:单元导言课布置	40分钟

最后,教师们能够主动结合作业评价量规对典型性作业展开评价,促进教与学的双向成长。在征集的优秀作业案例及作业设计中,很多教师针对作业评价任务设计了分水平的作业评价量规,力求准确诊断学生的学习水平(见表24)。以中学历史学科为例,在一些优秀作业案例及作业设计中,教师的统计分析科学、问题分析精准、问题归因有效,并侧重于通过评价提升学生的历史学习能力。

表24　教师们设计的作业评价量规

项目	王牌导游	资深导游	业余导游
线路绘制	在地图上准确选择能够体现所选路线主题的地点,并且进行标注,对路线进行合理规划	基本能够选择体现所选路线主题的地点,并进行标注	所选地点无法整合在同一主题内
介绍词	能够从多个角度描述遗迹的信息;能够把遗迹放在具体的时空框架下,全面分析其背景;能够结合所学,对遗迹体现的历史史实进行合理分析	仅能从一个角度描述遗迹的信息,信息准确;能够把遗迹放在具体的时空框架下分析其背景,但不全面;能够结合所学,对遗迹体现的历史史实进行分析,但不够合理、准确	仅能从一个角度描述遗迹的信息,介绍不充分、不全面,没有分析,缺少历史感

续表

项目	王牌导游	资深导游	业余导游
推荐理由	文字有表现力，能够体现遗址的文化遗产价值并向社会传达文物保护的重要性	文字能够体现出遗址的文化遗产价值	理由单一，浮于表面，缺少感悟和思考

以上内容充分反映出北京市广大中小学教师在"双减"背景下，以基教研中心的《义务教育阶段教师优化作业的十条建议》和《中小学各学科作业指导手册》为指导，以培养核心素养、促进学生发展为目标，以优化作业为突破口，将作业纳入教学设计与实施系统，统筹考虑作业与课堂教学、学生学习之间的联系，从作业的设计、布置、实施、评价、反馈、改进等环节全面进行作业优化的思考与实践。

诚然，在作业设计中还存在一些问题，需要进一步深入探索。比如，如何以综合性强的作业实现更多的学习功能，避免作业量增加的趋势；如何用最简单的作业实现对学生个性化的诊断、指导；如何更有效率地进行作业的批改与评价，并将课堂学习和作业的布置、讲评进行有效结合；等等。这些问题正是未来再探究、再思考、再前进，进一步进行作业改进与优化的动力。

B.5
"双减"背景下义务教育学校
教学管理优化与改进策略

赵树新　王建平*

摘　要： 贯彻落实"双减"工作，对教学管理提出了更高要求，学校需要正视存在的问题，积极创新教学管理。通过对北京市中小学的调查发现，学校在教学管理方面能够较好落实"双减"政策各项要求，为学生在校内学足学好提供基础保障，但教学管理还有待优化和改进，存在教师设计高质量作业能力不足，学校提供专业支持与帮助不够；学校硬件和师资难以满足课后服务需求，课后服务保障尚不充分；未能管理好教师工作时间和工作量，影响教师专业学习和身心健康等问题。为此，需要系统变革学校教学管理，推动学校教学管理各环节转型升级；为教师减负营造良好的环境；推动学校教师研修结构重组和流程再造；建立优质作业资源库，赋能作业管理；多渠道增加课后服务资源供给；探索推动课后服务"课程化"；发挥教育行政部门的保障与监督作用，确保学校有效落实"双减"政策要求。

关键词： "双减"　教学管理　作业管理　课后服务管理

2021年7月，中共中央办公厅、国务院办公厅印发了《关于进一步减

---

* 赵树新，博士，北京教育科学研究院基础教育教学研究中心助理研究员，主要研究领域为教育管理、教育评价；王建平，北京教育科学研究院基础教育教学研究中心副主任、高级教师，主要研究领域为小学教育教学。

轻义务教育阶段学生作业负担和校外培训负担的意见》①，提出"双减"即减轻义务教育阶段学生作业负担、减轻义务教育阶段学生校外培训负担。"双减"政策成为新时期基础教育减负和提质增效的重大举措。自"双减"政策实施以来，北京市各区教育行政部门和学校按照中央和北京市统一部署，积极推动学校教学管理改革，着力于课堂教学管理、作业管理、备课教研管理、考试评价管理和课后服务管理，以此推动学校教学管理的整体变革。2021年12月，为更好地贯彻落实中央和北京市"双减"工作的有关要求，了解义务教育学校教学管理基本状况与存在的主要问题，北京教育科学研究院基础教育教学研究中心（以下简称"基教研中心"）面向中小学校长、中层管理干部、教师进行了问卷调研，并组织召开座谈会，获取了第一手调研资料。调研结果显示，各中小学均能够有序推进"双减"工作，落实"双减"政策对学校教学管理的要求，但在高质量学校教学管理方面仍存在一些问题，亟待改进与优化。

一 调研样本选取

此次调研选取了西城区、朝阳区、丰台区、通州区、大兴区、顺义区、房山区、密云区8个区的中小学作为调研主体。在综合考虑学校地域（城市、县镇、农村），类型（独立小学、独立初中、九年一贯制学校、完全中学、十二年一贯制学校），集团校（集团校、非集团校）的基础上，在每区抽取了6所中小学，共抽取了48所学校。按学校地域划分，城市学校26所，占比为54.2%；县镇学校14所，占比为29.2%；农村学校8所，占比为16.7%。按类型划分，独立小学21所，占比为43.8%；独立初中11所，占比为22.9%；九年一贯制学校7所，占比为14.6%；完全中学4所，占比为8.3%；十二年一贯制学校5所，占比为10.4%。按集团校划分，集团校

---

① 《关于进一步减轻义务教育阶段学生作业负担和校外培训负担的意见》，教育部网站，2021年7月21日，http://www.moe.gov.cn/jyb_xwfb/gzdt_gzdt/s5987/202107/t20210724_546566.html。

18 所，占比为 37.5%；非集团校 30 所，占比为 62.5%。

每所学校选取 1 名校长、2 名中层管理干部作答"学校教学管理情况调查问卷"，共收到校长问卷 48 份，中层管理干部问卷 96 份。对 988 名教师开展问卷调研，其中小学教师 161 人，占比为 16.3%；初中教师 827 人，占比为 83.7%。同时，与朝阳区、密云区教研人员、校长、中层管理干部、教师等 12 人进行面对面访谈，获取了第一手调研资料。

二 学校教学管理取得的进展与成效

（一）学校严格落实教学管理要求，履行课程教材使用规定，为学生在校内学足学好提供基础保障

各中小学能够重视学校教学管理制度建设，严格落实教学管理要求，履行课程教材使用规定，为学生在校内学足学好提供了基础保障。调研结果显示，各中小学全部制定了学校教学管理制度。在履行教学管理规定方面，100% 的中小学做到了按照教学进度进行教学；不跨学期、跨学科调整教学内容；不利用寒暑假、休息日或法定节假日组织学生开展集体补课；不利用晨检、午检或自习时间进行学科教学；严肃教育教学工作纪律，不划分重点班、实验班，实行均衡编班和师资配备。在国家课程开设和教材使用方面，100% 的中小学做到了开齐国家课程；开足国家课程课时；不用地方课程、校本课程代替国家课程；不用学案、讲义替代教材；不使用境外课程与教材或未经审批的教材。

（二）重视课堂教育教学主阵地，采用多种举措监督课堂教学质量，提升学校教学管理有效性

课堂是教育教学主阵地，各中小学把提高课堂教学质量作为核心任务，健全课堂教学质量管理规程，采用多种举措监督课堂教学质量，提升学生在校学习效率。调研结果显示，100% 的中小学教学管理人员能定期走入课堂

听课、定期检查教案；98%的中小学教学管理人员能定期参加教研组、备课组的活动；96%以上的中小学围绕"课堂提质"组织了专题研讨；92%以上的中小学制定了课堂教学基本规程和评教、评学制度；88%的中小学能及时反馈并合理应用教学评估结果。此外，各中小学都能遵守不随意改变教学计划、不超越课程标准难度进行教学等规定。

（三）落实作业管理制度建设，实施作业统筹管理，教师对作业设计和布置更加重视

作为课堂教学的重要环节，作业承担诊断、评价和指导的重要作用，加强作业管理既是提升教学质量的关键措施，更是学校压实"双减"主体责任的应有之义。调研结果显示，各中小学都能落实教育部要求，制定作业管理细则，建立作业公示制度，做到班级、年级作业公开，师生人人可见。教师调研结果显示，95.7%的教师认为应加强作业研究，提高作业的有效性；85.1%的教师认为应对不同水平的学生分层布置作业；70.2%的教师认为教师要试做作业、精准布置学生作业。可见，各中小学实施作业统筹管理后，教师对作业设计和布置更加重视。

（四）加强学校考试评价管理，准确把握考试功能，减轻学生考试压力

各中小学能够严格执行考试管理规定，落实教育部印发的《关于加强义务教育学校考试管理的通知》①，减轻学生考试压力。调研结果显示，各中小学都能做到严格控制考试次数，不超前、超标考试，考试结果不排名；90%的中小学采用等级制呈现考试成绩。此外，各中小学能够规范考试命题管理、准确把握考试功能、合理运用考试结果，进一步发挥了考试在诊断学情、改进教学等方面的作用。调研结果显示，81%的中小学建立了命题审核

---

① 《关于加强义务教育学校考试管理的通知》，教育部网站，2021年8月30日，http://www. moe. gov. cn/srcsite/A06/s3321/202108/t20210830_ 555640. html。

机制，94%的中小学能够在考试后及时讲评试卷，96%的中小学做到了在考试后进行质量分析。

（五）将课后服务纳入学校整体安排，统筹规划课内课后时段安排，基本满足学生的学习需求

提升课后服务管理水平是实现"双减"工作目标的重要内容，是凸显学校教育主阵地作用、促进学生全面发展的重要途径。课后服务时间既要指导学生有效完成书面作业，做好答疑辅导；还要开展丰富多彩的科普、体育、艺术、阅读、兴趣小组和社团活动等。北京市委教育工委副书记、市教委主任、市人民政府教育督导室主任刘宇辉指出，课后服务供给的重点，是把课后服务纳入学校教育教学整体规划，使其成为校内教育教学的有效延伸，增强对学生的吸引力。[①] 调研结果显示，中小学普遍能将课后服务纳入学校整体安排，并进行全面规划和设计。94%的中小学表示，课后服务能够基本满足本校学生的学习需求；98%的中小学利用课后服务时间指导学生在校完成作业、为学生提供个性化的学习辅导、开展多样化的体育锻炼活动和丰富多彩的兴趣小组和社团活动；96%的中小学利用课后服务时间对学习有困难的学生进行补习辅导；92%的中小学利用课后服务时间为学有余力的学生拓展学习空间。

三　学校教学管理存在的主要问题

（一）教师工作时间延长、工作量增加，集体备课、教研活动时间减少，影响教师专业学习和身心健康

调研中，63.5%的中层管理人员表示，推行课后服务后，教师的工作量增加、工作时间延长；52.1%的校长表示，教师的精神压力也比以往有所增加，

---

① 《北京市中小学课后服务时间将调整　教师有望实行弹性上下班》，新华网，2021 年 7 月 21 日，http://www.xinhuanet.com/local/2021-07/21/c_ 1127676528.htm。

对教师的身心健康产生了一定影响。调研中教师普遍反映，实施课后服务后，多数教师每周至少有两天参与课后服务，一些教师甚至一周 5 天都参与课后服务，教师需要花时间准备课后服务的内容，教师的备课、教研甚至休息时间被缩减，教师集体备课、教研活动的时间经常得不到保障。统一培训和集体备课、教研活动的时间受到限制，同组所有教师都能参加集体活动遇到困难，部分学校教研组采取线上集体教研方式，但是效果一般。另外，学校教学检查力度加大，需要统计上报的数据增多，对教师上课、作业布置批改等的要求更高，这些都增加了教师的工作时间和工作量，一线教师比较疲惫。

（二）教师设计高质量作业能力不足，学校提供专业支持与帮助不够，作业管理实施效果仍需改进

长期以来，学校更多关注教师的教学能力、命题能力，而教师的作业设计能力相对被忽视。调研中发现，教师更习惯设计和布置传统的基础性作业，对于拓展性作业和实践性作业的设计和布置较少。在分层作业设计和布置方面，教师很难把握尺度，既要考虑学生的实际水平，还要考虑家长对学生分层的态度，实施分层作业效果不佳。例如，朝阳区小学语文教师指出，对于学习有困难的学生，作业重点放在了基础知识上，对阅读技能的指导关注不够，导致虽有分层，但是整体的效果不够理想。同时，作业分层既包括作业内容的分层，又包括作业完成标准的分层，由于分层的标准难以确定，教师在批改学生作业时遇到困难，不同层次学生的作业应该达到什么标准很难把握。另外，调研中教师普遍反映，在高质量作业设计方面缺少专业指导与培训，需要学校开展有助于提升教师设计高质量作业能力的专业发展活动，提供作业优化的具体做法与案例，而学校在这方面提供的专业支持与帮助不够，出现了学校作业管理实施效果不佳的实践困境。

（三）学校硬件和师资难以满足课后服务需求，课后服务资源供给单一，课后服务保障尚不充分

课后服务内容单一、水平不高、可选择性不足，对学生的吸引力不强，

对课后服务的保障尚不充分。① 调研结果显示，72.9%的学校指出，当前开展的课后服务设施少、场地小，难以很好地满足学生对课后服务硬件的需求；75.0%的学校表示，师资配备和教师能力还不能很好地满足当前需求。目前，课后服务供给相对学生多样化、个性化、连续性的发展需求而言还有差距，课后服务时间"看管"现象仍然存在。② 另外，课后服务内容和类型受学校资源限制，课后服务资源供给单一。③ 当前，课后服务资源供给以本校教师为主，从学校的供给能力和学生需求看，素质拓展活动亟须丰富资源供给渠道，学校购买服务和与校外机构合作提供服务的意愿较为强烈。校外非学科类课程、活动参与课后服务的准入、遴选、评估、退出等机制与标准不够明确，限制了学校引入优质课后服务资源，制约了学校开展高质量课后服务。

四 优化和改进学校教学管理的对策与建议

（一）系统变革学校教学管理，推动学校教学管理各环节转型升级，整体优化教学生态，发挥学校教学管理指导功能

"双减"背景下的学校教学管理改革，必定是基于学校办学理念整体化推进的系统变革。首先，以系统变革推动学校教学管理转型升级，构建教学新秩序，整体优化教学生态。第一，学校教学管理制度需要重新平衡学校管理、教师教学和学生学习，在时间与空间、规制与自由间寻求平衡点，实现突破，进行优化、重构；第二，通过整合、优化课堂内外的教学资源，协调不同教学形式，循序渐进地从教、学、评三个方面进行系统变革；第三，

---

① 《2021年对区级人民政府履行"双减"职责专项督导检查报告》，北京市教育委员会网站，2022年3月22日，http://jw.beijing.gov.cn/jyzx/ztzl/bjjydd/ddbg/202203/t20220322_2636748.html。
② 杨德军等：《"双减"背景下中小学管理亟待升级》，《人民教育》2021年第24期。
③ 杨德军等：《"双减"背景下学校课后服务课程实施现状及发展建议——基于对B市285所学校61326名学校管理者及师生的调查分析》，《中小学管理》2022年第7期。

突破学科教学管理限制，加强对教学计划、排课、教研、评价管理等具体的教学组织制度、教学工作制度和教学评价制度的关联性检视和整体优化。其次，系统优化学校教学管理，突出对教师备课、课堂教学、作业与学习指导的统筹管理。第一，学校应构建"以学为中心"的教学新常规，引导教师在设计、组织、教学、作业、反馈、评价等环节坚持学生立场；第二，学校应积极探索"作业与课堂学习活动一体化设计"，促进课堂教学转型升级；第三，校本教研应建立基于课堂、立足实践的行动研究机制以及基于教育教学发现问题、解决问题的团队学习成长机制。最后，应充分发挥学校教学管理的指导功能，严格实施教学常规管理，盘活学校教育资源。针对备课、上课、作业、考试等关键环节形成高质量闭环，突出对教学、教师、学生评价方面的改革，如增加过程性评价、增值性评价、综合性评价，形成全面、科学、准确的教师专业发展和育人过程的评价方式和机制，以评价促进学校教学管理水平的提升。

（二）学校要为教师减负营造良好的环境，统筹安排教师在校工作，保障教师备课教研时间和质量

学校对教师的工作量和工作时间缺少整体统筹管理，导致教师在备课教研、课堂教学、作业批改、班级管理、课后服务、家校合作、应对各种检查与上报工作的时间上不能做到合理安排，许多工作时间交叉，教师专业学习时间不足，教师集体备课、教研的时间经常得不到保障。实行课后服务以来，很多教师在校工作时间明显多于原来的 8 小时，特别是班主任、骨干教师与中层管理干部。已有研究表明，当一周教学工作时长超过40 小时，教师的工作积极性开始明显下降。[①] 过长的工作时间导致教师身心疲惫、工作压力过大。教师工作负担重、工作量过多，会影响其工作满意度和职业幸福感，进而影响课堂教学质量。已有研究发现，教师角色

---

① 翟晓雪：《教学工作时间对农村教师工作积极性的影响研究》，东北师范大学，硕士学位论文，2017，第 31 页。

冲突会造成工作负担过重。① 也就是说，教师承担的角色过多且角色之间发生冲突，会使教师工作负担加大。因此，学校首先要为教师减负营造良好的环境，尊重教师的劳动权益，支持教师相对独立的教育工作，精准把握不同学科教师工作量，优化人员配置，公平、合理地分配教师任务，建立教师弹性坐班和工作激励制度，用固定时长确保工作底线、弹性时长确保教师空间，减少教师工作时长，减轻教师身心及工作压力，让教师有自我管理的时间。例如，在试点学校实行统筹安排教师弹性上下班制，保持8小时的有效工作时长，提供几个工作时间段供教师选择；采取正、副班主任"两拨倒"的方式，一拨早来早走、一拨晚来晚走，定期调换。同时，教育部门可以对各学科教师工作时间及分配状况开展调查，了解各学科教师日平均工作时长、工作时间分配以及哪些工作时间可以削减，进而出台意见指导学校合理调整学科教师工作时间，提升教师工作效能，减轻教师工作压力。另外，加强教师备课、教研管理，围绕学校教学安排有效开展共同备课、教研活动，完善校内集体备课制度和年级教研制度，严格落实备课、教研制度，确保教师每周在校备课、教研时间充足，将教研常规管理转化为教师的研修活动。要充分发挥教研组成员的优势，形成团队最大合力。各学科要精心组织集体备课活动，让集体教研活动落地。例如，每次活动前确定好主讲人和主讲主题。每章都推出至少一节示范课，每位教师轮流选择一章中的一个重要知识点进行示范授课。

（三）教育行政部门打造智能研修平台，开发教师智能研修模式，推动学校教师研修结构重组和流程再造，实现数据驱动的教师专业发展

把提高教师队伍素质和能力作为学校减负提质的关键。通过提供有针对性的培训、教研等给教师赋能，有效促进教师专业成长。第一，教育行政部门打造智能研修平台，充分发挥信息技术优势，开发教师智能研修模式，实现远程跨校、跨区教研，并通过智能研修平台的精准化分析，为每位教师的

①　陈德云：《教师压力分析及解决策略》，《外国教育研究》2002 年第 12 期。

发展提供明确方向。第二，启动智慧教研示范区，在一些具备条件的区域进行智能时代教研发展道路的探索。通过智能研修平台有效支撑区域和学校开展不同形态的教研活动，聚焦智能精准教研，将 AI 数据分析贯穿于各种教研形态中，用数据说话，让教学分析诊断与评审过程更科学，让结果更有说服力。第三，利用智能研修平台，探索建立和应用教师能力诊断测评系统，了解教师学习发展需求，建立和应用教师大数据，采集动态数据，形成教师画像，支撑教师精准管理，开展精准培养培训，通过智能化的方式帮助教师找到适合自己的学习内容和学习方式，通过人工智能支持教师自主选学。用智能化的方式来考量培训效果，从而使得培训不断向可持续、更优质的方向发展。

（四）建立优质作业资源库，加强监督落实，赋能作业管理，提升作业效能

为满足中小学教师在实际教学过程中的迫切需求，教育管理部门和学校应承担重要责任，以平台建设和制度建设赋能作业管理，提升作业效能。第一，实施市、区、校"三位一体"资源共享，整合各校优质作业资源，建立作业资源库，利用教育云平台设置作业资源共享平台，实现全市优质作业资源共享。市级教研部门应统筹组织各区教研部门、学校、教师等组成各学科作业设计研究团队，共同开发设计不同类型、结构和难度的高质量作业，如合作类作业、游戏类作业、制作类作业、想象类作业，超越"作业仅仅是巩固知识技能"的目标，让学生在完成作业的过程中培养兴趣、养成习惯、增强实践、获得体验、发展素养。多形式开展中小学作业设计优秀案例评选推广工作，发布中小学各学科作业设计样例供教师参考，推动优质作业资源共建共享。第二，构建区域作业管理、监督落实制度体系，将作业管理纳入区域义务教育和学校办学质量评价，把作业管理作为规范办学行为检查和责任督学日常监管的重要内容。根据作业管理相关要求研究制定评价指标，指导开展区域学校作业管理效能监测，形成定期抽查、发布区域监测报告的工作机制。例如，海淀区建立作业总量审核监管和定期评价制度，形成

"海淀优秀学科作业案例库"。第三，学校要把作业管理作为干部重要的教学管理工作来衡量，把作业设计能力作为教师重要的教学能力来评价。学校需要提升作业管理水平，开展有助于提升教师作业设计能力的专业发展活动，加强教师在作业实践中的自我反思，提高教师作业设计能力。建立作业质量定期评价制度，通过学生问卷、座谈等方式对作业质量进行调查，了解作业的数量与难度、弹性与分层、类型与结构、批改与讲评等情况，并对调查结果及时反馈，帮助教师进行过程性自我调控，形成内部自觉改进与外部督促改进双向合一的作业改进机制。

（五）提升课后服务管理成效，多渠道增加课后服务资源供给，推动课后服务高质量、多样化发展

课后服务需要学校、家庭、社区以及社会相关机构多元协同，学校应加强课后服务管理，不断丰富课后服务内容与形式，确保课后服务资源供给，尊重学生、家长的选择和多样化需求，提高课后服务质量。第一，做好人性化服务，坚持学生、家长自愿参与课后服务原则。切实增强课后服务在内容和形式上的吸引力，满足不同学生、家长多样化的需求，尽最大努力使学生愿意留在学校参加课后服务。学校要从多渠道了解学生对于课后服务的需求，基于学生个性差异，兼顾不同学习阶段学生的身心特征、知识和能力发展水平等，提供多样化活动以及可供学生选择的教育资源，使学生获得个性层面差异化发展的可能，从而完成共同性与个别性的共同发展。例如，密云区部分中小学在课后服务试点中，在必修单元安排体育锻炼，保证"校内1小时"锻炼时间；在选修单元安排科学实践、劳动教育、美育活动、课业辅导等，由学生自主选择。第二，拓宽课后服务课程资源供给渠道，完善资源单位服务保障，解决硬件设施及课程资源不足的问题。引入优质社会资源（如少年宫、美术馆、红色教育基地、博物馆、科技馆、文化馆等），学区联盟校和集团校优质课程资源，变课后服务学校单一供给为多元供给，采取"请进来、走出去"等多种方式，统筹利用科普、文化、体育等方面的社会资源，鼓励优质家庭、社会资源进校，形成由学校、家庭、社会三方组成的

课后服务资源共同体机制，发挥好校外活动场所在课后服务中的作用，通过社会力量来提供一些活动空间、活动场所，定期对课后服务资源供给单位进行评估，确保资源供给的质量并满足学生需求。例如，北京市朝阳区实验小学加强与朝阳区青少年活动中心、北京服装学院、北京舞蹈学院、首都体育学院、中国爱乐乐团、中国京剧院等的合作，共同研发并开设课后服务课程40多门，学生可以根据自己的兴趣进行选择，有效提升了学生的课后服务参与率与课后服务满意度。又如，西城区充分整合党员干部、区属少年宫、科技馆及其他优质社会资源，提供"点单式"课后服务，教育部高度肯定并正式发文将其作为"双减"典型案例在全国推广。第三，高质量的课后服务需要强有力的师资支撑。要保障课后服务师资数量与质量，课后服务要体现学校特色，要充分挖掘本校教师潜能，共同研发和设计具有本校特色的课后服务课程。同时，引入社会资源，通过岗位聘用、项目合同等方式积极引进专业技术人才，补充人才队伍，还可以聘请退休教师、具备资质的社会专业人员或志愿者共同参与学校课后服务。例如，汇文中学立足校内资源，适当引入优质校外资源，同时充分调动家校共育机制和高校资源，引入行业精英、专家学者开展专题讲座。第四，在课后服务提质增效上，可以开展课后服务精品课程资源推介，在全市学校中遴选能有效提升学生综合素质、劳动素养，同时具备可复制、实践性强特点并具有一定技术含量的优质课程进行宣传与推广。另外，教育行政部门会同参与课后服务的各社会机构，遴选一批思想性好、品质优秀的科技类、文化类精品课程推介给全市中小学选用。鼓励科技馆、博物馆等教育场馆，少年宫等校外教育机构以及社会办学力量、公益组织、志愿者团队等，通过信息技术支持的双屏互动、"双师"教学等方式，深入农村地区，不仅要让师生们在教育教学中有实际获得，还要让师生们积极参与优质资源创生的过程。① 第五，要强化学校教学管理，建立健全课后服务管理制度，完善工作措施，做好具体的组织工作。学校要切实将课后服务纳入学校整体安排中，系统规划学校一日作息和教育教学安

---

① 孙众：《教育信息化为"双减"赋能》，《中国教育报》2021年12月7日，第2版。

排。有针对性地调整课后服务实施方案，努力做到"一年级一策""一类学生一策"，不同学段、不同年级的课后服务供给结构需有不同时间、空间、内容等的供给策略。

（六）发挥学校课后服务育人功能，基于五育融合优化课程实施管理，探索推动课后服务"课程化"

课后服务是义务教育的延伸服务，其根本价值在于培养学生的兴趣爱好和特长，满足学生个性化、差别化、实践性的发展需求，促进学生全面发展。[①] 学校作为课后服务的供给主体，应该结合自身特色与资源，搭建科学、合理的课后服务课程体系，将其纳入学校课程的整体规划，并将其作为五育融合的重要抓手和综合性实践育人方式，[②] 通过探索推动课后服务"课程化"，落实国家课后服务政策。首先，学校应探索构建基于五育融合的课程与教学体系，对课程进行整体设计，形成基于融合、为了融合和在融合之中的学校教学管理新方式。其次，立足服务需求，明确课后服务课程的育人目标，构建层次清晰、覆盖全面、指向明确的课程结构体系，并将课后服务纳入常规教研活动，激发学校课后服务课程建设的内生活力，构建科学高效的课后服务课程体系。再次，课后服务课程要与常规课程进行深度整合，形成关联融通的课后服务课程体系。围绕课后服务课程的课程目标搭建层次清晰、指向明确的课程结构体系，提升课后服务课程建设的规范性和科学性。发挥课后服务课程与常规课程的各自优势，提升学校课程育人效能。最后，要健全课后服务课程实施过程管理和质量监控机制。学校应发挥监督作用，建立课程审议、过程监测和教学评价等动态监测机制，定期或不定期地对课后服务课程开展情况进行检查和巡视，发现问题及时解决，不断提升课后服务质量。[③]

---

① 周洪宇、王会波：《中小学课后服务功能如何优化——基于系统论视角》，《现代教育管理》2022 年第 8 期。

② 高巍、周嘉腾、李梓怡：《"双减"背景下的中小学课后服务：问题检视与实践超越》，《中国电化教育》2022 年第 5 期。

③ 刘登珲、卞冰冰：《中小学课后服务的"课程化"进路》，《中国教育学刊》2021 年第 12 期。

（七）发挥教育行政部门的保障与监督作用，在政策、资金、人员等方面提供支持与帮助，确保学校有效落实"双减"政策要求

各区教育行政部门应加强统筹规划，监督、指导辖区内中小学课后服务工作，加强督导与检查，规范课后服务行为，健全课后服务机制。第一，争取资金支持，通过"政府购买服务""财政补贴"等方式对参与课后服务的学校、单位给予补助。第二，将课后服务工作纳入学校考评体系，将教师参加课后服务的实绩作为评比评聘、表彰奖励和绩效工资分配的重要参考。第三，要适度增加学校的教师编制名额，校外培训机构里有一大批教师具有较强的责任感、育人意识，他们在因材施教、进行个性化辅导方面具有丰富经验，学校可以通过招聘的方式将他们吸纳进教师队伍。第四，帮助学校解决实际困难，对确实不具备条件但有课后服务需求的学校，教育行政部门要积极帮助协调学校、社区、校外活动中心等资源，做好课后服务保障工作。例如，教育行政部门可组织区域内优秀教师到师资力量薄弱的学校开展课后服务、将学校不具备能力开设而又有需求的课程外包给符合资质要求的第三方教育服务机构。第五，制定校外培训机构参与课后服务的规定与标准，依法科学设定准入条件，遴选非学科类校外培训机构并动态形成"白名单"，供学校选用。

B.6
"双减"政策实施以来学校课后服务
供给状况调查分析

杨德军 黄晓玲 朱传世 范佳午 王 凯 余发碧 杨 帆*

摘 要： 在"双减"政策实施半学期后对北京市 6 个代表区的学校课后服务供给情况进行调查，结果显示学校课后服务供给相对平稳，师生参与率全国领先，课内、课后课程一体化发展目标清晰，共同指向"五育并举"，但也存在课程供给不足、吸引力有待增强，专业教师不足、教师负担重，安排有待优化等问题，还需进一步通过统筹校内校外资源丰富供给，衔接课内课后育人活动优化安排，切实减轻校内教师负担，加强动态监测和效果评价等措施引导课后服务持续发展。

关键词： "双减"政策 课后服务 北京市

2021 年 7 月 24 日，中共中央办公厅、国务院办公厅印发《关于进一步减轻义务教育阶段学生作业负担和校外培训负担的意见》（以下简称"双减"政策），成为新时期基础教育减负提质增效的重大举措。"双减"政策的实施，不仅是我国教育格局的重大调整，更是教育观念的大变革、教育行

---

* 杨德军，北京教育科学研究院研究员，主要研究领域为课程教材政策；黄晓玲，博士，北京教育科学研究院研究员，主要研究领域为基础教育课程改革；朱传世，北京教育科学研究院高级教师，主要研究领域为课程教材建设；范佳午，博士，北京教育科学研究院助理研究员，主要研究领域为物理课程教材建设；王凯，博士，北京教育科学研究院研究员，主要研究领域为课程教材政策；余发碧，北京教育科学研究院助理研究员，主要研究领域为教材建设；杨帆，北京教育科学研究院高级教师，主要研究领域为课程建设。

为的大改进、教育发展的新契机。其中，课后服务是回应社会关切与期盼，促使学生学习更好回归校园、推动学校发挥教育主阵地作用的重要环节。为了解"双减"政策实施以来学校课后服务的供给情况，北京教育科学研究院课程中心按典型抽样方式，在"双减"政策实施半学期后面向全市6个代表区（城区、近郊区和远郊区各2区）285所学校（小学192所、初中64所、一贯制学校29所）的9170名教师和51871名学生开展了问卷调查。调查结果显示，学校课后服务供给相对平稳，师生参与率全国领先，课内、课后课程一体化发展目标清晰，共同指向"五育并举"，但同时也存在需进一步关注的问题。

一　调查结果

（一）供给率和师生参与率

1.总体上，100%的学校提供课后服务，师生参与率较高

调查显示，"双减"政策实施以来，100%的学校提供包含体育锻炼、作业辅导、课业答疑和素质拓展等内容的课后服务，高于同期全国义务教育学校课后服务供给率（65.6%）；同时，根据家长需求提供延时托管服务的学校占比也高于全国水平（58.3%）。[①] 86%的学生和95%的教师参与了课后服务；61%的学生每周5天全程参与课后服务；各有25%左右的教师每周5天、3天和2天参与课后服务（见图1）。在全程参与的学生中，初三年级、远郊区学生占比较高（分别占66%、71%）；没有参与的学生中，六年级、远郊区学生占比较高（分别占17%、18%）。可见，北京市课后服务供给率和师生参与率均较高，毕业年级中六年级师生参与率较低、初三年级师生参与率较高，远郊区学生全程参与和没有参与的情况均相对突出。

---

① 王开东：《回归教育本质，让孩子全面健康成长》，《光明日报》2021年10月26日，第13版。

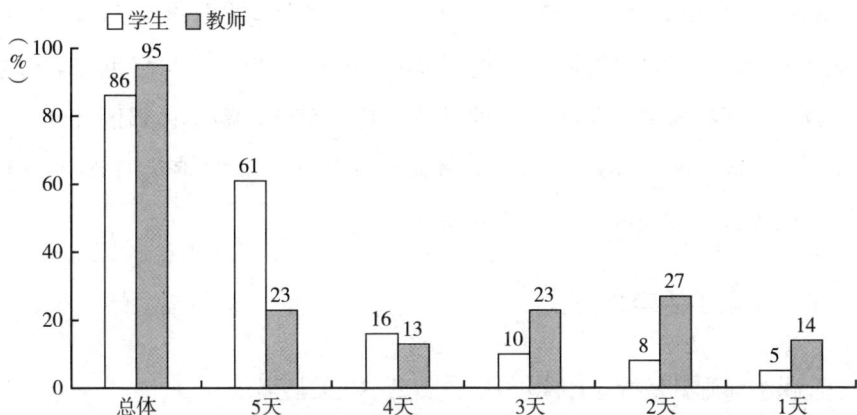

图1　师生每周参与课后服务情况

2.学段上，初中学生参与率明显高于小学生，教师参与比重各学段相当

调查显示，45%左右的小学低、中、高学段学生参与率在90%以上，20%左右的小学低、中、高段学生参与率为71%～90%；而70%以上的初中学生参与率在90%以上，13%的初中学生参与率为71%～90%。教师参与比重各学段相当，分别有55%左右的小学、初中教师参与率在90%以上，15%左右的小学、初中教师参与率为71%～90%。从学校类型看，师生参与率为90%以上的一贯制学校占比显著高于小学和初中。

3.规模上，小规模学校师生参与率显著高于大规模学校[①]

调查显示，51%的小规模学校、43%的中等规模学校、40%的大规模学校学生参与率在90%以上；15%的小规模学校、10%的中等规模学校、18%的大规模学校学生参与率为71%～90%；57%的小规模学校、52%的中等规模学校、46%的大规模学校教师参与率在90%以上；各有10%左右的小规模学校、中等规模学校、大规模学校教师参与率为71%～90%。

4.地域上，城区师生参与率高于远郊区，远郊区高于近郊区

调查显示，城区学生参与率在90%以上的学校占比（52%）高于远郊

---

① 根据学校实际，按年级平均班数划分学校规模，小规模学校年级平均4个班及以下，中等规模学校年级平均5～8个班，大规模学校年级平均9个班及以上。

区（48%），远郊区高于近郊区（37%）；近郊区学生参与率为 51%~70%、71%~90% 的学校占比较高（分别占 19%、16%）。教师参与率也有类似趋势，城区教师参与率在 90% 以上的学校占比（58%）高于远郊区（50%），远郊区高于近郊区（42%），近郊区教师参与率为 51%~70%、71%~90% 的学校占比较高（分别占 19%、15%）。

（二）供给内容与方式

1. 供给原则：坚持"五育并举"，满足学生发展需求

学校课后服务的供给原则首先坚持"五育并举"、满足学生发展需求；其次是突出学校育人特色、课内课后整体设计（见图 2）。一贯制学校在"五育并举"（100%）、"课内课后整体设计"（79%）、"'家校社'协同"（72%）、"突出学校育人特色"（86%）、"满足学生发展需求"（93%）方面的占比均显著高于小学和初中。卡方检验显示，不同区域在部分原则上存在显著差异，在"课内课后整体设计""突出学校育人特色"上，远郊区占比（分别占 73%、73%）高于城区（分别占 64%、69%），城区占比高于近郊区（分别占 50%、53%）。

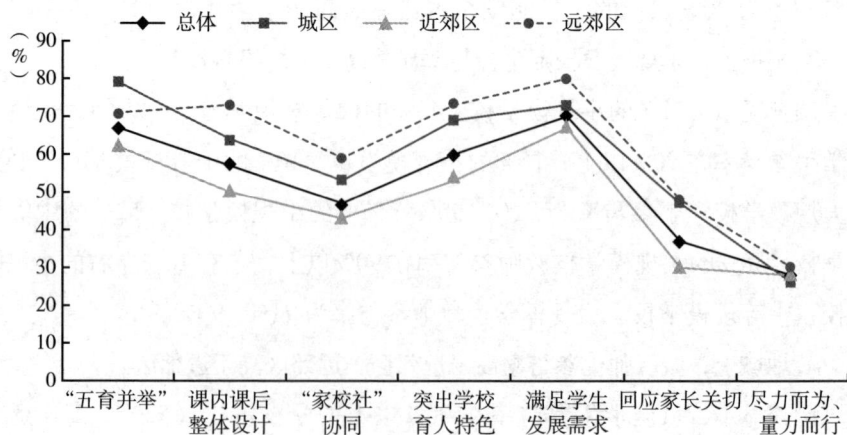

图 2　学校课后服务供给原则

2. 供给内容：体育锻炼和社团活动较为突出

学校课后服务内容体现北京市"双减"政策基本要求，主要集中在体育锻炼（84%）、作业辅导（70%）、社团活动（69%）、学科答疑（60%），其次是劳动实践（52%）、素质提升课程（48%）、德育活动（47%）、学校特色活动（45%）、培优补差（41%）等。在素质拓展活动中，社团活动是最主要的方式，部分学校让学生自主安排时间（27%）。全国义务教育学校课后服务内容调查结果显示，86.4%的学校组织完成课后作业，79.6%的学校安排学生自主阅读，68.6%的学校开展德育、体育、美育、劳动教育，60.2%的学校组织科普活动，58.2%的学校组织社团活动。[①] 相比而言，北京市学校课后服务内容在体育锻炼和社团活动方面较为突出。

从学校而言，初中体育锻炼和作业辅导较为突出，而一贯制学校在体育锻炼、作业辅导、学科答疑的基础上突出素质提升课程（项目、活动），课后服务内容更为丰富；小规模学校在作业辅导、学科答疑和培优补差方面的占比较高（分别占84%、71%、57%）；城区学校和远郊区学校在多项课后服务供给内容上的占比高于近郊区。相对而言，城区学校劳动实践、素质提升课程（项目、活动）、学校特色活动等更突出，学生自主安排的需求更强烈；远郊区学校劳动实践、主题活动等较为突出（见表1）。

表1　学校课后服务供给的内容差异

单位：%

内容	小学	初中	一贯制学校	城区	近郊区	远郊区
体育锻炼	84	77	100	无显著差异		
作业辅导	66	72	97	79	64	82
学科答疑	55	63	90	74	51	75
培优补差	35	45	72	64	28	57
德育活动	47	36	66	无显著差异		
劳动实践	50	47	76	79	40	71

---

① 王开东：《回归教育本质，让孩子全面健康成长》，《光明日报》2021年10月26日，第13版。

续表

内容	小学	初中	一贯制学校	城区	近郊区	远郊区
主题活动	34	31	55	44	28	50
素质提升课程(项目、活动)	45	41	86	63	39	59
社团活动	无显著差异			无显著差异		
学校特色活动	无显著差异			59	39	46
学生自主安排	21	39	41	40	23	25

3. 供给数量：70%以上的学校提供的课程少于20门

从课后服务课程供给数量看，46%的学校提供了10门以下的课程，27%的学校提供了11~20门课程。从学段而言，小学和初中与总体趋势较为一致，但提供11~20门课程的初中多于小学；一贯制学校提供的课程门数相对较多。从学校规模看，课后服务课程提供门数与学校班额及规模并没有显著差异；从区域看，城区学校课后服务课程提供门数占比高于近郊区和远郊区（见图3）。

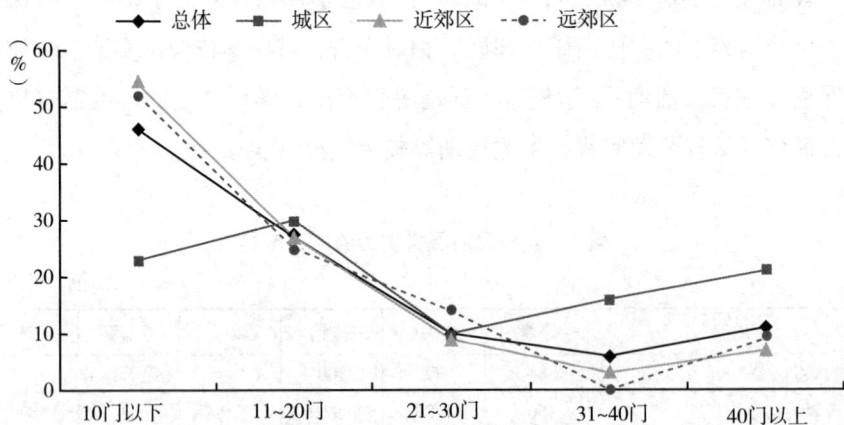

图3 学校课后服务课程提供门数占比

从"双减"新增课后服务课程的角度看，20%的学校没有开发（或引进、购买）新的课程，34%的学校开发（或引进、购买）1~5门，21%的学校开发（或引进、购买）6~10门，13%的学校开发（或引进、购买）11~20门，13%的学校开发（或引进、购买）20门以上，但在学段、学校规模和城乡分布上不存在显著差异。相对而言，一贯制学校开发（或引进、购买）的新课程门数更多。

4.供给方式：以本校教师提供为主，多种方式补充

课后服务的供给方式上，近半数学校 90% 以上的课程由本校教师提供，家长、社区、博物馆等公益、志愿类社会力量提供，学校购买社会服务提供以及学校与校外机构合作提供也均是学校课后服务供给的重要方式（见表2）。相对而言，一贯制学校课后服务来源渠道更为广泛，一贯制学校在利用社会力量、购买社会服务和与校外机构合作提供上的占比都高于小学和初中；城区学校在与校外机构合作提供上的占比高于郊区学校。

表2　学校课后服务的供给方式及占比

单位：%

供给方式	0~10%	11%~30%	31%~50%	51%~70%	71%~90%	90%以上
本校教师提供	6	6	8	13	19	48
家长、社区、博物馆等公益、志愿类社会力量提供	55	13	6	8	6	13
学校购买社会服务提供	39	21	13	8	6	13
学校与校外机构合作提供	39	17	15	6	6	15
其他	66	7	7	6	4	11

（三）课后服务具体安排

1.整体安排：根据学段或年级进行适宜性安排

对于两小时的课后服务时间安排，学校较为赞同分学段或年级有不同的安排方式（48%），在内容上倾向于先体育锻炼后其他拓展学习（25%）。从学段看，小学按学段或年级安排更为突出（52%），初中不分学段安排较为突出（20%），而一贯制学校选择先体育锻炼后其他拓展学习较为突出（55%）；从学校规模看，小规模学校不分段同步安排各项内容较为突出（20%）、大规模学校分段分年级安排较为突出（55%）；从区域看，近郊区学校不分段同步

安排（16%）和分段分年级安排（57%）都相对突出。80%的学校课后服务形成了学生的个性化课表，且不存在学段、学校规模和区域之间的差异。

2. 作业管理：近半数的学校建立相关管理制度

关于作业时间，60%以上的学校明确规定"各学科每次课作业完成时间"；关于作业时间协调，55%的学校由各学科教师协调，46%的学校由班主任协调，31%的学校由学生自主把握；关于作业制度，53%的学校建立了"教师、学生、家长作业沟通联系制度"，49%的学校建立了"作业公示制度"，42%的学校建立了"作业教研机制"，40%的学校建立了"作业动态监测机制"。城区学校和一贯制学校"规定各学科每次课作业完成时间""班主任协调作业时间"的占比均较高；在作业制度建设方面，一贯制学校好于小学和初中，小规模学校好于大规模学校，城区学校好于远郊区和近郊区学校（见表3）。

表3　学校作业管理方式的差异情况

单位：%

作业管理	小学	初中	一贯制	小规模	中等规模	大规模	城区	近郊区	远郊区
规定各学科每次课作业完成时间	56	64	90	无显著差异			74	57	57
每天作业时间由各学科教师协调	无显著差异								
每天作业时间由班主任协调	40	50	83	63	52	38	66	34	64
每天作业时间由学生自主把握	无显著差异								
建立作业公示制度	41	55	93	59	62	40	74	36	64
建立作业动态监测机制	34	38	83	57	52	28	63	25	59
建立作业教研机制	34	45	86	53	56	31	70	28	52
建立教师、学生、家长作业沟通联系制度	50	52	79	无显著差异			66	44	66

3. 作业辅导：以分层辅导和行政班辅导为主

作业辅导主要包括"分学科按作业分层情况进行辅导"（53%）、"以班级为单位由学科教师在固定时间辅导"（49%）、"学生自主完成作业或自习"（43%）、"学生到学科教师答疑地点轮流接受辅导"（40%）。以班级为单位由班主任进行辅导、学科骨干教师到班级辅导或在固定时间辅导的占比均相对较低（分别占23%、28%）。比较而言，一贯制学校、城区学校安排学科骨干教师到班级辅导或在固定时间辅导的占比较高（分别占55%、43%）。

4. 学科答疑：以分层组班和行政班为主开展

课后服务中课业答疑（除作业外的学习辅导）同作业辅导类似，主要包括"分层分类组班开展课业辅导"（51%）、"任课教师按班级固定时间答疑"（50%）、"学科教师在固定时间、地点专门答疑辅导"（45%）；以班级为单位由班主任答疑辅导、学科骨干教师到班级辅导或在固定时间辅导、导师制答疑、聘请校外机构教师专门辅导的占比均相对较低（分别占29%、30%、20%、11%）。比较而言，一贯制学校在分层分类组班开展课业辅导、任课教师按班级固定时间答疑、学科骨干教师到班级辅导或固定时间辅导、导师制答疑方面的占比均高于小学和初中。

5. 体育锻炼：突出体育素养和体质健康

课后服务中学校主要以"体育学科核心素养"（70%）为参照，突出"体质健康测试内容"（59%）、"学校体育特色项目"（58%）和"学生团队体育项目"（48%）；"以学生比赛项目为主""以学生所在班级体育活动为主""以学生自主活动为主""以学生室内活动为主"的占比均相对较低（分别占23%、32%、13%、11%）。在"学校体育特色项目"上，纯小学、纯初中、一贯制学校存在显著差异（分别占57%、48%、86%），在突出"体质健康测试内容"上，城区、近郊区、远郊区学校也存在显著差异（分别占73%、49%、73%）。

6. 素质拓展活动：艺体类和科学类较为突出

当前，课后服务中素质拓展课程（项目、活动）按数量主要分为四个层次：一是体育类、艺术类；二是科学类；三是德育类、实践类、学科类、劳动类；四是学校特色活动、技术类、人文类、跨学科主题类（见图4）。

一贯制学校"五育并举"更为突出；初中、一贯制学校相对小学学科类更为突出；小规模学校劳动类更为突出；城区学校在学科类、人文类、技术类、艺术类上更为突出，远郊区学校在劳动类、实践类上相对突出。

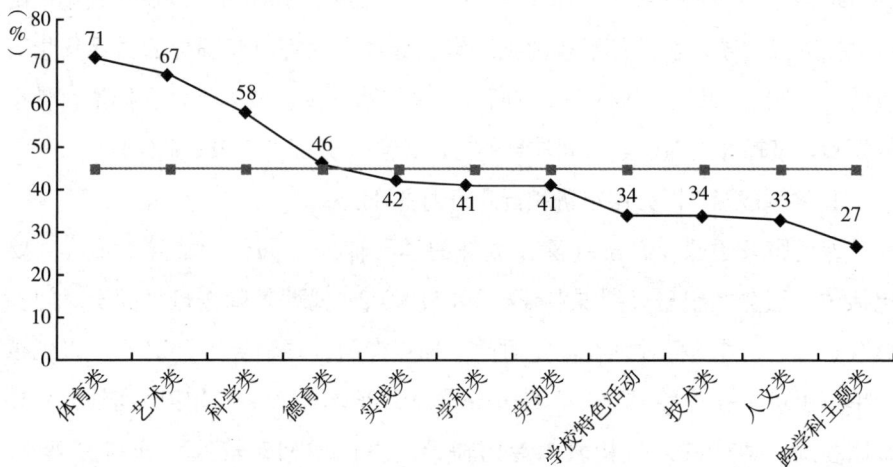

图4　学校课后服务素质拓展活动内容领域分布

（四）课后服务保障条件

1. 教师积极性：接近半数的教师愿意承担课后服务

从学校角度，70%以上的学校负责人认为本校教师承担课后服务的积极性比较高（其中"非常高"占39%、"比较高"占34%），小学和初中"非常高"的占比均高于一贯制学校；20%的学校负责人认为"一般"，学校之间不存在显著差异。

从教师角度，教师赞同由学校提供课后服务与愿意承担课程服务呈高度正相关。16%的教师"非常赞同"和"愿意"，29%的教师"比较赞同"和"愿意"，即45%的教师"赞同"和"愿意"；30%左右的教师选择"一般"；14%的教师"不太赞同"和"不太愿意"，8%的教师"完全不赞同"和"不愿意"，即22%的教师不太赞同学校提供课后服务、不太愿意承担课程服务。

从学段看，小学教师，尤其是低段、中段教师，以及大规模学校教师参与课后服务的积极性相对较低（"不太愿意""完全不愿意"的占比分别为20%、26%）；一贯制学校、远郊区教师积极性相对较高（"非常愿意""比较愿意"的占比分别为49%、51%）。从学科看，科学、艺术、地方和校本课程教师"完全不愿意"的占比较高；从教龄和职称看，随着教龄增加和职称提升，教师"愿意"的占比降低。目前，承担课后服务教师的愿意程度低于未承担课后服务教师。

2. 经费保障：大部分学校课后服务经费有保障

关于课后服务的人员经费（含教师补贴、绩效等）和非人员经费，分别有40%的学校认为"完全有保障"，35%左右的学校认为"基本有保障"，20%左右的学校认为"有一定保障"。

3. 管理机制：半数左右的学校已完善课后服务相关管理机制

近70%的学校建立了课后服务专班，半数左右的学校已完善课后服务相关管理机制，包括规范流程（53%）、督导评价机制（47%）、条件保障机制（46%）、安全应急预案（45%）和教师弹性上下班制度（44%）。在规范流程、督导评价机制、条件保障机制、安全应急预案等方面，已完善相关制度的一贯制学校占比显著高于小学和初中，小规模学校占比高于大规模学校，城区和远郊区学校占比高于近郊区学校；在"教师弹性上下班制度"实施上，城区学校较为普遍（城区学校、远郊区学校、近郊区学校分别占61%、40%、30%）。

4. 评价方式：突出过程记录和过程性评价

关于课后服务评价，学校主要通过"突出过程记录和过程性评价"（61%），"学校领导小组及时督导、定时反馈"（52%），"开展学生、教师、家长评价"（49%），"期末安排项目或活动展示"（37%），"依托课后服务平台动态管理"（28%），"设置优秀项目及优秀教师等激励机制"（29%）等方式进行。一贯制学校在过程记录、领导小组督促、项目或活动展示、设置机制等方面的占比均显著高于小学和初中；在过程记录、项目或活动展示等方面，小规模学校的占比显著高于大规模学校，城区学校和远郊区学校的占比显著高于近郊区学校。

5. 资源利用：利用线上免费资源和购买社会服务相对突出

学校课后服务资源利用方式和课后服务校外提供途径较为一致，即除学校教师主要提供之外，以利用线上免费资源（43%）、调动公益性社会人员（39%）、利用科技馆等社会资源单位（38%）、购买社会服务（46%）等作为补充；在补充方式中，利用线上免费资源和购买社会服务相对突出。在购买社会服务上，一贯制学校需求更为突出①；小规模学校更多利用线上免费资源。

（五）总体评价与突出问题

1. 总体评价：运行较为平稳、吸引力有待增强

目前，对学校课后服务供给情况，学校负责人总体评分较高，均值介于4.25~4.45分，其中"运行平稳有序程度"得分最高，"内容满足学生需求程度""对学生吸引力大小"得分均较低（见图5）。在"运行平稳有序程度"上，大规模学校、远郊区学校得分均相对较低。

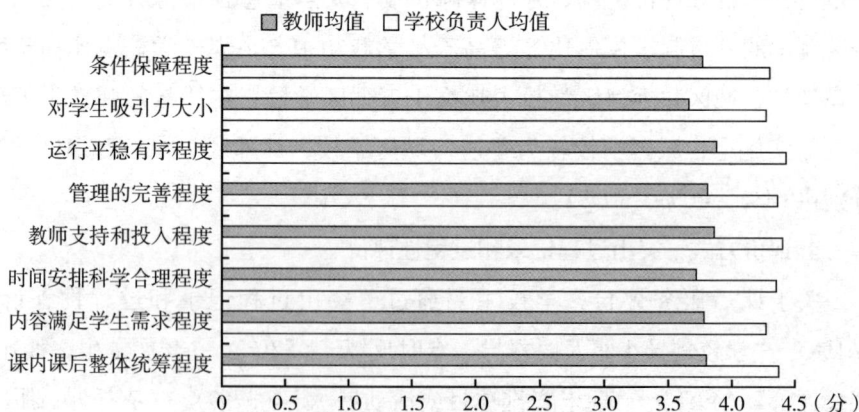

图5　学校负责人及教师对课后服务运行情况的评价

―――――――――

① 与供给课程数量较多、渠道多元密切相关。

从教师角度，教师对学校课后服务的评分低于学校负责人，均值介于3.60~3.90分，但同样是"运行平稳有序程度"得分最高，"对学生吸引力大小"得分最低（见图5）。从学校类型而言，一贯制学校教师在各维度上的评分高于小学教师、小学教师高于初中教师；从学校规模而言，大规模学校教师在各维度上评分最低；从地区而言，近郊区教师在各维度上评分最低；从教龄和职称而言，教师随教龄增加、职称提升，评分降低。

2. 突出问题：师资及课程不足、教师负担重

对于当前学校课后服务存在的突出问题，学校负责人认为首先是教师负担重和专业教师不足；其次是安排有待优化，课程数量不足，课程内容单一，各类课程不均衡，设施设备、场地等难以支持（见图6）。在专业教师不足、教师负担重方面，一贯制学校占比高于小学，小学占比高于初中。教师层面，小学教师认为专业教师不足尤其突出，初中教师认为课程数量不足、课程内容单一、各类课程不均衡、安排有待优化、学生选择积极性不高、育人效果有待提升等问题较为突出。

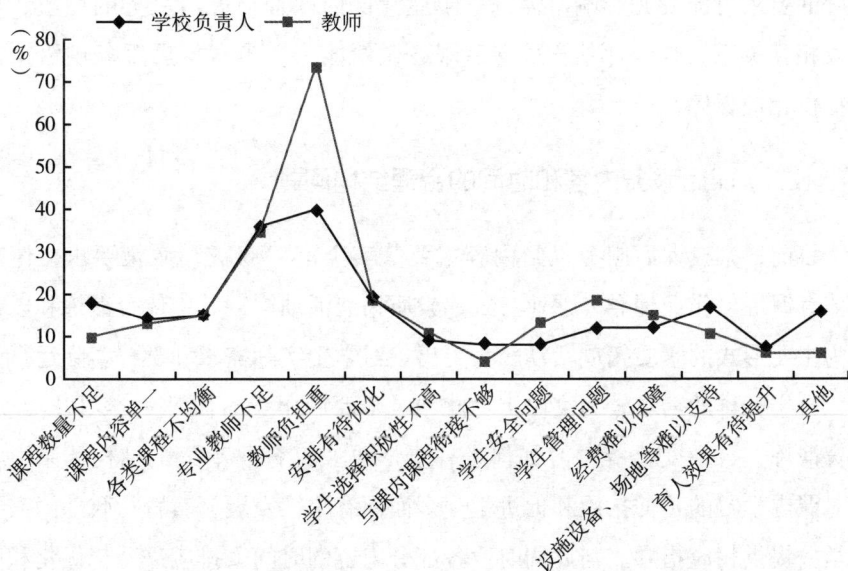

图6 学校负责人及教师评价当前课后服务存在的主要问题

二 分析与讨论

（一）课后服务供给的"存量"和"增量"问题

"双减"背景下，学校课后服务实施"5+2"全覆盖，学生多样化、个性化学习需求进一步增加，但从实际运行看，学校并未完全从学生需求、学生规模等角度新增较为丰富的课程或活动。为保障课后服务供给，在以学校为主体的供给方式中，大部分学校将原课程设置中部分国家课程的选修课、地方课程、校本课程、学科实践、综合实践、劳动实践、社团活动、校园活动等直接后移到课后服务时段，即课后服务供给主要依赖课程"存量"。依赖"存量"的课后服务供给必然面临两个突出问题：一是相对学生更多元、更个性的需求而言供给总量不足；二是将原课程设置中的部分课程后移，义务教育课程设置方案三级课程的完整性及其开齐开足开好的要求可能受到影响。需进一步厘清课内课程与课后服务的性质、功能及相互关系，科学评估学校课后服务供给能力，丰富课后服务供给渠道并提供相应保障。

（二）课后服务内容和时间的合理结构问题

目前，学校课后服务供给内容主要落实全市"双减"政策要求，体现在体育锻炼、作业辅导、课业答疑、素质拓展活动中，其中体育锻炼和以社团为主要形式的素质拓展活动较为突出。对学生实际需求和学校实际运行而言，自主安排的需求较为突出。为此，对于课后服务时段学生学习及活动、体育锻炼、自主安排等内容如何进一步形成"五育并举"的结构体系，实现对课内学习的延伸拓展和促进学生全面而有个性发展，教育行政部门需要为学校提供相应指导。与此同时，各部分内容的时间安排应进一步优化和协同，以符合教育规律和学生身心特点，同时兼顾学生在校学习生活，以实现提质增效的目标。

（三）素质拓展活动领域划分及均衡发展问题

目前，学校课后服务吸引力普遍不足，很大程度是因为素质拓展活动的数量、质量和结构难以满足学生多样化、个性化学习需求。当前，素质拓展活动以体育类、艺术类和科学类活动为主，尚未形成"五育并举"的、全面而均衡的结构体系；另外，素质拓展活动主要以社团活动形式开展，师资要求较高、覆盖人数有限。需进一步与学校育人目标、办学特色、师资力量、资源优势等紧密结合，形成科学合理的素质拓展活动体系，设计具有主题性、系列性、综合性、选择性的素质拓展活动，并突出素质拓展活动自身发展的持续性、内容的连续性以及与课内课程的关联性。

（四）课后服务统一性要求与差异性安排问题

"5+2"全覆盖是学校课后服务的统一要求，但在具体安排中面临学段、区域、季节以及课内课外衔接等诸多具体问题。不同学段周内每天课时安排可能有所不同，课后服务开始和结束的时间会有差异；农村学校学生午休时间长，下午课内课程结束时间相应延长，课后服务的时长应根据学生和家长需求而定。因此，应根据不同课后服务内容，在时间安排、学习方式等方面赋予学校一定自主权，鼓励学校在符合基本要求和原则的前提下，探索课后服务实施的多种途径和方式，提升课后服务质量，整体提升学校育人水平。

（五）关注学生需求差异性与参与积极性问题

课后服务从留住学生到吸引学生，再到发展学生，需从基本性质、功能和目标、任务出发，准确了解学生及家长需求，激发其参与积极性，发挥和巩固学校教育主阵地作用。调查显示，小学课后服务参与率低于初中，尤其是小学低学段和毕业年级；小学对素质拓展活动需求更多，初中对学科辅导需求更突出；城区学生期望有更多素质拓展活动，郊区学校在劳动实践、综合实践上更有优势。这些都为课后服务如何进一步遵循教育规律、满足学生发展需求以及利用学校及地域优势等提出要求，课后服务需进一步以育人为本,"五育并举",丰富供给、提升质量,突出学生学习与活动的主体地位及创新性学习方式,不断增强吸引力。

(六)教师承担任务适切性与管理精细化问题

当前,课后服务主要由学校教师承担,学校结合教师意愿进行统筹安排,不同学科教师承担任务的内容、时长不同。部分学科教师课后服务工作量大,有的甚至超过课内课时;班主任、体育学科教师参加时间长,承担任务重;部分学科如科学、地方课程和校本课程教师积极性相对较低,但实际课后服务又需要他们承担。课后服务内容、时间安排与教师工作量、绩效标准、任务分配等紧密联系,需要有合适的依据和参照,才能保障教师合理的工作量和有序的工作节奏。在管理上,在不同内容、不同教师以及周期性安排等方面,还需在运行中总结和探索更高效、便捷的管理机制,进一步提高效率,减少"空转"。

(七)校内教师减负与多元专业师资进校园问题

目前,校内教师课内课后兼顾,承担工作任务的内容、数量和压力均显著增加。相应地,教师集体备课、专题教研、学情及作业研究等专业工作受到影响。校内教师工作亟须减负,包括缩短工作时长、减少服务性工作、减轻心理压力等,保证教师基本的工作时间和专业工作质量。在校内教师减负的同时,亟须引进更多专业师资提供课后服务,需进一步完善校外师资进校园的准入标准、管理机制和考核要求等,以规范的制度保障专业师资进入校园、发挥专业优势,减少资源的浪费和管理的低效。

(八)学科骨干教师如何发挥示范带动作用问题

"双减"政策鼓励学科骨干教师和高级教师积极参与课后服务,部分地区还统筹优质师资调配,以确保课后服务供给相对薄弱学校和区域的供给质量。调查显示,随着教龄增加和职称提升,教师参与课后服务的意愿、积极性以及对课后服务的相关评价等均逐步降低,需进一步明确优质师资参与课后服务的具体要求和实施机制,突破简单的倡导性要求,进一步发挥其在课后服务中的示范带动作用。

(九)关注不同类型学校和城乡差异问题

调查显示,一贯制学校在课后服务的供给数量、供给方式、师生参与率等方面的表现均较为突出,自我发展动力和外部资源推动所带来的正向改革效益正在显现。另外,区域之间在课后服务的多个方面,如课程数量、优质师资参与、素质拓展活动供给等,呈现城区比例高于远郊区、远郊区比例高于近郊区的现象。

三 思考与建议

"双减"背景下的课后服务从一个侧面反映当前区域教育改革的实际进展,需进一步增强改革的系统性、整体性和协同性,推进教育领域综合改革持续深化。

(一)统筹校内校外资源丰富供给

从供给侧角度出发,当前学校课后服务需统筹校内校外资源,不断增加供给数量、提升供给质量、优化供给结构。一是准确把握学生需求。根据学生需求和学生规模、课后服务时长、校内外可利用资源等,综合评估学校课后服务供给能力,制定短期、中期和长期发展规划,明确发展方向。二是拓展供给渠道。市、区两级需在拓宽供给渠道的政策方面提供更多参考,促进学校内部挖掘、外部引入,进而提升课程开发与供给能力,真正实现自主供给。三是加大区域支持力度。目前,区级主管部门对课后服务的支持力度有待提升,还需进一步整合资源,加大对学校的专业支持力度和对人、财、物等条件的保障力度,切实推进课后服务的高质量供给。

(二)衔接课内课后育人活动统筹安排

课内课程和课后服务是促进学生发展的密不可分的连续性支持载体,课后服务是课内课程的补充、拓展和延伸，需统筹进行安排。首先，学校应准确把握育人目标和办学特色，从建立德智体美劳全面培养体系和完善立德树人机制出发，在功能上将课后服务作为课内课程的补充、拓展和延伸，构建面向全体、夯实基础、突出选择、特色育人的进阶课程体系。其次，不断创新课程实施方式，实现减负增效。课内课程进一步突破学科及班级授课局限，重视学科内、学科间、课内课后、校内校外的协同和整合，引导学生加强跨学科学习、基于真实任务或情境的学习、综合实践学习，丰富学生学习体验和成长方式。最后，加强精细化教学管理，推动育人方式变革。统筹学生在校学习时间，形成个性化课表；借助信息技术和"互联网+"赋能教育，促进教学方式变革，提升教、学、考、评、管以及"家校社"合作的智慧化水平，提高育人效益。

（三）切实减轻校内教师负担

"双减"背景下，教师面临课内减负提质和课后服务增强吸引力的双重任务。一是减轻校内教师过重工作负担，从工作时长、工作任务和心理压力等方面，切实尊重教师专业自主权，保障其专业工作及研究时间，实现教育教学上的提质增效。二是提升管理的精准性。制定教师课后服务工作量认定、绩效考核、评优评先等细则，增强课后服务内容安排的适切性，加强课内课程与课后服务的关联和配合，减少低效和重复性工作。三是有序引入校外专业师资。完善校外教师管理制度，多途径补充专业师资力量，让更多的具有专业特长的社会人士走进校园开展公益活动，积极与校外非学科类培训机构合作开发课程，保障课后服务供给的多元化和高质量。

（四）突出区域及学校发展特色

课后服务应满足学生及家长需求，依托区域教育水平和资源保障，在发展过程中突出一定的区域特色。突出优质资源特色是课后服务实施的重要原则。一是统筹区域特色供给。从区域教育优质均衡及特色彰显的角度，结合学生、家长需求，整合优势力量，利用区域特色资源，整体规划、突出重点，开发在课后服务时段实施的、覆盖全区或校际的、贯通不同年级或学段的主题课程、特色课程，减少学校之间低水平的重复开发，逐步实现课后服务优质资源的均衡发展。二是加大资源整合和共享力度。针对线上免费资源、区域优质资源和校际特色课程，打通课堂、学校边界，充分利用、整合社会资源，合作开发、资源共享、协同育人。

（五）"家校社"协同育人

课后服务既是影响教育领域理念、格局变革的重要内容，也是影响社会民生的重要内容，需要学校、家庭和社会协同，形成"家校社"协同育人格局。学校应整体规划校内育人系统，满足学生的学习与发展需求，同时争取家长和学生的支持、理解和配合，不断提升育人质量。家长应理性考虑教育需求及所在社会环境，遵循教育规律和孩子身心发展规律，配合和支持学校做好引导和补充、拓展教育；同时，更新家庭教育观念，丰富学生课余生活，促进孩子身心健康发展。社会应关心、关注课后服务实施和育人效果，开放相应资源并加强合作、共享，不断增进社会理解，共同营造教育发展良好生态。

（六）加强动态监测和效果评价

"双减"背景下的课后服务对部分学校而言是新任务，也是部分学校已实施的课后服务的升级版，因涉及多个利益相关者和课内外、校内外等多个育人环节，亟须建立多部门协同的服务实施动态监测机制。一方面加大对学校课内课程开齐开足开好的督导力度，确保义务教育课程设置方案的落实；另一方面对学校课后服务供给数量、质量、结构以及供给方式等进行动态监测，加大对课后服务实施的指导力度，整体提升区域课程服务水平。此外，在动态监测中完善学生、教师、家长、学校、政府部门等多方参与的评价机制，从师生参与率、学生需求满足度，服务供给的丰富性、协调性、科学性，师资的专业性，条件的保障情况以及管理的规范性等方面进行周期性效果评价，并面向社会公开反馈评价结果，加强多部门之间的沟通和协同，不断优化运行机制，提升课后服务质量。

B.7

"双减"背景下北京市中小学
班主任工作现状调查报告[*]

赵福江　刘京翠　龚杰克　李月[**]

摘　要： 中小学班主任对政策的理解和落实以及他们自身的专业发展均关系着基础教育的深化改革和规范发展效果。"双减"背景下，通过对北京市中小学班主任调查发现，班主任在"双减"中有一定困扰，但需理性看待；"双减"后，"工作时间延长""事务性工作太多"在班主任的压力源中较为突出，班主任的身心健康值得关注；"双减"后，班主任开展家庭教育指导提上日程，但也面临一定困难；"双减"后，学校为班主任提供的支持和保障效果一般。对此，要在两个方面着力：一是保障班主任权益，减轻班主任负担，调动班主任在"双减"工作中的积极性；二是推动班主任专业成长，调动班主任在"双减"工作中的创造性。

关键词： "双减"背景　中小学　班主任工作　北京市

　　中小学班主任是落实立德树人根本任务的重要岗位，是教师队伍中的"骨干力量"，是学校教育教学工作的"践行者"。因此，中小学班主任在落

---

　*　致谢：感谢北京教育科学研究院耿申、师靖璇、王薇等老师在问卷编制过程中提出具体建议和意见，同时对数据收集做出贡献的所有老师一并表示感谢。

**　赵福江，北京教育科学研究院副编审，主要研究领域为班主任、德育；刘京翠，北京教育科学研究院助理研究员，主要研究领域为班主任、德育；龚杰克，北京教育科学研究院助理研究员，主要研究领域为班主任、德育；李月，北京教育科学研究院助理研究员，主要研究领域为班主任、德育。

实"双减"政策方面是承担更多责任的重要群体之一。"双减"背景下，中小学班主任工作现状如何？工作困惑在哪里？需要哪些支持体系的保障？2021 年 9~12 月，北京教育科学研究院班主任研究中心成立"北京市中小学班主任工作现状调研项目组"（以下简称"项目组"），在北京市开展了较大规模的问卷调查，对调查数据进行了分析研究，总结了当前中小学班主任在落实"双减"政策的过程中面临的困难和问题，并提出了有关对策建议，以期为教育行政部门在"双减"背景下有针对性地加强中小学班主任队伍建设、推进中小学班主任工作、落实立德树人根本任务提供参考。

一　调查设计

（一）政策依据

项目组认真研究中共中央办公厅、国务院办公厅《关于进一步减轻义务教育阶段学生作业负担和校外培训负担的意见》，以及《北京市关于进一步减轻义务教育阶段学生作业负担和校外培训负担的措施》《中华人民共和国家庭教育促进法》《中小学德育工作指南》《中小学班主任工作规定》等政策文件，就以上政策文件涉及中小学班主任的有关要求、任务、工作进行了梳理。

（二）调查工具编制

项目组使用自编的"'双减'背景下班主任工作现状调查问卷"（以下简称"问卷"）作为调查的主要工具。

项目组参考前期收集文献资料和一线班主任在"双减"背景下的工作现状与困惑等相关材料，研究并设计了问卷。问卷由两部分构成，第一部分主要是对班主任个人基本情况的调查，包括性别、政治面貌、年龄、教龄、任职年限、学历、职称等；第二部分主要是对"双减"背景下班主任工作现状的调查，围绕班主任对"双减"效果的感受、"双减"后班主任的身心健康情况和压力源、"双减"后班主任的工作量、"双减"后班主任的家校沟通情况、"双减"后班主任参加研修与培训的情况、班主任获得的支持和保障情况6个维度来设计。

在问卷编制过程中,项目组共召开5次专家座谈会,向相关领域专家学者、优秀班主任代表征求意见;正式调查前,项目组在一定范围的班主任代表中进行了试测,有效保证问卷信度和效度。

(三)调查抽样

调查正式实施时间为2021年12月中上旬,即"双减"政策实施后的第1个学期。调查以北京市16个区(东城区、西城区、朝阳区、海淀区、丰台区、石景山区、门头沟区、昌平区、大兴区、房山区、通州区、顺义区、怀柔区、密云区、平谷区、延庆区)和经济技术开发、燕山地区义务教育学校的部分班主任为对象。为保证样本的代表性,在确定调查对象的学校来源时,调查采用分层随机抽样的方法,在各区分别抽取至少10所小学、5所中学。在选定学校中,所有班主任参与了问卷填写。

(四)分析方法

问卷回收后,项目组对问卷进行统计分析。经统计,共有7481名班主任参与了本次调查,其中有效问卷7481份,有效率100%。项目组使用SPSS 20.0统计分析软件对调查结果进行统计分析,得到相关结论。

二 调查结果

(一)北京市中小学班主任队伍整体构成特征

通过对调查结果的统计与分析,项目组基本掌握了当前北京市中小学班主任队伍的整体构成特征。

1. 超九成是女班主任

调查结果显示，男班主任占调查对象的 9.06%，女班主任占调查对象的 90.94%，女班主任占比相较于北京教育科学研究院班主任研究中心于 2018 年在全市所做调查的数据（88.1%）又有了一定程度的提高。

2. 班主任中中共党员和共青团员占比超五成

调查结果显示，调查对象中中共党员（含预备党员）占 43.18%，共青团员占 12.03%，民主党派人士占 0.47%，群众占 44.33%。从这一数据可以看出，调查对象中，中共党员、共青团员的数量已经超半数。中共党员、共青团员在我国社会主义现代化建设中发挥着先锋模范作用，有着强烈的使命感、战斗力和奉献精神。因此，中共党员、共青团员教师能够很好地肩负起为党育人、为国育才的重任。

3. 中青年教师是班主任队伍的主力军

调查结果显示，25 岁及以下的班主任占 8.21%，26~30 岁的占 19.45%，31~35 岁的占 17.46%，36~40 岁的占 13.15%，41~45 岁的占 19.57%，46~50 岁的占 14.48%，51 岁及以上的占 7.68%。可见，45 岁及以下的中青年教师是班主任队伍的主力军，共占调查对象的 77.84%。

4. 有较为丰富教育经验的教师是班主任队伍的主力军

调查结果显示，教龄在 3 年及以下且担任班主任的教师占 14.38%，教龄在 4~5 年且担任班主任的教师占 8.88%，教龄在 6~10 年且担任班主任的教师占 19.26%，教龄在 10 年以上且担任班主任的教师占 57.47%。由此可以看出，有较为丰富教育经验的教师是班主任队伍的主力军。

5. 具有比较丰富的班级建设经验和育人经验的班主任占多数

调查结果显示，担任班主任年限 3 年及以下的教师占 20.58%，担任班主任年限在 4~5 年的占 11.36%，6~10 年的占 20.17%，10 年以上的占 47.87%。依据项目组以往研究结果，班主任专业成长阶段分为：适应期，任职 0~3 年（含）；探索成长期，任职 3~10 年（含）；成熟期和持续发展期，任职 10 年以上。由此可以看出，具有比较丰富的班级建设经验和育人经验的班主任占多数。

6. 九成以上班主任是大学本科及以上学历

调查结果显示，中专及以下学历的班主任占调查对象的 0.09%，大学专科学历的班主任占 4.76%，大学本科学历的班主任占 79.13%，研究生及以上学历的班主任占 16.02%；研究生及以上学历班主任的占比相较于 2018 年数据（12.49%）有了一定程度的提高。由此可以看出，班主任队伍的学历结构比较理想。

7. 超五成班主任的职称在中级及以上

调查结果显示，有初级职称的班主任占 34.85%，中级职称的占 40.58%，高级职称的占 15.59%，正高级职称的占 0.12%，还有 8.86% 的班主任未定级。

8. 语文、数学是班主任主要任教学科，部分班主任承担两门学科的教学工作

调查结果显示，担任班主任的语文教师占 65.93%，担任班主任的数学教师占 42.01%，担任班主任的道德与法治教师占 11.39%，担任班主任的英语教师占 6.6%，担任班主任的综合实践课教师占 4.41%，担任班主任的心理健康教师占 2.79%，担任班主任的体育教师占 2.59%，还有其他学科的教师也在从事班主任工作。可以看出，语文、数学是班主任主要任教学科。

通过调查发现，承担一门学科教学工作的班主任有 4482 人，占调查对象总数的 59.91%；有超过 40% 的班主任承担两门学科的教学工作；有超过 8% 的班主任承担三门及以上学科的教学工作。在主要承担语文、数学教学工作的班主任中，有接近 1/3 的班主任同时教授这两门学科。

9. 班主任任教学科每周课时数以12节居多，平均12.7节；近八成班额在40人及以下，平均班额36人

调查结果显示，班主任任教学科每周课时数以 12 节居多，平均 12.7 节。其中，每周课时数 0~5 节的班主任有 210 人，占 2.81%；每周课时数 6~10 节的班主任有 2171 人，占 29.02%；每周课时数 11~15 节的班主任有 3528 人，占 47.16%；每周课时数 16~20 节的班主任有 1374 人，占 18.37%；

每周课时数 20 节以上的班主任有 198 人，占 2.65%。

班主任所在班级学生数以 40 人居多，平均 36 人。其中，班级学生数 20 人及以下的班主任有 338 人，占 4.52%；班级学生数 21~30 人的班主任有 1475 人，占 19.72%；班级学生数 31~40 人的班主任有 3983 人，占 53.24%；班级学生数 41~50 人的班主任有 1640 人，占 21.92%；班级学生数 51~60 人的班主任有 15 人，占 0.20%；班级学生数 60 人以上的班主任有 30 人，占 0.40%。《北京市中小学校办学条件标准》规定：本市初中和小学每班学生人数原则上不超过 40 人。调查数据显示，77.48% 的班级符合标准。

（二）"双减"后北京市中小学班主任的工作现状

1. 班主任对"双减"效果的感受

"双减"旨在有效减轻义务教育阶段学生过重的作业负担和校外培训负担，这一政策直接涉及学生、家长、学校、教师等多方利益。基于此，项目组从班主任视角了解"双减"效果以及不同主体对"双减"的态度。

（1）在班主任看来，"双减"对减轻学生负担的效果比较明显

学生参加课后服务的情况在一定程度上能够反映学生是否从校外培训中"解放"出来。在对学生参加学校课后服务占比的调查中，50.51% 的班主任表示，参加学校课后服务的学生占 95% 以上；15.28% 的班主任表示，参加学校课后服务的学生占 81%~95%。在对"双减"后学生学业负担的调查中，80.67% 的班主任表示学生学业负担减轻了（其中 48.39% 的班主任表示"大幅减轻了"，32.28% 的班主任表示"稍微减轻了"）。从这些数据能够看出，对于学生来说，"双减"的减负效果还是比较明显的。

（2）在班主任看来，家长对"双减"的态度喜忧参半，主要担心孩子学习成绩受影响

家长对"双减"的态度如何？调查结果显示，24.69% 的班主任表示家长对"双减"持"高兴、欢迎"态度；12.46% 的班主任表示家长对"双减"持"无所谓"态度；55.66% 的班主任表示家长比较"担忧、焦

虑"，这部分家长主要担心孩子的学习成绩受影响。对这一数据，需要理性看待。在"双减"前，家长更多地将孩子放在校外培训机构，由校外培训机构负责提高孩子学习成绩；"双减"后，一方面校外培训机构得到了治理和规范，另一方面各学校课后服务也在初步探索中，再加上家长缺乏一定的教育引导能力，他们自身很难辅导孩子，因此较多家长会出现担忧、焦虑情绪。

（3）"双减"给部分班主任带来了困扰，但需理性看待

"双减"为学生减轻了校内校外负担，但对学校和教师提出了更高的要求。"双减"是否影响了班主任的任职意愿？调查结果显示，49.86%的班主任表示，"双减"后自己担任班主任工作的意愿降低了；35.3%的班主任表示，"双减"后和"双减"前一样喜欢班主任工作；3.03%的班主任表示，与"双减"前比，"双减"后自己担任班主任工作的意愿更强了。对任职意愿降低的这部分班主任，需要理性看待。"双减"延长了班主任的在校时间，增加了班主任的工作量，对班主任提出了更高的要求，而当新政策出台时，学校会经历一个探索的阶段，各方面还不能及时跟上新政策，无法及时为班主任提供支持和保障。这些都会影响班主任的情绪和工作态度。

2. "双减"后班主任的身心健康情况和压力源

负面情绪的出现在一定程度上和主体所承受的压力有着密切的关系。当某一主体承受的压力比较大时，必定会出现负面情绪。

（1）八成以上的班主任感觉工作压力较大

在对班主任身心健康状况的调查上，项目组变换了一个角度，以班主任在工作中的压力情况为切入点进行调查。调查数据显示，84.34%的班主任感觉自己在工作中有一定压力（其中50.63%的班主任感觉"压力比较大"，33.71%的班主任感觉"压力非常大"），12.06%的班主任感觉一般，2.97%的班主任感觉自己的工作比较轻松，0.63%的班主任感觉非常轻松。当一个群体感觉工作压力大时，会在一定程度上导致这一群体出现职业倦怠现象。

（2）工作时间延长、安全责任压力大、班级管理任务重、事务性工作太多成为班主任的主要压力源，其他压力源也不容忽视

关于班主任"双减"后的压力源，调查结果显示，排在第一梯队的依次是工作时间延长（90.8%）、安全责任压力大（90.67%）、班级管理任务重（88.98%）、事务性工作（如填写报表、收餐费、统计信息等）太多（81.6%）。与"双减"前相比，工作时间延长、事务性工作太多在班主任压力源中凸显。近九成班主任表示，工作时间的延长意味着上班时间延长、工作量增加，影响了个人生活、备课和学习。

3. "双减"后班主任的工作量

在班主任的工作量方面，项目组主要从班主任工作时长、参与课后服务的时长、在"双减"工作中承担的职责等方面进行调查，得到以下调查结果。

（1）几乎所有班主任平均每日在校工作时长在 8 小时以上

关于班主任每日在校工作时长的调查，经统计发现，98.68%的班主任平均每日在校工作时长在 8 小时以上（其中 43.31%的班主任平均每日在校工作时长在 8~10 小时，46.33%的班主任平均每日在校工作时长在 10~12 小时，9.04%的班主任平均每日在校工作时长在 12 小时以上），超过了国家规定的 8 小时。

（2）几乎所有班主任回家后还要处理班级工作，与家长沟通、解决个别学生问题、备课成重点

调查结果显示，除了在校时间，有 99.64%的班主任回家后还会继续处理一些班级工作。这进一步反映了班主任工作时间、工作地点无界限这一现状。关于回家后处理的班级工作，排在第一梯队的依次是与家长沟通（96.19%）、解决个别学生问题（90.39%）、备课（86.95%）。这一结果反映了班主任工作责任无界限的现状，回家后多数班主任会处理当天在校没有解决的问题或是第二天教育教学需要的即时性工作，也有一部分班主任会根据自身专业发展需求自主开展一些工作。

（3）班主任在"双减"工作中承担众多职责

班主任是"双减"工作的承担主体。班主任在"双减"工作中主要承

担哪些职责？调查结果显示，八成以上的班主任在"双减"工作中负责协调各学科作业（81.74%）、给学生答疑解惑（86.67%）、提升学生的自主管理能力（81.86%）、看管学生自习和做作业（82.13%）；七成以上的班主任在"双减"工作中负责组织学生体育锻炼（78.13%）、提升学科教学质量（77.69%）、组织家长开展家庭教育（70.34%）、组织放学后的学生托管（71.69%）；五成以上的班主任在"双减"工作中负责组织开展兴趣小组或社团活动（57.57%）。

课后服务是落实"双减"工作的重要措施之一，其体现着学校教育主体性角色的回归和强化。调查结果显示，96.3%的班主任参与课后服务，3.7%的班主任不参与课后服务。在参与课后服务的班主任中，32.82%的班主任每周5天都参与，38.16%的班主任每周有3~4天参与，29.03%的班主任每周有1~2天参与。从这一调查结果上看，除了班主任，学校也在积极调动、引入其他人员参与课后服务，以减轻班主任的负担。

4."双减"后班主任的家校沟通情况

"双减"将学生从繁重的作业负担和校外培训中"解放"出来，将更多的时间还给了学生和家长。然而，不少家长的家庭教育能力有所不足，家庭教育指导因此在班主任职责中凸显。

（1）接近五成的班主任表示，家长对班主任提出了更高的需求；对于没有提出更高需求的家长，要理性看待

"双减"后，家长是否会对班主任提出更高的需求？调查数据显示，53.48%的班主任表示家长没有提出更高的需求。对这一情况需要理性看待，没有提出不代表家长没有需求，可能因为家庭、学校还没有真正认识到家庭教育及家庭教育指导的重要性，也可能因为家庭、学校之间沟通不畅或者家长得不到想要的而放弃沟通。另外，也有46.52%的班主任表示"双减"后家长提出了更高的需求，相应地，班主任在此方面的工作也发生了变化。数据显示，班主任进行家校沟通、为家长提供家庭教育指导的频次相比"双减"前均大幅增加。

（2）七成以上的班主任在家庭教育指导方面的能力比较欠缺

在家庭教育指导方面，72.23%的班主任表示有困难（其中53.58%班主

任表示"稍有困难",18.65%的班主任表示"困难较大"),25.42%的班主任表示"应对自如",还有2.35%的班主任表示"双减"后没有开展过家庭教育指导。这一数据显示,在"双减"背景下,大部分班主任的家庭教育指导能力不足,需要引起重视并有针对性地加以培训。

(3)班主任开展家庭教育指导的方式较多元,"一对一指导"是主要方式

关于班主任开展家庭教育指导方式的调查数据显示,排在第一梯队的是"一对一指导"(80.00%),班主任更多针对某个家长的困惑或某个学生的问题跟个别家长沟通、指导;排在第二梯队的依次是"借助班级活动指导"(61.51%)、"借助学校资源指导"(56.51%);排在第三梯队的依次是"家长委员会组织指导"(35.96%)、"发挥个别家长力量指导"(34.18%)。

5. "双减"后班主任研修与培训情况

"双减"背景下,班主任研修与培训能助推班主任就工作问题共同解惑,在班主任间营造一种交流互动的良好氛围,让班主任获得专业发展并加强组织归属感。

(1)九成以上的学校能够开展班主任研修,近七成学校能够定期开展

调查结果显示,97.3%的班主任表示学校开展了班主任研修。这一数据相比2018年(49.54%)有了大幅提升。在开展班主任研修的学校中,近七成班主任(69.14%)表示班主任研修能够定期进行,这一数据相比2018年(15.03%)也有了大幅提升。这说明,在北京市、区教育行政部门的努力下,学校越来越重视班主任研修。

(2)"双减"后,八成以上的班主任表示研修频次并未减少

"双减"政策的实施落地,在减轻学生课业负担、家庭经济负担的同时,必然增加教师教学育人和学校管理的负担。"双减"后,班主任参加研修的频次是否发生了变化?调查结果显示,42.36%的班主任表示"双减"后参加研修的频次与"双减"前相比没有发生变化;41.84%的班主任表示"双减"后参加校、区、市级研修的频次比"双减"前增多了。分析这部分数据,与学校对班主任研修的重视、疫情防控常态化背景下线上研修的开展

有着密切的关系。有5.07%的班主任表示没有参加过研修，10.73%的班主任表示"双减"后参加研修的频次比"双减"前减少了，这可能与"双减"后班主任工作任务量增多、工作时间延长有一定关系。

（3）"时间难以保证""内容缺乏针对性，与实际工作联系不紧密"成为"双减"后影响班主任培训质量的主要因素

在班主任培训质量影响因素上，"时间难以保证"（77.89%）成为最首要的因素，这是"双减"后班主任普遍面临的问题；"内容缺乏针对性，与实际工作联系不紧密"是第二大因素（56.8%）；排在第三梯队的依次是"班主任个人积极性不高"（21.04%）、"培训者水平不高"（13.73%）、"学校不支持"（2.78%）。当学校为班主任培训提供了充足的时间保障、质量保障时，班主任的个人积极性将会提高。因此，学校一定要做好班主任培训的各方面保障，严把质量关。

（4）"学生心理辅导能力""学生自主管理指导能力""家校沟通协调能力"成为"双减"后班主任最希望通过培训获得的能力

"双减"后班主任最希望通过培训获得的能力中，排在第一梯队的依次是"学生心理辅导能力"（75.86%）、"学生自主管理指导能力"（71.58%）、"家校沟通协调能力"（67.07%）。在时代背景下，学生身上所担负的期望、压力都是前所未有的，而学生心理又比较脆弱，学生心理辅导成为当下班主任面临的主要问题；在"双减"背景下，学生拥有的自主时间越来越多，如何有效安排时间、实现自主管理，成为家长、班主任面临的重要问题。排在第二梯队的依次是"教育学、心理学、管理学等基础知识运用能力"（51.3%）、"班级建设与管理能力"（50.76%）、"家庭教育指导能力"（45.7%）、"学生学习指导能力"（43.2%）、"提高教学质量的能力"（42.91%）、"国家和北京市相关教育政策的解读能力"（35.18%）。排在第二梯队的能力也不可忽视，这些能力无论在任何时期都是班主任必备的。排在第三梯队的是"与科任教师的沟通协调能力"（16.44%）。其实，与科任教师的沟通协调是有效减轻班主任压力、实现全员育人的重要途径，但因为没有得到充分重视，这一选项占比较低。

6. 班主任获得的支持和保障情况

"双减"背景下，班主任的工作时间延长、工作量增加、工作压力加大，他们更需要学校给予各方面的支持和保障，在班主任工作岗位上获得职业幸福感，更好地肩负起为党育人、为国育才的重任。以下调查数据展示了"双减"背景下班主任获得的支持和保障情况。

（1）九成以上的班主任表示"双减"后学校重视班主任工作

关于"双减"后学校对班主任工作的重视情况，调查数据显示，35.24%的班主任表示学校"与原来一样重视"，58.58%的班主任表示学校"比原来更重视"。这一数据显示学校几乎都能认识到班主任在教育、德育工作中的重要性。

（2）八成以上的学校在缓解班主任身心压力、保障班主任身心健康方面做得不太到位

班主任的身心健康值得关注，学校是否有具体措施帮助班主任缓解压力、保障其身心健康？调查数据显示，仅有19.86%的班主任表示学校有具体措施；近五成（46.69%）的班主任表示学校没有具体措施；还有33.44%的班主任表示不清楚学校有没有具体措施。虽然绝大多数学校都能认识到班主任的重要性，但在缓解班主任身心压力、保障班主任身心健康方面，多数学校做得并不到位。

（3）班主任实际所获课后服务补贴与其期望所获补贴有一定差距

关于参与课后服务补贴情况的调查数据显示，33.63%的班主任表示参与课后服务没有补贴，对这一数据要理性认识，不排除学校有补贴，但一部分班主任不知道的情况；40.88%的班主任表示自己参与课后服务的补贴在1~50元/课时，10.73%的班主任表示自己参与课后服务的补贴在51~100元/课时。为了解班主任的期望补贴，项目组也做了相关调查。调查数据显示，近五成（41.83%）的班主任希望课后服务补贴在51~100元/课时。

（4）近七成班主任表示班级有副班主任，超五成班主任表示副班主任作用较大

副班主任是班主任的重要助手，在协助班主任进行班级建设、家校沟

通、学生辅导以及处理各种事务性工作方面具有重要的作用。关于班级是否设有副班主任，调查数据显示，66.52%的班主任表示班级有副班主任；在这部分群体中，47.91%的班主任认为副班主任发挥的作用一般，52.09%的班主任认为副班主任发挥的作用较大，这一数据相比2018年（38.32%）有了较大幅度的提升。

（5）超九成班主任认为科任教师在育人工作中发挥了不同程度的作用

班主任所在班级的教师团队是落实全员育人理念的重要力量，是班主任工作的"同盟军"。所在班级的科任教师在育人工作中所发挥的作用如何？调查数据显示，7.03%的班主任表示科任教师"没有发挥任何作用"，66.33%的班主任表示科任教师只是"发挥了一部分作用"，26.64%的班主任表示科任教师"很好地发挥了作用"（其中19.62%的班主任选择"发挥了较大作用"，7.02%的班主任选择"发挥了非常大的作用"）。

（6）部分学校在努力探索保障班主任权益的途径

"双减"后，班主任得到了教育行政部门、学校提供的哪些保障？调查数据显示，76.31%的班主任选择了"课后服务补贴"，38.64%的班主任选择了"弹性上下班"，13.51%的班主任选择了"其他主体介入，减轻班主任的课后服务时间"，9.76%的班主任选择了"减少事务性工作"，7.41%的班主任选择了"评优、评职有倾斜"。教育部倡导各地要关心、爱护教师，要对参加课后服务的教师给予补助，大部分学校很好地落实了这一点；教育部还倡导可统筹安排教师实行"弹性上下班"，但这一点目前落实得不是很理想。

三　基本结论与分析

通过对问卷结果和数据的分析，项目组初步得出如下结论。

1. 北京市中小学班主任队伍中中共党员、共青团员数量超过一半，在培育和践行社会主义核心价值观、开展思想教育方面有优势

调查对象中，中共党员和共青团员的数量已过半。中共党员和共青团员

在我国社会主义现代化建设中发挥着先锋模范作用,这一支队伍有着强烈的使命感、战斗力和奉献精神。因此,中共党员、共青团员教师能够很好地肩负起为党育人、为国育才的重任。

2. 北京市中小学班主任队伍结构总体情况较为理想,但有待调整优化

北京市中小学班主任学历水平较高,年龄、教龄和任职年限结构比较理想,在教学水平和教育管理上具有比较丰富的经验,具备较好的专业基础,能够担负起立德树人的教育重任。但值得注意的是,北京市中小学班主任队伍结构也有需要调整优化的部分。首先,班主任队伍的性别比例失衡,女性班主任占比较高,这种性别差异不利于学生个性的发展。其次,班主任队伍的职称结构有待优化。当前,虽然中级及以上职称班主任有六成左右,但高级职称班主任不到两成,这种失衡不利于将高级教师丰富的教育经验、教育能力转化为现实的育人效果。最后,班主任队伍的学科结构也存在明显失衡,基础学科(语文、数学)教师担任班主任的情况较为普遍,这种失衡在一定程度上不利于素质教育的深入推进。

3. "双减"效果比较明显,需理性看待班主任和家长的态度

"双减"在一定程度上给家长和班主任带来了困扰,甚至使他们产生了负面情绪。对于这种困扰和负面情绪,要客观、理性看待。一方面,改革初期家长和教师有困扰和负面情绪是正常的,需要给予理解、给予关心、给予他们转变理念的时间;另一方面,他们的困扰和负面情绪在一定程度上也能反映出更深层次的问题,如配套支持体系的欠缺等。"双减"是一场"牵一发而动全身"的改革,必须通盘考虑,必须重视学校、教师、家长、学生、社会各界的感受和意见建议,这是保障"双减"工作平稳有效开展的关键。

4. 与"双减"前相比,"工作时间延长""事务性工作太多"在班主任的压力源中较为突出,班主任的身心健康值得关注

与科任教师相比,班主任承受着更多的非教学工作压力,工作时间之长、学生安全责任压力之大、班级管理任务之重、事务性工作之多,都在教学之外带给班主任诸多负担和压力。"双减"前,"安全责任压力大""班级管理任务重"高居班主任压力源前2位;"双减"后,班主任

"工作时间延长"的压力超过了"安全责任压力大""班级管理任务重"。工作时间的延长导致班主任无法平衡工作、生活、休息、专业发展之间的关系；事务性工作让班主任深陷各种检查、比赛、评估、填表中，精力被分散、情绪被耗竭，无法专注于班级建设、课堂教学、反思学习等。长期处于工作压力之下必然会给班主任的身心健康、职业幸福造成不利影响，如此一来，切实推动学生健康成长也就无法实现。因此，"双减"背景下如何给班主任减压、如何让班主任从容地专业成长，需要进一步思考、探索。

5. "双减"后，班主任的工作时间更长、工作量更大、工作任务更烦杂

根据"双减"要求，中小学在义务教育阶段全面推行"5+2"模式，即每周 5 天、每天开展 2 小时课后服务，课后服务结束时间原则上不早于当地正常下班时间，对有特殊需要的学生还要提供延时托管服务。调查数据显示，几乎所有班主任的平均每日在校工作时长超过 8 小时，五成以上班主任的平均每日在校工作时长超过 10 小时，远远超过了《中华人民共和国劳动法》规定的 8 小时，而且育人工作的无界限性又决定了几乎所有的班主任回家后还要花时间处理班级工作，这也变相延长了班主任的工作时间。班主任是"双减"工作的重要承担主体，在班级建设、学生发展指导、家校沟通协调三大核心任务的基础上，协调各学科作业、给学生答疑解惑、提升学生的自主管理能力、组织放学后的学生托管、组织开展兴趣小组或社团活动等任务也在班主任工作中凸显。另外，事务性工作也成为最占用班主任工作时间的内容，杂、乱、散成为班主任的工作常态。

6. "双减"后，家长对家庭教育指导更加重视，但班主任开展家庭教育指导面临一定困难

"双减"后，部分家长对"双减"比较焦虑、担忧，一方面担心"双减"会影响孩子学习，另一方面焦虑于自己无法指导孩子。班主任是与家长直接沟通的专业人员，家长寄希望于班主任的有效指导。由此，班主任的家庭教育指导提上日程。班主任是家庭教育指导的主力军，其能力和水平在

很大程度上会影响家庭教育服务水平。但调查中发现，绝大多数班主任因为缺乏家庭教育专业知识，缺乏专业性、科学性、系统性的指导能力，缺乏一定的自主性和主动性，在面对家长日益增长的家庭教育指导需求时显得有些力不从心。

7. "双减"后，班主任的研修与培训机制、频率所受影响不大

定期研修与培训可以为班主任队伍搭建对话、交流平台，增强班主任解决教育过程中实际问题的能力，避免个人"孤军奋战"和"自然成长"。在调查中，项目组欣喜地发现，北京市绝大部分中小学校都为班主任搭建了定期研修与培训平台，让"减负增效"真实发生。但同时需要注意的是，如何让班主任有充分的时间参与研修与培训，如何提高研修与培训内容的针对性，让研修与培训在班主任专业成长中发挥更高效的作用，是后期需要探索的问题。

8. "双减"后，学校为班主任提供的支持和保障效果一般

在落实"双减"政策过程中，班主任肩负着重要的职责和使命，最具体、最繁重、最复杂的工作都需要班主任落实，学校必须要重视班主任工作，这在调查中得到了印证。但同时需要注意的是，"双减"工作不可避免地延长了班主任在校的工作时长、增加了工作压力、加重了心理负担，需要学校或相关行政部门为他们提供支持和保障，适时适度地给他们减负。但在调查中项目组发现，虽然大部分学校为班主任提供了相关支持和保障，如课时补贴、副班主任制等，但与班主任的预期还是有一定差距，有的支持和保障机制还需要进一步建立健全。如果此项工作做不好，长此以往，必将成为制约基础教育高质量发展的重要因素。

四 对策与建议

"双减"是一场"牵一发而动全身"的改革，必须通盘考虑。通过以上分析，要思考两个方面：第一，如何更加充分地保障班主任权益、减轻班主任负担、调动班主任在"双减"工作中的积极性；第二，如何推动班主任

专业成长、调动班主任在"双减"工作中的创造性。这是"双减"政策实施不能忽视的部分。

（一）采取有效措施，进一步提高全社会对班主任工作重要性的认识

1. 加强正面宣传，提高班主任的社会地位

倡导各区、各校进一步加大对"紫禁杯"优秀班主任、学生喜爱的班主任、市级骨干班主任等的表彰、宣传力度，系统总结、宣传和推广优秀班主任的典型经验，定期召开表彰和经验交流活动，一方面营造尊重班主任的良好氛围，另一方面发挥优秀班主任的示范引领作用。

鼓励教育专业媒体开设旨在正面宣传班主任的专刊、专栏、专页，一方面树立榜样、弘扬正气，普及和强化"班主任是中小学的重要岗位，从事班主任工作是中小学教师的重要职责"观念；另一方面让社会各界了解班主任职业的意义与价值，营造全社会共同关注、支持班主任工作的良好氛围。

2. 健全管理制度，提高班主任的专业地位和经济地位

提高班主任的专业地位。当前，北京市中小学教师专业技术职务评聘的专业设置中虽然包括德育专业，但职务却限定在"专职从事学生思想政治工作的教导员、专职班主任、专职团队辅导员"等，这对兼任科任教师的班主任来说无法实现。建议在中小学教师专业技术职务评聘的专业设置中增设"班主任"专业，允许班主任自己选择职务评聘专业；参考校长职级制开展班主任职级制考核，并给予相应的待遇；参照学科骨干教师评选，进一步完善北京市中小学骨干班主任评选制度，鼓励教师参与"双骨干教师"评选。同时，要发挥好市级骨干班主任的引领示范作用，鼓励各区同步评选区级骨干班主任、班主任带头人等。

提高班主任的报酬补贴。建议进一步完善班主任补贴制度，保证足额发放，并逐步提高班主任补贴标准；优化教师绩效工资结构，在绩效工资中体现对班主任岗位的激励；在课后服务补贴上，学校要完善配套制度，提高班主任的课后服务补贴，确保教师劳有所值；学校可根据实际情况建立班主任专项奖励基金，使班主任能够获得与其工作付出相匹配的经济地位。

（二）做好统筹安排，为班主任提供专业发展的支持保障

1. 建立以班级为基础的全员育人体系，为班主任提供全员育人保障

完善副班主任制度，健全科任教师参与班级管理的机制。鼓励各区根据实际情况指导中小学建立、完善副班主任制度、全员育人制度。一方面，可将部分临时性工作适当分配给非班主任教师，帮助班主任分担统计、填表等大量事务性工作；另一方面，科任教师可以与班主任群策群力，共同了解、诊断学生在各方面的发展情况，共同制定教育方案，形成教育合力。

建立健全学校心理健康教育和卫生保健体系，心理教师要负责协助班主任共同做好出现心理问题以及青春期常见问题学生的教育工作，卫生保健教师要负责协助班主任共同做好出现青春期正常生理问题或轻微受伤学生的常规卫生处理和保健教育工作。

2. 整合各方资源，为班主任提供时间保障

各学校可引入社会服务，积极招募志愿者、社会公益团体或符合要求的校外培训机构参与课后服务，一方面可为学生提供满足其特长和兴趣发展需求的课后服务，另一方面可在一定程度上减轻班主任的工作负担，合理安排班主任参与课后服务。

各学校可根据教学需要并充分兼顾班主任实际情况，合理安排班主任课程，统筹安排落实"弹性上下班制"，帮助参与课后服务的班主任灵活调配工作、休息时间。

各学校要全面梳理、整合各项非教育教学任务，减少班主任的事务性工作，如一些无实际作用的各类工作例会、不太相关的培训、没有实际意义的班级评比和指标考核等，切实减少事务性工作给教师带来的负担，为班主任提供能够专注于学科教学和班级管理所必需的时间和空间。

3. 加大对班主任的关爱力度，为班主任提供身心健康保障

各学校要重视对班主任的心理辅导，可借助心理咨询室开设班主任"心理驿站"、心理健康讲座等；落实好教职工疗休养制度，引导班主任选择劳逸结合的生活方式；落实好教师定期体检制度，提高定期体检标准，完

善定期体检项目；有条件的学校可拓展班主任课间"休憩点"和"活动点"，开展班主任健身活动，保障班主任有效休息。

了解班主任需求，解决班主任后顾之忧。班主任是课后服务的承担主体，学校要创造条件为班主任提供一日三餐，为其子女提供专用学习活动场所，开展看护、阅读活动。同时，学校也要畅通沟通渠道，了解班主任真实的困难和问题，尤其是班主任的合理诉求，及时满足其需求。

（三）加强体制机制建设，更好地促进班主任专业成长

1.健全对班主任的激励机制，稳定班主任队伍

班主任的专业发展需要学校的积极支持，教育行政部门可制定相关政策，激励学校促进班主任专业发展。例如，教育行政部门可以通过制定明确的评价标准和审核程序，对班主任专业发展整体情况比较好的学校进行表彰奖励，并对获奖学校的成功经验进行宣传、推广，使其具有更高的共享价值。

在教师职称评聘上，要进一步向班主任倾斜，向"双减"工作中的优秀班主任倾斜，充分体现"当"与"不当"的不同、"当好"与"当不好"的不同，一方面提升班主任工作的积极性，另一方面也可引导广大班主任在减负和带班育人中提升工作的创新性和主动性。

在班主任评优评先上，要进一步构建好"紫禁杯"优秀班主任、学生喜爱的班主任评选表彰机制，根据实际情况适当扩大评选范围，增加评选数量。各区、各校要探索建立、完善班主任评优评先机制，鼓励设置区级、校级优秀班主任等荣誉称号，扩大优秀班主任的影响力和辐射面。

2.强化班主任培养机制，开展系统性、有针对性的班主任培训

教育行政部门和各学校应将职前班主任基本技能培训纳入教师培训体系，严格施行"先培训后上岗"制度；同时，采用"工作室""工作坊"等方式加强在岗班主任研修和培训，为提升班主任业务能力营造专业环境。

教研部门要通过多途径了解班主任的培训需求，在"班级建设""学生发展指导""家校沟通指导"三大核心任务的基础上，根据学校实际、班主

任实际开发满足班主任需求的培训课程,有针对性地对班主任开展培养工作,促进班主任更好、更快、更专业地成长。

教研部门要依托班主任基本功培训与展示活动,以及"紫禁杯"优秀班主任的市级工作室、区级工作站、校级工作坊等,进一步完善市、区、校三级班主任研修体系,加强全市班主任队伍建设,提高班主任专业能力与水平。

B.8

"双减"背景下北京市特殊需要学生
课后服务的实施现状与改进路径

杜 媛 孙 颖 朱振云 朱勃霖 史亚楠*

摘 要: "双减"背景下实施面向特殊需要学生的课后服务,是学校丰富融合教育内容、拓展育人渠道和实现融合教育可持续发展的重要路径。当前,北京市普通中小学校已形成较为完善的融合教育制度和专业支持体系,采取多种方式确保课后服务高质量实施和广泛覆盖,但是特殊需要学生的课后服务参与范围、家长的选择信心以及学校可获得的外部支持应被重点关注。对此,需要优先保障特殊需要学生接受课后服务,因地制宜地完善学校课后服务相关制度建设,统筹调配相关资源,不断提升面向特殊需要学生的课后服务水平。

关键词: "双减" 课后服务 特殊需要学生 北京市

"双减"是党中央关心、群众关切、社会关注的重大民生问题,是党为人民服务的宗旨在教育领域的具体体现,是教育战线贯彻新发展理念、构建新发展格局、推进高质量发展、促进学生健康成长的重大举措。课后服务是

---

* 杜媛,北京教育科学研究院副研究员,主要研究领域为特殊教育政策与质量评价;孙颖,北京教育科学研究院副研究员,主要研究领域为特殊教育政策;朱振云,北京教育科学研究院副研究员,主要研究领域为孤独症儿童教育;朱勃霖,北京教育科学研究院助理研究员,主要研究领域为特殊教育管理;史亚楠,北京教育科学研究院助理研究员,主要研究领域为教育测量与评价。

学校落实"双减"工作、解决家长上班时间无法接送孩子的后顾之忧、丰富学生校内学习生活的重要措施。习近平总书记对课后服务工作高度重视，在相关会议上及地方调研时多次强调要鼓励支持学校开展各种课后育人活动，满足学生的多样化需求。[①]

课后服务是面向全体学生的教育服务，同样包含特殊需要学生。本报告讨论的特殊需要学生既包括存在视力、听力、言语、肢体、智力、精神等障碍的残疾学生，也包括有其他特殊教育需求的学生。2021 年，北京市共有 4618 名残疾学生在义务教育阶段普通中小学校随班就读，占义务教育阶段特殊教育学生总数的 60.4%。调查发现，在"双减"推进过程中，特殊需要学生及家长普遍对参加课后服务具有较高的期待和需求，很多学校也普遍采取了多样化实施策略，从内容、管理、资源等多个方面保障高质量开展课后服务，尽可能实现服务对象的广泛覆盖。但是，当前面向特殊需要学生的课后服务也面临一系列现实挑战，与北京市落实"'双减'面向人人"的要求尚有差距。本报告立足北京市特殊需要学生课后服务的现实基础，深入分析保障特殊需要学生获得充分课后服务的现实意义，围绕北京市特殊需要学生课后服务面临的现实挑战提出改进路径，为"双减"推进过程中切实保障特殊需要学生获得充分、有质量的课后服务提供参考。

一 北京市特殊需要学生课后服务的现实基础

课后服务是促进特殊需要学生全面发展的重要途径。北京市普通中小学校实施面向特殊需要学生的课后服务，其现实基础在于北京市已经具备了以下几个条件：一是越来越多的特殊需要学生得以就近就便优先进入普通中小学校随班就读，且数量不断增加；二是不同类型的特殊需要学生能够广泛参与学校集体生活；三是开展融合教育的普通中小学校切实履行主体责任，已

[①] 《深入推进课后服务　支持探索暑期托管　切实发挥学校课后育人主渠道作用》，教育部网站，2021 年 7 月 13 日，http://www.moe.gov.cn/jyb_ xwfb/xw_ fbh/moe_ 2606/2021/tqh_ 210713/sfcl/202107/t20210713_ 544274. html。

构建较为完善的融合教育工作机制；四是四级融合教育专业支持服务体系进一步完善，为特殊需要学生课后服务实施提供了重要保障。

（一）特殊需要学生就近就便优先进入普通中小学校随班就读

近年来，北京市认真落实"办好特殊教育"这一要求，立足首都城市功能定位，以"保障每一个残疾儿童能够在公平、包容的环境中接受适宜的教育"为总目标，全面推进融合教育。在市教委每年发布的义务教育阶段入学工作意见中，义务教育招生统一要求保障残疾儿童就近就便入学，并突出优先原则，即优先安置在普通教育学校，以及同等条件下在招生片区服务范围内优先安置残疾儿童。统计数据显示，2017~2020 年，北京市义务教育阶段普通中小学校随班就读的残疾儿童数量持续增加，2021 年随班就读4618 人，较 2017 年增加 615 人，增长 15.4%（见表1）。

表1　2017~2021 年北京市义务教育阶段普通中小学校随班就读的残疾儿童数量变化

单位：人

年份	合计	较 2017 年增加情况
2017	4003	—
2018	4073	增加 70 人
2019	4007	增加 4 人
2020	4230	增加 217 人
2021	4618	增加 615 人

资料来源：2017~2021 年《北京市特殊教育事业发展报告》（内部资料）。

（二）特殊需要学生能够广泛参与学校集体生活

随着越来越多的特殊需要学生在普通中小学校学习，学校在营造好无障碍物理环境的基础上，也采取多种方式创设促进特殊需要学生与普通学生相互融合的无障碍文化环境。2021 年，北京市特殊教育研究指导中心组织开展了面向全市普通中小学校随班就读特殊需要学生家长的问卷调查，共收到有效问卷 2767 份。调查结果显示，89.8%的随班就读特殊需要学生于 2020~2021 学年在学校参加过运动会、春秋游、集体表演等集体活动，79.1% 的随班就读特殊需要学生于 2020~2021 学年在学校参加了至少 1 项社团活动。

从障碍类型上来看，2020~2021 学年，97.1%的视力障碍学生、96.7% 的听力障碍学生、91.1%的智力障碍学生在学校参加过运动会、春秋游、集体表演等集体活动；96.2%的视力障碍学生、88.4%的听力障碍学生、83.9%的肢体障碍学生在学校参加了至少 1 项社团活动（见表 2 和表 3）。这一结果表明，在普通中小学校随班就读的特殊需要学生能够广泛参与学校集体生活，与普通学生在学习和学校活动中交流互动，共同学习成长。

表 2　2020~2021 学年不同障碍类型特殊需要学生参加学校集体活动情况

单位：人，%

障碍类型	调查总人数	参加学校集体活动特殊需要学生人数	占比
视力障碍	105	102	97.1
听力障碍	215	208	96.7
智力障碍	1034	942	91.1
言语障碍	113	101	89.4
肢体障碍	261	224	85.8
精神障碍(不含孤独症谱系障碍)	74	64	86.5
孤独症谱系障碍	433	350	80.8
其他类型	532	494	92.9
合计	2767	2485	89.8

表 3　2020~2021 学年不同障碍类型特殊需要学生参加学校社团活动情况

单位：人，%

障碍类型	调查总人数	参加学校社团活动特殊需要学生人数	占比
视力障碍	105	101	96.2
听力障碍	215	190	88.4
智力障碍	1034	833	80.6
言语障碍	113	90	79.6
肢体障碍	261	219	83.9

续表

障碍类型	调查总人数	参加学校社团活动特殊需要学生人数	占比
精神障碍(不含孤独症谱系障碍)	74	56	75.7
孤独症谱系障碍	433	269	62.1
其他类型	532	431	81.0
合计	2767	2189	79.1

（三）普通中小学校已构建较为完善的融合教育工作机制

为落实《北京市特殊教育提升计划（2017—2020 年）》，北京市开展融合教育的普通中小学校普遍建立了由学校校长牵头负责，学校干部、班主任、资源教师、特殊需要学生家长代表和普通学生家长代表组成的普通中小学校融合教育推进委员会，以推进制度建设为抓手，进一步压实了普通中小学校开展融合教育的主体责任。2021 年，全市共有 865 所普通中小学校成立了融合教育推进委员会，占 2021 年全市开展融合教育的普通中小学校总数的 85.6%。其中，普通小学 486 所，占全市开展融合教育的普通小学总数的 84.7%；普通初中（含九年一贯制学校）343 所、普通高中 36 所，共占全市开展融合教育的普通中学总数的 86.7%（见表 4）。

表 4　2021 年北京市成立融合教育推进委员会的普通中小学校情况

单位：所，%

学校类型	开展融合教育的学校数	成立融合教育推进委员会的学校数	占比
普通小学	574	486	84.7
普通中学	437	379	86.7
合计	1011	865	85.6

资料来源：《北京市 2021 年特殊教育事业发展报告》（内部资料）。

（四）四级融合教育专业支持服务体系进一步完善

北京市已建立市、区、学区和学校四级融合教育专业支持服务体系，坚持"普特融合"，为区域内开展融合教育的普通中小学校做好专业指导和服务。2021 年，全市 16 个区均已建立区级特殊教育中心，成立了区域特殊教育专家委员会，指导、支持区域特殊教育发展；在学区层面，全市创新性地建立 76 个市级示范性学区融合教育资源中心，除燕山地区和经开区之外，全市 16 个区均建有至少 1 个市级示范性学区融合教育资源中心，兜底保障每个学生享有专业支持；在学校层面，根据需求，全市共在 321 所普通中小学校（幼儿园）建立资源教室 499 间，旨在为特殊需要学生开展特殊教育专业服务提供必要支持。

二　保障特殊需要学生获得充分课后服务的现实意义

随着"双减"推进的力度不断加大，学校教育面临前所未有的变革与挑战，提升面向特殊需要学生的课内教育和课后服务质量，保障特殊需要学生获得充分、有质量的课后服务，对促进"双减"工作的公平正义、全面提高融合教育质量以及促进特殊需要学生的健康成长具有重要的意义。

（一）促进"双减"工作公平正义的内在要求

"促进教育公平""强化特殊教育普惠发展"是党的二十大报告对新时代特殊教育发展的明确要求。教育公平是社会公平的基石，它既是衡量社会公平的关键指标，也是实现社会公平的重要途径。公共政策的最优目标就在于对国家价值做出权威性分配。"双减"政策对基础教育公共服务体系做出结构性调整，在实施过程中更需要兼顾推进教育公平与供给优质教育资源。特殊需要学生在生理、智力、认知、社会交往等某个或多个领域具有其特殊的教育需要，也存在较大的个体差异。面向特殊需要学生的课后服务，追求的正是基于差异性的、有质量的教育公平，它不仅关注机会公平，即教育对特殊需要学生的覆盖；还关注过程公平，即包括课后服务在内的教育教学服务能否为特殊需要学生提供高质量与个性化的服务内容与服务方式；更关注结果公平，即能充分促进特殊需要学生的全面发展。

从落实"双减"政策、提升学校课后服务水平的已有政策和做法来看，北京市"双减"文件中明确提出课后服务的各类育人活动"面向所有学生平等开放"，可以满足学生的"作业、实践、扶弱、特长"等多样化学习与发展需求。除北京外，在其他省份的课后服务政策中，也能体现教育公平。例如，上海市明确提出"课后服务覆盖所有确有需要的学生""优先保障残疾儿童等群体的需求"，通过为学生提供书法、美术、阅读、游戏、体育锻炼、科学小实验、社团等自主选择的拓展活动，对个别学习有困难的学生进行补差补缺等方式，满足家庭和学生需求。江苏省明确要求优先保障残疾儿童等急需服务群体。浙江省要求学校要充分考虑各类学生的不同实际，有针对性地开展服务，"优先保障留守儿童、困境儿童等特殊群体的课后服务，帮助他们及时跟上学习节奏"。由这些政策可见，面向特殊需要学生的课后服务在机会公平、过程公平和结果公平层面上都有体现，从而在"双减"实施中切实促进了公平正义。

（二）发挥学校教育主阵地作用的重要体现

"双减"的根本之策在于全面提高学校教育质量，强化学校教育主阵地作用，做到应教尽教。学校既要实施好课内课程，也要充分利用资源，有效实施各种课后育人活动，构建涵盖学业辅导以及科普、文体、艺术、劳动、阅读、兴趣小组及社团活动等丰富内容的课后服务供给体系。面向特殊需要学生的多样性、个性化和选择性学习需求，学校只有科学设计作业指导、学科辅导、缺陷补偿及潜能开发、素质拓展等内容，让每一个学生都能从中受益，才能真正实现学有所教和因材施教，让学生的学习真正回归校园。

近年来，北京市四级融合教育专业支持服务质量不断提高，以普通中小学校融合教育推进委员会制度为抓手的融合教育工作机制进一步完善，市、区、学区、学校四级融合教育专业支持服务实体有效运行。但是，面向特殊需要学生的课后服务仍需要不断完善并高质量实施，以实现从无到有、从有到优、从"托管学生"到"发展学生"。这本身也涉及重塑学校的融合教育系统，让学校实施融合教育的课内课后安排成为一个统一体。比如，通过课后服务，班主任和科任教师能对学习中遇到困难的学生进行个别化辅导和个性化补差补缺，及时订正、面批，并能对个别学习有困难学生的学习习惯、学习态度等进行引导，实现课内课后个别化教育方案的一体化设计和实施，全面提高学校应对学生多样性和差异性的能力。

（三）促进特殊需要学生全面发展的重要途径

已经有许多研究证实了课后服务在提高学生的自我认知水平、提升学校出勤率、改善课堂参与度、增进与学校的联结感、形成积极的社会行为和提高学业成就水平等方面的积极影响。对于特殊需要学生，课后服务同样在促进其全面发展和深入融合等方面发挥积极作用。

具体而言，一是有助于特殊需要学生进行学业补救。教师利用课后服务时间对特殊需要学生进行辅导与答疑，指导学生完成基于个体差异的个性化作业，既可以对学生课内学习进行有益补充，也可以减轻家长的课后辅导压力。二是有助于特殊需要学生身心发展。学校课后服务通过统筹协调校内外各种育人资源的大课程和基于学生个体间差异的个性化小课程，开展丰富多彩的科普、文体等兴趣小组及社团活动，为特殊需要学生提供一个安全的环境，让每一个学生都有机会"基于兴趣""基于需要"参加各项活动，对学生的全面健康发展十分重要。三是有助于特殊需要学生深入融合。课后服务为特殊需要学生提供了与同龄人共同参与社团活动、文体活动、劳动实践活动的机会，真实的活动过程可以提高特殊需要学生的社交能力、改善其问题行为，让特殊需要学生有机会在学校体验有意义的社会参与，提升其学校归属感。

正是基于这些研究发现，美国、英国等发达国家相继出台相关法律和政策，将课后服务作为包括残疾儿童在内的每一名儿童的基本福利。比如，美国联邦政府立法规定，特殊需要学生可以参加在学校举办的课外活动，并鼓励课外服务项目"做出合理的调整"，让特殊需要学生在正常上学日内可以最大限度地融入课后服务，让面向特殊需要学生的课后服务从医疗模式转为学校融合教育的一部分。英国政府于 2014 年颁布《儿童与家庭》法案，为包括残疾儿童在内的每一名儿童构建包括健康保健、儿童教育、社会服务的全方位服务体系。韩国设立"小学托管教室"，主要服务对象就是低收入群体、具有特殊情况及心理健康受到影响的弱势群体等。借鉴国际上的已有经验，可以看到，课后服务是学校教育的重要组成部分，它不能替代课程计划中的课程，也不是将校内课程转移到课后服务时段进行，而是学校全面育人体系中的重要组成部分，在促进特殊需要学生教育质量提升上发挥重要作用。

三　北京市特殊需要学生课后服务面临的现实挑战

自 2021 年秋季学期以来，北京市整体推进"双减"措施，这实际上是一次系统变革，无论是面向普通学生，还是面向特殊需要学生，教育教学和课后服务都有相应的系统变化。尽管有前期的制度设计和整体安排，学校也最大限度地为特殊需要学生的成长提供支持服务，但是学校在提供课后服务的过程中，仍面临一些现实挑战，有待多方共同努力解决。

（一）特殊需要学生需要更具针对性、个性化的校内课后服务

一是特殊需要学生需要更具针对性的学业辅导。普通中小学校的特殊需要学生普遍存在学业困难、学习成绩不佳的现实问题，需要花费比普通学生更长的时间完成课内作业。目前，学校面向特殊需要学生的课后服务在制度安排和内容设计上与学生需求在数量上和质量上均存在一定差距，特殊需要学生需要在课后服务时段获得更加多样化、个性化的学习支持，满足其选择性和有针对性的教育需求，让特殊需要学生在课后服务时段能够完成课上学业任务，减轻其在课后额外增加家庭练习辅导或者到校外培训机构"反复学、反复练"的学业负担。

二是特殊需要学生需要专门的社交技能训练，以更广泛地参与学校集体活动和学校社团活动。从北京市不同障碍类型特殊需要学生参加学校集体活

动和学校社团活动的情况来看，孤独症谱系障碍学生的学校集体活动参与占比和学校社团活动参与占比都是最低的，有80.8%的孤独症谱系障碍学生在2021学年参加过学校集体活动，有62.1%的孤独症谱系障碍学生在2021学年参加过至少1项学校社团活动。特殊需要学生，特别是孤独症谱系障碍等发展性障碍的学生，由于自身缺乏言语沟通技能，在学校集体活动以及跨班级甚至跨年级的社团活动中，对环境和非同班同学不熟悉，较易引发情绪和行为问题。学校在设计丰富的集体活动或社团活动的基础上，还需要设置专门的社交技能训练，如通过社团式、小组制、一对一定制式等多种方式，让特殊需要学生掌握必要的自我管理和社会交往等技能，使其能更好地融入学校组织的课后服务课程和活动。

三是特殊需要学生需要专门的个性化拓展支持服务。特殊需要学生由于自身的身心发展特征，在感知觉、语言沟通、动作发展、认知能力等方面需要接受专门的个性化拓展支持服务，学校课后服务具有这一时间和空间优势，现阶段可以进一步面向特殊需要学生加强在缺陷补偿和潜能开发等方面的内容设计和资源支持，加强对特殊需要学生的学业辅导、体育锻炼和素质拓展等，根据特殊需要学生的实际需求，完善面向特殊需要学生的个性化拓展支持服务的目标、内容、实施、评价、管理和资源设计，增强面向特殊需要学生的个性化拓展支持服务的规范性和科学性，促进特殊需要学生全面而有个性地发展。

（二）学校开展特殊需要学生课后服务需要更多外部支持

一是学校需要制度保障。一些学校面向特殊需要学生开展的课后服务仍然基于普通教育的理念、思路、方法，课后服务与学校融合教育资源保障的有机衔接不足，需要进一步在优化服务、保障资金、明确人员分工、提供服务场地、配备设施设备等方面完善工作机制，形成明确的制度安排，让学校面向特殊需要学生的课后服务工作有章可循，真正体现和切实满足特殊需要学生的个性化需求。

二是学校需要稳定、专业的人力支持。学校中的班主任教师和科任教师要同时承担其他学生的课后服务管理和组织工作，导致他们工作时间过长、工作压力大，且他们的融合教育专业能力有待进一步提升，很难为特殊需要学生提供个别化和有针对性的指导和学业辅导，特别是孤独症谱系障碍、具有严重情绪行为问题的学生，普通学校反映应对挑战较大，现有教师队伍应对起来更是普遍具有较大困难，因此需要稳定的、专业的特殊教育教师或特殊教育专业人员支持，为特殊需要学生提供一对一辅导、团体社交技能训练、素质拓展支持等。

三是学校需要在融合教育环境下的专业支持。课后服务既是普通中小学校教育工作内容之一，也是区域和学校推进融合教育需要关注的重要内容之一。一方面，在融合教育的制度设计、教研组织以及专业支持上，需要将面向特殊需要学生课后服务纳入其中；另一方面，学校需要充分发挥课后服务的时间优势和特殊教育资源教室的空间优势，提高特殊教育资源教室利用率，充分发挥其特殊教育专业支持作用，在课后服务时段为特殊需要学生提供专业支持。另外，在区域融合教育巡回指导中，也要加强对特殊需要学生课后服务工作的专业支持和指导。

（三）特殊需要学生家长需要增强选择课后服务的信心

一是家长需要充分利用课后服务减轻自身的时间和精力负担。如果特殊需要学生在课后服务时段能够完成学业任务，家长就不再需要在放学后投入大量的时间和精力进行学业和作业辅导，或者将孩子送到校外培训机构进行"学能"训练。

二是家长需要充分利用课后服务减轻自身的经济投入负担。目前，北京市一些特殊需要学生由于在认知、行为、社会交往、情绪、生活自理等方面存在较大程度的不足或障碍，需要专人在教室中、课堂上为学生提供有针对性的陪护或一对一的助学辅助，家长不得不到校或聘请社会陪读人员进入学校陪读。如果学校课后服务时段能够有专门教师为特殊需要学生提供一对一的专业支持，一定程度上可以减轻家长的经济投入负担。

三是家长需要减轻自身的心理负担。部分家长担心由于孩子学业落后和社交能力不足，其在课后服务时段可能会被其他年级、班级同学嘲笑或"欺负"，或者由于在校时间过长而出现情绪问题、有较大的心理负担。学校课后服务时段为特殊需要学生提供专门的拓展活动或社交技能训练，既能提升学生的社会交往能力，也能减轻家长的心理压力，更能通过课后服务带动课内时段融合教育的推进。

四 特殊需要学生课后服务实施的改进路径

课后服务的实施需要坚持"以学生为本"，在充分尊重特殊需要学生和家长意愿的前提下，学校要主动承担学生课后服务的主体责任，坚持全覆盖提供课后服务，确保面向特殊需要学生的课后服务高质量开展。这既是贯彻习近平总书记关于"双减"工作重要指示批示精神、落实党中央"双减"工作决策部署的重要举措，也是解决新时期教育发展主要矛盾、建设高质量教育体系的应有之义，更是满足特殊需要学生多样化需求的有效途径。当前现实困境的有效突破，需要在完善保障机制、提高学校育人质量、提升广大学生和家长的信心等方面做整体性制度设计与安排，强化措施、久久为功，确保"'双减'面向人人"得以全面贯彻，让每一名学生都能享有高质量的课后服务。

（一）强保障，完善特殊需要学生课后服务的支持体系

1.加强制度保障，优先保障特殊需要学生接受课后服务

坚持"'双减'面向人人"，牢固树立立德树人理念，明确面向特殊需要学生的课后服务是政府基本教育公共服务职能的一部分，在制定或完善学校课后服务实施细则时，明确"优先保障随班就读的特殊需要学生接受课后服务"，充分体现"'双减'面向人人"和公平正义。

2.加强人员保障，为每所学校配备特殊教育教师

加强区特殊教育中心巡回指导教师、康复治疗师及其他专业技术人员的配备，为每一所接受特殊需要学生随班就读的学校配备特殊教育教师，其

中，为随班就读特殊需要学生人数较多（5人以上）、需求程度高（有孤独症谱系障碍学生）的学校配备专职特殊教育教师，保障特殊需要学生课后服务有专岗、专业人员提供支持，对承担特殊需要学生课后服务任务的教师在职称评聘、表彰奖励和绩效工资分配等方面予以适当倾斜。

3. 加强经费保障，提高特殊需要学生课后服务财政补贴生均标准

尽管课后服务在职责属性上属于"准公共服务"，但特殊需要学生课后服务仍需以政府采用财政补贴、适当购买社会服务的完全免费方式开展。北京市已形成了较为完善的特殊教育经费投入和条件保障体系，建议参照特殊需要学生公用经费实施办法，进一步完善课后服务经费管理机制，增加特殊需要学生课后服务的财政补贴，提高特殊需要学生课后服务财政补贴生均标准，用于参与课后服务教师和相关专业人员的补助、购买必需的辅助器具和教具学具等。

（二）见实效，提升特殊需要学生课后服务的实施质量

1. 增强责任意识，强化普通中小学校融合教育主体责任

学校全面负责特殊需要学生的课后服务工作，将推进融合教育与特殊需要学生课后服务整体设计、通盘规划，完善需求征询流程，定期面向特殊需要学生和家长进行全面的需求征询，充分了解特殊需要学生在作业辅导、社团活动参与等方面的需求。基于需求制定本校课后服务实施方案，明确特殊需要学生课后服务的实施方式、保障机制等，结合学校自身师资、场地设备条件和可利用的校外资源，设计适当的课后服务内容与形式。

2. 精细化内容设计，加强学业补足和个别化指导

根据学生障碍状况、潜能开发和缺陷补偿程度，制定符合特殊需要学生身心特征和满足其需求的个别化教育方案，并实施基于个别化教育计划的课后服务，内容包括：学业答疑与个别化作业辅导，基于学生兴趣和潜能开发需要的、丰富多彩的、有益于学生健康成长的社团和兴趣小组活动，以及情绪管理、社会交往、言语沟通等。在课后服务环节弥补弱势家庭、弱势群体在教育资源方面的不足，使教育资源配置更均衡。此外，根据不同障碍类型

特殊需要学生的具体需求，也可以引导特殊需要学生在课后服务时段通过社会实践、体育锻炼、专题阅读、艺术创造、谈心交流等多种方式进行自主学习与活动。

3. 立体化服务实施，实施基于个别化教育计划的课程服务

学校将课后服务和校内教育教学统筹安排、系统设计，根据个别化教育计划为学生提供课后服务。灵活设置特殊需要学生课后服务的课时安排，根据特殊需要学生的个体特征，可以将"1+1"两个时段的课后服务安排为20~30分钟的小课，总体时间不宜过长。根据学生需求和学校已有条件按照一对一指导、基于资源教室的小组活动、普通班级融合、社团融合等多种形式组织学生参与，使课后服务成为校内教育教学的有效延伸。在服务场所上，学校可以综合利用各类空间资源，保障每位特殊需要学生都有适合的学习或活动空间。

（三）提信心，形成特殊需要学生课后服务的多方合力

1. 盘活人力资源，加强专业人员对学校课后服务的支持

学校作为课后服务的实施主体，往往将课后服务工作委派给教师，但是教师却因为责任加重等存在抵触情绪。因此，建议在做好校内教师工作保障和补贴的同时，进一步盘活现有人力资源，拓展为特殊需要学生提供课后服务的专业人员的来源渠道。建立特殊教育学校教师到普通中小学校支持课后服务工作的教师短期流动工作机制，还可以通过购买服务、资源共享等方式引入社会力量，统筹调配特殊教育相关专业资源进校园。建立残联系统康复服务在课后服务时段进校园工作机制，积极调动卫生健康、社会工作等领域的专业人员以及社区、关工委、志愿者团体、公益组织等进校园，共同参与面向特殊需要学生的课后服务工作，缓解校内教师的压力，充实特殊需要学生的课后服务支持队伍。

2. 深化技术应用，支持新技术下的课后服务创新

通过自主开发或购买第三方优质在线课后服务学习资源，为学生个性化学习提供高质量、全免费的资源支撑。主动应用大数据、云计算、人工智能

等新一代信息技术手段，采集学情分析数据，精准分析学情，支持教学诊断与改进，利用智能教学助手和智能学伴，根据学生的不同特点和个性差异，设计并推送个性化教育教学资源。发挥信息技术优势，建立"区特殊教育中心巡回指导教师和支持教师线上指导"与"学校资源教师和普通教师线下实施"相结合的"双师支持"课后服务实施模式。充分运用信息技术，与家长、相关专业人员做好密切沟通和交流研讨。

3. 强化家校共育，充分发挥家庭在"双减"工作中的重要作用

贯彻落实普通中小学校融合教育推进委员会制度，建立家校结合服务机制。一是定期了解家长和学生的需求，学校可以通过家长会、家长告知书、校园网、微信公众号、学校开放日等多种方式，及时向学生和家长通知课后服务相关事项，全面了解学生及家庭的实际需求。二是做好家庭教育指导，学校需要加强对家长群体的专业支持和服务，通过线上线下等形式，为家长提供家庭教育指导、咨询，引导家长树立科学育儿观念，充分发挥家庭在特殊需要学生教育中的主体责任和重要作用。三是为家长和学生提供便利，学校可以实施课后服务弹性参与制度，让特殊需要学生和家长能够弹性选择是否参与课后服务，充分尊重他们的意愿。

4. 开展循证研究，加强课后服务典型经验宣传交流

建立特殊需要学生课后服务的质量标准，组织开展在课后服务活动内容、实施方式、学习氛围、师生互动、同伴交流等方面的质量评价工作，做好课后服务对特殊需要学生发展作用的循证研究，以促进课后服务内容、形式与过程的不断优化。及时总结特殊需要学生课后服务工作中的好经验、好做法，做好交流推广，广泛宣传校内课后服务对特殊需要学生成长与发展的积极影响，积极营造良好的社会氛围，增强家长信心，获得社会支持。

参考文献

张志勇：《"双减"格局下公共教育体系的重构与治理》，《中国教育学刊》2021 年

第9期。

《坚决贯彻中央决策部署 深入推进"双减"工作——教育部有关负责人就〈关于进一步减轻义务教育阶段学生作业负担和校外培训负担的意见〉答记者问》，教育部网站，2021年7月24日，http://www.moe.gov.cn/jyb_xwfb/s271/202107/t20210724_546567.html。

北京市特殊教育研究指导中心：《北京市2021年特殊教育事业发展报告》（内部资料），2022。

黄晓玲：《"双减"背景下学校课后服务的课程化实施》，《教育科学论坛》2022年第4期。

《北京教育"双减"：中小学课后服务全覆盖 每天至少开展2小时》，北京市教育委员会网站，2021年9月1日，http://jw.beijing.gov.cn/jyzx/jyxw/202109/t20210901_2481487.html。

《坚持市级统筹 强化优先保障 以"首善"标准推进首都特殊教育优质均衡发展》，教育部网站，2022年2月18日，http://www.moe.gov.cn/jyb_xwfb/moe_2082/2022/2022_zl07/202202/t20220218_600460.html。

孙颖等：《聚焦高质量发展，办好首都人民满意的特殊教育》，《中国特殊教育》2021年第6期。

孙颖等：《基于生态系统理论构建的融合教育专业支持系统探究——以北京市为例》，《中国特殊教育》2020年第7期。

褚宏启：《新时代需要什么样的教育公平：研究问题域与政策工具箱》，《教育研究》2020年第2期。

弗里德里希·冯·哈耶克：《经济、科学与政治——哈耶克思想精粹》，冯克利译，江苏人民出版社，2000。

余晖：《"双减"时代基础教育的公共性回归与公平性隐忧》，《南京社会科学》2021年第12期。

《中共北京市委办公厅 北京市人民政府办公厅印发〈北京市关于进一步减轻义务教育阶段学生作业负担和校外培训负担的措施〉的通知》，北京市人民政府网站，2021年8月18日，http://www.beijing.gov.cn/zhengce/zhengcefagui/202108/t20210818_2470436.html。

《关于进一步做好本市小学生校内课后服务工作的通知》，上海市教育委员会网站，2019年3月1日，https://edu.sh.gov.cn/xxgk2_zdgz_jcjy_01/20201015/v2-0015-gw_402152019002.html。

《省教育厅等四部门关于全面推进中小学课后服务进一步提升课后服务水平的实施意见》，江苏省教育厅网站，2021年8月13日，http://jyt.jiangsu.gov.cn/art/2021/8/13/art_77617_9977565.html。

《浙江省教育厅等九部门关于进一步做好义务教育阶段学校课后服务工作的实施意见》，浙江省人民政府网站，2021年8月26日，https://www.zj.gov.cn/art/2021/8/26/art_1229400468_59127697.html。

Durlak J. A., Weissberg, R. P., Pachan M., "A Meta-Analysis of After-School

Programmes that Seek to Promote Personal and Social Skills in Children and Adolescents," *American Journal of Psychology*, 45（2010）：294-309.

Lauer, P. A. et al., "Out-of School Time Programs：A Meta-analysis of Effects for At-Risk Students, " *Review of Educational Research*, 76（2006）：275-313.

Lester A. M., Chow J. C., Melton A. M., "Quality is Critical for Meaningful Synthesis of Afterschool Program Effects：A Systematic Review and Meta-Analysis," *Journal of Youth and Adolescence*, 49（2020）：369-382.

Boosting Inclusion in After School Activities with AT and Supplemental Services, http：//www. ldonline. org/article/9924.

Afterschool and Students with Special Needs, October 2008, https：//www. afterschoolalliance. org/Special%20Needs%20IB34%20final. pdf.

Special Educational Needs and Disability Code of Practice：0 to 25 Years, January 2005, https：//assets. publishing. service. gov. uk/government/uploads/system/uploads/attachment _ data/file/398815/SEND_Code_of_Practice_January_2015. pdf.

宋向楠、魏玉亭、高长完：《韩国小学课后托管政策及其启示——基于公共政策价值分析的视角》，《外国教育研究》2021 年第 10 期。

蒲蕊：《公共教育服务体制探索》，武汉大学出版社，2015。

褚宏启：《关于教育公平的几个基本理论问题》，《中国教育学刊》2006 年第 12 期。

吴会会、胡劲松：《托管何以成为义务教育学校难以承受之重——基于广州市的现实考察》，《湖南师范大学教育科学学报》2017 年第 5 期。

B.9
"双减"背景下北京市特殊教育教研
发展与思考

王善峰 孙 颖 朱振云 陆 莎 陈瑛华*

摘 要： 在全面落实"双减"政策背景下，北京市特殊教育教研在全市特殊
教育教学质量提升方面发挥着关键支撑作用。受益于政策保障和市
级统筹，全市特殊教育教研体系建设持续推进，队伍建设日益加强，
机制运行不断完善，已初步形成"市、区、学区、学校"四级特殊
教育教研体系，多专题、多方式的教研有序运行，研训一体、研宣
一体、以研促提的推进机制初见成效。面对新阶段推动特殊教育高
质量发展的需求，全市特殊教育教研还面临教研员队伍专职化比重
较小、各级特殊教育教研组织之间还需加强联动、教研主题还需进
一步深化、成果还需加大提炼推广力度等挑战，而这些也正是"十
四五"时期北京市特殊教育教研完善发展新的着力点和增长点。

关键词： "双减" 特殊教育教研 北京市

特殊教育是教育事业的重要组成部分，是建设高质量教育体系的重要内
容。在全面落实"双减"工作要求、推动首都基础教育减负提质和高质量

---

* 王善峰，博士，北京教育科学研究院助理研究员，主要研究领域为融合教育；孙颖，北京教
育科学研究院副研究员、特殊教育研究指导中心主任，主要研究领域为特殊教育政策；朱振
云，北京教育科学研究院高级教师，主要研究领域为融合教育、孤独症儿童教育；陆莎，博
士，北京教育科学研究院助理研究员，主要研究领域为特殊教育课程与教学；陈瑛华，博
士，北京教育科学研究院助理研究员，主要研究领域为特殊教育评估。

发展的前提下，特殊教育同样需要改革、转型、升级。特殊教育教研是特殊
教育事业发展的重要组成部分，在推进特殊教育课程改革、指导教学实践、
促进教师发展等方面发挥了关键支撑作用。在"双减"背景下面向高质量
发展，需要对特殊教育教研予以高度关注和重视。

2021 年 7 月以来，北京教育科学研究院特殊教育研究指导中心（以下
简称"市特教中心"）采取问卷调查和访谈的方式，对市级特殊教育教研
组的 132 名兼职教研员开展了特殊教育教研情况专项调查，同时选取了其中
21 名兼职教研员开展了访谈调查，受访对象覆盖全市 16 个区。基于相关调
查，结合市级特殊教育教研开展情况和相关资料，对全市特殊教育教研发展
情况进行分析及思考，以期为推进特殊教育教研的深化及更好地发挥对教育
教学的关键支撑作用提出建议。

一　全市特殊教育教研体系建设情况

北京市一直重视特殊教育教研工作，在多项政策文件中对特殊教育教研
体系建设和运行提出了明确要求，特殊教育教研也有较长的发展历史和一定
的发展基础。"十三五"时期，北京市教委等 8 个部门联合发布《北京市特
殊教育提升计划（2017—2020 年）》，提出建立市、区、学区、学校四级特
殊教育教研体系，将特殊教育需要儿童的学习需求纳入普通教育教研机构的
教学指导和专业支持中，推进普通教育教研对特殊教育需要儿童的关注。此
外，北京市落实 2021 年 12 月《国务院办公厅关于转发教育部等部门"十
四五"特殊教育发展提升行动计划的通知》中关于特殊教育教研提出的
"县级以上教研机构应配足配齐特殊教育教研员"等要求，在《北京市"十
四五"特殊教育发展提升行动计划》中强调了市、区两级配足配齐特殊教
育教研员、完善特殊教育教研体系等相关要求。

在政策推动和保障下，在市级统筹领导和市、区教育行政部门的支持
下，市特教中心统筹推进市、区、校三级建立特殊教育教研组织，不断推进
特殊教育教研体系建设：市级建设多个专题教研组，各区建立特殊教育及融

合教育教研组，定期开展相关教研活动；建设学区融合教育资源中心，以此为依托，努力推进学区融合教育教研，逐步形成市、区、学区、学校四级特殊教育教研体系；大力开展市、区两级专职、兼职特殊教育教研员队伍建设，为特殊教育教研质量提升贡献了力量。

（一）市级特殊教育教研建设现状

根据新的实践发展和现实需求，2018 年，市特教中心对原有的 7 个市级专题教研组做了整合调整：将原融合教育小学教研组、融合教育中学教研组、融合教育资源教师教研组整合为融合教育教研组，保留市培智教育教研组、盲聋教育教研组，增建特殊教育评估教研组、自闭症儿童教育教研组。

每个教研组均面向全市 16 个区选聘教研员，由各区教委推荐，市特教中心邀请相关专家审议，每个教研组规模控制在 32 人左右（一般为每区 2 人，盲聋教育教研组因为所涉及学校较少，整体人数上少一些）。5 个教研组所选聘的教研员覆盖区级特教中心、市级自闭症教育康复训练基地、学区融合教育资源中心、特殊教育学校、融合教育学校等多层级、多类型办学主体以及特殊教育专业支持服务实体，共计 132 人，具有较强的代表性。市特教中心安排专人负责各教研组的组织建设和教研活动开展工作。

各教研组根据实践需求设置不同主题，扎实开展市级特殊教育教研工作。2018 年调整之后，5 个教研组举行市级特殊教育专题教研百余次，覆盖全部 16 个区 19 所特殊教育学校，专业辐射各区融合教育资源中心及融合教育学校上百所、融合教育骨干教师上千名，对于推动北京市融合教育质量提升和师资队伍专业化建设起到重要作用。

（二）区级特殊教育教研建设现状

区级特殊教育教研体系主要体现在融合教育和特殊教育学校教研两个方面。调查发现，融合教育方面，区级特殊教育中心面向融合教育教师组建的教研小组总数为 68 个，自闭症教育康复基地面向融合教育教师组建的教研小组总数为 22 个，学区融合中心面向融合教育教师组建的教研小组总数为 76 个；建立教研小组较多的区是西城区、朝阳区、海淀区、昌平区、顺义区。特殊教育学校教研方面，一是各区都建有特殊教育学校，各校根据现实情况成立 1 个或多个教研组，开展教研活动；二是 2018 年以来，依托特殊教育学校发展联盟，在联盟校内设立专题，开展特殊教育教研活动，在扩大优质校专业辐射范围、促进均衡发展方面起到积极成效。

区级特教教研员也分两类：一是就职于区级特殊教育业务部门（如特殊教育中心、教研室、融合教育中心），在编在岗承担面向融合教育的特殊教育教研工作的人员；二是由区级特殊教育业务部门面向全区选聘的、参加区级专题教研组的就职于特殊教育学校和普通教育学校的教研员。第一类人员是区级面向融合教育的特殊教育教研的组织者、引领者和中坚骨干力量。调查显示：全市 16 个区级特殊教育业务部门共有 49 人承担面向融合教育的特殊教育教研工作。其中，海淀区人员最多，达 15 人；朝阳区、顺义区各有 4 人；其余各区为 1~3 人。不过，限于现实因素，这 49 人普遍不能全职从事特殊教育教研员工作，大多兼做多项其他工作。

二　北京市特殊教育教研组织职能发挥情况

市特教中心下设 5 个市级特殊教育教研组：特殊教育教研方向分设市培智教育教研组、盲聋教育教研组 2 个教研组；融合教育教研方向分设融合教育教研组、特殊教育评估教研组和自闭症儿童教育教研组 3 个教研组。根据上述 5 个不同教研组的教研目标和方向，市特教中心组织多方研讨，就事关特殊教育教研和融合教育教研发展的重要议题，形成 15 个主题开展教研，累计组织市级常规教研 100 余次。

（一）教研开展主要形式

特殊教育教研在内容上既如同普通教育教研一般，强调对课堂教学的研究与指导，又依据个别化教学的原则兼顾对特殊学生的评估与教育支持，因此在落实服务学校教育教学、服务教师发展、服务学生发展、服务教育决策"四个服务"中有更深的服务内涵，主要通过分层和分类的教研活动实现。

1. 分类开展教研

特殊教育教研方向的教研组以我国《盲校义务教育课程标准（2016 年版）》《聋校义务教育课程标准（2016 年版）》《培智学校义务教育课程标准（2016 年版）》的颁布为契机，以扎实落地课标、加快教学改革、加强课程资源建设、促进教师专业发展、落实学生高质量发展为目标和重点任务，落实全面发展的育人目标和"五育并举"的育人举措，研究"三全育人"实施过程。融合教育教研方向的教研组则以融合教育发展中的现实困难和瓶颈为导向，围绕融合教育集体教学过程和班级建设过程中的难点问题、落实个别化教育原则开展"评估—支持"过程中的难点问题、重点障碍类型（以自闭症学生为主）特殊学生支持中的难点问题 3 个方面发力组织教研。多年来，分 15 个专题开展市级特殊教育教研 102 次，推出市级研究课 50 余节，研究特殊学生个案 150 余则，走进 14 个区 30 余所学校，辐射京津冀，直接参加教研人数超过 5000 人，为深化特殊教育课程教学改革、宣传特殊教育理念、拓展特殊教育发展空间、提升教师特殊教育专业能力发挥了积极、重要、广泛的作用。

2. 分层开展教研

分层组织全市特殊教育教研，形成市级特殊教育教研引领创新、区级特殊教育教研保障落实、校级特殊教育教研实施完善的特殊教育教研格局。据调查，2021 年，在市级兼职特殊教育教研员中，有近三成教研员负责某个区级特殊教育（含融合教育）教研团队，有 23.62% 的教研员负责某个学区级特殊教育（含融合教育）教研团队，有 19.69% 的教研员负责某个自闭症教育基地教研团队，有 64.57% 的教研员负责某个校级特殊教育（含融合教育）教研团队；除此之外，有 59.84% 的教研员参与了某个区级特殊教育（含融合教育）教研团队，有 50.39% 的教研员参与了某个学区级特殊教育（含融合教育）教研团队，有 40.94% 的教研员参与了某个自闭症教育基地教研团队，有78.74%的教研员参与了某个校级特殊教育（含融合教育）教研团队，形成了联动效应。

另外，市级教研高度重视并积极推动专业服务实体的实践工作。例如，自闭症儿童教育教研组与自闭症儿童教育基地有效对接，注重人员培养和基地运行建设；特殊教育评估教研组协同学区融合教育资源中心，探索出以高需求儿童评估为基础的服务模式，与丰台区教委等试点合作，形成面向多校服务、多路径支持和多方式反馈的专业支持新样态。

（二）特殊教育教研创新性

1.创新教研模式，有效整合专业资源

市级教研活动以研究课、个案分析为抓手，注重内容和教育生态建设，设立相应环节，邀请区、校就本区、本校特殊教育教研开展情况进行汇报交流，邀请教育行政部门主管干部参加教研，拓展特殊教育教研工作空间。特殊教育教研方向教研员借助跨区域的"特教联盟"模式开展教研，通过"影子教师"跟岗、驻校指导、互换轮岗等方式，实现了跨区和跨校授课、集体备课、相互听课、联合教研，在更深程度、更广范围上聚焦并分析教学实践中的关键问题，更容易组织落实符合区情的区级教研活动。融合教育方向教研员探索以个案评估为主的教研形式，通过个案评估提升教研员开展筛查评估、能力评估、行为问题评估、学业评估等不同类型评估的技能水平。2018年以来，以市级特殊教育教研活动为平台，各区发表特殊教育专题报告20余次，学校发表特殊教育专题报告30余次，以市级教研为依托举办特殊教育办学交流会10余次，为区、校搭建了展示、交流、学习平台，为全市特殊教育发展营造了良好氛围，为特殊教育教研整体发展提供了重要推动力。

2.引领服务方式创新，增强对特殊学生的专业支持

教研服务不断聚焦普通中小学融合教育发展需求和广大教师、学生的实际需求，提供一对一教师指导、一对多教师咨询、直接评估学生等服务方式。同时，3个融合教育方向教研组主动对接北京市已经设立的市、区两级

自闭症儿童教育基地、学区融合教育资源中心和学校资源教室，将教研和特殊教育服务实体的具体工作相整合，借力 3 个融合教育方向教研组的教研工作，支持四级特殊教育教研服务实体建设运行，落实区域内特殊儿童支持服务。新创建的市级特殊教育评估教研组和自闭症儿童教育教研组，是首都特殊教育教研新的亮点。特殊教育评估教研组组建之初是培育组，中间经考核进阶后成为专题教研组，该教研组创新教研员培育模式，提出"基础和晋级双阶段培养模式""以培养为基础、边培养边使用""能力培养和岗位聘任结合"的培养模式和培养原则，开设特殊教育专业教师评估能力培养课程，聚焦融合教育学校评估工作的实践模式。自闭症儿童教育教研组创新自闭症儿童教育基地与原有特殊教育服务实体的协同服务模式，规范了自闭症儿童教育基地履行职能的必选项和支持服务的自选项，形成满足普通中小学需求的个案支持服务模式。两个教研组定位精准，对原有特殊教育教研格局进行了拓展，对全市特殊教育教研专业人才队伍建设起到重要作用。

（三）疫情防控期间教研情况

自新冠肺炎疫情发生以来，线上线下联合教研成为新时期的教研特点。疫情防控期间，线上教研发挥了重要的作用，推动了市、区两级教研顺利进行，保障了特殊教育和融合教育支持的有效性。教研服务面向家庭开设了"家庭情绪管理""正向行为支持"等方面的线上咨询专栏。同时，市、区特殊教育教研员主动加入各种网络服务群，及时回复教师和家长提出的特殊儿童教育教学问题。此外，依托公众号组织教研专题推送，推动和支持一线相关教师的专业学习。

疫情防控期间，教研工作的另外一个特点是加强信息化资源建设。教研员作为主体，联合学校骨干教师通过录播的方式进行课程资源建设，开发了一批针对性和实用性都较强的教师备课参考资源。2020 年疫情防控期间，借助教研员和学校骨干教师的力量，市特教中心组织开发了面向 3 类特殊学生的 24 个模块共计 465 个视频或音频资源、276 个资源包，充实了课程资源。同时，教研员共同研发"校园生活和学习安排""家校合作"等专题培训资源，支持学生居家学习，指导家长开展居家学习指导。

（四）"双减"背景下教研职能发挥情况

"双减"政策颁布后，在市教委和教科院领导下，市特教中心迅速响应，以市级教研团队为主，开展了以下工作。

一是面向全市各区教研员开展专题调研，走访调研和电话调研了教委特教专干、特教学校领导干部和专任教师、普通中小学领导干部和资源教师等教研员教师代表共 21 名。调查范围涉及 16 个区，调查教研员所在岗位工作和教研工作情况。调查内容包括："双减"政策学习，对"双减"政策和教育改革的认识，"双减"政策措施落实，区、校两级特教教研落实情况，教研工作面临的挑战与应对措施，以及教研员对市级教研落实"双减"政策的建议。

二是贯彻落实"双减"政策提质增效的要求，对应市级教研员、特教中心专业人员专业要求和现状，从教研员岗位要求出发，通过教研员能力与需求调研，结合教研中的具体问题，在教研中穿插大量专题培训，针对性强，与教育教学实践结合密切，很多内容兼具较强的实操性，便于学习和迁移应用。2021 年下半年，市特教中心更是克服疫情影响，精心设计并推出持续 13 周总计 52 学时的线上培训，包括政策解读、研究方法、基本理论、基本方法 4 个模块的内容，成体系、有高度、有深度。在"研+训"的双重推动下，教研员专业知识水平及教研能力得到提升，专业骨干队伍得到壮大。

三是加强教研员引领教育教学变革的实践能力，加强教育教学现场研究，以课题方式主导阶段教研，设立了融合课堂差异化教学研究、基于支持的自闭症儿童作业设计研究、特殊学生课后服务调查研究、特殊教育学校德育调查研究 4 个研究主题，开展行动研究并研发相关策略工具。

四是教研员组织开展教师、学生和家长调研，共同谋划制定符合学校实际并满足学生及家长需求的"双减"措施，并且通过自学、讨论等方式掌握相关政策知识和专业知识，为特殊教育学校、融合教育学校提升教学质量提供指导和专业支持。

三 全市特殊教育教研发展面临的挑战

（一）教研体系的构建还需进一步完善

目前，尽管特殊教育已经形成一定的体系，在市、区、学区、学校等不同层级均有特殊教育教研组织，但从整个体系来看还需要进一步完善，主要表现为各级特殊教育教研组织还需进一步充实，区级特殊教育教研组织主体单位力量普遍较为薄弱，组织建设还需加强；学区级、校级特殊教育教研组织常态化运行还需加强；市、区、学区、学校等各级特殊教育教研组织之间纵向联动还需进一步加强；各区、各学校之间差距较大，发展不同步，教研推进质量还不均衡。另外，各级特殊教育教研组织在教研员的岗位与职责方面还存在"岗责错差"现象，一些特殊教育学校和普通中小学的教研员缺乏区内"履职"的机会，存在教研身份与实际岗位身份匹配不足的问题。

（二）教研的主题和内容还需进一步总结和推广

目前，各教研组的教研主题较为明确，也保持了较好的延续性，但实践需求更加多样，相比之下各教研组的教研主题和内容还需拓展；教研方式以研究课、案例研究为主，研究课之间的关联、案例研究的整体规划还需进一步加强；疫情防控以来注重"线上+线下"的结合，在个案的深入挖掘、特殊教育教学规律的提炼上还需要加大力度，包括市级特殊教育教研组织在内，各级特殊教育教研组织的教研成果产出率还需进一步提高，特殊教育教研组织的专业引领和辐射作用多限于教研现场，过程中的实效还未能很好地转化为可以超越时空的、易于推广的成果，实践中的转化度和推广度还需提高，在更大范围上的专业引领和辐射作用还需进一步发挥。

另外，"双减"以来，特殊教育教研员在应对变革引领教研发展工作的同时面临挑战：一是教研员对"双减"政策学习多、输出少，关于"双减"政策落实的系统性思考还需深化；二是问题意识还有待增强，部分教研员尚需增强对"双减"后的特殊教育教学和融合教育改革方向和困难的预判；三是针对问题寻找解决方案的主动性还需加强。

（三）教研员专职化建设还需进一步加强

目前来看，全市特殊教育教研员专职化还有待加强，市、区两级特殊教育中心的特殊教育教研员同时承担多种专业角色，如巡回指导教师、特殊教育管理员等，教研在整体岗位职责中的工作占比还需提高；现在市、区两级特殊教育教研组的人员以兼职教研员为主，在特殊教育教研的深入开展上受到多种因素的影响和制约。

另外，教研员队伍中一线教师占到多数，教研能力有待提高，对教研的组织有待加强，在教研工作投入、时间分配上的占比也有待提高，在区域（学校）内组织相关教研的思路还需进一步理顺，教研传导和支撑作用的发挥有待加强。

（四）教研员专业需求还需进一步满足，专业能力有待进一步提升

调查发现，教研员对专业发展有诸多需求。一是加强面向教学服务的系统化教研活动设计。教研组的职能和工作划分并不能使所有教研员参与学科教研的所有形式。调查发现，近六成教研员从未承担过市级教研研究课（含现场研究课、录像研究课）工作；30.71%的教研员从未在市级教研活动中全程指导过研究课。基于此，55.12%的教研员希望深入学习课堂教学有效性的相关内容；49.61%的教研员希望深入学习课堂教学活动设计和实施的相关内容；46.46%的教研员希望深入学习课堂观察与诊断的相关内容；37.8%的教研员最期待以深入课堂的方式组织教研活动。二是加强面向需求的系统化教研设计。调查显示，六成以上教研员最期待参与特殊教育评估与支持方面的教研活动，五成以上教研员关注课程教学，四成以上教研员关注

情绪行为问题处理；教研员对自闭症教育训练、个别化教育计划、体育康复、特教教师队伍建设等方面的教研活动的期待也较高；还有部分教研员表示期待参加理念宣导、区域实践模式、职业教育和劳动教育等方面的教研活动。三是对组织保障存在需求。调研发现，92.91%的教研员表示所在单位提供了时间支持（如视为工作状态、不计入请假等）；44.88%的教研员表示所在单位提供了组织支持（如支持成立相应教研组开展教研、开展二次培训、指导教师做课等）；34.65%的教研员表示所在单位提供了相关资源支持（如购买图书、参加培训等）。但是，教研员所在单位在将市级教研工作算入工作量，提供经济支持（如报销交通费用、相关餐费、发放补贴、绩效励等），评优评先给予倾斜等方面还有待加强。

四 思考与建议

（一）进一步加强全市特殊教育教研体系建设

1. 加强顶层设计，将特殊教育教研纳入特殊教育改革发展规划

借助《"十四五"特殊教育发展提升行动计划》出台的契机，落实教育部"县级以上教研机构应配足配齐特殊教育教研员"等要求，加强顶层设计，将特殊教育教研纳入特殊教育改革发展规划，并作为重点工作予以关注和开展，在岗位、人员、机制、资源等方面统筹考虑，加快推动其整体建设和发展，推动各级特殊教育教研组织体系建设。

2. 健全特殊教育教研体系，逐步、有序纳入基础教育整体教研体系

进一步健全市、区、学区、学校各级齐备、上下贯通、联系密切的特殊教育教研体系；出台全市特殊教育教研指导意见，对特殊教育教研予以规范；着力推进特殊教育教研与基础教育整体教研的业务互动，推动资源共享、业务联动、优势互补，加快推进特殊教育教研的整体开展。

3. 深化完善特殊教育教研主题、内容、方式等，提升特殊教育教研质量

聚焦特殊学生实际获得和特殊教育教学质量提升，以"四服务"为基

本方向，在既有基础上进一步深化、完善特殊教育教研的主题、内容、方式等，加强信息化技术应用，推进"互联网+"进程；注重教研与调研的结合，把握需求导向，着力突破实践中的难点、重点、热点问题；加强成果转化和推广，发挥专业引领和辐射作用；多措并举，不断提升特殊教育教研质量。

（二）进一步加强特殊教育教研员队伍建设

1. 积极推进特殊教育教研员专职化建设

在推进特殊教育教研体系建设的基础上，加大力度推进特殊教育教研员专职化建设，特别是在市、区、学区配备适当数量的专职教研员；建立更加完善的教研员考评、动态调整和补充机制，在保持队伍稳定的同时，保持一定比例的新旧更替，保持队伍的合理构成及活力。

2. 积极推进专业化建设，提升特殊教育教研员的教研和指导能力

注重专业能力建设和组织能力建设，加快提升特殊教育教研员的专业化水平；深化对特殊教育教研的认识和研究，对特殊教育教研员能力素养和实践需求做好研判，对其岗位需求、管理要求、职能发挥等做好规划设计；加大培训力度，选拔种子选手重点培养，在不同特殊教育类型上培养专业引领人员；加强各教研组之间的业务联动，有计划地培育特殊教育专业复合人才；加强科研指导，在科研课题立项、实施中对教研员提供指导，着力提升其科研能力。

（三）进一步加强组织保障

在教研政策和实际保障方面，积极推进特殊教育教研活动得到各区教育行政部门及学校的重视与支持，特别是在时间安排、工作量认可、设立专职资源教师岗位等方面；积极创造条件为教研员提供参与科研课题的机会并组织专家给予指导，如提供市级研究课、展示课、论文和案例评比的机会，推进教研与科研相结合，在"研训学"一体中提升教研员的研究能力；在职称评定和骨干教师认定方面能对特殊教育教研员有所倾斜；推进特殊教育教

研部门、学校及特殊教育专业服务实体等的协同，为特殊教育教研员开展工作创设更好的空间和条件，为其更好地发挥教研的关键支撑作用提供支持和组织保障。

"十四五"时期是推动特殊教育高质量发展的重要战略期。在总结北京特殊教育发展及教研工作经验的基础上，需要继续深化特殊教育教研制度建设，建立健全特殊教育教研体系，持续加强特殊教育教研队伍建设，深化特殊教育教研方式变革，突出特殊教育教研重点问题，进一步增强特殊教育教研成效，更好地服务于特殊教育课程教学改革和质量提升、服务于特殊教育教师专业成长及教育教学成效增强、服务于特殊学生全面发展、服务于特殊教育管理决策及相关研究。

参考文献

《北京市教育委员会等八部门关于印发〈北京市特殊教育提升计划（2017—2020 年）〉的通知》，北京市教育委员会网站，2018 年 3 月 2 日，http：//jw. beijing. gov. cn/xxgk/zxxxgk/201804/P020191224685295859374. pdf。

《国务院办公厅关于转发教育部等部门"十四五"特殊教育发展提升行动计划的通知》，中央人民政府网站，2021 年 12 月 31 日，http：//www. gov. cn/gongbao/content/2022/content_5674303. htm。

B.10
社区教育服务"双减"的实践模式
与创新探索

史枫 张婧 邢贞良 沈欣忆 徐新容 桂敏*

摘　要： "双减"是一项系统的社会治理措施，社区教育秉承服务全民终身学习的理念，具备服务"双减"的功能，发挥着连接学校、家庭、社会的枢纽作用。北京市依托社区教育服务体系，积极开展了服务"双减"的实践探索，在社会认知度低、经费短缺、场地紧张、人员储备不足的状况下，通过创新工作范式，融合社会力量构建"家校社"协同育人机制和家庭共学机制，实践效果显著。面向未来，重点在基层，只有不断强化区县级政府对社区教育的统筹管理能力，助推社区教育高质量发展，用终身教育理念引导学校教育变革，大力发展家庭教育，高质量设计"家校社"教育项目，才能形成社区教育服务"双减"的长效机制，全面落实立德树人根本任务。

关键词： "双减"　终身教育　社区教育　课后服务　北京市

　　由中共中央办公厅、国务院办公厅印发的《关于进一步减轻义务教育

* 史枫，北京教育科学研究院副研究员，主要研究领域为终身学习与学习型城市建设；张婧，博士，北京教育科学研究院副研究员，主要研究领域为可持续发展教育；邢贞良，北京教育科学研究院副研究员，主要研究领域为社区教育；沈欣忆，博士，北京教育科学研究院副研究员，主要研究领域为终身学习；徐新容，北京教育科学研究院副研究员，主要研究领域为可持续发展教育；桂敏，博士，北京教育科学研究院助理研究员，主要研究领域为终身学习。

阶段学生作业负担和校外培训负担的意见》（以下简称《意见》）是社会治理体系中社会问题的教育治理意见，要动员更大的教育机构、家庭、政府和社会优势力量积极探索、精准施策，切实创新"家校社"协同育人机制，保障"双减"政策稳健落实。

一 社区教育在"双减"背景下的功能与定位

（一）社区教育具有服务中小学的功能定位

社区教育在我国有较久的发展历程，而现代意义上的社区教育是 20 世纪 80 年代伴随改革开放而形成的一种基于社区的新型教育活动。社区教育发展初期，主要是社区支持学校发展，即社区主动承担青少年的校外教育责任，提供社会实践场所，培养青少年良好的道德品质和较强实践能力，学校也认可社区"第二课堂"的功能，由此，在青少年校外教育方面，学校和社区形成了良好的合作与互动关系。不过这个时期并没有实体意义上的社区教育机构，更多的是社区发挥教育管理和资源统筹的作用，利用自身可以利用的一切社会资源服务学校。[①] 随着终身教育理念的普及，学校教育和社区教育都得到了长足的发展，学校教育变得越来越专业，学校教育资源也越来越丰富，逐渐摆脱了对社区资源的依赖，学校与社区的协同关系由此变得疏远，合作关系也处于有名无实的状态。此时，社区教育的功能得到不断拓展，成为终身教育服务体系的重要组成部分，在经济较为发达的地区，已经逐渐形成了以区级社区学院为龙头，以街、乡社区教育中心为依托，以社区、村层面的社区学校为基础的三级社区教育体系，服务对象也逐渐从中小学生延伸到社区各年龄段的居民。可见，现代意义上的社区教育从诞生之日起就有着服务中小学校教育的使命，这也是社区教育的功能。学校教育中的

---

① 小林文人、末本诚、吴尊民：《当代社区教育新视野——社区教育理论与实践的国际比较》，上海出版社，2003，第4~5页。

大中小学生是社区学院非学历教育和社会文化生活教育的重要服务人群。按照"双减"政策要求，积极服务区域中小学落实"双减"政策、服务区域中小学课后教育，是社区教育机构发挥社区教育功能的应有之义。从社区教育的视角探索形成服务"双减"的策略，以中小学生校外教育、家庭教育、"家校社"协同育人等为突破口，探索开发社区教育服务"双减"的实践模式，也是社区教育机构发挥社区教育功能的重要体现。

（二）社区教育具备服务中小学的基本能力

在社区教育服务体系中，社区教育机构是服务全民终身学习的有机力量，尤其是区级层面的社区教育机构，有着统筹区域教育资源的独特优势，在多年的实践基础上形成了以学历教育为基础、以非学历教育为重点、以社会文化生活教育为特色，推动终身教育服务体系建设的功能定位。同时，社区教育机构也是区域学习资源中心、学习体验中心、学习共享中心和学习服务中心，是地区性集文化、教育、学习、服务功能于一体的、社区居民身边的学习枢纽。向上可以将北京市各行政系统的教育服务政策具体化和实践化；面向街乡和社区，又可以依托社区教育服务体系将各级教育目的和实践目标直接落实到最基层的社区、村、学校。北京市的社区教育服务体系有能力承担必要的中小学课后服务，是创新"双减"教育服务模式的新生力量。

（三）社区教育发挥着"家校社"协同育人的中枢功能

"家校社"协同育人三主体中，"社会"是一个延展性最大的概念，涉及的领域和范围比较广泛，同时承担重要的育人功能。从社会治理与建设的角度看，在一个学习成为所有人的一种生活方式和一个必要活动的社会，构建一个终身教育服务体系和学习本身一样重要，只有在这个运行有效的终身教育服务体系中，作为社会成员的家长、中小学生、教职工、社区居民的受教育权利才能得到保障，才能更便捷地获取学习资源，实现个体的全面发展。社区教育承担着连接家庭和学校的重要使命，社区教育关注家庭发展与家长教育，重视家庭学习，倡导建设学习型家庭，从而把家庭学习作为一种改变学习态度并增加不同年龄阶段学习者的催化剂，产生广泛的社会接纳，对抗社会消极影响。当然，这里的家庭学习是广义的学习，尤其对于中小学生来说，是不仅以完成作业和提升学科成绩为目的的学习。社区教育以终身教育为理念，引导学校变革，教师将成为学习的顾问，指导学习方法、设计学习路径、组织学习资源，通过培养学生的学习能力，可以使未来的公民更加自信、明智地处理当前和未来生活中的复杂问题。因此，在"家校社"协同育人中，社区教育是破解当前困局的关键环节和重要载体。

二 社区教育机构服务"双减"的现状与挑战

（一）北京市社区教育机构助力"双减"的实践基础

北京市的社区教育在全国位于领先水平，多个区被评为全国社区教育先进区和示范区。社区学院、社区教育中心是比较具有代表性的社区教育机构。截至 2021 年 12 月，北京市形成了 12 所社区学院、6 个社区教育中心的格局，① 各区的社区学院和社区教育中心在行政体系和管理模式上有所不同，大部分社区教育机构属于区教委的事业单位，具有服务区域全民终身学习的教育功能。自北京市"双减"政策实施以来，社区学院和社区教育中心服务"双减"的积极性各不相同，服务意愿和服务水平差异较大。总体来看，大部分区的社区学院和社区教育中心能够从自身发展和社会职责的角度主动谋划，积极参与区域落实"双减"政策的工作中；同时，有些社区学院和社区教育中心畏难情绪较为严重，加之北京市教委并没有明确提出社

---

① 2009 年，北京市朝阳社区学院的成立拉开了北京市试办社区学院的序幕，随后几年里，北京市原城八区——东城区、崇文区、西城区、宣武区、朝阳区、海淀区、丰台区、石景山区分别成立了 8 所社区学院。直至 2010 年，随着北京市政府调整首都功能核心区行政区划，原东城区和崇文区合并，原西城区和宣武区合并，形成新的东城区和西城区，各下属社区学院也实现了业务性合并。社区学院和社区教育中心称谓有所不同，但职能基本相同。

区教育系统服务"双减"的硬性指标,有些社区学院和社区教育中心并未开展服务"双减"的实际行动。

(二)朝阳区服务"双减"的实践探索

根据《朝阳区 2020 年国民经济和社会发展统计公报》,朝阳区有普通小学 74 所,在校生 156698 人;普通中学 95 所,在校生 60479 人。[①] 不管是学校规模还是在校生规模都位居全市前列,课后服务责任和压力较大,对于部分中小学来说,单凭学校和现有的教育系统课后服务运行机制,难以实现"双减"政策的稳健落实。在这样的背景下,朝阳社区学院主动拓展职能,积极参加"双减"工作,助推区域"双减"任务落实。

1. 朝阳社区学院开展中小学课后服务需求调研

为了助力"双减"政策的落实,提供更加精准的课后服务,朝阳社区学院积极谋划,成立青少年发展中心专门负责此项工作。为了摸清朝阳区各学校课后服务的底数,朝阳社区学院首先开展了调查研究,共选取了代表不同区域的 23 所学校 70 个校区进行调研,在此基础上,朝阳社区学院积极组织并落实课后服务,初步设计并开发了 5 类 239 门课程,为后续工作的开展奠定了基础。

朝阳社区学院积极为中小学课后服务提供支持,前期已有 5 所学校 18 个校区与朝阳社区学院达成协议,发挥朝阳社区学院的教育资源优势,为中小学提供课后服务,另外有 8 所学校 23 个校区处于筹备设计阶段;同时,有 10 所学校 31 个校区尚没有表示明确的合作意愿。[②] 对于尚没有开展合作的学校,通过分析得出以下原因。一是部分学校自身资源丰富,社团性质的学生组织发展比较健全,学校原有的社团、兴趣小组等课外组织自行承担课后服务的职能,学校不需要社会其他资源的介入;二是部分学校对"双减"政策依然持观望态度,等待上级教育部门的政策和资源分配;三是部分学校

[①] 《朝阳区 2020 年国民经济和社会发展统计公报》,北京市朝阳区人民政府网站,2021 年 5 月 28 日,http://www.bjchy.gov.cn/affair/tjgb/8a24fe8379afd7a30179b2464649030d.html。

[②] 资料来源:朝阳社区学院开展的社区学院服务中小学课后服务体系建设调研数据。

已经通过学校购买服务和合作等方式引进了一些社会教育资源来辅助提供课后服务。总之,根据目前该项工作的推进情况和数据分析,朝阳区中小学课后服务需求依然旺盛,对社区学院的服务提出了更多元化的需求。朝阳社区学院立足真实的中小学需求,为资源不足的中小学提供课后服务支持,助力部分"双减"政策落实不及时的中小学积极落实,提供教育咨询服务,吸取和总结优质中小学的课后服务经验,积极推进朝阳区"双减"工作的开展。

2. 社区教育服务"双减"面临的主要挑战

朝阳社区学院作为区域内社区教育机构,主动为中小学提供课后服务,是"双减"背景下新的尝试和实践,在具体操作中依然面临困境。通过调研发现,中小学对于课后服务的需求较大且多样化,同时存在不少学校因缺少资源,将课后服务理解为"圈在班里写作业"的现象,还有一部分学校处于观望状态。

社区教育服务中小学的功能尚需社会认可。虽然社区教育有着服务中小学的天然使命,但是在很长一段时期内,社区教育与学校教育处于孤立状态,社区教育较少参与中小学的教育实践,造成社会普遍认为社区教育是成人教育的现象,学校对社区教育机构的认可度也远远低于市场专业教育机构,这弱化了社区教育的教育功能,表现为有些中小学校长不清楚社区教育,甚至不知道有社区学院或者社区教育中心的存在。

经费紧张制约提供课后服务的可持续性。近几年,学生人均社会实践经费减少,朝阳区教委按照每年每生510元拨付社会实践经费,[①] 而课后服务经费仅占其中很小一部分。课后服务包括课业辅导,托管服务,素质提升(科普、文体、艺术、劳动、阅读、兴趣小组及社团活动)等多个方面,要为学生提供更加优质、精确的"升级版"课后服务,必然要有充足的经费作为保障,但目前课后服务经费不足。在项目推行前期,朝阳社区学院作为公益二类教育机构,秉承公益属性,为部分中小学课后服务提供部分经费支

---

① 资料来源:朝阳社区学院开展的社区学院服务中小学课后服务体系建设调研数据。

持，但近几年，社区教育经费也大幅度缩减，难以维持项目的基本运行，经费紧张造成了社区教育助力课后服务的不可持续性。

场地资源制约教育项目多样化开展。朝阳社区学院设计了不同主题的课程和项目，这些课程和项目对场地的要求比较高，在项目实施中所属不同系统和部门的场地成为最难协调和解决的问题，涉及学校场地、社区学习中心、社区服务中心，体育场等，场地资源缺乏和有效利用不足严重制约课后服务项目的实施，有效利用和统筹使用公共学习场所目前依然是政策盲点。

课后项目设计与开发专业人员储备不足。要提高课后服务质量，增强课后服务的吸引力，实现学生全面发展，就要有多样化的课程和课后服务项目供学生选择。课后服务的课程设计与开发既是高质量落实"双减"政策的关键，也是社区学院和社区教育中心服务"双减"的核心能力体现，从实践来看，社区学院和社区教育中心虽然具备一定的课后服务项目设计基础和部分专业人员，但从长远来看，随着服务项目开展，需要更多的、更专业的科研院所和机构参与项目的开发与设计。

（三）朝阳区服务"双减"的重要举措

朝阳区在落实"双减"政策上，提出"以课后服务这个小切口推动'双减'大改革"的口号，秉承服务全民终身学习的理念，深化中小学课后服务工作，为学生提供更加优质、精确的"升级版"课后服务，积极探索、主动作为，探索社区教育机构服务"双减"的创新机制。

1.构建了基于"双减"需求的工作范式

社区教育机构拓展功能，主动服务中小学课后工作是朝阳社区学院提出的新举措。朝阳社区学院着力构建具有区域特色的课后服务工作体系，初步形成了以立德树人为引领、以学校和学生需求为导向的基于"双减"需求的工作范式。

树立一个立德树人的教育理念，即在课后服务项目设计和中华优秀传统文化内容选择上都要秉承立德树人这一根本教育理念。

开发一个选课服务平台，即通过教育信息技术手段，搭建一个集选课、评课、监管于一体的中小学课后服务平台。

实践一种新型学习模式，即将学科课程以外的能力培养融入课后服务项目。例如，将传统文化进校园、安全进校园、中医药进校园等众多"进校园"的要求和任务，科学地融合到中小学课后服务课程和项目的设计中。

组建一支课后服务志愿者队伍，即通过组建专业志愿者队伍的方式，吸纳退休教师、能工巧匠等人员，改善课后服务教师紧缺的现状。

选拔一批社会专业机构，即充分发挥社会组织的力量，通过一定的选拔机制，吸纳符合要求的社会组织参与课后服务运行。

成立一支家庭教育专业团队，即充分发挥家庭教育指导中心的作用，完善家庭教育线上平台和咨询服务机制，构建全公益、多渠道、广覆盖的服务网络，形成家庭、学校、社会"三位一体"的家庭教育新模式。

2. 设立了专业机构，成立青少年发展中心

为了更好地落实"双减"政策，朝阳社区学院整合了校内优势资源，在已有培训中心的基础上成立朝阳社区学院培训中心青少年发展中心。按照"双减"任务工作要求，承担朝阳区构建中小学课后服务体系与开展中小学课后服务的任务，按照已经确定的工作范式开展工作。一是要深入调研，立足朝阳区实际，摸清中小学对课后服务的真实需求和数量要求，为有真实需求的中小学提供精准服务；二是要统筹资源，整合社会专业教育资源，依托社区教育这个大教育平台，让社会专业教育资源能够高质量地服务中小学教育，确保有监管的科学供给；三是要系统发展，朝阳社区学院培训中心青少年发展中心要立足青少年的发展，不仅服务于中小学的课后服务，还要系统设计青少年的校外教育项目，包括青少年劳动教育、科学教育、生态文明教育等，为青少年的健康成长提供必要的服务。

3. 融合了专业教育力量，践行"家校社"协同育人

朝阳社区学院联合北京化工大学附属中学和小学、网易有道未来教育研究院等专业教育资源，开展"家校社协同 赋能课后服务"PBL（项目式学习）示范课活动。采用 PBL 形式，设置主题课程，以团队协作与沟通的方式对问题进行探究分析，分组解决方案，在班级范围内进行成果展示。课

171

程设计集知识性、趣味性、活动性和引导性于一体，注重培养中小学生的人文素养和团队合作能力，激发孩子们对中华优秀传统文化的自信和热爱，培养爱国主义精神，传承科学精神。"家校社协同　赋能课后服务"PBL 示范课活动，是朝阳社区学院联合家庭、学校与社会资源机构的创新尝试，旨在通过研发一系列主题 PBL 示范课活动，通过整合优质社会资源，加大"家校社"协同育人力度，破解课后服务的质量管理难题，为学校提供课后服务一体化解决方案，进而满足学校、学生和家长的个性化需求，积极探索有效开展课后服务的工作模式和管理机制。

4. 试行了基于学共体的家庭共学机制

家长的教育观、学习观、价值观无形中成为影响政策落实的重要因素。社区教育机构在服务"双减"的过程中，注重将终身学习理念贯穿其中。在推进学生综合素质提升的同时，着力推动全民综合性学习场所和平台建设，为全社会学习者提供更加便利、多样、普惠的学习机会。实践中，在做好课后服务的基础上，朝阳社区学院坚持公益属性，试行了周末社团与社区教育融合的、基于学共体的家庭共学机制，既满足家长周末或寒暑假培养孩子全面发展的需求，又充分利用家长送孩子、等孩子的时间，让他们在同一学习场所参加相关主题的社区教育活动，包括社会文化生活培训、家庭教育指导咨询服务等，实现了家长与子女同址同时同学，既有效缓解家长的教育焦虑，又有效引导家长形成科学的儿童发展观和终身学习观，推进"家校社"协同育人机制建设，受到了社会广泛好评。

三　推进社区教育服务"双减"的建议与未来思考

（一）建立区县级政府统筹机制

《意见》在工作原则中明确提出"坚持政府主导、多方联动，强化政府统筹，落实部门职责，健全保障政策"。在实践工作中要切实发挥属地政府主导作用，发挥学校、社会文化服务中心、社会组织等资源优势，统筹优质资源，满足中小学教育发展需求，而不能一味把中小学的课后服务和校外教育推向市场，任由市场机制来干预中小学的校外教育，如此才能确保人才培养的正确方向和落实立德树人的根本任务。以社区教育服务中小学教育是"双减"政策落实的新举措，实践中以社区学院、社区教育中心等为依托，立足终身教育理念，整合区域内优质教育资源，构建中小学校课后服务体系是行之有效的科学决策，但在基层工作中仅仅依托教育行政部门来统筹推进还有很多挑战，因此区县级政府应成立联合工作组，压实各委办局的教育责任，保障"双减"工作落实，探索构建社区教育与中小学的长效合作机制和保障机制。

（二）用终身教育理念引导学校教育变革

终身教育理念是构建服务全民终身学习的教育体系和建设学习型社会的理论基础，深刻影响着世界各国的教育发展与社会建设，为各级各类教育改革提供了理论指导。我国对终身教育理念的推进力度不同，发展至今，在学习型社会建设和成人教育领域已经取得了一定的成绩，但在学校教育改革领域的成效不显著。究其原因，是封闭的学校教育系统片面地将终身教育理念看作是一种成人教育理念，而忽视了其社会治理的属性。终身教育理念作为解决我国学历社会长期积累的问题和应对未来社会发展的指导理念，不仅对学校教育变革具有指导意义，对构建服务全民终身学习的教育体系也有重要的指导意义和实践价值。[1] 终身教育理念的发展可以引领人们改变教育观念，使人们对教育目的的看法更为多样。在终身教育理念下，学校教育也不再是教育的全部，而是教育系统下的一个组成部分，教育不再是受教育者在学校这一特定场所和阶段的活动，家庭、社会处处都是学习的场所；教育也不再是某一部分人所拥有的特权，而是人人都能享有的权利，并且作为一项基本权利受到国家的保障；教育也不再把人的一生机械地分为学习期和工作

---

[1] 诺曼·郎沃斯：《终身学习在行动——21世纪的教育变革》，沈若慧、汤杰琴、鲁毓婷译，中国人民大学出版社，2006，第13~14页。

期，而表明学习应该贯穿于人的每个发展阶段。在这一理念下，"一考定终身""文凭社会"的思想也会被动摇，从而引发人们对教育和学习的反思。从世界各国的教育实践可以看出，终身教育理念一经提出，立即得到了世界各国的欢迎和响应，许多国家为此开展教育改革，并成功引领了教育社会改革。在教育实践中，学校教育作为终身教育体系的重要组成部分，得到了充分的发展，而家庭教育体系和社会教育体系发展则相对落后，随之而来的弊端也逐渐凸显。可以说，当前的中小学生课业负担加重，家长的教育焦虑以及校外培训无序发展，在一定程度上与终身教育体系中家庭教育和社会教育发展失衡有关。总之，终身教育体系包括各级各类教育，其中学校教育、家庭教育、社会教育都需要均衡发展、共同发挥作用，其出发点和归宿都是为了丰富人们的知识，形成适应社会发展的技能和自我完善的本领，最终促使人们在不断学习和接受教育的过程中跟上时代的步伐，在完善自我的同时促进社会的发展。[1]

（三）高质量设计"家校社"教育项目，实现"家校社"协同育人功能

"家校社"教育项目是实现"家校社"协同育人的有效载体。近年来，随着"家校社"协同育人理念的深化，一些学校也开展了"家校社"教育项目的实践，如"京剧进校园、中医药进校园、安全进校园"等种类多样的"进校园"活动，以项目课程的形式进入校园。根据前期调研发现，真正意义上的"家校社"教育项目比较少，大部分是"家校"协作，或者"校社"协作，直接原因是缺乏"家校社"教育项目，根本原因是"家校社"教育项目涉及的部门比较多，程序比较复杂，统筹难度比较大，加之缺少设计"家校社"教育项目的工作人员，让"家校社"教育项目始终处于理论层面，难以在更广泛的教育实践中开展。高质量的"家校社"教育

---

[1]　李兴洲：《终身学习和终身教育之比较》，《中国成人教育》1998 年第 1 期。

项目更能培养学生的探究精神、合作意识、社会参与能力与可持续发展能力。[①] 随着"双减"政策的落实，以前被校外培训机构和课后作业占据的时间得到有效释放，只有设计出高质量的"家校社"教育项目，才能满足家庭、学校和社会的期望，从而避免简单地在校完成课后作业和参加低质量的课后活动引起家庭和社会对"双减"政策的抗拒。"家校社"教育项目的关键在于项目设计负责人，单独的中小学教师或者教育行政人员、社会组织都难以胜任，需要教育行政部门特别培养，如实施中小学教师挂职制度，提升社区学院和社区教育机构人员的项目设计能力。在实践中更要发挥"家校社"协同育人的作用，学校侧重提出"家校社"教育项目培养目标，家庭贵在参与，社会需要提供便捷和专业的教育资源与服务。用设计科学、内容丰富的"家校社"教育项目充实课后时间，对冲家长独立安排的学科教育时间，从而实现高质量的"家校社"协同育人。

（四）注重家庭教育的发展与协同

家长需要也必须接受教育，如果家长被赋予了在孩子教育方面发表见解的权利，那么他们就必须承担相应的责任，使自己跟得上教育趋势以及与学校讨论如何合作对孩子进行教育的策略。[②] 在终身教育理念下，家长可以通过学习，提升对教育、学校、社会的认识和应对能力，尤其是中小学生的家长，本应是学校教育的后盾，却要主导孩子的学习与教育，置疑学校教育，不尊重教育的基本规律和儿童发展的阶段特点，一味追求学科成绩和兴趣培养，打乱了学校教育的进程，对孩子身心造成消极影响。相反，本该在家庭中培养的气节和习惯、传承的家风和家训逐渐减少，甚至淡出家长认识和家庭教育。众多的案例表明，在复杂的社会现象和多元化教育思潮的影响下，家长易陷入教育功利主义的漩涡，产生教育焦虑和揠苗助长的教育行为，导致家庭与学校的错位教育问题，由此引发社会矛盾升级，家庭

---

① 张婧：《新时代区域生态文明教育：路径重构与实施方略》，《人民教育》2021 年第 6 期。
② 倪闽景：《家校社协同育人需要进行顶层设计》，《人民教育》2021 年第 8 期。

关系破裂等问题,影响中小学生的成长。学校支持家庭的发展,就要发挥"小手拉大手"而形成的组织优势,让本身无终身学习理念和参与意识的家长走进家长课堂。社会支持家庭教育发展,需要发挥制度优势、资源优势,保障家长参与学校和社区的教育项目,增强家长的社会参与意识和志愿服务意识,从而助力中小学生健康成长。

(五)助推区域社区教育高质量发展

北京市的社区教育开展以社区学院的成立为标志,至今已有多年的历史,它历经了实践的检验,在推动服务全民终身学习的教育体系建设、推动学习型城市建设方面发挥了重要作用,获得了长足的发展。北京市以社区学院推动社区教育发展的模式得到国家的认可,多个区被评为全国社区教育先进区、全国社区教育示范区,被全国其他省市作为学习的典型,多次开展经验交流。早在 2013 年,北京就在首届国际学习型城市大会上发布了《建设学习型城市北京宣言》。从现实看,社区教育发展依然面临众多的问题,社区学院的身份问题一直没有得到有效解决,在整个终身教育服务体系中是发展的短板,在一定程度上制约区域终身教育服务体系建设和学习型城市建设。2016 年,教育部等 9 个部门在《关于进一步推进社区教育发展的意见》明确指出"社区教育是我国教育事业的重要组成部分,是社区建设的重要内容"。地方各级政府需要认识到社区教育不仅是教育体系的重要组成部分,还是社会建设的重要途径和社会治理的有效手段,地方各级政府需要全方位地关注区域社区教育发展和终身教育服务体系建设,为区域社区教育发展提供必要的政策支持和基本保障。

路虽远,行则将至;事虽难,做则必成。新时代,新作为,社区教育机构助力"双减",是新时代社区教育服务社会建设的新契机和新路径,也是中小学教育在终身教育视域下的探索与变革,学校、社会、家庭应协同推进、久久为功,进而构建更优的教育生态,助力青少年健康成长,实现人与社会的可持续发展。

参考文献

彼得·圣吉:《第五项修炼——学习型组织的艺术与实践》,张成林译,中信出版社,2010。

B.11
北京市非学科类校外培训行业
现状与治理路径

宋晓欣*

摘　要： 通过分析北京市非学科类校外培训行业现状发现，非学科类校外培训市场供给充足，非学科类校外培训机构法人属性以营利性法人为主；资本流入趋于理性；市场价格整体平稳；市场需求强劲。基于此，北京市进一步完善非学科类校外培训机构治理，具体路径为：明确"规范发展"的治理方向；严格机构审批，分类制定标准；聚焦重点问题，部门联合监管；引导行业自律，加强质量评估等。

关键词： 非学科　校外培训　分类治理　北京市

2021年7月24日，中共中央办公厅、国务院办公厅印发《关于进一步减轻义务教育阶段学生作业负担和校外培训负担的意见》（以下简称"双减"文件），明确提出各地非学科类校外培训机构要区分体育、文化艺术、科技等类别，明确相应主管部门，分类制定标准、严格审批。《教育部2022年工作要点》也明确指出，指导各地对非学科类校外培训机构分类治理，实现常态化监管，防止出现新的野蛮生长。为贯彻落实国家政策，巩固"双减"成效，2022年3月，教育部、国家发改委、市场监管总局联合发布《关于规范非学科类校外培训的公告》，从非学科类校外培训机构的师资、

---

* 宋晓欣，博士，北京教育科学研究院教育发展研究中心研究实习员，主要研究领域为民办教育。

教材研发、办学场地、收费退费等方面做出规定。国家各部委高位推动，体育总局发布《体育总局办公厅关于印发〈课外体育培训行为规范〉的通知》以及《体育总局办公厅关于做好课外体育培训行业服务监管工作的通知》；文化和旅游部办公厅发布《关于做好文化艺术类校外培训管理相关工作的通知》。可见，非学科类校外培训机构治理的基本格局正在形成，北京市作为首善之区，如何进一步完善非学科类校外培训机构的分类审批制度、价格监测与指导机制、质量认证制度等，能否参照学科类校外培训机构的治理方法，这一系列问题已然成为当前校外培训机构治理亟须解决的重要课题。

一 非学科类校外培训概念界定及主要特征

非学科类校外培训机构是相较于学科类校外培训机构而言的，两者在概念界定、主要特征等方面存在较大差异。

（一）概念界定

"校外培训"指提供学校正规教育之外的各类非学历教育培训，它在一定程度上能够弥补学校教育的不足，满足不同教育阶段学生的可选择性和差异化需求。"双减"背景下的"校外培训机构"主要指国家机构以外的社会组织或个人，利用非国家财政性经费，面向中小学生开展学科类、非学科类教育培训的机构。[①] 其中，"非学科类"中的"类"即归类，按一定秩序排列类群。《教育辞典》将"学科"定义为学术的分类，即一定科学领域或一门科学的分支。"非学科类"基于学理逻辑显然是不成立的，"非学科类"作为政策性语言首次出现在 2021 年 7 月"双减"文件中。由于实践中学科类和非学科类培训相互交叉、边界模糊、难以区别，2021 年 11 月，《义务教育阶段校外培训项目分类鉴别指南》规定，从培训目的、培训内容、培

---

① 周翠萍：《论校外培训机构的特点、问题及定位监管》，《教育科学研究》2019 年第 10 期，第 32~35、52 页。

训方式、评价方式等维度对校外培训项目进行综合判定。浙江、广东、上海等地也陆续推出鉴别指南、鉴定指引、认定办法,广东根据分类鉴别的难度,采取"名录鉴定法""综合鉴定法""专家鉴定法"等对校外培训项目的服务类别进行区分,并编制了便于实操的一系列配套模板文书。

基于以上分析,"非学科类校外培训机构"指以培养学生兴趣爱好、实践能力和创新精神,促进学生个性化发展和全面发展为培训目的,以国家课程标准规定的学科类学习内容以外的、符合国家法律法规要求和学生身心发展规律的其他学习内容为范围,以体验式、探究式、项目式、综合性学习作为主要教学方式,评价强调综合素质水平与发展的校外培训机构。

(二)主要特征

非学科类校外培训细分领域繁多。非学科类校外培训以素质拓展为导向,为促进青少年全面发展服务,其培训内容涉及面较广,主要包括体育类、科技类、文化艺术类、社会实践类等。其中,体育类可以分为球类(足球、篮球、排球、羽毛球等),田径类(短跑、中长跑、跳高、跳远、掷实心球等),体操类(健美操等),水上或冰雪运动(游泳、滑雪、冰球等),中华传统体育类(武术等),新兴体育类运动(攀岩、滑板等)等。文化艺术类更加复杂,可以分为音乐类(声乐、乐器),美术类(绘画、雕塑、设计、建筑、工艺),舞蹈类(专业舞蹈、国际标准交谊舞),戏剧类(话剧、戏曲),影视类等。若进一步细分,专业舞蹈种类多样,乐器更有上百种。

非学科类校外培训机构形式灵活。非学科类校外培训机构具有较强的市场属性,其表现形式灵活多样。在实践中,区分非学科类校外培训机构表现形式的主要依据包括机构性质、法人属性、业务模式、机构规模、培训渠道等。依据机构性质可以分为民办机构(提供私人产品)和少年宫等公办机构(提供准公共产品);依据法人属性可以分为营利性法人与非营利性法人;依据业务模式可以分为单一模式(仅专注某一产品)

和混合模式（包括众多培训项目且各方面发展较均衡）；依据机构规模可以分为大型机构、中型机构和小型机构；依据培训渠道可以分为线上培训和线下培训。

二 北京市非学科类校外培训机构发展现状

随着"双减"政策出台，北京市校外培训机构进入全面规范的强监管阶段，进一步深化了非学科类校外培训机构治理。现从市场供给与需求等方面对北京市非学科类校外培训机构发展现状进行分析。

（一）非学科类校外培训市场供给充足

依托"天眼查"平台，以输入关键词进行检索的方式，获取在市场监督管理局以及民政局系统注册登记的校外培训机构的实时数据（截至 2022 年 7 月 21 日）。[①] 数据显示，北京市非学科类校外培训机构共计 31397 所，市场供给充足。具体来看，北京市法人属性以营利性法人为主的非学科类校外培训机构共计 31158 所，占比为 99.24%；法人属性为非营利性法人的非学科类校外培训机构仅 239 所，占比为 0.76%。服务类别[②]如图 1 所示，可以看出，文化艺术类校外培训机构共计 21998 所，占比高达 70.06%；体育类校外培训机构共计 6801 所，占比为 21.66%；科技类校外培训机构最少，共计 687 所，仅占 2.19%。截至 2022 年 5 月，北京市共有学科类校外培训机构 319 所，[③] 北京市非学科类校外培训机构数量远超学科类校外培训机构数量。

---

① 资料来源：中国民办教育协会培训教育专业委员会。
② 服务类别的划分：科技类包括编程、机器人、科技特长、科学实验、科学素养、人工智能、无人机、其他创客；体育类包括冰雪运动、搏击运动、电竞运动、基础体能、棋类运动、球类运动、水上运动、专业技能（骑射举摔、跳滑登钓、艇航汽摩）；文化艺术类包括播音主持、美术培训、手工技艺、书画培训、舞蹈培训、戏剧表演、音乐培训、演讲与口才；其他类包括国学、记忆力、赛事活动、社会事件、思维、研学、阅读和其他培训。
③ 资料来源：北京市教委校外培训工作处。

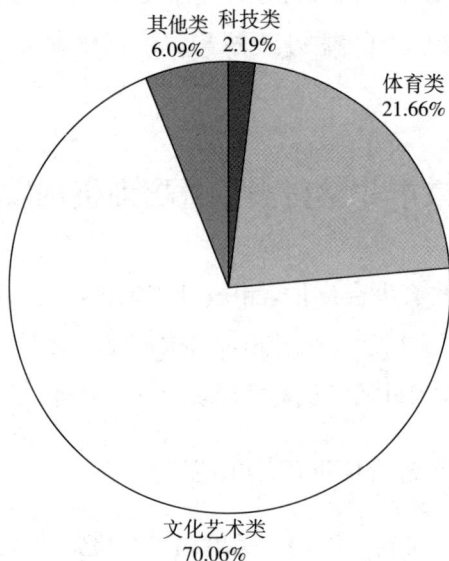

图1　北京市非学科类校外培训机构服务类别情况

资料来源："天眼查"平台。

北京市"双减"政策落地后，传统培训机构、新兴公司纷纷开始进入素质教育赛道，新的供给出现。好未来、新东方、作业帮、猿辅导等头部学科类校外培训机构先后向非学科类校外培训转型，如好未来旗下教育品牌"励步英语"更名为"励步"，推出一系列素养类新产品，包括励步艺术、励步戏剧、励步口才、励步益智等；新东方变更经营范围，增加非学科类培训内容，新成立的北京新东方素质教育成长中心下设艺术创作学院、人文发展学院、语商素养学院、自然科创空间站、智体运动训练馆等板块；猿辅导推出南瓜科学、猿编程；作业帮推出小鹿编程、小鹿美术、小鹿写字、小鹿口才、小鹿学习力等。对于学科类培训机构而言，赛道变更并非易事，除原有的客户群体与转型后的目标客户群体一致，借助品牌影响在客群转化上具备一定的优势外，在业务线规划、师资体系、课程体系等架构上均需要重新探索和长期积淀。猿辅导、作业帮发挥其科技背景优势，选择以青少年编程作为突破口进行转型；新东方以英语起家，其文科背景决定了其向艺术创作、人文素养进行转型。非学科类培训对于专业程度的要求较高，学科类校外培训机构向非学科类校外培训机构转型受企业背景的影响。

（二）非学科类校外培训资本流入趋于理性

资本是以实现自身增值为目的的货币，论及教育时专指和不以实现自身增值为目标的公共财政相对应的私人资本。① 校外培训行业的资本扩张表现为私人资本投资的供给增加、校外培训机构的数量增加等。"双减"政策后，学科类校外培训机构市场资本大幅撤离，仅政策出台当天，教育股集体进入"暴跌"模式，好未来收跌 70.76%，高途收跌 63.26%，新东方收跌54.22%。② 学科类校外培训机构野蛮生长的现象也得到了有效遏制。截至2021 年 11 月 15 日，北京市线下学科类校外培训机构压减率达 61.8%。③"去产业化"已经成为校外培训机构未来发展的核心主线。为避免非学科类校外培训机构成为资本化运作的新风口，非学科类校外培训逐步纳入监管。北京市"双减"政策中明确提出："市场监管部门要做好非学科类培训机构登记工作和校外培训机构收费、广告、反垄断等方面监管工作，依法行使教育行政处罚权和相应的行政检查权，加大执法检查力度，依法依规严肃查处违法违规行为。"2018 年是我国学科类校外培训机构与非学科类校外培训机构分类管理的起始之年，④ 本报告通过梳理 2018 年以来北京市非学科类校外培训机构融资事件，分析非学科类校外培训资本流入的主要特征。

2018~2022 年北京市面向中小学生的非学科类校外培训机构投融资情况如

---

① 彭湃、党宇：《限制资本能解决"减负难"问题吗？——兼评〈教育中的资本扩张：危害与治理〉》，《清华大学教育研究》2021 年第 6 期，第 29~35 页。
② 苗正卿：《千亿市值一日蒸发，教培"资本时代"恐终结》，虎嗅网，2021 年 7 月 24 日，https://www.huxiu.com/article/443343.html。
③ 《北京线下学科类校外培训机构压减率达 61.8%》，腾讯网，2021 年 11 月 20 日，https://new.qq.com/omn/20211120/20211120A05SY300.html。
④ 宋晓欣：《校外培训机构分类管理的现实需求与推进策略——基于学科与非学科的视角》，《教育科学论坛》2022 年第 14 期，第 3~8 页。

表 1 所示,可以发现,投融资轮次主要集中在 A 轮及以前,金额以千万元为
主,资本对于非学科类校外培训机构的投融资较为谨慎,试探性投资明显。
另外,非学科类校外培训头部机构发展迅速,在 2018~2022 年获得数次投融
资,截至 2022 年投融资金额超数亿元,如美术宝、火花思维等。当投融资开
始向头部机构聚集,马太效应初现,行业入局、"跑马圈地"的最佳红利已然
褪去,留下的机构必须进入精细化运营的提质阶段。从未来趋势看,科技类
校外培训成为朝阳产业,尤其是少儿编程赛道的市场渗透率仍有较大增长空
间,2021 年市场渗透率仅在 1.5% 左右,而欧美发达国家已达 50% 左右。[①] 少
儿(3~15 岁)艺术类校外培训在一线城市的覆盖率为 15%,当前处于中期
发展阶段。[②] 体育类校外培训在"双减"政策出台后的第一个寒假突然火爆,
尤其在北京、上海等一线城市,青少年体育培训的市场潜力巨大。可见,北
京市非学科类校外培训资本流入逐渐趋于理性,且未来发展空间较大。

表 1 2018~2022 年北京市面向中小学生的非学科类校外培训机构投融资情况

类别	机构名称	时间	金额	轮次	融资方
体育类	清奥体育	2022 年 4 月	数百万元	天使轮	启迪种子等
	旭日星空羽毛球俱乐部	2019 年 3 月	超千万元	未透露	申缔资本等
	斑马少年	2018 年 8 月	1000 万元	Pre-A 轮	复星锐正
科技类	核桃编程	2018 年 3 月	超千万元	Pre-A 轮	未透露
		2018 年 7 月	超千万元	A 轮	源码资本、XVC 等
		2019 年 2 月	1.2 亿元	A+轮	未透露
		2019 年 10 月	5000 万元	B 轮	华兴新经济基金等
		2021 年 3 月	2 亿元	C 轮	KKR、元璟资本等
	VIPCODE	2018 年 6 月	8500 万元	A 轮	创新工场等
	乔斯少儿编程	2020 年 3 月	未披露	战略投资	蓝象资本
	卓士未来	2019 年 9 月	数千万元	A 轮	联想之星
		2021 年 10 月	未披露	B 轮	青丰投资等

---

① 《押注少儿编程,童程童美如何打破不可能三角》,新浪网,2021 年 4 月 21 日,https://
finance. sina. com. cn/tech/2021-04-21/doc-ikmxzfmk8125295. shtml。

② 《少儿艺术教育未来市场潜力分析》,搜狐网,2021 年 7 月 3 日,https://www.sohu.com/
a/475406135_121144695。

类别	机构名称	时间	金额	轮次	融资方
艺术类	美术宝	2018年10月	1500万美元	B+轮	长山兴资本等
		2019年6月	4000万美元	C轮	腾讯投资等
		2020年7月	4000万美元	C+轮	腾讯投资等
		2020年12月	2.1亿美元	D轮	上善睿思基金等
		2021年2月	4000万美元	D+轮	中金资本等
	伴鱼绘本	2018年1月	数千万元	B+轮	合鲸资本
		2018年8月	1.2亿元	C轮	天使投资人张涛等
		2020年8月	数千万元	C+轮	GGV纪源资本等
	VIPidea	2020年6月	超千万元	天使轮	神骐资本等
其他	火花思维	2018年5月	1500万美元	B轮	IDG资本等
		2019年3月	4000万美元	C轮	龙湖资本等
		2019年8月	8500万美元	D轮	光速中国等
		2020年8月	1.5亿美元	E轮	KKR等
		2021年1月	超1.5亿美元	Pre-F轮	挚信资本等
	青蛙研学	2019年1月	数百万元	天使轮	未披露
	紫蓝教育	2020年6月	数百万元	天使轮	微淼商学院
		2021年10月	100万元	战略融资	伯恩资本

资料来源：根据网络公开资料整理而成。

（三）非学科类校外培训市场价格整体平稳

"双减"政策明确要求将义务教育阶段学科类校外培训收费纳入政府指导价管理。北京市发展改革委会同市教委、市场监管局发布《北京市义务教育阶段学科类校外培训收费管理办法（试行）》，区分线上和线下以及不同班型，分类制定了学科类校外培训的收费标准和浮动幅度。非学科类校外培训与学科类校外培训都必须坚持教育公益属性，避免恶意涨价、违规倾销课时等侵害群众利益的问题发生。2022年3月，教育部、国家发改委、市场监管总局在《关于规范非学科类校外培训的公告》中明确提出，非学科类校外培训机构应当"根据市场需求、培训成本等因素合理确定培训收费项目和标准"。为及时掌握非学科类培训服务价格变化，强化对非学科类培训市场形势的分析研判,发挥市场价格监测预警"晴雨表"作用,2022 年 4 月起,教育部监管司委托国家发展改革委价格监测中心,在北京、上海等城市每月开展一次非学科类培训服务市场价格监测。涉及基础体能、足球、乒乓球、游泳、围棋、声乐、钢琴、舞蹈、美术、编程等项目。数据显示,非学科类培训服务价格总体保持平稳,其原因在于非学科类培训机构和项目较多、竞争相对充分,培训并非刚需,加之受疫情影响线下停课、校内课后服务广泛覆盖等。但是北京市足球培训(小学小班课基础班)涨幅明显,2022 年 4 月价格比 2021 年 1 月上涨 13.6%。[①] 2022 年 5 月与 4 月相比,围棋、舞蹈培训价格分别上涨 1.3%、1.0%,其他类别的培训价格涨幅在 0.5% 以内。[②]

北京市非学科类校外培训机构价格情况如表 2 所示,可以看出,体育类与艺术类校外培训机构的市场价格明显高于科技类与实践类校外培训机构。需要说明的是,声乐与钢琴培训的市场供给以 1 对 1 课程为主,其余项目以小班班型为主,其中足球和篮球小班班型为 10~15 人,美术、舞蹈、书法小班班型为 6~10 人。与国家发展改革委价格监测中心对 10 个城市的非学科类培训服务项目市场价格监测的结果相比,北京市体育类与艺术类培训项

表 2　北京市非学科类校外培训机构价格情况

服务类别	培训内容	平均价格/每课时	服务类别	培训内容	平均价格/每课时
体育类	基础体能	250 元	艺术类	声乐	375 元(1 对 1)
	游泳	310 元		美术	285 元
	足球	243 元		舞蹈	198 元
	篮球	300 元		钢琴	410 元(1 对 1)
	羽毛球	279 元		围棋	240 元
	乒乓球	180 元		书法	246 元
科技类	编程	159 元	实践类	游学/研学	160 元

资料来源:选取网络上人气较高的 5 家机构,取价格的平均数(2022 年 7 月数据)。

[①] 《监测显示非学科类培训价格总体平稳》,教育部网站,2022 年 5 月 13 日,http://www. moe.gov.cn/jyb_xwfb/gzdt_gzdt/s5987/202205/t20220513_627208.html。

[②] 《教育部持续推进非学科类培训价格监测工作》,教育部网站,2022 年 6 月 22 日,http:// www.moe.gov.cn/jyb_xwfb/gzdt_gzdt/s5987/202206/t20220622_639715.html。

目的价格明显较高，这与场地租赁、专用设备、教学人员薪酬等成本的支出密切相关，也受所在地区经济水平、市场供需水平的影响。

（四）非学科类校外培训市场需求强劲

北京市非学科类校外培训强劲的市场需求来源于基数庞大的适龄人口、居民人均可支配收入的增加以及家长观念的转变等。一是适龄人口基数庞大，非学科类校外培训机构的学生主要集中在幼儿园至高中阶段，年龄分布为3~18岁。2004~2019年北京市出生人口共计175.5万人，[①] 其中，3~6岁（不含6岁）人口共计44.49万人，6~12岁（不含12岁）人口共计79.66万人，12~18岁（不含18岁）人口共计42.26万人，庞大的适龄人口基数为非学科类校外培训提供了学生支持。二是居民人均可支配收入增加。北京市居民人均可支配收入从2017年的5.7万元增长至2021年的7.5万元，年均实际增长5.4%，2021年北京市居民人均可支配收入位居全国第二，[②] 居民人均可支配收入增长为非学科类校外培训提供了经济支持。三是家长观念转变。第六次全国人口普查的数据显示，我国妇女的平均生育年龄为29岁，以此推算3~12岁学生的父母主要集中在1981~1990年出生，我国"素质教育"的酝酿与提出正发生在20世纪80年代，新一代父母更加注重对孩子的创新力、逻辑思维等综合素质的培养，家长观念改变为非学科类校外培训提供了充足动力。

从发展趋势来看，体育类、科技类、艺术类等不同服务类别的校外培训均表现出强劲的市场需求，尤其是中高考加分政策能够有效激活存量市场，直接提升需求刚性及付费意愿。从不同服务类别分别来看，第一，体育类校外培训市场需求空间较大，且主要集中在一、二线城市的高收入家庭。中小学生肥胖率和近视率攀升，引起了家长的高度重视，家长普遍希望通过体育运动加以改善。国家体育总局数据显示，2020年，青少年每周参加1次及

---

① 《1949~2021年北京市居民出生、死亡变动情况》，北京市卫生健康大数据与政策研究中心网站，2022年3月28日，http://www.phic.org.cn/tjsj/wssjzy/jkzb/202203/t20220328_299557.html。

② 《北京居民收入十年来由3.68万元跃升至7.5万元　居全国第2位》，"中国新闻网"百家号，2022年9月29日，https://baijiahao.baidu.com/s?id=1745314755788910379&wfr=spider&for=pc。

以上体育锻炼的人数占比为 84.6%；在校外参加体育锻炼的青少年中，接受专业指导的人数占比高达 84.6%，① 体育锻炼已经成为青少年的内在需求。在升学考试中，体育占据重要地位。2021 年 12 月，北京市明确将体育在中考中的分值增加至 70 分，考试形式包括过程性考核与现场考试两部分，后者新增乒乓球、体操、武术、游泳等 14 个项目。

第二，随着人工智能时代的到来，科技类校外培训市场需求增长强劲，其原因在于：近年来 IT 巨头纷纷布局人工智能领域，如百度进军无人汽车、腾讯成立 AI 实验室等；在教育领域，高校加强人工智能等学科建设，中小学设置人工智能相关课题，2017 年编程被列为综合实践活动课程内容之一，2018 年人工智能课程进入高中课堂等，每一则新闻都挑动着家长敏感的神经。在升学过程中科技特长也备受重视，北京市某中学 2019 年高中招生简章中明确规定了报名条件之一为在机器人、信息学奥赛方面有突出特长。编程成为升学中的加分项。

第三，艺术类的社会考级体系已发展多年，受到家长的广泛认可，如音乐、美术考级。在艺术类校外培训市场份额中占比前 3 名的分别为音乐、舞蹈、美术，分别占 36%、31% 和 25%。棋类、戏剧近几年也呈现增长趋势，但实际市场空间仍然有限，属于小众需求。北京市对于义务教育阶段学生的艺术素养进行总体部署，将在"十四五"时期建立艺术素养评价体系，实现义务教育阶段学生基本具备 1 项艺术爱好的目标。海淀区已将音乐正式纳入初中学业水平测试。

三 北京市非学科类校外培训机构治理路径

基于上述北京市非学科类校外培训机构的主要特征与发展现状，建议治理路径从以下几方面展开。

---

① 《市场快速增长，青少年体育培训潜力无限》，国家体育总局网站，2007 年 2 月 3 日，https：//www.sport.gov.cn/n20001280/n20745751/n20767297/c21186174/content.html。

（一）明确"规范发展"的治理方向

"双减"文件由中共中央办公厅、国务院办公厅联合印发，明确要求"从严治理，全面规范校外培训行为""对非学科类培训机构，要求分类制定标准、严格审批"。以"全面规范"为导向的校外培训治理逐渐强化了校外培训服务的准入标准、供给主体的身份要件与专业资质等。政府制定严格的准入与管理制度并非要取缔非学科类校外培训市场，而是要消除盲目逐利的"市场失灵"弊病，使校外培训行业回归公益属性，重构健康的教育生态。北京市"双减"的工作要求为"治乱、减负、防风险"。规范成为非学科类校外培训治理的首要任务，另外有彻底整治校外培训行为中损害家长和学生利益的各种乱象，防范安全风险、经费风险等。同时，警惕非学科类校外培训的应试化倾向，对于以提分、升学为目的的培训机构，相关部门要予以规范，避免"升学至上"的价值观破坏了素质学习的规律，增加课外负担。

《北京市人民政府关于鼓励社会力量兴办教育促进民办教育健康发展的实施意见》要求发展符合首都城市战略定位的民办教育，坚持"服务北京、优化结构，提高质量、规范发展"的工作思路。2022年5月，北京市出台《关于进一步做好采购义务教育阶段校外优质教育资源有关工作的意见》，推动学校课后服务合理引入校外非学科类课程，这有利于引导非学科类校外培训健康发展、提升质量。"规范发展"的目标导向将满足非学科类校外培训机构服务当下和未来发展的需要。

（二）严格机构审批，分类制定标准

一直以来，由于营利性校外培训机构管理办法缺失，不具备办学资质却开展校外培训项目的现象比比皆是，那些有意投资校外培训的投资者经工商部门注册成立教育咨询公司，从事营业范围之外的培训活动。为有效落实"双减"政策，须严格规范审批流程：申请人自主向行业主管部门申请办理审批；行业主管部门按照准入规则，依法为符合条件的校外培训机构核发批准证书或出具批准意见；申请人到拟注册地址所在区的市场监管部门办理登记注册；市场监管部门结合经营范围规范化要求，为材料齐全、符合法定形式的校外培训机构办理登记注册，核发营业执照。文化艺术培训由文旅部门负责，体育运动培训由体育部门负责，科普知识培训由科技部门负责，明确行业主管部门，以及各行业主管部门行政行为的合法性。

行业主管部门亟须制定出台本领域校外培训行业的准入标准与规则。体育部门率先发力，2022年3月，北京市体育局《关于做好青少年校外体育培训机构准入审查工作的通知》进一步明确了青少年校外体育培训机构的市场准入条件。艺术类与科技类亟须出台校外培训机构设立标准，明确审批的具体条件。从业人员资格认证方面，由于培训对象为中小学生，从业人员不仅需要具备专业领域的知识技能，还需掌握教育教学的基本原理与方法，防止在意识形态领域影响学生身心健康的行为发生。

（三）聚焦重点问题，部门联合监管

校外培训机构监管工作应遵循"属地负责、行为监管、分工配合"的原则。行为监管的重点在于社会普遍关注的热点问题，如收费退费、资金监管等。2022年6月，北京市文旅局出台《北京市营利性文化艺术类校外培训机构培训课程预付费管理办法（试行）》的征求意见稿，主要针对音乐、舞蹈、美术、戏曲戏剧、曲艺5类文化艺术类校外培训机构提出两种收费方式，一是采用"一次（一课）一结"的即期交易方式，二是采用预先存入存管银行培训费的预付费方式。但非学科类培训机构的预收费风险管控工作由金融监管部门和人民银行营业管理部、北京银保监局、北京证监局负责指导银行等机构完成，他们并不掌握培训的实施情况，难以确保所有学费都进入银行监管账号，预付费方式必须要有相应的教育备案审查制度，即向监管部门备案师资、课程、项目、收费标准等信息。非学科类校外培训机构监管工作涉及的部门众多，包括宣传网信部门、市场监管部门、应急管理部门、公安部门、金融监管部门、卫生防疫部门等，亟须进一步加强部门之间的联

合与协作，由专项治理向常态治理转变，建立非学科类校外培训规范管理工作长效机制。

针对规模较大的头部机构，监管重点在于防止其过度资本化；对于中等机构，监管重点在于防止其盲目扩张；对于现实中存在最多的小型机构，监管重点在于对证照、师资、教学、场地等日常培训资质的规范化监管。近年来，为了满足家长与学生的刚性需求，非学科类校外培训各类比赛盛行，需避免比赛中各种不规范行为的发生，如变相收取费用等。

（四）引导行业自律，加强质量评估

非学科类校外培训机构治理问题复杂，单靠政府部门的力量很难解决所有问题，行业自律与行业自治能够发挥非常重要的作用。《中华人民共和国民办教育促进法实施条例》明确鼓励行业自治，"有关部门应当支持和鼓励民办学校依法建立行业组织，研究制定相应的质量标准，建立认证体系"。行业组织参与管理并承担政府不宜承担、单个学校又难以承担的服务职能。有学者建议教育行政部门应支持行业组织开展教师专业水平认证，可借鉴日本的经验，日本全国学习塾协会制定了"学习塾讲师检定制度"，将学习塾讲师资格认证分为"集团指导"和"个体指导"。[1] 针对非学科类校外培训从业人员教师资格认证这一难题，可积极探索将行业组织作为第三方专业组织进行认证。

现阶段，非学科类校外培训机构治理主要集中在"合规性"经营方面，如安全隐患、证照、办学场地、师资条件、合同规范等。对教学与课程的质量关注不够，缺少细化标准，建议制定非学科类校外培训机构质量标准，开展非学科类校外培训服务质量认证，这是提升学生和家长满意度的重要途径。既可以由行业组织制定标准，评估非学科类校外培训机构的教育教学质量，也可以委托第三方评价机构制定评价指标体系

---

① 李曼、刘熙：《民办教育培训机构的治理困境与政策应对》，《中国教育学刊》2018 年第 7期，第 26~31 页。

并进行评价，并将评价结果向社会公布。海淀区率先实施非学科类校外培训机构的星级评价工作，探索委托第三方评价机构从依法办学、教育理念和课程建设等方面评价并监测区域内非学科类校外培训机构的整体水平。行业组织可参与必要的社会性管理，应积极发挥行业组织作为第三方专业组织的作用，形成自我规范发展的体制机制。

借鉴篇
References

B.12

国内中小学课后服务课程
研究报告

杨 帆[*]

摘　要： 国家"双减"政策对各地实施课后服务工作提出了新的要求。课后服务课程质量是影响课后服务质量的关键因素。课程化推进学校课后服务工作对区域和学校提出了新挑战。研究发现，国家和地方配套文件的出台，为课后服务课程化推进提供了政策依据和有益的参考。教育行政部门对课后服务实施原则、内容模式、组织形式、条件保障等问题的重视程度逐渐加强。关于课后服务课程的理论和实践研究不断升温，课后服务课程研究正成为学界一个研究热点。未来需明确课后服务性质定位，课程化推进课后服务工作；立足学生发展，加强课后服务课程理论体系研究；统筹各方力量，助力学校课后服务课程化实施。

* 杨帆，北京师范大学教育博士在读，北京教育科学研究院副研究员，主要研究领域为中小学课程与教学。

关键词： 中小学 课后服务课程 "双减"政策

一 引言

2017年2月24日，教育部办公厅下发了《关于做好中小学生课后服务工作的指导意见》（以下简称《指导意见》），首次提出了"课后服务"概念，明确了学校课后服务的主体地位，并提出"要科学合理确定课后服务内容形式"。2021年7月，中共中央办公厅、国务院办公厅《关于进一步减轻义务教育阶段学生作业负担和校外培训负担的意见》（以下简称"双减"政策）对义务教育学校课后服务提出了新的工作要求。"双减"政策指出："提高课后服务质量。学校要制定课后服务实施方案，增强课后服务的吸引力。"

影响课后服务质量的关键因素是课后服务课程质量。怎样提升课后服务课程质量？影响课后服务课程质量的因素有哪些？这些问题引发了政府部门、学者和一线教学实践人员的关注。从2017年2月教育部正式出台课后服务专项文件，到2021年7月国家"双减"政策文件出台，各省（区、市）配套出台相关指导文件，从实施原则、人员配置、课程内容、组织形式、资源配置等方面规划课后服务课程建设。因国家政策层面还没有明确提出"课后服务课程"概念，目前研究者对国内课后服务课程的研究主要隐含在对课后服务的相关研究中。笔者对国内课后服务相关政策文件（包括中央、地方政策文件）和研究文献（包括期刊、学术论文、报纸等）进行了检索和梳理，并运用文献计量法和文本分析法进行相应的分析，基于课程的视角从现状分析、存在问题和未来展望三方面对课后服务进行了具体阐述。在一定程度上揭示了我国中小学课后服务课程研究的相关热点、成果和不足。回顾过去，了解现状，以期为北京市中小学课后服务课程研究提供借鉴，促进中小学课后服务课程的建设。

二 数据选择

本报告以 CNKI（中国知网）的中国期刊全文数据库作为数据源。选择检索字段为"主题"，检索式为"课后服务课程+课后托管课程+托管服务课程+课后三点半课程"，以"课后服务课程""课后托管课程""托管服务课程""课后三点半课程"为主题词进行搜索，检索的时间段为 1990 年 1 月 1 日至 2022 年 2 月 18 日，剔除会议通知等非论文文献，共得到符合主题要求的文献 527 篇。

为突出课后服务课程研究主题，结合课程要素，对文献进行了二次检索。二次检索维度标准：被引数、下载数、课程要素。选择一次检索所得文献中引用数量和下载数量降序排序靠前的、围绕课程要素维度研究的有价值的文献，共得到符合要求的文献 367 篇，其中学术期刊类 83 篇，特色期刊类 189 篇，报纸类 86 篇，会议发言类 9 篇。

三 研究方法

本报告主要采用文献计量法和文本分析法对检索的相关文献进行分类梳理。围绕课后服务课程要素进行整体分析，总结政策发展走向、研究共性和分歧问题、实施经验成果、政策空白点、存在问题和不足等，为后期政府决策提供参考依据，为指导区域和学校落实课后服务工作提供有价值的资料。

四 研究过程

（一）文献计量分析

从课后服务课程相关主题文献总体趋势和课后服务课程相关主题文献发文量可以看出，随着 2017 年 2 月国家课后服务专项文件发布以来，课后服务课程相关主题研究逐年递增，2019 年增速明显（见图 1）。2021 年 7 月"双减"文件发布后，相关文献共发表 51 篇，超过 2020 年总数，表明"课后服务课程"主题研究热点增长明显（见图 2）。

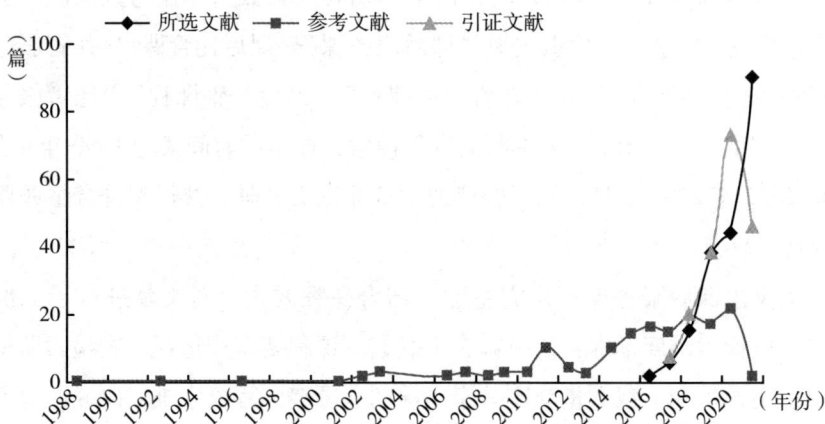

图 1　课后服务课程相关主题文献总体趋势

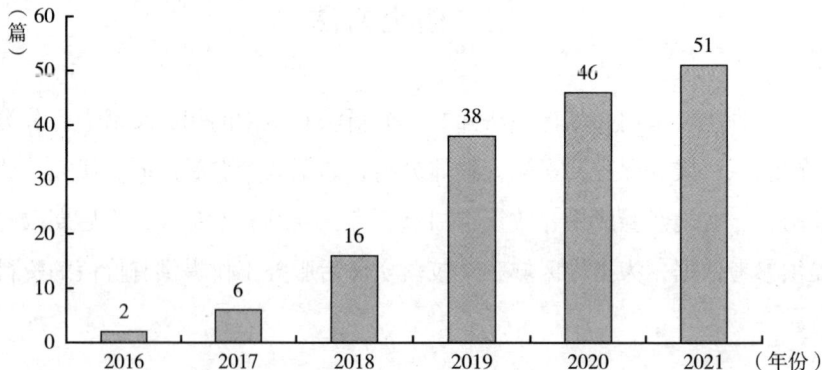

图 2　课后服务课程相关主题文献发文量

通过分析关键词共现网络情况可知，研究者普遍将课后服务课程设置作为研究重点，课后服务课程设置中关注五育、个性特长、主体性、教学质量。

进一步对关键词"课程设置""教学质量"的共现网络情况进行深入分析，发现更多研究重点，如托管服务、服务工作、特色课程、课后作业等。

对于关键词"课程设置""教学质量"的共现网络情况进行进一步分析，发现与"课程设置""教学质量"联系频次较高的关键词有"教育内容""内容和形式""素质拓展"等，这些关键词与课程要素密切相关。可见，多数研究者都认同将课后服务课程化规范实施。

再通过CNKI对课后服务课程相关主题文献进行主要关键词频次统计分析，可知研究者研究重点集中在课后服务的实施现状、策略研究、问题与对策研究、作业研究等，主要关注课后服务的性质定位（"教育局""公益性"）、活动或课程内容（"学科类""体育服务""作业负担""社团活动"）、实施主体（"中小学""中小学校""托管班""托管机构"）、模式设置（"弹性离校""课后服务模式"）等（见表1）。研究方法多用调查研究法。研究者对小学阶段课后服务课程的研究远多于初中阶段，更多偏向于对城市小学阶段课后服务课程实施情况的研究。

表1　课后服务课程相关主题文献主要关键词频次统计情况

单位：次

序号	关键词	频次	序号	关键词	频次
1	小学生	22	11	弹性离校	8
2	托管班	16	12	学科类	8
3	中小学	15	13	实施现状	7
4	校外培训机构	14	14	策略研究	7
5	教育局	12	15	校内托管	7
6	校外培训	12	16	体育服务	6
7	中小学校	11	17	课后服务模式	5
8	托管机构	9	18	任课教师	5
9	社团活动	8	19	公益性	5
10	作业负担	8	20	延时服务	5

运用 CiteSpace 软件得到 1990~2022 年课后服务课程相关主题文献关键词凸显情况，如表 2 所示，自 2017 年以来，课后服务课程的研究热度显著提升，研究者更加关注课后服务的内容、方式、措施和实施主体等方面。

表2　1990~2022 年课后服务课程相关主题文献关键词凸显情况

关键词	强度	开始	结束	1990~2022年
青少年	12.08	1990年	2016年	
体育育人	11.05	1990年	2016年	
国内外	11.05	1990年	2016年	
"双减"	8.12	1990年	2016年	
中小学	6.18	1990年	2015年	
托管服务	2.03	2014年	2018年	
课后托管	2.64	2016年	2018年	
小学生	1.94	2016年	2018年	
中小学校	2.66	2018年	2019年	
弹性离校	1.45	2019年	2020年	
北京市	0.44	2019年	2022年	
对策	0.44	2019年	2022年	
学校	0.94	2020年	2022年	
引领	0.70	2020年	2022年	
任课教师	0.70	2020年	2022年	

（二）文本分析

基于所引文献主题词和关键词共现网络情况分析结论，对收集到的政策文件和期刊论文材料内容进行分析，发现其中涉及的课后服务课程相关政策要点和研究问题主要包括以下方面。

1. 定义内涵研究

（1）课后服务

"课后服务"一词最早出现在 2017 年 2 月教育部办公厅印发的《关于做好中小学生课后服务工作的指导意见》中。课后服务是一种教育活动，是一种对中小学学生进行教育的新方法。[①] 它是放学后学校利用场地、师资、硬件等资源对学生开展的提高德智体美劳的相关教育活动。[②] "课后服务活动"是有目的、有组织、系统的学习活动。[③]

以上学者对"课后服务"概念的界定,基本是从课后服务的主体、涵盖内容类型、目标定位等方面审视的,将课后服务作为一种有规划的学校育人活动。

（2）课后服务课程

目前,已有研究文献中还未对"课后服务课程"概念进行明确界定,这与国家未明确课后服务的课程属性有直接关系;学界对于"课后服务"概念的界定往往包含课程要素的特征。结合国家文件及学界对于"课后服务"概念的界定,笔者认为可以把"课后服务课程"理解为学生课内课程结束后,以学校为主体组织开展的,为满足学生多样化发展需求的,有明确的目标、内容、实施、评价规范要求的课后教育活动。其主要特征包括学校主导、作为学校课内课程的补充、课程化规范实施等。

2. 课后服务课程相关要素研究

（1）课后服务课程目标研究

课程化推进课后服务工作,需要将课后服务的目标纳入学校课程体系范畴考量,考虑学生整体发展需要。目标决定了课后服务课程实施的方向,避免课后服务工作的盲目性,为良好课后服务效果的达成提供保障。

课后服务需要强调学生"核心素养"和"关键能力"的发展,与此同时兼顾学生创新意识和兴趣爱好的发展及养成。[④] 学生通过接受课后服务,获得妥善的安全看护和生活照顾,得到适当的课业辅导,进一步养成良好的生活、行为和学习习惯,培养人际交往和社会融合素养,身心获得均衡发展,综合素质得到提升。[⑤]

---

① 崔晴:《小学生课后服务的目标、内容与特点》,《教学与管理》2018 年第 26 期。
② 张璐:《基于教育治理的上海小学生课后服务模式探索》,《上海教育科研》2021 年第 10 期。
③ 康丽颖:《促进儿童成长:课后服务多元主体协同育人探讨》,《中国教育学刊》2020 年第 3 期。
④ 康丽颖:《促进儿童成长:课后服务多元主体协同育人探讨》,《中国教育学刊》2020 年第 3 期。
⑤ 崔晴:《小学生课后服务的目标、内容与特点》,《教学与管理》2018 年第 26 期。

（2）课后服务课程内容研究

对于课后服务课程内容的研究，现有文献中主要从阶段划分、重点领域、特色课程研究等方面开展，主要包括以下内容。

我国课后服务课程可分为初创阶段、发展阶段、繁荣阶段，各阶段课后服务课程内容侧重不同。初创阶段（20 世纪 90 年代），主要形式为晚托班，课程内容主要为托管。发展阶段（2004～2016 年），伴随校外培训机构的介入，课后服务课程内容主要包括课后看护、作业辅导、兴趣辅导和学业补习等。繁荣阶段（2017 年至今），自 2017 年 2 月《指导意见》颁布以后，各地开始逐步重视课后服务课程的内容与内涵，尤其是开始全面融入素质教育的内容，即从以往的"管"的模式转向了"教"的模式。①

有些研究者关注到了学生课后服务课程内容的多样化，将德育活动融入课后服务课程内容。例如，南京市南湖第一小学创办的"四点钟学校"，利用社区多功能教室，开展讲故事、看电影、油泥、折纸等课后服务课程，进行消防、交通等体验活动，有效地实现了社区看护、社会德育、艺术活动的整合，形成了课程内容较为丰富的小学生课后服务形式。②

有些研究者从课后服务课程重点领域展开研究，如隋志乐针对课后体育活动内容进行了专项研究，发现课后体育活动开发项目不全面，且实施效果差。学校课后体育活动内容是不合理的，学习的内容较为无聊。③

课后服务特色课程建设也受到研究者关注。罗晶、郝春东认为将博物馆教育纳入课后服务课程内容设计时，需关注课程主题和内容的适切性。基于STEAM 教育视角将博物馆教育纳入课后服务课程内容，选择合适的主题和内容，馆校合作设计的课程主题要体现学科融合性。④

---

① 屈璐：《我国基础教育课后服务政策嬗变及展望》，《现代远距离教育》2019 年第 4 期。
② 邓大龙：《南京"四点钟学校"的德育探索》，《中国教育学刊》2014 年第 1 期。
③ 隋志乐：《大学生体育锻炼对其良好行为习惯的养成影响研究——基于哈尔滨市六所大学调查分析》，《体育科技文献通报》2018 年第 7 期。
④ 罗晶、郝春东：《基于 STEAM 教育视角将博物馆教育纳入课后服务内容研究》，《黑龙江科学》2021 年第 13 期。

（3）课后服务课程实施模式研究

通过对各地课后服务课程实施模式的分析发现，从课后服务课程实施主体角度看，课后服务课程实施模式可以分为学校独立实施模式，政府购买服务模式，高校、学校、社区结合模式，学校、社区结合模式以及"家校社"结合模式等。① 从师资配备的角度看，可采用"教师+实习生+志愿者"的课后服务课程实施模式，在组织在岗教师参与的同时，也可通过聘任退休教师的方式补充师资，并充分利用地区内高校资源，组织一批师范生或有志从事教育行业的高校学生参与课后服务课程实习项目。② 课后服务课程实施模式已从"安置式"的家长托管模式向以儿童为中心的"灵动式"发展模式转变。③

部分学者还关注了上海、杭州等重点城市的课后服务课程实施模式。

张璐将上海课后服务课程实施模式分为四类：一是政府主导型街道（社区）托管服务模式，二是政府、学校、社区三方合作模式，三是学校和公益组织合作模式，四是学校自助提供课后服务课程模式。④

范诗武、张媚在研究中关注了杭州的课后服务课程实施模式。杭州课后服务课程实施模式的核心是要构建校内课后服务"1+X"模式和校内校外联动的课后服务体系。校内课后服务"1+X"模式即在已实行的免费托管服务基础上，增加可供学生选择的低偿性、多套餐形式的个性化服务，由学校教师或招聘的校外专业人士对学生进行兴趣特长培养；校内校外联动的课后服务体系以学校为主，以社区青少年俱乐部、青少年活动中心等公益性校外活动场所为补充。⑤

彭之梅、赵敏关注了乐山市"总校+分校"课后服务课程实施模式。

① 张璐：《基于教育治理的上海小学生课后服务模式探索》，《上海教育科研》2021 年第 10 期；宋爽：《北京市"高参小"体育项目发展现状调查研究》，北京体育大学，2018；范诗武、张媚：《破解"课后三点半"难题 打造课后服务杭州模式》，《杭州》2019 年第 41 期。

② 付卫东、周威、刘杰：《中小学课后服务满意度及影响因素分析——基于东中西部 6 省（区）32 个县（区）的调查》，《中国电化教育》2021 年第 10 期。

③ 屈璐：《我国基础教育课后服务政策嬗变及展望》，《现代远距离教育》2019 年第 4 期。

④ 张璐：《基于教育治理的上海小学生课后服务模式探索》，《上海教育科研》2021 年第 10 期。

⑤ 范诗武、张媚：《破解"课后三点半"难题 打造课后服务杭州模式》，《杭州》2019 年第 41 期。

2017年，乐山市出台了《乐山市青少年宫课后服务工作管理方案》，确定了乐山市采用"总校+分校"课后服务课程实施模式。到2018年秋季学期，乐山市各县（市、区）教育局都积极行动起来，参照"总校+分校"课后服务课程实施模式，推进区域内的课后服务工作。[①]

（4）课后服务课程评价研究

课后服务课程评价方面的研究较少。研究者关注了课后服务课程的过程性评价、综合性评价、成果性评价、结构性评价等，提出落实学校课后服务课程评价，强化课后服务课程管理。[②] 在与校外培训机构合作的课后服务特色课程的评价中，建议评价主体由校外培训机构和教育行政部门共同构成。对学生的学业评价应秉持发展性原则，强调评价是为了促进学生的发展而非甄别学生的等次。[③]

现有文献中还未有对课后服务课程评价的专项研究，少量涉及评价的研究还处于对评价策略的归纳和阐述阶段，缺乏对课后服务课程评价体系和具体方法的研究，缺少具体的可操作性的建议，还没有对课后服务课程系统评价方面的研究。

（5）课后服务课程现状问题研究

对于课后服务课程现状问题的研究主要立足思想层面、制度层面、实践层面。

综合治理"课后三点半难题"，必须在思想层面秉承教育公平的理念，明确其公共福利的性质定位；在制度层面构建以政府担当为主导、以公立学校为主体、支持校外培训机构发展、社会成员广泛参与的多元治理体系；在实践层面以学生发展为目标，合理确定课后服务课程的内容和形式，坚持动态监评；形成思想、制度、实践层层推进，学校、家长、政府、社会共同参

---

① 彭之梅、赵敏：《乐山市：构建"总校+分校"课后服务管理体系》，《四川教育》2019年第7期。

② 王克勤、刘燕：《直面"三点半难题"，重庆市渝北区课后服务的实践与反思》，《今日教育》2018年第Z1期。

③ 罗晶、郝春东：《基于STEAM教育视角将博物馆教育纳入课后服务内容研究》，《黑龙江科学》2021年第13期。

与的治理模式。①

课程化是学校作为教育专业机构提供课后服务的应有之义，但在课程化实施课后服务过程中，还存在一些突出问题。一是课程育人目标弱化。主要表现为课后服务课程设计忽略学生需求；课后服务课程实施忽视学生素养培育。二是课程内容碎片化。主要表现为课后服务课程门类繁杂、内容琐碎，缺少内在深度和关联度；部分课后服务课程内容交叉重复。三是课程实施简单化。主要表现为多数学校采取的仍是以作业辅导为主、以课外活动为辅的实施方式，总体上还显得相对简单。四是课程评价缺失化。主要表现为教育行政部门层面缺乏对课后服务课程的监管；学校实施层面也缺乏有效性评价。②

从地方实施情况看，也存在政策执行不到位的问题。主要表现为课后服务课程资源难以做到按需分配，相当多学生无法选择到自己感兴趣的课后服务课程；参与课后服务课程的教师的专业化水平难以保障，参与课后服务课程开发和实施的教师大多没有接受过系统的专业培训，直接影响课后服务课程效果；校内外教师的合作是一种政策驱动下的合作，这使校内外教师在合作中存在很多问题，直接影响二者之间的合作关系，学校开展的课后服务课程需要学校教师的管理，这在一定程度上增加了学校教师的工作量，触动了学校教师的利益。③

3. 各地经验材料分析

自 2017 年 2 月《指导意见》颁布以来，有 84 个省（区、市）颁布了课后服务课程方案文件，指导学校实施课后服务课程。结合 CNKI 文献论文、报纸中收集的各地经验材料，重点对 2021 年 7 月教育部《指导意见》出台后的各地经验材料进行梳理，发现课后服务课程的内容和实施方式主要有如下特点。

---

① 刘宇佳：《我国小学"三点半难题"的现状、问题及治理》，《当代教育论坛》2018 年第 2 期。
② 张文超：《学校课后服务实施的理念倾向与改进路向》，《教学与管理》2021 年第 20 期。
③ 康丽颖：《促进儿童成长：课后服务多元主体协同育人探讨》，《中国教育学刊》2020 年第 3 期。

（1）课后服务目标定位呈现课程化倾向

实践中，将课后服务目标与学校课内课程目标体系打通，课后服务目标与学校课内课程目标定位结合。把学校课内课程理念融入课后服务课程，课程化推进学校课后服务工作。

例如，南京理工大学实验小学以课程化思路推进学校课后服务工作。经过几年的探索，该小学的课后服务形成两大特色课程：一是"大综合俱乐部"特色校本课程；二是"流动少年宫"项目团队精品课程。① 佳木斯市前进区第十一小学教育集团一校区围绕"会学习，有特长，能体验"的培养目标，逐步形成了"2+1+N"的课后服务课程实施模式，创设"减负提质作业清单"，构建了分层、分类、综合、特需的课后服务课程体系。重庆市渝北区制定了课后服务"1+3"课程目标。"1"是指培养1项兴趣特长，孩子根据兴趣爱好，在学校开设的100余个项目中自主选择1项进行深入发展。"3"是指人人提升3项能力：阅读、表达能力；艺术、审美能力；生活、生存能力。②

（2）加强课后服务内容体系建设

一是市级层面统筹规划，具体指导。实施过程中，重视市级层面的设计。例如，2021年8月江苏连云港市教育局印发的《关于做好全市义务教育课后服务内容安排的指导意见》中提出以"5+2"形式进行安排，设计三类活动：基础活动，以答疑辅导、巩固练习、完成课内外作业、提优补弱为主；拓展活动，根据学科特点，设计阅读、综合性学习、动手做、实验操作、表演等学科拓展活动；社团活动，根据学生身心特点与兴趣需要，开展体育锻炼、艺术欣赏、劳动实践、科技探究、观看革命传统教育影片等活动。在此基础上，要求义务教育学校"一校一方案""一年级一策划""一班级一课表"，边实施边调整，不断优化实施方案。鼓励县区、学校先行先试、统调协调。

---

① 蔡琳：《课后服务面临全面升级》，《人民教育》2021年第Z2期，第46~47页。
② 王克勤、刘燕：《直面"三点半难题"，重庆市渝北区课后服务的实践与反思》，《今日教育》2018年第Z1期。

二是借助高校专业力量，加强课后服务内容体系建设。实施过程中，借助高校专业力量助力课后服务内容体系建设。例如，广东省中山市借助清华大学研究力量，以教育评价和课程体系建设为学校课后服务内容赋能。清华大学心理系学习科学实验室未来会将实验室学习科学项目重点研究成果在中山市推广，助力中山市构建优质课后服务内容体系，进而帮助中山市构建高质量的教育生态。①

上海市打通课后服务"最后一公里"，为学校提供可选择的课后服务课程。上海市教育局联合上海师范大学和上海教育报刊总社，组织力量开发了第一批面向中小学生的课后服务课程及社团项目，其中自然科学类课程 103 门、人文社科类课程 104 门、艺术类课程 104 门、语言文学类课程 108 门、数学类课程 14 门、体育健身类课程 12 门，共 445 门。全部课程已于 2021 年 10 月 15 日在上海师范大学基础教育资源服务平台推出。②

天津市于 2021 年 10 月 25 日出台了《关于发挥高校实践育人功能，提高中小学课后服务质量的实施方案》（以下简称《方案》），将服务中小学课后服务作为高校社会实践和志愿服务的重要内容，推进高校与中小学常态化沟通、常态化联合开展实践活动，提升中小学课后服务质量。根据《方案》，天津市各高校将根据中小学生特点，结合学校专业特色、资源优势提供"高校供给清单"和"社团供给清单"，保障课后服务课程供给，课程化推进学校课后服务。

三是学校自身整合优化，实现课后服务内容升级迭代。为优化课后服务内容，学校层面进行了课程资源统筹，整合学校、社区、社会资源，打造高品质课程，优化课后服务内容。

例如，佳木斯市前进区第六小学课后服务实现课程升级、辅导升级、社团升级。通过"三个升级"，增强学生思考力，关注学生学习力，落实学生

---

① 江慎诺、张倩：《未来共同落地重点研究成果 为中山市课后服务体系助力》，《中山日报》2021 年 10 月 19 日。

② 《助力人民城市建设 办好人民满意教育》，搜狐网，2021 年 10 月 18 日，https://www.sohu.com/a/495686289_ 318740。

核心素养①。武汉市万松园路小学提供家庭资源课程（Family）、社会购买特色课程（Organization）、社区培能课程（Community）、融合主题课程（Unity）、校本兴趣课程（School）共65门课程。学校、家长、社会等多方力量汇聚校园，为万松园路小学的孩子们提供丰富的FOCUS绿意社团课程群，满足学生多样化成长需求。②

（3）课后服务课程实施

各地结合课后服务课程类型，在实施层面做了积极探索，促进课后服务质量提升。

一是创新学习方式，培养多元能力。各地尝试开设以学生发展、能力提升为目标的课后服务课程。例如，南京理工大学实验小学俱乐部课程以项目式学习为主，参加课后服务的学生自主选择感兴趣的课程并参与研究。教师根据主题整合资源，有计划地带着学生开展探究和实践活动，学生合作共研、相互学习、共同成长。"温暖的水彩插画""田园美食坊""DIY发饰""茶文化""书法艺术"等课程项目都深受学生喜爱，学生在综合探究中获得知识与技能，发展实践应用能力、迁移创新能力、合作沟通能力。

二是融合空间场域，丰富学习形式。例如，浙江省金华市湖海塘小学积极推进各类学习空间的建设，促进高质量课后服务：一方面致力于校内新型学习空间的建设，为师生提供更为多元、开放的教育教学空间；另一方面拓展、丰富学习形式，深化学习内涵，提升学习质量。实现高标准空间供给。学校的学习空间按照人文涵养场、科学创造场、艺术美学场、身心健康场等进行设计，4个学习场域各自偏重不同学习主题，可以在跨学科、项目式学习活动中实现共融互通。新型学习空间的设计特别关注新型学习者的特征，充分尊重其独特的学习方式。按功能划分为小组合作学习区、阶梯式互动学习区、大班研讨探究式学习区、电子阅览区等多元学习区，形成开放交互的学习空间网络，为学校的课内教学、课后服务等提供场所。③

---

① 马菁菁：《彰显教育温度 护航学生成长》，《佳木斯日报》2021年10月15日。
② 宋骥、官芯源：《负担"减"下去 素质教育"加"上来》，《湖北日报》2021年11月11日。
③ 吴志坚：《新型学习空间促进高质量课后服务》，《中国教师报》2021年11月3日，第6版。

（4）创新课后服务课程资源建设

课后服务课程资源的丰富和拓展可以帮助学校高质量实施课后服务课程。各地在课后服务课程资源建设上也做了一定探索。

例如，浙江省杭州市上城区以区域学习中心建设为载体，发挥区域课后服务课程资源共建共享的整体功能。通过统筹配置优质教育资源，打破学校、学科壁垒，促进人与空间环境、学习资源、智能技术的充分交互，服务于课后学习生活的复合式、无边界、智慧型空间。打造"半小时学习圈"。把分散在各个学校的学习资源进行了整合，让学生能就近享受各种优质课后服务课程资源。学习中心均匀分布在区域各个方位，半小时内骑车可以方便地抵达区域内各学习中心，真正形成了课后服务课程的"半小时学习圈"①。

江苏连云港市拓展资源，保障优质教学资源免费共享。市教育局指导要求各县区、学校依据学生需求，设计丰富多彩的课程内容，兼顾学科类和非学科类课程，提高学生选择的多样性、有效性。开发与教材配套的微课资源1.2万节，课程覆盖了从小学到高中的所有学科。遴选300名港城名师开展"名师约课"活动，教师提前发布课程预告，学生根据预告内容自主选择课程内容进行预约，在规定时间内收看课程直播。直播课堂上，教师与学生可实时互动。②

五　总结

（一）结论

通过对课后服务课程相关政策文件和教育研究成果的梳理和分析，可以看出，随着2017年2月《指导意见》颁布，各省（区、市）教育行政部门对课后服务课程的实施原则、内容模式、组织形式、条件保障等的重视程度

---

① 王莺、郑一峰：《"学习中心"打造"半小时学习圈"》，《中国教师报》2021年。
② 李宏伟：《让学生的学习更好地回归校园》，《江苏教育报》2021年9月29日，第3版。

逐渐加深，学界关于课后服务课程的理论和实践研究不断拓展，该领域正成为学界一个研究热点。综观政策文件和研究文献，国家和地方配套文件的出台为课后服务课程化推进提供了政策依据和有益参考；推进课后服务课程化、高质量实施逐渐成为学术研究的一个共同方向。主要体现在以下方面。

1. 政策层面：政策指导更聚焦课程化实施

国家层面越来越重视课后服务质量提升，出台指导性意见，从课后服务原则、时间、内容、实施、资源保障等课程化推进层面提出指导性意见，明确提出课后服务是满足学生多样化发展需求的课后育人活动。各地教育行政部门也意识到规范化、课程化推进课后服务工作的重要性，为有效落实课后服务课程化陆续出台了相关的指导性文件。对保障课后服务课程的全覆盖、高质量发展起到了有效的推动和引导作用。

2. 研究层面：研究者关注课后服务课程相关要素研究

学界围绕课程维度对课后服务工作进行了研究，研究重点包括课后服务目标、内容、模式、实施形式、评价等。研究者普遍认可课程化推进课后服务，按照课程开发的逻辑，不同研究者在课后服务的目标、内容、方式、实施和评估等方面进行了相关理论和实践研究。研究者普遍认为课程化实施可以使课后服务的育人本质更为凸显，同时可以更加凸显学校的课程品牌和办学特色。

3. 实施层面：各地重视课程化推进课后服务

各地结合国家课后服务相关文件精神，普遍重视课后服务指导工作。从课后服务原则、内容形式、组织实施、人员保障、资源保障等方面不断细化相关要求，课后服务工作指导呈现课程化推进的态势。

各地学校从学业辅导、综合素质拓展等方面加强了课后服务的顶层设计，着力探索了德育类、体育类、科技类、艺术类课后服务课程，升级原有课后服务课程体系；积极探索高质量落实课后服务工作的模式、策略和方法；拓宽实施渠道，搭建平台资源，积极为课后服务工作顺利开展提供保障。

（二）不足

尽管如此，该领域政策和研究层面还存在一些不足，有待进一步完善，主要表现为以下方面。

1. 政策层面：课后服务政策存在空白，不利于学校课后服务课程的设置和实施

各级政府从政策层面对课后服务要求的提升，促使各地学校思考课程化推进课后服务工作，但目前国家政策文件和地方配套支持文件都未对课后服务课程的性质定位、课后服务课程与学校整体课程关系等一系列问题进行说明，文件中提出的关于课后服务课程实施的相关策略和建议描述较为笼统，缺乏可操作性。学校在课程化推进课后服务工作方面还存在政策空白，对地方课程化课后服务建设工作造成不便，中小学课后服务政策尚存在学校"当为"与"能为"的制度"陷阱"，限制了课后服务课程育人价值的实现，给工作推进造成不便。亟须制定凸显价值的课后服务课程建设和管理标准，构建多元合作机制和评价机制。

2. 研究层面：课后服务课程相关研究的系统性和实操性指导不足

（1）理论研究尚不完善

因国家和地方政策文件中尚未对课后服务课程性质、定位等问题进行明确说明，课后服务课程理论研究主要是在定义、内涵、目标、内容、模式、评价等方面的散点式的阐述和分析，还未对课后服务课程理论体系框架和模型等开展系统、深入的研究。目前对课后服务课程的研究还多隐含在对课后服务相关要素的分析和研究中，还停留在对课后服务课程要素散点式研究的阶段。

（2）研究深度还不够

现有研究中对课后服务课程的内容、实施策略、评价等问题的研究还多处在浅层描述和分析中，对课后服务课程实施的建议较为笼统、可操作性不强。亟须提高课后服务课程研究的系统性和指导价值。

（3）研究方法不够丰富

目前大部分研究侧重定性分析，少数定量研究也主要局限于描述性的统计分析和评价研究，缺少归因分析等深入研究，影响了研究的深度和科学性。亟须提升课后服务课程研究方法的丰富性。

3.实施层面：课后服务课程开发、实施、评价、资源建设等方面亟须加强

各地教育行政部门、学校在课程化推进课后服务工作方面已基本达成共识，但从课程建设角度看，当前学校课后服务工作还存在如下问题。区域层面，普遍缺乏对学校课后服务课程设置、管理和评估等方面的系统性指导和配套课程资源支持。学校层面，课后服务课程顶层设计能力不足，课后服务课程缺乏明确、系统的育人目标；课后服务课程内容碎片化，缺乏系统设计；课后服务课程实施形式单一，吸引力不足，教师的课程实施能力有待提升；课后服务课程缺乏评价体系。师资、场地、经费的不足，也在一定程度上影响了课后服务课程的开设。

（三）未来值得关注和研究的问题

1.政策层面

（1）明确课后服务性质定位，课程化推进课后服务工作

建议市级层面出台《北京市中小学课后服务课程实施指导意见》《北京市中小学课后服务课程评估标准》等指导性文件。将课后服务工作纳入学校课程建设的一部分，加强顶层设计，课程化推进课后服务工作。结合学校实际情况和学生发展需求，整体设计课后服务课程的目标、结构内容、实施方式和评价标准，课程化推进课后服务工作。为学校课后服务工作提供可参照的政策依据。加强课内课后课程一体化建设，提升学校教育教学质量。

（2）明确相关政策真空地带，加强课程精细化管理

建议相关部门对课后服务课程的性质内涵进行清晰界定，明确课后服务课程时间范围，厘清学校课程和课后服务课程的关系。加强政策的研究、制定与引导，从政策层面加强课程精细化管理，避免学校左右为难，便于学校积极稳妥地推进"双减"背景下的课后服务课程设置工作。

结合2022年国家和北京市义务教育课程改革方案的修订出台，深化课内课后课程一体化建设，从政策层面保障学校课后服务课程规范实施，使学

校积极稳妥地推进课后服务课程设置工作，提升教育教学质量。

2.研究层面：立足学生发展，加强课后服务课程理论体系研究

坚持立德树人，围绕学生发展需要，加强课后服务课程理论体系研究，通过对课后服务课程理论框架、具体实施策略、评价方式、资源建设等方面的研究，丰富课后服务课程理论。拓展课后服务课程研究方法，加强实证研究，增强研究结论的科学性，为学校实践提供可操作性强、易推广的经验成果。

3.实施层面：统筹各方力量，助力学校课后服务课程化实施

充分发挥地方优势，统筹市域内高等院校、研究机构、活动场馆、校外培训机构等力量，整合北京市"高参小"项目成果，开发丰富的课后服务课程门类，选拔合格师资，统筹课后服务课程资源供给平台，为学校课后服务课程供给、师资队伍组建、技术保障等提供支撑，解决学校课程化推进课后服务工作的实际困难，丰富学校课后服务课程供给，打通课后服务"最后一公里"，帮助学校提升课后服务质量，促进"双减"政策的有效落实。

B.13
国内部分省市校外培训机构治理的政策措施及对北京的启示

杜光强[*]

摘　要： 开展好校外培训机构治理工作是做好"双减"工作较为重要的一环，北京作为全国贯彻落实中央"双减"政策9个试点地区之一，在校外培训机构治理方面，提出要从严治理，全面规范校外培训机构，防止无序扩张。当前，国内部分省市陆续出台了所在地的"双减"文件或校外培训机构专项治理文件，从坚持从严审批、贯彻落实学科分类管理，严格规范培训服务行为、全链条管理校外培训材料，制定资金风险防控措施、加强培训收费监管，引进非学科类培训机构丰富课后服务内容、探索校内校外教育共赢之道，建立健全执法检查机制、强化常态运营监管等环节推进校外培训机构治理工作落地落实。在学习借鉴的基础上，可以为北京更好地开展校外培训机构治理提供决策参考。

关键词： "双减"政策　校外培训　机构治理

　　"坚持从严治理，全面规范校外培训行为"是中共中央办公厅、国务院办公厅印发的《关于进一步减轻义务教育阶段学生作业负担和校外培训负担的意见》（以下简称《意见》）中明确提出的要求。《意见》的印发

---

* 杜光强，博士，北京教育科学研究院教育发展研究中心助理研究员，主要研究领域为国际与比较教育。

实施既是针对校外培训机构过度杂乱无章发展、干扰正常学校教学秩序所作出的重大部署，更是对学校发挥教育主阵地作用、让校外培训机构回归育人正常轨道的一次纠偏，释放出较强的从严治理信号，监管措施力度前所未有，改革的决心坚定不移。北京作为全国贯彻落实中央"双减"政策9个试点地区之一，积极推进"双减"工作落地落实，在校外培训机构治理方面提出要从严治理，全面规范校外培训机构，防止无序扩张，严查各类违规行为和侵害群众利益的行为，为学生全面健康成长创造有利环境。当前，国内部分省市①陆续出台了所在地的"双减"文件或校外培训机构专项治理文件，在学习借鉴的基础上，可为北京更好地开展校外培训机构治理提供决策参考。

一　我国校外培训机构治理的政策演变

治理好校外培训机构是做好"双减"工作中较为重要的一环。近年来，校外培训机构规模总量庞大、参差不齐，严重破坏了正常教育生态，冲击了学校教学秩序，治理难度较大。尽管从2008年起教育部就联合相关部门着手对校外培训机构开展专项治理，并取得了一定成效，但校外培训机构违法违规情况突出、被资本裹挟状况严重等问题尚未得到彻底解决。

（一）我国校外培训机构治理的政策分析

在我国，早期开展的校外培训主要服务于学习成绩较差和偏科的学生，通过课后补习，使其一方面能够赶上正常教学进度，另一方面各科都能够得到均衡发展，解决部分学科"拖后腿"的问题。与此同时，早期的校外培训还有一部分是用于满足个别学生特长和兴趣爱好的发展需求，具有培养专项特长的功能。然而，校外培训在发展过程中，其功能

---

① 主要包括：上海，广东（广州、深圳），浙江（杭州），江苏（南通），重庆，天津等。

开始发生转变，由过去的补差补弱逐渐变成了培优培强，这种结果的形成一方面源于优质教育资源的分配不均和错位集中，另一方面源于城市化进程中有条件家庭对孩子教育的过度干预和从众心理。受功利驱使和资本裹挟，大量校外培训机构开始脱离教育公益性宗旨，以提高分数为目的、以反复练习为手段，采取提前学、超纲教、反复练等方式，面向中小学生过度开展升学和学科类知识培训。这不仅加重了全社会的教育焦虑感，也在较大程度上扰乱了学校正常的教学秩序。党和政府一直对校外培训问题高度重视，并力图通过出台相关政策法规达到对校外培训机构从严治理的目的。图1展示了中央及地方政府校外培训治理政策法规及工作文件数量历年变化情况，显示出我国政府治理校外培训机构的发展历程和意志决心。

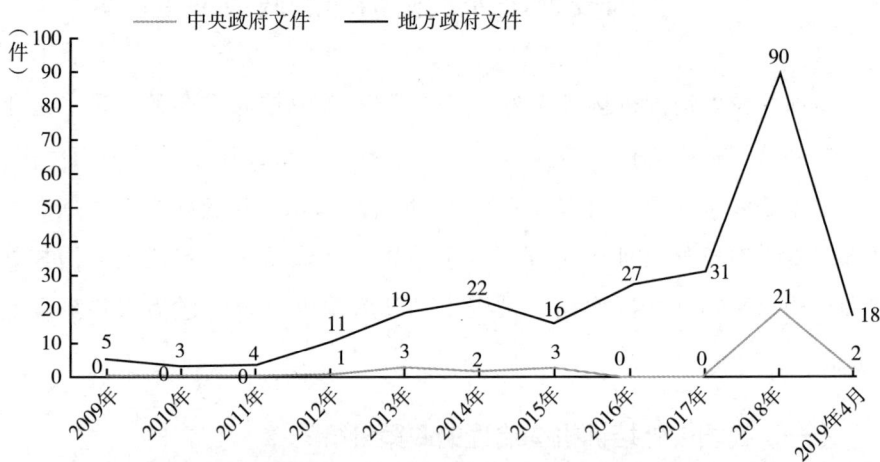

图1　中央及地方政府校外培训治理政策法规及工作文件数量历年变化情况

资料来源：北大法宝网站，https：//www.pkulaw.com/。

从图1可知，2012年是治理政策演变的分界点。在2012年之前，无论是中央政府还是地方政府，都没有针对校外培训机构进行大量规范化的治理。而2012年之后，各级政府开始关注校外培训机构，并针对其具体培训形式发布了相关的规范标准和治理举措。相较而言，各级政府在2014年之前出台的校外培训机构治理举措仅涉及校外培训机构乱收费问题，虽意识到学生参加校外培训会增加家庭负担，但没有制定出具有评价指标的政策意见，属于规范与治理的早期阶段；2014 年和 2015 年前后，针对中小学在职教师课后和寒暑假开办补习班、课后兼职等突出苗头性问题，各级政府开始出台专项治理意见，对在职教师课后兼职取酬等问题开展专项治理；2018年，教育部办公厅出台的《关于加快推进校外教育培训机构专项治理工作的通知》等说明了政府对于校外培训机构的治理开始走向深层次阶段，开始探究校外培训机构发展的内生性问题，以及这种无序发展对正常学校教育和家庭、社会造成的影响。

（二）党的十八大以来有关校外培训机构治理的政策文件分析

党的十八大以来，在校外培训机构治理方面，针对不同主题和突出问题，教育部和国家相关部门相继出台了有关校外培训机构治理的政策文件（见表1），编织了校外培训机构治理的法治之"网"，构建了规范校外培训机构发展的政策体系。

表 1　党的十八大以来有关校外培训机构治理的政策文件

序号	时间	发文机构	发文名称	文号
1	2018 年 2 月 2 日	教育部办公厅、民政部办公厅、人力资源社会保障部办公厅、工商总局办公厅	《教育部办公厅等四部门关于切实减轻中小学生课外负担开展校外培训机构专项治理行动的通知》	教基厅〔2018〕3 号
2	2018 年 3 月 22 日	教育部办公厅	《教育部办公厅关于加快推进校外培训机构专项治理工作的通知》	教基厅函〔2018〕13 号
3	2018 年 8 月 22 日	国务院办公厅	《国务院办公厅关于规范校外培训机构发展的意见》	国办发〔2018〕80 号
4	2018 年 9 月 3 日	教育部办公厅	《教育部办公厅关于切实做好校外培训机构专项治理整改工作的通知》	教基厅〔2018〕8 号

续表

序号	时间	发文机构	发文名称	文号
5	2018 年 11 月 22 日	教育部办公厅、国家市场监管总局办公厅、应急管理部办公厅	《教育部办公厅 国家市场监管总局办公厅应急管理部办公厅关于健全校外培训机构专项治理整改若干工作机制的通知》	教基厅〔2018〕10 号
6	2018 年 12 月 28 日	教育部等九部门	《教育部等九部门关于印发中小学生减负措施的通知》	教基〔2018〕26 号
7	2019 年 7 月 12 日	教育部等六部门	《教育部等六部门关于规范校外线上培训的实施意见》	教基函〔2019〕8 号
8	2019 年 8 月 19 日	教育部办公厅、商务部办公厅、市场监管总局办公厅	《教育部办公厅 商务部办公厅 市场监管总局办公厅关于做好外商投资营利性非学历语言类培训机构审批登记有关工作的通知》	教发厅函〔2019〕75 号
9	2020 年 1 月 17 日	教育部办公厅	《教育部办公厅关于加强寒假期间校外培训机构管理工作的通知》	教基厅函〔2020〕1 号
10	2020 年 5 月 8 日	教育部办公厅	《教育部办公厅关于印发义务教育六科超标超前培训负面清单(试行)的通知》	教基厅〔2020〕1 号
11	2020 年 6 月 16 日	教育部办公厅、市场监管总局办公厅	《教育部办公厅 市场监管总局办公厅关于印发〈中小学生校外培训服务合同(示范文本)〉的通知》	教基厅〔2020〕2 号
12	2020 年 10 月 16 日	教育部办公厅、市场监管总局办公厅	《教育部办公厅 市场监管总局办公厅关于对校外培训机构利用不公平格式条款侵害消费者权益违法行为开展集中整治的通知》	教基厅函〔2020〕28 号
13	2021 年 6 月 15 日	教育部办公厅	《教育部办公厅关于成立校外教育培训监管司的通知》	教人厅〔2021〕2 号
14	2021 年 7 月 24 日	中共中央办公厅、国务院办公厅	《中共中央办公厅 国务院办公厅印发〈关于进一步减轻义务教育阶段学生作业负担和校外培训负担的意见〉》	国务院公报 2021 年第 22 号

序号	时间	发文机构	发文名称	文号
15	2021年9月1日	教育部办公厅	《教育部办公厅关于印发〈中小学生校外培训材料管理办法(试行)〉的通知》	教监管厅函〔2021〕6号
16	2021年9月2日	国家发展改革委、教育部、市场监管总局	《关于加强义务教育阶段学科类校外培训收费监管的通知》	发改价格〔2021〕1279号
17	2021年9月6日	教育部办公厅	《教育部办公厅关于坚决查处变相违规开展学科类校外培训问题的通知》	教监管厅函〔2021〕8号
18	2021年9月13日	教育部办公厅、人力资源社会保障部办公厅	《教育部办公厅 人力资源社会保障部办公厅关于印发〈校外培训机构从业人员管理办法(试行)〉的通知》	教监管厅函〔2021〕9号
19	2021年10月26日	教育部等六部门	《教育部等六部门关于加强校外培训机构预收费监管工作的通知》	教监管函〔2021〕2号
20	2021年11月10日	教育部办公厅	《教育部办公厅关于印发〈义务教育阶段校外培训项目分类鉴别指南〉的通知》	教监管厅函〔2021〕16号
21	2022年1月29日	教育部、中央编办、司法部	《教育部 中央编办 司法部关于加强教育行政执法 深入推进校外培训综合治理的意见》	教监管〔2022〕1号
22	2022年3月3日	教育部、国家发展改革委、市场监管总局	《教育部 国家发展改革委 市场监管总局关于规范非学科类校外培训的公告》	—

资料来源：政策文件名称、发文机构和时间均来自政府官方网站中的公告公示栏，由作者整理而成。

上述这些政策文件的出台对校外培训机构的办学标准、管理体制与机制、教学规范与人员资质类型、培训课程内容与课程监管等进行了明确规定。具体而言，在办学标准层面，强调校外培训机构必须依法依规办学，必须证照齐备，必须达到国家对线下办学场所安全设施规定的标准，线上培训也必须要营造积极向上、整洁舒适、清洁明朗的办学氛围，只有具备了上述资质与条件、满足了要求的机构，才能被准许进入校外培训市场；在管理体制与机制层面，从治理架构、收费标准、培训时间管理、培训手段四个方面进一步规范了校外培训机构的管理体制与机制；在教学规范与人员资质类型及培训课程内容与课程监管层面，从校外培训机构教学人员资格资质、课程教学内容、培训内容三个方面对教学规范进行了规定。

通过党和政府开展的一系列治理工作，校外培训机构的治理体系从"基本空白"到"逐渐健全"，办学行为从"乱象丛生"到"逐渐规范"。然而，校外培训机构依然存在诸多问题，超前超标培训问题尚未根本解决，"高收费""退费难""跑路现象"等不合法规的行为常有发生，这一方面让学生承担了过重的学业负担，另一方面增加了家庭的经济压力，同时扰乱了学校的正常教学秩序。这些都促使国家要从根本上解决义务教育阶段学生校外培训负担过重的问题，也为"双减"政策的出台做了铺垫。

二　部分省市开展校外培训机构治理的主要措施

自《意见》印发以来，为贯彻落实相关工作，我国部分省市和试点城市高度重视，将"双减"工作列入重大民生工程，纷纷出台举措和实施意见，推进校外培训机构治理工作落地落实。

（一）坚决贯彻落实中央文件精神，在制定具体实施意见上下功夫

《意见》要求"坚持从严治理，全面规范校外培训行为"，这为各地开展校外培训机构治理制定了总纲领、指明了治理方向，也为各地深入贯彻落实中央文件精神提供了政策研究原点。《意见》印发以来，各地坚决贯彻落实，将校外培训机构治理作为重大政治任务和重大民生工程，并结合各地实际，针对新规范、新要求，制定了深化校外培训机构治理实施意见，具体如表2所示。

表2 中央及部分省市深化校外培训机构治理实施意见

中央	北京	上海	广东(广州、深圳)
坚持从严审批机构	严格审批准入	从严审批培训机构	坚持从严审批机构
规范培训服务行为	严控学科类培训时间	严格机构投融资管理	规范培训服务行为
强化常态运营监管	规范培训服务行为	严格限定培训时间	加强培训广告管控
加强培训广告管控	强化经营活动监管	强化培训内容管理	坚决压减学科类校外培训
强化校外培训收费监管	严控广告宣传投放	严格机构收费管理	强化校外培训收费监管
	严禁学科类培训机构上市融资	加强从业人员管理	统筹规范其他培训行为
	完善长效治理机制	完善培训机构监管	

天津	浙江(杭州)	重庆	江苏(南通)
宣传政策	全面摸清校外培训机构底数	从严审批机构	从严审批学科类校外培训机构
严格审批	实施校外培训机构分类管理	完善资质手续	分类审批非学科类校外培训机构
专项治理	规范线上线下审批工作	规范培训内容	规范培训服务行为
规范时间	完成学科类校外培训机构转登工作	严格教师资质	明确管理职责
加强监督	严格监管学科类校外培训时间	规范培训服务行为	加强培训广告管控
	从严规范培训行为	加强培训广告管控	推进联合治理
	实施校外培训机构资金监管	强化校外培训收费监管	加强日常监管
	加强校外培训机构人员管理	健全非法查处机制	强化资金监管
	严格控制资本过度涌入校外培训机构	完善投诉举报机制	
	强化校外培训机构营销监管	规范其他培训行为	
	建设"浙里培训"数字化监管平台		

资料来源：相关省市教育网站。

（二）坚持从严审批，在贯彻落实学科分类管理上下功夫

严格区分学科类校外培训机构和非学科类校外培训机构，是科学开展校

外培训机构治理的重点。在依据《意见》和教育部发布的《关于进一步明确义务教育阶段校外培训学科类和非学科类范围的通知》的基础上，上海在实施意见中提出从严审批培训机构，对现有学科类培训机构重新审核并统一登记为双重管理的非营利性学科类培训机构，对原备案制的线上学科类培训机构改为审批制。同时，出台校外培训服务类别鉴定指引和鉴定指标，指导校外培训机构准确区分学科类和非学科类培训服务。广州在《关于切实减轻义务教育阶段学生作业负担提高教学质量的通知》中要求"坚决压减学科类校外培训"，要求逐步大力压减，解决泛滥问题，积极引导学科类校外培训机构向非学科类校外培训机构转型，并做好相应审批指引和办证服务。浙江（杭州）在实施意见中提出全面摸清校外培训机构底数，打造具有区域特色的"浙里培训"数字化监管平台，对校外培训机构实施分类管理，要求教育、文旅、体育、人社、科技等相关行业主管部门分别对学科类、文化艺术类、体育类、职业技能类、科技类等校外培训机构实施对口管理。南通作为首批试点城市之一，制定了中小学生校外培训服务类别（学科、非学科）鉴定指引，组织专家组对校外培训机构培训内容集中鉴定，确定校外培训机构服务类别。

（三）严格规范培训服务行为，在全链条管理校外培训材料上下功夫

校外培训机构最大的问题是教材与课程问题，这是关乎校外培训政治方向和价值导向的大事。《意见》印发以来，在依据教育部出台的《中小学生校外培训材料管理办法（试行）》的基础上，上海强化培训内容管理，全面掌握学科类校外培训机构的培训内容、培训材料、教师资质等信息。严禁校外培训机构组织、参与、宣传未经行政主管部门审查同意的义务教育阶段竞赛活动，不得宣传学员等级证书、分数排名、"名校"录取人数等；广州和重庆充分发挥教研部门作用，成立校外培训课程审查专家委员会，组织教研员开展培训，对辖区内校外培训机构课程进行监督检查。浙江（杭州）要求在开展学科类知识培训前要向所在地县（市、区）级教育部门备案并通过"安心培训"平台向社会公布，培训进度不得超过所在学区中小学同

期进度，并要求在校外培训机构场所显著位置及"安心培训"平台及时公布师资信息。

（四）制定资金风险防控措施，在加强培训收费监管上下功夫

在校外培训机构治理过程中发现最多的问题就是经费管理问题。为了加强源头治理，革新资金监管模式，上海出台《校外培训机构预收费管理办法》，将参与培训学生缴纳到校外培训机构的所有费用全部置于监管范围之中，实施银行定期划扣培训费用的监管模式，并对一些大型校外培训机构进行重点监管，委托第三方会计师事务所对其进行经济鉴证。天津出台《天津市关于加强校外培训机构风险防控措施》，建立信用监管评价体系，统一评价分级标准，强化评价结果和等级信息的转化应用。浙江要求校外培训机构与开户银行签署协议，按照"专款专户、专款专存、专款专用"的原则，制定对大额资金异动的管控、最低存款余额的监督等措施。同时，打造"浙里培训"数字化监管平台，依托"教育大脑"工程，提升校外培训机构的数字化监管水平。重庆鼓励"先培训后付费"、"一课（一周、一月）一消"，坚决禁止"培训贷"，有效防范"退费难""卷钱跑路"等问题发生。南通要求校外培训机构开设预收费专用账户，将账户中的所有预收费全部纳入银行的资金监管专用平台，实行一课一转账制。

（五）引进非学科类培训机构丰富课后服务内容，在探索校内校外教育共赢之道上下功夫

在《意见》中，党中央将校外培训定位为学校教育的有益补充，在新的时代背景下，这种明确定位就是要求和希望校外培训逐渐摆脱路径依赖，降低经济利益预期，秉承教育初心，守好"有益补充"定位，为教育强国建设贡献力量。为了引导校外培训机构的转型升级，上海提出适当引进优质非学科类培训机构进校参与课后服务，整合各方资源为学生职业体验、社会实践、生涯教育等创造条件，着力完善校内外协同育人格局。同时，建立机构清单管理和评估退出机制。江苏、天津等地都提出多渠道增加课后服务资

源供给，引进资质优、行为规范、信誉度高、无违法违规记录的校外培训机构参与课后服务，满足学生发展兴趣特长等特殊需求。浙江支持和鼓励学校引进非学科类培训机构，组织非学科类培训机构负责人进行法律法规学习，遴选非学科类培训机构并动态形成"白名单"供学校选用，学校可通过购买服务方式在"白名单"范围内选择非学科类培训机构的培训项目，充实课后服务。

（六）建立健全执法检查机制，在强化常态运营监管上下功夫

彻底治理好校外培训机构需要构建起多部门协同、全方位联动的培训市场网格化监管体系，进而实现善治。上海依托政务服务"一网通办"平台加强"一站式"校外培训服务管理。同时，健全常态化排查机制，完善信用管理机制，依托专业力量对违规行为认定提供专业指导，实施"黑白名单"优化制度。浙江健全多部门协同治理的联席工作制度，建立专门工作机构，制定校外培训机构监管部门责任清单，明确监管部门工作职责，依托基层治理网格化管理体系，组织联合检查执法，依法依规处置校外培训机构违法违规行为。同时，构建校外培训机构智能管理体系，通过使用数据云、云计算等数字技术来实现对校外培训机构的监管。重庆建立完善校外培训机构联席会议机制，积极探索组建联合执法队伍进行综合执法，完善教育系统执法检查机制等多种执法检查机制，加强对校外培训机构的日常监管。

三　对北京的启示及政策建议

深化校外培训机构治理是"双减"工作中的重要一环，还应从减轻中小学生考试压力、完善教学质量评价、营造良好教育生态等方面同向发力，这样才能让不同学生都能有出彩的未来。在借鉴上述地区治理校外培训机构政策举措的基础上，结合北京实际，特提出以下政策建议。

（一）进一步加大对"超标超前教学"的治理力度，在规范校外培训机构教学行为上着力

目前，北京出台的"双减"文件中提出了坚决遏制校外培训机构开展"超标超前教学"，但对于"超标教学""超纲教学""超前教学""强化应试"等概念的内涵和外延并未进行明确的界定，导致相关部门在执行过程中不知如何拿捏尺度，进一步厘清上述几个概念的内涵和外延迫在眉睫。客观上来说，"超标教学"主要指未按照教学标准的相关安排开展的教学行为，是异于教学设计的一种主观教学，如奥数班、尖子班的教学，可以理解为超标教学。"超前教学"主要指将正常的教学安排适当提前或大幅度提前，如校外培训机构提前对学生开展的跨单元或者跨学期的课程教学等。据此，建议北京出台关于治理校外培训机构超标超前开展学科类培训的实施细则，可借鉴浙江做法，要求培训班次必须与招生对象所处年级相匹配，培训进度不得超过所在区中小学同期进度。除此之外，负责治理校外培训机构的执法部门应对校外培训机构是否存在"超标超前教学"进行不定期检查，可依靠市、区两级教研部门力量，联合市场监管、公安、文化、科技等部门建立常态化联合检查监督队伍，开展临时性抽检工作，全面整治校外培训机构的"超标超前教学"行为。与此同时，充分发挥联合检查监督队伍的作用，加大对"一对一""面对面""高端家政""众筹私教""住家教师"等隐形变异违规行为的查处力度，彻底规范校外培训行为。

（二）建立健全培训材料外部审核制度，在推动"第三方"力量参与监督管理上着力

培训材料是校外培训机构开展教学和与同行竞争的重要载体，是校外培训机构的重要发展源泉，为了保证这些培训材料的科学性、合理性和方向正确性，需要组建外部审核力量对校外培训机构的师资力量和课程研发水平进行评估。首先，建议北京市教育委员会联合相关学科专家、公安、人保、外专局等组建"校外培训机构外部认证委员会"，做好校外培训机构教师和课

程研发人员的资质认证和行为规范工作，明确校外培训机构的师资标准。在此基础上，建立和逐步完善"北京市校外培训机构服务管理平台"，在该平台的一级主题应用模块里，设置北京市校外培训机构师资（包括外籍教师）信息资源管理系统，动态做好师资信息录入及人员调配，及时更新。在鼓励行业自律的基础上，要求校外培训机构向社会和培训对象做出书面承诺，保证所用培训材料符合中央及北京相关要求。其次，借鉴广州和重庆的做法，依靠教研部门力量，建议北京同步建立教研部门课程专家支撑机制，推动相关专业力量参与对培训材料的管理和审查，实现对校外培训机构的专业引领和对培训材料的审查。最后，建议北京搭建智能化的社会监督平台，即"第三方"参与管理、分析和反馈的智能化信息平台，收集各方建议，接受社会公众的举报与监督，提供反馈路径，确保培训材料的管理工作合规合法。

（三）切实加强校外培训机构收费的全过程监管，在提升资金数字化监控水平上着力

随着信息技术时代来临，人们在享用支付宝、微信、芝麻信用、花呗等快捷支付方式的同时，给资金监管部门查处校外培训机构不合理收费、不合规资本运作等行为等带来了困难，校外培训机构频繁出现的"爆雷事件"更加剧了人们的担忧和焦虑。首先，北京作为首善之区，在严格执行《北京市学科类校外培训机构预收费管理办法（实行）》的基础上，应根据市场需求、培训成本等因素进一步确定培训项目的收费标准、收费依据和价格动态调整区间，推行价格信息公示制度，接受社会各界监督。同时，鼓励校外培训机构实施"先培训后付费""一课（一周、一月）一消"培训收费模式，有效防范"退费难""卷钱跑路"等问题发生。其次，加强对校外培训机构的过程性监管，实施季度性随机审计审查制度，调整过去固定的年检制度。与此同时，借鉴浙江和广东经验，以数字化改革为牵引，在逐步完善"北京市校外培训机构服务管理平台"的基础上与"北京通"App进行对接，在对接之后的应用场景里，建立"安心培训"功能模块，将北京所有

的校外培训机构纳入其中，实现"准入、监管、执法三位一体化"，提升全市校外培训机构的数字化监管水平。再次，借鉴餐饮、旅游等服务行业的常规做法，建立并逐步推广实施具有约束力的社会评价体系，推行"星级评定"分类管理办法，将校外培训机构的失范行为与"星级评定"挂钩，突破过去单一的、相对固化的"黑白名单"制度瓶颈，形成正向引导与违规行为降级的质量保障机制。最后，借鉴公安、市场监督、法院等部门的做法，建议教育行政部门成立专门的投诉受理机构，在公共服务平台上公布接访人的具体姓名、职务、电话和电子邮件，增进彼此之间的亲切感。

（四）探索校内校外教育共赢之道，在推动校外培训机构转型升级上着力

校外培训机构治理不能"一关了之"，应逐步理顺市场供需关系、优化学校教育供给，进而满足人们对优质教育的需求。第一，建议北京出台"关于非学科类校外培训机构参加学校课后服务的实施办法"，在市级层面挑选出一批资质齐全、信誉度高、无违规记录的非学科类校外培训机构并列入准入校园目录，在"北京通"App 平台上向社会和学校公开，各区根据课后服务需求，在该目录中择优选择。同时，引导和鼓励现有义务教育学科类培训机构转型发展，面向中小学生开展丰富多彩的艺术、文化、科技、劳动和体育等素质教育课后培训活动，以弥补全日制中小学校的不足。

第二，建议以区级政府购买服务的方式来引导校外培训机构助力校内教育。发挥校外培训机构在科技赋能教育方面的优势，为校内提供线上线下融合学习系统、教师作业批改系统、学情分析诊断系统、教学质量评估系统、师生个性化匹配系统等。通过购买服务的方式，引进优质教育技术进校园，促进校内提升教学效率、创新学习方式、提高教育体验。

第三，引导和鼓励校外培训机构指导家庭教育和服务终身教育，建议北京市教育委员会在校外培训服务平台上增设家庭教育指导模块，发挥校外培训机构在学情分析和育儿研究方面的优势，帮助家长更好地了解孩子优势，解决青少年心理问题，构建和谐亲子关系，塑造良好家教家风。同时，支持

有条件的校外培训机构为成人终身学习提供个性化学习路径规划、学习资源推介、学习方法指导和学习同伴推荐，服务首都学习型城市建设。

第四，鼓励和支持符合条件的校外培训机构剥离学科类培训业务，转向职业技能培训乃至学历性职业教育，也可以利用在线教育的技术优势，提供在线新型职业技术类培训业务，扩展校外培训机构的增值空间。

第五，发挥在线教育机构的数字资源优势，推进北京远郊区乡村教育振兴。建议北京市政府通过扶持和托底的方式，出台"关于支持校外培训机构参与乡村振兴的实施办法"，大力支持在线教育机构参与乡村振兴，开发智能化学习平台和教师培训平台，在共享优质资源的同时，增强课堂吸引力，提升教师育人能力，增强乡村学生和教师的获得感。

第六，服务首都国际交往中心建设，讲好中国故事。引导和鼓励在线教育行业在新冠肺炎疫情防控常态化背景下，抓住在线教育的机遇期，向全球学习者提供优质的汉语学习课程，传播好中国传统文化，讲好中国故事，开辟教育对外开放的新窗口，为教育变革贡献中国力量。

参考文献

《中共北京市委办公厅　北京市人民政府办公厅印发〈北京市关于进一步减轻义务教育阶段学生作业负担和校外培训负担的措施〉的通知》，北京市人民政府网站，2021 年 8 月 14 日，http://www.beijing.gov.cn/zhengce/zhengcefagui/202108/t20210818_ 2470436.html。

薛海平、刁龙：《基于多源流理论的我国基础教育课外补习治理的政策分析》，《首都师范大学学报》（社会科学版）2021 年第 1 期。

薛二勇、李健、张志萍：《校外教育培训治理的形势、挑战与路径》，《中国电化教育》2021 年第 8 期。

韩平：《整治校外培训机构乱象需要创新治理方式》，《人民政协报》2021 年 3 月 24 日，第 9 版。

B.14
部分发达国家中小学生家庭作业政策、设计及启示

李志涛[*]

摘　要： 家庭作业是学校教育教学的课外延伸，家庭作业政策、内容、形式等反映了一个国家的教育思想和人才培养理念。以美、英、法、德、日等为代表的发达国家重视家庭作业政策制定，中小学生家庭作业设计具有强化目的性、注重有效性、强调探究性、凸显实践性、体现多样性、增强交互性等特点。借鉴发达国家作业政策和设计理念，在"双减"背景下，北京市应加强中小学生家庭作业政策制定、提升家庭作业设计质量、丰富家庭作业领域和形态、确立家长在家庭作业中的适当定位、以家庭作业减负提质为切入点推动育人方式改革，构建符合"五育并举"要求、体现素质教育导向、服务首都教育高质量发展的基础教育作业体系。

关键词： 中小学生　家庭作业　发达国家

　　家庭作业是学校教育教学的有机组成部分，是连接课内学习与课外学习、学校教育与家庭教育的桥梁，是巩固拓展课堂所学和培养学生综合能力的有效途径。家庭作业不仅体现为课外学习方式，而且蕴含不同的教育思想

---

　　[*] 李志涛，北京教育科学研究院教育发展研究中心副主任、高级教师，主要研究领域为教育政策、比较教育。

和人才培养理念。从国际上看，以美、英、法、德、日等为代表的发达国家在中小学生家庭作业政策与实践方面形成了各自的特点，其措施和经验为北京市在"双减"背景下减轻中小学生作业负担、提升作业质量、以作业转型推动育人方式变革提供参考和启示。

一 部分发达国家中小学生家庭作业政策

家庭作业本质上是学校教育教学的课外延伸，在美、英、法、德、日等为代表的发达国家，专门针对中小学生家庭作业制定政策的情况较为少见，有关家庭作业的规定和要求更多体现在教育法律、中小学教学指导纲要或有关家庭作业的指导文件中。中小学生家庭作业政策包括是否布置家庭作业及作业量的规定、家庭作业评价或反馈、家长在学生完成家庭作业中的作用、家庭作业支持政策等方面。此外，一些机构、学者也就中小学生家庭作业的功能、类型、家庭作业与学业成就的关系、适宜的家庭作业量、家长在家庭作业中的角色等开展了研究，提出了相关指导建议，相关研究成果对各国中小学生家庭作业政策与实践产生了一定程度的影响。

（一）中小学是否布置家庭作业及作业量的规定

美、英、法、德、日等国的中小学生家庭作业政策可分为以下 3 种情况。

1. 以国家法律或文件的形式对中小学生家庭作业做出规定

法国曾颁布法令，禁止学校给小学生布置家庭作业（阅读、知识整理、朗诵等任务除外），从初中开始可以布置家庭作业。英国规定禁止给 12 岁以下儿童布置家庭作业，12~14 岁学生每天完成家庭作业的时间不超过 1 小时，14 岁以上学生不超过 1.5 小时；此外，学校每周布置家庭作业的天数不得超过 4 天。

2. 由各州或学校制定家庭作业政策

美国、德国作为联邦制国家，没有全国统一的家庭作业政策，对作业的规定因州而异。美国通常要求中小学校制定家庭作业政策，并以书面形式发到教师、学生、家长手中。教育行政部门制定的政策是各类学校制定家庭作业政策的依据。各中小学的家庭作业政策一般包括四部分：家庭作业目的；教师、学生、家长的责任；家庭作业时间；对学生不交或迟交家庭作业的对策。此外，有些学校的政策还包括对家庭作业内容的具体要求、家庭作业帮助方式等。① 对家庭作业量的规定因州甚至因校而异。美国全国家长教师协会（PTA）建议，幼儿园至二年级孩子每天的家庭作业可以为 10~20 分钟，三至六年级孩子每天的家庭作业可以为 30~60 分钟，初中和高中学生每天的家庭作业时间可以稍长。② 在德国，多数联邦州规定除上学日（周一至周五）以外，禁止中小学在周末、法定节日和假期给学生布置家庭作业，同时通过学校法律或学校规章对学生作业做出时间上的限定。例如，在北威州，半日制学校的小学一至二年级学生每天完成家庭作业的时间不能超过 30 分钟；三至四年级学生不能超过 45 分钟；中学五至七年级的学生不能超过 60 分钟，八至十年级学生不能超过 75 分钟。③ 一些联邦州没有通过法律或规章对家庭作业及完成时间做出统一规定，在此情况下由学校会议或班级会议自行决定，遵循的原则是：既要让学生通过家庭作业开展独立自主的学习，学会自我激励和自我管理，也要留有足够的时间让学生参加其他课外活动，不妨碍学生的全面发展。

3. 政策文件中没有关于中小学生家庭作业的明确规定

日本没有提出过如何设计安排各科家庭作业的规定，日本中小学均给学生布置家庭作业，且作业量随着年级升高而增加。日本教育研究开发中心 2011 年调查显示，97.8%的日本小学教师每天都布置家庭作业；"第五次学习指导基本调查"结果显示，小学生每天完成家庭作业的平均用时为 36.3

---

① 任宝贵、陈晓端：《美国家庭作业政策及其启示》，《教育科学》2010 年第 1 期。

② U. S. Department of Education, Office of Communications and Outreach, *Helping Your Child with Homework*（Washington D. C., 2005）.

③ 孙进：《德国父母帮助孩子写作业吗？》，《平安校园》2017 年第 6 期。

分钟，初中生为 31.5 分钟。① 此外，日本中小学在寒暑假也布置家庭作业。在从宽松教育向培养扎实学力转向的过程中，日本中小学生的家庭作业有增加的趋势。

（二）家庭作业评价或反馈

家庭作业评价或反馈是中小学家庭作业实践的重要一环，各国对于中小学教师如何评价学生家庭作业并提供反馈并无统一规定，这方面的要求多见于相关机构的指导意见或学者的研究结果。美国教育部教育研究与改进办公室发布的《帮助学生做作业：教师指南》(*Helping Your Students With Homework：A Guide for Teachers*) 提出教师要对学生的家庭作业提供建设性的反馈，这样更能促进他们完成家庭作业并推进学习，让学生知道他们做得好的方面以及需要加强的方面。② 教师可以采取多种方式对学生家庭作业做出评价并给予反馈，如给出字母等级、给予评分、提出书面意见或建议、对优质作业给予表扬和激励等。美国杜克大学教授哈里斯·库珀通过长期研究，将教师对家庭作业的反馈分为四种方式：面向全体学生进行讲解或单独撰写书面评语，指导学生更正家庭作业中的错误，提高正确率；对学生的家庭作业给予评分；对学生完成家庭作业的情况提出批评或表扬（口头或书面）；根据学生完成家庭作业的情况给予其他物质奖励，如发放糖果、提前放学等。以上四种方式可以穿插使用，根据学生完成家庭作业的情况和特点采用不同的方式。

无论是机构建议还是专家意见，以美、英、法、德、日为代表的部分发达国家均强调作业评价的发展功能，即作业批改不是简单地指出对错，而是通过分析评判、对话交流、鼓励激励等多种方式，发挥作业评价对学生学习的诊断、纠错、改进功能，从而促进学生发展。

---

① 于帆、孙晋露：《"去宽松教育"下的中小学作业》，《上海教育》2014 年第 17 期。

② Office of Educational Research and Improvement, U. S. Department of Education, "Helping Your Students With Homework," *A Guide for Teachers*, https：//www2. ed. gov/PDFDocs/hyc. pdf.

（三）家长在学生完成家庭作业中的作用

家庭作业作为主要在家庭场所完成的学习任务，家长是否应参与其中，在美、英、法、德、日等国家均存在一定争议。支持者认为家长作为孩子的教育监护人，应该参与孩子在学习方面的发展；反对者认为家长参与学生家庭作业增加了家长负担，且由于家长背景的差异加剧了教育不公平。事实上，家长参与学生家庭作业既有积极影响，也有消极影响。积极影响是家长参与可以提高家长对教育的认识并促进孩子的学习；消极影响是家长参与可能会干扰孩子的学习，影响孩子独立完成学习任务。因此，一些国家从政策层面强调家长对家庭作业的适度参与和支持。

美国教育部给教师的指南中就要求教师要加强与学生家长的交流，但学校不应向家长强加过多的指导家庭作业的责任，家长主要通过营造能够促进学生独立学习的氛围和环境为学生完成家庭作业提供支持，而不是替代学生来完成家庭作业。美国教育部制定的《给父母的家庭作业提示》（*Homework Tips For Parents*）中，要求家长了解学校的家庭作业政策，为孩子提供安静、光线充足的家庭作业环境，为孩子准备完成家庭作业所需的各种学习材料（如纸、铅笔和字典等），帮助孩子进行时间管理，对家庭作业持积极态度，当孩子需要帮助时提供指导而不是答案，关注孩子是否有失败和沮丧的表现，奖励孩子在家庭作业上取得的进步等。[①] 可见，教育行政部门对家长参与家庭作业的角色主要定位于学生完成家庭作业的支持者、帮助者以及与教师之间的沟通者，而非干涉者或替代者。

（四）家庭作业支持政策

为了帮助学生更好地完成家庭作业，特别是为有困难的学生提供支持，一些国家建立了中小学家庭作业帮助体系。美国为有学业失败风险或学习困

---

① U. S. Department of Education, Office of Intergovernmental and Interagency Affairs, Educational Partnerships and Family Involvement Unit, *Homework Tips for Parents*, （ Washington D. C., 2003）.

难的学生提供额外的学术和后勤方面的家庭作业支持。除了教师之外，许多学校和社区都构建了家庭作业帮助体系，如学校导师、家庭作业热线、"学习伙伴"计划、同伴支持、家庭作业中心等。其中，家庭作业热线主要为学生提供完成家庭作业的方法、技能技巧等的指导，同时为学生提供学习资源方面的帮助；家庭作业中心一般设在学校或社区图书馆，由学校教师或其他具备资质的专业人士帮助学生解决家庭作业方面的问题，另外还提供图书、报纸、杂志资源和网络服务。[①]

近年来，法国、日本均出台了帮助学生完成家庭作业的政策措施。为了减少家长的负担并消除不同家庭在辅导学生上存在的不平等现象，2017年，法国国民教育部部长布朗盖宣布，小学生将在学校完成家庭作业；同时从2017年11月开始推出初中免费辅导学生完成家庭作业的新措施，所有初中生可以享受学校组织的免费辅导家庭作业服务，政府每年为此拨款2.2亿欧元。早在2012年，日本政府就建立了2万个"放学后儿童俱乐部"，依托学校空闲场地，为放学后的儿童（主要是1~3年级小学生）自主完成家庭作业、自习等提供服务，同时为完成作业有困难的学生提供必要的帮助。[②]

（五）关于中小学生家庭作业的争论

在美、英、德、法、日等国家，关于在中小学阶段是否给学生布置家庭作业方面，长期以来存在争论。教育工作者和家长围绕中小学生家庭作业存废问题一直有支持和反对两种观点，这种争论在一定程度上影响了各国出台明确的中小学生家庭作业政策。

美国中小学生家庭作业已有百年的历史且一直是争论的焦点。之所以发生这种情况，源于教育工作者和家长对家庭作业积极作用与消极作用的认识。20世纪初，由于大脑被视为可以通过智力锻炼（包括在家锻炼）来加强的器官，家庭作业受到肯定；20世纪40年代，学校开始将重点从记忆转

① 任宝贵：《美国家庭作业帮助体系的构建及其启示》，《外国中小学教育》2012年第4期。
② 罗朝猛：《日本："三板斧"化解家庭作业之困》，《中国教育报》2013年9月20日。

移到问题解决,家庭作业因与学习材料重复而"失宠";20 世纪 50 年代,美国担心教育缺乏严谨性,使学生对计算机等新技术毫无准备,相信家庭作业可以加快学习速度;20 世纪 60 年代,教育工作者和家长开始担心家庭作业会影响社交体验、户外娱乐和创造性活动;20 世纪 80 年代,《国家处在危险中:教育改革势在必行》报告出台,为了改变美国基础教育教学质量低下的状况,家庭作业被视为遏制美国教育平庸化的一种方式而再次受到重视;20 世纪 90 年代以来,在教育学术标准的推动下,为了提高教学质量,许多学校把增加学生的家庭作业量作为提高教学成绩的途径,在中小学生家庭作业量增加的同时,出现了对于家庭作业的激烈争论。[①] 支持者认为,家庭作业可以加强学生对功课的记忆和理解,帮助学生掌握学习技能,培养学生的独立性和责任感;反对者认为,太多的家庭作业会妨碍学生参加培养重要生活技能的休闲和社区活动,如果家庭作业促进作弊,还会导致学生不良的人格特征。

长期以来,德国在关于中小学生家庭作业存废问题上一直存在争论。2013 年,柏林社会研究科学中心主席埃尔门丁格教授提出应当取消家庭作业,认为学生完成家庭作业需要家长的辅导会导致教育不公平。该建议在德国国内受到了广泛欢迎,同时出现了强烈反对的意见,如德国文理中学教师协会主席麦丁格就明确反对取消家庭作业;巴伐利亚州文化教育部也对家庭作业予以支持,指出家庭作业有助于加深学生对课堂所学知识的理解,促进学生对新课程内容的预习,培养学生自主解决问题的能力。[②]

早在 1956 年,法国就颁布法令,禁止小学布置书面形式的家庭作业,此后法国国民教育部多次发文强调遵守此规定,但大部分法国小学仍然给学生布置家庭作业。2012 年 3 月,法国公立学校家长联合会和现代学校合作研究院共同发起了为期两周的"今夜无作业"活动,再次引起了法国社会对小学生家庭作业问题的关注。2012 年 10 月,法国总统奥朗德宣布在其

① 陈以藏、范叶颖:《家庭作业的是与非——美国的家庭作业之争及其启示》,《长治学院学报》2011 年第 3 期。
② 罗毅:《德国专家探讨中小学家庭作业存废问题》,《世界教育信息》2013 年第 18 期。

"重建学校"教育改革框架下取消家庭作业，要求小学每天下课后延长开放半小时，让学生在学校完成家庭作业。然而随后的民调结果显示，对于取消小学生家庭作业持反对意见的民众占比达到64%。[①] 2017年，法国国民教育部部长布朗盖宣布，小学生将在学校完成作业，不再有家庭作业。此举旨在减少学生家长的负担并消除不同家庭在辅导学生上存在的不平等现象。

英国社会在中小学生家庭作业的必要性的问题上一直以来没有形成共识。自20世纪70年代开始，英国学校董事会与教师联合会之间就家庭是不是学习场所这一话题发生了争论。1998年，英国教育就业大臣戴维·布伦凯特在推出政府有关中小学家庭作业指导计划时首次明确指出，家庭作业是学校教育的基本组成部分，有助于提高该国的教育标准。2008年3月，英国教师与讲师协会提出取消小学生的家庭作业，认为家庭作业会增加学生学习的压力，导致他们厌学。[②]

二 部分发达国家中小学生家庭作业设计的特点

美、英、法、德、日等国的教育研究者和一线教师对中小学生家庭作业进行了大量研究和探索，教育行政部门也提出了对家庭作业设计的指导建议，形成了与国家教育理念、模式相适应的家庭作业特色。这些国家力图通过家庭作业培养学生良好的学习习惯，促进学生自我管理、责任心以及学习兴趣等品质的形成，使学生在家庭作业中体验成功，并通过家庭作业促进实践、创新、探究等能力的发展。[③]

（一）强化目的性：目的明确，不同类型的家庭作业分别服务于各教学目标

家庭作业目的不仅是家庭作业政策中涵括的内容，也是教师设计家庭作

---

① 刘敏：《法国：小学作业为何屡禁不止?》，《上海教育》2014年第17期。
② 宋倩：《英国教师与讲师协会提倡：取消学生家庭作业》，《基础教育参考》2008年第5期。
③ 王莉、郑国珍、刘超：《美国中小学课外作业设计及启示》，《长江师范学院学报》2011年第4期。

业首先要明确的问题。家庭作业目的包括学业目的和非学业目的。学业目的包括：促进学生巩固课堂所学的知识；培养学生综合运用所学知识和技能进行探索性、创造性活动的能力，充分开发学生的学习潜力；充分利用社区和家庭的学习资源，丰富学习内容；促进家长参与孩子的学习等。非学业目的则包括：促进学生良好学习习惯的形成，培养学生的责任感、独立学习能力以及自我管理时间的能力；促进家长对学校教育的了解和家校合作等。

美国教育部教育研究与改进办公室制定的教师指南提出了有效提高家庭作业完成率的 18 条指导性建议，① 要求教师要有目的地设计家庭作业，同时确保学生理解家庭作业目的，使家庭作业重点明确且清晰。家庭作业除了让学生练习课堂上学习的知识和内容外，还有其他更广泛的目的。总体上，美国中小学生家庭作业的目的有：提供练习机会、做好课堂准备、参加实践活动、发展学生个性、改善亲子关系、加强家校交流、促进同伴互动等。② 中小学生家庭作业通常分为四种类型，其目的分别是：练习型作业，旨在使学生练习或复习课堂所学内容，巩固课堂所学的知识并促进学生掌握特定技能；预习型作业，旨在促进学生提前了解将要学习的内容，在课前为学生提供相关背景知识或体验，为学生更好地学习新内容做准备；扩展型作业，旨在促进学生将习得的知识或技能迁移应用到新的情境中；整合型作业，旨在提高学生将不同的知识概念或技能综合应用于单个任务的能力，如撰写读书报告、开展科学项目或进行创意创作等。

（二）注重有效性：既发挥家庭作业的应有功效，又不增加学生负担

哈里斯·库珀等人通过研究家庭作业与学生学业成绩的关系后得出结论：虽然家庭作业对学生的成绩有着积极的影响，但与年级水平有关；低年级除阅读之外的家庭作业对学业成绩的影响很小，随着年级增高，家庭作业与学生成绩之间的正相关性增大；然而过量的家庭作业并不能带来好成绩，

---

① Office of Educational Research and Improvement, U. S. Department of Education, "Helping Your Students With Homework," *A Guide for Teachers*, https：//www2. ed. gov/PDFDocs/hyc. pdf.

② 朱仲敏：《美国中小学家庭作业目的定位研究》，《外国中小学教育》2003 年第 3 期。

相反会使学生对学习失去兴趣，从而对学校产生厌恶感。因此，美国的教育研究者和一线教师均提倡布置有效家庭作业（Effective Homework），既发挥家庭作业的应有功效，又不使家庭作业成为学生的负担。

有效家庭作业具有以下特点。首先，家庭作业的目的性。所布置的家庭作业对于学生是否有必要，能否起到预期的效果；家庭作业的目的是巩固所学知识，还是深化理解，抑或提高学生对知识的应用能力。目的明确的家庭作业才会有价值和意义。其次，家庭作业量和难度的适宜性。家庭作业量和难度要在学生可接受的范围，大多数学生可以在预计的时间内完成，学生不至于过度劳累或过于轻松。再次，家庭作业具有一定的挑战性。家庭作业要能引发学生的思考，要求学生付出一定的努力而非机械重复训练，从而激发学生的探究欲望，提高成就感。最后，家庭作业类型具有多样性。家庭作业的形式多样化，除了阅读、做习题外，其他如小报告、小实验、小调查等也可以作为家庭作业，这些家庭作业对于培养学生的创新精神和实践能力具有更大的作用。

（三）强调探究性：促进学生思考，鼓励学生创新

一些国家的家庭作业强调促进学生自主、探究学习，在探究过程中培养学生发现问题、解决问题的能力，同时鼓励创意和发散思维，给予学生自由探索的空间和展示自我的机会，体现出较强的思考性和创新性。

在日本，从小学到高中普遍布置一项开放性作业——自由研究，它是由学生自己确定主题、自主发现问题并寻找解决方案的探究性学习活动，其目的是在暑期没有老师指导的情况下，让学生自己找到感兴趣的问题，并围绕问题开展调查、研究，独立完成任务，形成研究报告，从而实现探究性学习。自由研究进入日本中小学家庭作业由来已久，进入 21 世纪后，随着日本对中小学《学习指导要领》进行多次修订以及 STEM（科学、技术、工程和数学）教学的兴起，自由研究的选题也越来越广泛。[①] 学生根据自己的

---

① 田辉：《"自由研究"：日本暑假的特殊作业》，《平安校园》2017 年第 9 期。

兴趣爱好拟定主题，通过查阅资料、观察、开展调查或实验等方式推进自由研究。比如，有的学生开展小课题研究，有的学生尝试小发明、小创造，有的学生开展社会调查，有的学生到大学或科研机构开展科学小实验等，最后将研究成果或发现形成书面小报告。自由研究能够培养学生的探究意识、创新精神和独立思考的习惯，提高学生发现问题、解决问题的能力，得到了政府和社会各界的关注和支持。

（四）凸显实践性：贴近生活，培养学生运用所学知识解决实际问题的能力

研究发现，如果学生在实际生活中运用课堂上所学的知识，会加深他们对这些知识的理解；如果学生发现自己所学的知识能很快运用到现实生活中，会提高他们对知识的价值和意义的认识。基于此，美国中小学教师经常给学生布置贴近生活的家庭作业（Real-Life Homework），此类家庭作业的内容源于学生的实际生活，学生在对实际生活的体验中学会课本内外的知识，形成有意义的家庭作业，从而提高他们完成家庭作业的兴趣。

贴近生活的家庭作业力求适合每个学生的能力和生活背景，增强知识与学生个人生活实际的联系，让学生运用学到的知识解决实际生活问题，使他们认识到正在学习的知识的价值，有助于学生对知识的应用和对技能的迁移，同时培养学生一定的生活能力，使其拥有积极的生活态度。从内容上说，这类家庭作业涉及学生生活的各个方面，如学习地理知识时，可以让学生实地参观机场，通过采访乘客，询问他们来自哪里、准备到哪里去，了解乘客所述的地方在地图上的位置；在数学课上学习货币计算时，可以布置学生与家长一起购物的作业，让学生通过自己付钱、计算等掌握货币大小及计算知识。在日本，中小学生的家庭作业也非常注重与学生生活实际的联系，教师给学生布置的家庭作业常常来自学生的生活情景，这种家庭作业不仅增强了课本上学到的知识与生活实际的联系，同时具有一定的实践性、趣味性。

（五）体现多样性：基于混合方法和风格，灵活布置多样的家庭作业

研究表明，单一形式的家庭作业容易使学生感觉乏味，而为学生提供灵活、多元、可供选择的家庭作业不仅可以激发学生的积极性，还有助于提高他们的学业成绩。一些国家有关家庭作业的指导建议以及教育研究者均提出基于混合方法和风格，灵活布置多样的家庭作业。家庭作业的多样性体现在以下方面。

首先，长短期结合的家庭作业。短期家庭作业帮助学生复习和练习课堂上学习的内容；长期家庭作业则可以让学生按照自己的节奏，深入研究他们感兴趣的主题，整合大量信息，并学会管理时间和按时完成任务。其次，必做型家庭作业和自愿型家庭作业。考虑到学生的不同能力和水平，与学生的兴趣和需求相匹配，尽可能为学生提供家庭作业的选择。再次，个人家庭作业和小组合作家庭作业。大多数的家庭作业由学生单独完成，对于较高年级的学生，一些家庭作业（如辩论、课堂演示等）由小组合作完成，这类家庭作业通常需要教师组织和监督。最后，单一学科型家庭作业和整合型家庭作业。除了布置学科内的家庭作业外，还可以让学生有机会应用超出本学科范围的内容和知识，将不同领域和学科的知识与经验进行整合并连接起来，打破通常的思维方式，体现作业的跨学科性和综合性。比如，给学生布置"舞台上的化学"家庭作业，要求学生将化学与戏剧、艺术和写作相结合，这样的家庭作业不仅具有整合性，同时具有挑战性。

（六）增强交互性：通过家庭作业促进亲子之间、家校之间的互动和交流

研究表明，父母参与学生家庭作业会产生积极或消极影响。积极影响是可以提高家长对学校教育的认识，有利于促进孩子的学习；消极影响是家长参与可能会对孩子完成作业造成干扰，如家长辅导方法与老师不一样时会使孩子感到困惑，家长参与需要孩子独自完成的任务会变成干涉。总体上，各国普遍认为父母参与孩子的家庭作业有助于学校与家庭之间的沟通，表达家

长对孩子学习的支持和关注，从而促进孩子学业成功，因而重视将家庭作业作为加强亲子交流、促进家校合作的重要途径。

20世纪90年代后期，美国约翰·霍普金斯大学的家庭问题研究中心针对父母在学习上如何帮助孩子这一问题提出了一种特殊形式的家庭作业——交互式家庭作业（TIPS），即教师和家长参与学生作业，让学生及其家庭体验更有意义的家庭作业。[①] 其目的是促进家长参与孩子的作业任务，以提高学生的学习成绩。教师首先明确告知作业任务的内容、所要达到的目标以及完成作业任务所需的大概步骤，然后邀请家长参与并讨论，提出修改意见或建议，根据反馈信息完善作业任务。交互式家庭作业可以促进亲子之间、家校之间的互动和交流，提高学生完成家庭作业的积极性和效能感，有助于更好地实现家庭作业的目标和功能。

三　对北京市的启示

我国中小学家庭作业政策和管理是随着中小学生减负的持续推进而不断深化的，特别是近年来，国家密集出台有关作业管理的政策文件，推动作业管理从减负向提高作业设计质量、更好地发挥作业育人功能发展。2019年6月印发的《中共中央国务院关于深化教育教学改革全面提高义务教育质量的意见》首次对作业管理、设计、批改等环节提出明确要求；2021年4月，教育部办公厅发布《关于加强义务教育学校作业管理的通知》（以下简称《通知》），提出了加强学校作业管理的10条要求，这是我国首次颁布的有关作业管理的专门文件；2021年7月24日，中共中央办公厅、国务院办公厅印发《关于进一步减轻义务教育阶段学生作业负担和校外培训负担的意见》（以下简称《意见》），将减轻学生过重作业负担作为"双减"的重要内容之一，从作业管理、作业总量、作业设计、作业批改等方面进一步提出

---

① 张巧利：《交互式家庭作业：流行美国的家庭作业新概念》，《外国中小学教育》2006年第12期。

明确要求。可见，当前我国中小学作业管理不仅关注"量"的规定，更关注"质"的提升，即通过整体提升中小学作业质量更好地发挥作业的育人功能，推动基础教育转变应试倾向，全面推进素质教育。在此背景下，北京市中小学作业管理要准确把握减量提质的要求，借鉴国外作业政策和设计理念，加大管理及指导力度，在做好总量控制的同时，构建符合"五育并举"要求、体现素质教育导向的基础教育作业体系。

（一）加强中小学生家庭作业政策制定，完善作业布置、完成、反馈、协同机制

虽然美、英、德、法、日等国在中小学生家庭作业存废问题上一直存在争论，且这些争论影响了这些国家出台明确的家庭作业政策，但一些国家仍然强调地区及学校层面的政策制定。美国、英国要求每个学校制定家庭作业政策，并将学校的家庭作业政策发到每个教师、学生、家长手中。通过制定家庭作业政策，明确家庭作业的目的、时间、内容、完成要求等有关规定，使相关各方明了自己的责任与义务，以便各司其职、各负其责，加强协同合作，发挥家庭作业的最大功效。当前，我国加大了对中小学生家庭作业的宏观管理力度，《意见》和《通知》对中小学家庭作业提出了总体要求，北京市可参考国外家庭作业政策，加强市级层面统筹，制定并出台《加强中小学生家庭作业管理的指导意见》，推动各区根据实际情况制定本区和学校的家庭作业政策，充分考虑不同年龄段、不同学科的特点和教学目标，明确家庭作业的目的、时间、内容、形式以及其在完成要求、批改反馈、学科协调、家长协同等方面的规定，并以书面形式告知教师、学生、家长，使相关各方科学认识家庭作业，明晰各自职责，充分调动积极性，完善家庭作业布置、完成、反馈、协同机制。

（二）深化对作业功能的认识，提升家庭作业设计质量

国外研究表明，决定家庭作业功效的并非其数量而是质量，一些国家（如美国）提出了有效家庭作业的概念，有效家庭作业是既能发挥育人功效

又能减轻学生负担的作业。高质量的家庭作业不是对课堂知识的简单重复和对解题技巧的机械训练，而是促进学生对所学知识的灵活运用以及对问题的思考、探索和研究，培养学生的知识理解能力、实践应用能力、问题解决能力、创新创造能力。因此要拓展家庭作业的功能定位，提高作业设计质量，家庭作业不仅是为了巩固课堂所学知识，还应激发学生兴趣、启迪学生智慧、培养学生能力，让学生跳出书本和知识范畴，走向更广阔的社会生活。当前，北京市一些区和学校开展了作业设计与实施的研究，为强化顶层设计和专业引领，提升全市作业设计与实施水平，还需要加强市级层面的统筹与指导。应通过制定出台《北京市义务教育阶段学科作业设计与实施指导意见》，明确小学、初中各学科作业设计与实施的原则、思路和方法，指导教师科学设计作业、合理布置作业，提高作业设计质量及作业实施的有效性，真正做到减负提质。

（三）在"减"的同时做好"增"的文章，丰富家庭作业领域和形态

减轻学生作业负担将打破原有教育生态的平衡，需要构建全新的、更加良好的教育生态，在"减"的同时做好"增"的文章。当前，我国中小学生家庭作业以知识训练为主，类型较为单一，欧美国家的中小学生家庭作业则体现了多样化的特征，如美国中小学家庭作业分练习型、预习型、扩展型、整合型等，欧盟国家中小学家庭作业则分练习类、诊断类、检测考核类、实践操作类等。因此要开展作业减负背景下的首都教育新生态构建研究，根据教学内容和育人目标，设计功能类型多样的作业。首先，在传统的学科作业之外探索德育、智育、体育、美育、劳动等新的作业领域和形态，制定德智体美劳作业实施方案，加强对学生运动、艺术等兴趣的激发和实践、劳动等能力的培养，促进学生德智体美劳全面发展。其次，探索新型、多样的作业形式，改变单一的背诵、习题训练等机械记忆、纸笔演算的作业形态，让学生走出书本，到图书馆、社区、大自然等丰富多样的环境中去学习、探究、实践。借鉴国外的做法，指导教师布置多样的作业。比如，平时可以布置短期作业，假期可以布置需要开展一定调查或探究的长期作业；除个人完成的

作业外，可以布置需要小组合作的作业；根据学生的能力水平和兴趣特长，可以布置必做型作业和选做型作业；除了本学科作业外，可以布置需要整合多个学科知识的综合作业等。通过多样化的作业，丰富学生的学习体验，激发学生的学习热情和兴趣，提高作业的适切性、实践性、探究性、综合性。

（四）确立家长在家庭作业中的适当定位，加强家校沟通交流

家庭作业作为连接家庭和学校的学习平台，为家长参与孩子教育提供了难得的机会。通过家庭作业，家长可以了解孩子的学习内容和学习状况，保持对孩子学习过程的把握，表达对孩子学习的关注和期望；同时，教师可以借此与家长交流学校的家庭作业政策、学生在完成家庭作业中的表现以及其他有关事项，对加强家校沟通、促进家校合作能起到非常重要的作用。因此，应鼓励家长以适当方式在某种程度上参与孩子的家庭作业，确立家长的适当定位，家长主要作为"支持者"或"指导者"，而不是"评判者"甚至"替代者"。家长应为学生完成家庭作业提供所需的环境和条件、在孩子寻求帮助时提供指导而不是答案，学校不应向家长强加过多的指导家庭作业的责任。为了帮助家长更好地参与孩子的家庭作业，建议北京市制定《家长参与学生家庭作业的指导建议》，明确学校的家庭作业政策、家长在学生完成家庭作业中的角色和作用、家长支持学生家庭作业的方法与提示性建议以及相关注意事项等，以此规范家长参与学生家庭作业的行为，提高家长的支持、指导能力，更好地发挥家庭作业连接家校的纽带作用，提升家校合作水平。

（五）以家庭作业减负提质为切入点推动育人方式改革，建设高质量教育体系

家庭作业是学校教育教学的课外延伸，家庭作业政策、内容、形式等反映了一个国家的教育理念和人才培养理念。欧美、日本等国的中小学生家庭作业突出实践性、探究性、趣味性、综合性，体现出这些国家基础教育的育人思想，即把培养学生兴趣和探究意识、加强知识与生活实际的联系、提高

学生的创新和问题解决能力放在重要位置。我国中小学生家庭作业较为重视知识记忆和做题训练，对创新精神、实践能力的培育不足，这实际上是应试思想在作业上的反映。当前正在推进的"双减"的根本目的是推动教育回归育人本源，要立足"小切口、大改革"的定位，将减轻学生作业负担、转变家庭作业理念、优化家庭作业设计作为推动育人方式改革、全面提高教育教学质量的切入点和突破口，着眼建设高质量教育体系，大力发展素质教育。通过制定出台《北京市学生作业"减负提质"推动义务教育高质量发展行动方案》，落实《中共中央 国务院关于深化教育教学改革全面提高义务教育质量的意见》，以推进"五育并举"、全面发展素质教育为目标，在加强课程建设、优化教学方式、提高作业质量、改进考试评价等方面综合施策，制定具体方案和推进举措。通过构建高质量义务教育体系，夯实首都教育高质量发展的根基，为首都教育的优质均衡发展和更高水平的教育现代化奠定坚实的基础。

B.15
部分发达国家中小学课后服务的
政策特征与走向

李震英*

摘　要： "双减"号角正式吹响以后，中央要求做好两项减法——有效减轻学生的作业负担和校外培训负担，同时要求做好两项加法——落实"双提升"任务，即提升课堂教学质量和学校课后服务水平。本报告依托文献研究梳理和分析了部分发达国家中小学课后服务的历史脉络以及课后服务政策的主要特征及走向，提出构建多部门贯通融合的课后服务体系、打造专业的课后服务从业人员队伍、严格执行质量监管与评估的流程和标准等建议，为提升我国中小学课后服务水平提供参考。

关键词： 发达国家　中小学　课后服务

　　2021年5月21日，习近平总书记主持召开中央全面深化改革委员会第十九次会议，审议通过了《关于进一步减轻义务教育阶段学生作业负担和校外培训负担的意见》。习近平总书记在主持会议时强调，义务教育是国民教育的重中之重，要鼓励支持学校开展各种课后育人活动，满足学生的多样化需求。① 随后，中共中央办公厅、国务院办公厅于2021年7月24日印发

---

* 李震英，北京教育科学研究院助理研究员，主要研究领域为教育政策国际比较。

① 《深入推进课后服务　支持探索暑期托管　切实发挥学校课后育人主渠道作用》，教育部网站，2021年7月13日，http://www.moe.gov.cn/jyb_xwfb/xw_fbh/moe_2606/2021/tqh_210713/sfcl/202107/t20210713_544274.html。

《关于进一步减轻义务教育阶段学生作业负担和校外培训负担的意见》（以下简称"双减"文件），要求各地区、各部门结合实际认真贯彻落实。我国的"双减"号角正式吹响。

"双减"文件明确要求做好两项"减法"——有效减轻学生的作业负担和校外培训负担，同时要求做好"两项"加法——落实"双提升"任务，即提升课堂教学质量和学校课后服务水平。"双减"文件围绕"提升学校课后服务水平，满足学生多样化需求"的总方针从保证课后服务时间、提高课后服务质量、拓展课后服务渠道以及做强做优免费线上学习服务四个方面提出了具体要求。

"双减"文件出台以后，课后服务很快成为社会热词，强化和保障课后服务的配套措施也纷纷出台。当前，人们对课后服务的关注实际上是新的热点辐射下的再聚焦，此前它可能出现在求解"三点半难题"的过程中，又或者展现在学校育人和治理的某个环节。而这次"双减"的大背景则为人们提供了重新思考课后服务意义和作用的机会，在更高的站位全面审视和提升课后服务水平，为强化学校教育主阵地的作用提供支撑和助力。

随着社会经济的发展和学校功能的拓展，课后服务的内容、形式和需求及其所承载的社会责任也在不断丰富和变化。从全球来看，英国在世界范围内是较早开展课后服务的国家，[①] 二战时期剑桥郡"乡村学院"的出现是英国学校开始提供课后服务的首次尝试；[②] 20 世纪初，美国的"放学后计划"促进了课后服务的发展，20 世纪末，美国联邦政府开始参与"放学后计划"的运行和管理；[③] 澳大利亚中小学的课后服务自 20 世纪 70 年代以来得到了政府的高度重视，从法律保障、资金投入、组织管理等方面不断提升和完善；[④] 日本文部科学省和厚生劳动省于 2014 年公布"课后儿童综合计划"，

---

① 郭静、车丽娜：《英国课后服务的运行模式及启示》，《教学与管理》2019 年第 6 期。
② 李震英：《英国的学校课后服务政策》，《上海教育》2019 年第 6 期。
③ 张忠华、潘婷：《美国儿童"放学后计划"实施的成效与借鉴》，《教育学术月刊》2021 年第 8 期。
④ 史自词、李永涛：《澳大利亚中小学课后服务的发展之路和基本经验》，《比较教育学报》2022 年第 1 期。

尝试将课后看护服务和课后教育活动融为一体;[①] 20 世纪末, 韩国政府开始探索 "放学后学校" 计划, 尝试把校外补习需求转向学校内部。这些国家在课后服务方面进行了很多探索, 通过梳理其政策走向和关键举措, 反思其不足, 借鉴其经验, 可以助推 "双减" 之下的课后服务成为发挥学校教育主阵地作用的关键力量。

一 部分发达国家课后服务的历史脉络

学校教育对个人的成长乃至整个人生的际遇起伏都会产生长期且重要的影响, 因此长久以来, 人们一直把目光投向常规教学时间以内的教育, 即上学至放学之间的教育, 对于放学后教育或看护服务重要性的认识是随着不断产生的新问题而逐渐加深的。

(一) 课后服务最早多源于民间自发行为

英国的儿童看护服务可追溯到中世纪, 主要是由教会或慈善机构负责照顾残疾儿童或孤儿。[②] 这种最初的看护服务并未与学校发生关系, 看护的对象是极少数弱势儿童, 看护的形式比较单一, 具有明显的慈善救助性质。二战以后, 由家长自发组织的 "幼儿游戏班" 在英国广泛兴起, 家长轮流提供看护服务。[③] "幼儿游戏班" 的兴起说明儿童看护服务的需求已经不容忽视, 但是在政府并未保障相应服务的前提下, 家长只能通过小规模的互助组织解决眼前之困。此时看护服务的对象已经不再局限于极少数弱势儿童, 充当看护者角色的主要力量也变成了家长。

美国在课后服务方面的探索开始于 19 世纪中期,[④] 富商、教会以及其

---

① 李智:《日本儿童课后照顾服务制度及其启示》,《中南大学学报》(社会科学版) 2016 年第 2 期。

② 郭静:《英国课后服务体系的历史演进及模式特色》,《现代教育论丛》2017 年第 6 期。

③ 郭静、车丽娜:《英国课后服务的运行模式及启示》,《教学与管理》2019 年第 6 期。

④ 张忠华、潘婷:《美国儿童 "放学后计划" 实施的成效与借鉴》,《教育学术月刊》2021 年第 8 期。

他民间组织（如男孩女孩俱乐部）是课后服务的主要提供者，服务目的单纯只是为放学后的儿童提供保护，避免不良行为或危险行为的发生。在政府强力介入课后服务领域之前，主要是家庭、民间组织在承担课后看护职责。

19 世纪 70 年代，澳大利亚第一个儿童课后服务中心在新南威尔士州建立，① 该服务中心是澳大利亚一位经济学家（同时是社会学家）对课后服务领域的独立探索，旨在帮助从事服务业的职工家庭解决课后儿童看护问题。直到 100 多年后，澳大利亚政府出资管理的第一个儿童课后服务中心才正式建成。

（二）课后服务需求激增使其迎来发展契机

社会经济的快速发展带来人口、教育、就业形势的巨大变化。越来越多的女性走入职场，拥有了独立的经济地位，儿童的课后看护出现空档，"钥匙儿童"现象在全球很多国家越来越普遍，并随之引发诸多社会问题和不稳定因素。美国的"放学后计划"最初就是典型的"保护型"课后服务计划，旨在避免放学后儿童暴力、吸毒等不良行为的发生。除了"保护型"课后服务，也有"补偿型"课后服务，主要目的是填补儿童课后无人看护的空档，并为家庭的课后看护提供费用资助，英国在 20 世纪末制定和出台的政策体现了明显的补偿特征。

课后服务需求的迅猛增长是激烈社会变革的缩影，女性在家庭中的角色和地位的变化是课后服务需求增长的主要诱因，平衡女性就业、经济发展与育儿支持成为 20 世纪许多国家面临的突出问题。20 世纪 90 年代，社会经济的飞速发展导致英国的双职工家庭数量猛增，儿童课后看护服务成为政府的优先考虑事项。英国政府不但在法律上明确了课后服务要保障儿童的安全和健康，而且开始为工薪家庭提供课后服务补贴。

同样是在 20 世纪 90 年代末，美国中小学教育的诸多问题不断暴露，学

---

① 史自词、李永涛：《澳大利亚中小学课后服务的发展之路和基本经验》，《比较教育学报》2022 年第 1 期。

生在权威测试中的学业表现欠佳，旷课和辍学问题日益严重，引发广泛社会担忧。鉴于此，美国克林顿政府开始实施"21世纪社区学习中心"计划并给予大量财政支持，旨在通过课后服务缓解焦虑和矛盾，此后联邦政府和州政府对课后服务的关注度越来越高，课后服务进入快速发展阶段。

澳大利亚课后服务的发展契机也出现在20世纪90年代，由于经济的飞速发展，家长的工作和生活难以平衡，家庭的课后服务需求激增，政府对课后服务的关注度明显提升，随后出台一系列政策措施为课后服务的快速发展提供了有利的环境和条件。

（三）政府主导下的课后服务日趋系统和完善

20世纪末期，日本为应对少子化危机，将课后服务视为社会育儿支持体系的重要组成部分。1997年，日本修正《儿童福利法》后，对课后服务给予了法律保障，并将其作为社会福利事业予以推行。[1] 进入21世纪以后，日本的社会育儿支持体系不断完善，不仅从体制上突破了保育和教育"泾渭分明"的瓶颈，而且政策重心开始从保障数量转向提高质量，课后服务作为该体系的重要组成部分迈上了新的发展台阶。

同样是在20世纪末，韩国教育改革委员会提出的"放学后教育活动"成为课后服务的早期样板。21世纪初，韩国政府将小学和中学的课后服务项目进行整合，启动"放学后学校"计划，在拓展学校功能的同时希望减轻学生和家长的校外补习负担。随后又出台一系列旨在提高学校教育公信力并推动"放学后学校"计划顺利开展的配套措施。狂热的校外补习引发社会矛盾不断加剧是韩国政府大力完善学校课后服务的主因。韩国政府强势介入课后服务领域以后，不断扩大课后服务覆盖面并着力提升课后服务质量，不仅为低收入家庭的学生丰富了教育机会，而且在一定程度上抑制了校外补习的热度，减轻了低收入家庭的校外补习经济负担，基本实现了"放学后学校"计划的预期目标。

---

[1] 屈璐：《日本课后服务的场域建构研究》，博士学位论文，华东师范大学，2019，第58页。

从 20 世纪 90 年代开始，澳大利亚的课后服务迎来了政府主导下的快速发展期。此后 20 多年，澳大利亚出台了一系列规范课后服务的法规，使课后服务的监管越来越制度化，对课后服务质量的保障越来越到位。澳大利亚政府对课后服务的主导和干预成效显著，课后服务的规模不断扩张，质量也不断提升。

二　部分发达国家课后服务政策的主要特征

从全球来看，课后服务的兴起、发展与社会经济环境、教育文化水平密切相关。不同国家存在迥异或类似的理由，通过法律法规、政策章程等不断扩大课后服务规模并保障课后服务质量。虽然不同国家面临的是同样的问题，但是由于国情不同，选择的解决方案也会有差异。围绕课后服务出台的政策、举措多不胜数，笔者关注有影响力、有延续性且产生良好效果的计划、方案以及措施，梳理和对照不同国家的重点政策，从中寻找一些共通之处以供参考。

（一）多元主体共同参与构建多样化的课后服务供给体系

课后服务由谁来提供是每个国家或地方政府必须回答的最基本问题。在梳理部分发达国家课后服务发展的历史脉络时，笔者发现课后服务最初源于民间自发行为，教会、慈善组织、家长互助组织、民营机构都曾作为课后服务的实施主体，在不同历史时期，这些实施主体单独或共同承担了课后服务职责，适度填补了放学后儿童看护的空档，缓解了由此引发的社会矛盾。后来，随着课后服务需求的快速增长，政府成为课后服务供给的主导力量，学校、社区、专业机构、公益组织在政府的主导下也逐渐成为课后服务供给体系的中坚力量。

澳大利亚的课后服务起步比较早，当前的课后服务采取的是多元主体供给模式，既有依托学校的看护中心，也有依托社区的课后服务中心，还有完全独立的社会服务机构。

英国政府在 1998 年发布《应对儿童看护挑战》绿皮书，承诺增强儿童课后服务的可负担性和可获得性，私立、非营利和公共部门都可以提供儿童课后服务。英国小学生可以选择的课后服务类型比较多，有开放时间比普通学校更长的扩展学校；有政府、私企或志愿组织运营的课后或假期俱乐部；还有属于个体经营者的保育员。[①]

美国"放学后计划"的实施同样有赖于多元主体共同提供服务，其中公立学校是最主要的一支力量；接受联邦政府资助的社会组织（如男孩女孩俱乐部）也是一支重要力量；还有基督教青年会、私立学校、宗教组织的加盟。[②]

日本积极鼓励民间团体成为开展课后服务的运营主体，除了家长共同运营会、政府、学校、社会福利法人等运营主体以外，民间团体在获得管理运营公共设施的权限以后，可以通过公开招标的方式成为课后服务的运营主体。[③]

（二）课后服务的财政性经费向低收入家庭倾斜

美国实施"放学后计划"的重要原因是课后无人看管对儿童身心健康造成了威胁，尤其是低收入家庭儿童和青少年的不良行为和犯罪高发。该计划希望利用课后服务消除这种威胁，并为处于不利地位的儿童和青少年提供更多发挥潜能的机会。正因如此，美国联邦政府、州政府在课后服务的财政支持上从最开始就把目光投向了低收入家庭和低学业成就的儿童和青少年。

1996 年，美国特拉华州的州长以州政府的名义在课后服务领域投资 2000 万美元，以提高低学业成就的学生在数学、科学、英语和社会研究方

---

① 李震英：《英国小学课后托管服务评析》，《上海教育科研》2016 年第 5 期。
② 杨瑛：《中小学课后服务的比较研究》，硕士学位论文，南京师范大学，2019，第 30~31、64 页。
③ 李智：《日本儿童课后照顾服务制度及其启示》，《中南大学学报》（社会科学版）2016 年第 2 期。

面的学业水平。① 学者周金燕认为，美国"放学后计划"的兴起和发展是对低收入家庭儿童的教育补偿。1998 年，美国克林顿政府启动"21 世纪社区学习中心"计划，最初联邦政府负责该计划，从 2001 年开始管理权限下移至州政府，各州可以获取经费为低收入家庭子女参与"放学后计划"提供资助。②

英国政府也采取了很多财政支持举措帮助低收入家庭分担课后服务成本。以前，英国通过工作税收抵免政策为低收入工薪家庭提供儿童课后服务补贴，该项补贴最多可以占到每周税收抵免额的 70%。现在，英国以发放通用福利金的方式代替工作税收抵免政策，保留每周资助上限但按月计算。自 2016 年 4 月起，获得通用福利金的家庭，儿童课后服务补贴最多可以占到 85%。③

在澳大利亚，低收入家庭的学生参加政府认可的正规课后服务可以得到补贴。④ 澳大利亚政府会根据家庭收入情况，对参加正规课后服务的学生给予不同额度的补贴。该项政策的主要目标群体是中低收入家庭。联邦政府的资金也会向边远地区和少数族裔聚集区倾斜。

韩国的"下午托管教室"主要为低收入家庭、单亲家庭和双职工家庭的小学低年级子女提供课后服务，服务时间从放学最长可延至 19 点。韩国的课后服务政策对低收入家庭的学生有很多关照，他们可以享受政府的课后服务减免政策，如降低服务费用或提供无偿服务。⑤ 韩国还为低收入家庭的学生提供"自由听课券"，资助他们参与"放学后学校"计划开展的活动或项目。

---

① 熊熊、刘宇佳：《美国中小学课后教育的兴起之路、发展之困与经验之谈》，《教育科学研究》2019 年第 6 期。

② 周金燕：《对低收入家庭儿童的教育补偿：美国"放学后计划"的兴起和发展》，《比较教育研究》2013 年第 4 期。

③ 李震英：《英国的学校课后服务政策》，《上海教育》2019 年第 6 期。

④ 杨瑛：《中小学课后服务的比较研究》，硕士学位论文，南京师范大学，2019，第 30~31、64 页。

⑤ 宋向楠、魏玉亭、高长完：《韩国小学托管教室运行机制探略》，《比较教育学报》2021 年第 3 期。

（三）学校成为开展课后服务的主阵地

美国"放学后计划"相关数据显示，公立学校是开展课后服务的主阵地。"21世纪社区学习中心"计划的年度评估报告（2018~2019年）表明，超过80%的提供课后服务的社区学习中心是以公立学校为基础建立起来的。[①] 美国"放学后计划"的实施主体主要是公立学校，规模比较大的公立学校可以为本校及周边学校的学生提供课后服务。有些公立学校规模较小，本身不提供课后服务，但会联合附近的学校一起开展课后服务。[②] 2009年，57%的"放学后计划"是在学校实施的；2014年，在学校开展的"放学后计划"增加到73%。[③]

澳大利亚的课后服务场所主要集中在学校、社区和社会服务机构。相较于其他两个场所，学校开展课后服务更方便也更安全。目前，澳大利亚的课外服务大部分是在学校内完成的，课外服务的内容选择主要依据各学校的资源和特色。

韩国的"放学后学校"计划尤其突出了学校作为课后服务主阵地的作用，以便达到抑制过热的校外补习、让学生回归校园的目的。该计划在学校里开展，场地和设施基本依托学校，而且主要由本校教师为学生提供学科补习、兴趣培养、课后看护等服务。[④]

日本政府为保证儿童课后服务的安全，力争提供不需学生移动的校内课后服务，充分利用学校的空闲教室、体育馆、图书馆、保健室和操场等场地开展课后服务。日本文部科学省主管的"放学后儿童教室"项目以全体小

---

① 徐珊珊、邱森、宋萑：《打造高质量中小学课后服务的国际经验——以美国"放学后计划"为例》，《中国教师》2022年第2期。

② 杨瑛：《中小学课后服务的比较研究》，硕士学位论文，南京师范大学，2019，第30~31、64页。

③ 付含菲：《美国"放学后计划"研究》，硕士学位论文，上海师范大学，2018，第30、35页。

④ 李文美：《韩国"放学后学校"教育项目评析——基于扩大教育机会的视角》，《比较教育研究》2021年第10期。

学生为服务对象，主要在学校内提供安全的课后活动场所，并通过当地社区居民的参与，积极开展学习、体育、文化、艺术类活动。① 日本厚生劳动省主管的"放学后儿童俱乐部"开放时间延至 18 点，与"放学后儿童教室"的实施场所类似，大部分以小学闲置教室为主要场地，也可以利用社区的幼儿园、体育馆、儿童馆、公民馆等场所开展相关服务。②

（四）课后服务的内容涵盖甚广

美国"放学后计划"开展的活动十分丰富，主要涵盖学业指导类（作业辅导、STEM 教育、阅读与写作等），综合教育类（心理咨询、健康教育、安全教育、环境教育等），职业准备类（职业技能培养、青年领导力培养等），体育运动类以及艺术培养类等，其中职业准备类和 STEM 教育具有鲜明特色且成效显著。③ 美国课外教育联盟 2015 年发布的报告显示，将近 70% 的家长反映他们的孩子是在"放学后计划"的活动中接触并学习 STEM 课程的。④

韩国的课后服务内容根据不同的学段有不同的侧重点。小学低年级的课后服务主要承担看护责任，以活动类、游戏类和看护为主；小学高年级的课后服务围绕特长生教育、学业辅导等活动展开；初中阶段根据学业水平进行提优补差的分班辅导，或者开展特长生教育；高中阶段也会根据学业水平进行分班辅导，或者开展压力疏导和升学指导活动。⑤ 学业辅导是韩国课后服务的主要内容之一，这与韩国实施课后服务计划的初衷很有关系，其本意就

---

① 李冬梅：《日本：放学后儿童教室＋放学后儿童俱乐部》，《上海教育》2016 年第 11 期。

② 姜英敏、王文静：《放学后托管教育如何可行？——日本、韩国经验的启示》，《人民教育》2020 年第 2 期。

③ 徐珊珊、邱淼、宋萑：《打造高质量中小学课后服务的国际经验——以美国"放学后计划"为例》，《中国教师》2022 年第 2 期；付含菲：《美国"放学后计划"研究》，硕士学位论文，上海师范大学，2018，第 30、35 页。

④ 方佳诚：《美国、日本中小学生"放学后计划"的比较与启示》，《中国人民大学教育学刊》2018 年第 4 期。

⑤ 姜英敏、王文静：《放学后托管教育如何可行？——日本、韩国经验的启示》，《人民教育》2020 年第 2 期。

在于给过热的校外补习"降温",因此在学校的课后服务中强调学业辅导也就顺理成章了。

日本"放学后儿童综合计划"的活动内容主要涉及学业辅导、文化艺术和体育运动等内容,另外还包括符合儿童兴趣与需求并立足本地资源的多样化活动。日本的课后服务特别强调学校与社区合作,很多独具特色的课后服务项目都与当地社区的资源密切相关。[①] 学校招募的课后服务志愿者基本来自当地社区,这些志愿者的身份、背景、特长各不相同,学校以此为契机让儿童有更多接触成年人并进行交流的机会,以提升儿童的社会情感技能。

澳大利亚制定了全澳统一的学龄儿童课后看护框架,对课后看护的内容进行了标准化阐释和规范。[②] 这是澳大利亚为学龄儿童课后看护服务制定的首个国家框架。该框架旨在确保儿童可以根据自己的兴趣和需求,参与各种以娱乐和玩耍为主的活动,明确了课外看护服务的重点是看护和娱乐而不是教育,文化类、艺术类以及其他娱乐活动应该成为学龄儿童课后看护服务的主流。

(五)课后服务从业人员的多样性构成是普遍现象

在学校开展课后服务,人们首先想到的课后服务提供者就是本校在职教师。毫无疑问,在职教师确实是课后服务从业人员队伍中的关键力量,但在职教师的教育背景决定了他们在自己擅长的学科教学领域更能发挥有效作用,如果课后服务涉及专业性更强的艺术、运动等领域,学校特别需要校外专业人才的加盟和支援。

在韩国最初实施"放学后学校"计划的一段时间里,负责提供课后服务的基本都是学校在职教师。随着该计划的规模扩大和持续推进,在职教师的时间和精力都不足以满足学生的课后服务需求。因此,该计划扩大了课后服务从业人员的参与范围,不同专业领域的人士、教辅机构的讲师以及各行

---

① 屈璐:《日本课后服务的路径与机制研究——以牛久市学社合作模式为例》,《现代远距离教育》2019 年第 2 期。
② 唐科莉:《澳大利亚:课外托管的重点是看护和娱乐》,《上海教育》2016 年第 11 期。

各业的社区居民都能参与课后服务,① 这不仅壮大了课后服务从业人员的队伍,而且提高了课后服务从业人员队伍的专业化程度和水平。

美国"放学后计划"的亮点之一是开展 STEM 教育。STEM 教育尤其注重学校与其他机构的合作,② 科技馆、博物馆、天文馆、高等院校等机构的专业人员和专家学者成为课后服务的有力支持者和推动者,这样一支专业队伍的加盟使"放学后计划"的 STEM 教育取得了一定实效,并赢得了家长和学生的赞誉。

日本"放学后儿童综合计划"的实施十分注重学校与社区的联动,允许招募社区志愿者和热心人士为儿童提供学业辅导、文化艺术体验活动以及体育运动方面的指导,同时希望借此为儿童搭建一个与社区居民交流的平台,提升儿童的社会情感技能。该计划的顺利实施离不开众多协理员、指导员、安全保卫人员和社区志愿者的辅助和支持,虽然他们的职业背景不尽相同,但都对当地儿童的课后看护和教育做出了自己的贡献。

三 部分发达国家课后服务的政策走向及启示

通过梳理部分发达国家课后服务的发展脉络,可以发现这些国家的课后服务起步比较早,可以追溯到 19 世纪甚至更早,百余年的发展历程使其在服务形式、内容、机制、保障、评估等方面积累了不少经验,社会发展阶段不同造就了不同的课后服务发展环境,课后服务政策必须与之相适应才能满足不断变化的需求。那么,当历史的车轮驶入 21 世纪的快车道,课后服务政策也必将适应时代发展潮流予以调整,消除不利因素并迎合新的需求,抓住新的发展契机,造就新的发展趋势。

---

① 李文美:《韩国"放学后学校"教育项目评析——基于扩大教育机会的视角》,《比较教育研究》2021 年第 10 期。
② 杨淞:《美国 k-12 STEM 放学后项目的研究》,硕士学位论文,哈尔滨师范大学,2019,第 28~30 页。

（一）构建多部门贯通融合的课后服务体系

课后服务体系的构建牵涉政府、社会、学校和家庭等诸多方面。在发达国家推进课后服务发展的进程中，调动各方力量并协调各种关系是实现课后服务既定目标的必由之路。相比课内教学，课后服务的内容和形式更丰富，从业人员队伍构成更多样化，质量保障和监管评估也更复杂。所以说，构建完备成熟的课后服务体系是一个更复杂的系统工程，必须打破部门之间固有的壁垒和界限。

日本从 2014 年开始尝试"综合性"的课后服务对策，文部科学省和厚生劳动省联合推出"放学后儿童综合计划"，核心是推进文部科学省主管的"放学后儿童教室"与厚生劳动省主管的"放学后儿童俱乐部"的一体化运作。[1] 2015 年，日本又进一步推行"儿童及育儿支持新制度"，目的仍然是改变文部科学省和厚生劳动省分别主管的儿童教育和福利的局面，建立以儿童为中心的融合统一的政策及制度体系。[2] 日本为此设立了"儿童及育儿支持总部"，负责统筹相关政策的推进和实施，促进多部门的合作与沟通。

（二）打造专业的课后服务从业人员队伍

不同国家对课后服务的功能和定位有差异，因此对从业人员的准入和资质也有不同的要求。课后服务的内容和形式都比较丰富，涵盖学业辅导、看护照顾、文化体育、安全健康、生活技能、职业准备等诸多领域，与学校专任教师擅长的学科教学有明显区别。由于课后服务的内容十分广泛，学校专任教师的学科背景不足以满足课后服务的全部需求。

除了学校专任教师，更需要从社会机构、高等院校、社区组织乃至家长群体中广泛招募课后服务从业人员。正因课后服务从业人员的来源渠道比较

---

[1] 李冬梅：《日本：放学后儿童教室+放学后儿童俱乐部》，《上海教育》2016 年第 11 期。

[2] 李智：《日本儿童课后照顾服务制度及其启示》，《中南大学学报》（社会科学版）2016 年第 2 期。

多元，教育程度、职业背景以及品行素养也各有差别，为了保证儿童安全及课后服务质量，政府必须严把课后服务从业人员的准入关和资质审核关，根据服务内容的不同建立分层标准，并辅以合理的激励和退出机制。

课后服务涉及诸多专业领域，对相关专业人才的需求也会越来越大。吸引专业人才的加盟并保持课后服务从业人员队伍的相对稳定对于保障课后服务质量至关重要。因此，课后服务从业人员的职前培训以及持续专业发展是政府需要优先考虑的事项之一。一支高素质的、稳定的专业队伍将会助推课后服务迈上新台阶，使其成为教育链条不可或缺的重要组成部分。

（三）严格执行质量监管与评估的流程和标准

课后服务已经成为部分发达国家公共教育或福利政策的重要一环，政府投入大量财政经费，必然要对财政经费使用情况进行公示，同时对财政经费投入效果进行评估。严格执行质量监管与评估的流程和标准有利于促进课后服务行业对质量的重视，并确保公共资金的投入效益。评估需要以证据为基础，通过大量数据的收集、整理和分析，以科学的方式和严谨的态度对课后服务的实施效果做出判断，从而指导下一步政策的制定和调整，不断完善课后服务体系。

美国"放学后计划"的评估责任主体包括联邦教育部、课后联盟、课后质量研究中心等。随着"放学后计划"规模和影响力的扩大，评估责任主体越来越多，评估类型也越来越细化，用于评估的数据库和数据平台也逐步搭建起来。[1] 评估"放学后计划"是美国联邦政府和州政府进行质量监管的有效手段，正因评估结果证实了该计划在提高学生学业水平、降低不良行为发生率等方面发挥了积极作用，"放学后计划"才得以不断推进，为更多学生带来福利。

高质量的课后服务会对课内教学起到积极的助推作用，如何评估课后服务的质量取决于政府对课后服务功能的定位。在确定了质量目标之后，出于

---

① 杨文登：《美国课后服务循证评估研究》，《比较教育研究》2021 年第 8 期。

监管和评估的需要，以及数据可获得性和可比性的需要，政府及相关评估机构必须掌握与质量有关的一些基本特征，如学生和从业人员的比例、学生参与率、服务频次、服务时长、从业人员资质、学生和家长的满意度等。由于课后服务形式的多样化，需制定和细化不同类型、不同层次的质量标准，确保监管和评估的客观性和准确性。

后　记

自 2000 年起，北京教育科学研究院就策划出版《北京教育发展研究报告》，记录北京教育的发展轨迹和政策变迁。23 年来，《北京教育发展研究报告》围绕北京教育前沿趋势、北京各级各类教育改革与发展重点难点热点问题研究，用事实和数据说话，努力发挥"存史、资政、宣传、育人"的作用。

2022 年全国教育工作会议指出，在"两个大局"背景下，教育内外环境发生深刻变化，必须跳出教育看教育、立足全局看教育、放眼长远看教育，准确识变、主动求变、积极应变，抓住重大机遇，开创教育新局面。2022 年是《关于进一步减轻义务教育阶段学生作业负担和校外培训负担的意见》印发实施后的第 2 年，"双减"政策实施 1 年多来，校内减负提质，切实强化学校的教育主阵地作用，成为推动"双减"政策落实的治本之策；校外培训治理成效显著，更加健康的教育生态正在逐步形成。《北京教育发展研究报告（2022~2023）》通过调研数据和实例，呈现北京基础教育落实"双减"政策的积极探索和创新举措，研究国内外相关政策举措，梳理有益经验，力求为推动北京教育的研究与决策提供科学依据。需要说明的是，由于许多相关调查是在政策及其实施工作大力推进过程中进行的，因此获得的数据都有很强的时段特点，有较大的波动性。

本研究报告研创团队以北京教育科学研究院科研人员为主体。在研创过程中，北京市教委、北京教育科学研究院的有关领导和部门给予了重要指导和大力支持。在此，我们对所有积极参与和支持本研究报告撰写的领导、研究人员表示衷心的感谢！

作为一项集体研究成果，本研究报告阐发的观点和资料的可靠性由相关研究人员负责。同时需要说明的是，虽然本研究报告的研究人员努力工作，希望为关心北京教育改革与发展的机构和人士提供有益参考，但囿于时间和能力，本研究报告的观点未必完全准确，相关的政策建议不一定完全切合实际，敬请相关专家和广大读者批评指正。

编　者
2022 年 9 月

联系地址：北京市海淀区翠微路 4 号院北京教育科学研究院教育发展研究中心

邮编：100036

电话：010-88171909

传真：010-88171917

Email：fzzxlps@163.com

Abstract

On May 21, 2021, Xi Jinping, General Secretary of the CPC Central Committee and President of the State and Chairman of the Central Military Commission, presided over the 19th meeting of the Central Committee for Comprehensively Deepening Reforms, during which the Committee reviewed and approved the "Opinions on Further Reducing the Burden of Students' Homework and Off-campus Training in Compulsory Education" (hereinafter referred to as "Opinions"). As pointed out during the meeting, one of the most prominent issues in compulsory education is the excessive burden on primary and secondary school students, for which short-sightedness and utilitarianism are major obstacles that need to be fundamentally removed. To reduce the burden on students, the fundamental strategy is to comprehensively improve the quality of school education while fulfilling it's function of comprehensive and compulsory education, and strengthen its major role in the social cause of education. In July 2021, the General Office of the Central Committee of the Communist Party of China and the General Office of the State Council jointly issued the "Opinions", in which the CPC Central Committee, standing at the strategic height of realizing the great rejuvenation of the Chinese nation, has made important decisions and arrangements for the work of "Double Reduction", requiring the education sector to deepen the reform by reforming the education system and mechanisms with political awareness and resolve, so as to fully implement the Central Committee's education policy and fulfill the fundamental task of morality and talent cultivation, and promote the realization of all-round development and healthy growth of students.

As pointed out during the National Education Work Conference 2022, the year 2022 is a year of special significance in the new era and new journey, for which substantial contributions must be made in education work with a focus on core tasks and the consideration of overall situation. Key points made by the Ministry of Education for the education work in 2022 are as follows: It is necessary to further push forward the implementation of "Double Reduction" policy, during which the work of "Double Reduction" shall be treated as a prominent task and top priority, that is to say, we must consolidate the existing achievements and strengthen the mechanisms, prevent the occurrence of "blind spots" and enhance our capability, safeguard the progress and intensify the supervision. The "Research Report on Education Development in Beijing (2022－2023)" is a themed report with substantial data and empirical evidence and a demonstration from multiple perspectives and multi levels elaborating the overall implementation of "Double Reduction" policy in basic education in the capital city. The Report, a total of 15 articles in three parts: "General Report", "Sub-reports" and "References", summarizes the important measures taken by the capital city for comprehensive implementation of the "Double Reduction" policy in basic education, the achievements that have been made so far, and analyzes relevant policies and practices at home and abroad, based on which corresponding policy recommendations have been proposed.

Since the implementation of the "Double Reduction" policy, educational administrative departments and schools in each and all districts of Beijing, in accordance with the unified deployment of the Central Government and the Beijing Municipal Government, have been actively promoting the reform of school education and teaching management and the governance of off-campus training institutions, and remarkable achievements have been made in all aspects: full coverage of after-school services has been realized in all compulsory education schools and students from Monday to Friday, including the continuous implementation of the "five-education program" (moral, intellectual, physical, aesthetic and labor education) supplemented by flexible and diversified forms of after-school services, with continuously improving quality; proactive explorations have been made to reduce students' homework burden, such as the development of diversified and personalized homework in terms of content and forms, in particular the "Instruction Manual for Primary and Secondary Schools Homework" and the "Instruction Manual for Comprehensive Learning Activities in Primary and Secondary Schools" issued by the Center for Teaching Research in Basic Education of Beijing Academy of Educational Sciences, which have proven to be effective in guiding primary and secondary schools' efforts in quantity reduction and quality improvement of homework; the successful implementation of the principals-and-teachers rotation mechanism to activate the flow of high-quality education resources; the establishment of "home-school-community" collaboration system through innovating the existing system and integrating various social forces; and the comprehensive and standardized management of off-campus training institutions with equal emphasis on strict supervision and supportive assistance, which has achieved positive results.

By combing and analyzing various explorations and innovations made in "burden reduction and quality improvement" in basic education in the capital city as well as certain policy measures adopted by China and foreign countries, this Report aims to provide sound support and practical guidance for scientific research so as to ensure continuous and successful implementation of "Double Reduction" policy, and make more contributions to the construction of a high-quality education system in the capital city.

Keywords: "Double Reduction"; Education Reform; Education Quality; Beijing Education

Contents

I   General Reports

Abstract: In July 2021, the General Office of the Central Committee of the Communist Party of China and the General Office of the State Council jointly issued the "Opinions on Further Reducing the Burden of Students' Homework and Off-campus Training in Compulsory Education" (hereinafter referred to as the "Opinions"), which provides not only a way for solutions to the practical issues, but also a top-level design for the comprehensive reform of education system. The far-reaching significance of the "Opinions" is it guidance for us to actively create a healthy ecology of education, to highlight the attributes of fair and public education, and to accelerate the construction of a high-quality education system. The in-depth implementation of "Double Reduction" policy in Beijing has been pushing forward education reform in a steady way with positive results. In all primary and secondary schools in Beijing, the active implementation of the policy has resulted in higher efficiency of school management, higher quality of teaching and research, more scientific and reasonable assignment of homework, and full coverage of after-school services. In terms of off-campus activities, Beijing has fully standardized the management of off-campus training institutions, and the disorder of off-campus training has been basically eliminated. Education reform and development in Beijing has taken on a new shape and gratifying situation.

Keywords: "Double Reduction" Policy; Education Reform; Education Quality; Beijing Education

B. 2 Research on the Implementation and Evaluation Index System Construction of "Double Reduction" in Primary and Secondary Schools in Beijing

Yin Yuling, *Lv Guizhen*, *Li Lu and Zhao Jiayin* / 016

Abstract: Since the promulgation of the "Double Reduction" document by the State, Beijing has been strictly implementing the central government's decision and deployment, all primary and secondary schools have carried out reforms in all aspects such as the concept of school operation, the practice of education and teaching, teachers' student evaluation, and the competence of school management. As a result, significant changes have taken place. After phase I implementation, the main goal of "double reduction" has been achieved with preliminary effect. In order to achieve the ultimate goal of "significant double reduction" within 3 years and the remark of significantly improved satisfaction from people, right after the middle of phase II implementation, it is of great significance to designate a third-party evaluation agency to develop a scientific and practical evaluation index system based on the spirit of the "Double Reduction" document and phase I implementation. The index system will serve as an important basis for the government to evaluate all schools' implementation of "Double Reduction" policy, a guidance for instructing all schools' implementation measures so as to deepen the internal reform in a targeted manner, and an important part of the education policy evaluation system to ensure the evaluation of the policy implementation process. The construction of the evaluation index system shall reflect the following principles: unified purposes and processes, unified stipulation and autonomy, unified quantification and qualification, and unified near-term and long-term targets. The index system shall be policy-oriented, operational, educational and systematic. As a policy tool, the evaluation index system will put forward higher requirements for the implementation of "Double Reduction" policy by different entities such as the government, schools, families and society, and will bring profound influence and changes.

Keywords: "Double Reduction"; Evaluation Index System; Beijing

Ⅱ   Sub-Reports

B. 3   A Study on the Educational Status of Parents' "School Preparation" under the Background of "Double Reduction" Policy   *Su Jing, Li Yifan and Chang Hong* / 039

Abstract: Through a survey of kindergarten senior classes, this study showed that more than half of parents still have concerns about their children's "school preparation", among which "learning preparation" is the biggest concern, and there is a utilitarian tendency to "one-sided knowledge preparation". 80% parents tend to choose subjects for their children and provide guidance, and often use various APPs. The survey also showed that there is a significant correlation between parents' educational level and understanding of school enrollment policies and these parents' school preparation concepts and educational behaviors; there is also a great demand for education policy consultancy, inquiries about the situation of grade-one zero-ground education in primary schools, and demand for necessary professional advice and guidance for school preparation. In order to further facilitate the formation of a scientific educational concept and behavior of school preparation, this study puts forward suggestions in four aspects: strengthen policy publicity and guidance to enrich professional connotation; enhance two-way linkage between kindergartens and primary schools to show the effect of "double reduction" to parents; maintain continuous and phased guidance in home education and training so as to cultivate and consolidate the level of core literacy for all and each family; and propose methods for overcoming the difficulties and pain points in early-age reading and writing.

Keywords: School Preparation; " Double Reduction "; Core Literacy; Early-Age Reading and Writing

B. 4 Current Situation and Optimization Strategies for Homework in Primary and Secondary Schools under the Background of "Double Reduction" *Jia Meihua , Li Xiaolei* / 057

Abstract: A large-scale survey by the Basic Teaching and Research Center of the Beijing Academy of Educational Sciences showed that preliminary achievements in overall homework management has been made in Beijing, however, there is still much space for development in homework design teaching and research, hierarchical homework design, and high-quality resources orientation. To this end, the Center provides concept guidance in multi dimensions such as " establishing and implementing a new concept of homework quality, designing subject-based and suitable types of homework, and establishing and improving a ' teachers trial-first' system in homework design"; in addition, the Center advocates practices and explorations as follows: focus on and refine typical problems in homework in each subject; put forward basic problem-solving strategies, operational suggestions and reference examples; select excellent design cases and compile into a pamphlet. While making efforts to realize full co-construction and sharing of high-quality homework resources, a sound and stable progress has been made in guiding the research on homework optimization among all primary and secondary school teachers, and positive changes have taken place in terms of homework content, presentation form, evaluation requirement and arrangement process.

Keywords: "Double Reduction"; Homework Optimization; Practice and Exploration; Primary and Secondary Schools

B.5   Strategies for Optimization and Improvement of Teaching
Management in Compulsory Education Schools under the
Background of "Double Reduction"

Zhao Shuxin, *Wang Jianping* / 081

Abstract：The work of "Double Reduction" implementation puts forward higher requirements for teaching management, therefore schools need to face up to the existing problems and proactively innovate their teaching management. A survey of primary and secondary schools in Beijing showed that in implementing "Double Reduction" policy, teaching management has been improved and there's basic guarantee for sufficient and effective learning in school, however, the quality of teaching management still needs optimization and improvement. The existing problems include：insufficient capability to design high-quality homework and insufficient professional support from school; lack of sufficient hardware and teaching resources for after-school services; failure in balancing teachers' working hours and workload and therefore the affected professional training and physical/mental health, etc. To solve these problems, it is necessary to reform school management with systematic thinking, facilitate the transformation and upgrading of teaching management in all aspects, promote the restructuring and process re-development of school teachers' training, establish a high-quality homework resources library to ensure empowered homework management, coordinate and ensure abundant supply of internal and external resources, alleviate teachers' workload, explore and implement "curriculum-based" after-school services, strengthen the curriculum quality assurance mechanism, so as to push forward the reform and innovation of school education management with higher quality and efficiency.

Keywords："Double Reduction"; Teaching Management; Homework Management; After-School Service Management

B . 6 Investigation and Analysis of the Situation of After-school Service Supply Since the Implementation of "Double Reduction" Policy

Yang Dejun, Huang Xiaoling, Zhu Chuanshi, Fan Jiawu,
Wang Kai, Yu Fabi and Yang Fan / 095

Abstract: After half-a-semester implementation of "Double Reduction" policy, a survey on the implementation of after-school services in representative districts and schools in Beijing showed that the supply of after-school services has been stable, and the ratio of teacher-and-student participation is the highest in China. The goal of integrated development of in-and-after-class courses is made clear in the orientation of "five educations". However, due to insufficient curriculum supply, lack of attractiveness, insufficient pool of professional teachers, heavy burden on teachers, and lack of more open and flexible arrangement of courses, further improvement is necessary, for instance, coordinated and abundant supply of on-campus and off-campus resources, optimized arrangement of educational activities in and after class, adoption of multiple measures to reduce the burden on teachers, and strengthened dynamic monitoring and performance evaluation for sustainable development.

Keywords: "Double Reduction"; After-School Service; Beijing

B . 7 Investigation Report on the Status Quo of Class Teachers in Primary and Secondary Schools in Beijing under the Background of "Double Reduction"

Zhao Fujiang, Liu Jingcui, Gong Jieke and Li Yue / 114

Abstract: Deepening reform of basic education and effective normative development is related to the understanding and implementation of policies by class teachers in primary and secondary schools as well as their professional development. Under the background of "Double Reduction", a survey of head teachers in primary and secondary schools in Beijing showed that they are experiencing disturbances in understanding the "Double Reduction", which requires rational understanding; among other sources of pressure for head teachers, "prolonged hours" and "excessive chores" resulted from "double reduction" are prominent problems concerning their physical and mental health; after implementing "double reduction", head teachers feel obligated and compulsory to provide family education guidance, not without certain difficulties; in addition, schools only provide mediocre support for head teachers in implementation. To change the situation, we need to focus on two aspects: first, to protect the rights and interests of head teachers, reduce their burden and mobilize their enthusiasm for "double reduction"; second, to promote professional development of head teachers and mobilize their creativity in "double reduction".

Keywords: "Double Reduction" Background; Primary and Secondary Schools; Work Status of Head Teachers; Beijing

B.8　Implementation Status and Improvement Path of After-school Services for Students with Special Needs in Beijing under the Background of "Double Reduction"

Du Yuan, Sun Ying, Zhu Zhenyun, Zhu Bolin and Shi Ya'nan / 134

Abstract: Under the background of "Double Reduction", the provision of after-school services for students with special needs is an important path for schools to enrich the content of inclusive education, expand the education channels and realize the sustainable development of inclusive education. At present, primary and secondary schools in Beijing have formed a relatively complete system of integrated education and a corresponding system of professional support, based on which various methods are adopted to ensure high-quality implementation and extensive coverage of after-school services. However, there is still much room for improvement in terms of the scope of such students' participation in after-school services, the level of their parents' confidence in choices and the availability of external support. In this regard, it is necessary to give priority to special groups' access to after-school services, improve the construction of relevant systems for after-school services according to local condition, coordinate the deployment of available resources, so as to continuously improve the level of after-school services for students with special needs.

Keywords: "Double Reduction"; After-School Service; Students with Special Needs; Beijing

B.9 Development of Special Education Teaching and Research in Beijing and Relevant Thoughts under the Background of "Double Reduction" *Wang Shanfeng, Sun Ying, Zhu Zhenyun, Lu Sha and Chen Yinghua* / 151

Abstract: Under the background of all-round implementation of "Double Reduction" policy, special education teaching and research plays a key supporting role in the improvement of special education teaching quality in Beijing. Benefiting from policy guarantees and municipal-level overall planning, Beijing City's construction of special education teaching and research system has been pushing forward, team building has been strengthened; the mechanism operation has been continuously improved, a "municipal -district-school district-school" four-level special education teaching and research system has been initially formed; multi-theme multi-mode teaching and research methods are operating in an orderly manner; the promotion mechanism of integrated research and training, integrated research and publicity, research-facilitated improvement has shown initial effects. In addition to the demand for pushing forward high-quality development of special education in a new stage, Beijing City's special education teaching and research also faces challenges such as low proportion of full-time teaching and research staff, to-be-strengthened linkage between teaching and research at all levels, to-be-deepened teaching and research themes, and to-be-refined-and-disseminated achievements, which are also new focus and growth points for the improvement and development of special education teaching and research in Beijing during the "14th Five-Year Plan" period.

Keywords: "Double Reduction"; Special Education Teaching and Research; Beijing

B. 10 Practice Mode and Innovative Exploration for "Double Reduction" in Community Education Services

Shi Feng, Zhang Jing, Xing Zhenliang, Shen Xinyi,

Xu Xinrong and Gui Min / 164

Abstract: The implementation of "Double Reduction" policy is a systematic social governance measure, and community education, while adhering to the concept of serving the whole people's lifelong learning with corresponding functions and capability to serve the aim of "double reduction", plays a pivotal role in the communication between schools, families and communities. Relying on the community education service system, Beijing has taken the initiative to carry out practical exploration of "double reduction" of services. Under the current situation of lacking social awareness, shortage of funds, insufficient venues and small reserve of talents, through innovating work paradigms and by working with social forces, the "home-school-community" collaborative education mechanism and family co-learning mechanism have been established and implemented with remarkable practical effects. For future prospects, the focus is on the grassroots level, only by continuously strengthening the overall management capability of the district-and county-level governments on community education, facilitating high-quality development of community education, guiding the reform of school education with the concept of lifelong education, vigorously developing family education, and designing high-quality home-school-community education programs, will a long-term "double reduction" mechanism for community education services be formed, and the fundamental task of morality building and talents cultivation be consolidated.

Keywords: "Double Reduction"; Lifelong Education; Community Education; After-School Service; Beijing

B . 11   The Status Quo and Governance Path of Non-disciplinary
　　　　 Off-Campus Training Industry in Beijing　　*Song Xiaoxin* / 178

Abstract: Analysis of the current situation of non-disciplinary off-campus training industry in Beijing showed that the non-disciplinary off-campus training market is featured by sufficient supply and dominated by profit-making institutions; capital inflow tends to be rational; market prices are generally stable; market demand is strong, and so on. Based on this situation, the specific path for Beijing to further improve the governance of non-disciplinary off-campus training institutions is as follows: clarify the governance orientation of "standardized development"; tighten the examination and approval procedure and formulate classification-based standards; focus on key issues and conduct joint supervision and regulation; intensify industry self-disciplines and establish the system of quality assessment, and so on.

Keywords: Non-Disciplinary; Off-Campus Training; Classification-Based Governance; Beijing

Ⅲ　References

B . 12　After-School Service Courses in Domestic Primary and
Secondary Schools: Status Quo, Existing Issues and
Future Prospects　　　　　　　　　　　*Yang Fan* / 193

Abstract: The national policy of "Double Reduction" puts forward new requirements for the implementation of after-school services in all regions. The quality of after-school service courses is a key factor affecting the quality of after-school services. Curriculum-based promotion of after-school services has brought new challenges to all regions and schools. Studies showed that the promulgation of national and local supporting documents provided policy basis and useful reference for curriculum-based promotion of after-school services. The educational administrations have been attaching more importance to the implementation principles, content models, organizing forms and guarantee terms of after-school services. Theoretical and practical research on after-school service courses is heating up, and the study on after-school service courses is becoming a new hot-spot in academic research. In future implementation, curriculum-based provision of after-school services shall be based on clarified nature and orientation of after-school services; the research on key issues of after-school service courses shall be strengthened based on student development; and curriculum-based implementation of after-school services shall be facilitated through coordinating the forces of all parties.

Keywords: Primary and Secondary Schools; After-School Service Courses; "Double Reduction"

B . 13   Policies Measures for the Governance of "Off-Campus

Training Institutions" in Some Provinces and

Municipalities in China and the Enlightenment

to Beijing   *Du Guangqiang* / 212

Abstract: The governance of "off-campus training institutions" is an extremely important part of the "double reduction" work. Beijing, as one of the nine pilot areas to implement the central government's "Double Reduction" policy, in its governance of off-campus training institutions, has proposed to strictly manage and comprehensively regulate off-campus training institutions to prevent disorderly expansion. Currently, some provinces and municipalities in China have successively issued local "Double Reduction" documents or special governance documents for "off-campus training institutions", with the aim of promoting the implementation of the governance of off-campus training institutions in the following aspects: tighten the examination and approval procedure, implement classification-based management, standardize the training behavior, conduct full-chain oversight of training materials, formulate risk control measures, strengthen the supervision of fee charging, work with non-disciplinary training institutions to enrich the content of after-school services, explore the possibility of a win-win situation between internal and external agencies, establish and improve the law enforcement inspection mechanism, strengthen normal operation supervision, and so on. Learning from these regions will provide useful decision-making reference for Beijing to better carry out the governance of off-campus training institutions.

Keywords: "Double Reduction" Policy; Off-Campus Training; Governance of Institutions

B.14　Research on and Enlightenment of Homework Policy and

　　　Design in Primary and Secondary Schools in Some

　　　Developed Countries　　　　　　　　　　*Li Zhitao* / 227

Abstract：Homework is extracurricular extension of school education and teaching, and homework policy, content and form reflect a country's educational thinking and talent training concept. Developed countries represented by U. S, U. K, France, Germany and Japan attach great importance to the formulation of homework policies, therefore the design of homework for primary and secondary school students in these countries is more purposeful, effective, exploratory, practical, diverse and interactive. Drawing lessons from developed countries in terms of homework policy and design concept, Beijing shall, under the background of "Double Reduction", strengthen the policy formulation of homework for primary and secondary school students, improve the quality of homework design, enrich the scope and forms of homework, and establish the proper positioning of parents in homework; with "alleviating the burden and improving the quality" of homework as the breakthrough point, the reform of education methods shall be carried out to build a basic education homework system meeting the requirements of "five educations", at the same time reflecting the orientation of quality education and serving the purpose of high-quality development of education in the capital city.

Keywords：Primary and Secondary School Students; Homework; Developed Countries

B.15　Policy Characteristics and Orientation of After-school

　　　Services in Primary and Secondary Schools in Some

　　　Developed Countries　　　　　　　　　　*Li Zhenying* / 244

Abstract：After the "Double Reduction" initiative was officially kicked off, the central government requires us to do two subtractions—effectively alleviate the students' burden of homework and off-campus training, and also two additions— fulfill the task of "double improvement", i. e. , to improve the quality of class teaching and the level of after-school services. Based on literature research, by sorting out and analyzing the historical context of primary and secondary schools' after-school services in some developed countries as well as the main characteristics and trend of after-school service policies, this Report proposes to construct an after-school service system with the collaboration from multiple departments, build a professional team of after-school service practitioners, and strictly implement the procedures and standards of quality supervision and evaluation, so as to provide references for improving the level of after-school services in primary and secondary schools in China.

Keywords: Developed Countries; Primary and Secondary Schools; After-school Service

社会科学文献出版社

皮 书

智库成果出版与传播平台

✣ 皮书定义 ✣

皮书是对中国与世界发展状况和热点问题进行年度监测，以专业的角度、专家的视野和实证研究方法，针对某一领域或区域现状与发展态势展开分析和预测，具备前沿性、原创性、实证性、连续性、时效性等特点的公开出版物，由一系列权威研究报告组成。

✣ 皮书作者 ✣

皮书系列报告作者以国内外一流研究机构、知名高校等重点智库的研究人员为主，多为相关领域一流专家学者，他们的观点代表了当下学界对中国与世界的现实和未来最高水平的解读与分析。截至 2022 年底，皮书研创机构逾千家，报告作者累计超过 10 万人。

✣ 皮书荣誉 ✣

皮书作为中国社会科学院基础理论研究与应用对策研究融合发展的代表性成果，不仅是哲学社会科学工作者服务中国特色社会主义现代化建设的重要成果，更是助力中国特色新型智库建设、构建中国特色哲学社会科学"三大体系"的重要平台。皮书系列先后被列入"十二五""十三五""十四五"时期国家重点出版物出版专项规划项目；2013~2023 年，重点皮书列入中国社会科学院国家哲学社会科学创新工程项目。

权威报告·连续出版·独家资源

皮书数据库
ANNUAL REPORT(YEARBOOK)
DATABASE

分析解读当下中国发展变迁的高端智库平台

所获荣誉

- 2020年，入选全国新闻出版深度融合发展创新案例
- 2019年，入选国家新闻出版署数字出版精品遴选推荐计划
- 2016年，入选"十三五"国家重点电子出版物出版规划骨干工程
- 2013年，荣获"中国出版政府奖·网络出版物奖"提名奖
- 连续多年荣获中国数字出版博览会"数字出版·优秀品牌"奖

皮书数据库　　"社科数托邦"
微信公众号

成为用户

登录网址www.pishu.com.cn访问皮书数据库网站或下载皮书数据库APP，通过手机号码验证或邮箱验证即可成为皮书数据库用户。

用户福利

- 已注册用户购书后可免费获赠100元皮书数据库充值卡。刮开充值卡涂层获取充值密码，登录并进入"会员中心"—"在线充值"—"充值卡充值"，充值成功即可购买和查看数据库内容。
- 用户福利最终解释权归社会科学文献出版社所有。

数据库服务热线：400-008-6695
数据库服务QQ：2475522410
数据库服务邮箱：database@ssap.cn
图书销售热线：010-59367070/7028
图书服务QQ：1265056568
图书服务邮箱：duzhe@ssap.cn

社会科学文献出版社 皮书系列
SOCIAL SCIENCES ACADEMIC PRESS (CHINA)
卡号：719933259386
密码：

S 基本子库
SUB DATABASE

中国社会发展数据库（下设 12 个专题子库）

紧扣人口、政治、外交、法律、教育、医疗卫生、资源环境等 12 个社会发展领域的前沿和热点，全面整合专业著作、智库报告、学术资讯、调研数据等类型资源，帮助用户追踪中国社会发展动态、研究社会发展战略与政策、了解社会热点问题、分析社会发展趋势。

中国经济发展数据库（下设 12 专题子库）

内容涵盖宏观经济、产业经济、工业经济、农业经济、财政金融、房地产经济、城市经济、商业贸易等 12 个重点经济领域，为把握经济运行态势、洞察经济发展规律、研判经济发展趋势、进行经济调控决策提供参考和依据。

中国行业发展数据库（下设 17 个专题子库）

以中国国民经济行业分类为依据，覆盖金融业、旅游业、交通运输业、能源矿产业、制造业等 100 多个行业，跟踪分析国民经济相关行业市场运行状况和政策导向，汇集行业发展前沿资讯，为投资、从业及各种经济决策提供理论支撑和实践指导。

中国区域发展数据库（下设 4 个专题子库）

对中国特定区域内的经济、社会、文化等领域现状与发展情况进行深度分析和预测，涉及省级行政区、城市群、城市、农村等不同维度，研究层级至县及县以下行政区，为学者研究地方经济社会宏观态势、经验模式、发展案例提供支撑，为地方政府决策提供参考。

中国文化传媒数据库（下设 18 个专题子库）

内容覆盖文化产业、新闻传播、电影娱乐、文学艺术、群众文化、图书情报等 18 个重点研究领域，聚焦文化传媒领域发展前沿、热点话题、行业实践，服务用户的教学科研、文化投资、企业规划等需要。

世界经济与国际关系数据库（下设 6 个专题子库）

整合世界经济、国际政治、世界文化与科技、全球性问题、国际组织与国际法、区域研究 6 大领域研究成果，对世界经济形势、国际形势进行连续性深度分析，对年度热点问题进行专题解读，为研判全球发展趋势提供事实和数据支持。

法律声明